宫奴

回回苏 著

Beautiful Creature

重庆出版集团
重庆出版社

图书在版编目(CIP)数据

宫奴/回回苏著. —重庆：重庆出版社，2009.8
ISBN 978-7-229-00974-8

Ⅰ.宫… Ⅱ.回… Ⅲ.长篇小说-中国-当代
Ⅳ.I247.5

中国版本图书馆CIP数据核字（2009）第130734号

宫 奴
GONGNU
回回苏 著

出 版 人：罗小卫
责任编辑：王 淋
装帧设计：重庆出版集团艺术设计有限公司·钟丹珂

重庆出版集团 出版
重庆出版社

重庆长江二路205号 邮政编码：400016 http://www.cqph.com
重庆出版集团艺术设计有限公司制版
重庆市联谊印务有限公司印刷
重庆出版集团图书发行有限公司发行
E-MAIL:fxchu@cqph.com 电话：023-68809452
全国新华书店经销

开本：787mm×1092mm 1/16 印张：24.5 字数：449千
2009年8月第1版 2009年8月第1版第1次印刷
ISBN 978-7-229-00974-8
定价：34.00元

如有印装质量问题，请向本集团图书发行有限公司调换：023-68706683

版权所有 侵权必究

目录 CONTENTS

一 被掳…1
1. 新月弯刀…1
2. 回鹘牙帐…5
3. 秘色乍放…8
4. 当众受辱…13
5. 春波眼前…17
6. 初次盛放…21

二 归唐…27
1. 若比莲花花亦羞…27
2. 不相思，已相思…31
3. 犹记小桥初见面…36
4. 只是当时已惘然…41
5. 纷纷红紫已成尘…44

三 牙帐城…53
1. 四面边声连角起…53
2. 桂魄初生秋露微…56
3. 碧眼胡儿三百骑…60
4. 帘外桃花帘内人…65
5. 碧海青天夜夜心…69
6. 人生若只如初见…74
7. 岂知春色嗾人狂…78
8. 算前言，总轻负…82
9. 无情不似多情苦…86

四 双生…91
1. 多少绿荷相倚恨…91
2. 一声羌笛惊醉容…95
3. 沧海月明珠有泪…99
4. 春光已到消魂处…103
5. 秋千笑里轻轻语…107
6. 为谁风雪立中宵…111
7. 千种风情与谁诉…116
8. 一夜芙蓉红泪多…120
9. 翠袖金貂迷雪色…126
10. 半落梅花婉婉香…131
11. 鸾镜朱颜惊暗换…137
12. 恨悠悠，几时休…143
13. 辛苦最怜天上月…148

14．真红一点朱砂娇…153
15．斜阳正在，烟柳断肠处…158
16．小簟轻衾各自寒…165
17．早知如此绊人心…173
18．何如当初莫相识…179
19．入骨相思知不知…183
20．卧听南宫清漏长…186
21．同向春风各自愁…190
22．元日。相见争如不见…194
23．元日。有情何似无情…199

五　契丹…205

1．白马青牛…205
2．春水秋山…209
3．蕉窗夜雨…212
4．天青绝色…216
5．以身相抵…220
6．与谁同醉…225
7．寂寥荷叶杯…230
8．愁染一江翠…235
9．萨满圣女…240
10．如梦再见…246
11．天水碧…251
12．醉春烟…255
13．燔柴告天…258
14．三年之约…262
15．述律平…267
16．惊炸雷…270
17．诸弟之乱…273
18．祖先神…277

19．桃花之爱…282
20．契丹骊歌…287

六　黠戛斯…293

1．落花之痛…293
2．奴隶拍卖…297
3．妖异月夜…300
4．情之秘色…304
5．自甘为奴…309
6．可汗之癖…313
7．魅色宫闱…318
8．鞭笞禁脔…321
9．玄黑梦魇…325
10．邪佞王者…330
11．梨花满地…335
12．笛吟莲郎…339
13．暗香幽梦…343
14．男妃宫斗…346
15．身心专属…350
16．心苦为谁…354
17．花香暗袭…358
18．怆然梦碎…362
19．血雨红尘…366
20．生死之间…370
21．诡笑嫣然…374
22．左右为难…378
23．予人莲花…381

七　情归…387

一　被掳

1. 新月弯刀

大漠沙如雪，燕山月似钩……

起伏如峦的大漠，高亢婉转的羌笛，都一再提醒着沈秘色，她现在已经踏上了西域的土地。

车外，蹄声踏踏，押运粮草的军队一路急行，为的就是要尽早送达边关。

这不仅仅是为了供应大唐边关将士所需，更有相当的部分是朝廷赏赐给回鹘的。回鹘数十万军队驻扎在天德关外已有月余。朝廷就是否接纳他们归附，一时间委决不下，所以只好以赏赐粮草给养聊做拖延，深恐一旦回鹘断了军粮，便会找到口实，公然进兵天德关。

沈秘色此行却与粮草押运毫无干系。她孤身西来，是来与大唐天威将军陆吟成婚的。

沈秘色是大唐瓷商沈仲纶的独生女儿。中原历来不缺少好的瓷器与瓷商，但是沈家却是当今之世的独一无二。这一切自然是因为沈家瓷窑烧出了独一无二的"秘色瓷"，成为了皇室独占的禁脔。

沈秘色之名，正是得自于那传得神乎其神的"秘色瓷"。

何谓秘色？有时人诗句为述。

"九秋风露越窑开，夺得千峰翠色来。"

"巧剜明月染春水，轻旋薄冰盛绿云……"

风雅的大唐人，无不以拥有一件秘色瓷为毕生梦想，但是除了几件赏赐给功臣名将、高僧大德之外，大唐皇室严令不允民间使用、收藏秘色瓷。

可是，尽管手里捧着这独一无二的传世手艺，沈家的瓷厂依然日益惨淡，传到了沈仲纶手里，就更是江河日下。沈仲纶情急之下，竟然私自将专供朝廷的秘色瓷卖给了西域的商人，这一旦被朝廷查知，将是满门抄斩的祸事啊！

如何消弭祸端？沈秘色便成了沈仲纶手里最后的一根救命稻草。攀附上一方权贵，便是沈家未来唯一的出路。

陆吟，是沈秘色自己选就的夫婿。比之沈仲纶拿来的名单上的人，毕竟陆吟是沈秘色唯一曾经见过的——尽管那已经是十年前的事，尽管那一年她只有八岁……

可是陆吟此时远在西域边关，何时能够班师回朝都是一个未知之数。所以沈秘色毅然决定亲赴西域。恰好朝廷有一批粮草要运去西域，沈秘色便与之同行。

一路奔波。

押运的军队忌惮着朝廷日期的严令，而沈秘色则是沉浸在自己的惆怅之中。

当终于出得玉门关，车厢外的风骤然凛冽起来，沈秘色知道，自己那曾经以为还在遥远未来的命运，已经铺排在眼前了。

本就是自己选择的命运，可是当自己终于要伸出脚去履践之时，心下却为何依然有这许多惴惴地不安，与煌煌的——不甘？

已然踏上了这西域的大漠，早已不是大唐的十里软红；耳鼓里猎猎的是塞外的罡风，曾经伴随着自己成长的吴侬软语如今只能沉浸在思乡的梦里……

是夜，月色清朗，大漠静谧。押运官通传过，说天德关已然不远，今夜连夜赶路，明日一早便可到达。

沈秘色的心不由得紧紧被提挈了起来。

仿佛是为了应和沈秘色的心境，车厢外传来的马蹄声也渐渐杂沓，全然不见了之前的整齐有序。更为异常的是，许多驮运粮草的马匹，不约而同地兮溜溜嘶鸣起来，任凭赶车的官兵如何挥舞鞭子，只是一径地用前蹄刨着脚下的沙砾，不肯前行！

少顷，沈秘色所坐的马车也跟着颠顿起来，显然给自己拉车的马匹也感受到了其他马匹同样的焦躁情绪。

沈秘色心头不禁惶急，却不知道这惊惶何来，自己又只能呆呆地坐在车厢中，丝毫帮不上忙。

忽然，远处，一声清亮的羌笛声骤起。沈秘色心下说不清为何地咯噔一个惊跳。顾不得繁缛礼节，沈秘色高高挑起窗帘，极目向羌笛声响处望去——

天边,幽蓝夜幕与如银大漠的交界之处,月如弯钩。一队黑色的身影仿佛从月钩之下奔出,势如乌云,迅疾如风,转眼间已经冲到了粮草押运队身前!

黑衣、黑色头巾、黑色的面纱,黑色将马队几乎融入了幽蓝如墨的夜色,全然无法分辨他们的身份!

押运官凛声惊呼:"这是朝廷押运至边关的粮草,你们这群宵小,意欲何为?!"

却没有应答,只看得见一片弯曲如新月一般的刀举起,映着如银的月光,仿佛一泓泓清冽的泉水,骤然倾泻而下——噗噗,无数闷声响过,一朵朵血花如激射的焰火,腾空而起!

许许多多的官兵,尚未辨清形势,便在懵懂之中,葬身于弯刀之下!甚至——都来不及惨叫一声……

一柄柄锋利如泓的新月弯刀,从一个身体上窜出,便又迅疾地插入了另一个躯体!弯刀闪过之处,一个个刚刚还鲜活着的生命,便颓败成冬日的落叶,片片凋零于萧萧大漠!

沈秘色死死咬住自己的唇,不让自己的惊恐嘶叫出声。她的指甲深深扣入车厢的窗棂,有的指甲已经被窗棂折断,一丝丝殷殷的血,从嫩白的指尖滑下,沈秘色却压根没有感觉到。

有一种惊恐远远比肉体的疼痛更为鲜明。尤其,眼前一个个生命的凋零,都将死亡的阴影一步步地向自己推进……

眼睁睁看着死神一步一步走来,自己却根本没有任何抗拒或逃避的法子,这种心理上层层堆叠起来的恐惧,竟然比死亡本身更加骇人!

茫茫大漠,陌生西域。

没有一个自己认识的人,没有一个自己可以逃生的方向,沈秘色的心渐渐麻木——既然无力逃生,索性引颈赴死就是!

呲——嚓——,一阵低沉却又清脆的裂帛之声传来。沈秘色深深地闭上眼睛,她知道这声音便是新月弯刀劈碎车厢门帘所发出的声响——死神,终于破门而入了!

那般清澈如泉的刀锋,滑进肌骨,是不是会犹如山泉般清凉?

即便是死亡,但是刀锋与肌骨相接的那一刻,是不是也会是舒畅多于疼痛?

风沙西域,莽莽大漠,肌骨对于水的渴望,是不是可以全然掩盖下死亡的——残酷?

沈秘色恬然地闭目等待着,等待着皮肤染上那清泉般的清凉,等待着自己终于可以释然的解脱……

身边,一个身影裹挟着浓重的迫近感,氤氲袭来。沈秘色甚至感觉得到,寒凉的刀光,映着如水的月色,凛凛地映射在自己的脸颊之上。

自己的脸颊,此时一定与无垠的大漠一般,苍白、寒凉。

沈秘色高高仰着面颊,静静地、绝望地等待,却——始终没有。

当沈秘色按捺不住自己的好奇心,刚刚想睁开眼睛时,却忽有一股滚烫的热流,夹带着腥膻之气蓦地激射而来,直直溅上了自己冰冷的脸颊!

沈秘色不禁"啊——"地惊叫出声,猛然睁开眼睛,向身边望去——电光火石之间,只见一柄弯刀落处,两个黑衣的身影跌落在马车前!

被杀者是黑衣人,可是杀人者同样是黑衣人!

这,是怎么回事?

还没等沈秘色反应过来,那杀人的黑衣者已然伸过长臂,探手将沈秘色掠入怀中,拧身飞纵上马,映着幽蓝夜色,奔向如盘的圆月!

沈秘色努力不让自己跌入昏迷,她用尽气力睁大双眸,凝神望向搂抱着自己的黑衣人。

夜色幽深,仿佛水墨洇入水中,层层浸染。

月色星辉,却无法穿过他一身浓密的黑衣,只恍惚看得见他眼侧的轮廓。

他,是谁?

他们,要做什么?

沈秘色顾不得马儿飞奔卷起的风沙,哑着嗓音喝问:"你到底要把我带到哪里去?"

夜色幽蓝,大漠如雪,那黑衣人终于在骑行的间隙,向沈秘色瞥来一波眼光——湛蓝如波,盈盈潋滟……

那是一抹直达心底的幽蓝,深邃、轻灵,仿佛蕴藏着千万年的诉说,又满含着千万年的忧伤……

沈秘色的心,重重一坠。

仿佛被施了魔法,讷讷着,再也无法继续之前的坚硬,再也无法问出之前的问题。只能定定地望着他,甘心情愿地被他带走,哪怕海角天涯!

月色似银。

大漠如雪。

夜色幽深。

天地宁谧。

只有这一抹蓝,亘古粼粼……

2. 回鹘牙帐

混混沌沌,沈秘色浑觉自己仿佛一件破败的行李,跌坐在耸动的马背之上,随着马儿的奔跑上下颠簸。

神智倒也是清醒的,却似乎游离得很远,高高飞升至半空中,遥遥地俯望着自己的肉身,仿佛一切身体的痛苦都与自己无干。

天光已然大亮,可是黑衣人的马队似乎全无停歇下来的迹象。只是在路过绿洲时,让马匹歇歇脚,饮了点水。

沈秘色钝钝地用舌尖触了触干裂的唇,大漠干燥的风早已夺走了唇舌的润泽。

连马匹都有机会停歇下来饮水,可是自己的待遇竟然都不及那些马儿。那一直紧贴着自己脊背的蓝眸男子,从未允许自己下马,甚至都没问过一声自己是否口渴。

又不知过了多久,只觉得火辣辣的太阳已经渐渐地变得温和,沈秘色忽地被身后的男子一手提起,扑通一声掼落在地。

沈秘色不敢置信地抬眸望他,他似乎真的将自己当做了一件行李,随手便扔在地上!

接收到秘色投来的眼神,那黑衣的男子面罩下的蓝眸一闪:"让你清醒一下,看来一路上的太阳已经把你晒昏了……"

沈秘色环视周遭。触目所及,已经不是大漠风沙,而是一处生意盎然的绿洲。一顶顶白色的帐篷,错落有致地点缀在绿树青草之间。

马队中的黑衣人也纷纷下马,松弛下来地开始高声说笑,有的已经解下面罩,有的招呼着众人来接应掠夺而来的大唐粮草。

沈秘色回视蓝眸男子:"你是谁?这是哪里?你要把我怎么样?"

那蓝眸的男子却压根儿没打算回答,自顾自跃下马背,摘下腰间的弯刀,解开缠头的黑色头巾，卸下遮住面孔的面罩——

沈秘色不由得愣住了。

她忽然觉得自己的心脏，蓦地停摆。

沈秘色随着他的动作，看到他的庐山真面层层揭开，看清他披散在肩背上的卷曲长发，看清他宛如雕塑的面部轮廓，看清他似笑非笑微抿的唇瓣，看清他——迥异于大唐汉人的相貌。

有身着五彩纱裙的女子走来，长长的青丝梳成无数根整齐的麻花辫子，她恭敬地跪在他的身前，缓缓脱掉他黑色的外衣，用净瓶里的清水，仔细地洗去他面上的征尘。

他微微闭上双眸，长长的睫毛覆盖在高高的颧骨之侧，享受着女子细致的侍候。

沈秘色敏感地发觉到，女子在用自己的指腹划过他的身体、面颊时，每一寸都仿似百般留恋。那女子的面颊，微微地绽放着绯红，眸子晶晶闪亮，仿佛眼前的他就是世界上最为尊崇的神祇，是她心上最为珍贵的宝物。

良久，侍女终于结束了最后一个动作，用一条一指宽的金色皮绳束在他的额上，将梳理好的卷曲长发固定住，方才施礼告退。

他悠然睁开双眼，望着眼前的女子，暖暖地微笑："米娜瓦尔，辛苦你了。今晚，我会去你的帐篷……"

那名叫米娜瓦尔的女子，立时宛如阳光下最美的花朵，整个身子似乎都在发着氤氲的光，盈盈着眼波，羞红着脸颊离去。

身在大唐，虽然也是风气开化，但是毕竟身为大家闺秀，沈秘色几时曾经听过这般露骨的情话！

尽管自己只是个旁听者，又是一个身份暧昧的俘虏，但是沈秘色依然压抑不住地满面通红，心口如有鹿撞。

抬眸望向那蓝眸男子，他也恰好将视线向她投来，两个人的眼神凌空一撞，沈秘色只觉心神猛然一荡。

蓝眸的男子，目光也是微微轻闪。此时萎顿在地的沈秘色，绿色压金色丝线织就的襦裙，配上面颊上轻舞的两朵羞红，不但极好地掩去了一路上的颠簸憔悴，反倒更因了那一抹疲惫而横生几缕娇慵之态……

气氛正微妙间，忽有一黑衣人上前禀报："可汗，大唐的粮草已经全部卸下。那几个车夫，就再也没有留下来的价值了。是否……"那黑衣人，不经意地向秘色瞥来一径眼波，涌到唇边的话，没有直接说出口。

秘色敏感地察觉了那黑衣人掩饰下来的话,心下骤然缩紧。

她仓皇着眼神,狂乱地扫向粮草车队的方向。一个个大唐的车夫,本来都是军队征召来的普通百姓,千里迢迢远赴西域而来,为的不过是官家多赏的几两银子。可是他们却无法预测,自己竟然身逢骤变,不但那几两银子都已经不可能拿到,甚至连自己的性命都已经成了人家刀俎下的鱼肉……秘色不由得想到,在大唐,在他们的家乡,他们的妻儿老小还在等待他们回去,等待着他们带回去的银两维生……

秘色心底忽然涌起磅礴的勇气,她再也顾不得自己身子上的痛楚,更顾不得自己此时的处境,猛然站起身来,凌厉地望向他:"不要,你们不可以这么做!"

那前来禀报的黑衣人不禁皱眉,望向秘色的眼神中生出几缕厌恶,却被蓝眸的男子压住了手臂:"木台里,听她说完。"

那叫木台里的黑衣男子遽然转身面对着秘色:"伟大的乌介可汗在问你的话,你快说!"

秘色微微一个睬睁。

乌介可汗……原来他就是回鹘的乌介可汗!

那么说,掳了自己来的这群黑衣人便是陈兵边关、时刻有可能与大唐开战的回鹘人!

秘色的掌心涔涔涌起冷冷的汗。本来还以为这不过是大漠里的马贼,如果搬出陆吟的名号,说不定还有可能震慑住他们,给自己寻得一条自保之路。

可是,他们是回鹘人,是正与大唐、正与陆吟敌对着的回鹘!不是乌合之众的马贼,而是堂堂傲啸西域的番邦大国!陆吟,此时不但不再可能是自己的救命稻草,反倒可能是最要命的一道催命符!

秘色的唇齿,干渴更甚。她努力地用舌尖润了润唇,迎着乌介可汗湛蓝的眸子:"可汗,您是回鹘的君主。那么小女斗胆请问,为君者最重为何?"

乌介可汗望着秘色的蓝眸轻轻一闪,继而万般肯定地说:"天、下!"

秘色微微点头,舌尖再度轻点红唇:"天下,何谓天下?天下乃是万民,天下的一食一器都全赖万民制造!没有万民的天下,只能是荒野涧泽;没有万民的君主,只能是孤家寡人!没有万民,国家何以生存;没有万民,政令因谁而设?故,天下便是万民,万民即为天下!"

秘色轻顿,语气放柔:"小女相信,乌介可汗定然是一代明君。身为明君者自然爱惜子民,尊重生息……"

木台里被说得云里雾里,眼神泛着不耐:"可汗,休听这汉女啰嗦!我们目下,粮草供给本来就不宽裕,多一个活口就要多浪费一份粮食!"

乌介可汗却是一笑,湛蓝的眸子望住秘色:"放了这些车夫,倒是不难。只是看你,有何交易的资本了。"

秘色高高地仰起下颌,微微闭眸,深深吸进凉爽的空气:"可汗,小女知道,既然可汗没有在大漠取了小女的性命,反倒迢迢地将小女带回,那么可汗就一定是想留下小女这条命在的。虽然,小女不知自己这条命对于可汗有何用处,但是既然可汗不杀,那么小女这条命就一定是对可汗有可用之处的……"

秘色缓缓地将下颌收回,眼光一点一点逼近乌介可汗:"那么,小女斗胆,用自己的一条命,换所有大唐车夫的性命!"

乌介可汗湛蓝的眸子倏然幽深,紧紧凝注着秘色:"你的命早就攥在本汗掌心,你有什么资格拿本已是本汗的东西,来与本汗交换?"

秘色惨笑:"不一样的,可汗。如今小女性命虽然已在可汗掌心,但是可汗攥住的不过是一副行尸走肉;而如果可汗允了小女的请求,那么小女便甘愿将自己的一颗心奉上……从此听命,甘随左右……"

乌介可汗湛蓝的眸子里闪着探索的光,他一步步向秘色走来,每一声脚步,对于秘色,都是一次惊心动魄。

秘色努力压抑着心下的慌张,平展眼神,迎上乌介可汗的眸子——却没料到,乌介可汗望住她,可是手上的动作更快,只听得"哧嚓——",披拂在肩膊之上的窄袖襦衣已经被乌介可汗的一双大掌撕裂!

3. 秘色乍放

秘色屈辱地紧闭双眸,却紧紧握住自己的掌心,不容许自己惊恐地叫出声来。

一股温软的湿热,柔柔欺上肩头与锁骨之间的肌肤,乌介可汗的嗓音忽然变得温柔,在耳畔悄然带起酥麻的暖风:"这些,陆吟都还没有碰过吧……好,本汗答应你,放了那些车夫……从现在开始,你将不再是陆吟的妻,你是我乌介可汗的女人,专属的女人!"

一阵酥麻的感觉从心底蓬勃生起,仿佛一根曼妙的藤,招摇着爬满四肢百骸,秘色忍不住勾紧了脚趾,生生扼住喉间几欲流窜而出的吟哦……

听到乌介可汗的允诺,秘色欣喜地睁开眼睛,却愕然发现——肩头那温软的湿热,竟然是乌介可汗灵巧的舌!他的舌尖,灵活地游走在自己肩头的殷红胎记之上。那胎记因了舌尖的舔舐而战栗着充血,变得更加耀眼殷红!

当秘色的神智从迷乱中清醒过来,才发现,木台里和周遭的男男女女早已不知了去向。

月色已然高照天际。

身周,有十余乌介可汗的亲随,背对着二人,用高及头顶的巨幅金色织锦将乌介可汗与秘色环绕其中。

明明是幕天席地,却偏偏隐秘无比。

所以乌介可汗放肆地释放尽秘色身前的春光,而不必担心有任何的外泄。

秘色挣扎着推开乌介可汗:"可汗您误会了!小女所说的将心奉上,乃是甘心当牛做马,而并非是随意轻薄!"

乌介可汗湛蓝的眸子里雾气氤氲,他依然深深地凝注着秘色肩头的殷红胎记,紧抿的唇泄露了他努力压抑的渴望。

秘色面上的红,又加深一层。她连忙侧开身子,拉拢身上的衣衫,遮住裸露的肌肤。

乌介可汗却不允,他扑身上前,一只手将秘色的双手定在头顶,另一只手一把扯烂了秘色刚刚拉好的衣襟,那朵嫣然欲滴的殷红胎记,颤颤着玲珑在月色星辉之下。

乌介可汗温热的气息喷洒在秘色身前,他沙哑着嗓音,仿佛压抑着高亢的情绪:"当牛做马?你想都别想!本汗身边当牛做马的人有的是,不缺你一个!你给我记住,男人对女人的需要,从来只有一个……答应了把自己给我,就没权利再要求本汗!"

秘色急惶得慌不择路,她忍不住嘶喊着:"不可以,不可以!我是陆吟的妻子,大唐天威将军陆吟的妻子!他会杀了你的,他会带兵踏平你的牙帐!"

乌介可汗抬起双眸,冷冷地凝视秘色:"陆吟!你就真的这么心心念念地嫁给他!你越想要嫁给他,我却越想要得到你,我要你的身子和你的心上,都只有我留下的痕迹!"

他紧绷的身子紧紧压了上来,秘色的四肢全然被他压制住,再也使不出一丝气力!

秘色拼尽全力嘶吼:"不,不——"却被乌介可汗的唇舌猛然覆住!唇齿交缠,以死相抵!

不！——

为什么会这样？为什么会这样啊……

陌生的西域,凶蛮的回鹘,我不要这样失身在这里!

我还要留存下完璧之身,我还要把这身子作为砝码交给陆吟,以保我沈家一世平安啊!

救我……

陆吟！救我……

秘色的泪滚烫地滑下脸颊,一直跌入了秘色与乌介可汗唇齿交缠的口中。

乌介可汗猛然放开秘色。突来的顺畅气流涌入秘色口鼻,秘色大口地深深吸气,胸脯起伏不已。

乌介可汗望着衣衫凌乱,唇瓣红肿的秘色,目光凝肃:"本汗有哪里比不上那个陆吟!值得你如此为他守身如玉！"

秘色轻轻地摇头。

从八岁以后,再也没有见过陆吟,所以秘色心中自然不可能对他情有独钟,更遑论为他而守身如玉……只是,只是秘色不想这般失身于此。

对于秘色来说,身子是要跟着情爱一同托付的。绝对不是这样,绝对不是这里,绝对不是这样的人……

秘色的泪重重灼伤了乌介可汗。从没有一个女人,在他的怀抱中时还念着别的男人,还悲伤欲绝地泪水涟涟。

一股莫名的烦躁从心底腾空而起,乌介可汗一把抓过散落在地的衣裳,对于身后兀自啜泣的秘色再也不屑一顾般地,大踏步腾腾而去!

终于从他身下逃脱,本来是该高兴的不是吗？秘色望着他离去的背影,不知为何,心下却满是沉重的坠落,肩头那殷红的胎记,在西域夜晚的风中,沾满寒意。

不过片刻,米娜瓦尔那顶红色的帐篷中,已然传出娇羞的低吟,隐隐地似乎还听得见乌介可汗暗哑的嗓音,夹杂着粗重的喘息:"叫,给爷再叫得大声一点……"

那波波声音毫无遮拦地传入秘色耳鼓。秘色用手掌紧紧捂住耳朵,却丝毫无法阻住那声响。

秘色环顾四周,所有的回鹘人都安之若素,仿佛没有听到任何的声响。直到,秘色看到两个头上包着彩巾的中年妇女,眼神望住米娜瓦尔红色的帐篷低低而笑时,秘色方才确信,原来他们全都听得见,只不过是丝毫不以为怪罢了。

这是不是说,乌介可汗便是经常这般地,放肆而张扬地宠幸女子？

床笫之事,闺房之秘,在这里竟然成为这般地煌煌堂上!

秘色紧紧地捂住自己的耳朵,想要逃开这被施加于精神之上的折磨。可是那声音却如软体的小虫,轻易地逃开任何的障碍,生动灵活地直直钻入秘色心间,搅动得秘色心下涌起一股说不清道不明的烦乱。

大约半个时辰之后,乌介可汗从米娜瓦尔的帐篷中闪身而出,身后是长发披散、面颊绯红的米娜瓦尔。

米娜瓦尔娇羞地拉着乌介可汗的衣袖,垂首低求:"可汗,今晚就宿在米娜瓦尔的帐篷中吧……"

乌介可汗的眸子里,却丝毫看不出一点留恋,他只是淡淡地安抚米娜瓦尔:"牙帐中还有政务没有做完,你乖乖地进去睡吧,本汗过两天还会再来你的帐篷的!"

米娜瓦尔的眸子里,悠悠闪过一串泪光,却被忍住了。那刚刚沉沦在激情中的女子,本来以为可以凭借着可汗的恩宠,可以邀得他多一点的怜爱,却没想会得到他毫无怜惜地拒绝。

秘色望着米娜瓦尔离去的背影,心生怜悯。可是却没想到,自己的视线,下一秒便直直撞进了乌介可汗投来的目光中,躲无可躲。

正在此时,忽然有一个士兵打扮的回鹘男子来报:"可汗,与您同去拦截粮草的迪力与阿斯汗的尸体已经找到!"

乌介可汗湛蓝的眸子忽然一片寒凉:"他们是被大唐所杀!好好安葬他们,重重抚恤他们的家人。他们这笔帐,我会跟大唐好好算清楚的!"

秘色的心,悚然一惊!

秘色记得,整场暗夜的劫杀中,根本没有看到一个黑衣人死在大唐士兵刀下。也许是事出突然,让大唐士兵来不及反应;也许是多日奔波,已经耗费尽了大唐士兵的体力……总之,那一夜,大唐的粮草押运队几乎失去了反抗的能力,更遑论反击……

秘色记得很清晰——有两个意图杀掉自己的黑衣人,反倒是最终被乌介可汗斩杀在马车之前!

刚刚他们所说的两个人,莫非就是那两个?

可是,明明是乌介可汗亲手杀了他们两个,可是他却为何要将这罪责栽赃在大唐头上!甚至,语意中分明有想以此为借口,攻打大唐!

一股巨大的火焰,腾腾燃烧于秘色的胸臆,她大喝:"你撒谎!他们根本不是死在大唐士兵刀下!是你——杀了他们!"

此言一出,整个回鹘营地一片静肃。

乌介可汗湛蓝的眸子里,波光疾闪,一串串冰凌一般的寒光,翻卷起滔天的巨浪。

乌介可汗三步并作两步,腾腾走到秘色身前,一把扯过秘色的衣领,将秘色的双脚提离地面,让秘色的眼睛与他平行相对:"你有什么资格说我撒谎?如果你忘了你自己是谁,那么本汗好好地提醒你一下,你是我们回鹘人眼里猪狗不如的汉人!你的话没人会听,你的命都比不上一只苍蝇!你现在的身份,是爷的宫奴!——知道什么是宫奴吗?宫奴就是爷的玩物,随时随地可以骑上去的玩物!"

秘色面色倏然苍白,她不可置信地盯着乌介可汗。

只以为宫奴不过是宫中的奴婢,却没想到这个身份竟然是如此不堪!

乌介可汗满意地望着秘色的苍白,继续恶狠狠地说:"爷就连行军打仗都不会扔下你!爷会把在战场上激发出来的那些劲头儿,都一点不落地用在你的身上!爷会好好地疼你!"

仿佛为了印证自己的话,乌介可汗粗砾的手指蓦地抚上秘色的唇,用力地反复揉搓、碾压着,直到那因恐惧而变得灰白的唇,重新红若樱桃。

凝望着秘色那微微张开的红嫩嘴唇,乌介可汗的眸子里忽然涌起一股雾气,氤氲缭绕,深邃绵长。

乌介可汗紧紧抿了下唇,狠狠克制住当着众人的面就吻将下去的冲动,猛地回头,对身后的侍从说:"在牙帐边,给她一顶帐篷!"

乌介可汗紧接着转过头来,望住秘色:"不论白天黑夜,只要我宣召你,你都必须马上到牙帐来!"

秘色仓皇地抬起眸子,目光失焦地狂乱看向周遭,男女老少,各种各样的眼神集中在她的身上,有惊讶,有怜悯,有不屑,甚至还有——嫉妒……

秘色心下苦笑,嫉妒?自己还有什么值得人家嫉妒的?不过是自己眼花了吧……

秘色的失神,被乌介可汗误认为顺从,他的心忽然有一朵朵小小的快乐绽放,声音也不由得柔和下来:"去休息休息,待会儿到牙帐来……"

秘色的神智猛然苏醒!他在说什么?难道,他以为自己已经接受了他之前的说辞,甘心情愿地要将自己的身子奉上,成为他的宫奴?!

秘色霍地抬头,目光直视乌介可汗:"不!我沈秘色生是陆吟妻,死是大唐鬼!可汗,如果真的要沦落为您的宫奴,那么秘色情愿立时求死!"

乌介可汗的蓝眸倏地精光暴涨，咄咄的眼神几乎要将秘色撕成碎片："想死？想给陆吟做忠烈的妻子？你想得美！你的命是本汗的，本汗没说要你死的时候，你自己休想！"

秘色刚刚红润起来的唇，眨眼之间又是一片惨白。

西域的夜色渐渐深沉了下来，晚风轻轻拂起秘色的衣襟，隐隐露出她肩头的那抹殷红的胎记。

乌介可汗的眸子蓦地一黯："好了，别说了，本汗不会强迫于你……本汗会等着你主动同意成为本汗的女人！"

话音甫落，乌介可汗便转身离去。秘色仿佛被抽去了骨骼般，瘫软萎顿在地。

4. 当众受辱

混沌睡去，却又突然地醒转。秘色发觉自己不知置身何地，周遭被一片灰蒙蒙的烟雾所笼罩，除了脚下的土地，什么都看不清楚。

低头，有红色的液体蜿蜒游来，直直洇上秘色的脚，秘色方才发现，这些红色的液体分明都是横流的鲜血！

沿着蜿蜒如蛇的鲜血望去，眼前的世界略为开朗，灰色烟雾游动缥缈中，望得见地上到处是仆倒的尸体！

一具离秘色最近的尸体，忽然抬起头来，带着满脸的鲜血和参差的洞穿疮口望向秘色，沙哑空缈的嗓音机械地喊着："救我，救我，救我……"

"啊！——"秘色惊叫着猛然坐起身来，这才发现刚才的一切不过都是噩梦一场。之前目睹的那场惨烈的屠杀，已经牢牢地烙印进了自己的脑海，恐怕终其一生，也再难拔除。

帐篷中一片幽暗，没有灯，只有银色的月光，透过门帘，幽幽地筛进来丝丝缕缕。身下的皮毛已经被汗水打湿，此时粘腻地贴在身上，更加重了秘色的燠热。

秘色撩开身上的毡被，想取杯水来喝，却凭直觉感知榻侧的黑暗中，有他人的存在！

秘色浑身寒毛乍立："谁！"

一只火把在秘色身前幽幽点燃，火光中，乌介可汗湛蓝的眸子，被红色的火焰映成淡淡的紫色："是我。你一直做梦惊叫，我被你吵得睡不着，所以来看看你。"

秘色下意识地用手抚遍周身，待确定了自己衣衫整齐之后，方才放松下来，尝试着对乌介可汗微笑，却只是扯动了一下嘴角："谢谢你。"

乌介轻挑眉毛："睡吧。叫得轻声点。否则整个回鹘营地都以为我在宠爱你了……"

腾！秘色的脸忽然有火燎原！

其实她知道乌介这一句话不过是个玩笑，没有压力，没有威胁，嗓音也罕见地柔和，可是却让她的脸颊空前地火烫！

满意地看到秘色倏然飞红的面颊，乌介轻笑着离去，留下一室的火光，还有秘色胸腔里怦怦的心跳。

隔日天亮，秘色便被唤至牙帐伺候。

回鹘牙帐便是回鹘的王廷，只不过因为回鹘民族历来游牧，所以回鹘可汗外出之时，可汗的中军大帐便是回鹘牙帐的所在。

当秘色走进牙帐时，乌介可汗正坐在正位之上，与他的臣子们讨论着如何给大唐上奏表，催要粮草。秘色听得书记官将草稿捧读给在座的众人听："大唐天子，万岁，万万岁。臣回鹘乌介可汗叩首。……闻听朝廷将拨赐粮草予我，回鹘子民无不伏地顿首。然，日期已过，却颗粒未见，回鹘子民无不嗷嗷以盼……臣乌介可汗深恐，如若粮草再不到达，饥民将生祸乱，到时涌向天德关下，臣将无力节制。万望大唐天子速将粮草下赐。臣回鹘乌介可汗再拜……"

秘色心底宛如炸裂！大唐赐予的粮草，乌介可汗不是已经劫来了嘛！不但劫来了属于他们的部分，甚至将另外的、本来用作边关军粮的粮草也全数占为己有！

西域边关，秋寒将至，数十万大唐官兵，不得不因之而忍饥挨饿；可是乌介可汗竟然还厚颜无耻地指责大唐没有如期运抵粮草，甚至还以"民乱"要挟，威胁攻入天德关！

秘色顾不得许多，扬声说："可汗！大唐的粮草已经尽数在你们回鹘的营地！你们却怎么还向大唐讨要粮草？"

秘色之言，震惊了牙帐。环坐在牙帐高座之下的回鹘大臣们，全都向秘色怒目而视。一个虬髯大汉腾地站起身来，指着秘色，破口大骂："你个小蹄子！这里有你说话的地方吗？你是活得不耐烦了，还是昨儿个晚上没被可汗宠够？你身上有劲儿用不完的话，不如让爷爷我收拾收拾你！"

乌介可汗望着那虬髯大汉，沉声喝止："托依汗！"

托依汗恨恨地坐回去，眼睛却依然狠狠地望着秘色。

乌介可汗抬眸望秘色，一夜睡眠之后，她面上的气色好了许多。此时又因为激动的情绪,而在脸颊上飘起了两朵红云。她的眸子晶晶闪亮着,红润的唇微微撅起……乌介可汗忽觉心下一荡,本来要呵斥秘色的话,也放缓了语气:"秘色,你现在是回鹘的宫奴,不许你再为大唐说话。"

"不!"秘色扬声,"秘色即便此时贱为回鹘奴,但是秘色永远是大唐的子民,秘色心中的祖国永远只有大唐!"

气氛陡然凝重。

休说素日里,堂堂回鹘,绝对没有人敢顶撞可汗;就是秘色刚刚说出的这一番"大逆不道"的言语,也绝对足够让秘色因此而被判死刑!

托依汗再次忍不住站了起来,冲着乌介可汗高声道:"可汗,这汉人小蹄子一定是活得不耐烦了!把她降为军奴,让咱们回鹘的勇士们好好调教调教这小蹄子!让女人闭嘴,最好的办法,是把她的嘴巴塞满!"

乌介可汗凝视着秘色的眸子里,卷起深蓝色的重重波涛,他手中捏着的一只牛角杯,发出异样的声响。

军奴!

秘色也曾听说过,番邦夷狄为了刺激士兵勇往直前,所以允许士兵们将虏获的女子集中起来,充作军奴,以满足血气方刚的士兵们的兽欲……没想到,自己竟然有一天,也遭遇到这样的事情!

秘色心下颤抖,但是面色上依然刚强如昔,她甚至高高地昂起了下颌,睥睨着牙帐中的乌介可汗和共同议政的九位宰相。

"啪——"突地一声惊雷,乌介可汗将手中的牛角杯重重甩落在地,酒液与杯子的碎片四散分崩!在场众人,每个人的袍子上都被酒液溅到,可是没有一个人敢动一动。

一块牛角碎片从秘色颊边飞划而过,锋利的边角将秘色的肌肤划开,虽不算重,但是已经有殷红的血色透过肌肤洇了出来。

乌介可汗踩着一地的狼藉离开高座,阴鸷着蓝色的眸子,眉眼处张扬着危险的气息!他几步跨到秘色身前,用手指狠狠捏住秘色的下颌:"在本汗面前,没有人敢说不!就算你们大唐的天子也一样!没想到,你一个小女子,竟然生了这么大的胆子。不教训教训你,本汗还怎么辖制回鹘十六部,还怎么做回鹘的可汗!"

说着,乌介可汗一把扯下自己袍子上束腰的牛皮带子,抓过秘色的双手,三两下便将秘色的手腕交缠着捆住,然后一把将她失去自由的双手拉高,举过头顶,固定在了帐中的一根粗大的柱子之上!

秘色惊喘,身不由己地随着那姿势而仰高下颌,眼睛被迫直直地迎向乌介可汗怒涛翻卷的湛蓝深眸。

他要做什么?他要如何惩罚自己?

秘色心下警铃大作,却已经来不及阻住乌介可汗如山一样倾覆下来的身子!

乌介可汗用自己的胸膛,抵着秘色的身子,将秘色困在了自己的怀抱与粗大的柱子之间。两个人鼻息相闻,视线交缠。

胸膛内翻腾的滔天怒意,再加上身子下传来的柔软的触感,一举激发出乌介可汗骨子里狼一般的野性!他粗喘着,将自己粗粝的身子紧紧贴住秘色,狎昵地滑动,尽情地享受着秘色的柔软与曲线。

秘色登时几乎晕厥。

一来是惊恐,二来则是蓦然翻卷而起的陌生情潮。毕竟是未经人事,秘色对于身子上奇异的触感、口中的干渴,还有心底莫名的烦躁都无法理解,只觉得自己恍如被掷入波浪,一时涌动上天,一时跌落入地……

乌介可汗满意地看着秘色眸子里点点涌起的迷乱,还有她不经意间舔舐红唇的举动,他觉得自己的身子越发紧绷,如果不是尚身在牙帐,身旁还有九位议政的宰相,他真的就想长驱直入,放纵自己的欲望得以尽情释放!

托依汗忽地高叫:"可汗,干得漂亮!看这小娘们儿一下子就气喘吁吁了,估计她早忘了该怎么跟您顶嘴了!"

托依汗的话让乌介可汗更为勃发,他忍不住地伸出一只巨掌,握住秘色的一方柔软上下揉搓,在秘色终于忍不住地吟哦出声的刹那,将自己的唇覆了上去,喑哑地低吼:"不许叫,不许!你的叫声只能给本汗听见,别的男人谁都不准!"

乌介唇舌的突然捣入,让秘色仅存的一丝理智飞升天外,她只觉得脑子昏昏沉沉地热,身子变得时而羽毛一般地轻盈,时而又铅坠一般地沉重……

双腿越发酸软,秘色想用手撑住乌介可汗以稳定自己渐渐下滑的身子,却突然醒悟,自己的双手早已被他制住,此时正被牛皮绳绑缚着高高固定在头顶的上方!

双手一挣,牛皮绳便更紧地勒进了手腕的皮肉。疼痛让秘色的神智渐渐回归,她猛地想起,原来此时还有九个旁观者在!乌介可汗这般当众羞辱她,就是为了惩罚她之前的言语不敬!

应该痛苦的,不是吗?

可是这缠绕在身体深处的、层层涌动的酥麻快感,又是为何?

5. 春波眼前

秘色仔细地将最后一缕发丝拢好,插上一柄嵌了红宝石的牙梳。

抬眼望镜子,镜中的米娜瓦尔身着红色连身回鹘长袍,紧窄的袖口和胸口的翻领都有连珠团花纹的金色刺绣,满头的青丝高高梳成椎髻,鬓边斜插一支金钗。

瓜子形的玲珑面容上,浓密而细长的娥眉,在双眉间会和,连成一线。幽邃的眼窝将那盈盈秋水一般的眸子,掩映得更为迷人。润泽的唇,不点而红。腮边点了两点飞燕状的画靥。

回鹘女子本就白皙的皮肤,衬着红色,更显得白皙无瑕;回鹘女子鲜明玲珑的五官,在妆容的映衬下,益发娇美动人。

即便同为女子,秘色都不由得呆了一呆。

米娜瓦尔在镜子中娇羞地望着秘色:"秘色,你的手艺这样好。如果当日没把你从可汗身边要来,那我今日可要后悔死了呢……"

听米娜瓦尔提及那日,秘色的神色不由得倏然一黯。

米娜瓦尔所说的那日,正是秘色在回鹘牙帐当众受辱的那天。

乌介可汗本来是要用这样的办法小小惩戒一下秘色,并且也是要在九位议政的宰相面前强调自己的权威,可是却没想到,自己的欲望竟然也在这过程中被熊熊挑起,当他想再一步深入时,却被突然冷静下来的秘色冷冷地截断!

秘色意识到自己当下的处境,知道自己双手被缚,能够挽救自己的,只剩下一张嘴。

当乌介可汗再次将唇覆上来之时,秘色寒着声音,一字一顿清晰地说:"请拿开你的臭嘴!"

乌介可汗那氤氲着欲望的眸子倏然阴鸷地眯了起来,脸颊上勃发的红潮蓦地减退:"你说什么!"

秘色迎着乌介可汗的眼光,冷冷地说:"你们回鹘人,向以腥膻畜肉为食,不食菜蔬,不敬礼仪,不事斋戒……你嘴里呼出的气,每一口都是奇臭无比!"

乌介可汗勃然大怒,大掌一把扼住秘色的喉咙:"你找死!"

几欲窒息的痛苦,当众受辱的委屈,再加上对于未来的无可寄望,秘色再也无法忍耐,一行清泪顺着腮边静静流淌,她迎视着乌介可汗惨然冷笑:"是的,可汗,秘色求死,你杀了我吧!"

乌介可汗的指节嘎吱作响,他额边的血管突突跳动:"你在逼我……"

秘色惨然:"不敢。小女不过是可汗的一个最为卑贱的俘虏,杀了秘色不过是碾死一只蝼蚁,再简单不过了……"

牙帐中那九位议政的宰相都急了,他们站起身来叫嚷着:"可汗,杀了这个小蹄子!有什么为难的,不能容得她这么嚣张!"

乌介可汗忽地垂首大喝,宛如困兽:"你们知道什么!如果她只是一个普通的汉女,或者只是陆吟的妻子,我早就杀了她!"

乌介可汗在说什么?

没有一个人听懂,却也没有一个人忽略掉他语气中的凝重。

除了乌介可汗自己,在场的所有人都不知如何反应才好。

正在冷场间,忽地帐门一挑,身着五彩花裙的米娜瓦尔手捧金盘,笑意盈盈,姗姗而来。

"可汗,米娜瓦尔知道您与诸位宰相大人正在忙于政务,于是采了最新鲜的葡萄来给各位解渴呢。"

看到米娜瓦尔盈盈的笑脸,在座的九位宰相却似乎并不买账。托依汗就像没听着似的,径直对乌介可汗嚷嚷:"可汗,要不然,干脆把这小蹄子扔到军奴营里去算了!您身边又不缺这么个宫奴,让她在那边自生自灭也就是了!"

米娜瓦尔妙目一闪,旋即袅娜地走到乌介可汗身边,柔柔地扯着乌介可汗的衣袖:"可汗,如果您身边不缺这么个宫奴,那——不如把她赏了给米娜瓦尔吧。米娜瓦尔身边,一直缺个人手呢……"

乌介可汗回头,凝望了一眼米娜瓦尔,又深深望了望秘色,湛蓝的眸子闪过一星光芒:"好吧。米娜瓦尔,这些年来你一直陪在本汗身边,而本汗一直没给你什么名分……如今,就如你所愿,把她赐给你吧!"

收回四散漫溢的思绪,秘色对着镜子中的米娜瓦尔柔柔地笑:"秘色要多谢您呢,如果当日不是您施援手,那么秘色今日恐怕早不在这世上了。"

米娜瓦尔巧笑倩兮:"哎呀,瓦尔我还要谢谢你呢。自从秘色来到瓦尔身边,似乎可汗来我帐篷的次数越来越多呢,说不定这都是秘色带给我的福气呀!"

秘色淡淡摇首:"这都是您自己的聪明美丽的功劳呢……"

米娜瓦尔倒也不再争了,自己用手拈起细细的狼毫笔,蘸取鹅黄,在眉间勾勒出梅花状的花钿,继而娇笑着望望镜子中的整体妆容,满意地道:"秘色,帮我看看,给可汗预备的牛奶子温热了没,待会儿可汗来了要喝的。"

正说着话儿,乌介可汗一闪身腾腾走了进来。米娜瓦尔慌忙站起身来,袅娜施礼:"可汗,今儿来得又比往日早了呢。奶子可能还要等一下,我让秘色去看看。"

乌介可汗湛蓝的眸子幽幽地投向秘色。不知怎的,秘色忽觉心下一惊,赶忙借着去看奶子的机会,走出帐外。身后背上,兀自留下刻刻的凝注。

秘色捧了牛奶子进来,弯腰呈给乌介可汗。

乌介可汗却不接,湛蓝的眸子一径锁着秘色。

米娜瓦尔轻轻咳了一下,提醒道:"秘色,不能这样将食物直接呈给大汗……"

秘色一愣,旋即想起素日里,米娜瓦尔的做法。秘色回身,将奶子捧到自己唇边,缓缓啜了一口,过了片刻,望见米娜瓦尔点头示意,方才准备重新换了杯子呈给乌介可汗。

乌介可汗轻轻一声:"不用另外盛了,就把这碗给我吧。"说着不容拒绝地一伸手接过秘色手中的奶碗,顺着刚刚秘色啜饮的方向,将一整碗奶子倒入了口中。饮完,那唇还刻意地从秘色刚刚碰触过的碗沿划过……

整个过程中,乌介可汗湛蓝的眸子始终没有放开秘色。

今天的秘色,依旧穿着她最爱的翠色襦裙,鹅黄的披帛轻搭臂间。只是,她今天的头上竟然选戴了一项回鹘的鹅黄浑脱帽,帽边轻压珠花,使得她今天看起来别有一番风味。

乌介可汗湛蓝的眸子,轻轻一荡。

乌介可汗的视线方向,敏感如米娜瓦尔又岂会不知,她娇嗔地不依道:"可汗,难道瓦尔还不如一碗奶子吗?从进门到现在,可汗可还没好好地看过人家一眼呢!亏了瓦尔我还费尽心思地打扮了大半天呢!"

乌介可汗笑着回望米娜瓦尔:"不说,本汗还差点忘了。告诉你个好消息,艾山和玉山已经回到牙帐城了。你与他们也有几年没见了呢……"

米娜瓦尔当即就流下泪来,梨花带雨地扑倒在乌介可汗怀中:"我的孩子,我好想他们啊……他们在黠戛斯,受苦了吧……"

乌介可汗拥住米娜瓦尔不住颤抖的肩头:"你放心,本汗将来绝对不会亏待他们。本汗这个位子,一定会传给他们其中之一。黠戛斯进攻牙帐城的时候,他们作为质子代本汗受过,这几年来,本汗一时一刻都没有忘记过他们……"

当年回鹘天灾突降,牛马死亡无数,继而引发内乱,议政九宰相之中的安允合、特勒柴革趁机串通黠戛斯攻入回鹘牙帐城哈拉和林。为了求得时机重新积蓄力量,所以乌介可汗忍痛将双胞胎儿子艾山和玉山送去黠戛斯作为人质。

如今,五年已过,黠戛斯便将二人放归回鹘。算来,两个孩子已有十三岁了。

夜色深浓,米娜瓦尔的帐篷中只有一支红烛幽幽燃着。

床榻上传来的粗重喘息,一波波传入秘色耳鼓。

作为宫奴,秘色有时需要日夜守护在米娜瓦尔帐篷中。与米娜瓦尔的床榻相隔一扇屏风,便是秘色临时的床榻。

本来,往日乌介可汗来米娜瓦尔帐中过夜时,米娜瓦尔都会体贴地让秘色回自己的帐篷。可是今日,不知怎的,米娜瓦尔并未让秘色离去。

秘色将头沉沉地埋入毡被,想借那丝缕逃开咫尺之外不断传来的娇吟与喘息。

良久,米娜瓦尔娇柔扬声:"秘色,给大汗拿干净的衣物来。"

秘色慌忙披上一件长褛,赤着脚,披散着满头青丝,捧着事先准备好的衣物走到米娜瓦尔的榻前。

米娜瓦尔的榻上,红纱低垂。榻边幽幽燃着的红烛,将纱帐中的一切照耀得既明晰又朦胧。秘色尽管已经足够小心,但是却依然一不小心地看到了榴红的床被间,米娜瓦尔酥胸半露,乌介可汗壮硕的胸膛正抵在米娜瓦尔白玉一般的裸背上轻轻摩挲。

回鹘民风不似中原汉人那般严谨,故男女之事倒也不十分避嫌,所以秘色来时,帐中的两人就保持着原样,并未刻意遮掩。

秘色捧着衣物呆立榻边,以为乌介可汗会立即起身穿戴衣物,自己完成任务便可退开,以解这眼前的尴尬。却不成想,乌介可汗不但没想起身,反倒邪邪地睨着秘色,再起雄风,昂藏的身子再度将米娜瓦尔白玉一般的胴体压入身下……

秘色如遭雷击,定定呆立榻边,宛若木雕泥塑。

夜色朦胧之中,红烛摇曳之下,身披轻纱长褛的秘色,长发轻垂,娇嫩的红唇还留有慵懒的倦意。乌介可汗将秘色的情态一丝不落地纳入眼中,身体不觉倏然勃发。

按捺不住,再加上身前米娜瓦尔光裸胴体的紧贴,乌介可汗一把揽过米娜瓦尔,便将身子覆了上去。

可是,眼前的眉眼早已不是了米娜瓦尔的模样,乌介可汗一时欲望无法尽情纾解,闷哼一声将米娜瓦尔的身子调转方向,直直对着榻边的秘色!

米娜瓦尔感受到乌介可汗身子的猛然加力,忍不住沉醉地闭目娇吟起来。而乌介可汗则直直抬起上身,湛蓝的眸子牢牢锁住秘色,一边用眼神吞噬着秘色面上的红潮,一边加紧着身下的律动……

绯红纱帐,被翻春潮,两具绝美的身体彼此牢牢地纠缠,粗重与娇媚的喘息混合在一起,一波一波荡漾起这夜色中最为销魂的旋律……

秘色忽觉自己陷入了一个梦魇。身子仿佛被魔法定住,无法挪动半步,只能呆呆地迎向乌介可汗直直锁来的凝视,一点点读懂那眸子里赤裸裸的欲望,身子深处有如流火滚过。

他宛如马上疾驰的骑士,每一次律动都勇猛无比。明明他驾驭的是米娜瓦尔的身体,可是秘色却觉得那个人分明是自己!自己感受得到那紧绷与灼热,每一次撞击仿佛都深深扎入自己的灵魂深处……

疯了,都疯了!

乌介可汗与米娜瓦尔疯了,他们竟然当着自己的面,行这床笫之事……

自己就疯得更加严重!不但不拒绝,反倒直勾勾看着眼前的一切,无法离去,甚至单单是看着,身体里便有春水涌动,战栗的快感宛如雷电扫过自己的每一个毛孔……

忽然,米娜瓦尔一连串异样的呻吟响起,音调比之前高亢了数倍,两只手紧紧扣住乌介可汗的肩背,仿佛急切地需索着什么。

秘色无法再看下去,将手上的衣物放在榻边的衣架之上,一垂首转身离去。

突地,乌介可汗猛然离开米娜瓦尔的身体,全然不顾米娜瓦尔深切的需索!

米娜瓦尔不解又不甘地嘶声惊呼:"可汗,您为何不给我?!"

乌介可汗翻身下榻,披上衣裳,视线留在秘色步出帐门的背影上:"瓦尔,今天就到这吧。我累了,你睡吧。"

米娜瓦尔恼怒地推开被子,滚烫的肌肤撞上寒凉的空气,心下的空洞便益发地怅然了。米娜瓦尔裸着身子坐起来,望向乌介可汗急急奔出门去的背影,眼神幽怨而狠毒地凝向更远处的秘色……

6. 初次盛放

秘色走出帐外。清凉的夜风迎面而来,秘色深深地呼吸。

帐外夜色正好,璀璨的星子在天空中集聚成不同的群落。西域的夜空,比之大唐,显得更加地辽阔与清朗。

不想回自己的帐篷,秘色放纵着自己,仰高着眼睛直望着星空,光裸着脚信步走向不知名的方向。

良久,忽然听得背后传来腾腾的脚步声。秘色停住脚步,惊然回望,隔着月色的清辉,却见是乌介可汗,昂藏的身躯松松披着蓝色的袍,双眸紧紧地锁定着自己的方向。

忘不掉刚才那一幕,秘色忽然不知如何面对这个男人。

明明只是一场旁观,可是不知为何,心下竟然会觉得仿若跟他有了肌肤之亲……

见秘色停步,乌介可汗不由得也定住身形。

靛蓝的天空,宛如穹庐,笼盖四野。圆月如盘,星子璀璨,一片银色的朦胧光辉里,轻覆长裰、长发如瀑的秘色,宛若月下的仙子,周身氤氲着一层淡淡的薄雾。

乌介可汗止不住地心潮澎湃,身体深处那熟悉的渴望,再度咆哮着袭来。

从来没有哪个女人能这般挑起他的情愫,甚至还没有肌肤的相亲,只是单凭一眼,便足以唤起他身体里所有的热情。

其实本想好好地呵护她,可是身体只要想到她便会变成无法控制的猛兽。

其实本想将她收入羽翼,可是男人的骄傲却无法忍受她一次次的公然反叛。

乌介可汗紧紧望住秘色,心底里涌起无穷无尽的迷惘,不由得喃喃:"秘色,我该拿你怎么办啊……"

秘色忽觉脚下一痛。垂首查看,方才察觉,赤裸的脚底已经被粗粝的砂石磨出了殷殷血迹。

疼痛忽地排山倒海而来,秘色忍不住蹲下身子,委屈的泪水沿着脸颊,潸然而下。

一阵急促的脚步声霍地传来,下一秒钟秘色便被拥入了一个温暖的怀抱。秘色微微张口想要惊呼,却一下子被猛然倾覆而来的唇满满地噙住!

这一吻,辗转缱绻,带着不容躲避的霸气,却也带着微微颤抖的怜惜。这吻从唇瓣的厮磨揭开序幕,渐渐转为唇齿的纠缠,继而演变成了深深的探索……

秘色只能软软地攀附着那个高大昂藏的身体,无力反抗,只能眼睁睁任随自己的身心,一再沉沦……

秘色柔软馨香的身体,一再撩拨起乌介可汗心底的渴望。当他察觉到秘色身体所传达出来的顺从信息时,压抑良久的欲望再也无法忍耐,他猛地抓住秘色的双腿,强迫它们缠上了自己的腰间!

两个人的衣裳都是松松地披在身上,此时早已随着激烈的动作而门户大开,顷刻间两个人的大部分肌肤便已经裸裎相贴!

一声闷哼从乌介可汗口中溢出。这种甜美的触感,这种曼妙的贴合,是他从任何的女人身上所从来没有感受过的。乌介可汗觉得自己身体里沉睡着的那头野兽已然苏醒过来,即将冲出自己的身体,咆哮着将秘色生吞活剥!

仅存的理智告诉乌介可汗,不能这样做,否则一定会吓坏秘色,可能反倒在今夜之后将秘色推得更远!

乌介可汗拼命压抑住身体的渴望,猛地推开秘色,让清冷的夜风涌入两人之间贴合之处那几乎燃烧起来的肌肤之上。

倏然被推开的秘色,浑觉自己仿佛从高山之巅被推落深渊,迷蒙着眸子,呆呆地望着乌介可汗,软嫩的唇不自觉地舔舐着干渴红润的唇瓣。

秘色这不自觉流露出来的娇态惹得乌介可汗再次闷哼着欺上身来,一边狠狠吮吸着那樱桃般的小口,一边闷声低喘:"跟我回牙帐……不要再待在米娜瓦尔帐里了……我要夜夜抱着你入眠……"

在米娜瓦尔帐篷里伺候了半月之后,秘色又恢复了原来的身份——可汗专属的宫奴。

虽然不过只是把自己的东西从一个帐篷搬到另一个帐篷,但是这举动实际上却牵扯着微妙的、身份的变化。

秘色捧着自己的东西,向米娜瓦尔行礼告别:"秘色多谢您这段日子来的照拂……"

秘色的话刚刚出口,却被米娜瓦尔冷冷的话语截断:"不必了。我没照拂过你。我招你来,不过是为了吸引可汗。你在我这里,可汗自然便会来我帐里过夜。我们不过是各取所需……"

秘色一愣,深深地为米娜瓦尔语气中流露出来的悲凉与怨毒所震撼。

女人,尤其是侍奉帝王的女人,看似身份尊贵、锦衣华服,但是那种与无数现实或潜在的敌手争夺一份爱的感觉,实在是一场人世间最为惨烈的战争。没有人能够笑傲情场,没有人能够长久拥有帝王的爱心,所有的宠爱都不过是过眼的云烟,至多三年五载,便只能看着新人换旧人……

秘色幽幽叹息。

她从来没想从米娜瓦尔这里夺走乌介可汗的爱。

秘色也猜不透，为何乌介可汗会对她情有独钟。

莽莽西域，渺渺大唐，这两颗偶然碰撞在一起的灵魂，终究是缘，还是孽？

更何况，两国战事一触即发，操控着双方兵力的，又同是缠杂进自己生命的男人……

秘色福了一福，转身出门。

背后，米娜瓦尔幽怨的眼神，闪着莹莹的光。

三日过后，战云突起。

大唐主将陆吟一反常态，主动率兵攻打回鹘营地！

大唐发来的檄文中说，回鹘身为臣子，不守本分，劫掠大唐军粮，杀戮大唐官兵。故，大唐天朝忍无可忍，发兵出击，以示天威。

又及，大唐主将陆吟之妻沈秘色，被回鹘劫掠。杀夫仇，夺妻恨，历来为奇耻大辱，故而陆吟发誓夺回秘色，惩戒乌介可汗。

刚刚开战，大唐与回鹘都以谨慎为重，互相试探着彼此的态度与兵力，并未倾尽全力搏杀。

乌介可汗在牙帐之中与九位议政的宰相，紧急研讨着，究竟是谁走漏了风声，将回鹘劫粮草、掳秘色之事泄露给了大唐。

情急之下，难寻头绪，不过在场的所有人很容易便将矛头渐渐地集中在了一个人身上。乌介可汗纵然不信，但是就连他自己都无法说服自己——如果这个天下有一个人做了这件事，那么除了秘色，再没有第二个人比她更有理由！

九位议政宰相分为两派。一派主张送回秘色和部分粮草，求得大唐与陆吟的谅解，集中力量休养生息，重新夺回被黠戛斯、沙陀人和契丹人所瓜分的国境。另一派则主张，既然已经撕破面皮，就证明大唐已经全然不顾及回鹘曾经帮助其平定安史之乱的功绩，那么索性杀了秘色，正式与大唐宣战，兵进天德、振武，直捣长安！

乌介可汗静静地听着两派争辩。无论按照他们哪一派的意见行事，只有一件事是没有区别的——秘色都将离开他身边，一个是生离，另一个则是死别……

夜，这般沉静。仿佛白日间的厮杀都是隔世之事，夜幕笼罩下的西域大地，处处流动着和平的宁谧。

秘色睡得很沉。甚至梦中回到了大唐的越州，在摩尼教的"大云光明寺"前看见了那个卖面人儿的摊子。爹娘都在大云光明寺中拜望高僧，秘色一个人偷偷跑出来，身上又恰好没带钱，于是只能眼巴巴地看着那捏得活灵活现的面人儿眼馋。身边，一个穿白衣的少年，见她目不转睛，笑着将自己手里的面人儿送给她。秘色于是记住了那个白衣少年的名字，陆吟……

接下来，似乎还发生了些什么重要的事，可是秘色一时间却想不起来了。正在梦中努力追索之时，忽然感觉到一只粗粝的大手抚上自己光裸的肌肤，那随之倾覆下来的唇，带着熟悉的气息，勾起秘色心底深沉的渴望。

是他回来了……这几日他都一直忙于军务，在牙帐中与众臣忙到很晚。

虽然面上，从没有一日对他臣服，可是自己的身子与心，却已经偷偷地习惯了他的存在……

乌介可汗的抚弄渐渐激动起来，秘色只觉得自己几乎燃烧起来，再无法以装睡压抑喉间的吟哦。

见秘色终于投降，睁开了眼睛不再装睡，乌介可汗湛蓝的眸子里缓缓闪过一丝笑意。他跪起身来，缓缓褪去秘色身上所有的衣衫，宛如膜拜一般，细细望着月光中美得宛如玉雕的秘色。

乌介可汗的注视让秘色一凛，她含羞带怯地说："你答应过我的……"

乌介可汗柔柔吻上秘色："是的，我答应过你。我答应你，在你主动同意之前，我不把你变成我的女人，只求你夜夜让我拥着你就够了……"

乌介可汗拥着秘色躺下，缓缓轻抚："别怕，秘色，我不会做你不喜欢的事。我保证……"

在接下来的夜色里，秘色再一次获知，原来人的唇与指尖竟然能够创造出那么多的快乐——快乐到超乎自己的承受，快乐到战栗地哭泣。

可是心下，却又涌起说不清的忧虑，总是觉得今晚的他有哪里不对，却又无法厘清，无法探知……只能随着他制造的魔法一再地沉沦……

在乌介可汗再一次支起上身，在秘色双股之间埋下唇舌之时，秘色第一次在乌介可汗怀中全然盛放，随着一阵飞升如烟花般的璀璨后，秘色眼前一黑，晕厥在了这极致的快乐里……

乌介可汗的眸子怜爱地望着秘色，紧紧拥住她，共同跌入了疲累之后的梦乡。

这一夜的记忆，乌介可汗要好好地珍藏，说不定未来的若干岁月里，对于秘色的思念，要靠今夜的记忆来补偿……

二 归 唐

1. 若比莲花花亦羞

天德城,大唐西域重镇。

关外即是大漠黄沙,可是关内却被历代居住于此的汉人经营得宛如中原内地。

三横三纵的棋盘大街将城内规划得井然有序。北部是官衙阁属,城南是街井市集。举目望去,但见满城树影婆娑,水波潋滟,街道纵横,楼台俨然。

青龙、白虎、朱雀、玄武四门分扼四方交通枢纽,各自分兵把守。各城门之外又另设瓮城,将天德城护卫得固若金汤。城墙之上战旗猎猎,甲胄鲜明,军纪的整肃凸显着将领的用兵韬略。

城北,天威将军行邸。秘色高高坐在三层的飞檐雕梁的画楼之上,侧身靠着栏杆,听着飞檐下的铜铃被风吹动的叮当清脆,眺望着城中的景致,手中一柄团扇斜压胸前,身边的紫檀桌案上,青瓷茶盏中的香片正袅袅飘香。

风景眼前,铜铃耳畔,可是秘色的心却仿似腾空的纸鸢,放飞得好远。

那些身在回鹘时的帐幕、黄沙,如今想起,竟有隔世之感,真的会错觉,那不过是南柯一梦。

那夜在极度的绽放中,沉醉睡去,可是一睁开眼,秘色便发现自己竟然身处大唐的居室格局之中,榻前左右的人,都是大唐服饰。是身边前来伺候的侍女告诉秘色,说大漠中意外救起秘色的牧羊人已经将她送回了大唐,这里便是陆吟镇守的天德城。

大漠中意外救起自己的牧羊人?秘色心底宛如琉璃清脆崩裂——知道了,乌介可汗假借一个牧羊人的身份送自己归唐,便轻巧地瓦解了大唐对于他们劫走自己的指控……自己，原来在甜美的梦中，便成了乌介用来自保的工具。

那些恍惚中的柔情蜜意，那朦胧里的眷恋钟情，不过是自己的一厢情愿。

呵呵，哈哈——可笑，真是可笑，堂堂回鹘帝国的可汗，身边美女如云，怎么可能对自己这样一个平凡的唐女，那般地不同呢？亏自己当时还曾百转千回地深深思量……

可笑，太可笑！

更为可笑的是，自己归唐已经有数日了，竟然还没有见过陆吟的面。

原来那位"救了"秘色的"牧羊人"向陆吟禀报说，大漠中近来流窜有一支突厥马贼。据他说，那队突厥马贼专劫从丝绸之路经过的商旅，如果遇上"活儿"不好的时候，就算是军队的给养也不会放过。照此看来，大唐粮草被劫，很可能便是那队突厥马贼所为……

当年大唐与突厥的战争延续了数十年，后来在回鹘的帮助下，大唐终于攻破了东突厥。虽然突厥已灭，但是大唐一天也没有放松对于突厥余民的警惕，但凡一听说与突厥有关之事，防范之心立时加倍。

所以，一听说西域境内有一队军事化的突厥马贼，陆吟自然不敢等闲视之，亲率军队前去剿杀。

秘色与陆吟之间的初见，便这样被延宕了下来。

秘色抿了一口青瓷茶盏中的香片，用艾青色的帕子轻沾唇角。

她知道，什么大漠的牧羊人，什么突厥马贼，这些不过都是回鹘的计谋，用这些障眼法扰乱大唐的防备，以给自己争取足够的时间和条件，重振旗鼓，续写曾经统领西域的辉煌。

如此说来，自己根本从一开始就是乌介可汗的一枚棋子，所以他才会留得自己命在，所以他才会对自己另眼相看……

心神恍惚之间，忽地一阵清风吹来，打着旋儿卷走了秘色指间的帕子，飘飘摇摇直向画楼之外飞去。

秘色惊呼。并非是那帕子有多贵重，实在是那艾青的颜色与秘色瓷如出一辙，遍天之下除了秘色，再没有哪个女子拥有这般颜色的帕子。秘色潜意识里，便将这帕子看做自己的分身，自然珍爱。

秘色爬上栏杆，伸直了手臂，绷直了团扇想去捉那帕子，只听得侍女一声惊呼，秘色一分神，身子一滑，整个人便直直向画楼之外，倾坠而去！

画楼之下,正有一男子信步走来。发顶没有戴巾,只用一顶金丝缠枝的莲花金冠束住中发。身上一袭粉蓝色的袍,绣着淡淡的水墨莲花,行走之间,衣袂翩然,清雅无俦。

他走着,一边抬头望向画楼之上的青衣身影。那身影翠如春水,淡似丹青,却又浓丽雅致,眉间鹅黄、嫣红樱唇将这绿衣点缀得活泼秀美。如果以瓷器来喻人,那这画楼至上的窈窕身影,便似足绝世美瓷——秘色细腰美人瓠……

正淡淡微笑间,男子忽见得那翠色的身影从画楼之上飘然坠下,披帛带风,飘飘如断线的纸鸢。男子一惊,单足点地,腾空而起,衣袂在空中旋飞如蝶,一个翻转,将秘色的身子稳稳接入臂弯!

半空中,惊吓之中的秘色慌乱地抬起眼帘,不期然撞入一双潋滟如秋水的眸子,薄薄的眼睑将那眸子拉得狭长,映得那一对如刀裁出的剑眉英气逼人!

秘色一震,慌忙调开眼神,不敢直视向那对桃花春水、却又夹带凛冽冰凌的眸子,将视线一路向下,扫过他挺直的鼻、丰厚红润的唇、坚毅微含的下颔……

粉蓝裹挟着艾青翠色,发丝飞扬,衣袂翩飞,所有的围观者都屏住了呼吸,痴痴望向眼前这一幕绝美的景致。但得人间佳侣在,只羡鸳鸯不羡仙,这般绝美的画面,是多少人梦寐以求的景象啊!

衣帛初定,眨眼间两人已经稳稳地停落在地面上,秘色的一双手兀自牢牢抓住男子的衣襟不肯放松。整个身子柔柔地抖着,恍若受惊的小兔。

男子宽怀一笑,眸子里闪着光芒:"已经平安了。不过,如果你依然想待在我的怀里,我也不反对。只不过,这里可是几十个人在围观啊……"

啊!!!秘色一个惊跳,羞红着脸颊从男子怀中跳开,窘得不敢抬眼确认周围是否有人围观。

方才在画楼中伺候的那名侍女的嗓音适时飘了过来,打破了两人之间的尴尬:"啊!秘色小姐,你没事就好!神佛保佑,神佛保佑!将军,您回来得太是时候啦!"

两人闻言都是一愣,四眸相对,细细凝视。

"你是秘色?"

"你是陆吟?"

待得到对方的肯定示意,两个人的脸颊都是微微飞红。

没想到,这命定的相遇,竟然以这般惊世骇俗的形式,揭开了它的面纱。

二、归唐

是夜，月色清幽。

秘色在榻上辗转着无法入眠。

窗棂外，忽有清越的笛音传来，如行云流水，又似银河泻地，急缓婉转，清音悠扬。

如果说羌笛天生便披满大漠的风，竹笛则生来便沾满江南的韵。姑苏景致，流水小桥，一曲笛音，柳绿桃红。

江南……

笛音不期然勾动了秘色的思乡之情，秘色悄然起身，凭着窗棂，抬首望向窗外的后花园。

窗外，一池碧水，月映阑珊，水上有朵朵清莲，娉婷玉立，我见犹怜。

隔着那清雅的莲瓣，望得见彼岸的亭榭之上，一个素衣的身影，临风而立。一管竹笛横于唇边，串串笛音如飘摇的飞花，伴着那微风流转、发丝轻扬。

秘色的心蓦地漏跳了一拍。

满池清莲，一园春色，竟不过都是他身后的背景。向来只知以花喻女子，此时方知，世间更有莲花郎，他的无俦清雅，他的如玉风华，一曲笛音，一次回眸，若比莲花花亦羞！

仿佛感知了秘色的凝视，陆吟悠悠停下笛音，缓缓回首，眼角眉梢淡淡笑意，隔着晚风吹起的缤纷飞花，伸出手臂，望向秘色："还是睡不着吗？那，不如出来坐坐。"

秘色仿佛被捉到的孩子，面上一红："芜烟睡在外间。我若出门，必会惊扰了她。"芜烟正是秘色归唐之后，一直跟在她身旁伺候的那个侍女。

秘色所住的西暖阁，窗子开向后花园，门却在相反的一侧。若出得门去，要绕过一段回廊才能到达后花园。这一来，恐怕要惊扰到的人就不会少了。

陆吟轻笑，翩然腾身，一个闪挪，已经到了秘色窗前。数瓣莲花随着他腾身带起的风飞旋而起，待他落身，便也悄然栖息在他浓黑的发间。

陆吟将笛子交到另一手，眼底绽放璀璨，向秘色伸出手来："来，把手给我！"

秘色心头暗自怦然，将自己的手轻轻放入陆吟掌心，随之便发现自己蓦地腾空而起，眨眼间已然置身于后花园中。

又是在陆吟的臂弯，又是这般地四眸相对，秘色只觉得面颊流火，视线不由得娇羞闪躲。

陆吟轻笑："你我已是文定的夫妻，从此便要日日面对、终生相伴，难不成你要一直害羞下去么？"

听到陆吟说出"日日面对,终生相伴",秘色面颊上的红晕更甚,身子上被陆吟握住的地方更是滚烫。

看着秘色窘了,陆吟朗声清笑,目光绵长:"秘色,我终于等到了你!如果不是看到你无恙,我会一个不留地杀光那些回鹘人!"

秘色轻颤!

陆吟说的是回鹘人,而并非是"突厥马贼",看来他早已知道事情的真相,乌介可汗他们故布的疑阵分明就是掩耳盗铃!

秘色试探着轻轻地说:"芜烟他们说,是突厥马贼劫了我,而你去追剿他们了……"

陆吟微微仰起脸颊,银色的月光洒在他温润如玉的脸颊上:"追剿突厥马贼是真,不过却不全是与你相关,而是在尽一个人臣的本分。不过你放心,秘色遭遇的痛,我会一点一点为你清算回来的!这是我的私事……"那本来春水潋滟的眸子里,这一瞬忽然冰凌参差。

秘色微微垂眸,用羽扇一般的眼睫悠悠遮住眼神,唯恐自己眸子里的情绪泄露了些些心事。

"秘色,你代我受苦,我终会还你一个公道!"陆吟凝视下来的目光,如朗月绵长。

2. 不相思,已相思

陆吟定下了婚期,就在一个月之后。

仿佛为了弥补秘色之前所经历的种种,于是陆吟对婚礼筹备的一切细节都力求完美。

礼服、被褥、帐幔、披覆,所有的布料都经过四道香薰,经由西域而来的昂贵的波斯香料,成为整场婚礼的筹备中,最为奢侈的花费。乳香、安息香,甚至还有那比黄金还要贵重的蔷薇水与玫瑰水,荡漾起的涟涟香气,将幸福的气息扑满秘色的身前左右。

得郎若此,也该心满意足了吧,可是秘色却无法厘清,自己心底那个巨大的空洞所为何来。

午夜梦回之际,总是觉得榻前有昂藏的身形一闪而过,来不及睁开眼睛,只能凭着想象,捉住那湛蓝目光的一缕尾韵。

终究,还是梦吧……

一个帝王的政治棋子而已,或者不过是一个情欲的玩具。现在这个棋子与玩具都已经失去了本来的价值,怎么可能还会转身来寻?

听闻陆吟大婚在即,为了奖赏他在西域边关的赫赫功绩,朝廷特颁恩旨,加封陆吟为"天威上将军",加兵部尚书衔,又赏赐了大批的金银珍翠、螺蛸绫罗。

庆功宴后,陆吟意气风发,他拥着秘色细细赏玩着皇上的赏赐。月光倾城,陆吟细细嗅着秘色颈间发梢弥散的曼妙体香,忍不住情动,凑在秘色耳边喃喃:"秘色,从前我从未看重功名利禄,不明白为何代代文臣武将都会执迷其中。如今我终于懂了,因为他们也有钟爱的女子啊,将功名利禄展现在钟爱的女子眼前,该是每个男人最为快乐的时刻啊……"

陆吟刚刚在庆功宴上,经不过部将的劝酒,微微小酌。他夹带着酒香的气息,温热地滑过秘色纤巧的耳廓,带起秘色一阵阵酥麻的快意,半边身子几乎随之麻痹。

秘色羞涩地微微闪避,却更引得陆吟凑近,那丰厚温软的唇瓣甚至已经堪堪吻上了秘色那珍珠般小巧的耳垂:"秘色,有你相伴,此生无憾……"

一串轻吻,如飞花蝶舞,从秘色的耳垂,轻旋直下,游走过那纤长柔美的颈侧,玲珑浮凸的锁骨,一直欺上秘色饱满的前胸,停落在隔着衣料依然娇俏站立的胸尖上……

一声婉转的吟哦从秘色喉间止不住地轻溢而出,引得陆吟终于再也按捺不住,鼻息粗重着,猛然覆住秘色的娇润红唇!

这清雅如莲的男子啊,秘色几乎被他的外表骗过,甚至忘记了他身为武官所必然会有的强势,直觉里竟然将他做了斯文有余的温儒公子……如今,他强悍需索的唇舌乍然袭来,雄性掠夺的气息侵满了秘色的周身,秘色忍不住从心底深处泛出阵阵的战栗,寒意夹杂着快感,几乎将秘色所有的感官一齐淹没……

这般的强悍,这般的不容抗拒,一如……一如那双湛蓝眸子的主人,一如那统领回鹘大漠的狂骛君王!

秘色无助地紧紧攀附住陆吟,任凭陆吟用舌尖一遍一遍刷过她肌肤上敏感的地带,羞耻地发现自己漫如春水,肌肤处处绽开红粉的花瓣……

丈夫,这便是自己的名正言顺的丈夫啊,自己合该是他的禁脔,任他予取予夺,即便是这样的月华盖地,都不用敛去身形、避讳下人的啊……

所以,即便耳畔隐隐听得脚步声响,陆吟也根本没有放开秘色的意思,只顾得用舌尖反复逗弄秘色胸前的蓓蕾,享受着秘色娇柔身子阵阵的战栗,品尝着秘色激情之时的媚眼如丝……

不知是不是酒意与激情,迷乱了陆吟的警惕,反倒是秘色察觉了门外的异样——那隐隐的脚步声,竟然在门口处停顿了许久……

念及,或许自己此时的模样已经尽数落入那人眼底,秘色的身子猛然地一僵。

勉力从陆吟唇下侧过脸颊,抬眸望向门口——的确是有一个人,丝毫不知闪躲一般地,呆呆凝立在银色的月光下,他的身子在地面上投下巨大的黑色阴影……

秘色一惊!门外突然旋进的一缕夜风,寒凉地欺上秘色赤裸的肌肤,纠缠起颗颗战栗。

秘色身子的突然僵硬,被陆吟敏感地察觉到了。不过陆吟却误会了,浅笑沉声:"秘色,还是这般害羞吗?我都要等不及了洞房花烛,恨不得在这里就要了你……"

秘色却顾不得为这话而脸红,急急地冲着陆吟指了一下门口的方向。

陆吟随即会意,一个腾身,已经落至门外,秘色也随之奔了过去……

门外,月华满盈。纵是庭院之狭,亦被这通天彻地的月光,挥洒成一片浩渺天地。

不知怎的,秘色的心,忽地一空。

目光流盼处,早已不见了那个高大的身影。

就仿佛,这身影从未来过,刚才的所见,不过是秘色的一个幽深梦境。

陆吟回身,轻揽秘色肩头:"回去睡吧。如果睡不着的话,我给你吹笛……"

秘色轻掩胸口,按住那怦然的悸动,转身随着陆吟走进室内的刹那,却忽地心下一动,回眸望向院子里一棵高大的胡杨,隐隐有一枝树叶在夜风中轻轻摆动……

莫名地,秘色乍然惊觉,那摇摆的枝叶间,竟似有一抹湛蓝,潋滟流过……

秘色身心,如遭电击!

二、归唐

隔日,陆吟早早地带了一个波斯商人来到后宅,说他手里竟然有产自南海的、罕见的龙脑香。

须知,那龙脑香极为珍罕,即便南海进贡给朝廷,也不过一年十枚。当年明皇那般宠爱贵妃,也不过赏赐了三枚予她。贵妃则连夜派人骑马急行,给当时尚在渤海的安禄山送去了一枚……

据说,龙脑之香,数年不散。当年贵妃一条熏过龙脑香的披帛,被一个官员私下珍藏,数年后逢安史之乱,贵妃丧命在马嵬坡前。明皇思念贵妃久成疾患,那官员将珍藏的披帛取出,上面熏染的龙脑香气依然浓郁不散,明皇闻之一解相思之苦……

陆吟和在场的下人们都将注意力投射到了那波斯商人手上所呈的一个铺着蓝色丝绒的托盘,托盘上一颗颗纯白晶莹的冰片状结晶物,便是那被传得神乎其神的龙脑香。

秘色的目光却顿住了。她不由自主地将视线投射向站在波斯商人身后的一名昆仑奴。

那昆仑奴卷发高绾,虬髯参差,赤裸的胸膛未着中衣,身上只披覆着一件宝蓝色的长袍。一条巴掌宽的黑色布带扎在腰间,完美地勾勒出他俊美的身形……

秘色一愣。隐隐间觉得那张脸,似有不对,却又一时间说不出不对在哪里。

秘色忍不住又仔细望了一眼那人的眸子——恍如魔法乍现,秘色竟然突地无法自持,面颊爬上幽幽的红晕!

那眸子,那眸子湛蓝如波,深情潋滟!

秘色惊呼出声:"啊!……"

听得秘色惊呼,陆吟立即倾身回护。当看到秘色颊上突起的绯红,陆吟便不避嫌地用自己的唇轻轻碰触秘色的额头:"昨夜受凉了么?额头很热……"说着猿臂一伸便将秘色横抱起来,走向床榻,边吩咐下人:"在偏厦给他们收拾两间房,安顿他们住下。夫人今天身体有恙,待明日再细细选购。"

波斯商人深深一揖:"多谢大人!"

秘色软软地躺在陆吟臂弯之中,悄然回眸,心跳地望见那昆仑奴直直投来的眼神,那湛蓝的眸子里,灰色的波涛翻卷汹涌……

夜半,无月。

身上沉重的压迫感将秘色从梦中惊醒,想要张口呼唤芫烟,一只大手已经将秘色的口死死掩住!

是谁!

出于本能,秘色拼命地挣扎,这时方才发现,原来不止是自己的口,身上也已经被一个魁梧的身躯死死压住!

"别动,是我!"一声粗哑的嗓音在秘色耳畔响起,秘色的心蓦地停止跳动,身子也忘记了继续挣扎。

是他……

他熟悉的气息充盈在鼻息之间,秘色忽然觉得鼻子一酸,仿佛受了委屈的孩子一般,泪水不由自主地便流了下来,烫烫地滴在了乌介可汗捂住秘色的手背上。

乌介可汗的手,微微一颤。

因为自己的两只手和整个身体都在忙着控制秘色的身子,乌介可汗只好用自己的唇,点点啜下秘色颊上不断涌出的泪珠。

这久违的亲密,蓦地同时点燃了两个人的身体,一阵快意的电流从他们之间刷地窜过。

乌介可汗再也压抑不住自己的激情,闷哼一声,松开揞住秘色口的手,转而用自己的唇舌代替,狠狠将秘色樱桃一般的红唇吻住!

无边的燠热滚滚而来,仿如天火倾泻,秘色忍不住拱起身子,想要更紧地贴近他,以便确认这不再是梦中的情景。

恍如两只困兽,窄小的床笫之间,成了他们彼此缠斗的战场,片刻过后,随着浓重的气喘吁吁,两个人的衣衫早已凌乱不堪。

突地,夜空中猛然有一线电光闪过,紧接着一串响雷从天际轰隆隆震天动地地滚来。山雨欲来风满楼,突起的狂风,扯动镂花的窗棂,发出吱吱嘎嘎的响声!

突来的天相,猛然惊醒了秘色。

秘色的心如遭重击:我这是在干什么啊!他是回鹘的可汗啊,他偷潜入大唐边关,为的绝对不可能仅仅是我啊!我这样,岂不是在通敌叛国;我这样做,哪里对得起以真心待我的陆吟!

心下突乱,秘色重又开始挣扎,不断扭动着身子,抵挡着乌介可汗身子的进攻!

秘色的反抗勾起了乌介可汗深沉的怒火,他一边加重身体的摩擦,一边闷声嘶吼:"为什么,为什么!你是我的,你身子的每一个地方都是我的!可是你却让他碰你,你好胆大!我要惩罚你,我要狠狠地惩罚你!"

滚烫的唇舌,粗粝的大掌,疯狂地在秘色光裸的肌肤上恣意游走,仿佛一张巨大的网,牢牢罩住秘色,无论秘色怎样挣扎,都无法逃开……

正在此时,猛地传来叩门之声,陆吟温润的嗓音里夹着一丝忧虑:"秘色,你还好吧?雷声这么响,让我进来陪你吧!"

闻听是陆吟的嗓音,乌介可汗先是一僵,继而邪邪笑着,凑上秘色的耳垂:"他来了,太好了。让他听听,你在我身下发出的声音,该有多么迷人吧……他根本都没有听过……"

乌介可汗灵巧的唇舌忽地捣入秘色耳廓,温软与粗粝交织带来的快感,一浪又一浪袭来,秘色忍不住呻吟出声,却在临出口的刹那,被秘色死死地咬在了唇内。

不行,不能让陆吟知道,如果他此时进来,虽然可以解了我的围,但是也会亲眼见到我与乌介可汗之间的不堪……

不要让他知道,不要……

秘色拼命的克制,更加激怒了乌介可汗,他猛地撕裂秘色的衣襟,垂下头去一口

二、归唐

便含住了乍然绽放的粉红蓓蕾！

疼痛、快感、羞耻，纠缠在一起，一起袭向秘色，秘色终于忍不住："啊……"地叫出了声！

门外的陆吟一听得秘色的轻呼，变得更加焦急，拍门的声音陡然大了起来："秘色，你怎么了？快开门，让我看看你！"那薄薄的门剧烈地摇动着，仿佛随时可能被陆吟掌力震碎！

惊恐宛如毒蛇，朝向秘色张开了血盆大口。秘色望着那摇摇欲坠的门，拼命压抑下几乎要将自己扯入昏晕的快感，一字一顿地说："我、没、事……我、已经、睡、了，你、放心、吧……"话音未落，秘色忽然觉得膝盖背后的敏感肌肤上，忽然传来一阵唇齿的吮吻与咬啮，全无防备地，一声突来的呻吟蓦地就冲出了口，再也没来得及拦住！

乌介可汗湛蓝的眸子里，笑意连闪。秘色知道，他是故意的！

他不但不怕陆吟知道他在，甚至他根本就想让陆吟听到自己的呻吟，最好再亲眼见到他们身子的纠缠！

3. 犹记小桥初见面

听到秘色又一声呻吟，陆吟的担心更甚。虽然秘色明确地说自己没事儿，但是她却偏偏连着几声闷哼，隐隐听去还能听到粗浊的喘息，就连床铺都似有微微的吱嘎之声……

陆吟皱眉："好吧秘色，既然你已经睡下了，那我就不进去了。我在你门外坐坐，等雷雨过了就走。你好好睡吧，门外有我呢……"

秘色呆住！

陆吟并不准备离开……他说他要在门外陪着自己，等雷雨过后再走……

这般的深情，这般地细致，而自己偏偏又在做着一件最不知羞耻、最令他蒙羞的事！

尽管是被乌介可汗强迫主导，但是那声声吟哦根本就是从自己口中溢出的呀！

而且，秘色抬眼望了望黑云密布的天空，今夜的雨恐怕不会早停，这岂不是说，陆吟很可能要在自己门外守候一夜！

那么，乌介可汗势必便会一整夜无法离开，而自己便会一整夜成为他身下的奴！

不要，不要，不要……

"不要？你这个不听话的小宫奴,敢对我说不要？"秘色不经意间流泻出口的话,惹得乌介可汗怒火更加高张,他猛然将秘色的双腕压上头顶,顺手扯下维系床帐的布带,三下五除二便将秘色的双腕绑缚在了一起,固定在了秘色头顶的床栏之上!

秘色紧咬住嘴唇,惊喘出声!

浑觉自己仿佛待宰的羔羊,而乌介可汗便是手执尖刀的屠户,自己除了眼睁睁望着自己一步一步沉沦下去的命运,而却没有一丝力量可以反抗……

"咔嚓!"天空又是一个闪雷,电光将床笫之间照亮,秘色清晰地看见乌介可汗湛蓝的眸子里潮湿氤氲的欲念,紧抿的嘴唇写着不容拒绝的坚持。

门外的陆吟悠然出声："秘色,又打雷了,受惊了吧？别怕,我在……"

秘色努力地抬首望向房门的方向,目光里不觉涌起万缕柔情。本来不过是一个保全身家性命的赌博,却没想到真的换来陆吟这样一个深情的男子。

乌介可汗尽情地享用着秘色柔软的身体,眼睛却不放过秘色的一点点眼神。秘色望向门外的柔光深深地刺痛了乌介可汗的心,他猛地将手伸入秘色的裙摆,引得秘色再度惊呼出声!

好在,上天似乎听到了秘色心底哀哀的请求,忽然又是一声炸雷响起,淹没了秘色那一声辗转的吟哦……

门外,陆吟的声音柔如月色："秘色,如果睡不着的话,那就听我说说话吧。还记得你八岁那年吗,在江南的越州,香火鼎盛的大云光明寺外,大人们都忙着进寺庙里聆听摩尼高僧们的弘法了,门口只剩下几个孩子,围住一个卖面人儿的摊子,好奇地盯着那些活灵活现的面人儿出神……"

秘色的心柔如春柳,那般的初见,如何能忘？正是在那里,正是在那面人儿摊前,时年八岁的秘色第一次邂逅了陆吟……虽然嫁给陆吟,有屈从于情势的权衡,但是谁能说,秘色心底没有悄悄地珍藏了多年的少女心事？

"那时,寺庙前所有的女孩子都是穿得鲜艳,唯有你,就是一件青翠的裙,素净地站在人群里。"陆吟的嗓音浩渺如月,款款柔情。

"本来并不是张扬的色彩,却偏生夺人二目,刹那间我不禁错觉,这世间的说法都颠倒了吧,谁说绿叶永远陪衬红花,这分明是红花只是绿叶的背景!"

陆吟的眼前,不禁又浮现起那年的记忆,江南春色,柳丝垂风,点点桃花掩映林间,透明的阳光淡金微黄……

秘色翠衣的身影,俏生生地驻足而立,不过是依然绾着双圜髻的八岁稚童,可是

二、归唐

那眼底的春色,眉间的婉转,竟已经那般深刻而明丽,深深牵扯住陆吟的心神,浑然忘我……

听着陆吟的娓娓诉说,秘色的泪不由自主地流了下来。真的没想到,那一年,情根深种的并不只是自己……

"望着你,我便愣了,呆呆地只知道追寻你的身影,发觉自己再也没有了往日的清高与自恃。待看到你的眸子紧盯着一个面人儿出神,我几乎是抢着将那个面人儿攥到手中,递到你跟前,为的,不过是你能抬眸,专注地看我一眼……"

轰——秘色的心宛如堤坝被春水击穿,浩浩汤汤着绵绵不绝的感动,催动着泪水变成穿着线的珠子,串串滚落……

陆吟,陆吟,上天为何这般弄人!

原来都是这般地情根深种,原来只待鸳梦得圆,却怎知半路生出这般的枝节!

我已经不再是曾经的我……

只有你,还带着那般的痴情,犹然立在那年的柳荫春色之中,眸光穿透十年的光阴!

陆吟,陆吟……

在陆吟的脉脉深情中,秘色浑觉自己的灵魂和身体渐渐分离。

身体依然还在乌介可汗狂鸷的控制之下,而灵魂却渐渐飞升,恍然见到那年的江南,越州春日,柳色倾城,穿着翠色裙子的自己,凝对着素衣长衫的他,一根五彩斑斓的面人儿,欢喜地站在两个人交握的手中,笑意嫣然……

秘色的突然变化,让乌介可汗生出错觉。自己眼前、手中的秘色,忽然如失却了灵魂的玩偶,笑得那般迷离而又遥远。

乌介可汗不觉一惊,就仿佛,看着她的生命在自己手中一点一点地消散,纵然自己拼命地想挽回,却无力,更无从,纵有一身神力,却只能挪开自己的双手,点点看到自己的无能与软弱!

乌介自然省得,秘色突来的变化,完全起因于门外陆吟的柔柔诉说。那般的深情,别说秘色,纵然自己,也不觉心下生出丝丝的感动。

自己迫在肌肤的强势,却根本比不上门外的袅袅诉说……乌介可汗无法接受这样的情势,急乱之下只想着加重自己的力量,强行夺回秘色的心!

乌介可汗低吼一声,猛然将秘色身子反转过来,不由分说地抬高了秘色的腰肢!

纵然未经过人事,但是秘色也能从乌介可汗肢体所传达来的讯息,猜想到这样的姿势,意味着什么!

秘色拼命地抵抗!

就算……心底已经不可挽回地留下了一抹湛蓝的影子……至少,把这干净的身子……给陆吟,留下吧……

乌介可汗岂能容得秘色拒绝?

秘色的拒绝,便等于分明地昭示,在她的心里,这两个男人,孰轻孰重!乌介可汗哪里忍受得了这样的结果!

乌介可汗急怒攻心,全然顾不得秘色的反抗,当半空中又一个流窜着蓝色火焰的电光炸开,乌介可汗借着那一瞬间亮如白昼的蓝光,猛然挺身,悍然击穿了秘色!点点殷红如烟花璀璨绽放……

"啊!……"秘色一声凄厉的惨叫!

倒不是来自身体的疼痛,而是源于心灵的绝望……

陆吟,就连最后的一点点,我都已经无法留给你了……

从此,我只能是,无颜面对你的,凋残——之、身、了……

秘色的惨叫虽然被雷声掩着,却也清晰地传入了陆吟的耳鼓。陆吟一惊,起身就要冲入内室!

突地,一名部将奔跑来报:"将军!暴雨突降,聚成洪流,已经冲进了粮囤,低洼地势的百姓家宅也形势堪忧!"

天德关地处大唐与西域的交界之处,西北地域历来干旱,所以城中的排水系统并未深挖,而此番急剧的雨势乃是历年罕见,于是城中街道之上的积水一时未能得到及时疏解,造成水势泛滥,渐成灾患!

陆吟担忧地望了一眼秘色的房门。

虽然不放心秘色,但是城中情势危急,陆吟无法耽溺于儿女私事而置城中百姓于不顾!

陆吟毅然回首,带着部将转身离去!

雷声隆隆,雨势如注,再加上自己身心的骤然混乱,让秘色一时没能听清部将的禀报,只听见了门外杂沓的脚步之声。

少顷,门外寂静了下来,只剩下无情风雨,再没了陆吟的声音……

秘色宛如从绝壁之上跌落,身下是深不见底的黑,秘色只能无助地听凭身子跌落、跌落……

陆吟,你,终于要放弃我了,对么?

我这般地不堪,这般地不知羞耻……终于耗尽了你所有的耐心和深情,对么?

上天!你对我这般不公!

如果注定我与陆吟当年的相遇,如果注定我们今生会一结连理,为何你偏要横生劫难,偏偏将我的命运推偏,走入一个陌生的民族,走近一个陌生的男人!

如果能有来生,如果能让我重新选择一次,请赐给我一颗静如止水的心,只对着他一人情动,只对着他一人微波潋滟……

就让此生归去,换得来生相聚!

乌介可汗惊恐地看着身下的秘色,如一片破败的叶,苍白着萎顿凋落,他身体中那一份刚刚燃烧至沸点的激情宛如被兜头浇下一盆冷水,蓦地熄灭……

逼仄的床帐之间,两个颓然破败的灵魂,都在为情恸,都是沦落人……

乌介可汗惨然地望着全无生意的秘色,心下翻涌起寒凉的痛。

不过都是越州初见,不过都是十年的心念,为何陆吟便可轻易打动秘色,而自己却如何也不能令秘色展颜?

十年前,江南越州,大云光明寺,彼时彼地,当年还叫做乌西特勒的乌介可汗,也恰是身处其间!

摩尼教那时被回鹘奉为国教,借着回鹘与大唐的友好,摩尼教得以在中原大地畅行传播。为了显示对回鹘的重视,大唐特地在越州、扬州等地兴建摩尼教寺院大云光明寺。

作为回鹘王子的乌西特勒,跟随摩尼教高僧前来大唐修习,便也是在越州的大云光明寺,邂逅了秘色。

看着白衣的少年送了面人儿给翠衣的小姑娘,看她颊边绽开幽幽的红,乌西特勒忽然觉得自己的胸口,憋闷得无法呼吸!

不过只是一个面人儿!凭什么她遥望着它痴痴地凝望!

乌西特勒一直尾随着秘色,转到无人的墙角,他忍不住拾起地上的石子,抖手扬出!

面人儿突被击中,从秘色手中倾泻而飞,眼见了就要落入路边的池塘,秘色顾不得安危,倾身扑过去挽救,不想裙摆被池塘边的岩石挂住,眼看整个人就要跌落水中!

乌西特勒大惊!拼着自己刚刚修习不久的轻功,飞身扑救,险险在落水前的刹那,将秘色接入怀中!

遽来的危险将秘色推入昏迷。

乌西特勒环住秘色,为秘色掩住散开的衣襟时,不经意地瞥见,秘色锁骨与肩头之间,有一抹殷红如花的胎记,就像一只翩然的蝶,静静栖息在秘色的肩头……

4. 只是当时已惘然

骤雨如瀑,电闪雷鸣,陆吟顾不得周身早已湿透,兀自指挥着官兵,筑起土堰以阻住洪水向粮囤内倒灌。

虽然天德城地处西北干旱之地,但是严谨的筑城格局依然留有相应的排水系统,只是因为多年来不曾用到,所以往日里的维护多有疏失。

更令陆吟惊讶的是,粮囤本修筑在地势较高之地,可是却分明有人事先开挖了沟槽,引水流下泻,集聚窄沟内,终引致水位急剧上涨,威胁到粮囤的安全……

城内的民居更是如此,排水的系统淤积泥土,而那些泥土分明是新翻动过的模样,显然是有人事先动过手脚!

陆吟心下警铃大作,他敏感地觉察到这事件背后绝对有一个巨大的阴谋,可是情急之下却无法厘清思路,只能把握住眼前,先将城内的洪流扼住才是!

究竟,究竟这阴谋所为何来?

如果是回鹘终于要与大唐兵戎相见,却为何根本不见回鹘军队乘乱来攻,仿似这一切不过是想让城内大乱,借此扰乱守军的视听……

如此苦心地策划这场纷乱,究竟是为何?

晨光初放之时,一夜的豪雨终于止歇,留下一城的狼狈。

街上淤泥粘腻,无数的碎瓦堆满街角,整夜未眠的人们凄惶着眸子,畜栏里的牲口发出丧家的哀鸣……陆吟心情沉重地望着周遭,心下是无比的挫败。

身为将领,面对回鹘数十万重兵压境,都未曾半分思量,而如今却无法打赢上天,只能在上天突发的淫威之下,苟延残喘。

房舍凋敝,人心凄惶,这些场景成为了陆吟心中最深的痛。

此时,他心里忽然极度地思念秘色,思念她微微的笑,思念她鬓角颈间淡淡的馨香,那些之于他,都是疗伤的良药。

良药和缓,静水流深,此时想来,原来他早已经深深中了秘色的毒,这一毒便是整整的十年。

心思一经确认,陆吟忽然再也顾不得眼前的一切。他想马上见到秘色,他等不及告诉秘色自己的心意……

陆吟将眼前的事情托付给副将,起身飞奔着冲回天威将军府邸,映着初升的朝阳,他本已湿透的粉蓝色长衫,在清晨的空气里层层沥干,每一条丝缕上都跳跃了阳光的金色,翩然的衣袂宛如彩蝶轻舞翩跹……

"秘色!秘色!我回来了……"陆吟奔进府门,禁不住失态地一路高呼,却在望见芜烟呆坐在秘色门口呜咽时,骤然停住了脚步。

心,咚咚地跳,似乎冥冥之中已有预兆。

陆吟忽然不敢走近秘色的房门。他缓下脚步,一步一步走向芜烟,轻轻地问:"芜烟,小姐她还没有起床,是么?是因为你吵醒她,她吼了你,所以你才坐在这里哭的,是么?"

芜烟一见陆吟归来,那本来拼命压抑的哭泣立时喷发出来,变成嚎啕:"少爷!您终于回来了……小姐她,小姐她不见了!床上到处是殷殷的血迹,小姐的衣服被撕成了碎片!我到处找,到处喊,却再也没有找到小姐!"

芜烟匍匐着爬到陆吟脚边,抱住陆吟的大腿:"少爷,你杀了我吧!都是芜烟伺候不周,都是芜烟好不容易熬过了雷雨睡死了过去,才让小姐遭遇了不测!"

陆吟那清雅如莲的身形忽地萎顿,仿若眨眼老去,他哑着嗓子冲芜烟嘶吼:"胡说!谁说秘色遭遇了不测!我会找到秘色,我一定会找到她……"

满庭凄惶之际,忽然又有部将奔来禀报:"将军!城外回鹘军队忽地起营拔寨,向回鹘牙帐城的方向,退去!"

另外一个不明形势的部将,满面喜色:"恭喜将军!回鹘军队不战而退,我天德之围已解,我大唐边关之危已除!都是朝廷洪福齐天,都是将军天赋睿智!此番,朝廷定然对将军大加封赏,将军前途无量啊!"

陆吟忽地凄惨回眸,散乱的发丝飘飞在苍白的脸颊边,唇色如血:"是吗?我真的前途无量,真的可喜可贺吗?看看城中,百姓无依,官兵凄惶,就算加官晋爵,又有何喜可贺!"

那部将惊得嗫嚅:"是是是,末将糊涂,将军英明!"

陆吟又是惨然一笑:"我英明?我英明,怎么会笨到浪费了长长的十年不去表白自己的心意;怎么会笨到就连自己最心爱的人都无力保护!"

部将惊恐地嗫嚅:"将军,那如今回鹘撤兵,我们该如何?"

陆吟紧闭双眸,面色如纸:"秘色失踪。回鹘撤兵。都走了,都走了,哈……"

芜烟忽地想起来什么似的,惊呼道:"少爷!听家丁说,安顿在偏厦里的波斯商人和他的昆仑奴也不见了!"

陆吟猛然一惊!一些支离破碎的片段在他头脑中忽闪飘过,他霍地开口:"昆仑奴有生具蓝眸的么?"

部将一愣,谨慎地说:"昆仑奴面黑魁梧,多来自南海,外表确与我中原之人大有不同……不过却未听说有蓝眸昆仑奴……蓝眸之人,多来自西域诸国……"

陆吟闻言:"啊呀……"一声大叫,猛然抬头,双眸充血,厉声大吼:"吩咐下去,立刻整顿军备!本将立誓于此,不灭回鹘,誓不还朝!"

大吼过后,陆吟只觉气血上涌,急怒攻心,一张口"哇"地一声,一口鲜血喷射而出!

推开疾奔上来搀扶的部将,陆吟强自撑住自己的身子,抬眸遥望西北的天际,幽幽喃喃:"秘色,你,在那里吗?……"

叮——当——,有幽幽的驼铃声,袅袅传入秘色的耳鼓。清脆的铜铃,和着雨后清新的风,缓缓吹开秘色心臆间的迷障,点点唤回秘色的神智。

又是这般的马车颠簸,又是这般的大漠兼程,难道,那曾经历过的一切,不过是一场迷梦,自己此时依然置身大唐赶往西域边关的粮草押运队伍中,期待着与陆吟的见面?

太好了,太好了……上天终于眷顾了自己一次,自己终于逃过了最恸的劫难……

呱嗒,车帘一挑,一个女子柔媚的嗓音传来:"妹妹,醒了?"

秘色费力地抬高眸子望去——轰!恍若一记重锤,铺天盖地砸来!

为什么,好梦总是转瞬即逝;为什么,这世间总要把最完美的期冀夺走!

秘色怔怔望着面前彩裙甜笑的米娜瓦尔,无法接受她那么顺口就叫出来的陌生称谓:"妹妹"……之前,自己不过是回鹘的一名卑贱的宫奴,更是专职伺候过米娜瓦尔,几时自己竟然成为了米娜瓦尔口中的"妹妹"?

米娜瓦尔两道乌黑的娥眉在甜笑中微微挑起:"妹妹,以后咱们就要姐妹相称了。昨儿可汗带着你回来,便都对我说了。哎哟我说妹妹,真是大喜呀……可汗对你可是温柔得不行呢,谁都信不着,非要姐姐我亲自来照顾你,等你醒来。太好了,有了妹妹你作伴,以后咱们就一起齐心合力地伺候好大汗吧……"

秘色淡淡地望着眉飞色舞的米娜瓦尔,丝毫不费力地从米娜瓦尔那姹紫嫣红的笑容背后,从那微微泛起了褶皱的眼角眉梢,望见了轻轻的愁、堆叠的恨……

女人,几曾对新来的对手,真心相迎?

秘色对这一切感到疲惫,她垂下眼帘,静静地说:"您误会了。秘色从前是您身边的奴,今后也依然只是宫奴的身份。"

米娜瓦尔的眼梢忽地一颤,压抑着语气中几乎飘逸出来的兴奋,说:"妹妹,别任性了。就算你还想当宫奴,你以为大汗会同意吗?"

秘色依旧淡淡地,仿佛一切不关己事:"如若大汗威逼,秘色虽无力阻止,但是拼却一死的勇气,秘色还是有的……"

米娜瓦尔先是一愣,继而笑靥如花,那殷红的笑直达眼底:"哎呀妹妹,看你说的,得到大汗的宠爱,是天下多少女子一辈子求都求不来的呢!待我们回到牙帐城,你就知道了,大汗的魅力啊,简直无人能及!"

秘色戚然:"秘色已经是唐将陆吟之妻。一女不伺二夫,大汗的魅力与秘色无干。"

米娜瓦尔又是一阵微笑,浅褐色的眸子里,荡漾起激滟的波……

5. 纷纷红紫已成尘

想来,米娜瓦尔必定已经将自己醒来的消息禀报了乌介可汗,于是车帘声响,当秘色见到乌介可汗进来时,心下并无半丝波澜。

心如死灰……秘色忽地倍觉放松。

当一个人真正地心如死灰,再不把一切放在心上时,这个世间,哪还会有那么多的爱怨痴嗔?

倒是乌介可汗略显尴尬,不自觉地搓着手,眼神闪烁望着秘色:"你,好点了吗?"

秘色并不躲避,一双眸子静静地望着乌介可汗,仿佛面对一个全然陌生的人,甚至是——面对无人的虚空。

乌介可汗湛蓝的眸子里,闪过一丝沉痛,拉过秘色的手,用指腹轻轻揉着秘色手腕上那被绑缚过深而留下的紫红印迹,幽幽地说:"我,实在是控制不住自己……每次一碰到你的身子,我便控制不住自己……"

秘色清冷的眼神缓缓在乌介可汗面颊流淌,待确定这一切并不是他的矫情,秘色方才缓缓地说:"可汗,言重了。秘色不过是可汗的宫奴,就算拿去秘色的性命,也是理所应当。"

乌介可汗心下一颤。

他以为秘色会高亢地喊叫,甚至会激烈地捶打,可是却没想到她只是这般静静、淡淡,宛如一副水墨的山水,虽然美,却那般地杳远……

突来的心颤让乌介可汗不由得扬高声音:"不!秘色,谁说你还是本汗的宫奴!你已经是本汗的女人,回到牙帐城,本汗便给你最好的封诰!"

封诰?

秘色抬眸静静望着乌介可汗:"可汗,秘色当日被你掳来便是卑微的宫奴;今时今日,秘色的心一如当时,并无丝毫改变。可汗你,又何必给我什么封诰呢?"

秘色仰首,直视乌介可汗灰蓝翻涌的眸子,全无半点留恋。

乌介可汗紧紧瞪住秘色:"你心里还想着陆吟,是不是!你的人都是我的了,可是你的心里还想着他!你当日从我身边逃走去找他,现在是不是还准备再逃跑一次!"

秘色猛然一愣!

逃跑?他说她是——逃跑!

秘色冷然一笑:"可汗,欲加之罪何患无辞呢?明明是您把我当做砝码送归大唐,还苦心地编造了一个什么牧羊人的身份,又把责任推给了突厥马贼……可汗,您可是堂堂一国之君,真的有必要在一个宫奴面前,说这些不着边际的话么?"

乌介可汗勃然大怒:"秘色!我容忍得你之前所有的不敬,但是却绝对容不得你的此桩猜疑!"

乌介可汗湛蓝的眸子里,波光频闪,痛楚迷离:"我怎么会放你走?我怎么可能送你归唐!"

涌上舌尖的话被生生吞下,乌介可汗险险当着秘色的面,说出埋藏了这多年的心事……

秘色,整整萦绕了乌介可汗的梦境,十年啊……

从大唐返回回鹘后,乌西特勒便差人着意搜集有关秘色的种种情报。好在,大唐越窑瓷商沈仲纶的名号在当地是无人不知,无人不晓,所以他唯一的女儿沈秘色的一切,便也都被传得街谈巷知。

直到——直到秘色选嫁陆吟的消息传来,直到秘色跟随着大唐的粮草押运队直奔西域而来,乌介可汗便再也无法按捺,埋藏了整整十年的渴望,再顾不得这行为会否损伤回鹘与大唐之间已经纤若蚕丝的关系,在那个新月照耀的幽夜,跃马横刀强掳了秘色!

二、归唐

甚至,甚至两个麾下的爱将,因并不知晓乌介可汗内心的真实企图,以为只是要抢劫粮草而要为害秘色时,生生被乌介可汗斩为两段!

这一切的一切,乌介可汗只是静静地埋藏在自己的心底,那么深,那么深,深到一旦碰触都是牵心的痛,深到——再也无法拔除……

望着秘色毫无生机的眸子,乌介可汗心里无声地呐喊:"你是我渴望了整整十年的梦啊!我怎么可能,放开手,把你交还陆吟?江山固然重要,可是我征服了整个江山却依然无法征服你的心啊……"

秘色的笑含着轻哼,那轻哼宛若琉璃细碎的崩裂。

秘色不再看向乌介可汗,缓缓扭过头去,将眸子对准雕木的车厢内壁。

这无声的轻视,自然是最为严重的反抗,乌介可汗的骄傲被狠狠挫伤,他狂怒地扑上秘色的身子,用两只手抵住秘色两颊,生生扳住秘色,强迫她看向他!

秘色默然,如水的双眸闪着冰寒,在乌介可汗炽热如火的逼视下,悠悠地垂下眼睫,将急躁若狂的乌介可汗,硬生生地拦截在了自己的视线之外……

乌介可汗湛蓝的眸子里,怒涛翻卷,他再也顾不得秘色身体的状况,低吼一声狠狠吻住了秘色禁闭的唇!

那般的冰冷。

那般的倔强。

乌介可汗用牙齿和舌尖反复攻城略地,一遍一遍地用激情冲击着秘色的防线,直到——终于觅到一线入口,便悍然直捣而入,侵入秘色软蜜的檀口!

秘色忍不住嘤咛了一声。那本来是秘色铆足了全身气力喷发出来的抗议之声,却在乌介可汗执着的唇舌攻击之下,转为了婉转的吟哦,闻之销魂……

乌介可汗顿觉自己的身子昂然起来,忘了自己这样不过是要逼迫秘色直视自己的眼睛,不让秘色逃入她自己的世界……是秘色的吟哦打乱了一切,是秘色身体本能的反应展开了诱人的魔法,乌介可汗只觉天地失色,眼前、心里只有身下的柔软,只有颊带羞花的女子!

西行的马车,在落日大漠间缓缓前行。木轮碾压着黄沙,让整个车体摇摆着固有的节奏。

马车三面木壁,却无门,只有一道牛皮的帘子悠悠垂下。不时有大漠的风,从皮帘子侧边的缝隙溜过。

车外,重兵环绕,无数的士兵紧紧拱卫着可汗的家眷。

就在这样的逼仄天地里,就在这样不时乍泄的帘笼里,就在这样隔墙有耳的马车中,乌介可汗与秘色,已经再无力顾及周遭的一切,只能跟从自己的身子,让神智与礼教臣服在身子疯狂的快感里,沉沦……

马蹄踏踏,驼铃幽幽,马车摇晃起人类最为原始的节奏,在大漠上一路留下死死压抑的吟哦,成就了两个人抵死的缠绵……

直到,直到乌介可汗再度侵入了最后的防线,秘色方激灵猛醒!

为什么无法拒绝?

为什么,只想攀附着他,跟随着他载浮载沉?

不要……不要啊……

不要让自己的身子认得了他,不要让自己的心随着身子而沉沦下去!

秘色剧烈地扭动起来,期冀着这样可以退开身子,逃过乌介可汗的强悍!

乌介可汗哪里肯退,那缠磨人的滋味怎么可能眼睁睁放开!

乌介可汗喑哑着声音嘶吼:"给我,秘色!我原谅你私自逃跑的罪过,让我好好爱你……"

秘色凄惶着眸子,宛如虎爪下的小兔:他在说什么?他在说爱么?这样的耻辱境地,这样无法遮住声音的薄墙,他竟然还说这叫做爱我……

秘色拼力挣扎:"不,根本就是你把我送回去的!我没有私跑,我没有错,你不能这么对我!"

乌介可汗勃发的欲念被秘色扭动挣扎的身子,刺激得更为昂扬,无法尽情舒展的痛苦,让乌介可汗怒不可遏:"好!你说是我叫人送你回去?那我便把回鹘营地所有与你相关的人都抓来审问!看看到底是哪个人送你回去的!如果真的有这样一个人,不论他是谁,我都会在你眼前杀了他!"

"而你",乌介可汗湛蓝的眸子被欲望折磨得通红:"一旦我找到了那个主谋,你必须答应我,让我酣畅一次!"

秘色的身子突地从紧致的压迫中纾解出来。刚刚的激烈,让秘色无法一下子思考乌介可汗刚刚所说的话,只听得他说要在自己眼前杀人……

杀人,杀人么?

这便是野蛮人的做法,这便是明目张胆的草菅人命!

杀……杀吧……谁能阻止得了一个暴君的嗜血?

杀吧,他杀的不过是他回鹘的子民,这又关她秘色何事!

一时被仇恨蒙蔽住了心灵的秘色,只是用眸子空空地望着乌介可汗,丝毫没做阻拦。

二、归唐

秘色的冷漠,再次激发了乌介可汗的怒火,他无法忍受秘色的怀疑,无法接受自己这般被动的处境!

乌介可汗猛然翻身出车厢,大吼一声:"将曾经与宫奴沈秘色有过接触的人,尽数给我押过来!"

昏黄大漠,残阳如血。

秘色凌乱着发丝,顾不得身上衣裳的狼狈,用手指死死攀住车厢的窗棂,望向沙丘前方的浓重杀气。

耳鼓里嗡嗡地空鸣着,秘色听不清乌介可汗在向跪在身前的几个被绑缚住的回鹘男子,嘶吼着什么。

看着他的发在残阳的光中张扬地飞舞着,看着他宝蓝色的袍几乎掩不住他身子里汩汩而出的怒意。

秘色忽地后悔,后悔刚才自己没有能够及时拦阻住他。

究竟是谁将她送归大唐,又有什么重要呢?重要的是她此时再度陷入囹圄,大唐故土、陆吟的深情,都只能是午夜梦回的一场烟花梦。

他杀的是不是回鹘人,又有什么重要呢?重要的是无论回鹘也好、汉人也罢,他们都是活生生的一条生命,他们的背后都有自己的父母家人……

锵——乌介可汗忽地抽出了腰间的新月弯刀,高高举过头顶,那清澈如泉的刀光,在如血的残阳里,闪烁着惊魂摄魄的光芒!

秘色的心恍如倏然冻结!每一条血管都已被恐惧堵塞,每一滴血流都化作参差的棱角——

不。

不要啊……

这都将是自己的罪,在自己的灵魂上烙印上火红的疮疤!

薄薄的刀锋,在空气中轻快地滑过,无声地勾出一条完美的弧线……

清泓闪过,簇簇血花在残阳的余辉中,跃动如腾空的焰火,妖异绽放。

跪在乌介可汗面前的回鹘男子,一个个无声倒下。明明眼见着那薄薄的刀锋挥来,不但丝毫不做躲避,更是连一声都不吭!

这种面对死亡的勇气,这种对于君主的绝对服从,让秘色的心被深深地震撼!

喷射在地的血,在松软的沙土中迅速下渗,不消片刻已经只剩下一片乌红的印记,仿佛一个重重的烙印,留下亘古不灭的悲凉……

秘色虚弱地瘫坐在车厢窗前,面如蜡纸,心似死灰。

生命原来这般脆弱,纵然生前曾经如何傲啸山林,却终究敌不过那薄薄的刀锋,眨眼之间,一切一切便已经归于虚无。

车外,蓦地又出来乌介可汗一声怒喝:"把米娜瓦尔给我绑过来!"

米娜瓦尔!

秘色悚然一惊,仓皇着爬起身子,直直望向车窗外——

米娜瓦尔好美啊……

昏黄的大漠,幽幽的斜阳,天地之间仿佛只有一抹红裙照耀眼目。乌黑的发丝,长长地飘扬在殷红的回鹘裙上,更加显得那红裙之上的面庞,肌肤赛雪……

尽管衣衫狼狈,发丝凌乱,却依然掩不住米娜瓦尔那双盈如秋水的眸子,掩不住那玲珑红唇诉不尽的点点风情。

米娜瓦尔在笑,眼角眉梢柔媚万种,仿佛眼前的情势不是被缚双手,屈膝黄沙;而是红罗帐内,旖旎春情。

秘色不由得愣了。这种乍然绽放于绝地边缘的美,竟然那般艳光逼人,竟然那般摄人心魄!

就仿似,杜鹃啼血,飞蛾扑火,明明都知道接下来的结局会是如何的残酷,却依然拼尽所有的心力,一搏情人的爱意!

秘色忽地顿悟,为何自己归唐之事会与米娜瓦尔有牵连,为何她会想方设法让自己离去……

都是女人!

都是女人的一颗迷乱着爱的心呐……

谁不想,那心爱的人,只把眼眸专注地投射在自己身上。

谁能忍受,那全心牵绊的人,却把柔情给了别的女人。

情场之上,每个女人都是最强悍的战士,为了捍卫自己的感情,什么事情都能义无反顾地去做!

纵然为此背负罪恶。

纵然为此噩梦难醒。

只求,抓住那人的手,哪怕只多一个分秒……

秘色凄惶地看着米娜瓦尔,看着她的眸子全无退缩地直直迎向乌介可汗。

秘色懂得她的心:"我本无错,何惧赴死!"

二、归唐

秘色看得见，乌介可汗湛蓝的眸子里凝聚起来的幽幽深雾，就算不是为了问责，也是为了自己君王的权威此时已经受到了眼前这个女人直白的挑衅！

秘色的心陡然轻颤，米娜瓦尔这般，是不是，这将意味着，她接下来的命运也会如那几个回鹘汉子？

不要……不要！

刚刚那几个鲜活的性命，秘色已经没有来得及挽回；如今同为女子的米娜瓦尔，这般的如花娇艳，她不该就这样命丧黄沙！

秘色再也忍不住了，从车厢中连滚带爬地跌落车外的黄沙。身子的虚弱让她无力直起身来奔跑，只好匍匐在黄沙中，沙哑地喊着："可汗，不要……"

宁静的大漠，突来旋风。方才温情脉脉的黄沙，忽地高张成遮天盖地的巨网，把地面上所有的一切全都纳入掌控。

如血的残阳，在飞舞的黄沙中变得惨淡、迷离，就仿佛一双原本深情款款的眼睛，此时却变得冷漠而又杳远。

沙粒不断刺痛着秘色的肌肤和眼睛，但是她却没有躲避，依然执著地向前爬行，拼命睁大自己的眼睛。

混沌茫茫，漫天黄沙之中，秘色已经瞥见了一汪水漾的清泉，穿透苍茫的昏黄，直直射入秘色的心上！

不要……不要……不要再为了自己，杀人了……

近了，又近了，秘色已经听到了乌介可汗的嗓音，镇定如常，仿佛丝毫没有受到这大漠里突来的风沙的影响："秘色，本汗答应你，一定会给你一个公道！"

秘色拼尽全力大喊："可汗，不要！我不要公道，我求你不要杀米娜瓦尔！"旋飞的沙粒毫不留情地直直冲入秘色的口腔，磨砺着秘色娇嫩的唇齿，牵起连片的、如火燃烧起一般的灼痛。

乌介可汗低头看向米娜瓦尔："米娜瓦尔，既然秘色为你求情，那么你可知罪？"

米娜瓦尔转头投向秘色的眸子忽然变得如尖刀一般锋利："瓦尔没有罪！瓦尔宁愿死，也不需要她来求情！"

那般尖利而刻骨的仇恨，让秘色不由得肌骨透寒，秘色死死抓住身下的黄沙，拼尽力气喊："米娜瓦尔，求你……就算你恨我，就算我有天大的错，但是求你不要拿你的性命儿戏……你还有一双儿子啊，你还是一个母亲啊……就算不是为了自己，也要为了他们着想啊……"

米娜瓦尔的眸子里,泪光隐现:"是的,我还有一双儿子!他们是大汗最优秀的骨血,他们将来也将成为大漠草原上最勇敢的君王!就算今天我死了,我的恨他们也都会替我铭记,我用不着你来替我着想,我的儿子们会明白他们母亲的心意!"

乌介可汗不由大怒,呵斥道:"米娜瓦尔!在本汗面前,你竟然还敢不认罪!"

米娜瓦尔在漫天黄沙中,幽幽抬起下颌,定定直视着乌介可汗。她白皙的肌肤、完美的下颌线条,即便世界混沌也无法掩盖。

四只眸子凝视了许久,米娜瓦尔微凉一笑,宛如透明的水晶,在风沙中点点崩裂:"可汗,您已经有多久不曾这般专注地凝视过我了?就算在我帐中,就算在我身上,您的眼睛也一直凝视着站在榻边的她;就算她离去,您也宁愿闭上眼睛,都不屑于看一眼就在您眼前的我吧……是不是,甚至,您宁愿将身子下卖力地伺候您的我,想象成是她?……与其这样,瓦尔活着还有什么意思?如果能够死在大汗刀下,可以换得大汗的一次凝眸,那么瓦尔死也无憾……"

秘色忍不住大哭:"米娜瓦尔,不要啊;大汗,求你了,不要杀她,我什么都答应你,从今以后,我什么都答应你啊……"

乌介可汗握刀的手忍不住微微轻颤,刀锋渐渐减缓下坠的力道,死亡的阴霾从米娜瓦尔身边丝丝抽离。

就在乌介可汗即将把弯刀调转刀头,收回刀鞘的刹那,米娜瓦尔红衣的身影蓦地跃起,在漫天黄沙中美成一抹绝艳,对准乌介可汗手中的弯刀,急急坠落了下去!

啊!!!

在场的所有人,无不惊呼出声,却都已经来不及挡住那急速下坠的身体,眼睁睁看着那身体吻上寒凉的刀锋,悠然——坠地……

乌介可汗目眦尽裂地看着米娜瓦尔,她修长的颈项从自己的刀锋上软软地滑落,一抹殷红的血色触目惊心地印在白皙的肌肤上,丝丝洇入皮肤的纹理,辗转成蜿蜒的狰狞……

秘色大骇,顾不得身子在沙砾间痛苦的摩擦,拼尽全身的气力爬到了米娜瓦尔身边,勉力接住米娜瓦尔坠落的身体,流着泪感觉生命正一点点从米娜瓦尔身上抽离……

秘色忍不住大哭:"米娜瓦尔,你这是何苦!我从来没想过要夺走属于你的爱,我一直一直只把自己当做最为低微的宫奴呀……你为什么不让我救你,你难道就真的那么恨我吗?!"

米娜瓦尔的双眸此时已经灰白、僵硬,那曾经顾盼生姿的眼神,变做直勾勾的凝视:"不……我宁愿死……也不要你假慈悲……从此后,不但我会恨你……我的儿子……还有所有的回鹘人……都会恨你……"

话音尚未飘落,米娜瓦尔的身子忽地僵直,眼神直直地望向天际,手指似抬非抬地勾起来,似乎要指向什么方向……

秘色托着米娜瓦尔身子的臂膀猛然感觉一沉,秘色眼神惶然地仿佛望向米娜瓦尔的眸子、身体,多想确定这不过是米娜瓦尔中止的停顿,似乎她缓一口气之后立即又会继续说下去。就算那说下去的话,仍然会如锋利的刀子,一条一条划在自己的心上……

可是,米娜瓦尔再也不说了,她分明是还没有说完,分明是还要继续说下去……可是她,就停在了那里,再也不说了……

秘色遽然大哭,摇晃着头,无法相信,无法接受:"米娜瓦尔,你再说啊,你再骂我吧……你不要不说话,你说话呀,我求你了!……"

身后,回鹘军队中的士兵,都难过地低下了头去。队中的女眷,更是涕泪滂沱,纷纷跪倒在大漠黄沙中,低低祝祷。

乌介可汗颓然地站在大漠风沙之中,身后披卷的长发,像一只只无力伸开的手臂。他手中的弯刀,凄惶地垂下,再不见了清澈的泓光,只剩下灰暗的迷离。

大漠苍苍,天地无色,一缕香魂,悠悠飘散……

三　牙　帐　城

1. 四面边声连角起

天苍苍,野茫茫,风吹草低见牛羊……
车行向北,已经渐渐出了大漠,举目望时,一片无垠的草原跃入视野。
晴空如洗,一碧盈野。
悠荡清凉的风,直直吹入胸臆,携来泥土的气息与野花的芬芳。
秘色禁不住卷起车帘,让旷野的风自由地吹进车厢,吹散胸臆间的阴霾,吹开心底蛰伏许久的繁花。
忍不住就那样笑了。
本来,大唐汉地的女子,见惯十里软红,似乎该对这一片陌生的土地,生出本能的排斥。可是秘色却没有,反倒从心底油然而生一股莫名的熟悉,欣欣然抬高颈子,深深嗅入这草原上清冽、微润,好似还带着点点涩味的空气,只觉四肢舒展,宛如终于挣扎着冲出地面的新芽,迎向广阔世界,拼力要绽放出属于自己的花……
似乎,自己的骨子里,合该就是生活在这里的女子呀。

秘色开怀的笑,便是一个女子绽开的最美的花了吧。
那一朵微笑,鲜明地投射到乌介可汗的眼里,那一瞬间,宛如天地之间最美的一切都汇集于此,世界上所有所有的期待都凝聚在这一刻。
跃然马上的乌介可汗,堂堂回鹘帝国的可汗,掌握西域广境的君王,就那样呆掉了……
任凭风儿淘气地扯乱了他的长发,任凭胯下的马匹开小差啃起地面的草芽,他只听得到自己咚咚的心跳,他只看得见天地之间的那一个女子……心底萌动的情,爬成蜿蜒的蔓,疯长的情苗将他的身心,层层缠绕。

秘色敏感地察觉了乌介可汗的凝视,她窘着脸颊,悄悄地侧目回视。

蔚蓝的天幕,一碧如洗,无垠地伸展在乌介可汗的背后,仿佛一匹华丽的绸。

天幕前,乌介可汗高坐在淡金色的汗血宝马上,深蓝的衣袍随风鼓荡,眼眸幽蓝,发丝轻扬。

秘色的心,突地一跳。刚刚抚上鬓角的手,就那样停在当场,不知该继续绾起青丝,还是该收归身侧……

气氛微妙间,忽地,半空中有清亮的啸声响起,一阵突来的旋风挟夹着巨大的压力,直向秘色袭来!

秘色本能地将双手紧抱在头顶,以作躲避。惶然间只听得布帛破空之声,眼前有玄色的飞羽飘飘落下,随着一声更为急促的啸声,那股凌空而来的压力倏地卸掉,一双强健的臂膀已经暖暖环绕在自己身周。

秘色松开双手,顺着啸声的方向抬眸望去,只见一只身型巨大的鹰,兀自盘旋在半空中,目光阴冷地望着秘色,不甘离去。

秘色这才发现,背后的山崖上,有一个个巨大的鹰巢,鹰巢中隐隐可见雏鸟的身影。年深日久,鹰白色的粪便,将鸟巢周围,乃至整个山壁都染成了白色,远远地望去,都会错觉这山是白头的雪山。估计正是马队猎猎,干扰了鹰,出于自保,它们才会骤然发起攻击。

耳畔,温暖的嗓音传来:"别怕,它走了。"

秘色幽幽回头,乌介可汗那湛蓝的眸子,凝着浓浓的关切和呵护,专注地望来。

心跳蓦地紊乱。这般的距离拉近,这般地鼻息相交,秘色与乌介可汗之前早已有过无数,可是却是第一次这般地,不在床笫,不含欲念,只是纯粹的情愫,心与心之间的距离,怦通而近……

秘色仓皇地闪躲着眼神,空空一咳,轻颤着眼睫像翩翩的蝶柔柔停落:"你们回鹘的鹰,都是这么凶吗?"

乌介可汗粲然一笑,秘色那藏在不经意之下的妩媚,让他的心恍如奔鹿。第一次看到秘色不再是缩紧的核,不再是满眼的惊惶抗拒,而是这般柔软舒展,眼底的笑意分明倒映着心底。

"我们回鹘曾经叫做回纥,后来改称回鹘,也便是应了'迅捷如鹘然'之意。这鹰不凶猛,怎么代表得了我们伟大的回鹘民族!"乌介可汗湛蓝的眸子,波光潋滟,宠溺与温柔尽藏眼底,言语之间又是对于自己民族的干云豪气。

一抹娇羞幽幽绽开于秘色脸颊:"可是它们却随意便溺啊……难道,这也是你们草原人的习俗?"

乌介可汗大笑:"秘色你又要嘲弄草原人了。可是你又知不知道,这如雪的鹰粪,在你们中医的眼里可是上好的药材呢。中医药中有一味'玉容散',专治面部瘢痕,让人面目娇美的,那其中的主料,正是这味药材'鹰粪白'呢!"

秘色大窘,面上红晕更盛,惹得乌介可汗心底无限爱怜,忍不住倾身便吻了下去……

那份微微轻颤的甘甜绵软,一投身,便是心甘情愿的万世沉沦……

天,微蓝。

草,青青。

风,飘摇。

云,悠悠。

……

车行幽幽,繁盛高大的茇茇草不时将枝叶雏花探上车辕来,嫩嫩地撩动秘色的裙摆。

秘色畅意地轻笑,不时捋上一大把嫩嫩的花草,巧手翻转,编成娇俏的花冠,轻轻压在自己的发顶。青青草芽,嫩嫩雏花,翠衫身影,明眸如波……

乌介可汗一提马缰,心底暗暗警示自己一句。已经看得见哈拉和林的城门,自己不可以再这般心思游弋,不可以再傻傻地偷望着她出神以致让马走偏了方向……

秘色伸开双脚,用小巧的脚丫轻轻踢踏着淘气的青草野花,心下的畅然,在四肢百骸中流淌成狂野的风。如果有前世,是不是,自己曾经在这广袤的草原上,站成一朵飘摇的花?

忽地,远处有悠远的号角声传来,醇厚的牛角在这辽阔的草原间,不失凝重,却又格外地好听。

秘色忍不住仰高了头去望,蔚蓝天空与青葱草原的交界之处,一片城池渐次闪现。高高的城墙,旌旗俨然。士兵齐列,号角高鸣。秘色心下蓦地惊悟,哈拉和林,回鹘帝国的牙帐城(都城),就要到了……

那扇城门,那座高墙,对于自己,又将意味着什么?

走入那扇城门,走入那座城,是不是,今后的人生,再不复曾经的模样?

三、牙帐城

最后的一段路程,颠簸宛如秘色的心路。

再远的路,总会走完。当整个队伍终于停顿下来,秘色透过窗棂向外遥望,城门洞开,门外列队欢迎的人群宛如色彩的海洋。红绿黄白蓝,不但装扮着人们身上的衣饰,更是结绳高高飘荡在碧蓝的空中,宛如高天的彩云。

一见乌介可汗率领着队伍抵达,迎接的人群顿时暴发出巨大的声响,歌声、诵祷、祝福、问候……再加上冬不拉、手鼓、都塔尔等乐器齐鸣,无数名衣着艳丽的姑娘更是旋转起衣摆,跳起动人的舞蹈……

乌介可汗激动地下马,湛蓝的眼睛里微微含泪,双膝跪倒在大地上,倾身亲吻膝下的土地:"哈拉和林,我们回来了……祖先的光荣,回鹘的历史,都将重新在鄂尔浑河谷传扬!我在此发誓,再不容许敌人进犯,除非我死,否则绝不再离开哈拉和林!"

回鹘,作为西域最强大的国家,强盛之时的地域,东极室韦,西至金山,南控大漠,尽得古匈奴之地,扼守丝绸之路,成为西域的不二霸主。

回鹘的强大,自然也招来了其他民族的觊觎。趁着回鹘突遭冻灾,人畜大量死亡,西北的黠戛斯人勾结回鹘丞相挺兵进犯。为了保存力量,乌介可汗不得不率领回鹘余部向南逃避,想借力大唐击退黠戛斯,重复故土。

这些,秘色是知道的。可是她更知道,因为了她的存在,使得乌介可汗没有能够从大唐得到兵力的帮助……可是,乌介可汗却是怎么做到的,他究竟是借了谁的力,恢复了故都,得以重回牙帐城哈拉和林?

难道,自己归唐离开的那段时间,回鹘曾经发生过重要的事情?

2. 桂魄初生秋露微

秘色正睬睐间,一只大手凌空向自己坚定地伸来。秘色抬眸,乌介可汗昂藏的身躯站在车前,湛蓝的眸子里波光幽幽。

只好将手放入他的掌心,懵懵懂懂地被他牵引下车,却冷不防从横向里劈来一道尖利的声音:"她是谁!"

秘色惊诧回望,一位身穿十色织锦上绣连珠团窠纹连身回鹘长袍的女子,面凝寒霜,一双棕色的眸子死死地盯在秘色和乌介可汗交握的手上。

秘色欲悄然收回柔荑,却被乌介可汗的大掌死死攥住,动弹不得。

秘色抬眸，闪着乞求望向乌介可汗。乌介可汗湛蓝的眸子微微轻闭，松开了手。秘色赶忙连走几步，跪伏在地："宫奴秘色，给您请安。"

那女子裙下高高翘起的笏头履，慢悠悠地走入秘色低垂下去的视野中，左右踱了几步，方才停下："不过是个宫奴，你竟然也配坐马车……"那声音里轻哼出的傲慢与蔑视，冷冷地激起秘色脊梁上一串轻颤。

乌介可汗的嗓音隐忍地插进来："耶律妃，秘色不是一般的宫奴，她已经是本汗的女人！"

耶律妃……秘色心下暗暗一惊。这个姓氏，是属于北方契丹人的！契丹人已经渐渐兴起，对大唐北方渐渐形成了威胁……

"咯咯咯咯"，一串冷冷的笑传来，"她已经是可汗的女人？哈，可汗，敢问古往今来，你们回鹘国中，哪个可汗的宫奴没上过可汗的床？不过是个暖被的奴，值得可汗你这么紧张吗？"耶律妃的嗓音软糯舒缓，可是却奇异地透出凛凛的寒意。

乌介可汗的嗓音不由得因了恼怒而扬高："是宫奴还是嫔妃，还不都是本汗的一句话！"

耶律妃又是笑得花枝乱颤："是啊，大汗。您可是统领西域大漠、草原，独一无二伟大的可汗呢！可是啊，您别忘了，中原汉人们有一句话呢，'水能载舟亦能覆舟'，可汗你每做的一个决定，恐怕都要问问你回鹘的子民吧！"

乌介可汗蓝眸顿闪："本汗的私事，难道还要问回鹘的子民？"

耶律妃娇笑："可汗，你别忘了，这个汉女可是与众不同哦……您车马未到，咱哈拉和林可都传开了，说可汗为了什么跟陆吟抢女人，索性连跟大唐借兵的事儿都抛在脑后了……不得不回头跟我们契丹借兵……试问大汗，这样的女人，我回鹘子民会接受么？"

跟契丹借兵……

原来是这样……

秘色心底悠悠轻颤，忽地理解了一个身为君王之人，藏于人后的无奈……

秘色悄然抬起眼眸，担忧地望向乌介可汗，惶然地看到乌介可汗的手指，拼命地攥紧，指节青白。

心里，酸酸的恻然。他是为了自己，才会让可汗的权威受到这般的挑战。

秘色再次垂下眼帘，嗓音清澈："耶律夫人，秘色甘愿永为宫奴……"

"咯咯咯咯"，耶律妃甜美娇笑，"没想到，你倒也是个玲珑心窍的人呢，难得，不枉

三、牙帐城

57

大汗疼你一场。"

乌介可汗的嗓音里夹着细碎的疼:"秘色,你……"

秘色仰首。金色的阳光从乌介可汗背后,千万缕地穿刺而来,秘色只觉得眸子里,有隐隐的酸痛,仿佛有什么东西,酝酿已久,渐渐发酵:"可汗,秘色是陆吟的妻,这个名分早已如此。只是,秘色现时已然身在回鹘,可汗又何必在意什么名分?有没有名分,秘色都会在可汗身边伺候……"

光线隐遁,巨大的身影铺天盖地笼罩住秘色。秘色酸楚地看着贵为君王的乌介可汗,俯下身来,当着苍天大地,当着回鹘故都,当着欢迎的子民,当着尖利的耶律妃——一把,将秘色紧紧地拥入怀中!……

听得到,彼此胸膛间怦通的悸动;

读得懂,彼此肌骨间隐隐的颤抖。

纵然天地变色又能怎样?我只要这小小的怀抱,便是无尽温暖……

乌介可汗回首望耶律妃:"耶律嫣然,这样你放心了吧?这便是——我的宣告!"

耶律嫣然……

秘色心下迷雾轻掩:嫣然,语笑嫣然……赋予耶律嫣然这样一个名字的人,她的父亲,该是多么通晓汉族的文化啊。这在依然处于文化蛮荒时代的契丹,该是多么地稀有;或者说,这位耶律氏的男子,拥有多么具有前瞻性的眼光!

铁蹄弯刀是可以轻易在战场上取得军事的胜利,但是游牧文化永远被农耕文化所征服……所以想要逐鹿天下,游牧民族的首领们必须要首先主动亲近乃至最终掌握汉地的文化……

耶律氏羽翼之下的契丹,可以想见的未来,必然拥有一番惊天动地的作为……

所以,乌介可汗才会这般忌惮耶律嫣然吧……

"参见可汗!"

"问可汗安!"

耳鼓间忽地莺莺燕燕,娇声婉转。秘色从乌介可汗臂弯里抬起头来,方才发现,耶律嫣然背后已经呼啦啦拥上来一群女子,姹紫嫣红,燕瘦环肥。

乌介可汗站起身来,一挥手:"好了。你们都回去吧。"

秘色呆呆地望着那些女子的身影,皮肤、发色、眼睛、身形,都有着彼此之间鲜明的不同,显然她们应该来自不同的部落和民族。

秘色自然猜得到,这不过是草原民族之间以姻亲互为联合的政治布局。那些本来出身显贵的女子,被他们的父兄,因为自己的政治目的而送来回鹘和亲。

尽管明知如此,只是一想到她们都是乌介可汗名正言顺的女人,秘色的心便如同被灌满了旷野的风,空空荡荡。

缓缓地抽回眼神,不经意地回首,蓦地发现耶律嫣然微眯的眸子,依然定定地落在自己身上,秘色的心猛然惊跳。

成群的嫔妃都来承欢,耶律嫣然不是更应该把注意力放在她们身上么?怎么会宁愿暗自观察着自己一个人,而忽略了那个庞大的后宫群体?

这是不是说,自己的回鹘之路,注定了不可能是一次顺遂之旅?

接下来的日子里,漫漫长长的时光恍若满溢而出的水,无声而散淡地流淌,没有终点,不见尽头。

秘色每天都能见到乌介可汗。不过,那都是白日里,牙帐里处理政务时,秘色被时不时唤入填茶送水。每当夜幕降临,烤羊的香气飘满整个哈拉和林城,秘色就再也没有见到过乌介可汗。

每一个妃子的帐篷里,都会在某个夜晚,传出辗转的吟哦。那吟哦整晚都不会停歇,即便夜阑人静之时,也会一直一直轰鸣在秘色的耳畔。

太阳升起,这烦心的折磨终于可以散去。可是夜晚终将到来,新的吟哦又将响起,只不过是换过一个帐篷,换过一个人……

寂寞,如疯长的芨芨草,待察觉时,已经离离成满园的荒芜。

原来明明那般抗拒的人,早已经不知何时悄然潜入了自己的心。

却,又能如何?

他是高高在上的可汗,自己是卑微的宫奴。是自己亲口拒绝了他的深意,是自己的身份带给他权威的蒙羞……

大唐与回鹘之间的国斗,孰是孰非早已变得不再重要。重要的是,自己此时已然置身回鹘,自己的身子和心,都已经丢在了回鹘……

"宫奴都是这么清闲的吗?"一声软糯甜美的嗓音,夹着尖利的寒冰,凛凛投来。

秘色一愣,讶然地看到自己的帐篷门帘已经被几个侍女挑开,椎髻彩裙的耶律嫣然冷笑着站在那里。

秘色慌忙下跪:"宫奴秘色叩见耶律夫人。"

耶律嫣然鼻孔轻哼,带着冷冷而又嘲蔑的笑,来来回回绕着秘色的帐篷走了两

三、牙帐城

圈:"宫奴……没想到啊,你一个宫奴的帐篷,竟然赶得上我的帐篷了!就连南海婆律国送来的这支珊瑚,我惦记了许久,竟然也被可汗送到你帐篷里来了!"

秘色心下暗惊。本来这珊瑚是工匠拿来说可汗吩咐要给秘色打几件首饰的,秘色一来无心装扮,二来爱这珊瑚天然的红郁,于是整支留了下来,摆在榻前。却怎么也想不到,这竟然是来自南海婆律国的珍贵之物。

秘色惶然地垂低头:"夫人如果喜欢,请尽管拿去吧……"

啪嚓——一只牛角杯兜头盖脸地朝着秘色砸了过来,杯里的奶茶泼了秘色一脸。好在这奶茶已经冷了,否则秘色的半面脸颊将会不保……

"你以为自己是个什么东西!你不要的物件儿,我堂堂回鹘的夫人会稀罕!仗着给可汗暖了几天的床,就不知天高地厚起来!我可告诉你,可汗对女人的兴致,最长不过半载,一旦他玩儿够了你,你看那些因你而死的士兵们的家属会怎么收拾你!要知道,可汗的亲卫队里,所有的士兵都是各部族首领的亲眷,现在他们早已经恨不得剥了你的皮!"耶律嫣然的嗓音宛如夜色中绽开的毒花,美,却致命。

"不如",耶律嫣然的嗓音突地一柔,"趁着他们剥了你的皮之前,我先好好地收拾收拾你,省得到时候剩个死尸,就什么兴头都没有了……"

秘色仓皇地抬头,望见耶律嫣然棕色的眸子里,闪着夜的光芒。

3. 碧眼胡儿三百骑

"沈秘色,明儿驻守在哈拉和林的契丹军官们将有一场饮宴。反正你清闲若斯,明儿就去伺候吧……"耶律嫣然的眼角,风情流转。

"对了,别说我不提醒你",耶律嫣然临去回眸,"这些契丹的将士可都是帮着回鹘赶走黠戛斯人,收复了哈拉和林的功臣啊!莫说可汗都会以礼相待,如果哪里招待不周,他们屯在城里城外的铁甲骑兵可是不会答应的哟!身为可汗的宫奴,这点事儿总能为可汗办好吧……"耶律嫣然满意地看到秘色面色一白,咯咯笑着扬长而去。

牙帐里,乌介可汗高升汗座。汗座之下,叶护、屈律啜、梅禄、阿波、俟利发、吐屯、俟斤、阎洪达、颉利发、达干等二十八级官员各就其位。重归牙帐城的回鹘上下,审慎地研究今后与各方势力的共处政策。

铁甲,饮宴;屯兵,伺候……

眼前的庄严都无法吸引秘色的心思,她的脑海里不断闪现着上述字眼,连给乌介可汗金杯里倾注的奶茶漫溢出了杯沿,都恍惚未觉。

乌介可汗抬首,深深地望着秘色。

她瘦了,面色透明一般地白,两圈乌漆氤氲在双目之下,纤细的身子总是受惊一般地微微抖动。

要不是面前臣工俱在,乌介可汗真的想一把将秘色拥入怀中!

思念。

那可见而不可得的思念……

销魂、蚀骨。

乌介可汗的一举一动自然逃不过臣子们的眼睛。位列当朝议政九宰相之一的阿克木面色一愠:"可汗,当着这个陆吟的女人讨论我回鹘对唐策略,这合适么?臣怕这份决策,明天一早就会飞到陆吟的桌案上……我回鹘亟待中兴之际,望可汗不要被儿女私情蒙蔽了眼睛,这样不祥的女人,应尽早屏退身畔!"

阿克木的儿子巴图尔,就因为协同米娜瓦尔,送秘色归唐,便在大漠黄沙中,命丧黄泉!

阿克木深深了解自己的儿子,巴图尔是他的骄傲,巴图尔之所以会冒着蒙蔽可汗的大罪这样做,绝对不是贪图了米娜瓦尔许诺的报答,而是——巴图尔担心回鹘的命运,担心这个汉人女子会给回鹘带来不祥!

都是因为这个不知廉耻的女人……

口口声声说着自己是陆吟的妻子,可是却一次又一次沉溺在可汗的床上娇声浪吟!

真不知可汗究竟被她怎么迷惑住了!

阿克木的话让秘色凛然一震。是啊,自己即便已经置身回鹘,但是身上永远烙印着"唐将之妻"的身份啊!纵然不过是手无缚鸡之力的弱质女子,但是两国之间的仇隙,便会让回鹘人永远视自己为居心叵测的奸细!

秘色仓皇地望乌介可汗。

乌介可汗默默地垂下头去,湛蓝的眸子变成一片幽暗。

秘色心下霍地一空,他终于也屈从于臣子的压力了吧……所以他才会自归来哈拉和林之后,便不再单独见过自己,往日的柔情蜜意早已化作视而不见的陌生……

"可汗对于女人的兴致最长不过半载",耶律嫣然所言果然不错,看来自己已成明日黄花!

三、牙帐城

61

回鹘,唯一心底隐隐依赖着的人,也终归要闪身离去了,是么?

秘色狠狠压下眼中的泪意。心思里盘桓已久的求助,已经变成梗在喉间的鱼鲠。

契丹饮宴,已经再无人会为自己挡开。

纵然明知今夜的饮宴毒如虿盆(放满了蛇的坑,妲己的创造),秘色也只能,独身,前往……

不过是一个微贱的宫奴,又是人人嫌忌的唐将之妻,就算自己受到再大的伤害,又会有谁在意?

哈拉和林的夜,格外幽深。

空旷的草原之上,深蓝的夜空益发广阔无垠。

硕大的圆月,低低地垂在天幕之上;几颗疏朗的星子,恍若闪钻,放着熠熠的辉。

秘色仰首,深深嗅入草原上干燥清爽的夜风,遥望着前方火烛灿灿的大帐,压下心底翻涌的寒。

收摄心神,端稳手中的五彩绞丝饰金铜壶,将温热的马奶酒送入契丹将士饮宴的帐中……

这一去,是否注定是一场,刀尖之舞?

"啊哈哈哈哈,你个小骚蹄子,爷爷看你往哪儿跑,乖乖儿地让爷爷我亲亲你吧……"

甫入帐门,一个头顶光秃只余两边辫发、身围兽皮的契丹军官,跑动中差点撞上秘色。秘色顺着他淫亵的视线望去,在他身前几步,一个回鹘的女奴,神情惊慌,步履蹒跚。

被秘色阻了一下,那回鹘女奴趁机跑向帐外,契丹军官恼着推搡秘色:"给爷爷闪一边去,坏了爷爷的好事,爷爷扒了你的皮!"说着越过秘色,直向帐外追去。

未几,帐外的空旷中便传来女奴嘶声的惊呼,杂着颤抖的哭声,在寂静的夜里,传得格外凄切。

一股寒流从头顶直贯身体,秘色紧紧地闭住双眼,手上握住的铜壶险险落地。

"干什么呢!送酒进来,还在这磨蹭什么!"耳边一声怒喝,秘色抬眸,是把守在帐门处的契丹士兵面色狰狞。

秘色死死压住心底阵阵涌起的寒意,凝眸望向人头攒动、灯影跃动的帐内。

契丹驻军在哈拉和林的东北角,与牙帐相距甚远,这里的一切都是契丹的形制,俨然是哈拉和林城中一个独立于回鹘之外的契丹小王国。

帐中的男子，多是发顶剃光，仅余边沿的一圈髡发。有的更甚，只在一侧前额留下一绺头发，其余全部剃光。

与之前所见的契丹军官不同，饮宴上座的男子，并不同样身披兽皮，而是身着如大唐汉人一般精致的丝绸长袍，略有不同的是契丹人皆是左衽，有别于大唐的右衽服制。

契丹人的腰间，多围蹀躞带，迥异于大唐的丝带、玉带等。蹀躞带上有钩，挂着刀、火石等精巧的用具，充分体现了契丹人游牧而居的民族特性。

帐中，除了饮宴的契丹军官，更有数十位衣着各异的各民族的女子陪侍。她们有的操琴，有的射覆，有的歪倒在契丹军官身畔娇笑……

这些女子，也是迥异于刚刚惊惶逃去的回鹘女奴……难道，她们便是传说中的，草原民族用以激励将士斗志的——军妓？

秘色强自压下自己心底的轻颤，梗着脊背从宴桌间穿过，按照礼节首先走向上首的座位，刻意不去留心身畔传来的肆意狎笑。

"哎哟，颤颤巍巍儿的，好像马奶子酥油哟，来让爷好好尝尝……"

"不要啦，人家好痒啦……哈，爷，爷，饶过媚儿吧，媚儿受不了啦……"

尽管秘色刻意不去留意，可是一阵阵暧昧的调笑依然丝丝儿地敲入耳鼓，像指甲尖利的手爪，一下一下挠得人心下烦乱。

秘色抬眸，望上首的桌案。出乎意料，那里竟然没有坐着一位如想象中高大威猛、虬髯纠结的壮年汉子，而是坐着一位少年男子。墨绿色交领长袍上，缂丝绣着朵朵粉嫩的桃花。

他的发式也与周遭军官不同，丰盈的发，从头顶直披肩膊，绿松石镶嵌红宝石的发圈将垂在胸前的两绺发丝松松束住。漫身盈盈的文雅之气，又兀自弥漫着一种不羁的气韵。

秘色一愣。这少年置身于这帐中，实在是太过与众不同，仿佛一树潋滟桃花独树于黑压压的灌木丛中。可是——他竟然又是这般的年轻……

秘色睒睗间，旁边忽地伸过一只大手，接着一股酒肉腥气热辣辣地飘来："哎哟，来了个汉女啊……老子身边这个突厥娘们儿玩儿够了，老子正想换换口味儿呢……没想到，小乖乖这就送上门儿来啦……哈哈哈哈……"

秘色悚然扭身，一双巨大的鼻孔、一张油腻腻的大嘴，欺满了自己的视野！

三、牙帐城

秘色本能地勃然旋身躲开。可是腰肢却已经被一双长满长毛的大手攫住,动弹不得!

秘色的手上正捧着巨大的铜酒壶,无暇自保,只能眼睁睁看着自己被身材巨大的契丹汉子,越拉越近,脸颊已经喷上他热滚滚的口气!

"啊,哈哈哈哈,汉人的小娘们儿,密禄兄你可不能独享啊!"旁边几个粗蛮的嗓音杂沓传来,更加深了秘色的惊恐,惊觉自己仿佛是跌入狼群的绵羊!

"哎哟,还是汉人娘们儿的皮子嫩啊,滑溜溜地真他娘销魂……"另一双大手粗粝密密地抚上秘色的脖颈,一股恶心感在秘色心底猛烈地翻涌。

"啊!放开我!……"秘色一边努力地在几双大手之间躲闪,一边惊惶地大叫。

那个被称作密禄的契丹汉子箍紧跌入自己怀中的秘色,笑得放肆:"哈哈哈哈,别怕,小乖乖……你们汉人不是有句话嘛,说什么'独乐乐不如众乐乐',来吧,让爷爷们好好调教调教你,让你好好乐一乐……

"咯咯咯咯,众位哥哥,玩儿得还算开心吧!好酒尽管喝,好肉尽量吃,好女人啊,咯咯,尽兴地玩儿吧……"耶律嫣然软糯的嗓音蓦地破空而来。

"哟,啧啧,瞧瞧这是谁啊,这不是可汗最宠爱的宫奴嘛……众位哥哥,有机会尝尝我们可汗的禁脔,你们今儿可要好好享用啦……"秘色的眸子惶乱地望向耶律嫣然。耶律嫣然眼角含春,嘴边凝笑,半瞥的姿态高傲而又轻蔑,仿佛站在水边的观众,看着落水之人的挣扎为乐。

那个被称作密禄的契丹汉子,一边将酒气四溢的嘴拱上秘色的脸颊,一边恣声嬉笑:"我说嫣然妹子,怎么就给我们弄来一个大唐的娘们儿啊!听闻你们回鹘后宫有不少的汉家小妞儿,怎地不多弄来几个,让哥哥们都能爽上一爽!"

"咯咯咯咯,哥哥们都是我契丹耶律氏的精英,以后整个儿天下都是你们的,想找什么样儿的女人没有,何必瞄着我们回鹘后宫那几个!"

耶律嫣然出身契丹迭剌部显贵家族,她的家族连续七代被推举为遥辇氏部落联盟的夷里堇(军事首领)。此番来救回鹘的,正是遥辇氏部落联盟的军队,军队中的长官均是耶律家族的男子。此时有资格坐在帐中饮宴的数十人,便都是耶律嫣然族中的叔伯兄弟。

密禄又是淫笑:"那嫣然妹妹只送来这个宫奴,她这单薄的身子,还不得让你几个哥哥折腾零碎了啊!"

耶律嫣然笑得更加动听:"哎哟,哥哥,那你可猜错了。你们玩儿的这个宫奴,可不一般！别看她身子骨儿看着清瘦，她的浪劲儿可不一般呐！她在我们可汗的床上可是欢快得很呐，据说有次三天三夜都没下床！哥哥们，可得好好用咱们契丹男人的雄风，收拾收拾她啊！"

耶律嫣然的话，立即在大帐中引发了沸腾，又有几个契丹军官怪笑着冲秘色而来。

秘色的眸子已经被惊恐扰乱，眼前的一切都变成了一团模糊的影像。无法感知到底有多少人聚在自己身边，只觉得有无数双手在自己身上各处揉捏！

秘色本能地惊惧大喊："陆吟，救我，啊——"

世界忽然一下子静寂下来。

之前的狎笑曲歌恍若是一场虚梦。

秘色模糊的视野里忽地开阔，围在身前的契丹人被一个个抓起、抛开。

一个墨绿色的身影凌空而降，将自己纳入怀中。

秘色已经看不清那人的面容，只看得到那墨绿袍子上缂丝绣着的朵朵桃花，粉红如笑。

4. 帘外桃花帘内人

"啊！惕隐，您这是……"方才还群魔乱舞的契丹汉子蓦地凝冻住，仿佛不相信此人会救下秘色。

耶律嫣然更是惊诧莫名，颤颤着嗓音高声叫道："亿哥哥，你这又是何必！"

一只温柔的手缓缓从秘色额边滑过，理顺了那被惊恐的汗水濡湿了的青丝，指腹细腻温润，恍若三月桃花。

这温柔的手，奇异地安抚了秘色奔突惊惶的灵魂，视野渐渐廓清，一张文雅中带着不羁的脸，映入眼帘。

正是正中上座的那个契丹少年。丰盈的长发如青云氤氲，绿松石镶嵌红宝石的发箍熠熠垂在胸前。墨绿的丝绸左衽长袍上，缂丝刺绣的粉红桃花，片片潋滟。

仿佛没有听到周遭契丹人的喊叫，那少年一径凝望着秘色，语色淡定而温柔："你叫秘色，对么？你是大唐天威将军陆吟的妻子，是被乌介可汗强掳来的，对么？"

秘色眼眶一热。不想当着这陌生的少年流泪，秘色只好缓缓地合上了眼睛，微微颔首。

那少年恍若对秘色说，又仿佛只是喃喃自语："果然是你……"

秘色只觉身子腾空而起，抬眸望去，原来少年已经横抱着秘色高高地站在桌案之上。

帐外，月色皎洁；帐内，少年的目光一如朗月，银色悠长："帐内的女人，你们随意；这个女人，我接收了……"言毕，横抱秘色，走入后帐。

月色如水，静静流淌。

少年轻轻地将秘色放在铺着白色虎皮的榻上，轻柔得仿佛捧着一朵绝世的莲花。

隔着眼睫，悄悄望着少年转身缓缓退去的身影，秘色心下方才舒缓下来。终于逃脱了饮宴上的魔爪，终于——可以保住自己仅剩的一点尊严。

眼睫微颤，心如泪落。

却不想，下一秒钟，一个身子已经不容闪躲地倾覆了下来！原来那契丹少年，不过是去点燃了蜡烛，将红色的火焰驱走一帐的清辉。

秘色惊喘："你！"

蜡烛跳动的红色光晕下，少年文雅夹着不羁的脸颊渐渐逼近，桃花一般红润的嘴角含着一丝促狭的笑，呵气在秘色耳畔，喃喃却又坚定地说："记住，我叫耶律亿……"

语音未落，唇已先至，那桃花一般柔软的唇沿着秘色的锁骨，点点轻堕，本似蜻蜓点水，却惹起涟漪阵阵。

奇异的触感，奇异的温柔，全然不似乌介可汗的蛮横掠夺，甚至不似陆吟的辗转情深，倒似蝶舞花间，漫不经心——可是，却反倒勾惹起秘色心底深浓的渴望。

仿佛想走近品尝，仿佛想一探究竟，秘色禁不住轻舔朱唇，一声袅袅的吟哦从唇边流泻……

那少年笑了。

他花瓣一般的唇贴着秘色的耳畔："对了，就是这样，再大声一点，乖……"

点点的火，星星燎燃，虽然没有窜天的火焰，却燠热到无法自持。

秘色拼足了气力，努力抗拒着这股诱惑，即便自己真的只是暖床的宫奴，却也依然还要保有埋藏在心底的尊严！

那少年身上加了力道，牢牢地压覆住秘色的身子，花瓣一般的唇似情人间的低喃，又似战场上将帅的严令："嘘，不要太激烈，声音要妩媚一点，叫得再大声一点……"

秘色再也顾不得许多，还不等少年说完，奋力抬起头来，一口便咬住了少年的唇，将尾音封在唇内！

"呵呵，呵呵"，少年舌尖轻探，灵巧地滑过秘色的檀口向内探索，成功地将秘色的贝齿击退,自动放开了他的唇瓣:"别急,今夜还长……"

秘色又想挣扎,少年忽地轻声:"嘘,隔墙有耳,我们总不能让人家白来一场……"

秘色的身子一僵!

她恍惚记起,被这个叫做耶律亿的少年横空抱起时,视线不期然滑过耶律嫣然,望见她锐如刀锋的一双眼睛!

难道!……

耶律亿促狭的眸子里笑意盈盈:"今夜乖乖地睡在我的怀里,不许趁着我睡着乱动哦,否则我可不敢保证自己会不会对你……"耶律亿故意将眼神下行,深深望进秘色早已在撕扯之间殷红半露的酥胸。

秘色惶然掩好衣领,僵直着身子闭上眼睛,放弃一切的挣扎。

耶律亿轻笑:"好乖……"

夜,这般悠长。

身边伴着陌生的契丹少年,秘色却奇异地没再心慌,反倒坠入了一个甜美的梦境,望见湛蓝的晴空里,花雨缤纷。

回望大地,碧草春归。一树一树的桃花,站满了整个世界,花树下,春风里,一个衣袂如莲的男子,回眸深情处,清越笛音起……

陆吟,那是你吗?

无论何样的窘境,无论多么的不堪,你永远深深、深深站在我的心底,梦回情转里,处处都是你如莲的身影……

陆吟。

陆吟……

晨雾,如一匹纯白的轻纱,缥缈地笼罩着草原的清晨。

清翠的草叶尖儿上,莹润着一颗颗大而饱满的露珠,颤颤着,闪烁着希望的光亮,期待着朝阳的升起。

秘色悄悄起身。身畔的桃花少年,睡梦正浓,他卷翘的睫毛正随着梦境而微微抖动。

秘色感激地一笑。没想到,一个全然陌生的少年,竟然带给了自己,来到回鹘之后的第一个酣然好梦。

秘色整理好衣襟,发丝乱了索性放它们散开,秘色裸着足走入晨雾中的草原,感

三、牙帐城

受着足底的清凉……

心,忽地宛若透明……

确定秘色已经走出了帐篷,床榻上的耶律亿方才缓缓地睁开了眼睛,深深凝视白色的晨雾中,那个翠衣的身影。

乌介可汗与陆吟,这两个当世的优秀男子,为什么都会为这个女子深深钟情,耶律亿此时已经约略可以了解。

其实世间的情,无关乎优秀还是平庸,就仿佛人群中到处都是在别人的眼里不般配、可是事实上却和谐美满的夫妻——情之一字,永远都是当事人自己的事,可能是某刻的怦然情动,可能是刹那的含笑回眸。那一瞬间的微妙感受,只有当局者才能体会,旁观者永远无法感同身受。

秘色的身影,走入了晨雾的更深处。缥缈的雾霭,恍如随风飘转的白纱,柔柔缠绕着她的周身,随着她的步伐气韵流动,将那翠色的身形,渐渐地隐藏不见。

耶律亿不禁站起身来,身子仿佛自有意志一般,牵引着他走向帐门,遥遥望着那几乎不见的方向。

秘色……

忽地,耶律亿的身边,一个彩衣的身影霍然跃起,软糯的嗓音变得凄厉尖刻:"亿哥哥!你这是为何!"

耶律亿只用眼角轻轻一瞥,全然不惊讶的样子:"嫣然,风寒露重,你堂堂回鹘的皇妃、契丹的公主,这样又是何必?"

此言一出,耶律嫣然的眸子登时通红,泪水扑簌簌滚落下来:"为什么你们一个个都是这样!可汗他倒也罢了,本来他身边就从来没缺少过女人……可是我没想到,就连亿哥哥你也被这个小蹄子给迷住了!"

耶律亿悠然一叹,伸过手,用指腹擦去了耶律嫣然脸颊上的泪:"嫣然,我不想看到你变成现在这个样子,眼睛里印满心机,使出的手腕一个比一个狠毒。我希望你还是契丹草原上灿烂如花的那个姑娘,就像你的名字,嫣然,每天都会绽放出比花儿还要美丽的笑容。"

耶律嫣然一僵,一下子推开了耶律亿的手:"是啊!我也想!我也想无忧无虑地生活在我们契丹的大草原上,每天跟着牛羊一起快乐地奔跑在蓝天碧草之间,不用去观察周围,不用去揣测旁人的心思……可是,亿哥哥,是你,是你们把我送来回鹘!是你们亲手葬送了当年的耶律嫣然!"

耶律亿的嘴唇猛然颤抖，桃花一般的粉嫩霎时变得惨白："嫣然，不是的，不是你以为的那样……"

耶律嫣然惨笑着摇头："不要骗我，亿哥哥。不要破坏你在我心目中完美的印象。我忍得下这个世间所有的人骗我、害我，只有你不行，只有你不行！"

耶律亿的眸子里刻满痛楚："嫣然，对不起……"

耶律嫣然含着泪，凄然一笑："亿哥哥，不用说对不起，不用的。是嫣然任性，其实你又哪里有错？是嫣然一厢情愿喜欢着你，是嫣然心甘情愿为你来到回鹘！亿哥哥，嫣然从来都知道，你不会仅仅是我们迭剌部的耶律亿，你的志向也不仅仅局限在我们契丹的草原！我看得到你的眼睛，那是一双高翔于天空的鹰的眼睛；我听得见你的心声，那是一代英世明主才会有的雄浑心跳！"

耶律嫣然泪眼婆娑，柔柔锁定耶律亿："亿哥哥，你的心愿便是嫣然毕生的追随。所以，我主动要求来回鹘和亲，我要为你拿下回鹘草原！"

耶律亿大惊，英目中泪光顿闪："嫣然，我的傻嫣然，你这，又是何苦！"

耶律嫣然娇柔一笑，梨花带雨，摄人心魂："亿哥哥，这是我自己愿意的，真的。远离家乡、亲人，是一种痛苦；但是这都远远比不上，只能遥遥地望着你，却永远不能拥有你的痛苦！亿哥哥，嫣然只有一个愿望，但愿来生，我们不再同出耶律之门，不再是骨肉血亲，不再是堂兄妹……"

耶律亿心下一恸，忍不住拥耶律嫣然入怀，泪花隐没在耶律嫣然浓密的青丝之下："嫣然，对不起，对不起。我一直以来，都只想着天下，想着让我们的契丹民族也能雄踞草原、称王天下……却一直没有留意到你的心意，一直没能知道你为我的付出！"

耶律嫣然深深地将头埋进耶律亿的臂弯，良久方才抬起脸颊。腮边的泪已然不见，羞红的脸颊上重新绽放出坚定的光芒："亿哥哥。真好，我的心结已经解开了。从现在开始，你再不是我心中曾经的那个亿哥哥，我不再称呼你的汉名亿。你是我们契丹未来的王，你是我心中独一无二——耶律阿保机！"

5. 碧海青天夜夜心

"你去哪里了？"

回到自己的帐篷，刚刚挑开帐帘，一声平地炸响的嗓音，将秘色惊在了当场。

晨雾缭绕，秘色的帐内一片昏暗。借着帐帘挑起处筛进的晨光，一个高大的身形从幽幽的黑暗当中，挺身而起。

昂藏的身子仿佛压抑着巨大的恐惧,湛蓝的眸子里燃烧起灼灼逼人的火焰……是他……

秘色的心魂,蓦地轻颤,只能定定地呆望,不知该做何样的回应。

乌介可汗巨大的身形,迎着帐帘挑起处流泻的晨光,一步一步,朝向秘色走来。一步一步,他的面容在秘色眼中,渐渐清晰。

一夜不见,秘色忽地惊觉,似乎,他的面容,竟然在一夜之间——苍老……

焦灼、犹疑、愤怒、无奈,盼望、流连、渴望、思念……那么多、那么多的情绪,竟然都深深地刻印在他的面容里,燃烧在他湛蓝的眸子里!

秘色的心,轰然倒塌。之前所有的猜忌与隐隐的埋怨,全都被心底涌起的异样情绪淹没,秘色提起裙裾,如一朵青云,三步并作两步奔过去,投入了乌介可汗的怀中!

"我回来了……不论我去了哪里,我都已经回来了……"

乌介可汗拥住秘色,抚在秘色肩背之上的粗糙大手,微微轻颤:"我以为你又不见了。就如同那次归唐一般,一点预兆都没有留下,就那么从我身边消失不见……"

秘色泪盈于睫:"不会的,我跟你保证。如果我要走,我一定会告诉你……"

乌介可汗的拥抱蓦地箍紧,突起的筋骨勒疼了秘色:"什么!你还要走!你给我再说一遍!"

有一朵小小的快乐,悄悄、悄悄地,在秘色心底,悠然开放。

忽然想淘气,秘色垂下脸颊,故意呜咽着嗓音:"我早晚是要走的……反正,在你身边,又不缺少陪伴的女人……"

乌介可汗仰天长叹,嗓音干哑:"秘色!秘色!你为何不懂我的心!"

秘色忽地委屈起来,那夜夜轰鸣于耳畔的吟哦,那夜夜筛满自己孤枕的落寞月光,几乎要成为尖利的刺,深深扎入自己的心:"难道不是吗?整个哈拉和林,人人都知道,可汗雄风威武,夜夜春宵呐!"泪,不期然,悄然滑落。

乌介可汗又是长叹,心疼地将秘色的脸颊抬起,不允许秘色逃开眼神,强迫秘色直直望进自己湛蓝的眼眸:"秘色,听我说。我是回鹘的可汗,我的婚姻,甚至床笫之事,都不全然是我个人的事,全都关乎到回鹘的安危。她们每一个,不是各部族的公主,就是回鹘功臣的女儿。如果她们觉得自己受了委屈,没有得到我足够的关注,便会将这些怨气发给自己的部族,那么很可能将会引发政治上的危机,危及回鹘的命运啊!"

乌介可汗拉着秘色走向床榻坐下,拥着秘色坐在自己腿上:"现在的回鹘,已经不是当年的回鹘,自从上次黠戛斯之乱后,回鹘已经元气大伤。现在草原上各个部族都对回鹘虎视眈眈,都想一举灭掉回鹘,取而代之。更为难测的是,曾经一力扶持回鹘的大唐,如今已有异动,他们不但不对黠戛斯的行径有所惩戒,反倒暗地里似有鼓励……这样的时候,秘色,我必须要尽力维护回鹘国内与周边的稳定,而床笫之事便是不能缺少的一环。秘色,你明白么?"

"而且",乌介可汗蓝眸熠熠,"我急着要一一安抚过她们,为的就是要早早回到你身边!"

秘色妙目微闪,看得见乌介可汗眼角的纹,如刀锋深刻。秘色忍不住伸出手指,缓缓沿着那脉络划过,心下又隐隐的疼:"这些,你说给我听,我会懂的。可是,你却偏偏躲着我不见……"

乌介可汗眸子里雾气氤氲,拥着秘色的双臂不由得夹紧:"秘色,你以为我不想见你?我是——不敢见你啊!"

"不敢?"秘色睁大眼睛,满眼不解。

乌介可汗蓦然收紧双臂,将秘色紧紧按入胸膛:"不敢见你,不敢见……如果见了你,我如何还进得了她们的帐篷,如何还能与她们行那床笫之欢!"

秘色无法反应地望住乌介可汗,看见他湛蓝的眸子愈来愈幽深,渐渐泛起紫色的波涛,一张脸儿羞得无处躲藏。

望着秘色颊上的红羞,一丝促狭的笑从乌介可汗唇边缓缓漾开,他再次加劲,将秘色紧紧按在自己身上……

雄浑,昂扬……

秘色惊跳,仿佛小小的雏鹿,又羞又恼着想要从乌介可汗怀抱挣脱。

乌介可汗的笑意更浓,眸子里闪亮的紫色光芒荡漾成一片波光潋滟:"秘色,这都是因为你。没有人曾经让我这样。我,好想你……"

蓦然倾覆而下的唇,带着灼热的温度,宛如夏日午后的急雨,重而密地落下……

秘色一边承受,一边努力挣扎,酥软的嗓音努力希望挽回一丝理智:"可汗,不要……天亮了,大家都起身了……"

乌介可汗的唇丝毫没有松懈,一边贴着秘色的肌肤滑动,一边执著地喃喃:"不行,什么我也顾不得了……我已经忍耐了太久……再也忍耐不了了……秘色……你好美……"

三、牙帐城

帐外，金色的阳光已经穿透晨雾，条条金色穿过帐帘挑起留下的缝隙，帐内一霎间被阳光晕染成淡淡的金黄。

秘色惊呼："啊，帐帘还在挑着！"

乌介可汗声音喑哑："嘘，不要管它……想着我，感受我……"

秘色勉力从乌介可汗唇下错开身子："可是……"

乌介可汗急不可耐："有谁敢看，就让他尽情看吧！"

"咯咯咯咯，是吗，真是一场好戏啊。精彩，精彩！"几声寥落的掌声，伴着软糯甜蜜的嗓音，闪着微微的凉，敲入秘色的耳鼓。

秘色的身子，顿时僵了。

乌介可汗从秘色身子上霍然抬头，湛蓝的眸子里翻卷起灰蓝色的波涛："耶律嫣然，你要干什么？"

"哎哟，可汗，嫣然好怕呀……"耶律嫣然不但不退，反而一步一步，款步向帐内走来，"可汗，嫣然知道您雄风威武，只是，不能让秘色妹妹，太过劳累了呀……秘色，你说呢？"

闻言，秘色又是重重一震，身子颤抖成秋风中飘摇的叶，双眸只能呆呆地望着耶律嫣然开合之间殷红闪现的唇，无力移动一分。

秘色的异样，自然逃不过乌介可汗，他湛蓝的眸子在秘色与耶律嫣然之间，反复逡巡，终于忍不住，大吼出声："耶律嫣然，你到底想说什么！"

耶律嫣然状似说漏了嘴的模样，小手儿急忙捂住嘴巴，眼神闪烁："哎哟，原来秘色妹妹还没跟可汗您说啊。唉，也都怪嫣然，本就想着让秘色妹妹陪我去契丹饮宴转转，结果嫣然照顾不周，一转眼秘色就不见了，结果今儿一早听哥哥说，是在他帐中过了一夜……"

乌介可汗的眸子，瞬间蓝焰高燃！

他一把推开秘色，三步并作两步扯过耶律嫣然的膀子："你说的，可是真的！"

耶律嫣然大惊失色一般，颤抖着说："可汗，我素知哥哥有个习惯，会在他宠幸过的女人身上，留下一朵桃花形状的吻痕……可汗，您看，秘色颈子间的，是也不是？"

乌介可汗湛蓝的眸子，恍若刀锋，乍然袭来！

秘色下意识用手遮住颈子，眼神里是破碎的仓皇。

乌介可汗骤然仰首，吸气变成长长的嘶声，再垂眸看来时，已是满眼深重的疼痛：

"秘色,告诉我,不是的……告诉我,你不过是在草原里散步,你没去过契丹的饮宴,更不知耶律亿是谁……"

秘色愀然一疼,长睫低垂,耳边又回想起那契丹少年的桃花轻吻:"记住,我叫耶律亿……"

乌介可汗得不到秘色的回答,暴怒之中的他攫住秘色的双臂:"你见过他!难道你真的跟他在一起!"

泪,从秘色浓密的羽睫间静静滴落,她无法说不,她也不能说不!

乌介可汗不可置信地猛烈摇着头,颓然地放开秘色:"寂寞,真的就那么可怕么,秘色?就再等待几天,都那么难做到么?或许真的是我错了,我以为你会明白我的心,所以我才会没有提前把这一切告诉你,才会让你错觉我忽略了你,从而把你推入了耶律亿的怀抱!"

秘色大恸,她摇着唇拼命地摇头,想让乌介可汗知道,不是的,一切都不是他所想的样子……可是她却无法说。难道和盘托出真相,难道告诉他是耶律嫣然导演了这一切?

不,不可以……耶律嫣然,是她背后的契丹拯救了哈拉和林,她的亲族兄弟正驻守在哈拉和林城内,她的一举一动足以颠覆乌介可汗好不容易重新找回的回鹘的稳定。

她怎么能,怎么能那样自私?为了自己一时的委屈,便葬送了整个回鹘,这是他多么珍惜的回鹘啊!

看着秘色无言地拼命摇头,乌介可汗怆然而笑:"秘色,好眼光!你也一定看出了耶律亿虽然年轻,但是绝非池中之物吧!你也一定看好了,他一定会成为草原上的一代枭雄!所以你巴不得早点甩开我这个乱世可汗,等不及早早投入那少年英雄的怀抱吧!"

秘色震惊地摇头,无法置信地望着乌介可汗。

他怎么可以这样?

他怎么可以这般羞辱自己?

难道在他的眼里,自己竟然是这般功利的女子,能够将自己的感情和身子作为筹码肆意贩卖!

哈,呵呵,不过也没错啊……秘色的心底涌起幽深的绝望,自己倒也的确如此这般呢,当初主动远嫁陆吟,为的不也正是依靠着他的权势,来确保一家人的性命!

陆吟。陆吟……为何一想到你,我的心里便是撕裂一般的疼痛!

如果能够硬下心肠,如果真的能够成为那般功利的女子,是不是眼前的一切便都会变得没有这般痛苦?再多的选择,也都会因循着功利而变得简单许多?

秘色的心,从凄惶中渐渐变得冷硬。

陌生的草原,陌生的回鹘,陌生的周遭,陌生的人群……能够保护自己的,永远都只有自己吧。就算曾经与乌介可汗之间有着朦胧的情愫,但是那情愫其实却那般地脆弱,脆弱到随便一个怀疑,便可以尽数斩断!

秘色缓缓抬眸,瞳仁如闪亮的玄色水晶,在氤氲水雾中,散发着坚硬的光彩:"可汗,秘色昨夜果然睡在耶律惕隐(惕隐:突厥语,王子)的帐内。如果可汗对秘色失望,那么可汗尽管将秘色送给耶律惕隐便了!"

如果在一起,不能彼此相信;那么离开,或许是一个更好的选择……

蓝色的火焰滔天而起,乌介可汗的眸子里,放出嗜血的光芒:"沈秘色!你休想!就算死,你也要死在我的眼前!我决不会拱手把你送给任何人!"

"从现在起,你不许再接近契丹军营半步!所有敢违抗此令的人",乌介可汗抬眸瞄过耶律嫣然的面颊,"所有敢违抗此令的人,不论是谁,杀——无赦!"

6. 人生若只如初见

自上次暴怒之后,乌介可汗就再没有来过秘色的帐篷。

甚至,白日里日常的牙帐伺候,都不再召唤秘色了。

长长的几个月,仿佛无边无际地漫延。秘色只能在牙帐之外,偶然瞥见走过的乌介可汗。

而乌介可汗,从来都没有将眼神投过来,哪怕一个分秒。

恨,原来竟有这般深……

秘色被支派去厨房帮佣,时常要到哈拉和林的街市上采买些杂什。

秘色忽地发现自己不知从何时起,竟然成了偌大的哈拉和林城中,最大的笑柄。

"可汗就为了这个女人跟陆吟争风吃醋啊?这会子后悔了吧……"

"就是她!就是这个不祥的女人给回鹘带来了凶兆!为了她,大唐不再扶持回鹘;为了她,可汗竟然诛杀了爱妾与大将!"

"哎哟,就是这么个女人啊,听说还能勾引得可汗神魂颠倒的?据说妖术了得,曾经让可汗三天三夜下不了床呐……"

"啧啧,看不出来呀,这女人手腕真高哪,不但迷惑了大汗,听说还把契丹的惕隐也给迷住了!"

……

如果有一条地缝,秘色情愿立时钻进去。

行走在哈拉和林的街巷间,自己一下子成了千夫所指,即便是风俗相对宽容的西域民族,也对秘色大加斥责。

秘色浑然想起,幼时在越州,曾经见过通奸的女犯,被当众戴枷游街。那一刻,街巷旁的人们所议所论的,跟此时自己所遭遇的,竟然是如此相像!

无法想象……沈秘色啊沈秘色,如何能想到你自己今天也落得了如此的下场!

脚步踉跄,秘色逃也一般地奔出街市,全然忘记了被牙帐管事吩咐要来采买的东西。

天地茫茫,却无自己逃生的方向。秘色慌不择路,竟然一路跑出了密匝的居住区,直跑到了城外的草原上!

旷野的风,鼓荡起秘色翠绿的裙摆。

头顶无垠的蓝,盛得下秘色心底所有的悲伤。

秘色仰高头颅,双眸紧闭,双臂平张,真想化作一只纸鸢,就这样,驾着风便可凌空归去!

……

是什么声音,娓娓、袅袅地传来,和着草原清冽微凉的风,吹开飞花旋舞……

清越时,若高天流云。

婉转处,似山花叠翠。

淙淙山泉、脉脉溪流;一瞥惊鸿的刹那,蝶舞莺飞的瞬间……

天光水色,人间四季,兜兜转转,百折千回!

秘色蓦地睁开眼睛!

心底有花,次第开放。

看得见金色的萤火,有流光飞舞。

是笛声!

是笛声!

三、牙帐城

秘色心头轻颤,一股暖暖的酸涩袭上鼻尖。

是你吗?

真的是你吗?

是你再次来到我身边?

在我最不堪的时刻,来到我身边……

我该如何面对你?

我是不是该给你最美的笑颜?

可是我为什么却只想流泪?

只想投入你的怀抱,不用担心泪水打湿了你的衣衫!

陆吟。

陆吟……

泪水流溢满颊,唇边却绽开喜悦的微笑,秘色顾不得自己满脸的狼狈,眼波横转,随着悠扬的笛音,缓缓向声音来处侧过头去……

漫漫的草原,一碧万顷,宛若绒绒的绿毯,平展蔓延。

一棵冠如巨伞的槐树下,一个白衣的身影背对着秘色,一管紫竹横笛平卧唇边。

树上,繁密的枝叶间,开着串串的白花,细小却香气馥郁。一阵风儿吹过,花香伴着笛音,翩然飞来,直入胸臆。串串小巧的花瓣,也随着清风,缓缓降落在那白衣人飞扬的发间……

白衣。

笛音。

飞花。

清风。

秘色不由得痴了,呆呆跟随着自己的脚步,走向那白衣的身影。

这般的清雅无俦。这般的美若飞花。

世间有几个男子能似这般!

是你吗?

陆吟……

待走到那身影不足十尺之地,忽地从树后窜出一道白色的闪电,裹挟着呼啸的风声,森森扑向秘色而来!

一种本能的预警,秘色只觉周身寒毛树立,一种如尖针穿刺一般的痛感,从头顶直窜足底!

电光火石之间,秘色隐隐看见,一头巨大的猛兽,披着满身洁白的皮毛,微微露出尖利的牙齿,一双眸子闪烁着绿幽幽的荧光!

"啊!——"秘色惊惶之下,出于本能想转身避退,却不想惶急之下,翠色的裙摆被自己踩在脚下,还没等迈开步子,已然一个趔趄倾身倒下!

只来得及回眸望去,只来得及看到那巨大的猛兽狰狞着扑下,秘色紧闭双眼,放弃了徒劳的抵抗……

流风轻转,笛音突骤,串串音符宛若雨打芭蕉,全不见之前的风和日丽,带着阴霾的压力,万钧的雷霆,攒成一股巨大的声浪,直向秘色的方向袭来!

巨兽、笛音,双重的压力让秘色几乎窒息!

可是……说也奇怪,听到那突变的笛音,白色的巨兽竟然霍地硬生生刹住了扑上来的身子,闪着荧光的眸子渐渐温和,呲着尖牙的嘴巴也慢慢地平和。

"汪,汪……"更让秘色无法相信自己的眼睛的是,那巨大的白兽竟然乖顺地走到自己的身边,用鼻子拱着自己的身子,仿佛想要把自己从地上扶起来!

秘色惊恐,瑟缩着自己爬起身来,谨慎着手脚,不敢碰触到那白狗兽的一丝一毫。白兽几番示好,均不奏效,它不满地闷哼着转身走回,再也不屑于看秘色一眼。

秘色惊魂未定地扬眸。白兽走去的方向正是槐花树下的白衣身影。

感受到白兽凑近身来的厮磨,笛音忽地戛然而止,那白衣的男子缓缓倾过身来,垂首望向身边的白兽,和煦而笑。

阳光,一条条从槐树浓密的枝叶间,金灿灿地筛下。

旷野的清风,丝丝拂开他的发,点点纯白的槐花伴随发丝的轻扬而柔曼轻舞。

草色如茵,勃勃盎盎,柔柔映碧他唇边的一抹微笑。

天地无物,日月黯淡,刹那间,这世间所有的光亮、所有的颜色,都集中于那一袭白衣的身影,凝聚于那和煦温暖的点点微笑……

秘色身子巨震!神情若悲似笑,痴痴望着那白衣的身影。

心中波涛翻涌,口内亦苦亦甜,秘色紧紧咬住自己的嘴唇,生怕,一个开启,便会有殷红的心血,喷溢而出!

"汪,汪汪……"

"喂,姑娘……"

混乱的叫声,杂沓的脚步,在秘色的耳边轰鸣如雷,却又——那般地杳远,远得仿若万水千山,远得就像海角天涯。

坠落。

无边的黑暗。

为何不是你?

陆吟……

7. 岂知春色嗾人狂

"哈哈,你是说,这姑娘被你和阿萨兰给吓晕了!"一个年轻的声音轻快地在耳边飞旋。

只是,却没听到回音。

少顷,刚刚那声音又响起,似乎更加愉快:"如果说是阿萨兰,倒是正常,毕竟这么大的雪獒,看起来完全是一头狮子;可是我的弟弟你,俊美得常常被误认为女孩的你,竟然也能把人家吓昏!哈哈,哈哈,太不可思议了!"

依然,没有回音。

应该有两个人在对话的,不是么?怎么会一直一直只听得见一个人的声音?

他们,又是谁?

唇边,有温润的暖意传来,感觉到滴滴醇香的奶子,点点润入喉咙。

秘色干涸焦渴的心,缓缓复苏。

柔柔,掀开眼帘——

白色的穹顶,依然是草原的帐篷。却有再熟悉不过的垂帐床榻,低漫的轻纱将床笫之间的小世界与其外的大世界柔柔地隔开,仿佛留给身心,小小的一方自由的天地。

透过床帐,秘色幽幽望向帐外。两个男子,哦不,或许更应该说是两个大男孩子,一着黑衣,一着白衣,背对着自己,正在饮茶。

发现秘色醒来,正给秘色小心翼翼地喂着牛奶子的侍女冲着两个男孩子扬声:"禀告二位惕隐,她醒了!"

两个男孩子闻言齐齐转过身来,却将秘色惊得目瞪口呆!

完全一模一样的面容,完全一模一样的身材……

如果不是一着黑衣,一着白衣,你会错觉自己同时看到了一个人与他在镜中的影子。

两个孩子看面相都不过十三四岁的样子,同样的五官如刻,同样的眼眸湛蓝。

黑衣的男孩走上来凝视秘色:"你还好吧?"嗓音清越淡定,虽然尚是少年,却已经奇异地拥有了一种不容拒绝的压迫力。

秘色缓缓点头:"这是哪里?我怎么会来到这?"

黑衣少年蓝眸轻闪,似是克制着笑意:"这里是回鹘可敦城。你来这里,是因为被我们的雪獒阿萨兰和我弟弟给吓昏了,所以我们只好带你回来。"

听黑衣少年如是说,秘色便猜得到刚刚朦胧中所听得的那个声音便来自于他。那么那个吓昏了她的弟弟呢?秘色不由得抬高眼帘向外望去——

白狐皮铺就的靠椅上,白衣的少年,但笑不语,柔柔的眼眸恍若银色的月华,朦胧氤氲。

不知是不是因为身着白衣的缘故,秘色只觉得白衣的弟弟较之哥哥,更是别有一丝清雅之气,同样的五官之下,面部的线条更显得纤长细致。

更令秘色惊讶的是,白衣少年的双眉之间,隐隐有一枚殷红的印记。许是胎记,许是胭脂痣,远远望去竟有如女子簪在眉间的花钿,别有一份妖冶瑰丽的风情。

秘色一呆。

这白衣的孩子,如果换作女装,一定是倾国倾城的绝色。

见秘色望他,白衣少年却不说话,只是微微地笑,用自己眼睛引领着秘色的视线,向下,投向正趴在他脚边的巨兽。

白色的巨兽,此时就像个乖乖的孩子,无聊又无辜地蜷在白衣少年的脚边。远远望去,此时的它竟然温驯得仿佛一头绵羊。

白衣少年拍了拍它,它仿佛极不情愿地撩开眼皮,应付场面一般望了望秘色,随即闭上眼睛,继续打它的瞌睡。

白衣少年笑着微微摇头,又拍了拍它宛若狮子一般的头颅。它无奈地再次睁开眼睛,摇晃着巨大的身体向秘色走来,不管不顾地用鼻子拱了拱秘色垂在榻边的手,然后头也不回地离开,任凭白衣少年怎么拍,也决计不肯再睁开眼睛了。

秘色忍不住轻轻笑出了声。之前还凶神恶煞一般的庞然猛兽,这一瞬间竟然像在闹脾气的孩子……

听见秘色的笑声,黑衣少年柔声说:"它的名字叫阿萨兰,是狮子的意思。它是一

三、牙帐城

只来自吐蕃的雪獒,勇猛异常,忠心耿耿。在吐蕃被传为神佛的坐骑,是吐蕃藏民的保护神;它是唯一敢与猛兽搏斗的犬,在草原上有'一獒胜三狼'的说法。"

秘色眼眸如波,柔柔望着雪獒:"阿萨兰,我懂了,一定是你以为我要伤害你的主人吧?所以你才会攻击我,对么?"

听得秘色主动与雪獒说话,白衣少年殷红的唇微微向上挑起,柔如月光的眸子,清辉潋滟。

只是,他却依然没有说话。

他为何,这般沉默?

秘色偷偷留意白衣的少年,似乎从草原上的乍见,直到目下,都没有听他说过一句话,更没见他从那张椅子上站起身来……

是他害羞?

还是,他傲慢?

如果是他害羞,那么他柔如月光的湛蓝眸子,便不会这般坦然地与自己的视线相交。

如果他傲慢,他又怎么拥有那温润如月的眸光,拥有那般令人心折的微笑……

不过还是一个身量未放开的孩子啊……秘色心下暗探,如果再过几年,这孩子又该出落成什么模样!

或许,一转眸,便有四季之花次第绽放。

或许,一朵笑,便有八方之民诚服来归……

如果有人,举手投足便可以颠倒众生;

如果有人,淡淡一笑便可以平息干戈。

那么,秘色相信,这个白衣少年数年之后,一定便会位列其一。

如果以花来喻世间优秀的男子。

陆吟若莲,清雅无俦。

耶律亿似桃花,丰姿俊美。

那么眼前这个白衣的少年,便很难用一种花来比喻。

他的气质,有牡丹的雍容。

他的微笑,有樱花的羞怯。

他的回眸,有曼陀罗的冶艳。

他的面容,有芍药的瑰丽。

他白衣的身形，宛如槐花淡雅。

他淡定的气质，有如天山雪莲华贵天成。

……

感应到秘色悄悄投来的眼神，白衣的少年和煦而笑，回身执起桌案上的纸笔，在两张纸上分别写下两个词汇：艾山、玉山。（艾山与玉山是回鹘经常用来称呼双胞胎兄弟的名字）

白衣少年将"艾山"比了比身边黑衣的哥哥，继而将"玉山"放在自己胸膛，浅笑着比了比自己。

秘色的心轰然如遭雷击！

怪不得他一直不说话……不是他不愿说，而是他——不能说。

造化何以如此弄人！这般完美的孩子，竟然是——哑的！……

秘色张大了嘴巴，讷不成言，一霎间仿佛有千言万语想说出口，却不知该说什么，又是否该说出口。

看着他温润的笑，秘色眸子里仿佛有酸重的针在点点挑刺，热热、胀胀，难过异常。

秘色的失神，自然投射到了玉山的眼底，但是他并不以为意，依然笑若春风。他柔柔从腰间抽出一管紫竹横笛，凑近唇边，略一凝神，一串清音随之流出，款款绕梁曼舞，自在飞花若梦。

秘色侧耳。一片动人的景致次第展现在眼前。

是树枝新发的芽，嫩绿微黄，颤颤婷婷于春风，柔柔春阳拂映。

是郊外刚萌的草，雨雾如酥，遥看翠绿近却无，绒绒映入车帘。

是窗棂甫蒙的纱，青翠纱橱，虫声新透告春意，细细筛下时光。

是早春最后的冰，薄脆如玉，汩汩有春水流淌，透入点点绿意。

……

都是绿，都是春，都是轻灵跃动，都是心下软软的温柔。

秘色猛然省悟，少年在吹奏的是她，是她翠色的衫，是她跳跃的裙，是她悠荡的发辫，是她眸底的清风……

虽然这孩子不能用语言描述他们的初遇，但是他却用笛音，将乍见秘色的情形，尽数展现眼前。

接着笛音一转，节奏变得舒缓而温暖，仿似春日的暖阳，宛如母亲的掌心，又似杯中袅袅的香茗……

秘色纠结的心，渐渐舒展。这不能言的孩子，竟然只用一管竹笛，便渐渐抚慰了

三、牙帐城

81

自己酸楚的心伤。

春天。

在这陌生的回鹘，在这薄凉的人间，难道，属于自己的春天，藏在心底的春天，真的要来了吗？

突来的激动，让秘色蓦然哽咽，喉头被氤氲而起的气流阻住，剧烈地咳嗽起来！

玉山几乎是本能地，扔下竹笛，用双手掀开靠椅上的狐皮，现出狐皮下的轮子，推动双轮向桌案移去，取过桌案上的水，催动着带轮子的靠椅送到秘色的唇边……

晴空惊雷！

秘色顾不得自己剧烈的咳嗽，不敢相信自己的眼睛一般，定定望向玉山身下的轮椅！

难道？难道！……

这么完美的孩子，本来失语已经是绝大的遗憾，如今方知他竟然虽有双腿，却无法行走！

玉山淡淡地笑，缓缓摇头，似是劝慰秘色，似是告诉秘色不要为他难过。

秘色狠狠咬住嘴唇，泪一滴滴跌落在玉山送过来的杯子里，在平静的水面荡起串串伤心的涟漪。

为什么？上天！

为什么……

深深的痛，鲜淋淋刺入秘色的心脏。仿佛那些痛楚不是发生在玉山身上，而是——自己正身处其中。

一个初见的人。

一个还没放开身量的孩子。

一个异族的少年。

怎么会扯起自己心底这般尖锐的疼！

8. 算前言，总轻负

草原游牧民族，历来逐水草而居，所以并不似中原汉民族，有着建造城市的习惯。

当回鹘当年协助大唐剿灭了东突厥之后，回鹘成为了西域草原最强大的国家，统领西域诸国，掌控丝绸之路。再加上回鹘受大唐风俗文化影响甚巨，于是回鹘在西域草原之上也开始聘请唐人,建造城市。

回鹘最著名的三大城市是:牙帐城(哈拉和林)、可敦城、富贵城。

可敦城与牙帐城一样,同处鄂尔浑河谷水草丰美的草原上,南邻杭爱山。正如"杭爱"这个名字的寓意一般,这里是一个有着蓝天、白云、草原、河流、群山和丛林的世界,这里是回鹘人民心里的"天堂"。

艾山与玉山兄弟俩居住的城市,正是可敦城。

在可敦城的日子里,时光如水,静静流淌,转眼秘色来到可敦城,已过二日。

没有宫奴的身份。

没有乌介可汗的狂狷。

没有大唐与回鹘之间的怨怼。

秘色贪恋这份平和的宁静。自己不想说名字,艾山与玉山两兄弟便也没有追问。

在那个年代里,大唐汉人与各民族杂居而处是再正常不过的事情。大唐的朝堂上,乌介可汗的牙帐中,也各自有着异族的文臣武将。所以,即便秘色是出现在回鹘城市中的陌生汉女,艾山和玉山两兄弟也完全不以为异常。

再者,秘色是被他们的雪獒阿萨兰吓到,才导致昏迷,所以他们从情感上颇有歉疚,于是就更自然地接受了秘色的暂时容身。

秘色心下会有小小的侥幸,如果能一直这样下去,该有多好……

祥和的宁静是在一个清晨被骤然打破。一群白衣白帽的摩尼僧侣举着一副画像,敲开每一顶帐篷,一一盘查。

来到秘色的帐篷时,早已闻讯赶来的艾山和玉山两兄弟拦在帐门外。白衣的僧侣先是一愣,继而恭敬地施礼:"原来是二位惕隐在此啊……多有冒犯,奉摩尼东方教主之令,我们要来缉拿一个汉人女子。"

僧侣说着恭敬地将画像呈上。画中女子,翠裙轻扬,那神态,那面容,不是秘色是谁!

艾山与玉山对视了一眼。艾山问:"教主缉拿这个女子作甚?"

僧侣神色一肃:"惕隐,想来您二位也已经听说了吧,大唐的皇帝武宗下旨灭佛,我摩尼教在大唐长安、荆州、扬州、洪州、越州、河南府与太原府的大云光明寺俱被付之一炬!所有摩尼僧人被杀的杀,残害的残害,我摩尼经典俱遭重创!众多佛教僧人,加上我们摩尼僧侣,只好向西域躲避,可是那扼守西域要塞天德关的唐将陆吟,竟然遵循皇帝无道的旨意,拒不开城,甚至在城墙之上向僧众放箭!"

三、牙帐城

83

说到这些，那白袍的摩尼僧人眼中已然隐隐有泪。艾山和玉山也不禁摇头叹息。

这一切，其实不过都是政治的游戏。

摩尼教为波斯人摩尼所创，传到中土后，被回鹘奉为国教。借助回鹘与大唐之前的良好关系，摩尼教得以在大唐迅速传播。而如今，回鹘势微，对于大唐而言已经失去了利用的价值，于是大唐借着镇压佛教的机会，将摩尼教一举从中原连根拔除！

这，不过是在运用宗教的武器，向回鹘示威！

摩尼僧侣稳了稳情绪，继续说："我们摩尼教东方教区的教主正好驻锡在富贵城中，闻听牙帐城中近来沸沸扬扬地传扬着陆吟的妻子被可汗掳来做宫奴；为了告慰那些惨死的僧众，为了惩戒陆吟，为了警告大唐，教主特命我们将那宫奴沈秘色缉拿，处以严刑！"

艾山湛蓝的眸子微微一眯："那你们怎么会找到可敦城来，不是应该在牙帐城里么？"

僧侣点头："等到我们到了牙帐城，才发现沈秘色已经失踪了两天！于是我们才在各个城市之间缉拿！"

艾山回身，湛蓝的眸子重重扫过秘色，眸子里阴霾涌起："你的意思是，画中的女子，便是可汗的宫奴，唐将陆吟的妻子，沈秘色？"

僧侣定定点头："正是！"

气氛陡然间凝冻了起来。

秘色心底涌起无边的迷雾。

大唐的政令，陆吟的行为，终于又一次将自己推到替罪羊的屠戮场！

堂堂回鹘国教，雄赳赳气昂昂的僧众，却不敢用自己的力量去抗争，只敢把所有的怨怼都发泄在自己一个小女子身上！

僧侣不依不饶："惕隐，听说两日前，二位惕隐刚好邂逅了一位大唐汉女，也巧了是个穿着绿裙子的姑娘……不知二位惕隐能否让我们亲自查看一下啊？"

艾山却似乎没有听见僧侣软硬兼施的问话，一径望着那幅画像，微眯着眸子，一个字一个字从齿缝间重重地吐着："沈、秘、色……"

艾山的举动自然逃不过玉山的眼睛。玉山急急催动轮椅向前，用一只手无言地覆上艾山的手背，温润如玉的面容不见波澜，但却是格外的一种坚定。

艾山抬头，悠悠地凝视玉山："我知道……我知道……可是，谁让她就是沈秘色呢！谁让她就是那个宫奴！玉山，对不起，我无法装作不知道，我做不到……"

玉山湛蓝的眸子涌起深深的绝望与无奈。

他回眸望秘色,深深、重重,似乎要将秘色的影像深深地镂刻入眼底,镂刻入心版……

艾山仰天无语,少顷,垂首,蓝眸如冰:"两天前我们的确收容了一个大唐的汉女。她叫什么名字我不知道,但是我却看得出,她跟这图画中的女子,一模一样!"

秘色呆呆地望着艾山,浑然不觉那僧侣已经将重重的铁锁扣在自己腕上。

他为什么要这样做?

他之前分明是要对自己有所回护,所以才急急赶在僧侣进门之前到来的啊!

为什么他的心情会急转直下?

为什么听到了自己的名字与宫奴的身份之后,便仿似全然换了一个人?

自己难道真的做错了什么吗?

大唐皇帝灭佛,摩尼教遭受的灭顶之灾,难道真的是自己的责任吗?

为什么,为什么所有的人似乎都认定,将自己锁入镣铐才是罪有应得,正义昭彰?

这是什么世界?

这是什么人伦!

就连这个孩子,这个还没有完全走入成人世界的孩子,都已经被成人世界的污秽所染,全然罔顾事实,轻易便将自己一掌击入无底的深渊!

见秘色毫无反抗,白衣摩尼僧侣喜形于色:"多谢惕隐!小僧即刻回复教主,就说是惕隐领导小僧将妖女绲获!"

惕隐……

秘色微微眯上眼睛。已经几次听得那僧侣称呼艾山与玉山为惕隐了。这个称呼,似乎在契丹饮宴之上,也曾听得那些契丹的军官称呼过耶律亿……

惕隐。似乎是一个尊贵的名号,抑或是一个官职的名称?

到底是什么意思?

秘色隐隐间,觉得自己正在接近一个答案的边缘,却不得要领,仿佛隔着朦胧的纱,始终望不见隐藏于其后的真实。

惕隐……艾山突然的转变……自己的姓名与身份……

仿佛是一条锁链上三个套联的环节,只要知道了惕隐的含义,似乎一切便可迎刃而解!

被摩尼僧人拖着走出帐篷的刹那,秘色霍然回头,直盯住艾山的眼睛,坚定地问:"艾山,告诉我,惕隐是什么意思?"

那摩尼僧人猛力一拽铁链:"大胆妖女!惕隐的乳名,也是你叫得的!"

艾山没有说话,湛蓝的眸子里,翻卷着看不清的雾霭。

终究还是不肯说吗?……

秘色的视线向玉山滑去,看见他眸子里刻着的恸,长长发丝随风轻扬,隐隐掩住他眉间的胭脂记,一点,殷红。

不知怎地,秘色忽地恍然一笑,她不想让这白衣的孩子为她伤心。上天给了他太多,偏又亏欠了他太多,如果可以,秘色情愿留给他的,是一抹微笑……

白衣的摩尼僧侣又是猛力一拽锁链:"妖女,快走!再磨蹭也免不掉你到鬼门关报到!"

秘色的身子,恍如阴云疾风中颤抖的小草,伶仃着,蹒跚而行。

秘色努力挺直自己的脊梁,努力留下一个坚定的背影。

前方会有什么样的命运在等待?既然不能选择,也只能引颈承受。当把这一切都看开,或许就算死亡,都不再可怕。

身后,忽然传来悠悠的笛音,如歌如诉,飘飘袅袅,细碎、如风……

9. 无情不似多情苦

火焰,腾空蜿蜒。

地上黑压压跪满了摩尼僧侣。

秘色发觉自己身在半空之中,双手背在后面,被高高地悬吊着。

透过火焰上方缥缈的空气,秘色艰难地抬眼望去,所有的摩尼僧侣俱是白色的斗篷罩身,头部被掩藏在斗篷的风帽中,只剩下一个白色的朦胧的影子,看不清他们的面貌与身形。

"光明战胜黑暗,光明战胜黑暗……"俯伏于地的摩尼僧侣一遍又一遍,高声吟诵着这样的法号,整齐、嘹亮却麻木、空洞的嗓音,在偌大的山洞中,显得更加旷远。

秘色的喉咙,干涩到疼痛,每一次呼吸仿佛都是一次烈焰的烧灼。

不知是如何来到这里。不知在这里呆了多久。

巨大的山洞,将外面的世界与这里全然阻隔,不知道现在是白天还是黑夜。

秘色努力抬头,望向山洞最深处的高座。一个身披白袍,卷发上压着金色冠冕的老者，高踞其上，一双灰色的眸子全无表情地望着虔诚的教徒们。

"禀教主，妖女醒了！"那个将秘色缉拿回来的僧人，神色之间难掩得意地禀告上座的灰眸老者。

原来，这老者就是驻节在回鹘国内的、摩尼教东方教区的教主……

老者闻言站起身来，双手向上平举："代表神位、光明、威力与智慧的，至高无上的大明尊啊，纵然将经历初际、中际、后际这漫长的三际之路，但是终将引领我们走向光明，以无上的光明神威摧毁这个世界上所有的黑暗，重建我们的光明之国！……"

"重建光明之国……"，"光明必将战胜黑暗……"山洞内再次回荡起高亢旷远的吟诵之声。

吟诵声稍歇，教主再次扬声："愚昧的大唐皇帝，受了黑暗之魔的蛊惑，毁我大云光明寺，杀我摩尼僧众，烧我摩尼经典……又有魑魅小儿陆吟，盲从附和，不肯打开天德城门，更令放箭射杀我摩尼僧众！黑暗之魔嚣张来攻，我摩尼光佛谕旨反击！"

"反击——"，"反击……"山洞中再次被齐声的吟诵响彻。

缉拿秘色的那个摩尼僧人，突然蹿出身来，高声控诉："这个妖女，就是大唐陆吟的妻子！她如今更是化身为可汗的宫奴，潜入我回鹘，妄想左右可汗心神，击毁我摩尼教最后的一块圣土，颠覆我摩尼教在回鹘的地位！"

他尖声的嘶吼，在山洞中回荡得格外刺耳。秘色淡淡地望着他，心中涌起无限的悲凉。

多么可笑……多么苍白……

我一个小小女子，原来竟有那般的神力？

还是，本来胆怯的人们，随意将自己的恐惧发泄向无力反抗的弱者！

那僧人瞄见秘色冷冷瞥来的眼神，不禁激灵灵打了一个冷战，他回身向教主更加疾言厉色："恳请教主下旨，以光明之火焚毁她的黑暗之身，让她那黑暗的灵魂沉入地狱，永世不得超生！"

在他的煽动之下，整个山洞中的气氛陡然高升，许多暧昧不清的脸孔从斗篷的风帽中现出，整齐的吟诵声比之前更为高亢。

"大火！"

"大火！"……

不知道，是不是人们的原始本能都是嗜血的；还是，他们真的相信，只要用一场大火毁灭了秘色的身体和灵魂，就真的将那所谓的黑暗之魔的力量摧毁，从此世间重复光明？

秘色清冷地笑。来吧，来吧，烈焰焚身又如何，总好过这般焚心以火！

教主略一沉吟，继而扬声："好！就送这妖女西去！大彰我光明法力！"

"在我的国土，杀我的宫奴，都不用跟我言语一声儿吗？"

一线声音，并不高亢，甚至慢条斯理着，仿佛玩味颇深，却直直刺穿山洞中排山倒海的嘈杂声音，冷冷传来！

洞中所有人，均是重重一震！

一股酸涩重重从鼻翼袭来，秘色的眸子中忽地泪花翻涌。

秘色努力仰头，透过朦胧的泪雾望向山洞口的声音来处。

是一朵气势磅礴的乌云，背着光，挟夹着雷霆万钧的气势，坚定而果断地向洞中走来！随着步伐，长发飘飞，斗篷挥洒，背后倾射而来的逆光，在他的发丝边缘、斗篷四周，勾勒出一道晕蓝的轮廓……

教主赶忙走下高台，迎上前去："可汗！不知可汗大驾光临富贵城，老衲真是迎接来迟，恕罪，恕罪！"

乌介可汗连忙托住教主深深揖下去的手肘："教主，言重了！摩尼教乃是我回鹘国教，教主自当与本汗同享声威，本汗哪里敢受教主您拜呢！"

教主赧然："可汗今日不在牙帐城哈拉和林处理政务，怎地有空来我富贵城，莫非也是听说本教缉获了妖女，特来共襄盛举？"

乌介可汗仰天大笑："教主，恐怕本汗要让您失望了！本汗来意恰恰相反，本汗是来带她回去的！"

此言一出，山洞中一阵骚动。

虽然回鹘国中，可汗为君，但是自从牟羽可汗将摩尼教带回回鹘，奉为国教之后，摩尼僧侣在回鹘享有着至高无上的地位。教主不但与可汗平起平坐，更是有权参与议政！历任可汗均是对教主恭敬有加，但凡教主所倡之议，无不依从。而今天，为了一个大唐的女子，乌介可汗竟然公然反驳教主的意旨！

现在是什么时候？现在是回鹘帝国风雨飘摇的为难之时啊！此时的回鹘更加需要宗教的辅助力量，更加需要用宗教来鼓动和团结子民，宗教来提高自己的王室地位！

可是乌介可汗竟然就在这样的时候，当着摩尼教众，丝毫不计代价与后果地说出自己的来意！

那教主显然也没有料到乌介可汗能够这般直白，他微微睃睁，灰色的眸子里涌起一阵迷惘，显然有点不知如何应付当下的尴尬。

　　倒是他座下的几大慕阇（摩尼教教主以下分五级僧侣，慕阇为最高，意为"大师"）纷纷站起身来："可汗，请您三思！这妖女是陆吟的妻子，潜入回鹘，来到您身边，定然是奉了黑暗邪魔的意旨，前来扰乱您的心神的！"

　　"呵呵，呵呵……"乌介可汗忽地笑开，湛蓝的眸子柔柔地望着秘色，"是啊，我的心神的确是早以为她所乱呢……怎么，是不是如果本汗心神已乱，就要将本汗也一同烧死？！"

　　乌介可汗此言，可是最最严重的指责！纵然摩尼贵为回鹘国教，纵然摩尼僧侣地位超然，但是谁敢将他们寄生于斯的君主定为被邪神统治，更遑论敢对可汗的性命有哪怕一丝一毫的伤害！

　　教主以下，所有的慕阇、阿婆塞、默奚系德、阿罗缓、来辰沙（摩尼教的五级僧侣之称号），俱皆心生恐惧，不约而同谦恭地说着："不敢，不敢……"

　　乌介可汗回身，湛蓝的眸子精光闪现："自从摩尼教来我回鹘，我回鹘民风为之大变。熏血异俗，化为蔬饭之乡；宰杀邦家，变为劝善之国。我们回鹘上下，尊崇大明尊，礼遇摩尼僧侣，为的正是这样！而如今，你们却在这里，处心积虑地谋划着如何烧死一个活生生的性命，敢问教主，还有各位，这真的是摩尼教本来的教义吗？"

　　一番慷慨陈词，教主和僧侣们各自诺诺，低下头去。

　　蓝袍的乌介可汗，挺身立于一片白色身影中间，昂然如萋萋小草环绕着的参天巨树！

　　"为什么，你会来救我？"马蹄踢踏声里，秘色凝望着环抱着自己骑马而行的乌介可汗，"我以为，你是那么地恨我，恨到不想再见……"

　　"是的，我恨你！"乌介可汗一提马缰，湛蓝的眸子尽数投射到秘色身上，激起秘色身子一连串紧张的轻颤，"我恨你……我恨你为什么要遇到别的男人！无论是陆吟，还是耶律亿！我恨你，恨你对他们微笑；恨你让他们见到了你的美、你的好！我恨你，为什么不从生来世上，眼里心里便只认得我一个男人。那样你便会再心无旁骛，那样你才会完完全全只属于我！"

　　磅礴而起的深情，溢满了乌介可汗那湛蓝的眸子，他将秘色的头紧紧按在自己的胸膛上，让她听从那里发出的紊乱之声："你的一切都是我的，秘色！我受不了别的男人看过你、碰过你……我受不了！我恨你，其实我更是恨我自己！恨我不能好好地拥有你，恨我不能早一点遇到你……秘色，在你身上，我看到了自己的渺小和无奈，所以

三、牙帐城

我有时候甚至想逃开你,以维护我那不容受损的自尊!秘色,秘色,我该拿你怎么办……"

泪无声地滂沱。秘色将头更深地依偎进乌介可汗的胸膛。

已经分不清自己对他到底是什么样的情感。是曾经的恨与怨?是对于君王的恐惧与敬畏?是初来异域而对唯一熟悉的人的依赖与追随?还是对于一个男人的理解与心疼?

不知道……不知道。

秘色只知道,这一刻心底有浓浓的情愫氤氲缭绕,只想着靠近他的心。

四 双生

1. 多少绿荷相倚恨

六月，大唐宣布终结与回鹘之间的"绢马贸易"。

大唐与回鹘之间的绢马贸易始于安史之乱之后。彼时回鹘尚称回纥，曾出兵助唐平定安史之乱。为了报答回纥平乱之功，且大唐也有购买马匹以备北方军事之需，因此与回纥之间开始以绢交换马匹。一匹回纥马，交换四十匹绢，这个价格远远高于市场价，给回纥带来了丰厚的经济收入。

绢马贸易体现了大唐与回鹘之间特殊的关系，而此时一朝终结，几乎可以宣告大唐与回鹘之间数百年来的友好邦交，毁于一旦。

七月，大唐最终撕破脸皮。宣布送太和公主下嫁黠戛斯可汗莫伦思，公然现出入唐扶黠戛斯抑回鹘的动机。

回鹘牙帐上下，一片哗然。

乌介可汗怒极，亲手将树立于哈拉和林城门外数十年的"九姓回鹘可汗碑"砸碎！

"九姓回鹘可汗碑"用粟特文、突厥文和汉文三种文字镌刻而成，记录了回鹘先代可汗们，参与平定安史之乱、抗击吐蕃保卫北庭的功勋战绩，是回鹘与大唐之间数百年来亲密关系的生动写照。

如今，"九姓回鹘可汗碑"终于化为碎块，大唐与回鹘之间的关系，再也回不到曾经的地方了……

七月底，又有更加令人震惊的消息传来。大唐天威将军陆吟，少年得志，功勋卓著，本来已经踏上了仕途青云之路，却因为公然违抗朝廷命令，而被削夺了所有的官职！

本来，这对于回鹘，倒更是好事一桩。但是兵不厌诈，回鹘上下不能不对陆吟削职一事尽力打探，费尽思量。

有人说，这是大唐的疑兵之计，用以麻痹回鹘，伺机与黠戛斯形成合围之势，企图一举击溃回鹘！

有人说，陆吟此番是作了大唐朝廷朋党之争的牺牲品，因为不肯屈从于当权的朋党，而被撤职。

有人说，陆吟是因为射杀了许多的僧众，见了太多生灵的涂炭，所以才心灰意冷，故意违抗朝廷命令，从此归隐山林，修身养性去也。

……

一时间，回鹘所处的政治环境，波诡云谲，危机四伏。

契丹对于回鹘的政治意义，益发地凸显了出来。

耶律嫣然，自然毫不意外地成为了整个回鹘后宫最受宠幸的妃子。据说乌介可汗对她爱若珍宝，言听计从。

只是，这位耶律娘娘倒完全没有恃宠而骄，不要可汗赏赐的金银珠宝，不要可汗对她专房独宠。她提出的只是一条微不足道的意见——不许宫奴沈秘色继续留在乌介可汗身边。

天，这该是一个多么简单的条件，如果换作任何人，这个条件都会立即被执行。

毕竟，回鹘江山与一个宫奴之间，孰重孰轻，还用得着考量么？

可是，天下人都不是乌介可汗；天下人的取舍不能左右乌介可汗的选择。

所以，耶律嫣然那并不算过分的条件提出足足月余，宫奴沈秘色却依然待在牙帐城哈拉和林，待在乌介可汗抬眸即可望到的地方。

甚至，无数个夜晚，当耶律嫣然一觉醒来，都会看到乌介可汗竟然静静地坐在夜色里，眸子定定地望着那个宫奴沈秘色帐篷的方向，像一个方才懂得情动的少年，嘴角噙着一抹悠悠的笑……

"嫣然，你又何必这么执著于秘色呢？"耶律亿也曾不解地问耶律嫣然，"如今陆吟已经被削夺了官职，沈秘色的存在已经不会危及到我们契丹在回鹘的地位。嫣然，我们未来要考虑的事情还有太多，你又何必只把她的去留作为唯一的条件呢？"

耶律嫣然抬眸望着耶律亿："亿哥哥，你说的没错。陆吟已经被削夺了官职，那么我们便不用再继续担心沈秘色是陆吟的一招苦肉计。但是,亿哥哥,嫣然这样做,不单单是为了亿哥哥你,甚至也不单单是为了我们契丹,而是为了我自己。"

耶律亿微微挑眉,艳若桃花的眸子闪过一丝惊讶。

耶律嫣然神色一黯:"亿哥哥,嫣然说过,你是我这一生中唯一爱的男人。嫣然此时最大的愿望,不是荣华富贵,不是青春永驻,秘色最大的愿望在来生,期望老天垂怜,来生能让嫣然再遇到哥哥,能与哥哥不再出于同门,不再流着相同的血液!"

"但是",嫣然语气稍顿,"嫣然也并不想让今生空度!嫣然从九岁起,就知道亿哥哥你的心不仅仅在契丹草原,你的心已经横越整个漠北,甚至虎视中原天下!所以,嫣然今生最大的愿望就是尽力帮助亿哥哥你雄霸天下,了了你作为一个男人的天下之梦;来生,你就可以抛开天下,只守着我,做一对终生不离的人间夫妻……"

耶律亿眼角轻颤,握住耶律嫣然的手,用力到指节泛白:"嫣然!我该如何报答你!我耶律亿在此对天起誓,来生定不负嫣然之约!"

耶律嫣然带泪一笑:"亿哥哥,其实你早就应该料到。如今时局变幻莫测,大唐内乱,回鹘势微,吐蕃动荡,黠戛斯有勇无谋,沙陀尚需时日……我契丹的龙兴之时,已经近在眼前!所以,能否牢牢控制住回鹘,对于契丹,对于你,该有多么重要!拥有了回鹘,便等于掌控了丝绸之路,西行之路畅通,便可为我契丹富国强兵打下坚实的基础!"

耶律亿郑重点头,桃花一般鲜嫩的面容,此刻平生出睿智的成熟。

"而我",耶律嫣然明艳的笑容里融进一丝黯然,"说到底不过是一介女流。我必须要通过牢牢抓住乌介可汗的宠爱,从而巩固我的地位,争取更多的权利。亿哥哥你知道吗,沈秘色这个女人,对于可汗来说,不仅仅是一个汉女,一个唐将的妻子,甚至不仅仅是一个满足身体欲望的宫奴……他在爱着她,他偷偷地把自己作为一个普通男人的感情都给了她!这才是最最可怕的,是我无论用了什么样的手段,都无法取而代之的!"

耶律嫣然垂下了她的头:"一个男人,生命可以死去,江山可以丢掉,但是只有他的心,他的情,一旦真的动了,就永远永远都不会改变……"

其实,说这句话的时候,耶律嫣然真正想问的是:"亿哥哥,我是不是让你心动情钟的那个女子?是不是直到你离开这个世界的刹那,依然揣在心底,永志不忘的那份情?"

可是,耶律嫣然没敢问出口。

而此时的耶律亿,竟似也将心思放飞得杳远,杳远,全然没在眼前,全然没在这个心思百转的女子身上……

"我不能杀了她",耶律嫣然接下去说,"如果我杀了她,可汗将会恨我,会与我契丹背心离德。所以我必须赶走她,让她远离他的视线,让他对她心思牵挂。这样她既不会威胁到我的地位,又可以分散他的心思,对于我们而言,会是一石二鸟的计策!"

隔日,耶律嫣然便向乌介可汗提出,想回契丹省亲。说离开契丹日久,思念父母亲人。

耶律亿则顺势提出,要带领契丹将士跟随耶律嫣然一同回国。说是一来在回鹘"叨扰日久",再来正好沿途保护嫣然。

两个人提出的要求都是那么天经地义、不容拒绝。

可是却又——那么软中夹硬,绵里藏针!

耶律嫣然的离开,不过是一个由头,一个以退为进的缓兵之计。真正对于回鹘,对于乌介可汗具有致命威胁的是后者,是契丹将士的离开。

虽然,自古以来,睡枕之边不容他人躺卧,任何的国家都不能容忍他国军队的长期驻扎;但是,同时这又是一柄双刃剑。按照此时的政治环境和回鹘自身的情况,很难说,一旦契丹军队撤离,黠戛斯不会在大唐的支持之下,甚至是黠戛斯与大唐兵合一路,共犯回鹘!

就算明知契丹军队的存在不过是饮鸩止渴,但是总比连毒发的时间都没有要好吧……

卧薪尝胆,说不定还有中兴复苏的希望,不是么?

乌介可汗抬眸望着秘色,深深:"即刻将宫奴沈秘色送离牙帐城哈拉和林!"

乌介可汗说这话的时候,根本没有将目光投射到耶律嫣然身上,哪怕片刻。让人错觉,这话只是说给秘色听的,或者只有秘色才能听得懂。

秘色静静地望着乌介可汗湛蓝的眸子,她读得懂那压抑在一片深蓝之下的波涛涌动。

秘色,对不起,为了回鹘的安危,我不得不这样做……

秘色,我相信,你能理解我的,是么……

秘色,回鹘虽大,但是除了我的身边,于你哪里都是陌生之域,我该送你去哪里……

秘色望着乌介可汗,静静地笑,像一朵夏日荷塘中的莲,瓣瓣清幽。

乌介可汗蓦地也读懂了秘色的心。她是在说:"不用担心我。我会好好照顾自己……"

秘色。秘色……乌介可汗心底热潮翻滚，真的想抛开这一切，只将这女子紧紧拥入怀抱，躲开尘世间所有的喧嚣……

秘色，我该将你送到哪里，可以让你庇身，可以给你安定，不再让你涉险不再让你孤单？

2. 一声羌笛惊醉容

"禀可汗，苏里唐与艾色里汗两位惕隐到！——"

随着一声响亮彻耳的通禀，秘色的心倏然提到喉咙。

惕隐……又是惕隐……这到底是什么官职？这究竟在回鹘代表着什么含义！

苏里唐……艾色里汗……这两个名字，怎么会这般熟悉？自己究竟是在哪里曾经听到过？

秘色不禁转头，眸子带着淡淡的迷茫，望向帐门起处。

两个孩子。一着黑衣，一着白衣。

一模一样的面容，一模一样湛蓝的眼睛，一模一样颀长的身形……

如果不是那白衣的孩子坐在带着轮子的靠椅之上。

如果不是那白衣的孩子眉间簪着一颗艳如花钿的胭脂记。

你会错觉自己的眼睛出现了幻觉。

这般俊朗出色的孩子，这个世间不是应该仅仅出现一个吗？

这般地天地灵秀钟于一身，仿佛天生便为了绽放光彩而来！

一个，已然绝色。

却又有两个，让所有人顷刻间顿觉自己的渺小与平凡，只能屈膝于那份绝世风华之下，甘心情愿成为暗色的背景……

牙帐之中，所有人都是一呆。

这其中，秘色一定是惊讶得最严重的那一个。

一瞬间，秘色只觉得天地凝冻，时光停止，万事万物都从眼前灰飞烟灭，视野里全部的唯一只剩下光影婆娑之中的两个少年！

苏里唐，艾色里汗……原来便是可敦城中曾见的艾山与玉山！

望见安好无恙的秘色呆立在牙帐中，艾山的眸子只是冷冷地从秘色颊上滑过，那目光竟然不带丝毫温度。就仿佛一个全然陌生的人，甚至就如同一根牙帐中再普通不过的柱子。

玉山则温润而笑。湛蓝的眸子在望见秘色的刹那，恍如艳阳照耀之下的蓝宝石，灵光璀璨！

一黑一白，一冷一暖。

秘色的心仿佛在冰与火之中瞬间腾跃而过，只觉那冰格外地冷，而那火便是格外地热……

"我的儿子，长大了！几年不见已经成了大小伙子，哈哈！快来让父汗好好看看！"乌介可汗已经激动地起身，张开宽厚的怀抱。

儿子！

秘色的心咯噔激跳！

艾山与玉山原来是他的儿子……那么惕隐，便应该是王子之意！

惕隐……王子……那么同样被称为惕隐的耶律亿！……

秘色心头再次猛然一颤！

为什么，为什么，心下会有清冷的笛声，仿佛一声无言的警告，又仿似关于未来的一个无奈的问号？

面对乌介可汗热烈的欢迎，艾山与玉山却并没有同等热络地回应。

黑衣的艾山只是原地单腿跪地，面容上没有一丝的波动。

坐在轮椅之上的玉山，囿于身子的不便，只得坐在轮椅上，右掌平贴于左胸，深深一躬，眼角眉梢只有淡淡的笑。

父子三人之间微妙的冷场，其实牙帐中的人们并不意外。回鹘朝堂上下，有几个人不知道，当初黠戛斯进攻牙帐城哈拉和林之时，乌介可汗便答应了黠戛斯人的要求将艾山和玉山送去黠戛斯，作为质子的？两个当时尚年幼的孩子，仅仅因为不幸生在帝王家，便要成为两国战争的牺牲品，千里迢迢，告别自己的祖国，离开自己的母亲，在那虎狼环伺的敌国，成为最最可悲的人质！

无法想象，这两个孩子当年在黠戛斯究竟曾经经历过什么。

不难理解，他们对于自己的父亲，那个本来奉为偶像，却在灾难来临之时将他们推入狼口的父亲，当长久的等待终于变成绝望，那份骨肉之爱也会渐渐衍生悲凉的怨恨……

人活一世，总难免为人伤害，所以人们有足够的勇气和承受力去忍耐敌人的伤害,却独独无法接受来自亲人的,哪怕些微的伤害……

所有的人,都是隐隐摇头、轻轻叹气。

如果没有那场战争,这两个孩子该是世界上最幸福的孩子吧。

得天独厚,钟灵毓秀,没有人不用欣羡的目光仰视他们,没有人不从心底里爱着他们……

可是,现实,总是这般残酷。就仿佛最完美的翡翠总是清脆易碎。

或许上苍总是公平的,既慷慨又残忍,刚刚在你左手放下美丽的赏赐,却又一转身从你的右手拿走你所珍爱的宝物……

这个世界上,没有人是完全让人同情,就像也没有人是完全都让人羡慕的。关键在于,你将自己的哪一面拿出来呈现给世人。

浮躁的人,只能看到他人的外表,只有真正关心你的人,或者说拥有慧眼之人,才能透过那层虚饰的表象,看到完整的你……

气氛微微冷凝。大家各自心底都有隐隐的尴尬。

牙帐内务总管趁机问:"可汗,不知该将宫奴沈秘色派往何处?"

或许,此时此刻,一个命运微不足道的宫奴,才可以转移人们的注意力,让在场的大人物们,重新生出一种相对于微末人们而生的那种骄傲感吧。

那总管却没成想,他的一个似乎再简单不过的问题,却引起了在场的最重要的人的踌躇。

乌介可汗眉头紧皱,沉吟不语。

艾山则蓝眸连闪,俊脸上数种情绪急速游走。

玉山则微微一愣,温润如月的眸子柔柔锁定秘色,没有错过秘色肩头的一缕轻颤。

艾山向乌介可汗躬身一礼:"父汗,您是要送这个宫奴离开牙帐城哈拉和林?"

乌介可汗黯然点头。

艾山恍若无意地横瞥了一眼秘色:"父汗,我与玉山自打从黠戛斯回来,身畔还一直没有几个得力的人。这个宫奴虽是汉女,但是毕竟在父汗身边伺候过,儿臣想,她一定因此而更加懂得规矩。如果父汗身旁已经不需要她,不知道父汗可否将她送到可敦城,做我们的宫奴呢?"

听到苏里唐的建议,乌介可汗忽地一笑:"艾山,难得你如此大度!父汗其实最想的就是将她送往可敦城。毕竟她是汉人,习惯了城池里的生活,不适应逐水草而居。而我们回鹘,最大的城池就是牙帐城哈拉和林、你们居住的可敦城和摩尼教主驻节的

四、双生

富贵城了!"

"哈拉和林,秘色已经不便继续留下;富贵城里的摩尼教众又对秘色有误会,所以可敦城自然是父汗的第一选择!只是……"乌介可汗的语气沉吟,眸子锁住艾山,"只是,父汗担心,你们会因为你们母亲的事情,对她心生嫌忌而不愿收留。没想到,艾山,你今天竟然主动提出来,真不愧是我的儿子!不愧我当年给你的帝王之名(苏里唐,意为"帝王"),果然有帝王胸襟!"

他们,在说什么?
秘色迷惘地望着乌介可汗与艾山,心里有杳远的警铃声遥遥传来。
却一时抓不住。
一时捋不清。
千头万绪都从这父子三人之间奇异地缠绕而起。
莫名的迷茫。
隐秘的警惕。
看不清的若惊若喜。
剪不断的丝丝情愫。
都从何来?
都是,为谁?

秘色更多的疑问,凝结在艾山的身上。
那日,他冰冷而无情地将自己交给摩尼僧侣,全然不理会摩尼僧侣明白说出的要置自己于死地的说法……
今日,在自己穷途末路之时,他却又挺身而出,主动要求让自己去可敦城……
曾经似乎那么地冷酷,目下却又突然这般地友善。
如此截然不同的两种态度,到底都是为何?
难道仅仅是一个孩子的喜怒无常?
或者都不过是自己的一个误会?
可是,秘色不会怀疑自己的眼睛,这两个孩子,虽然都只有十三四岁的年龄,但是藏在他们身体里的心,都没有那般幼稚。
他们知道自己在做什么。
他们的每一个举动都是清晰而冷静。
如今,他们收留自己,究竟图的是什么?!

秘色正思忖间，艾山清越淡然的嗓音明晰传来："父汗多虑了。米娜瓦尔虽然是我们的母亲，但是她更是父汗您的女人，是回鹘国的子民。您是君王，您是他的丈夫，那么她的命就是属于您的。父汗您判定她该死，那她就一定是罪无可赦的。所以，儿子们不会心有猜忌，更不会因此而薄待宫奴沈秘色。"

轰！！！

秘色平地猛然倒退几步！

他在说什么？他那般轻描淡写地说了什么？

怪不得苏里唐、艾色里汗这两个名字这般地熟悉，似乎何时曾经听过。

怪不得苏里唐当日自从听到自己的名字，对自己的态度便发生了天差地别的变化！

怪不得……怪不得……

原来他们便就是米娜瓦尔的一双儿子……

刹那间，秘色仿佛再次置身大漠黄沙，如血残阳凄艳冷绝。

米娜瓦尔耀目的红衣熠熠光闪，白得没有血色的脸颊直直望来："是的，我还有一双儿子！他们是大汗最优秀的骨血，他们将来也将成为大漠草原上最勇敢的君王！就算今天我死了，我的恨他们也都会替我铭记，我用不着你来替我着想，我的儿子们会明白他们母亲的心意！"

……

吱嘎嘎嘎——

秘色仿佛听见了命运之轮喑哑启动的声音。

米娜瓦尔，你不惜抛却性命、以死相博的报复，终于要开始了，是么？

3. 沧海月明珠有泪

出乎秘色意料的是，她在可敦城的生活，并没有像曾经所担心那样的艰难。

艾山虽然依然对她冷淡若昔，但是并没有格外为难于她。

秘色终日所做的事情，不外是帮着兄弟两个做些日常的杂事，活计倒也并不繁重和复杂。

或许，当初的担心，都是自己太过敏感了吧……

心念及此，秘色反倒在心里，隐隐然对两兄弟产生了浓重的负疚之心。

再加上,这两个孩子也真的惹人怜。小小的年纪便背负着家国的重担,成为黠戛斯的质子;如今刚刚回到回鹘,母亲又已经去世……

秘色总想着,能为这两个兄弟多做一点什么,就仿佛自己是一个姐姐,甚至是一个——母亲。

可敦城的夜晚,新月如眉。

秘色服侍玉山睡下,回自己帐篷的途中,经过艾山的帐篷,听到艾山的召唤:"阿布列克,阿布列克……"艾山的嗓音之中有隐隐的焦急之意。

阿布列克是艾山的贴身随从,这一会儿也不知跑到哪儿去了,许是艾山一时有事需要人,可是却又找不到阿布列克了。

秘色本能地停下了脚步,掀开门帘走了进去。

帐篷内,雾气氤氲。

白色的大团大团的蒸汽,柔柔罩住艾山声音传来的方向,让秘色一时看不清艾山到底在哪里,只能懵懂地走进那一团雾霭,试着去接近声音的方向。

许是艾山听到了脚步声,他的声音更加急迫了起来:"阿布列克,快过来!"

秘色刚想张口解释,忽听得眼前哗啦水声一响,接着大团的白雾被水花冲破,一具颀长有力的身子穿出白雾,赫然出现在秘色眼前!

啊!!——

秘色大惊失色,禁不住叫出声来!

这一叫,让帐篷中的两个人都愣在了当场!

秘色呆呆地望着眼前。此时才看清,帐篷的中央安置着一个巨大的木桶,木桶中热水蒸腾。艾山全身赤裸,站在桶中,长长的乌发濡湿着从头顶垂下,无数细小的水滴沿着他光滑的皮肤淋漓坠落……

秘色大窘,脸颊滚烫,神智完全停摆,双手死死地捂住自己的眼睛,呆呆地站在木桶边沿,成了一具木雕泥塑。

艾山显然也是全无防备,一声诅咒:"该死的,怎么是你!"长臂一捞,将桶沿上白色的布巾凌空抽过,翻卷之间已然围上了腰身。

这孩子,是什么时候偷偷长大的?

刚刚电光火石之间出现在自己视野里的,分明已经是一个男人的身体了呀!

浮凸的肌肉,紧致的肌理,有力的线条,宽阔的肩膀……

究竟是他素日里将自己故意掩藏在孩子的身份中,还是自己一厢情愿地认定他永远是十三四岁的孩子呢!

十三四岁,本就是男孩子身体发育一夜成形的年纪;再加上草原民族本来的强壮与早熟,艾山此时的身高实际上已经高出了秘色一个头!

"好啦!还捂住眼睛干什么?难道,我有那么见不得人吗?"艾山的清越的嗓音里带着一丝愠意,又夹着一丝掩不住的好笑。

秘色忽然觉得,自己与艾山之间,本来的身份和地位做了一个对调,此时仿佛艾山是大人,而自己才是个孩子。

秘色努力镇定下来,拿开了两只手。整个脸颊红成煮沸了的虾子,两只眸子不敢看向艾山那氤氲在大团雾气中的晶亮眸子。

艾山重新坐回热水中,侧对着秘色,压住嘴角的轻笑:"你们大唐女子有偷看人洗澡的习惯么?怎地会忽然跑进来?"

秘色面上红晕更甚:"怎么会!是我安顿好玉山,经过你的门口,听到你在急着召唤阿布列克,看他不在,以为你有什么急事……哪里想得到,你是在洗澡啊……"

艾山好笑地轻瞥秘色,白色的雾气缭绕中,秘色翠绿的裙,配上烧红的脸颊,在满室昏暗中,显得格外鲜丽:"那么看到了我在洗澡,怎么还不走啊?"

秘色轻叫:"啊!我是要走的,是你在……跟我说话……"说着转身便要跑开。

不知怎的,艾山心底忽然温柔一荡。今天的秘色,与往日格外地不同。

平日里,秘色刻意把自己装进一个"大人"的角色中,一言一行都是矜持有度,就连微笑都是带着淡淡的疏离。而今天的秘色仿佛在突来的情形之下,忘记了戴上自己的"面具",一举一动都回到了自己的本性之中,娇俏困窘,却格外的天真烂漫。这才是一个有血有肉的人啊,这才是一个十九岁的少女所应该具有的模样儿。

"好啦,既然来了,就留下吧……"艾山在意识到自己做什么之时,自己的一条手臂已经从热水中挥出,一把扯住了秘色正欲离去的衣袖。

秘色有片刻的瞪睁,回身看依然坐在雾气之中的艾山,他甚至连眸子都没有转过来,却牢牢地抓住了自己的手臂!

"我是说,我在等阿布列克来跟我擦背。既然他不在,而你又都看过了,索性就帮我擦背吧!"从侧面望去,白雾飘渺之中,艾山那完美的侧面线条,宛如雕塑。不知是不是错觉,秘色不敢确认,自己是不是在艾山的脸颊上,看到了隐隐的一丝红晕?

四、双生

我是宫奴。我是姐姐。我要代替米娜瓦尔来照顾他们……

无论是这其中的哪一种身份,我都不该扭捏不前。

不要脸红,不要脸红……

秘色不断在心底里警告着自己,安定了下心神,索性大方地走到艾山的背后,拿起了木桶旁小几上的皂角与猪苓(古人用皂角与猪苓来沐浴,皂角多为民间使用,猪苓稍贵)。

双眸刚刚投射到艾山光裸的脊背上时,秘色就愣了!

双手颤抖着,几乎握不住手中的皂角和猪苓,一双眸子中更是泪花翻涌,几乎难以自制!

艾山仿佛看得到秘色的反应,淡淡地说:"没事的。都是陈年的伤,早好了。"

秘色忍着心底翻涌起来的心痛,将手轻轻放在艾山脊背上,大颗的泪珠已然灼热地砸上了艾山的背——那里,纵横交错,无数条黑色的鞭痕,狰狞着,撕碎了艾山背上本来完美的肌肤。

"是谁?是谁这么狠心!"秘色再也控制不住自己,仿佛那鞭痕是活生生地抽在自己身上,自己的心阵阵尖利的疼。

"你以为质子只是安安稳稳地待着就好吗?黠戛斯上至可汗莫伦思,下至看守我们的士兵,只要心中不高兴的时候,便会拿我和玉山来泄愤!我是可以自保的,甚至可以逃走,但是我不能,如果我自保,如果我逃了,玉山怎么办!"艾山的声音,冷冽如冰,却也没逃过秘色的耳朵,让秘色听到了那声音里隐藏的丝丝颤抖。

两个孩子……他们还只是两个孩子啊!

那些人怎么下得去手,怎么可以伤害这么完美的两个孩子啊!

秘色几乎无法收拾住缠绕住自己身心的疼痛,手指颤抖着沿着艾山背上一条条的鞭痕划过。

秘色想起了自己小时候,一次顽皮地拿着母亲的绣花针玩耍,不小心划破了手指,母亲便将唇贴上来,一边轻吻,一边说:"宝宝不疼,妈妈吹吹……"妈妈的抚慰仿佛拥有神奇的魔力,小小的秘色,那时感受着母亲温柔的吻,真的就忘记了手上的疼痛……

带着一种母亲对孩子的怜惜,秘色将唇轻轻印上了艾山的后背,伴随着轻抚的手指:"吹吹,不疼……"

秘色小妈妈一般的举动逗笑了艾山,他背对着秘色,嘴角轻轻勾起一朵微笑。刚刚紧绷着的脊背,倏然松懈下来。

这一刻,两个人之间萦绕起一份奇异的气氛,那般宁静,那般美好……

那份静好,不知何时被悄然打破。
秘色温柔的抚触,渐渐地勾动起艾山心底里一种异样的情绪。
身体逐渐燥热起来。
心中是莫名的烦躁。
头脑中丝丝缕缕缠绕起奇怪的渴望。
仿佛有一头怪兽,沉睡在身体深处,正在悄悄苏醒……

艾山的异样,秘色自然也感知到了。
指腹下的肌肉渐渐紧绷起来。
天鹅绒一般的皮肤渐渐灼热。
他浊重的呼吸闷闷地回荡在缥缈的白雾之中。
秘色忽地感觉窒息,心头隐隐有跳动的小鹿。
秘色停下手指,艰难地说:"艾山,我去叫阿布列克吧,水有些凉了,让他补些热水进来。"
刚迈开一步,秘色忽地发觉自己的世界,天地倒转,只听得扑通一声,自己便跌入了一具宽厚而有力的胸膛!
头顶有清越的嗓音喑哑着传来:"没关系,水冷,两个人在一起洗,就不冷了……"

4. 春光已到消魂处

温热的水,瞬间滑入衣衫。秘色眨眼之间已经浑身湿透。
湿透的衣衫仿佛第二层肌肤,紧紧箍住秘色的身子,每一丝曲线全都纤毫毕露,像情人之间最紧密的拥抱。
秘色拼力推开艾山,将身子向后,靠上另一边桶壁:"艾山,你!"
艾山的眸子,瞬间燃烧。秘色身上凹凸的线条,与前胸上那隐隐的翘立,彻底焚毁了他的理智。他闷哼一声游过来,双手抓住秘色的手臂:"不要告诉我,当了这么久的宫奴,你都不明白宫奴应该做些什么!"
秘色挣脱不开自己的手臂,只能将身子尽力向后缩去:"艾山,你误会了,我是宫

奴，但是我并不是你所以为的那种宫奴！"

艾山的眸子里不禁闪过一丝沉痛："胡说！你以为我会相信你！别告诉我，父汗没有这般对待过你！如果父汗不是这样，我母亲又怎么会死在父汗刀下！"

仿佛一个穴位被重重点住，秘色的心凛然惊醒："艾山！听我说，艾山！不是的，不是你所想像的那个样子……我没有主动去引诱过你的父亲，我没有要去夺走属于你母亲的宠爱……"

艾山赤裸的胸膛已经不容闪躲地压了上来，将秘色紧紧圈禁在自己的胸膛与桶壁之间："呵呵，是吗？太好了。原来你还没有主动引诱过我的父汗啊，那么就来引诱一下我，怎么样……"

艾山的唇重重地压下。秘色的双手被艾山强壮的手臂压制在木桶边沿上，完全失去了抵抗的能力！

这孩子的唇，青涩却执著。
带着滔天的霸气，却又明明颤抖着陌生的惶乱。
这孩子……这孩子知不知道他自己在做些什么啊！
秘色的身子在温热的水中载沉载浮，秘色的神智也被艾山的唇牵引着，随波涌动。
心底里是陌生的情愫缭绕不去。有愤怒，有惊讶，有深深的无奈，更有一种说不清的怜惜……
他的吻，跟他的父亲，真的好像……同样的霸道，同样的不容拒绝，同样的狂狷中夹杂着细细的温柔。
可是，他们之间，却又这般的不同……这孩子的青涩，那微微颤抖着的紧张，都成为一种致命的诱惑，层层挑动着秘色的心。
秘色试图再次挣扎，却发现这不过是无益的尝试。
心底有浓重的叹息涌起，眼前似乎又见到艾山脊背上条条纵横的鞭痕……
秘色的心再次纠结而痛，缓缓地，缓缓地，松开了自己的嘴唇，让艾山盲目奔突的唇舌找到了花香流溢的秘境……
如果，就是这样，能够抚慰他的心，就也算赎了自己的罪吧……
秘色樱唇微颤，主动迎上艾山的吻，辗转引导着他渐渐深入，一道道无声的电流，在暗夜间悄然涌动……

一吻终结，两人都已气喘吁吁。
艾山湛蓝的眸子闪闪发亮，一边努力大口吸着空气，一边盯紧秘色颊上迷人的红晕:"原来这就是男女之事!原来真的滋味销魂!怪不得父汗要娶这么多的女人充塞后宫,怪不得这个世界上只要有男人的地方必有妓馆花坊……"

听到"妓馆花坊",秘色的心倏然冷坠。原来,原来自己在他眼中不过是与她们同样的身份……

"惕隐,请惕隐起身,如果没有其他吩咐,秘色要先行告退了……"说着,秘色便从水中站起。

正想迈腿跨出木桶,秘色的身子便已经被一具滚烫的胸膛贴住:"我还有'其他吩咐',不许走……"

秘色勃然转身:"惕隐,可敦城内最有名的妓馆名曰'天香',惕隐请自去逍遥!"

艾山湛蓝的眸子里,笑意隐隐:"我以后再去,今天有你就够了……"言语之间,艾山的目光从上到下,没有放过秘色一寸曲线,引得甫出热水的秘色,阵阵轻颤。

阵阵寒意从身边、心底笼罩而来,秘色静静地望着艾山:"艾山,够了,够了……"

艾山蓦然情动,一把拥过秘色,两个人紧紧纠缠着重新压入水里。水花四溅之间,秘色听得见艾山喑哑的嗓音:"不,还没够……你这么美,这么好,只有小小一个吻,怎么可能够呢?我要好好地品尝你,所有的地方都不放过……"

水波涌动,热浪翻滚,大团大团的白色蒸汽成为最好的床帐,一幕销魂曲,激滟而起……

青涩的情。
缠绕的欲。
说不清的心疼。
辨不明的怜惜。

当秘色在艾山年轻却执著的激情攻势中几乎要放弃抵抗时,猛然间门口传来踏踏的脚步声,艾山的贴身侍从阿布列克的嗓音传了过来:"惕隐,您的衣服已经拿过来了,我服侍您穿上吧!"

闻声,水中紧紧交缠的两个人,蓦地分开!

蓝眸氤氲的少年,媚眼如丝的女子,彼此都成为对方眼中绝美的景致。

脚步声近了,艾山第一时间用身子遮住秘色已然裸裎的身子,短促而有力地喝道:"阿布列克,好了,你就站在原地,将衣服给我抛过来就好。"

凌空,一团衣物穿透水汽,直直而来。

艾山一把接住,回身扯下秘色身上早已湿透的衣衫,将自己干燥的外衣披覆在秘色身上。

尽管隔着重重的水汽，但是秘色也知道，阿布列克不过就站在几步之外，任何的声音都逃不过他的耳朵。

所以，当艾山不容拒绝地一把扯掉自己身上仅剩的衣物时，秘色拼命咬紧了嘴唇，将那声惊呼硬生生吞入了喉咙。

被艾山披上衣裳，秘色第一时间急急从水中站起，亟欲离去。

双脚踏上木桶外冰冷的地面，秘色刚要举步，却又被艾山横腰抱住，一个又急又来势汹汹的吻，铺天盖地笼罩住了秘色的身心。

是⋯⋯不舍。

秘色从那青涩的吻中尝到了这陌生的情愫。

心下笼罩起无边无涯的迷雾——应该是自己的错觉，不是么？

不明就里的阿布列克，莫名其妙地站在原地半天，只听得主人那边水浪噼里啪啦地响了半天，又似乎有悉悉索索的布料摩擦之声。

可是，等了老半天，当主人终于唤他过去时，却发现主人竟然依然光着身子，而刚刚拿来的干净衣物竟然不翼而飞！

阿布列克惊讶得几乎掉了下巴，他以为是自己刚刚随手一扔，不知将主人的衣物扔到何处去了，于是连忙趴在地上仔细搜寻起来。

却，遍寻不着，只发现了木桶旁边的一颗绿色的翡翠耳环。

阿布列克无比惊诧地看着主人眼里看好戏一般的淡淡笑意，莫非自己趴在地上给他找衣服这件事儿，有多么地好笑么？

反倒是主人拿过那枚小小的豆粒大小的翡翠耳环时，面色上竟然沉肃下来。默默地端详了良久，顺手揣进了贴身的兜囊之中。

今天的事儿，怎么透着股子说不清道不明的诡异呢？

秘色跌跌撞撞跑回自己的帐篷。

艾山突来的袭击，自己心底陌生涌起的情愫，阿布列克霍然闯入掀起的惊恐⋯⋯

秘色披着艾山宽大的衣服，尽量轻地穿过白色的蒸汽水雾，又做贼一般跑过帐篷间的空地⋯⋯

当回到帐篷之中，惊魂甫定，秘色方才惊诧自己的举动。为什么？为什么自己竟会这般忐忑？难道说，自己并不全然是被强迫，自己下意识里已经承认了，心里也并非没有感觉？！

天！

他还是个孩子啊！尽管他的身体已经不再是孩子的模样，但是他毕竟比自己足足小了六岁！

再者，自己跟乌介可汗之间已经有了床笫之亲，而如今怎可又与他的儿子再做有违人伦之事！

米娜瓦尔，米娜瓦尔，你的在天之灵，是不是恨不得将我碎尸万段？我还没有赎回对你的罪过，却不自知之中又在伤害着你的儿子！……对不起，对不起……

帐外，有清越的笛音，清冽而起。

像高天一弯新月，柔柔垂坠天际。

天幕下，有瑟瑟的虫，欢快低鸣，那是在召唤爱侣，那是在做这个季节里最美的鸣唱。

隐隐似乎听得见牧民弹奏的都塔尔，说着即将到来的秋天，说着就要降生的羊羔……

月色天光，人间烟火，在笛音中交织成完美的协奏，仿佛在诉说，人世间的一切，凡是经历便都是一种美丽。幸福不在远处，风光不在险峰，其实所有的美丽就在身边不远处。只要你有一颗洞察的心，有一对善于发现的眼睛……

此情此景，天上人间……

秘色蓦地惊觉，这——似乎是玉山的笛音！

明明，玉山已经睡下了啊，他怎么会又坐起身来，又怎地会吹起笛音？

而这悠扬的笛音，又在诉说着玉山何样的心事？

无力倾吐，却有笛音为诉。

秘色遥望帐外月色，心底有白色的衣袂翩然飘过，就像草原上那株繁盛的槐，虽然只是素花串串，却惹动芬芳无限……

5. 秋千笑里轻轻语

九月刚至，回鹘草原的秋，便已倾天盖地而来。

草色林叶，几乎一夜之间，被秋色染黄。

玉山难得地主动跟秘色提及，想到城外的草原，欣赏秋色。

玉山在的地方，艾山自然出现，还有一个必然的角色便是阿萨兰——威武雄壮的雪獒。

没到过草原的人,便从未欣赏过真正的秋色,秘色一出城,便不觉愣在了当场,只觉心魂俱醉。

远处,曾经白头的山峰,早已一片层林尽染,绿、黄、红、紫四个主色调之间,各种深浅不一的中间色斑斓绚烂。

广袤的草原之上,草色如金,便更显得草甸子上的几泓水泽,如蓝宝石一般幽波潋滟。水泽之畔盛开着大蓬大蓬叫不上名字来的白色荻花,小小柔柔,恍若最嫩的棉花,在金色的草色间,缥缈轻荡。

水泽之中,隐隐看得见还不舍南去的白色天鹅。优雅的颈项两相交缠,诠释着世界上无论是人类还是动物界中,都最为美丽的鹣鲽情深。

水泽岸边,柔白荻花丛中,有新生的白毛小狼,跟着妈妈嬉笑玩耍,时不时垂涎水波之上的白色水鸟,扑腾一声扎入水中,不足以引起危机,反倒是惊起一片欢快的波浪……

身畔,树树披金,仿佛一场最为华丽的盛会即将开始。间有微风拂过,便有片片金叶,飘飞如金缕之蝶,映着艳丽的秋阳,在湛蓝的天幕下,轻卷曼舞……

秘色深深为之迷醉的神情,感染了艾山和玉山。

艾山微笑地凝视秘色,看她翠色的裙,在金色的飞叶草色间,艳丽成一抹心动。

"草原的秋天来得又早又急。最美的秋色也就是几天。数日之后,天气会骤然变冷,甚至随时开始落雪,草原上漫长的冬天就要来了……"艾山说到此处,心下猛然一动,眸子不禁悄然转向人淡若菊的弟弟,眸子漾满深邃的蓝。

秘色心下也悸动起微微的颤抖,倾身回眸,定定望向身后轮椅之中的白衣少年。

黄叶如雨,若落英缤纷。

衣袂翩然的白衣,若绝世的美玉。

淡如雏菊的人儿,垂首低眉,静静望着脚边的雪獒,嘴角噙一朵清雅微笑。

眉间一点胭脂记,倾尽天下人心……

秋色连天,仿佛也映入了艾山的眼底。

当他将眸子从弟弟身上转向秘色时,仿佛有秋风从他眼底吹起,阵阵萧瑟。

天地悠悠,中有三人,我望着你,而你却望着他……

缤纷金叶,柔柔荻花,本来艳丽诗情的秋色,却不经意染入这一笔人间的无奈。

人心?

抑或——天意？

感受到被注视，玉山悠然抬眸。

金色连天，翠衣独碧，发辫轻扬的女子，倾身回眸，仿佛漫天秋色都被席卷进这一个拧身，所有的生动都融进她刹那的环佩叮当里。

秋风拂面，发丝飘摇，黑袍的男子，颀长坚毅，湛蓝的眸子漾满异样的情愫，牢牢锁定前方，一抹翠色的身影……

就在玉山抬眸的那刻，本来都凝视着白衣少年的两股目光，凌空偶遇，却异样地胶着在一起，彼此纠缠。

三个人的心，都是重重一震！

只有那不谙人情的雪獒，兀自悠游在秋色之中，浑然不知人间情事……

秘色不经意撞进艾山湛蓝的眸子里，脑海里猛然漾起燠热的水波，空气中开始有大团大团白色的水雾弥漫而起，天地秋色蓦地沉入一只狭小的木桶，艾山湛蓝的眸子紧逼在自己眼前，身上辗转着他滚烫的胸膛……

以为已经掩饰得很好的倾覆感再度铺天彻地而来。眼前这个大孩子，与那一晚狂狷的男人，他们真的是同一个人么？还是，这不过是自己混乱的一个梦？

无法相信那晚的一切，无法接受自己心底的异样，秘色真想将自己藏起来，消失在艾山的眼前！

甚至，会有窃窃的私念，宁愿他一如自己当初的想象，带着米娜瓦尔的恨，蔑视自己，欺凌自己，那样自己心里反而可以安之若素。而不愿，这般地异样缠绕，仿佛一群群盲目的虫，又似一根根疯狂的藤，死死绊住自己的心魂，找不到逃生的方向……

艾山的心神，也是恍然轻荡。

眼前的一切，为何早早跳脱了曾经的设计？

真的想恨她……

所以亲手将她推入摩尼僧侣的枷锁，所以将她要到自己身边。

母亲的恨，切齿铭心。那么坚强又刚烈的母亲，活在回鹘后宫众多的嫔妃之中，尽管没有高贵的名分，依然活得悠游自在。

艾山知道，母亲不在乎那身外的一切，无论是后宫的争斗，抑或是名分的高低。她真正在乎的是父汗这个人，在乎父汗目光的停留，在乎父汗的心之所系……

本以为，为父汗诞下自己与玉山，这便会足以拢住父汗的心；本以为不辞辛苦，千里迢迢追随父汗避难于异地,便足以守住父汗的眼神……却不想,一个突来的女子,一个大唐的汉女,竟然轻易夺走父汗的心神,这让母亲,情何以堪!

所以,艾山明白,母亲心里藏着多少的恨和无奈。

他更明白,母亲希望用自己的死,将自己心里的恨和无奈,来告诉他和弟弟……

母亲……我多想记住你的恨和无奈,我多想为你补偿这份遗憾!

可是,可是此刻,我却更加地理解父汗,理解父汗对她的心动,理解一个男人对于情的瘾嗜……

母亲,原谅我。

或许未来,我有梦醒的一天,那时候我会毫不犹豫挥下弯刀,直到血雾溅起,漫天飞花。

但是,不是现在。不是现在……

我也不知,那未来的梦醒,究竟何时到来。究竟,能否到来……

男人轻易不情动。一旦情动,便是无可逃脱的劫。

母亲,我深深感觉,此时此刻,我已经——难逃此劫!

明知是劫,却不知闪避。

若此,情——劫……

雪獒阿萨兰,浑然不知人间事。它忽地发现了草丛中的一只毛茸茸的小鹰,一声惊喜的欢叫,扑身而去。

幽幽碧波,蓬蓬荻花,庞然大物的雪獒,追逐戏耍着羽翼未丰的雏鹰。一片扑腾跳跃中,草原的野性与生机欢跃于连天秋色里。

不知怎的,那雏鹰连蹦带飞地发现了秘色的翠色衣裙,或者它凭那颜色以为是一棵树,于是逃命似的飞奔而来,一头撞入秘色怀中,想要躲过雪獒的戏弄。

雏鸟入怀,秘色先是惊讶,继而看到阿萨兰不甘的眸子后,童真之心乍起,克服了初时的紧张,轻拥住柔软的雏鸟,跃动跑跳着,逗引雪獒追逐……

草色。

荻花。

漫天蝶飞秋叶。

翠色的裙裾闪烁跃动其间。

发辫轻灵飘扬。

清澈明眸流动。

绯色笑靥如花……

自从来到回鹘,来到这迥然陌生的草原帝国,秘色此番是第一次如此开怀。

不用再去介怀唐将之妻的身份,不用再在意身为宫奴的卑贱,不用再小心翼翼于后宫嫔妃的敌意,不用再忐忑乌介可汗莫测的注视……

这天空,包容得下一切的情怀。

这草原,承载得住所有的心境。

那眼波澄澈的两个孩子,绝色于天地之间,让人顿忘人间俗世。

神骏忠诚的绝世雪獒,凶猛如转世的神兽,却藏着一颗柔软的心……

如果抛却刻意逃开艾山的眼神,那么眼前身畔的一切,便是——天堂。

心底,每一次心跳,都是快乐。

眼波,每一次流转,都是欢畅。

人与自然之间天生的皈依与热爱,在这一刻,蓬勃苏醒。

投身天地,纵情草色,所有所有的、人类渺小的算计和悲伤,都早已化作草原的流风,倏然——飘散——了吧……

桃李依依春暗度,谁在秋千,笑里轻轻语?

6. 为谁风雪立中宵

九月中,回鹘草原的第一场雪,果然悄然来临。

幽然一夜,初雪倾城。

秘色掀开帐门,猛然被惊在了当场。

晨光初霁,梨花压枝,团团晶莹,树树银白。

之前的金黄秋意全都不见,金色世界一梦醒来已然变身银色天地。

生于江南的秘色,对雪自然有着本能的好奇和喜爱。尤其,乍见之下,秘色更是难掩喜悦之情,顾不得自己发丝未绾,衣衫未整,便奔入银白的世界里,捧起遍地的六角琼花。

融融,柔柔,丝丝的沁凉,点点的微光。

秘色欣喜地看着手心的雪花,渐渐融化为透明的水,体会着大自然的这一造物神奇。

"雪花虽美,也该小心身子。你的命如今已是我的,冻坏了,我可决不轻饶!"淡淡的嗓音,空空传来,在这雪后初霁的清晨,在这片玉树琼花的天地,显得格外清澄。

秘色柔荑微颤,凝聚于掌心的水珠,流泻成闪光的线。

秘色抬头,参天树下,一个蓝袍的昂藏身形,披了一身的风雪,发顶眉间俱是莹白的霜花。

是他……

是那回鹘的君王,是那狂狷的强徒……

秘色只觉眼眶微酸:"你怎么会来?事先,不知道会下雪么?"

乌介可汗的蓝眸,穿过雪光:"知道会下雪,可是我想来,就一定会来。我已经有整整一个月没有见到你,秘色,我忍不住了。无论是风雪,还是天下掉下刀箭,都已经拦不住我……"

一股清冷的空气猛然灌入秘色的鼻腔,浓重的酸涩直冲头顶,秘色的泪无声滑下:"这又何必?我知道的,就算你不来,我也知道的……"

乌介可汗将马缰扔掉,几个跨步来到秘色身前,将秘色紧紧拥入怀抱:"秘色,秘色……"

紧紧拥抱住的两个人,惊动了树枝上轻柔的雪花,倾天碎玉,簌簌而下。

乌介可汗抱着秘色走入帐中的刹那,他斗篷带起的风,卷起飞雪盈盈,宛若缤纷落英。

没有人会见到。

更没有人会想到。

其实秘色帐外的树下,早已伫立着另一个身影。

黑衣静默。

乌介可汗与秘色相拥之间惊动的漫天雪花,铺天盖地落满了他的周身上下。

雪在缁衣,寒彻心肺。

想带她去看雪,想带她纵马驰骋在银装的草原,却原来不过一个痴心妄想。

她毕竟不是他的。

她从来不是他的。

他对她的心,合该就是要承受罪责与贬损。

永远不被许可。

永远不获祝福。

甚至无法说给她听。

甚至无法说服自己。

凝着杀母之恨的情,注定便是血色的纠缠!

黑色的袍,忽地掩不住心底狂躁而起的红。

是不甘。

是仇恨。

是嗜血的掠夺。

是扭曲的情愫!

从来没有想要过什么……可此刻,胸中已经熊熊燃烧起,想要强取的火焰!

记住,你与我之间,注定便是此生逃不脱的劫!

除非死亡,否则谁都休想闪躲!

帐外雪冷心寒,帐篷内却春光正暖。

秘色半趴在乌介可汗半裸的胸膛上,侧耳倾听他兀自没有沉静下来的蓬勃心跳,指尖淘气地在肌肤上划着圈儿:"你都没告诉过我,你今年到底几岁……"

乌介可汗无奈地笑:"我几岁……艾山和玉山都已经这么大了,你还问我'几岁'……"

秘色莞尔,轻吐俏舌:"哇,错了,我该问,'您老高寿啊?'"

丁香小舌从樱桃红唇中乍然闪现,惹得乌介可汗心猿意马,顾不得刚刚的疲倦,反身将秘色压落身下:"老人家也不是好惹的……"

良久……嘤咛声转,呼吸紊乱,柔情蜜意缠绕不尽,直到——两个人都气喘吁吁,望着对方的眸子里雾气氤氲。

秘色强自推住乌介可汗的胸膛:"不……不要了……骑了一夜的马,你该好好歇歇……"

乌介可汗蓝眸深邃,努力平复着汹涌的情潮,紧紧盯住秘色颊上的迷人羞红:"一碰了你,我这老人家也变成毛头小子了……"

秘色害羞地笑,用被子娇俏地掩住半边脸颊,只留下一双闪亮的眸子,顾盼流转:"说嘛,你到底有多大?"

乌介可汗的蓝眸又是激滟一转:"为什么要问我的年龄?难道担心我的身子不能……?"

"啊!"秘色又羞又窘,索性用被子将自己整张脸颊覆盖住,决计不肯再露处脸颊来了。

"秘色,秘色……"乌介可汗忍住笑,柔声地叫,可是秘色就是死死捂住一张脸,坚决不上乌介可汗的当。

隔着被子,依稀可见秘色面上玲珑的浮凸,那高高的鼻、柔软的唇,都轮廓完美地透过被子,印入乌介可汗眼帘。

乌介可汗心神一荡,就隔着那被子,柔柔吻住秘色的唇,辗转厮磨,柔情万千……即便隔着被子,秘色依然被那份强烈的需索深深震撼,再无法收拾自己的心魂,甘愿随之,跌落……

就在那璀璨飞升之前的刹那,乌介可汗贴在紧紧攀附于他的秘色耳畔:"我十五岁就生下了艾山和玉山,所以,我还年轻强壮得很,会给你想要的一切……"

仿佛为了证明自己的所言,乌介可汗几个重重的顿挫,秘色的心魂便被强力抛上高空,化作烟花,刹那绽放……

心魂崩裂成片片飞花的刹那,秘色脑海中却有一道电光闪过:"他们的父亲十五岁已经生下了他们,那么如今的他们的确已经是不折不扣的男人了啊……"

为什么,自己会有这样奇异的——思绪?……

日上三竿,金红色的阳光将整个天地照耀得更如银砌玉雕的世界,仿似琉璃洞府,直如水晶宫殿。

更显得,一树琼枝之下,那黑衣的身影,刺目,而又,落寞。

帐篷中窸窸窣窣的浅笑低吟,无一旁落地敲入他的耳鼓,一声声,一下下,宛如铁钩穿凿,次次带血。

那吟哦,也曾经近在自己耳畔,声声心醉,百转柔肠。

那浅笑,每一夜都鲜活在自己梦境,深情缱绻,不舍醒来。

可是如今,这一切竟然都是因了别的男人而起!

而那个男人,就正是自己的父亲!

父亲……他已经拥有了太多。

身为惕隐之时,他亲眼见过了回鹘在草原上曾经的煊赫与风光。

如今,虽然身逢乱世,但是毕竟身为回鹘可汗,任何的草原民族都不敢轻易小觑的君王。

后宫佳丽,每一个都对他死心塌地……

这样,还不够吗?

拥有了这么多,难道还非要一个小小的宫奴吗?

如果没有秘色,艾山相信父汗的一切都不会发生改变。

可是自己……却不行……

不行的……

已经遇上了她,已经见过了她,已经拥过她,已经吻过她……

她的一颦一笑,一举一动,早已经深深镂刻在了自己的心版;想要除去时,才发现,一切早已经晚了!

平生不会相思,才会相思,便害相思啊!!!

这种滋味,销魂噬骨。稍有风吹草动,扯动的便是牵连经脉的疼啊!!!

为什么会这样……

为什么会这样……

就如此刻,明明知道该举步离去,远离求而不得的一切;可是,却无法移动脚步,身子、心魂仿佛被牢牢地钉在地上,任凭飞雪穿林,任凭朝阳初长……

秘色,你真的注定是我求而不得的人吗?

真、的、吗?……

一晌贪欢,金乌西斜之时,乌介可汗披衣起身,湛蓝的眸子里重又恢复了冷肃:"秘色,我要回去了。哈拉和林的事情,我会尽早解决,到时候一定立刻来接你回去!"

乌介可汗虽然轻描淡写,但是秘色也能想到,契丹与耶律嫣然不可能是那么轻易可以安抚的。什么时候能够解决,是否能有完美解决的一天……秘色心头笼起晦暗的雾霭,但是唇角却漾开甜甜的笑意:"嗯。我知道的。你不要着急……"

乌介可汗的心愀然一痛,湛蓝的眸子里漾满心疼:"秘色,委屈你了!"言罢霍地转身,昂藏的身躯裹挟着寒凉的风,怆然离去。

真的舍不得……

如果回头,再望一眼那翠衣的人儿,自己该如何能攒得起勇气,举步离开!

看那蓝袍的身影渐渐离去,他飘飞的长发在风中杳远成模糊的线,秘色方才奔出帐篷,立在门口,痴痴地望着他纵马的身影,一点一点,消失在茫茫的雪原。

一行清泪,潸潸而下,这一场初雪,原来真的这般地凉。

去吧,你该去顾及你眼前的路。不必回头,不必回头……

我不要你为了频频的回顾,而错失了前进的机缘;更不要你因为我的存在,而给你自己本已不平的前路,平生坎坷……

不知道,为何会对你,由怨怼变成依恋。

不知道,从何时起,眼光与心学会去追随你的身影……

莽莽草原,陌生回鹘,或许这一切该是我命定之数。

四、双生

115

而你,便是那个带我而来的人,带我走进命运,带我走向未来。

只是,不知,你是否会是那个让我停留下来的人?

命中注定,是否真的可以,牵系一生?

秘色深深沉入对那眼前之人的思绪之中,却不知,背后琼树下,正有一双同样湛蓝而幽深的眸子,定定、定定,凝视着她……

7. 千种风情与谁诉

隔日,再度走进艾山和玉山共用的可敦城金帐,秘色便隐隐发觉,一切似乎哪里有了不同。

玉山温润依旧,白衣胜雪,眉间胭脂记艳如花钿。

真正不同的,是艾山。

不知是不是受了他身着黑衣的影响,秘色恍惚间总是觉得,这孩子本来湛蓝的眸子里,蓦然氤氲而生一股黑色的妖娆,让他的眸子益发地幽深,益发地——看不清楚了。

他的笑,也再不如昨。邪邪中带着一股诡异,仿佛觉得世间的一切都好笑,又仿似觉得世间的一切都不再重要。

秘色只觉脊梁沟突生一股莫名的寒意。

这孩子,怎地会一夜之间,变得这般不同?

秘色刻意闪躲着艾山投来的雾气妖娆的眼神,微笑着凝注玉山:"前儿晚上你睡前捧给你的牛奶子,喝了可有好眠?"

玉山淡淡地笑着,微微点头,湛蓝的眸子凝视着秘色,幽幽闪烁。

艾山的嗓音蓦然横空刮来:"秘色,从今儿起,我也要你伺候着睡下。"

秘色不解,回眸凝望,不期然撞进艾山已经变成一片幽深的眸子,缭绕着邪气的雾霭。

由于玉山的身子不便,所以秘色每晚都要亲自照拂着看他睡下方才离开。心底,总是对这个本该倾世绝丽的孩子,生出重重的疼惜,于是尽己所能地,照顾他的起居。

可是此刻艾山竟然也提出了相同的要求。虽然有着一模一样的相貌和身形,但是这样的要求放在艾山的身上,就显得格外地不合情理,甚至是——无理取闹。

可是,秘色却从艾山那幽深的眸子里,看到了无比的认真、不会放弃的执著,所以秘色终于确认艾山这并不是玩笑,而是非常非常郑重的决定。

秘色心底,幽幽的警铃又响。只是直觉或许是自己哪里刺激到了艾山,可是却着实摸不到头绪。

艾山,这个事实上已经是个男人的大孩子,他今天究竟在闹着什么别扭?

夜,蜿蜒幽深。

初雪之后的草原,夜格外地清冷而寂静下来。

草原上的鸟兽,或是南飞避寒,或是挖洞冬眠。就连那水泽之下的鱼儿,都深深地藏进了水底,静待水面结冰,将它们与外面的世界隔绝。

严冬降至,大自然的生灵们,每一种都有独属于自己的避寒之所,它们都懂得要为自己守住小小一方温暖,留着曾经的快乐记忆,不用去直白面对将来的严酷。

人类,贵为万物灵长,却显然没有动物们来得逍遥。

是的,人类懂得为自己建造起豪华舒适的房屋居住,有各种材料的衣物避寒,懂得烹饪各式各样的珍馐美味……但是人类却已经忘记了,如何在严酷降至之时,该如何留给自己的心灵,一方小小的空间。所以,只能苍白着直面,用无谓的自尊来掩饰心灵深处本能的颤抖。

人,活着,或许远比那些看似低等的动物,来得辛苦。

难道这也是一种,聪明反被聪明误?

就像,此时的秘色。明明知道,艾山幽深的眸子里蕴满了危险的讯息,却依然无法拒绝他的要求。

虽然,艾山的身体,完整无缺,不像玉山那般有了残障,但是秘色知道,其实艾山也是有着深深重重的伤的。只不过,他是把自己的伤都藏在心上,永远不展现给外人看,只在夜深人静的时候,如孤狼一般,独自舔舐着伤口,哀哀地嘶鸣。

那些狰狞着交织在他背上的鞭痕,绝对不仅仅是简简单单的一场鞭笞,秘色知道,那其中一定蕴藏着更为深重的伤痛,刻在艾山的心上,烙印进艾山的灵魂,一生一世不能痊愈,永生永世不得解脱……

所以,明知道他变得幽深的眸子里,危险的火花四溅,但是秘色依然宁愿涉险,踩着清幽的月色和满地寒霜,走进了艾山的帐篷。

四、双生

帐篷里,一片深幽,静寂无声。

秘色以为艾山已经睡下,试探着,轻轻叫着艾山的名字:"艾山,艾山……"

不见回答。

秘色下意识地轻抚胸口,谢天谢地,说不定自己之前所有的忐忑,不过都是杞人忧天。

黑暗中,横向里突然伸过一只强壮的手臂!

秘色被整个拦腰抱起!

秘色忍不住惊声尖叫,可是那叫声还不及出口,便已经被一只大手给死死地按在了唇畔。

扑通——秘色像一只包袱一样横飞出去,一头扎入了柔软的床褥。

遮天盖地的床帐随之无声倾泻,秘色都没来得及反身过来,便被狠狠拥进了一具宽阔的胸膛!

黑暗,无边蔓延。

寂静的帐篷,便是天地间一方隐秘的穹庐。

只是将两个人与外面的天地隔开,却并不隔开那无边无际的黑暗。

秘色狂乱地抬眸,努力地想要看清眼前的人。

眼睛,终于渐渐适应了黑暗,借助丝丝晒入的月色,秘色看进了一双幽深如黑夜的眸子,邪邪的光彩,熠熠闪现。

秘色惊喘:"艾山,你要干什么!"

艾山的嘴角悠然滑开:"秘色,孤男寡女共处床帐之间,你说我要干什么!"

秘色大惊:"艾山你!你还是个孩子……"

艾山的笑更加邪佞:"秘色,哦,秘色……我还是不是个孩子,我想你上次已经全然知道了……呵呵,不过没关系,如果你上次知道的还不够彻底,我保证你过了今夜,就再也不会把我当做孩子了……"

秘色惊得已经退至床榻尽头。

艾山并不着急,邪邪地笑着,一步一步缓慢而又坚定地逼来。

幽深的眸子在秘色的视野中越来越近,无边的黑暗中,竟奇异地看得见他眸子底绽开的暗色花朵。

秘色心头狂跳:"艾山,不可以……不可以……"

艾山伸手,缓缓抚过秘色的长发:"有什么不可以?我的秘色……我是男人,你是女人;我是回鹘的惕隐,你是回鹘的宫奴……我们要做的一切都是天经地义的!相信我,让我们带给彼此愉悦,不好吗?"

秘色心下怆然,口中已经是破碎的呜咽:"艾山,艾山。你醒醒,求求你醒醒。不行的,不行的……"

艾山已经一把攫住了秘色的身子,他乌黑的长发无风而舞,幽深的眸子闪着灼灼的坚决:"为什么不行!我到底有哪里,比不上他!"

秘色顿时惊住!呆呆地望着艾山眸子里燃烧起来的乌黑火焰,讷讷不成言。

年轻而紧致的身子重重倾覆而下,柔滑湿润的舌,带着青涩的悸动和不容拒绝的决绝,攻陷了秘色身体的每一处神秘……

秘色的双臂被紧紧地压制住,她无法承受这种陌生的情潮夹杂着浓重罪恶感的双重夹击,神智迷乱而惊恐,口中哀哀低吟:"艾山,不要,求求你,不要啊……"

艾山的舌滑过秘色胸前的柔软,声线变得邪邪的温柔:"秘色,我知道你想要的……难道我这样做得不对么?难道,他不是这样碰触你的么?"

快意的颤抖,纠缠着惊恐的战栗,席卷吞没了秘色的心智,让她在翻涌的波浪间,颠簸起伏。

艾山的嗓音带着催眠一般的诱哄:"告诉我,乖,告诉我他是怎么碰你的……告诉我一切你喜欢的细节,我会比他做得更好……"

一波又一波的快意,如滔滔的波浪,一再来袭,秘色终于忍不住轻声吟哦,那娇羞不胜的模样儿,惹得艾山几乎立即把持不住自己!

心下的疼,又是尖锐汹涌地席卷而来!

身下的秘色,这般娇怜,这般慵懒,可是她这副迷人的模样,早已被他人先行掠夺!

一片黑暗的绝望凝聚成通天的巨浪,艾山眸子里的幽深凝成无边无际的黑暗——她在父汗的身下也是这般婉转吟哦的吧?她在父汗身下,也是这般如花儿一般绽放的吧!

为什么会有别的男人先到一步!

为什么这个男人偏偏是自己的父亲!

身子愈益地陷入,秘色柔致的肌肤宛如滑腻的丝绸,厮磨之间已经将艾山逼狂!

痴迷望身下,秘色如娇花带露,红晕凝香,妙目朦胧,樱唇微张。点点吟哦辗转流溢,微微香津润润轻沁……

少年初生的情愫如何忍受得住,身下人儿如许的娇羞模样!

心底黑暗狂鸷的不甘,身下裸裎厮磨点燃的火花,已经容不得艾山手下留情,在神智即将土崩瓦解前的一秒,艾山抚上秘色的耳畔,发出郑重的宣誓:"秘色,如果你

四、双生

119

怨我，就怨吧；如果你想恨，就恨吧！无论你怨我还是恨我，我今天都不会停下来，我不会再放走你！秘色，你是我的！除非你杀了我，否则，对你，我绝不放手！"

坚决的挺身，不容抗拒地攻占……秘色在羞耻与快感之间彻底沉沦。

欲念如闪电飞升的利箭，瞬间击中秘色，除了紧紧攀附住那熟悉又陌生的年轻身子，却从此失去了反抗的力量……

谁来救我……

谁来宽恕我的罪过……

他是他的儿子啊，可是我竟然同时承受了他们父子二人的欲望！

这是，败坏伦常啊……

苍天啊……

随着一股巨大的热流，秘色终于被高高抛上山巅。

月落。

星坠。

银河寂寂。

宇宙洪荒。

……

8. 一夜芙蓉红泪多

三场雪后，秘色最不想见到的人——耶律嫣然竟然也来到了可敦城。

原来是回鹘一年一度的猎貂盛事。

回鹘国盛出貂皮，每年在进献给大唐的贡品中，便有大量的貂皮在册。

貂鼠的皮毛，在雪落之后最为丰盈，所以每年雪落三场之后，回鹘国上上下下齐出参与的猎貂大会便会召开。

牙帐城哈拉和林的一众回鹘贵族，簇拥着乌介可汗与王室成员，再加上驻守在哈拉和林城内的契丹军官们，全都齐齐会聚可敦城，共襄猎貂盛举。

安静的可敦城一下子欢腾起来，人声、马嘶、熙攘的人群、飘扬的伞罗华盖、各色的钗黛绫罗，一时间沸沸扬扬，欺满了可敦城的大街小巷。

秘色的心，也跟着乱了起来。

逃不开乌介可汗层层密密追来的视线。

躲不掉耶律嫣然凛冽寒凉的轻蔑凝视。

挥不尽艾山如影随形的幽深注目……

天大地大,盛况在前,为什么偏偏不放过自己,被那些别有用意的视线给缠结成被茧捆缚的蚕?

翌日清早,便是猎貂大会正式启幕的日子。

身为小小的宫奴,秘色真的想悄悄避开,不去参与那热闹的盛事,只想将自己躲藏起来,逃开那么多缠磨人的目光。

夜,静静幽深,秘色坐在帐中,了无睡意。

门帘呱哒一响,乌介可汗蓝袍的身形,昂藏而入。

秘色小小惊跳:"可汗,您怎么来了!耶律妃她……"秘色自然担心,乌介可汗来看她,若是被耶律嫣然知晓,恐怕又是一场泼天的祸事。

秘色担心的不是自己,而是随时会被自己连累到的回鹘帝国的命运……

乌介可汗湛蓝的眸子幽幽深邃:"秘色,放心,我说几句话就走。"

秘色静静点头,等着乌介可汗说下去,可是他却停住了,微微仰首,面色黯然。

秘色轻轻地说:"您说吧,秘色都能理解。"

乌介可汗回首,深深、深深,凝注秘色:"耶律嫣然她,想要一个孩子……秘色,如果可以,我多么希望能够给你一个孩子!一个,属于我们的——孩子……"

夜,静寂无声。

月,银辉落寞。

秘色听得见自己的心底,有小小的破碎,点点崩裂。

其实,早该料到的;其实,本不必这样伤悲。

哪个君王不期冀子嗣丰盈,哪个君王不是恩宠广播?

就算今天不是耶律嫣然,那么明天一定有阿史那嫣然、乌古斯嫣然……

这是迟早之事,这是不容得自己置喙之事!

秘色抬眸,努力漾开一朵微笑:"可汗,秘色知道的。子嗣之事为大,回鹘的安危更是重要,所以可汗您放手去做您该做的事吧,不用担心秘色,秘色懂得您的心……"

乌介可汗的心,重重颤抖,他看得见秘色那绝美的笑容里,努力掩藏起来的一抹泪意。

无法再说什么。

也不用再说什么。

乌介可汗只能将秘色拥入怀中,让她聆听自己胸膛中咚咚的心跳。

乌介可汗相信,即便自己没有说,但是秘色一定明白,这心跳都是为她而起,独独

四、双生

121

为她而悸动……

　　乌介可汗转身离去后,刚刚环绕在自己身畔的温暖,霎时归复一帐的清冷和幽暗。

　　秘色用手臂抱住自己的腿,将整个身子蜷缩起来,仿佛这样可以留得住他身上的一丝温度。

　　冷夜漫漫,拥着这丝丝的余温,才能熬过着落寞的幽暗吧……

　　可是,就连这微末的小小愿望,上天都不容许实现。随着一阵冷风的直直窜入,耶律嫣然带着几个契丹侍女,昂扬着,踱入秘色的帐篷。

　　秘色急急下地施礼,心儿慌乱狂跳,不知耶律嫣然趁夜至此,所为何来。

　　难道,她知道了刚刚可汗的到来?

　　"沈秘色,看来你在可敦城的日子,过得倒是舒心啊?"耶律嫣然软糯的嗓音,带着冷冷的轻蔑,缓缓开口,"不但没见得你有一丝一毫的憔悴,啧啧,反倒颜色更好,真个是人比花娇啊……"

　　耶律嫣然的眸子,冷冷从秘色脸上、身上滑过,每一下都是心惊。

　　这个汉女,就像一朵青涩的花苞,回鹘陌生的水土不但没有使她枯萎,反倒相得益彰,这花骨朵儿竟然已经偷偷开放了……

　　忍受着耶律嫣然如刀锋凌迟一般的目光,秘色的心惊惶无措:"耶律妃见笑了……我回鹘上下,谁不知耶律妃才是第一美女,任何人在耶律妃的面前,不过都是见不得人的草芥……"

　　耶律嫣然仰天长笑:"哎哟,沈秘色,没想到啊,你的一张小嘴儿,可真是甜啊……"如突来的乌云乍然蒙住本来艳丽的阳光,耶律嫣然的神色突然急变,"可汗是不是就是被你这样甜嘴给迷惑住的!你蛊惑君心,怂恿可汗不顾安危,雪夜来驰!沈秘色,身为一个卑贱的宫奴,你该当何罪!"

　　秘色大惊!

　　原来耶律嫣然早已经知道了乌介可汗初雪那夜的到来。

　　耶律嫣然的一字一句,明明是欲加之罪,但是却让秘色无可辩驳!

　　就因为自己是卑贱的宫奴啊……

　　就因为自己连碰触感情的资格都没有……

　　所以自己与高高在上的可汗,一切的一切,便都是孽,都是杀无可赦的重罪!

　　秘色抬眸,望向耶律嫣然,看见她眼底大朵大朵绽放血红的花朵,潋滟的笑宛如摇曳的曼陀罗!

　　耶律嫣然身边,她带来的几个契丹的健壮女仆,已经高挽袖口,随时等候着主子的一声令下！

"沈秘色，我本不想这样对你。我让可汗远远地将你送来可敦城，断了可汗的念想，也就是了……谁知道你这大胆的蹄子，竟然全然不思悔改，使尽狐媚手段，勾惹得可汗不顾安危，雪夜驰马前来看你！你以为你是谁啊？你不过是回鹘最为卑贱的宫奴！你连当个普通女人的资格都没有！你今生今世就是个给主子暖床泄欲的工具！"耶律嫣然的眸子红光氤氲，嫉恨与指责早已经烧尽了她的耐心和笑容！

耶律嫣然的恨，其实并非只有她所言明的这一桩。她在心底里，燃烧着十倍的火焰与痛恨，她在心底里咬牙切齿地说着的是："沈秘色，你知不知道你该有多大的胆子！你不但勾惹得可汗雪夜来驰，你竟然更敢触碰了亿哥哥的心！虽然亿哥哥不说出来，但是我看得出，他的心思里还缠绕着你！凭什么，凭什么……凭什么我对亿哥哥二十年的情，竟然抵不过你们的萍水相逢！"

"乌介可汗的事，我可以睁一眼闭一眼，可是你竟然敢惹动了我的亿哥哥，那我就决不能继续留你活在这个世上！"耶律嫣然眸子一瞥，身后几个女仆叉开双手，朝着秘色，奔来……

夜，更深了……

那幽深的夜色，此时都已经漫延到了自己的眼底。即便再努力睁大双眸，也已经看不清了眼前的一切……

夜色，更深地漫延。

一直，一直，漫延到心魂的深处。

一直，一直，静静地等待着，等待着自己的生命从身体中抽离，好带着这一抹魂魄，同归天外……

秘色只觉得颈子上的几双手，越收越紧，越收越紧……

却不痛苦，更不恐惧。

只是有淡淡、缥缈的遗憾，遗憾不能再见，那杳远梦境里，清雅如莲的翩然衣袂……

"大胆！你们在干什么！"帐外一声清越的怒喝，秘色只觉自己的身子已经腾空而起，跌入了一个薄凉却坚定的怀抱。

秘色努力睁开眼睛，却已经看不清，只看得见眼前依然是一片浓重的黑，黑得永无挣脱。

唇上忽地一凉，两瓣柔软的唇坚定地倾覆而上，随之一股清凉的气流吹入心肺，眼前的黑暗渐渐地露出了光明。

一双忧急的眸子,定定地凝视着自己,湛蓝的眸子里,缥缈着幽深的雾霭。那绝世独立的面容,独独只为自己展颜,仿佛天地之大,瞬时间只剩下小小的自己……

"秘色,你终于醒了!"黑衣的少年,眸子中闪过奇异的流光,仿佛是一滴泪,又像是一串跃动的快乐。

秘色的心,悠悠轻颤。

"艾山……你怎么来了……"秘色干哑地开口,喉咙间是长时间窒息之后留下的干燥灼痛。

艾山湛蓝的眸子里,印满怜惜:"先不要说话。要不要喝水?"

秘色静静点头。

艾山威严地召唤呆立在一边的契丹侍女,命她取过桌案之上的牛角杯。

秘色努力伸开手,想要接过那牛角杯子,可是艾山却压根儿就没想将杯子递给她,直接仰首将杯中水倾倒入口,再将唇压上秘色檀口,缓缓将口中的水渡给秘色……

在场的所有人都呆住了。

如果说初始的双唇相贴,是为了救人性命;那么此刻眼前的,便已是毫无避忌的深情相吻!

借着那柔滑的水流,艾山忍不住在秘色唇舌之间贪恋了许久,直到秘色微微喘息着透不过气来,方才不舍地离开。

那动容的亲密,让艾山的唇,润泽而殷红,比之天下女子涂满口脂的红唇,都更加丰盈而娇艳。

在场的契丹女子们,不禁目瞪口呆。

艾山湛蓝的眸子邪邪瞥向耶律嫣然,眸子里幽深的雾霭氤氲缭绕:"耶律妃,你的话我都听见了。不过,我想你弄错了。秘色此时已经不在牙帐城哈拉和林,她的身份也已经不再是父汗的宫奴。如今,她身在我可敦城,她已经是我的女人!"

嗓音清越,不卑不亢,却不啻一个脆生生的惊雷,重重炸响在耶律嫣然的耳畔。

耶律嫣然不可置信地望着眼前绝色的黑衣少年。

他说秘色是他的女人……是女人,而不是宫奴!

如果他说的一切都是真的,那么自己之前对于秘色所有的指控便都会被轻易推翻,也就是说,自己苦心孤诣给秘色编排好的死罪,便也随之一笔勾销!

怎么可以?怎么可以!

如果她继续活在世间,那么乌介可汗便永远不会把心真正地放在自己身上;而亿哥哥,亿哥哥就可能连对自己最后的一点流连都被这宫奴给夺走!

不可以!

绝对不可以!

耶律嫣然苍白着面颊恶狠狠地望着艾山:"惕隐,你在说什么?你不会不知道这个宫奴的身份吧?她是你父汗的宫奴,她是你父汗泄欲的工具!你们父子两个,怎么可以都跟她有这样的关系!"

耶律嫣然蓦地又是展颜一笑,柔柔地望着艾山:"惕隐,我知道你刚才所说的一切,都是假的。这不过是善良的惕隐你,想要救沈秘色的说辞。没关系的,我就当什么都没有听着,也不会把惕隐的话当真,更不会把惕隐的话传出去……而惕隐你,也不要再阻拦我们的事情。惕隐,你看这样,可好?"那绯红潋滟的笑靥,在幽深的的夜里,被黑暗浮雕成为一朵邪恶的花。

艾山湛蓝的眸子里,仿佛一个闪神。

他将怀中的秘色轻轻地放下,悠悠站起身来,一步一步走到耶律嫣然眼前。

那丰姿绝色的面颊,漾起迷人的淡淡光晕,白玉一般的手指轻扬,缓缓支起耶律嫣然的下颌。

突来的一切,让耶律嫣然没有来得及反抗。

眼前这绝色的容颜,更让她全然忘记了反抗。

这黑衣少年的眼神,仿佛有着催眠的魔法,让人一望之下,只能深深地沉溺,不可自拔。

艾山甜甜一笑:"耶律妃,你也是父汗床上的女人呢。别忘了,父汗总有大行的一天,那么按照我们草原的规矩,父汗的一切边都会成为我的,就连他的妻妾女人也都一样……那么你,美丽的耶律妃,便早晚有一天也会爬上我的床!所以,我跟秘色有这样的关系,又有什么不行呢?"

艾山湛蓝眸子里,黑色雾霭一片妖娆:"或者,耶律妃是想早一点与我尝试这种关系,所以才对秘色心生嫌忌?"

少年绝美眼神中的邪恶,如锋芒毕露的尖刺,毫不留情地深深扎入耶律嫣然的武装,直达她自以为坚强的心脏!

羞辱。

疼痛。

不甘……

四、双生

百种情绪拼力纠缠成一股近乎绝望的怨恨!

耶律嫣然冰寒地望了一眼艾山和秘色,狠狠地说:"好……好……你们给我记住!我耶律嫣然不会这么善罢甘休!"

耶律嫣然带着那几个契丹侍女拂袖离去,就在走出帐门的刹那,忽地回身,嗓音软糯轻柔着,娇媚如花:"只是,不知道,如果可汗知道了这一切,该会如何?哈哈,哈哈——"

笑声萦绕里,裙裾旋飞而去。

夜,更加幽深了……

9. 翠袖金貂迷雪色

金阳普照,白雪莹莹。

数百战马跃跃嘶鸣,万千众人翘首以待。

乌介可汗居中,跨坐在浅金色的汗血宝马之上,背挎弯弓,腰囊雕翎,金丝缠牛皮绞成的马鞭,高高地举过头顶,在碧蓝天幕中,散发着熠熠的光彩。

啪……乌介可汗手中的马鞭猛然一挥,清澈的响声回荡在雪地碧空之中,眨眼间,猎猎踏蹄的战马如离弦之箭,向着远处的山林草原,飞射而出!

"呕——呕呕呕呕——"回鹘骑士们一边策动战马,一边拢声高呼,此起彼伏,在广袤的山林草原之间,连成一片嘹亮的声浪,共同催策着四散奔逃的貂鼠,渐渐形成合围之势。

秘色被艾山强行地带来,与他同乘一马,共同参与进围猎的队伍中,惊讶地看着雪地里、山林间窜蹦奔逃的小小貂鼠。

黑色、褐色、青色、白色,各色貂鼠在围猎队伍的围追堵截下,慌不择路,有的刚爬上树枝便站立不稳掉了下来,有的更是一头撞上马蹄当场呜呼……更为可怜的,是那些在石缝里、树洞中筑巢养育小貂鼠的雌貂们,因为舍不得尚没有学会奔跑的小貂鼠,情愿呆呆地守在原地不动,让围猎的人们手到擒来!

秘色的心,深深揪痛。

她紧紧拦住艾山握着马缰的手,颤着声音说:"艾山,不,不要伤害它们,求你了……"

艾山的心,悠然一荡,不自觉地缓下了马匹的脚步,只用双臂轻拥着秘色,信马而行。

忽地,前方横向有惊喜的呼声嘹亮地传来:"啊!是金貂!金貂!"
艾山闻声也是一震,握住马缰的手蓦地一紧。
他将唇凑在秘色耳畔兴奋地说:"金貂是传说中的貂中之王,身形飘忽,行踪隐秘,百年重现世间一次。能见到已经是极为难得,如果能够捕获一只就更是无价之宝!"
艾山口中喷出的热气,惹得秘色半边身子麻麻酥掉,怕滚落马鞍,只得将身子软软靠近艾山的胸膛。
秘色蓦然的靠近,让艾山心神大振,他猛地一提缰绳:"翠袖传觞,金貂换酒!如今我翠袖在怀,就差金貂囊获!秘色,今天我定要为你捉住那只百年一见的金貂!"

发现金貂的消息,自然也一字不落地传入了耶律嫣然的耳朵。
身为草原女儿的她,马术不输给任何一个男子。今天的她一身戎装,大红色挑金刺绣的锦袍,窄袖收腰,短裙长裤,一双牛皮尖头靴牢牢地护住小腿和脚。
只见她举起左臂,露出左前臂上的瓦片状纯金臂韝(契丹独有的器具。瓦片状,经由链子拴在前臂,用以驯鹰),噘起红唇,一声口哨高亢婉转,直冲云霄。
蓦地,半空中一只巨大的雄鹰,穿云擘风而来,像一朵巨大的乌云,又像是一阵凌厉的疾风!
那鹰扑啦啦停落在耶律嫣然的臂韝之上,一双警惕的鹰眸,仔细地打量着周遭。
耶律嫣然娇俏一笑,从腰上的鹿皮兜囊里抓出一块鲜肉抛给鹰,一指金貂的方向:"布尔酷特(维吾尔语,雄鹰之意),我要那只金貂,去给我捉来!"
那巨鹰仿若听得懂人言,炯炯的眸子直直望向耶律嫣然手指的方向,振动双翼,驭风而去!
在场的人们都听说过契丹人有驯鹰的传统,却都没想到,耶律嫣然这位平日里娇滴滴的大小姐,竟然也驯得一手好鹰!
前来参与盛会的契丹军官更是为了耶律嫣然精彩的表演,振动兵器,猎猎欢呼!

耶律嫣然的精彩表演,却仿似全然没有投射入乌介可汗的眼帘。他那一双湛蓝的眸子,牢牢盯住前方,传来发现金貂的方向。
身边的群臣只道是可汗在关注金貂的消息。是啊,如今的回鹘,如今的乌介可汗,该多么需要一个天降的奇迹,来鼓舞举国上下的士气,来重振自己的声威啊!如果今天果然能够捕获传说中百年方得一遇的金貂,无疑这就将是一个绝佳的机会啊!

只有耶律嫣然知道,乌介可汗凝眸望向的、他心里牵系着的,根本不是什么百年一遇的金貂,而是——晶莹雪野中,合骑于一匹马上的艾山与秘色!

乌介可汗眯着眼睛,几乎无法直视那二人一骑。金色的阳光与莹白的雪野交相辉映而氤氲起的光晕里,那两个人是那般地耀眼夺目,两个年轻的身影是那么地般配完美……

艾山……抖缰跨骑坐拥于秘色身后的这个孩子,此时已经全然是一个男人了!颀长有力的身形,淡定的驾驭围捕,矫捷的闪转腾挪……草原上的男子,本就天生高大,如今更是悉心地照拂着身前的秘色,更加显出他的成熟与稳重……

艾山与秘色……乌介可汗焉能看不出,艾山对秘色的关注与呵护,已经远远超乎了一般主人与宫奴的关系,甚至远远不止是普通男女的关系,而是——而是心之所系,神魂所向!

难道!

难道这个孩子真的已经长大?就在秘色来到他身边的时日里,就在秘色最孤单的日子里……

乌介可汗的心,涌起无边的雾霭,浓重、晦暗,一片一片,一层一层,迢迢绕绕遮蔽了前路的一切,让乌介可汗更加看不清,与秘色之间的、本来已经山重水复的路。

乌介可汗在心底默默地呐喊:秘色,我与你之间,难道,已经,又远了一程么?

遥遥,传来艾山笃定而又昂扬的宣告:"大家给我听着!今儿,其余的一切貂鼠任凭大家狩猎,奉献给本惕隐的贡品例数,全数着免!不过,请大家帮我个忙,我已经向一个人夸下了海口,要生擒这只金貂,所以今天这只金貂已经是本惕隐的了,大家请高抬贵手,帮我博她一笑!"

艾山是谁啊?艾山是当今回鹘惕隐,是被可汗钦赐"帝王"之名,是回鹘未来的可汗啊!他的话,回鹘众臣,有谁敢违拗?

更何况,这个刚刚长大的男子汉,这般在众臣面前毫不隐瞒地说此举是为了博美人一笑……少年情怀啊,谁敢怠慢!

于是大家纷纷带住马缰,把包围圈缩小在其他貂鼠的身上,而把通向金貂的路途闪开,让给了艾山!

艾山拥紧秘色,一声欢叫:"哟——嘀——"胯下的回鹘马已经昂然窜了出去,四蹄飞腾,直奔林间那金光一闪的貂鼠而去!

听得艾山当众宣布对于金貂的志在必得,耶律嫣然恼怒地一甩马鞭,嘬唇催动空中翱翔的巨鹰,自己也随之策马奔出,直向金貂的方向追去!

那边厢,乌介可汗也毫无预兆地策马奔出。身旁的臣子都以为乌介可汗是见到耶律嫣然策马而去才跟着飞奔上前的,除了乌介可汗自己,没人知道,他的眸子里,他的心里,只有那雪原之上那抹翠色的身影,别的,根本全无看到……

艾山春风得意,轻拥秘色,挥鞭催马,眼见得越来越接近前方那金色的貂鼠,仿佛一低手,那传说中百年方得一见的金貂便可唾手而得!

夸下的回鹘马仿佛也体察到了主人的心思,马蹄得得,奔得益发急促。艾山一手示意秘色坐稳,自己一手握住缰绳,另一只手已经随着弯下去的腰身,直奔雪野上仓皇奔逃的金貂而去——

狂奔的骏马,马上的少年,都在志在必得的豪情里,把全副心神都放了即将到手的成功里,全然没有防备眼前脚下横生的变数!

只见前方雪野树丛中,"嘣——"猛然弹出一根粗大的绳索,横向拦住马匹狂奔的方向!

艾山此时正弯腰在下,发现那绳索时,想要勒住马缰,却已经来不及了!

莹白的雪野中,只见红褐色的回鹘马猛然马失前蹄轰然扑倒,激起雪地上碎玉片片,仿佛平静的水面上被拍起的浪花重重!

马背上,翠色的身影被激射而出,像一支离弦的箭,又像是一道哀伤的流星,在莹白的雪野间怆然划过,直奔前方,那猛然出现的山崖——落去……

又一道黑色的身影,本来可以定住自己跌落的身形,却在发现那翠色的身影直直向山崖之下坠落之时,再度拧身而起,宛如一道黑色的闪电,全然不计后果地,扑身而去!

电光火石之间,又发生了什么?

为什么仿佛世界上机缘巧合之事,仿佛都拥挤在一起,集中地发生在了这不及眨眼的一瞬间?

只见一道紫衣的身影,伴着天空中盘旋的鹰啸而来,却仿佛有先见之明一般,在撞到那根绳索之前,勒住马缰,让马儿停住了脚步。

紫衣的身影望向山崖,仰头,无声地大笑。笑到花枝乱颤,笑到——眼角沁出点点泪花,笑到整副笑容垮在了颊边!

因为一个蓝色的身影悄然出现在紫衣身影的背后,正以森冷的幽幽蓝眸狠狠地凝望着她!

如果眼光可以杀人,那么这紫衣人,早已在那凌迟一般的森冷目光中死过千百回!

只见蓝衣的身影,本来平坐在马背之上,忽地凌空而起,斗篷驭风,宛若腾云!都来不及看清一切,只隐约地看到,那蓝衣的身形,猛然挥出一掌,紫衣的身形霎时腾空而起,也直向着那幽深的山崖,急急跌落!

幽深的山壑,静寂无声,千万年的岁月,漫漫地流淌。

见惯星月,听惯山风,却从来没有今日这般"热闹",只眨眼间,便有三个飘飞的身影,直直朝向山壑,倾坠而来……

翠衫。

黑袍。

紫衣。

宛如三片凋零的叶,无主随风,飘飘荡荡。

忽地,又有一个蓝色的身形,随之坠下。不过,这身影却不是仓皇地下坠,而是牢牢地控制着身体的趋势,仔细权衡着跌落的节奏……

时间又过了多久啊?似乎只是眨眼的瞬间,却又似乎经历了亘古洪荒?

只见黑袍的身影与那蓝色的身影,忽地交叠向一个方向!两个人都是拚尽全力,纵身跃向那翠衫的身影,带着志在必得的力道,带着丝毫不计自身安危的决绝!

一黑一蓝两道身影,几乎是同时接住了翠衫的身形。那一瞬间,两个暗沉的色调的映衬之下,益发显得那抹翠色,鲜艳欲滴……

而同时,在三个身影的旁边,一道凄厉的紫色身形迅速滑过,苍凉而又绝望,缱绻的长发扯动丝缕的山风,纠结成百转的愁肠……

天空中的鹰啸,凄厉而又仓皇。那黑色的巨大的鸟儿,几番拍动翅膀想要俯冲下来,却都被山壑间游荡不定的风阻住,无法下行。

黑衣的身影蓦地回头横瞥,恰恰撞进那紫衣身影空茫的眼神。

那般绝望。

那般寒凉。

明明藏着那么深的不甘,却又不得不屈从于眼前的命运……

黑衣身影的心,愀然揪痛,将手中爱惜托住的翠衣身形交托给蓝衣人,回眸深深忘了一眼翠衫的身影,随即转身,头也不回地追着那紫衣的身影,向山壑的更深处,坠落……

山风幽壑间,传来空洞而又寒凉的惊呼,那惊呼透明着高高飘远,悠悠回荡在深幽的山壑间,被流动的风,割裂成丝丝缕缕——

"艾山——"

眼睁睁见着那黑衣的身影直直下坠,秘色的心仿若撕裂!直到此时方才发现,原来那孩子,不知何时起,已经在自己心底扎下情苗,虽然不愿承认,虽然总是逃避,此时眼见着他涉险,只要一想到或许未来将再难相见,心底便是牵心扯肺、痛断肝肠!

可是,在霍然到来的危难之前——

心碎何用?

纵有千般遗憾,更与谁人说?

乌介可汗狠了狠心,他明白艾山临去瞬间,将秘色交托到自己手上时的重重拜托。

乌介可汗忍痛没去看向山壑的幽深处,拥紧秘色,借助山壁之间的植物,几个腾身便已经翻落在山壑之上,回到了白雪莹莹的草原。

之前驰马的颠簸,命悬一线的危急,几乎耗尽了秘色的心气与体力,她整个身子已经软软地无法支撑。

可是,即便如此,秘色却毅然拒绝了乌介可汗带她回城,匍匐在山壑边沿,眼望着那无底的黑暗,哀哀地呼唤着:"艾山——"……

10. 半落梅花婉婉香

热榻。

暖帐。

床帘低垂。

秘色努力地睁开眼来,只见床帘之外,烛影摇红。

已经回到可敦城里来了么?

已经过了多少时间?

秘色只记得自己在山壑边沿上,终于经不过寒凉的冷风,外寒攻心,再加上心神俱疲,只觉眼前一黑,身子便沉沉坠入了无边的黑暗。

艾山……

艾山……

只要一想起那如凋零的叶片一般,闪身而去的黑袍少年,秘色的心便是无穷无尽的深深疼痛。

总以为他还是个孩子。

总以为还会有未来那么漫长的时光。

总以为拥有无数的机会可以细细揣测自己与艾山之间迷乱的情愫。

总以为……总以为那孩子的迷梦会醒来,总以为自己与他之间终会清醒着退回到曾经的起点!

可是,哪曾想到,这一切却毫无预兆地戛然而止!

再没有机会去与他解释清楚。

再没有时间去等着他长大。

再没有可能去厘清心中的情愫。

再没有……再没有缘分去看他湛蓝而幽深的眼眸,再没有资格去细细看他绝世的容颜!

艾山……这,究竟是为什么啊!

难道,这是上天的惩罚?

可是那也该惩罚我的,不是吗?是我游走于你们父子之间,是我本来年长却无能拒绝你的轻狂,是我间接害死了你们的母亲,是我……是我跌入山壑才惹得你奋不顾身飞扑来救!

都是我,都是我啊!

艾山……

滂沱的泪,肆意滚落。

压抑不住心底的痛楚,一声幽幽的呼唤终于冲破了秘色的唇,袅袅回荡在绯红烛光里。

"秘色,我在……"

一声轻飘飘的应答,如响雷一般,轰然炸响在秘色耳畔!

是谁!

是谁?

秘色顾不得身子上的疲累与疼痛,忘记了面颊上横流的泪水,不敢相信自己的耳朵,不敢眨下眼睛——朦胧的床帘之外,摇曳的烛红之中,那影影绰绰立在窗前的黑衣少年……

是真？

是幻？

秘色空劳地伸出手去，用纤细的指尖，轻轻在床帐间滑动，那是隔着空气，在缓缓描画着他的面容……

终究，是梦吧。

所以，才会这般杳远。

触碰不到的容颜，从此便是天人永隔了吧……

一阵剜心的痛，铺天盖地袭来，秘色忍不住轻轻抽泣，指尖颤抖着，望住那朦胧的黑衣少年："艾山……是你来到我的梦里，看我了么？"

烛红摇曳之中，朦胧床帐之内，长发低垂的秘色，纤细、悲伤得仿佛透明的琉璃。

她的泪，她的呜咽，她动情的呼唤，她痴迷的描画……深深、深深扣动了少年的心，让他再也无法压抑自己的心绪，一个箭步便奔到榻前，将自己的脸贴上床帐，贴上床帐之内的纤纤玉指。

"秘色，是我。不是在梦里，我是在你眼前啊……"

秘色的指尖，触到了真实的面容，隔着朦胧的床帐，依稀看得清那湛蓝的眸、殷红的唇，绝美的容颜在烛红摇曳中，益发美轮美奂。

秘色的指尖忽地抖得难以自持——难道这一切都是真的？难道这并不是自己一厢情愿的梦境？

难道，难道艾山他真的安然归来？

难道，自己心底默默的祈祷终于得到了上天的垂怜？

泪，益发地难以自抑制。

秘色已经在顾不得自己的形象，瘫坐在床榻之上，放声嚎啕，任凭涕泪横流！

艾山的心忽喜忽悲。

如此率情的秘色，终于向他袒露出了自己真实的情感，终于……

艾山隔着床帐，双手猛地攥住了秘色的双臂，将她大力拽至榻边，就着那朦胧的床帐，猛然倾身，狂风疾雨一般吻住了秘色颤抖的樱唇！

有泪，酸涩点点。

四、双生

有颤抖,薄凉微微。

有刻骨铭心的牵挂。

有蓦然涌起的火热情潮。

香软湿滑的樱唇,惹得艾山深深陷入,无力自拔!即便隔着薄薄的纱帘,亦无法阻拦他狂生的滚滚波浪!

极致紧贴的唇齿厮磨,纱帐带来的奇异触感……

明明亲密无间却隔着薄薄的障碍,明明没有直接接触却感受得到最细微的丝丝轻颤……

劫后余生的再次相见。

以为天人永隔的再次相拥。

秘色和艾山觉得自己已经变成了狂躁的野兽,再也压抑不住心底的情感,再也收拢不住身体的奔突,只想着更深更深地融入到对方的身体,只想更多更多地牢牢记住彼此的灵魂!

衣袂飘舞,卷起丝丝的风,将烛红摇曳得更加暧昧闪烁。

肢体纠缠,惹出阵阵的战栗,将朦胧床帐渲染得更加迷离。

夜,正深沉。

情,早已缱绻。

再顾不得什么身份的高低。

再记不住那些年龄的差距。

只记得彼此的唇,彼此的吻。

只来得及拥住一波一波涌起的波浪,将自己一次次推向极致的巅峰!

帐外的夜色里,月清如水,静静流淌。

一枝红梅,映着月华雪光,悄然展颜。

丝丝幽幽的清香,借着微微的夜风,淡淡缭绕。

柔然天籁,宁谧世界,两情缱绻,暗香盈袖……

隐隐,隐隐,有清越的笛音飘来。

皎洁如天穹明月。

芬芳如雪夜红梅。

辽远似天边流云。

婉转若袅袅炊烟……

秘色靠在艾山的臂弯,静静地听着,心境竟然是从未有过的和缓与宁静。

玉山?是你么?

你是不是也在为我和艾山而快乐?

没有心惊胆寒的失去,便永远不知道应该珍惜。如果没有这次的山壑意外,秘色便永远不可能探知自己对艾山早已暗生的情愫。所以,人世间的事情就是这么奇怪,你永远无法武断地说清,生命中的一次经历,究竟是好还是坏。只能做的是,如果只感知到了它坏的一面,那么就尝试着去看它的相反面;如果只看到了它好的一面,那么便学会感恩,即便再随之而来什么负面的效应,便也因了感恩知足之心而增强了心理的承受力,安之若素了……

就像,那一夜的帐外,其实并不仅仅是静好的岁月。

也有暗藏的心事,也有隐秘的波谲云诡。

树影幽深中,耶律嫣然诧异地望着乌介可汗:"可汗!您到底知不知道自己说了什么?他们,他们一个是您的宫奴,一个是您的儿子啊!如今他们就在您的眼皮底下,行着苟且之事,试问,他们心中将可汗您当成了什么啊!"

乌介可汗怆然一笑:"耶律妃,你又知不知道你自己在说些什么呢?没错,他们的确一个是本汗的宫奴,一个是本汗的儿子……但是耶律妃,你自己也忘记了吧,秘色的身份始终是我回鹘的宫奴,而并非本汗的嫔妃啊!艾山,身为回鹘的惕隐,他召幸一个宫奴,这又有什么大不了的呢?况且,待我百年之后,我的一切都是要传给艾山的,甚至都包括你,我的耶律妃!"

"如果",乌介可汗的话宛如湍急的流水,突然撞上一块巨石,突地停住,继而转了个弯,急转直下,"如果艾山能够带给秘色一点快乐,我也就放心了……"

耶律嫣然的眸子霍地涌起浓浓的雾霭,缭绕着,盘旋着,仿佛不可置信地望住乌介可汗,仿佛无可奈何地折射出自己心底的绝望。

这个男人,难道真的对那个宫奴,动情若此吗?

就连活生生发生在眼前的背叛,就连与自己儿子的乱伦,都毫无怨怼!

沈秘色……你的确非同凡响啊!不但轻易抢去了可汗的钟情,甚至连他的儿子艾山都没有放过……

别看你是来自大唐的汉女,可是你竟然知道我们草原的规矩,明白未来的某日,艾山一定会继承可汗的一切,所以你给自己的未来铺平了道路,一个小小女子竟然同时拥有了两代可汗的心!

不可以!这绝对不可以!

自己苦心孤诣,自己忍辱负重,为的就是要为亿哥哥拿下回鹘的一切。可是,如

四、双生

果,自己费尽心机从乌介可汗这里拿到的一切,未来转瞬就可能丢失在艾山那里!

不可以……不可以!

耶律嫣然转眸望向月华照不进的黑暗角落,嗓音荡起清冷的波:"可汗,嫣然一直在奇怪。在那个幽深的山壑边,嫣然本来已经及时地在绊马索前停下了脚步,可是却怎么会突然被掌击跌入山壑?而那在背后掌击嫣然的人,究竟又是谁呢?"

乌介可汗静静地凝视着眼前的这个女人,有着动人的明艳美貌,同时又有着罕见的聪明心机。乌介可汗从来都不怀疑,耶律嫣然早已经知晓那天正是自己将她打入山壑。可是她归来后,却一直没有发难,更是隐忍住不问,乌介可汗便知道,耶律嫣然一定是将这个把柄当做了一个资本,当做了一个用于交换的筹码。

她不是不说,她只是要等一个机会,等待这个筹码能给她赢来更多的利益之时,方才将它当做武器,重重掷出!

耶律嫣然满意地见到乌介可汗眼中的一抹挫败,言笑晏晏:"可汗,本来嫣然的这条命,也实在没有什么重要。只是,嫣然蒙上天厚爱地降生在契丹草原,降生在契丹最英明勇武的耶律氏族。所以,即便嫣然觉得自己死不足惜,但是恐怕我们耶律氏、我们契丹族人,尤其是目下正驻扎在哈拉和林之内的耶律氏的军队,会不容劝告地努力找寻嫣然真正的死因呢……如果嫣然将那天的事合盘托出,可汗,您想想看,刚刚赢回的哈拉和林的宁静,还会坐拥几时呢?"

乌介可汗蓝眸疾闪:"耶律嫣然!你不用跟本汗兜圈子了!你到底想要什么,干脆地说出来吧!"

耶律嫣然粲然一笑:"可汗,嫣然心下有一条思量,想请可汗的示下。还记得大唐七月的时候宣布将下嫁太和公主给黠戛斯的可汗莫伦思吧?这个时候,想来那位大唐太和公主也该走到咱们回鹘附近了。可汗,难道您不想惩戒一下大唐,同时断开大唐与黠戛斯之间的姻亲联盟吗?"

乌介可汗眯住眸子:"你的意思,难道是说……?"

耶律嫣然甜笑如花:"没错,大汗!既然您都猜到了嫣然接下来想说的话,那么嫣然更有理由相信,其实大汗您的心中也早有此意!"

乌介可汗思忖地望着耶律嫣然:"可是,这件事对于你而言,又有什么意义呢?难道你要的,仅仅就是这个?"

"咯咯,咯咯……"耶律嫣然一串甜笑,"大汗,这位大唐的公主,是来咱们草原和亲的,所以即便是不能嫁给黠戛斯的莫伦思,可是咱们也不好让人家在草原孤独终老嘛!嫣然想,可汗心里已经有了人,断断是不屑于再要这个大唐的公主了,那么何不将她就嫁与咱们的艾山惕隐,也算为未来的可汗,与大唐之间,铺就一条可行的路呢?"

耶律嫣然轻转明眸,抚在乌介可汗胸口:"嫁出门的女儿,泼出门的水。说不定咱们艾山能把这位太和公主治得服服帖帖,到时候生米煮成熟饭,大唐就也无颜反悔,说不定反倒可以利用这个机会修复回鹘与大唐之间危如累卵的邦交哟!"

还用说什么吗?
乌介可汗难道还能说不?
虽然明明知道,耶律嫣然不会平白无故地想要捉一个大唐公主来嫁给艾山,但是这却的确有可能改善回鹘与大唐的关系!
回鹘与大唐的友好邦交,是数百年来,回鹘赖以生存,并且借之统驭西域、称雄草原的原因!
尽管现在两国之间摩擦不断,但是任何一个回鹘的可汗,最大的政治任务都是要与大唐修补邦交。
如果,仅仅是将艾山作为代价,用以重现回鹘与大唐之间的友好,这对于一个国家的君主,对于乌介可汗来说,该具有多么大的诱惑力!
乌介可汗湛蓝的眸子在夜色中闪烁着幽深的微芒:"好,就依你的意思……"随之,一卷蓝色的斗篷,转身离去。
耶律嫣然跟着转身,却将眸子依然投射到秘色的帐篷,一朵浓丽的笑缓缓漾开在耶律嫣然唇畔:"沈秘色,我不会让你拥有艾山太久的……我想要的东西,谁都抢不走……"

11. 鸾镜朱颜惊暗换

耶律嫣然的梦,朦胧飘忽。
四周堆满一团一团轻飘飘的白雾,耳畔一波一波荡着山谷间游动的风。
耶律嫣然只觉得自己的身子悬在半空之中。上不着天,下不着地。
像是枯败的落叶,像是失了线的纸鸢。孤孤零零,飘飘荡荡,找不到来时路,望不见前进的方向。
迷茫。恐惧。
想要呼喊却叫不出声。想要降落却浑身使不出力量……

尽管神智尚在沉睡,耶律嫣然也知道,自己是跌入了深深的梦魇,只能无助地在噩梦中颠簸,费尽气力也无法让自己早早醒觉。

是梦。其实又非梦。

因为这梦中的一切,分明就是现实生活的重演,就是那次山壑跌落在脑海深处的重新回放!

那么恐惧,那么恐惧。

几乎眼睁睁看着生命一点一点地从自己身体里远去,却根本没有自救的力量,只能任凭命运将锁链套住自己的脖颈,狠命地向死亡拽去!

那一刻,自己是最孤寂的灵魂。看着乌介可汗和艾山都奋不顾身地朝秘色跃去,耶律嫣然的心魂一片黯然……

她不过是一个卑贱的宫奴;而自己是回鹘的皇妃,更是契丹的公主啊!

那些自己在意的人呢?那些俯首低眉地顺从着自己的人呢?

他们都在哪里?他们为什么都不来救自己?

契丹。阿爹。亿哥哥……

至此方知,你们不是不爱我——你们只是,爱我爱得不够深……

至少没有那一对父子奉献给沈秘色的爱深!

跌落……

跌落。

就当耶律嫣然几乎放弃了对于生的留恋,微微闭住双眸,等待着死神的降临时,忽然视野中出现了一个黑衣的身影,一双湛蓝如碧空的眸子,专注地凝望着她!

是谁?

耶律嫣然诧异地睁开了眸子,只见到一个风姿绝美的少年,黑色的衣袂在山壑的风中飘荡如大鸟的羽翼,身子笔直向下,一直冲到了自己的身边,双臂横抱住自己的身子,截住了下降的速度!

是艾山!

他不是正把全副身心都放在秘色的身上?他怎么会突然来救自己?

耶律嫣然迷茫地听随艾山揽住她的身子,向横向腾跃,一步步攀住山壁支出的藤蔓树枝,一点一点向上,勉力寻找着求生之路!

任何人,在生与死交汇的刹那,都会变得格外脆弱吧?

任何人,都会把挽狂澜于既倒、救自己于危难的恩人,看做世间最伟大的英雄吧?

任何人,对于一个人、一件事的看法,都有可能在巨大的危机之时,而发生瞬间的、根本性的转变吧?

任何人,身临绝境之时,都会将自己心中的人,涤净筛选过后,重新归队排列的吧?

亿哥哥……那个让自己魂牵梦绕了几乎全部生命的人,在此时此刻,忽地从心底淡去,化为杳远而虚幻的影,只闪烁成天边的星斗,却再也不是压在心头上的、重重的牵挂。

反倒是眼前这个黑衣的孩子,在耶律嫣然的心头,轮廓愈益清晰,渐渐浮凸,直至,深深地镂刻在了她的心版上,成为鲜血淋漓、矢志不忘的印记。

天地之间,茫茫人海,在自己行将赴死的刹那,只有这个孩子奋不顾身地来救自己。

只有这个孩子啊……

不管用什么样的手段。

不论要为之付出多么大的代价。

也要将这个时刻定格成永远,也要将这个孩子留在自己的身边!

更何况,他还是回鹘的惕隐,继任的可汗!

抓住他,就等于是抓住了回鹘的未来……

就算不是为了亿哥哥,就算只是为了自己,耶律嫣然也要牢牢地抓住回鹘的现在和未来!

心思一旦坚定下来,一个人的意志力便会如出匣的宝剑,光芒立现。于是,那个纠缠着耶律嫣然的梦境,突地中止,耶律嫣然冲出迷梦,头脑一片清明。

是的。她知道该怎么做了。

——要定艾山!

——要定,回鹘的未来!

只有主动地出击,才是自我保护的最好办法。与其担心沈秘色在未来再度破坏自己苦心孤诣构建起来的一切,那么莫不如现在就主动出击,抢先将艾山抢过来!

艾山……那个风姿绝世的美少年啊……

耶律嫣然的心不由得春风一荡,眼角眉梢绽放出丝丝缕缕的温柔。

曾经以为是避难之所的可敦城,突地成了秘色的又一个噩梦。

那曾经远在牙帐城哈拉和林的耶律嫣然,近来忽地格外青睐可敦城,隔三差五便带领着契丹的军队前来。

为什么,为什么?

她本来不是应该将心思更多地投注在哈拉和林,投注在可汗的身上吗?

她不是想要一个可汗的孩子?

这些事远比欺负她沈秘色来得更为重要吧,以耶律嫣然的头脑和眼光,她怎么可能舍本而逐末?

可是,一切都变得十分地诡异。耶律嫣然来到可敦城,根本没有过多地将精力投注到秘色身上过,她只是频繁地出入艾山的帐篷……

"耶律妃,我都说过了,上次之事请你不要过多挂怀,"面对着笑容粲然的耶律嫣然,艾山无奈地在心底微微叹气,"实话告诉你说,其实我只是,想到了我的母亲……"

"我在想,我母亲当日在大漠之上准备赴死的那一刻,她的眼神也一定跟你那时的一样吧,那般地绝望,那般地不甘……我多希望,那个时候也能出现一个人,救救她啊……"艾山湛蓝的眸子里划过一道明丽的忧伤,"所以,耶律妃,我其实不是在救你,我是在救我的母亲,在救我自己的心!"

原来是这样……

耶律嫣然努力压抑住心底翻涌而起的失望,努力保持住面颊上粲然的微笑:"不管怎么说,艾山,你救了我,这就是铁打的事实!"

是啊,是啊……不论是什么原因,那一刻,天地之大,人海茫茫,只有他奋不顾身地救下自己,这——就够了。

况且,已经动了的心,如何再能平复?倾注了的感情,如何再能回到最初!

"耶律妃,对不起,请你不要称呼我的乳名。只有父汗和母亲才可以称我为艾山。"艾山冷冷的嗓音直直地穿透耶律嫣然的骄傲,将耶律嫣然的心,切成一片一片。

耶律嫣然急痛之下终于按捺不住自己:"艾山!好,你好……既然只有你的父汗和母亲才允许称呼你的乳名,可是你为何同意沈秘色那个低贱的宫奴直呼其名?!"

"秘色……"艾山湛蓝的眸子忽然温柔一荡,"秘色,她,怎么能跟你一样……她是我生命中重要的人,自然叫得……"

望着艾山眸子里泼洒而出的温柔,望着艾山嘴角因了那个名字而微微绽放的微笑,耶律嫣然一瞬间几乎燃烧成熊熊的火焰,直想烧尽这个世界,烧尽所有痛恨着的人!

"咯咯,咯咯……"耶律嫣然怒极反倒连声娇笑起来,好像想起了什么极为好笑之事,直笑得花枝乱颤,直不起腰身来。

艾山被她突来的笑惊了一下,忍不住皱眉冷对:"你笑什么?"

耶律嫣然笑得轻轻扶住自己的腰肢:"哎呀,我说惕隐,我刚刚想起了一个流传在我们契丹的、来自黠戛斯的故事。故事里面说啊,他们黠戛斯那个可汗莫伦思,有次喝醉了酒,一时兴起,竟然分不清了男女,把一个唇红齿白的男孩子当成了女孩子,给……咯咯,给——宠幸了!"

耶律嫣然依然在笑,笑得前仰后合。

艾山的脸上,却笼起了幽深的雾霭,一层又一层,氤氲缭绕,渐渐遮住了艾山本来的表情,将那张绝世的容颜,僵化成一张木然的面具,再也看不到了任何情绪的波澜。

耶律嫣然的笑终于渐渐止歇。一抹笑过之后的红晕娇艳地燃烧在耶律嫣然的脸颊,她媚眼如丝地瞟着艾山:"惕隐,你说,如果我把这个故事,详详细细、从头到尾地讲给那个沈秘色听,她会做如何的反应呢?"

艾山咬紧牙关,眸子里雾霭沉沉:"你敢!"

耶律嫣然娇俏地抚着胸口,轻轻拍着:"哎哟,惕隐,你可吓死我了……惕隐救了我的命,嫣然哪儿能那么忘恩负义呢……其实嫣然也不过就是想好好地报答报答惕隐,只要惕隐给了嫣然这个机会,那么嫣然便会跟你保证,这个故事会烂在嫣然的肚子里,绝对不会说给第二个人听……"

艾山的身子骤然一僵。湛蓝的眸子里再度笼起纯黑的雾霭,一抹邪气从那蓝与黑交织的边缘,乍然流泻。嘴角轻轻一勾,一个邪邪的美艳的笑风情无限:"嫣然……这才乖……"

还没等耶律嫣然反过神来,艾山已经一个箭步冲上前去,毫不怜惜地将耶律嫣然拥入怀中,随之将自己的唇狠狠地压了上去!

这是吻吗?还是野狼的啃啮?

耶律嫣然只觉得嘴唇上,缱绻夹杂着疼痛,交织着、战栗着,一遍遍冲刷着自己的神智,一次次考验着自己忍耐的底限!

终于,一丝血腥的味道蓦然传来,耶律嫣然不由得轻哼出声,却更惹来艾山冷冷的嘲弄:"刚开始,就怕疼了吗?是你叫的开始,那么游戏在结束之前便没有停下来的可能!"

说着,耶律嫣然的身子已经被凌空抛起,横着跌落在床榻之上,紧接着艾山毫不温柔地纵身而上,没有任何的前奏,随着片片碎帛腾空飘散,艾山猛然冲入耶律嫣然的身子,痛得耶律嫣然惊呼出声!

……

没有怜惜。

没有浓情蜜意。

仿佛不是最为亲密之事。

只是一场互相搏杀的战斗。

丢盔卸甲,遍体鳞伤。

无论是身,还是心……

当一切终于结束,艾山毫不留恋地翻身穿衣,跌落在碎帛堆中的耶律嫣然仿佛凋残的花朵,双瞳空洞失色。

望着艾山转身离开的背影,耶律嫣然猛然大叫:"艾山!别以为这样就会吓怕了我!我不会服输的!我宁愿这样继续!"

艾山的脚步一顿,眸子里闪烁起灰暗的微芒,随即加快脚步,快速逃开背后的一切。

秘色,秘色……

求求你上苍,千万不要让秘色,获悉这里发生的一切!

如果有罪,就让我一个人来背负!

本来我就是从黑色中而来的人,就算再度深深沉入那无边的黑色,对我,也并不是什么恐怖的事情。

我早已经忘记了什么叫做恐惧。我早已经忘记了什么叫做罪恶。

不过,不过,自从遇到你,秘色,恐惧再度在我心底醒来。

越深的盼望,就会惹来越深沉的恐惧。

我怕你知道曾经发生的一切。

我怕你会因此蔑视我的肮脏。

我怕你,怕你会从我身边拂袖而去。

秘色。

我以为我的生命中再不会有光彩与火焰,可是你却将它们重新给了我。

不如不曾拥有啊……一旦拥有,便是永生永世的沉溺,我无法去想象,有一天命运会将它们再度剥夺!

求求你,上苍,不要让秘色知晓我灵魂深处的——恐惧!

12. 恨悠悠，几时休

冬，愈益的深了。草原上的一切都被厚厚的雪覆盖住，寻不见生机，看不到颜色。

草原上游荡的狼群，饥饿中频频袭击回鹘牧民的牛羊牲畜，一时间草原的冬夜，处处回荡起瘆人的狼嚎。

秘色何曾体验过这样的生存环境？

月夜幽深之时，只觉狼嚎近在耳边，甚至朦胧中会把榻前摇曳的烛火错当成狼的眼睛！

恐惧紧紧纠缠心房，如影随形。摆不脱，逃不开，只能任由着它一层一层将心魂愈来愈紧地绑缚起来，榨干心房中最后的一滴血和最后的一丝热量……

孤单……

在这恐惧肆虐的回鹘草原冬夜里，孤单远比狼嚎更加销魂蚀骨。

所有那些曾经心中所系的人啊，他们都在哪里，为何都忘记了自己，狠下心肠将自己抛入无边的恐惧和孤寂，让自己在这清冷寒凉的月夜里，空劳牵挂……

可汗他，全部的身心都倾注着他的回鹘吧？强敌环伺的周遭、寒雪初临的节候、肆虐横行的狼群……太多太多的事情，要他一一去排定。纵然有心，但是他的国家、他的回鹘，才是他心中更为厚重的主题吧……

陆吟……心底不敢想起的人啊……只要这两个字悄悄浮上心湖，神魂深处便是钻心蚀骨的痛楚。如今，你在哪里啊……你的生活是否已经归于平静？你的记忆，是不是早已回到了十年前的相遇之前？如果能够相忘，对你，可能更是一种幸福。如果我没有出现，如果你我没有相遇，是不是你的人生依然是一路青云？

艾山。艾山。知道吗，自从我误入西域，自从我的命运发生了偏离，我便早已想到，我未来的生命，注定坎坷，注定历尽劫难。我只是没想到，那个劫数从你父汗身上开启，却奇异地印证在了你的身上……你母亲的死，你父汗对我倾注的感情，再加上你我之间六岁的年龄沟壑，我们之间，从一开始，便是不可能，便是——一个遭到天谴的罪孽……可是为什么，可是为什么，我越是努力抗拒，心底却越是清晰地镂刻下你的影子？

如果是孽，我来背；如果是劫，我会放你逃生……

可是却为何,要让我看到耶律嫣然,频繁地出没于你的身边?

我知道我不该多心,我劝解我自己不要怀疑。

可是,我该如何让自己装作没有看到,没有看到耶律嫣然从你帐篷走出时,那绽开在腮边的红晕?

女人的心,永远都是敏感。没有谁,不相信自己的直觉。

就像那一次,幽深山壑之中,你竟能撇下我,奋不顾身地直奔她的身形而去……

艾山。难道,在我不知道的某处地方,竟然也藏着你,与耶律嫣然的故事吗?

那么,我又何必出现?那么,你又何必招惹了我的心?

难道,仅仅因为我是卑贱的宫奴,是你们痛恨的唐将之妻,更是害死你母亲的凶手,所以,所以你才会刻意给我造了一个美丽的幻梦,然后再亲手将这个幻梦,在我眼前,一点一点捏得粉碎?

我不信……

我不想相信,可是却又不得不信!

艾山,为什么你不对我明白地直说?

如果恨我……我愿意,用我的生命补偿给你。

又何必这样隐忍而沉默?

别告诉我你浑不在意,别骗我说你全没受伤。

我看得到你的眸子,我读得懂你的眼神……

它们在哀哀伤痛,它们在诉说着不得已的情衷……

为什么,艾山,这究竟是为了什么啊???

艾山帐内,一片狼藉。

衣衫袍裙被随意地丢了满地,全无一点怜惜。

就如同,此刻委顿在榻上的人。

一场激情刚过,翻涌的血气制造出的红云还飘飞在耶律嫣然的颊边,但是她的心却越发地冷了。

疼痛,从身体深处尖利传来,与心里的恸,交织缠杂,会聚成无边无际的绝望,啃噬着筋骨心魂。

欢爱……人们赋予的这个名字,却为何在自己与他的身上偏会落空?

既无欢。更无爱……

只是两只困兽的缠斗,仿佛只有血腥地吞噬掉彼此,才能填补自己内心的虚空。

两个人的心底,都是虚空啊。

只是他的虚空,与自己的,根本不同。

自己的虚空是因了对他的渴望而起;而他的虚空,却是为了别的女人……

肢体交缠的亲密,永远渗透不入感情。

肌肤灼烫的温度,永远无法直达心灵。

这或许从一开始便注定是一场两败俱伤的搏斗。没有赢家,没有胜利,只有伤悲徒增,只有仇恸更深……

为什么,上天总是这般地弄人?我想要的永远得不到,想要我的却根本得不到我的珍惜……

每个人都在自己的心里苦苦煎熬,无可逃避,无法挣脱!

是不是,只有死亡,才可以让自己的心,终于归于宁静?

可是谁又会情愿早早走进死亡?即便身心疲惫,即便倍感挣扎,依然要拼却一切多活它一天。

多活一天,便多一天去争夺自己想要的东西!

不是你死,便是我亡!

对不起,我还不想死,所以只能扼杀了你。

对不起……

又是一场纷纷扬扬的雪啊。

耶律嫣然又一次不请自来。

可是这次并没有径自去探艾山,而是拐进了秘色的帐篷。

秘色的心,凉凉一惊。

每一次耶律嫣然不请自来,都不会带来一个好消息。这次的恐怕也不例外。

"沈秘色,我觉得我应该来通知你一声儿……"耶律嫣然似乎并不想往里走,只是站在帐门处,高扬着下颔,神态倨傲地瞥着俯伏在地的秘色。

秘色抬头,眼神一片茫然,只是心底有一丝丝悄然爬升的寒气,渐渐缭绕心房。

耶律嫣然对秘色的乖顺十分满意,缓缓却清晰地将自己的手平贴上自己的腹部,柔柔拂动:"沈秘色,我,要当妈妈了……"

是帐外的白雪反射着冬日的阳光,刺入了帐篷之内的幽暗么?秘色只觉得眼前一道刺目的白光闪过,视野中、脑海中只剩下了一片混沌的苍白,再也看不见了任何的颜色。

可汗说过的。猎貂盛会那天,乌介可汗便来到秘色帐,跟她说过了的。所以秘色觉得自己心理早该做好了准备的,不是么?怎地会,在乍然听到这个消息时,心内还会纠结起撕心裂肺的疼?

秘色惨白着一张脸,神情近乎虚无地笑着:"宫奴秘色,恭喜耶律妃,恭祝可汗再度弄璋……"

"咯咯,咯咯……"耶律嫣然笑靥如花,殷红的唇重重刺入秘色眼前的白雾,那般激滟,那般——张扬,"沈秘色,谢谢你的恭喜。不过呢,我不得不提醒你,我只是说我要当妈妈了,并没有说这孩子是可汗的呀……哈哈,哈哈,好笑,真是太好笑了……"

她在说什么?

秘色心头的白雾更浓。

就算她是契丹的公主,就算如今回鹘不得不仰仗契丹的鼻息生存,可是,她毕竟是回鹘的皇妃啊,她怎么敢这般孟浪地随便说出这样的话!

这是杀身的大祸啊!

而且,这般隐秘的事情,耶律嫣然她,为何要对自己说起?并且还是这般地倨傲,这般地炫耀!

耶律嫣然看着秘色面上一层一层褪去的颜色,那恍若透明的苍白,我见犹怜。

耶律嫣然的心底,无名之火又起:"沈秘色,在我面前,你没有必要玩儿这套把戏吧!你的苍白,你的无助,在他们那群男人眼里好用,却根本入不得我的眼!他们越是疼惜你,我却越要恨你!你们大唐的汉女,只会柔弱,只会攀附着男人才能生存吗?这里是回鹘草原,这里不是你们十里软红的中原大唐!"

耶律嫣然抬起眸子,视线拉得杳远:"在草原上,即便身为女人,也必须要坚强!男人会的一切,你都必须要学会!驯鹰、狩猎、放牧、格斗,搭帐篷、观天象、测风雪、防野兽……这些这些,全都要会!否则,当风暴、野兽来临的时刻,你不但不能帮助你的男人和孩子,甚至还会成为他们的累赘,害得他们枉送了性命!"

耶律嫣然拉回视线,垂眸睥睨着秘色:"而你,沈秘色,你根本不配得到他们的爱!因为你,可汗不得不背负惹怒陆吟、断送回鹘与大唐邦交的后果;艾山更是要痛苦地挣扎在亲情的夹缝中,一边无法忘记母亲的死,一边却要跟自己的父亲争夺同一个女人!你知道你自己都干了些什么吗?你造成了可汗父子心中的嫌隙,你造成了两代可汗之间的互不信任,你无端地削弱了本来已经强敌环伺的回鹘的力量!"

耶律嫣然倏然停住声音,低下头,用自己的眼睛狠狠地瞪视着秘色:"你,沈秘色,你是回鹘的祸端,你是可汗的灾难,你更是艾山的梦魇……你为什么还要活在这个世上,你难道还嫌自己害他们害得不惨吗?"

你为什么还要活在这个世上？

你为什么还要活在这个世上！……

耶律嫣然的质问，反反复复轰鸣回荡在秘色的耳畔，她再听不到别的声音，再无力思考其他的问题。

原来，自己，竟是这么的，不祥啊……

是不是，如果不来到这个世上，不但米娜瓦尔不会死，乌介可汗不会断送回鹘与大唐的邦交，艾山不会绞缠在母亲死亡的梦魇里……甚至，甚至就连陆吟也不必葬送了自己的青云之路；甚至自己的父亲也不会遭遇到瓷厂的经营失败？

这一连串的舛运，是不是，全都是因己而起！

耶律嫣然满意地看着秘色眼中，最后的一点微光也如风中的蜡烛一般，悠然熄灭。心下并非毫无不忍，但是女人的战争永远都是这样，不是你死，便是我亡……女人心内的世界总是狭窄的吧，容不下第二个女人的插足。

耶律嫣然决定再投下最后一剂猛药："沈秘色，你还真的不想知道，我腹中的孩儿，是谁种下的么？"

耶律嫣然的笑，再度潋滟绽开，仿佛雪中的红梅，光华耀眼："我知道，其实你早该想到的。只是你不敢往上去想，或者说你宁愿选择逃避。你几次三番地躲在艾山的帐篷外面，以为我不知道吗？我只是不急于说破，该听的、该看的，我想你都听到看到了，所以还用我挑明了来说，说——这是艾山的孩子吗？"

秘色悚然一惊，眸子里的迷茫荡漾着蔓延："难道你不怕可汗知道吗？"

"可汗知道？哈哈，哈哈哈哈……"耶律嫣然又是一连串的大笑，"可汗知道又怎么样？他有证据么？难不成要验血认亲？没问题啊！艾山是他亲生的儿子啊，艾山跟他流着同样的血！所以，艾山孩子的血，怎么可能跟可汗的不相容啊？哈哈，哈哈……"

"沈秘色，别以为艾山偶尔上了你的床，你便以为是他爱上了你……你根本不配！别说你只是个宫奴，更别说你跟艾山之间有着杀母的仇恨，就单说你……"耶律嫣然稍稍停顿了下语气，轻蔑地上上下下打量着秘色的身子，"就单说你这单薄的身子骨吧，怎么经得起草原男子的热情！"

耶律嫣然笑意姗姗地凑过脸来，笑笑地盯着秘色的脸颊："听说，你们汉人女子说道甚多，就连服侍男人，都不许动、不许叫的，是吗？太可惜了，沈秘色，我们草原上的儿女，可没你们那么多劳什子的说道，我们只听从自己的心，任意放纵自己的身子，就像草原上肆意生长的芨芨草,从来都是尽兴方休……所以,沈秘色,醒醒吧。艾山碰了你,不过是图个新鲜,毕竟是刚懂人事的孩子,拿你这单薄的身子先历练历练。如今,他已经长大,你觉得他还有可能对你这死木疙瘩一般的身子,感兴趣吗?"

"哈哈,哈哈……"耶律嫣然说完,头也不回地扬长而去!

是天黑了吗?

明明记得,刚刚还正是日上三竿啊。怎地突然间,自己的眼前,竟然是无边无际的黑暗?

心,好累好累啊……这颗心究竟已经有多久不得放松?

身子,好沉啊……这副勉力支撑着没有倒下的身子,已经有多久,没有好睡?

这般地疲累和痛苦,为什么上天还要将自己留在人间,而不赶紧带走呢?

是不是离开了这个世界,便一切都会遗忘?

13. 辛苦最怜天上月

十一月,草原上最冷的冬天,姗姗而来。

不过,最冷的并不是帐外的呵气成冰,而是秘色一颗疲惫酸痛的心。

耶律嫣然怀孕的事件没有最终将秘色逼上绝路。秘色只是想活下来,多活几天,能够好好地补偿一下那些自己有意无意亏欠了的人。

可是如今,秘色却后悔自己当时选择活了下来。如果当时已经离去,便不会眼睁睁接到这样的消息,便不会捧着自己碎裂成瓣瓣的心,却无泪可流。

可敦城刚刚接到可汗的王令,说要将劫掳而来的大唐太和公主嫁与艾山!

这位太和公主,本是大唐用以示好黠戛斯的一步棋,唐皇下旨将太和公主下嫁给黠戛斯可汗莫伦思,要的正是黠戛斯可以从西北扼制回鹘,可以随时与大唐联手,东西夹击,随时可以击溃回鹘!

恰好,要从大唐到达黠戛斯,除非要走过漠北极寒之地,否则必然要从回鹘边境穿越而过,所以乌介可汗便听取了耶律嫣然的建议,派兵公然将太和公主劫下!

对此,大唐自然动怒,但是乌介可汗手中已经有了太和公主作为人质,偏这位太和公主又是当今唐皇非常钟爱的小女儿,所以大唐投鼠忌器,便也只好作罢。

一位大唐的公主……最好的安排自然是让她生育下回鹘王室的子嗣,那么回鹘与大唐之间便自然而然地再度成为姻亲。以大唐的文化礼教来说，自然不能再肆意出兵攻打自己的姻亲之邦！

艾山，他既然生在帝王家，那么天生便要背负帝王之子的责任。无论是幼时成为黠戛斯的质子，还是今日要以婚姻来维系回鹘与大唐的姻亲邦交！

所以，他又怎么能反对？

况且，此事，乌介可汗早已经答应了耶律嫣然的。就算艾山拒绝，鉴于契丹的势力，乌介可汗也必然顺从耶律嫣然的要求，而强迫艾山答应！

这日午时，那位太和公主就将被送到可敦城来。乌介可汗的意思是，让"小两口"先培养培养感情，大婚之期便定在元日（新年）。

由于太和公主远来草原，诸事不明，于是耶律嫣然更是体贴地提醒乌介可汗，将同样来自大唐的秘色派至太和公主身边，作为公主的专属宫奴。

这叫秘色情可以堪！

心思悠悠，时光飞逝。秘色混沌中已经不知是何时辰，只是听得帐外一片人声马嘶、车轮杂沓之声。

接下来一个清脆的嗓音报道："太和公主驾到——"

秘色的心突地惊跳，她连忙收拾心神，俯伏于地。

轻轻的，轻轻的，仿佛一阵寒梅的幽香，隐隐暗暗吹拂于鼻息，一幅鹅黄的裙摆款款溶进视野，缓缓在自己眼前站定。

双臂被轻轻地握住，一声娇嫩如二月莺啼的嗓音，柔柔敲入耳鼓："姐姐请起，切勿多礼……"

秘色愣了。呆呆抬起眸子，定定望住眼前头梳双鬟望仙髻，身着明黄宫装，眉间簪红梅花钿，眼角饰淡淡鹅黄，颊贴画靥的娇美女子。

几乎忘了君臣之仪，如此这般直视一位当朝公主，这在大唐时，该当重责的啊！意识到自己的失仪，秘色慌忙再度跪倒，口中诺诺："公主殿下恕罪，民女乍见大唐来人，惊喜之下忘记礼仪，万望公主恕罪……"

那娇柔秀美的公主再次将秘色亲密地扶了起来："姐姐，你见外了。在这陌生的回鹘，你我既然都是大唐子民，便是可以彼此依赖的亲人，何必还叨念着那些劳什子的礼仪！姐姐，我以后就称你为姐姐，可好？"

秘色的心恍然一热。这是谁啊，这可是大唐金枝玉叶的公主殿下，如今竟要称呼自己为姐姐，这可是何等荣耀之事啊！

虽然礼节之上算是僭越,但是这毕竟是公主殿下的要求,难道要违拗么?

秘色只好轻轻点头。心下对这公主的印象,便好到了无以复加的地步。

受宠若惊,本来就该投桃报李的,不是么?

相处下来,秘色忽地改变了自己当初的悲抑,心底甚至开始暗自庆幸,遇到了这位大唐而来的太和公主。

虽然她贵为公主,但是却成为了秘色来到回鹘之后的第一个知心的朋友。

或许是同在异国的尴尬境地,或许是公主善良的天性使然,所以公主这个身份并没有给秘色与公主之间的交往,造成太久的障碍。很快,两个人便已经跨越了身份的鸿沟,成为了真正推心置腹的小姐妹。

秘色每一天都在费尽心思地给太和公主讲着草原上的一切风俗习惯,帮助公主适应草原的生活。可是太和公主对这些似乎毫不在意,她主动地问秘色最多的,便都是有关艾山的点点滴滴。

虽然心痛,但是秘色只能装作不在意,尽心尽力地给太和公主与艾山制造相处的机会。

然后,自己偷偷走开……

冬,益发地寒冷了。

草原上的狼群,愈益地猖狂。

它们不但袭击游牧于外的牲畜,更是悄悄潜入了可敦城周边,开始在可敦城内外制造祸端。

牲畜死伤无数,甚至有可敦城的居民也受到了攻击。一时间可敦城人心惶惶,大家都在迫切盼望官府能够给一个解决之道。

身为回鹘惕隐,艾山自然责无旁贷,他郑重下令要围捕可敦城周边的狼群,以确保一方的平安。

这本是件危险的事情,可是太和公主竟然兴奋异常,她缠着秘色一个劲儿地唠叨:"姐姐,我好想去看哦!艾山他一定英勇又威武,我好想亲眼看到他捕狼的情景啊!"

秘色皱眉:"公主,这可是太危险了啊……我们本身并无自保的能力,跟在惕隐身边,恐怕只会让他分神。还是,不要去了吧……"

太和公主娇柔地扯住秘色的衣袖,泫然欲泣地望住秘色:"姐姐,我真的好想去啊。能不能,你帮我去劝劝艾山?"

秘色无奈："好,那我去跟艾山的贴身侍从阿布列克说说看,看他能不能帮我们说服惕隐。"

不过一盏茶的工夫,阿布列克就回到了秘色帐中,脸上微赧："公主,秘色,对不住了,阿布列克没用,没能说服惕隐……不过……"阿布列克顿住话音,悄悄挑眉看了看秘色。

太和公主一见似有异样,连忙追问："阿布列克你快说呀,不过什么啊?是不是还有转圜的余地?"

阿布列克说："回公主殿下,是这样的。惕隐问小的,这事儿是不是秘色请托的,小的只好如实回答。然后惕隐说,既然是秘色请托的事情,那就要秘色亲自去见他。"说到这,阿布列克又顿了顿,再瞥了瞥秘色："惕隐强调说,只许秘色单独前去,否则,不见……"

秘色皱眉,努力压抑心底波波涟漪。

自己有多久不曾单独见过艾山了?该是,自从发现了耶律嫣然与艾山的暧昧之时吧,无数次拒绝了艾山的深夜来探,甚至以性命相胁不许艾山近身。虽然看到艾山眸子里那细细碎碎的伤痛,但是依然咬紧牙关,不允许自己心软。

如今耶律嫣然已经许久没有来过可敦城了,据说是在牙帐城哈拉和林中全心全意地保胎。乌介可汗也被耶律嫣然以这个孩子的名义死死地拽在身边,几乎是寸步不离。

可是,秘色却永远忘不了耶律嫣然的话,忘不了耶律嫣然轻抚小腹时眼神中的轻蔑与挑衅……

自己不过是艾山的一个玩物吧……又何必那么当真?

如今艾山更是即将迎娶这个世界上最为高贵的大唐公主,偏生这位大唐公主又是这般地善良和美丽……

自己就更应该从他身边退开。不是么?

可是他却又要这般处心积虑地想单独见自己,又是为何?

太和公主一听得事情还有转圜的余地,立马拥住秘色的肩头,可怜兮兮地撒娇："姐姐,求求你啦。你就替太和去一下嘛。求你啦,姐姐……"

秘色只好投降,心下是幽幽的叹息。

跟随阿布列克来到艾山帐前,秘色忽地感觉鼻子一酸,眼中已经不觉笼起了泪意。眼前的一切,还都是以往的模样,可是已经物是人非,自己的心境早已没有了当日的欢喜。

阿布列克挑开帐门，秘色凝立在门口，脚步迟疑。

帐外的天光，借着帐门的挑起，一条条一径径筛入帐内，秘色看得见，那黑袍的少年，正背身站在帐内的幽暗之处，帐门筛入的阳光，为他周身，勾勒出一道雾气氤氲的金色轮廓。

几日不见，这孩子，竟然又偷偷的长大了。如今看去，已然是一个昂藏的男子了。

一步一步，走向艾山。秘色不会忽略掉，随着自己每一个脚步声，艾山的肩背都会缩紧一点，仿佛点点堆积着层层的怒气，只等待一个恰当的时机，便尽数地爆发出来！

秘色尽量将自己的表情放得平缓，面容之上波澜不惊："惕隐，秘色来了。"

一声轻轻的"惕隐"，便轻易地引爆了艾山努力克制着的熊熊怒火！他猛然转过身来，蓝眸直视秘色的眼睛！

"惕隐？！你再给我说一遍看看！我要你叫我的名字，就像曾经叫过的那样！"

秘色的心微凉轻颤。就像曾经叫过的那样……名字的确可以开口呼唤，但是心中的感情呢，再也不可能回到曾经的地方，所以就算一个空空的称呼，又有什么意义呢？

秘色垂下眼睑，轻轻地说："惕隐，身为宫奴，秘色只应该称呼您为惕隐。曾经的种种，秘色都已忘记，还望惕隐不要怪罪……"

"曾经的种种，你都已经忘记？"艾山黑袍的身影，如一团疾风挟来的乌云，猛然欺至秘色眼前！

秘色惊声吸气，不解地望向艾山。只来得及看清艾山湛蓝眸子里一团笼起的雾霭，便已经被他攫住，唇被他狂狷地吞没！

本来以为已经远离的，本来以为已经忘记的，却刹那间都从记忆中蹦跳而出，鲜活着强烈冲刷着秘色的感官！

紧致的需索，缠绵的吸吮，无尽无尽的缠绵，全部全部的侵占……

艾山将秘色更紧地拥入自己的怀抱，更将手掌贴在秘色的左侧胸际："秘色，秘色，我摸得到你的心跳……你的心跳跟我一样地激烈……那些曾经的一切，你怎么可能忘记……"

艾山的吻再度压下，只是这一次多了温柔，多了缠绵，惹起秘色心底缱绻的眷恋……

四片唇,牢牢地胶着,一个刚想努力离开一点,另一个便更快地追随而上,再度彼此厮缠……

怎么舍得离开？怎么舍得忘记？

如果不是那冰冷无情的现实,秘色情愿溺死在这迷情里,再不醒来……

"秘色,秘色……不要再无缘无故地躲着我,不要再说已经忘记我。我好害怕,真的,好害怕啊……没有了你,我该怎么办,我该怎么办……"艾山痴迷在秘色的唇上,低低地呢喃。

不期然地,太和公主娇俏的神情跃入秘色的脑海,她不由得身子一凛,用尽全身力气推开了艾山:"艾山！你听我说！我今天来找你,是有事情的！"

艾山兀自沉溺于秘色的唇瓣上,舍不得放开:"我知道,是太和公主她想去看我猎狼嘛。想去,就去好了……"

秘色低呼:"你竟然这么容易就答应了！那么何必还要对阿布列克说不同意,何必还非要我来对你说呢？"

艾山静静地笑了,湛蓝的眸子凝注秘色。

秘色说完,也猛然知道了答案,脸颊羞红着,不依地望着艾山:"艾山你,故意的！"

秘色忽地又是满眼忧色:"可是,艾山……我觉得,你最好还是应该不让公主去！实在是太危险了,我又无法劝服她,你去跟她说,她会听的！"

艾山眨了眨眼睛:"那个公主,她想干什么都与我无关。我所在意的,只有一个你罢了！"

秘色神色一黯:"艾山,别说孩子话。她怎么跟你没关？她是你未来的妻子,还有一个多月,你们定在元日的婚期就要到了！"

艾山垂下眸子,牢牢锁住秘色的眼睛,不容许她别开眼神:"秘色,你在躲我,就是为了这个,是么？你听我说,生为回鹘的惕隐,很多事情我是不能够拒绝的。但是,你一定要记住,亲事要结,这个我无法选择；但是我的心我可以选择的。而这里",艾山抓住秘色的手,按上自己的胸膛,"这里,无论现在,还是未来,都——只有你！"

14. 真红一点朱砂娇

那一刻,秘色真的想脱口问出:"那么,耶律嫣然呢？如果你的心里真的只有我,那么你为何当初死命去救耶律嫣然？为何与她有了暧昧之事？为何在她腹中育下了胎儿？"

可是秘色没有机会问出口。

因为本来卧在苏里帐门口的雪獒阿萨兰猛然站起身来,周身凝满警惕地侧耳倾听!

它的举动,牵动了艾山的眼神。

他那情潮翻涌的湛蓝眸子,刹那间一派澄明,他呼唤门口伺候的阿布列克,让他照顾好秘色,自己随着阿萨兰突地窜出去的身影,直奔一个方向——

秘色望着那个方向,心下蓦然一抖!那个方向,那个方向是玉山帐篷的位置啊!

阿萨兰发疯一样地冲入玉山的帐篷,艾山随着也纵身冲了进去。

帐篷里,白衣的少年玉山,毫无异样地依然端坐在轮椅中,手执紫竹横笛,悠悠吹奏着一段清逸的旋律。帐门起处,旋进丝丝缕缕的风,悠悠吹动他鬓边的发丝,随着那清越的笛音,飘飘轻扬。

秘色也跟着冲进帐来的刹那,投射入眼帘的,正是这样的一幅情景。

一切似乎都毫无异样。

刚才的担心似乎不过都是雪獒阿萨兰的小题大做。

可是,似乎,情况并不是自己想象的那样。

站在艾山的背后,秘色无法看到艾山此时的表情。但是秘色看得到与艾山并立的雪獒阿萨兰,紧张地扎撒开颈部丰厚的毛,恍若一头临危的狮子,随时准备着攻击。

再看向艾山,秘色也渐渐地发现,他的肩背紧张地收紧着,仿若蓄势待发的猛兽,只等着给予敌人致命一击!

秘色轻轻、轻轻地挪动了一下脚步,缓缓从艾山背部的死角里侧出来,努力将脖颈伸直,将视线瞥向之前被艾山身躯遮挡住的前方——

啊!!!秘色几乎惊叫出声!

她拼命地用双手捂住了嘴巴,身子止不住地轻颤起来……

就在艾山的视线方向,就在玉山轮椅的旁边,一头巨大的白狼,瞪着幽幽的眸子,怀疑又憎恨地望着突然闯进来的几个人!

所有人都不敢动,雪獒阿萨兰甚至都懂事的没有吠叫出声。大家都怕自己一个唐突的动作,便惊动了那头白狼,那么它随时可能慌不择路地跳将起来,咬断玉山的颈子!

秘色的心已经抖成了一团,她努力压抑住几次三番想要哭出来的冲动。

玉山。玉山……

那个惹人怜的孩子,既不能逃避,又无法喊叫,只能这么静静地坐在近在身边的危险里,将自己的性命袒露在饥饿的狼口下……

更让秘色想要哭出来的是,这孩子竟然毫无惧色。平静的脸色,如常的神态,就连吹奏的笛音,都没有一丝异样的颤抖……

他眉间那枚花钿一般殷红的胭脂记,在如雪的白衣、清越的笛音映衬下,显得更加艳丽、动人……

秘色实在压抑不住了自己的情绪,珠泪沿着面颊滚滚落下。不敢出声,只有拼命用双手捂住自己的嘴,生怕就连一点点呜咽之声,也会惊动到那头饥饿的白狼。

恍若感知到了秘色的心境,玉山绝美的蓝眸,悠悠望来。

那眸子里,闪着宁静,亮着勇气,柔柔荡漾着安抚与劝慰,悠悠表述着无惧与安闲。

仿佛,他身边的不是一头凶残而饥饿的白狼,而只是他们的雪獒阿萨兰,或者是任意一只没有危害的小牛犊、小绵羊。

他只是在静静地吹笛给它听,并不因为它的突然来访而不满,不因为它是头狼而心生嫌忌。

这一人一狼就那般奇迹一般地静静相伴着。玉山没想赶走它,而它也没有碰玉山的一丝一毫……

人还能安静地长久等待得住,雪獒阿萨兰却已经再也按捺不住。它朝着白狼低低地嘶吼起来,是雄壮的威吓,更是威严的警告。

雪獒乃是吐蕃圣物,古籍中有载,"犬四尺为獒",而生长在吐蕃的獒就更是犬中之王,如果再是阿萨兰这样一只浑身上下没有一丝杂色的雪獒,那就更加是獒中至宝了!獒是这个世界上唯一敢跟猛兽搏斗的犬,与狂猛的熊、老虎等都不在话下,独力斗群狼更是能力之中,所以雪獒阿萨兰的低低吠声,对于这样一头落了单的孤狼来说,无疑具有巨大的震慑力!

那白狼果然一个震颤。略有惶乱的它,幽幽的眸子望了望已经堵住了门口的众人,再抬头望了望依然在吹笛的玉山,浑身白色毛皮扎起,显然已经受了惊动。

白狼已动,艾山和秘色都将心提到了嗓子眼儿!一旦白狼孤注一掷,那么,谁都不敢保证,是否能在电光火石之间保住玉山的安全!

就在千钧一发之时,所有人都不敢相信自己的眼睛!

刚才那一瞬,究竟发生了什么?

不是自己眼花了吧?不是自己思虑过甚,将迷幻中的场景搬到了眼前吧?

只见身着白衣、眉间红钿的玉山，悠然停下笛音，顺势将一只手抚上了那头白狼的额顶，轻轻地抚摸起来！

说也奇怪，那本来毛发扎起的白狼，不但接受了玉山柔柔的抚摸，甚至渐渐地舒缓了下来，幽幽的眸子里那么野性的警惕，也渐渐地柔缓，不见……

玉山微微轻笑，绝美的姿容倾国倾城。他缓缓催动轮椅，牵引着白狼向前，一直穿过呆傻了的人们，将白狼带至帐门边。

白狼似乎明白了玉山的意思，它笃定地停下，抬头望向玉山微笑潋滟的蓝眸。

玉山也将眸子直直望向白狼，仿佛看着一位熟悉的朋友，继而轻轻地拍了拍它的后颈……

白狼垂眸，眼望帐外，轻轻一个迟疑之后，便撒开四蹄，急跃而出，仿佛一道白色的闪电，顷刻间消失在门外白雪覆盖的世界，融进那片白，再也看不见了影踪……

所有人都把惊讶的眼光投向那温润如玉的白衣少年，看他绝美的容颜上绽放的一抹微笑，看他眉间花钿一般的胭脂记殷红耀眼……

秘色心底升起雾霭一般的迷惘。这个孩子，本来既失语，又不能走路，可是却拥有这般华贵天成的绝世姿容，更拥有这般神奇的力量……上天究竟是薄待了他，还是厚爱了他啊！

"启禀惕隐，城内的狼群情况已经查清。混进城内的狼，共有八只，以其中一头白狼为王！"稍后，一个士兵的报告，让之前的白狼事件再度成为可敦城中的焦点！

刚刚，闯入玉山帐内的白狼，是不是就是士兵报告中所说的那个狼王？

该有多么危险啊……残暴的狼王就曾经玉山近在咫尺！

好在玉山吉人天相，既没有受到白狼的袭击，又那么神奇地安抚了白狼的躁动，并引导它安然地离开营地，不可思议地做到了两全其美……

玉山，真是一个神奇的孩子啊！

艾山重重一拍桌案："好！明日一早便整装出发！猎捕狼王者，无论生死，均有重赏！"

"姐姐，你说，明天我该穿哪件衣裳，才更好看？"太和公主几乎兴奋到夜不能寐，几乎翻倒了自己所有的衣箱，不停地问秘色的意见。

秘色柔柔一笑。她理解这位曾经高高在上的公主。再是公主，但也更是女儿身，此时的她情窦初开，正是对情事充满了美丽憧憬的年纪。

尤其，那即将婚成的夫君，又是那般绝世俊美的少年，这怎么能不让这位公主，由衷地想要展现自己,获取艾山注目的眼神呢?

秘色指着衣箱里,一件大红织锦金线挑绣宝相团花纹的裙子:"公主殿下,这件就很好啊!"

太和公主将那件裙子拿出来,披在身上比量:"真的么?真的好看么?"

秘色揶揄地笑:"外面的草原上,现在是一片白雪,公主若能穿上这件大红的裙子,定能红装素裹,分外妖娆的!再加上,这金丝挑绣的宝相团花纹,映在阳光下,衬着这大红的料子,就更加光彩熠熠!另外,这裙子是仿照回鹘裙的样式裁制,一来窄腰小袖方便行动,再来也显得公主主动亲近回鹘,可以博得惕隐更多的好感,不是吗?"

太和公主闻言大喜:"姐姐,你说得太好了!我明天一早就穿这件裙子了!"

看着金枝玉叶的公主,披着衣裳快乐得好像一个孩子,秘色不由得心下淡淡地黯然——她是真正地在爱着艾山的呀……如果她知道,艾山对她根本没有同等的热情,那么这位高贵的公主,能否经受得住自尊心的受损,是不是脸上的这般笑容也会瞬间枯萎?

带着重重的心事,秘色回到自己的帐中时,已是月色阑珊。

无穷的倦意席卷而来,秘色便没有点燃蜡烛,和衣躺在榻上,想要早早睡去。

突然!横向里伸过一双健壮的手臂,一下子缠住秘色的腰肢,将秘色拖入了一个温暖的怀抱之中!

秘色刚想惊叫,却已经被一个重重落下的吻,死死压住。鼻息间渐渐萦绕起的熟悉气息,让秘色绷紧的神经,点点地松懈了下来。

感觉到秘色的放松,艾山的嗓音贴着秘色的耳垂喃喃传来:"秘色,怎么才回来;我,好想你……"

秘色的心底有一根绳子倏然绷紧,她双臂用力,将自己从艾山的胸膛里撑开,语气是毋庸置疑的坚定:"不,艾山,不要碰我!"

秘色心底有暗涌的悲伤,就算不是为了艾山与太和公主即将到来的大婚,却也无法忘怀耶律嫣然与他之间曾经发生的那些事情,忘不了耶律嫣然冷冷的讽刺,忘不了耶律嫣然腹中那正在孕育的胎儿……

不要当他的玩具……死也不要……

秘色坚定的拒绝,让艾山的身子明显一僵。

不过,艾山并没有因为秘色的拒绝,而放开自己的手。

两个人彼此对峙了半响,最终,仍然是艾山坚定地将秘色拉入怀中,将秘色的头拥在自己的胸膛。

"秘色。不要逃避我。每次看到你想要从我身边逃开,我都有发疯的冲动,想破坏掉身边这个世界,甚至想杀光身边所有的人!秘色,你不知道你对我的影响力有多么的大……你是会将我变成魔鬼,将我推入万劫不复的人啊……"秘色听着艾山胸膛里咚咚的心跳,知道,这一席话绝非是艾山在逗哄于她,而是真真切切的心灵写照。

秘色没有说话,只是在心底里暗暗地对自己说,自己终将有离开的一天啊……或许是他与太和公主的婚成之日,或许是将来他再不记得她的一天,或许是她再也忍受不住回鹘的寒冷与孤寂……或许,或许还有未来必然要来的死亡……总之,没有谁与谁能够永生永世的相伴。分离总是必然……

仿佛是因为秘色突然的安静,艾山的双臂也放松了下来,柔柔地揽住秘色的周身,嗓音已经有了浓浓的睡意:"秘色,别抗拒我,我永远不会伤害你。明天就要去猎狼了,我也会紧张。我只想今夜好好地睡个觉。只要,让我抱着你,我就会睡得格外香甜……"最后几个字,已经朦胧不清,显然艾山已经放心地沉入了睡梦之中。

月色清幽,秘色偷偷地凝视近在眼前的绝美睡颜。依然还是个孩子啊,却在眉宇间凝成条条的深壑。秘色忍不住伸出手指,缓缓在艾山眉间摩挲,想要让他睡得更稳,想要抚平他纵然在梦中都不能舒缓的愁容……

艾山,我好想知道,你的梦中是否有我?

是不是可以,让我全然地占据你的梦境,让你的梦中,没有即将的大婚,也没有耶律嫣然的笑靥?

15. 斜阳正在,烟柳断肠处

呜——呜——,兵士们吹响了出征的号角,雄浑的声浪飘流在草原的上空,在远山之间叠叠回响。

艾山整装带马,黑色的锦袍之上加穿了一件金色的软甲,腰间配白玉蹀躞带,带钩上挂镶嵌了蓝宝石的锋利弯刀,背上另背银色长剑,剑鞘上火红的缨穗,在金色的朝阳下,熠熠飘扬。

从来没有见过,艾山如此英武的一面。秘色幽幽抬眸,刹那间已经痴了。

太和公主也坐上一匹枣红的骏马,并辔站在艾山身边,身上大红的裙子,在雪野的晨光中果然一派妖娆。虽然身为金枝玉叶的大唐公主,但是大唐皇室因为血统中有胡人的血液(李渊、李世民的皇后均为胡人),又因为是马上夺得的天下,所以皇室中人都格外爱马、爱骑马,所以太和公主尽管身子娇弱,但是骑技却一点都不落男子之后!

秘色的心,悠悠震荡。眼前,这分明是一双璧人啊……

同样的皇室贵胄,同样的绝世风姿,同样的青春勃发,同样的——纯净无瑕……

自己如何还能隔在其中?

自己还有什么资格,梦想着独占艾山的梦境?

号角声甫落,可敦城中前来壮行的子民的欢呼声,又如烧热的水,点点沸腾起来。

他们所有的呼声,最后汇集成为一句,那就是呼唤他们心中完美而果敢的少年英雄,自出生之时便已经拥有了"帝王"之名的绝世少年——"苏里唐!苏里唐!艾山!艾山!——"

欢呼如潮,旌旗招展,艾山跃马提缰,却忽地转身回眸,一双英气勃发的湛蓝眸子,直直向着人群中的秘色,凝注而来!

秘色愣住了。浑身的血液似乎都已经不会流动,身子全然变成了木雕泥塑。

艾山……他绝世的风姿如此耀眼,骨子里的帝王之风潋滟招展!

这孩子——这孩子,生来便是带着光芒的啊!

而这样的少年,竟然倾身回眸,只为对自己深情凝眸!

这一瞬,仿佛在他的心中,整个世界都不重要,所有的人都不存在,他的眼里只有她——他的心中,是不是也是如此?

一时间,秘色心潮澎湃,不能自已!

只能呆呆,傻傻,迎着艾山湛蓝的凝视,任随草原的风,拂乱了自己的秀发,扯动起自己翠色的裙袂……

身畔,蓦地伸过一只手来,握住了秘色的手腕。

秘色惊诧回眸,视线又撞入了另一双同样湛蓝粲然的眸子。

是玉山。白衣如雪,端坐在一辆高大的车中,车前有四个戎装的兵士骑马驾辕。

看来,似乎玉山也是要跟随艾山同去的。

秘色望着玉山握住自己手腕的手,抬眸征询地望着玉山,却见到他眸子里忽然闪现的笑意,是促狭,是揶揄。

或者——秘色怀疑自己眼神看错——那明艳动人的湛蓝眸子里,隐隐飘过一丝——淡淡的,清愁……

四、双生

秘色仿佛被窥破心事的孩子,脸颊腾地烧红。

玉山坚定地握着秘色的手腕,拉她上车,湛蓝的眸子遥遥望着前方俊美如神祇的艾山,眸子里流淌着笃定而粲然的光。

玉山……是知道她想去呢,可是艾山又不便亲自带着她,于是他才会主动伸出援手,圆秘色心内的一个梦呢啊……

狼是凶残的,但它同时又是极为敏感、极为聪明的动物。

草原上的老牧民说,数里之外的马蹄声就会传到狼的耳朵里。狼会伏在地上,倾听远处的马蹄声来预测来人的多少、距离的远近……

同时,狼又是高贵的动物。面对强敌的来犯,即便再多危险,再少胜算,狼都不会轻易逃走,而是提前将幼崽安顿好,成年的公狼与母狼们,便会高高昂起头颅,幽幽的眸子凝视着敌人到来的方向,全无惧色地迎接生与死的挑战……

所以,草原上的民族大多把狼作为崇拜的图腾。崇拜它们的勇猛、野性、机智、顽强。

匈奴、突厥、回鹘、契丹……这些前前后后雄霸了草原千百年的民族,他们的心中都有狼的影子、狼的魂魄……

所以,除非万不得已,除非狼已经严重地威胁到了人畜的安全,否则草原的民族不会轻易猎狼。

同时,猎狼不像人类之间的作战,根本无法集中兵力大举进攻。

草原上的老猎手都知道,虽然传说中的狼都是凶残至极的,但是事实上它们却是非常富有牺牲精神的动物。一旦遭遇人类大举的猎杀,本来集中在一起迎敌的狼群,会突地四散奔逃,狼与狼之间仿佛事先约定好,每头狼所奔向的方向都不相同,以迷惑敌人的视线。

体力最佳的年轻公狼们,总是跑在最后,甚至是且跑且停,用以引诱敌人来追自己,从而为亲人和同伴争取逃生的时间……

所以,人类想要战胜狼,就无法依仗人数的优势,群起而攻之,只能分散追击,只能是同样勇敢和优秀的人类,才有机会与狼单打独斗,一分上下!

狼是这般的高贵,即便终究逃不过丧命于人类的命运,它也要选择自己的敌手;就算死也要死在真正配得上自己的对手刀下……

远远地,人们已经在前面的高坡上看到了犄角之势排开的狼群。

数量远不止士兵通禀的八只,而是前前后后足有二十只之多!

为首的,正是一头高大健硕的白狼。幽幽的眸子,毫无惧意地凛然凝视着越来越近的人群。

每一头狼,都如它们的头领,高高昂扬着头颅,迎视着前方,丰盈的皮毛,游荡在草原的风里,无声的气场气势氤氲。

眼前的一幕,将秘色看呆了。

身居大唐中原之地,何曾亲眼见到过活狼,而且一见就是二十只!

狼的气势、狼的胆魄,深深震撼了秘色的心。初见的恐惧,渐渐被明朗升起的敬佩所代替。

她终于明白,为什么回鹘人会那般敬重狼,为什么草原民族会那般执拗地要维系住自己灵魂深处的野性……

真是……太惊人了!

真是……太让人心折啊!

马蹄踏踏,旌旗猎猎,回鹘的勇士们丝毫没有被狼群的气势吓住,马蹄的频率愈益加快!

为首的白狼,幽幽的眸子凝视片刻,随即仰头嘶鸣,悠悠的狼嚎森凉地回荡在草原的冷风中。

仿佛是一个命令,山坡上的狼群呼啦啦一下子分散开,每一头都朝向不同的方向,四散奔去!

艾山见状,嗫唇轻啸,回鹘的勇士们,顷刻间分成十支小队,每个小队各有自己的旗色和指挥者,目标明确地各自朝向一头狼逃窜的方向,全力追去!

艾山亲自带着一支小队,直奔白色的狼王而去!

他身后的太和公主也不甘示弱,一提马缰,红衣红马的身影也紧随着艾山,驰骋而去。

几乎不假思索地,秘色扯住玉山的纯白衣袖,低低地哀求:"玉山,我们也去,好么?"

玉山略有所思地望了一眼秘色,随即点头,手执竹笛,示意前方驾辕的士兵,也跟从着艾山的方向,疾驰而去。

马蹄车轮,从雪原之上倾轧而过,踏起碎玉琼花无数。

秘色与玉山合坐的马车,毕竟没有艾山他们轻装的骑行迅速,待到秘色和玉山距离艾山的背影还有三箭之地时,却发现前方已经不见了白狼的身影!

所有人都是巨大的惊诧。之前的一瞬,它还明明奔跑在自己的视野中,没有人不聚精会神地追击着它,可是前方不过是个山崖的拐弯,却已经全然不见了它的身影!

前方是陡峭的山壁拦住去路,后方是层层叠叠的人群,难道那白狼还能上天入地了不成!

正在所有人都有点不知所措之时,秘色与玉山所坐的马车忽然发出了异动。那四匹驾车的马,忽地惊躁不安,不肯再前进半步,却也不肯安生地停下脚步,就这样混乱地拉着马车东一下西一下地无主颠荡,任凭马上的士兵如何呵斥也全然无济于事。

秘色惊诧,本能地向车厢外的四下看去,却蓦地惊在了当场!

只见车厢与马匹之间的空当上,正有一个巨大的白色身形躲藏在马匹的身影之下,闻得秘色发出的声音,那白色的身形蓦然转过身来,幽幽的眸子恶狠狠地瞪视着秘色!

秘色心魂俱裂,她几乎感受得到白狼喷射在她脸颊上的腥膻热气!

那白狼,只需伸一下头,甚至都用不着向前走一步,就能毫不费力地一口咬住秘色的脖颈!

秘色愣了,不敢稍动,就连呼吸都已经停顿下来,窒息地听着自己胸膛里传来的狂乱的心跳声。

身后,有力的大手伸过来,紧紧拥住了秘色的腰肢。秘色回眸,竟然是玉山!

本来坐在车厢靠里处的玉山倾尽全力地移动到了车厢门口,缓缓护住秘色,用自己湛蓝而坚毅的眸子,无声地凝视着车门前方的白狼。

白狼眸子里的惊惧,在见到玉山之后,竟然奇异地渐渐消退,方才已经呲起来的森白狼牙,也悄悄地收敛了起来。

秘色心里惊跳,莫非,眼前这头狼王,正是那日不经意间潜入玉山帐篷的那头白狼!

白狼望着玉山,眼神渐渐柔了下来,他仰头,低低地发出哀鸣,全然不见了之前的凶残与威胁。

玉山湛蓝的眸子里,闪过丝丝涟漪,他一手仍然轻托着秘色的腰肢,另一只手伸出去,缓缓抚摸在白狼的头顶。

白狼终于平静了下来。但是它随即转身,神奇地跃入一匹马的身下,纵身一跃,用自己的四蹄勾住马匹的腹部,将自己倒挂在马的肚子上!它巨大的尾巴摇动起来,仿佛强力的马鞭,催动着驾车的马儿走向它要去的方向!

马上的士兵也试图用刀来刺戳马腹下的白狼,但是白狼隐藏得非常好,如果士兵盲目戳刺,只会戳烂马匹的肚子!

看着马匹不由自主地拉着车顺从着白狼的指挥,向前行进,前方聚拢回来的回鹘士兵均是骇然大叫:"啊!狼赶车!"

在草原上,流传着这样的一个传说,说一头狼自己便可以赶走一个羊圈里的几十甚至上百头羊!

上了岁数的老人家说,这是因为狼有一手绝招,叫做"狼赶羊"。聪明的狼会一眼便找到羊群里的头羊,然后它或是依傍在头羊身侧,或是倒悬在头羊腹下,用自己的尾巴驱策着头羊向前走,这样整群的羊便自然而然都会跟在头羊的身后向外走去……

而更为高明的当属狼王。狼王不但可以独力虏获一群羊,甚至可以"狼赶车",用同样的手段驱策更为难以驾驭的马匹,从而将行夜路的马车控制住,将车中的人劫杀……

如果说"狼赶羊"还只局限在动物界的弱肉强食规则之下,而"狼赶车"就更像是一个传奇,因为这分明是狼在公然与人类挑战了!所以,人们更倾向于并不相信"狼赶车"的存在,而且的确也没有人亲眼见过"狼赶车"。

可是,却没想到,此时此刻,就在自己眼前,发生了"狼赶车"的一幕!

所有人都是大骇!

射箭么?没长眼睛的箭矢恐怕还没射到白狼,便先将拉车的马匹,甚至是车厢中的秘色与玉山射死!

纵马上前与它搏斗么?谁敢确保它不会孤注一掷先行咬断秘色和玉山的脖子!

大家都呆愣地,看着马车在白狼的驱策下,缓缓向山壁旁的一丛树林走去。

就在马车已经到达了树林边缘之时,平地更生灾祸!只见树丛深处,霍地又窜出一只白狼!体型较之狼王稍小,但是目光与身体发射出来的信息,是同样地凶恶和危险。

那白狼仿佛被马车碌碌的车轮声惊吓到,它分明没有来得及望见藏在马腹之下的狼王,径直飞身扑向车厢,迅雷不及掩耳将秘色扯下马车!

电光火石,甚至人们还都没有看清到底发生了什么,却只见到秘色那翠色的衣衫,在莹白的雪原间滑动,散乱的长发蜿蜒成一片触目惊心的幽黑!

艾山大叫一声，心神俱裂。

太和公主更是坐在马上，惊恐地哭出了声来。

什么顾忌，什么安危，艾山再也考虑不到这些，一扯马缰，单枪匹马，宛若一道激射的闪电，直向秘色与白狼的方向，飞奔而来！

究竟，发生了什么？

为什么苍茫莹白的雪原间，竟然平空炸响一个黑色的响雷？

只见一道黑色的电光闪过，一头白狼的身子蓦地腾入半空，殷红的血花从它断裂的腰部喷射而出，化作点点红色的血雨，倾洒而下……

雪地上，殷红斑斑。

秘色翠绿的衣衫，残红片片。

忽听得又一声更为凄厉的狼嚎尖利响起，在悠荡的雪原山谷之间，回荡成撕心裂肺。

那只刚刚还藏身马腹之下的狼王，已经跌落在了雪原之上，它凄厉地哀号着冲向已经断为两截的另一只白狼。

狼王仰天，凄厉地嚎叫，朝向艾山，朝向所有的人群，朝向整个天地，心魂俱碎！

原来……原来……那只白狼竟然是狼王的爱侣吗？

所有的人，都被眼前的一幕惊住，没有人敢前进一步，更遑论敢于在这个时候伸出刀剑想去乘它之危！

良久，狼王的哀鸣，幽幽在山谷间飘散，人们惊异地发现，狼王之前那光彩熠熠的眸子，霍地失去了颜色，变成一片死灰，幽深难懂。

狼王回眸望了一眼秘色，眼神幽幽。

随之又望了一眼车厢中的玉山，眸子里一片空茫。

狼王又是一声嘶鸣，却不再高亢，而是低低的、柔柔的，随之从树丛深处蹦跃出一对雪球一般的幼狼！

原来是这样……原来是这样……

所以那母狼才会拼死地攻击，它是怕这群突然到来的人会伤害到它的一双孩子！

那一对雪球一般的幼狼并不知道眼前发生了什么，它们兀自调皮地东瞅瞅、西望望，秘色那艳丽的翠色衣衫显然是吸引了它们的目光，两个小家伙竟然拱了过去，钻到了秘色怀里捉起了迷藏！

秘色的心，蓦然被悲伤湮没……一瞬间，都希望，刚才宁愿自己死去，也不要那母狼遭遇到这样的下场，而让这两只幼狼失去了母亲……

如果不是为了救自己,艾山绝不会那么决绝!

让两只幼狼失去了母亲,竟然又是自己的错啊……

秘色顾不上自己身子上的疼痛,轻轻将两只雪球一般柔软的幼狼拥在怀中,眸子里爱怜流溢。

见到这样的场景,那狼王忽地又是一声轻吟,再度郑重地望向秘色,继而回身望着车厢里的玉山,幽幽的眸子里,竟然是一丝——释然……

狼王最后用鼻子再拱了拱爱侣已然冰冷的身体,决绝回身,突然向猎狼的人群,宛如一道白色的闪电,疾驰而去!

人群大骇,以为狼王要做垂死的挣扎,于是各样的兵器纷纷举起,不约而同刺向狼王飞来的方向!

天地之间,各种声音仿若蝴蝶片片飞起,噗——、嚓——、呲——……

狼王的身形,如清越的笛音飞升到最高潮处,蓦地滑落。身上插着无数根兵器,鲜血从无数个伤口喷涌而出……

直到此刻,人们才忽地醒悟,只见到它飞奔而来,却并未见到它发动攻击,甚至都没有张开嘴,甚至——眸子里竟然奇异地闪烁着一片幽蓝的宁静……它竟然是来——求死的……

啪——哒——,狼王的身子从半空中跌落莹白雪原,姿态竟然是说不出的安详。

人们手中的兵器,还滴着狼王殷红的血,一滴一滴,跌落在莽莽的雪原上。

秘色紧紧拥住怀中的两只幼狼,泪水终于再也无法按捺,一滴滴流淌到幼狼柔软的身上……

从此又添一段离愁!

16. 小簟轻衾各自寒

各支猎狼的小分队都纷纷归来,各自兴高采烈地抬着自己捕杀的狼。

初步点算,之前山岗上所见的将近二十头狼,差不多都已在内。这场狼患,终于可以告一段落。

可是艾山率领的这支小队,却是谁也笑不出来。凝重的悲伤笼罩在每个人的脸上和心上。

看着其他的小队,纷纷将猎杀的狼牙拔下,作为战利品收藏起来,阿布列克也只好晃了晃头，自己走到狼王身前，将狼王最为锋利的那枚犬齿拔下，擦干净血污，捧到艾山身前。

艾山颓然仰首，良久方才接过狼牙，将它放入贴身的兜囊之中。

在草原，有一个民俗，那就是勇士们都要将猎捕的狼牙拔下，作为战利品收藏起来，作为向他人展示自己勇气的象征。尤其，最大最锋利的那颗狼牙，或是要献给尊贵的人，或者是要留给杀了那匹狼的人……

狼患已解，可敦城目下最大的事件，就是要等待一个月之后即将到来的元日。

到时，惕隐艾山，将与大唐太和公主大婚，从而有望重新开启回鹘与大唐之间的友好邦交！

时间一进入十二月，就开始有无止无尽的各色商人从四面八方赶赴可敦城。

大月氏的青金石。

鄯善的葡萄干。

大食国的香料。

波斯的琉璃。

大唐的丝绸、瓷器和茶叶。

吐蕃的毛皮和青稞……

源源不断，会聚到了可敦城。一时间，可敦城的物阜之丰、交通之广，浑然仿似漠北长安，大有都会形制。

所有人都在为这桩婚事高兴，所有人都因了这桩婚事而高兴。

一旦回鹘与大唐之间邦交重开，那么回鹘所控制的丝绸之路和北庭的"回鹘道"通往大唐的部分又将畅通无阻，东西交流重新顺畅，商人们便又能如以往那般自由穿行于西域与大唐之间。

所有人都在翘首以待，只是，秘色却怎么都笑不起来。

趁着上次被白狼袭击，身子受了些风寒，秘色索性告假躲在自己帐中休息。两只雪团一般的幼狼，成了秘色最好的玩伴。

都说狼是孤僻的动物，天生不喜与人接近，但是这两只小狼或许是还太小，或许是熟悉了秘色的气息，它们不但丝毫不排斥秘色，甚至与秘色亲热到了寸步不离的地步。

更为有趣的是，有次玉山带着雪獒阿萨兰来看望秘色，结果让两只小狼一下子就喜欢上了阿萨兰，甚至有点错将它当做了亲人，几天见不到阿萨兰，便会扭着身子对着秘色悲鸣。

阿萨兰从最初的无法接受,到后来的听天由命,渐渐的也开始对小狼们产生了感情,偶尔会到草原上去抓些野鸭子回来,丢给小狼们吃。

秘色有时会暗暗感谢上苍,多亏他将这两个小狼带到了她的身边,否则她真的不知道,这段时间的心灵凄苦,自己又当如何独自熬过……

听着外面时不时传来的热闹的人声和杂沓的脚步声,秘色知道艾山一定被大婚准备的种种细节绊住了,否则他怎么会这么久都没有来看过自己一次?

或者,还是,他真的已经渐渐忘记了自己,开始敞开心扉去接受这段婚姻,接受这位美丽又善良的大唐公主?

平静,被从牙帐城哈拉和林赶来的乌介可汗和一众人等所打破。

耶律嫣然的肚子已经微微地隆起。或许她此行的重心不在秘色,或许是她为了肚子里的孩子着想,所以难得此番到来的耶律嫣然安静了许多,自然也没来找秘色的麻烦。

可是一看到耶律嫣然那高高隆起的肚子,秘色的心内无法装作平静如常。

耶律嫣然与太和公主,一个是契丹的公主,一个是大唐的公主;一个肚子里孕育着艾山的孩子,一个即将成为艾山名正言顺的妻……呵,而自己呢,不过是一个宫奴,还是一个为他的父汗暖过床的宫奴!

比见到耶律嫣然的肚子,更让秘色无法直视的——是乌介可汗幽深的凝视。

难道是太久不见面的缘故么?还是因为中间出现了艾山?秘色无法厘清自己内心纷乱的情愫,恍然觉得曾经那么亲密的乌介可汗,怎地会突然之间,那般地——陌生?

甚至,想要逃开那深沉的凝视;甚至,想当做曾经的一切都没有发生?

为什么,会这样?

夜,深沉幽暗,仿佛无边无际的水波,载着秘色的梦,悠悠轻荡。

梦里,仿佛又回到了家乡,江南的越州,香火鼎盛的摩尼教大云光明寺前,趁着春光晴好,越州的居民们纷纷拖家带口前来聆听教诲、欣赏桃花。大人们都到寺里去了,山门外只剩下一群孩子,嘈嘈杂杂地望住一个插满面人儿的摊子,议论纷纷。

"嘿,瞧那个蝴蝶多漂亮,像会飞似的,估计拿到手里,一不小心,它就飞走啦!"

"哎……我看那个虬髯客扎得灵动,你看他一根一根儿的胡子,做得多细致!"

四、双生

"嗨,不对不对,我倒是觉着那个灯笼做得好!没想到啊,面人儿居然也可以扎得出灯笼,里面还能点上小蜡烛哪!"

……

听着那群孩子们嘈嘈杂杂的言论,秘色只把眼光专注地投射在一个红衣的面人儿身上。他们说那叫红拂女,是咱们大唐朝,一顶一传奇的女子。

正在思忖间,忽地身旁递过一枝桃花,秘色诧异地回头看,只见一个身着蓝色袍子,长着一对蓝色眸子的少年,微笑着望住自己。

桃花……可是秘色想要的并不是桃花啊。她只是想要那个红拂女的面人儿,更何况这个蓝袍的少年怎么相貌那样奇怪,竟然有一双湛蓝的眼睛……

秘色心底有小小的怕,没有接过桃花,反而是摇了摇头,并且将身子向边侧躲开,远远地隔开那少年幽蓝的凝视……

后来呢?后来又发生了什么?

哦……后来面人儿摊子前,有一个清雅如莲的白衣少年,不偏不倚恰巧将那个红拂女拈起,递给自己。自己呢,只来得及看到少年温润的笑,便如被阳光刺目一般,再也无法收拾自己狂乱的心跳……

那白衣的少年,便是十年前的陆吟呢……

可是那个蓝衣蓝眸的少年呢?他是谁,他是谁……

为什么偏偏在这样的梦中忽然想起,为什么偏偏在已经准备忘记时想起!

一切,岂不已经太迟……

仿佛为了应和秘色的梦境,乌介可汗湛蓝的眸子乍然出现在秘色眼前!

秘色刚想本能地避开,却已经被乌介可汗攥住身子!

"看着我,不许逃!告诉我,你为什么要躲着我?告诉我,你心里是不是早已经忘了我?!"乌介可汗低沉的嗓音里,夹着浓重的苦涩,重重敲入秘色心房。

秘色摇摇头,又摇摇头。她也不知道自己这样究竟代表着什么。是在否认么?还是在逃避?

乌介可汗湛蓝的眸子涌起浓浓的悲伤:"秘色,不要离开我……我知道,现在的一切太委屈你,所以我不强迫你。你只要,待在这里就好。只要,让我思念你的时候,能看你一眼,就好……"

秘色的泪静静流下,这狂狷的回鹘可汗啊,此时竟然在低低地哀求一个卑贱的宫奴!他已经把他的骄傲奉献在了自己脚下,可是自己却已经没有资格收下……

秘色轻轻地,轻轻地说:"可汗,可是秘色的心里,已经有了别人了……"

秘色以为乌介可汗会暴怒,会像在天德关之时一般,疯狂地用身体惩罚自己。

可是乌介可汗竟然没有,他只是神色黯然了良久:"秘色,我早已经知道了。其实秘色,我知道自己从来没有独占过你的心,从一开始就是,你一直在心里藏着陆吟,即便是与我欢爱之际,有时也会走神去想他……我不怪你,真的,我知道这一切都是因为我强掳你来才造成的。所以,如今,我就更不怪你。我把你掳到身边,却依然无法给你足够的爱,所以我自问没有资格想要独占你的心……秘色,只要这样就好,只要让我能看得到你就好,求你了……"

送走了乌介可汗,秘色跌坐在夜色里,心头泛起阵阵的酸楚。

这一切都是上天的惩罚么?

原来十年前,原来那次的越州初见,他也在那里……甚至,他还是比陆吟更早一步地将春风中粉嫩的桃花摘来送给自己……

这一切的一切,为何偏偏隔了长长的十年,经过了这么多错位的排序之后;甚至是在自己已经决定要忘记他的时候,毫无预兆地从记忆中倏然闪现!

老天,你对我,为何总是这般地苛薄!

门帘又是一动,艾山带着满面的愠怒,大步跨至秘色眼前。

秘色一愣,不知为何艾山身上翻涌着这么多的怨怒。

"怎么了,艾山?难道是准备大婚,太疲累了?"秘色压下心头的酸楚,温柔地问。

"哈,秘色……你说错人了吧?累的人,不是你吗?"艾山的语气透着古怪,秘色惊讶地从他的口中嗅到了淡淡的酒气,"别想瞒我,我都看见了,我看见父汗他刚刚从你帐篷离开!我知道,我什么都知道!我知道即便你身在可敦城,可是你的心却一直留在哈拉和林;而父汗他更是三天两头想办法到可敦城来,都是为了你啊!"

秘色微微皱眉,惦记着他的醉酒,想与他计较的心思退居其后,她赶紧将艾山扶到榻边坐好,回身挑开塘里的火苗,给艾山热了一碗奶子。

将奶子捧给艾山,却被艾山一挥胳膊打落地下,秘色吃惊地看艾山湛蓝的眸子里再度凝聚起的妖娆的黑色雾霭,诡异而又邪气。

秘色弯下腰去想去捡那跌落在地上的碗,却冷不防被艾山横腰抱起,重重地趴倒在了榻上!

秘色惊喘:"艾山,你今天是怎么了!"

艾山不管不顾地压上秘色的背,拼命撕扯着秘色的衫裙。

秘色大惊,勉力地挣扎着:"艾山,你到底是怎么了!"

艾山重重咬住了秘色的耳垂，弥漫的酒气氤氲笼罩上秘色的鼻息："秘色，我终于明白了，你为什么要一直躲着我！"

秘色心底悠然一颤："艾山，我没有故意躲着你……我只是，我只是……"秘色哀哀地数着心事，不知该如何张口对艾山明言，说自己无法忍受艾山大婚在即的现实，无法忍受自己身为卑微的宫奴，只能看着自己心里的人披上红装，迎娶高贵的大唐公主！

"你只是什么？你只是更喜欢父汗那种成熟的技巧，所以嫌弃我比你小，不懂得讨你欢心！"艾山不等秘色自己说完，喑哑着嗓音，咬着牙关接下去。

秘色不由得愣了，忘记了挣扎，让艾山得了空隙，一举除掉了秘色碍事的衣衫！

艾山……他在说什么啊？

他怎么会有这般的错觉？

衣衫乍然被除掉的刹那，寒凉的空气欺上秘色的肌肤，将秘色拉回了现实之中，才发现艾山几乎已经要侵入了！

秘色趴在榻上，背对着艾山，使不上力气来自保，所以拼命地想要反转过身来。可是却被艾山更加狂狷地压住！

艾山绝望的嗓音从身后传来："不许！秘色，我不许你转过身来！不要看我……就把我当成父汗吧，好么？或许这样你就可以接受我了……"

艾山……

秘色的泪一下子流了下来……

心里是剜搅起来的疼痛，透过血肉的创口，有殷红的血汩汩地流。

这孩子……这孩子是在顽强地守着自己小小的自尊啊！却又不得不将那小心翼翼维护着的自尊，颓然地抛掷在自己的脚下——这都是因为，他心中对自己有情啊……

那份情，重得战胜了他的自尊，重得——即使他自己受了伤，仍然不舍离去的啊……

艾山，我何曾要你恋得这般地辛苦？

如果真的这般心酸，我宁愿离开……

情的伤痛终有痊愈的一天，可是自尊却是一个男人活在这个世上的根本啊……

艾山……我，不要你这样……

到底，从何时起，我竟然带给了你这样的错觉，带给了你这般的痛楚？

与可汗之间的事情，艾山，其实我多想跟你说明……只是，只是我自己现在也尚且无法厘清。本来以为可以毅然斩断的一切,却又被那个梦重新沿连,让我如何忍得下心,对他说出心底的拒绝?

我们,活在这个世上,无论是高贵如你们父子,还是卑微如我,都有各自逃不开的伤悲。能够偷得展颜一刻,真的不容易,我如何能够那般残酷地连一个最后的回忆都不留给他?

心事哀哀,秘色乍然惊觉艾山已经趁势占据了她的身体!

看不到他的眼睛,触不到他的心跳,只能垂死一般地感受着他绝望的进攻,带着微微的颤抖,仿佛用尽气力的挣扎……

"秘色,秘色,感受我,求你了,不要再去想父汗……"艾山低低的呢喃喑哑破碎。

秘色咬紧牙关,颠簸于身体的快感与心灵的痛楚之中,这反倒形成一股强烈而奇异的感受,一下下将秘色推向高高的山巅,陡峭而狭窄的山路,薄而锋利的山壁……

更高,更陡,更薄……

"告诉我,秘色,告诉我父汗有这么好吗?父汗有让你这么快乐吗?"艾山从身后深深吮吻着秘色的耳廓,热热的空气酥酥吹入秘色的耳朵。

秘色已经无法回答,整个身体被那个快感与痛楚纠缠在一起的巨大漩涡越吸越深,只能随之沉沦,却完全舍不得反抗……

这个孩子,在用他年轻的身体,做抵死的缠绵啊……

步步紧逼,毫不放弃。

却又像呵护着易碎的至宝,极尽温柔,极尽缱绻……

秘色的泪,无边无际地流。仿佛只有这一种倾泻,才能将心里越堆越满、越积越深的情感,缓缓、缓缓地平抑下来。

艾山的手,抚上秘色的面颊,用手指感受着秘色樱唇的娇软,用指腹代替自己的唇,细细密密吻着秘色。

秘色的泪,沿着面颊,也流到了艾山的手上……

艾山的手仿佛被烫到,蓦地一僵,整个身子也愣愣地呆住,嗓音支离破碎:"秘色,你、为什么哭?难道,我真的,比不上,父汗?难道,我真的,那么——差劲?"

艾山的身体,颓然地滑了开去,方才昂扬的热情,瞬间变做草原冬夜里寒凉的空气,深深刺痛了秘色的心魂。

秘色霍然转身,用力抱住艾山的腰!她只知道不能让这个孩子这般悲伤地离去,自己不能在这个孩子身上割开这般痛楚的伤口!

四、双生

秘色的吻，细细印在艾山的皮肤上，引得艾山阵阵轻颤。那樱桃一般柔软甜蜜的唇，像一只只纤柔停落的蝶，轻易惹起艾山心底里绵绵的眷恋。

艾山心下一片苍茫……他痛恨自己，痛恨自己的心，痛恨自己的身体！明明刚刚已经是心灰意冷，可是秘色几个浅浅的吻，便轻易重新唤醒自己身体的渴望，渴望被她紧紧缠绕！

同样是女人，可是耶律嫣然带给自己的，只有反胃，只有轻蔑，只有嗜血的残忍！总是想要浇熄她眸子里光灿灿的挑衅，总是想掐灭她嘴角高高翘起的轻蔑！

为什么，为什么每次耶律嫣然，总要向自己细细描述，什么时间父汗又偷偷地来了可敦城，他回去的时候身上又多了什么样的印迹……甚至，耶律嫣然还偏要挑父汗来可敦城偷看秘色的机会，她自己却溜到自己的帐中来，勾惹起自己心中漫天的妒火，在神智迷乱中跌入她身体的陷阱……

迷乱的雾霭，从艾山身体深处氤氲升起。

怎么会想起耶律嫣然那个女人！怎么会想起她曾经给自己描述的那些混账话！

不可以的，现在的时间是属于自己跟秘色的，怎么可以让那些东西插进来！

可是……秘色的吻……那娇润的唇，那柔滑的舌，已经快要将自己逼疯了！

艾山狂乱地想要推开秘色！

不要……不要在这样的时候，不要在这样的心境下！

秘色值得更好的呵护，自己要全心全意地对待秘色才行……

艾山突来的挣扎，让秘色心底涌起幽深的挫败感。

为什么，为什么……

秘色仰首，深深地凝望艾山——他面上的迷乱，他眼中的闪烁……

是——泪么？是——为了自己么？

两个人都有自己深深的心结，都想着要给对方最好的，却偏偏总是带给彼此深深的伤害……

秘色的心愀然揪痛，垂下眸子，不顾忌艾山的闪躲，坚定地将自己的身子紧贴上去……秘色相信，自己一定可以拉回艾山游离的心思，一定可以抚平艾山难言的心伤！

当那完美的契合再度归来，艾山的心仿佛被瞬间照亮。

清幽的月，深浓的夜，款款包容着那缱绻的情，在两颗颤抖的心之间，沿着肌理，丝滑，缠绵……

17. 早知如此绊人心

这个世间,最无情薄凉的,定是时间。

无论你多么殷切地恳求它慢些行,它都不会瞥你一眼,只自顾自按照自己的节奏,走向那个注定的节点。

一个月的时光,倏忽即过,艾山大婚的序幕,已然缓缓拉开。

西域、草原各个国家的道贺使者,回鹘十五部的进贡队伍,绵绵沿沿,一直从可敦城外,通向艾山的帐篷。

艾山更加忙碌了,忙碌到几乎只能趁夜来到秘色帐中坐坐,陪着秘色睡着,便急急闪身离去。

多少个夜晚,秘色都是在艾山离开后,再幽幽睁开自己全无睡意的双眸,望向他背影的方向,心如绞痛。

哪里还有睡意?哪里还舍得沉沉睡去?只是要闭上眼睛,装作睡去,才能让他安心离开⋯⋯

他有他生来的使命,他有他必须要去履行的责任,这些悲凉的无奈,他从来不曾对自己说起。秘色知道,那是他不忍让自己陪他难过⋯⋯

既然他都能这样为自己打算,为什么自己就不能忍住心底的酸楚,让他轻松地走呢?

同样纠结着的,又何止艾山与秘色两个人呢?

可是最令秘色惊讶的是,本来不该因此而痛苦的,本来应该是整个事件中最心怀期待的人——大唐太和公主,竟然也在秘色面前,面色凄惶地流下泪来。

"姐姐,你说,为什么艾山他对我那般冷淡?难道,我不够美吗?难道,我的性情不够温柔?还是,还是我没有他们草原的女儿大胆,没有早早爬上他的床!我曾经有多么地开心啊,我跟老天叩头,感谢他没有让我到达黠戛斯,而是来了回鹘,遇到了艾山⋯⋯他比我想象中还要俊美,他是我梦中渴望的驸马,为了他,我甘愿做一切一切的事情。什么公主的身份,什么娇贵的身子,我都可以放下,我愿意像天下所有普通的女人一样,为自己的夫君缝衣、做饭、生儿、育女⋯⋯我不求荣华富贵,不求安逸闲适,我只想要他的一个微笑,想看着他对着我闪着湛蓝的眸子凝注地笑⋯⋯可是,就连这都那么难吗?无论我做了什么,他都只是淡淡地瞥过,从来都没有认真地看过我一眼……"太和公主趴在秘色怀中，颤抖着娇弱的肩头，哭得梨花带雨。

秘色心如绞痛，却不知道该说什么，只能用自己的手温柔地摩挲太和公主的长发，静静地陪伴着她。

良久，太和公主从秘色臂弯里抬起泪意朦胧的脸："姐姐，我好担心，再过几日就是大婚的元日了，可是艾山他竟然连正眼都没有看过我一眼，更别说是人们传说中的、爱侣之间自然会有的拥抱和亲吻……姐姐，我好怕，我怕到了大婚之后，艾山依然会如此冷淡对我，到时候，我该如何守着这空壳子的婚姻，独自挨过漫长的人生啊……"

秘色的心里也蓦地生起一团烦乱，说不清，理不尽。

一想到，哪怕只是一想到太和公主要与艾山之间的那些亲密，即便现在还没有发生，未来总归是要发生的吧……秘色抚摸着太和公主长发的手，忽地紊乱了节奏，眼神也无法再直视太和公主清亮信赖的眸子，慌乱得仿佛太阳筛落在树叶间隙的斑斑光影。

"公主，不会的……你太多虑了……你这么高贵，这么美，又这么善良，艾山怎么会不知道疼惜呢……或许是他现在还小，要么就是这些日子被大婚的事情忙昏了头……"秘色仓皇地尝试着安抚太和公主，可是却觉得自己越解释越乱，甚至到最后连自己的心都已经迷乱得找不到了正确的方向……

是这样么？不是这样么？

那么事实又该是哪样？自己到底希望会哪样？

却没想到，秘色这胡乱的解释，竟能让太和公主破涕为笑："姐姐，是这样吗？啊，那我就放心了……姐姐你跟艾山和玉山相处这么久，几乎算得上是他们的养娘了，所以你一定足够非常了解艾山呢！太好了，呵呵，姐姐，太好了……"太和公主眼角的泪花，霎时间变成嘴角边粲然的笑，感染得秘色霎时间都觉得自己开心了许多。

太和公主突地羞红了脸颊，悄悄趴在秘色耳边说："姐姐，我好希望能在大婚之前，让他亲我一下啊……这样，我才敢确认他喜欢我，我才敢跟他正式大婚呢……"

秘色的心咯噔一声，刚刚的笑僵在了脸颊上。

太和公主撒娇地轻轻扯动秘色的袖子："姐姐，能不能拜托你哦……你是照顾艾山和玉山起居的呢，在我们大唐这就几乎是养娘了，他们会像敬重母亲或者姐姐一样敬重着你的……姐姐你的话，艾山一定会听的……在回鹘，我只有姐姐你一个知心的人了，所以我的心事也只有说给姐姐你听了……"

秘色的心底高声地叫着："不要！我不要！我做不到，我做不到！……"可是，面对着太和公主那双因了期盼而熠熠发亮的眸子,面对着太和公主那完全信赖的神情,面对着太和公主那少女羞红的面颊……

秘色无法拒绝,只能轻轻却又万般沉重地——点了点头……

"什么！秘色,你再跟我说一遍！"艾山湛蓝的眸子里喷射出耀目的火焰,逼视得秘色,不敢抬头。

"我……我……艾山,你们就要大婚了啊……反正,到时,也……"秘色的话被自己说得支离破碎,到后来根本全都卡在喉咙里,没了声音。

艾山用眼神静静地吞噬着秘色,直到看到她渐渐苍白的脸色,眸子间流光闪动,方才省得,其实秘色说这样的话,又何曾不心伤？

艾山心底一柔,长长地叹息:"好吧,这件事情,让我来解决。我会跟太和公主说清楚的……"

秘色惊颤:"你要跟公主说什么？她这么善良,她一心喜欢着你,你不要伤害她……"秘色直觉地以为,艾山要把他跟自己之间的感情告诉太和公主,那样的话,即将到来的大婚如何能够继续进行,希冀这场大婚能够重新维系起的回鹘与大唐的邦交将何以为继；更重要的是,太和公主那颗牢牢牵系着艾山的心,又当如何……

艾山重重握住秘色的胳臂,低头凝望住秘色:"秘色,你为什么只知道为别人着想,却总也想不到自己呢？难道,将我推向别人的怀抱,你的心里真的会开心？"

不等秘色回答,艾山扬声唤阿布列克:"去,请公主过来！"

"公主殿下,你的心意,艾山已经都知道了,只是有件事要跟你商量商量。"

艾山直言不讳的话,让太和公主刷地羞红了面颊,垂着头偷偷瞄向站在一旁的秘色。

秘色脸颊苍白着呆立在一旁,没有留意公主的目光,只是一直觉得自己心下惴惴,仿佛艾山会说出什么惊世骇俗的话来。

或许是女人的直觉,或许是自己对艾山的了解,秘色担心的事情果然,发生了……

"公主殿下,在我们草原有个风俗,这个可能会让天朝大国而来的公主殿下你稍有不适,但是这却已经是我们草原上流传了千百年的规矩。草原的男子,尤其是王室的男子,在娶妻之前,都必须要由成年女子以身调教,传授婚后的种种之事,以便男子能够顺利地让妻子孕育子嗣……在我们回鹘,这样的任务往往是要由男子的贴身宫奴来承担。也就是说,公主你要做好思想准备,即便是与你大婚之后,我的宫奴,也就是秘色,也必须要一直陪伴着我,直到我——成熟地掌握了那些技巧……在那之前,

四、双生

175

我是不能随便跟正妻,也就是公主殿下你,在一起的……"艾山云淡风轻地说给太和公主听,眸子却一直停留在秘色的身上。

太和公主闻言,脸色大变,但是她忍住了:"惕隐,那么,这个期限会是多久?"

艾山轻轻仰首:"这个,我就说不准了。如果学习得快呢,一月两月足矣;如果慢呢,可能就要一年半载了;再如果碰上个榆木脑袋的,比如说我这样的,那也可能会长及终身……"

秘色心下如重锤击震!艾山他……他疯了吗?他在说什么疯话!

这哪里在说着什么草原上的习俗,这分明是在羞辱公主啊!

秘色惶急地望着太和公主苍白到透明的脸色,慌忙插言:"公主!不是的,惕隐他在开玩笑……"

艾山的嗓音如清空响雷,清脆而又响亮地炸开在秘色耳畔:"秘色!现在轮到你说话了么?我说的话,难道你也可以随便推翻?"

秘色呆呆望艾山。那绝世的少年,面上挂着薄凉的怒意,居高临下地睥睨着她,周身上下弥散着浑然天成的威仪!

这是艾山从来没有对她使用过的严厉,这是艾山全然陌生的一面,秘色仿佛刚刚重新认识了这个少年,也终于明白,这个孩子已经长大,现在站在她面前的已经不再是那个孩子,而是足以主宰回鹘帝国的未来可汗!

正在此时,一个回鹘士兵来报,说艾山吩咐匠人打造的狼牙项链已经打好。

狼牙项链!

在场的太和公主和秘色都猜得到,这颗所说的狼牙,一定是那头白色狼王的!

那颗狼牙虽然来得悲壮,但是依然是艾山勇士身份的象征,是艾山获得的第一个战功的标志,这狼牙对于艾山的意义,明白而又重大。

帐中的人,都将眸光投射到了艾山拎在手上的那根狼牙项链。森白的狼牙,已经由工匠细细打磨过,形状和弧线几近完美。狼牙根部钻了微细的孔,一条细如发丝的银链穿凿而过。那银链虽细,但是却异常夺目,在艾山手指捻动之间,直如一串流光。

更为精妙的是,狼牙向外凸起的弧线上,被工匠以红色宝石和玛瑙嵌雕出一只盈盈的蝴蝶,神态栩栩,恍若花间稍停,若稍晃动,便随时可能振翅而去……玉蝴蝶那殷红的色泽在白色的狼牙上更显得娇艳欲滴,宛如一滴心血,宛如一宗珍爱……

艾山凝视着狼牙上殷红的蝴蝶,轻轻地说:"在我心中,这颗狼牙不是代表猎狼的胜利,也不是代表着我的勇气。我之所以把它仔细地收着,不是为了张扬我所谓的战绩,我铭记它是因为一段情,一段超越了生死,感动了天地,让我们人类为之汗颜的情……"

艾山说着,手里托着项链,缓缓走向太和公主和秘色站立的方向。

太和公主的眸子望着一步一步走来的艾山,倏地散发出耀眼的光芒,那是期待,那是惊喜……

可是,艾山却直接越过太和公主,眼神没有一刻的偏离,直直望向垂手而立的秘色,直到在她身前站定,用一只手托起她的下颌:"所以,秘色,我特地命人雕刻了这只红色的蝴蝶。我想,你定然明白这蝴蝶的含义……"艾山说着,将狼牙项链柔柔围上秘色柔滑的颈,让那狼牙上的红蝶,完美地栖息在秘色玲珑的锁骨之间。

那般,契合。

秘色重重地惊呆了。不全然是因了这狼牙项链,更是因为狼牙上特地雕刻而出的红色蝴蝶,更是因为这一切都是明明白白地发生在太和公主的眼前!

那红色的蝴蝶……秘色下意识地望自己的左侧肩头——就在那里,就在那锁骨与肩头之间,自己的肌肤上生就一块殷红的胎记,形状正是一只翩然的红蝶……只有最亲密的人,才能分享的隐私;只有最倾心的珍爱,才会万般留恋的印记……

而就在大婚之际,就在即将迎娶普天之下最为高贵的大唐公主前夕,艾山竟然将如此重要的狼牙项链公然挂在自己的颈间……这岂不更是一种昭告,一种比任何空洞的仪式来得更为用心,更为动人的——宣誓?!

喜悦,如激滟的波,滔滔袭来。

却又有同样多的惊惶,翻卷起重重的波幕,重重压来。

艾山……你的心我听得懂,可是你这样又已经将公主她,置于何地?

有悉索的脚步声,款款而来。

秘色抬眸,太和公主正粉颊带笑,一步一步向着自己悠悠而来。

秘色仓皇,不知太和公主这般的笑容,意味着什么……

太和公主身上恍如珠玉闪烁的皇家高贵气质幽然闪现,她的双眸闪亮,下颌轻扬,在秘色身前高高立定,浅浅笑靥甜美如花:"姐姐,好呀,我是不是该对你说一声恭喜?"

秘色的面色瞬间失去血色:"公主,你这样说,分明是要折杀奴婢!"

太和公主哈哈一笑:"不,姐姐,我真的是该说声恭喜的……想我堂堂大唐公主,梦寐而求之不得的东西,姐姐你竟然小指头都不用勾一勾,便已经有人主动地送上……而且送得这般心甘情愿,送得这般费尽心思……姐姐,我曾经同情过你的啊,好好的大唐女子却会沦为回鹘的宫奴,呵呵,呵呵,如今我才知道,真正可怜的却不是你啊,根本是我这顶着金枝玉叶身份的大唐公主!我都比不上你一个小小宫奴,我岂不是全天下最可笑、最可怜之人!"

凄惶的泪从太和公主颊边滚滚而下,她的脚步略有踉跄,身子随着摇摇晃晃。

秘色惊得赶紧扶住了太和公主,却被公主一掌推开!

"滚开!你有什么资格碰我!我说自己可怜,难道就真的已经要轮到你一个卑贱的宫奴来可怜我了吗?"太和公主的眸子里蓦然燃烧起愤怒的火焰,直直灼烧向秘色而来!

艾山看不下去了,沉声呵斥:"公主!这一切都是我的自作主张,与秘色无关!如果你心里不快,尽管直接冲着我来好了,没必要对她这样!况且,她一直是心里向着你的,她最大的心愿就是让你能够得遂所愿!"

"呵呵,呵呵,是吗,让我得遂所愿……"太和公主笑着,抓住秘色的手臂,"姐姐,姐姐……原来你一直都是这样善良的人呢,我当初真的没看走眼……我一直将你当做推心置腹的姐妹,一直将你当做我在回鹘最亲的人……所以我什么话都跟你说,什么都请你帮我拿主意……我甚至还在你眼前说我对艾山的感情,说我多快活,要嫁给他了……哈哈,哈哈,姐姐,你那个时候,心里一定都笑死了吧……哪儿有我这么傻的人啊,原来我不过都是自取其辱,自讨苦吃!"

秘色摇头,再摇头,泪水无声地滂沱。

她明白太和公主的心啊,那种被最信任的人背叛的滋味儿,的确是世间最大的痛苦之一!何况,她现在还在承受着另一桩巨大的痛苦,那就是心底的恋慕乍然落空,近在眼前的大婚完全只剩下空壳子一个……

友情与爱情,一下子都无情地将她拒之门外,任何人都无法承受,更何况她是从来不敢有人违拗的,高高在上的大唐公主呢!

"公主,不是的……我没有……"秘色狂乱地摇头,想要否认什么,又似想要让公主明确什么。

不想,这一切反倒激怒了太和公主,只见太和公主高高扬起皓腕,一声清脆的巴掌炸响在草原上寒凉的空气中,一朵五瓣红花倏然绽开在秘色脸颊……

艾山惊愕回护,将秘色紧紧拥在自己怀中,对太和公主大喝:"公主,你太过分了!"

太和公主双眉凌厉竖起:"我过分?我有什么过分!沈秘色乃是我大唐子民,我身为大唐公主,难道还打不得么?"

艾山鼻子冷哼："别忘了，这里不是你们大唐，而是回鹘草原！秘色也早已不再是你们大唐的子民，而是我回鹘的宫奴！"

太和公主苍白一笑："哈，哈哈哈哈，是啊，这里是回鹘啊，她是回鹘的宫奴！不过……那又有什么关系！只要我跟你大婚已毕，我便是你们回鹘的王妃……王妃责打一个宫奴，就再没有任何的说辞了吧……"

太和公主的眸子里忽然闪过一丝坚硬："艾山，沈秘色，你们记住，我得不到的东西，你们两个也别想好好地拥有！艾山，我会好好地跟你拜天地，到时候我倒要看看，是我更难过，还是你们更难过！"

18. 何如当初莫相识

可敦城外，高高的山岗上。

莹白雪原，反射着耀眼的阳光。

秘色拥着自己的腿，苍凉地望着广阔的雪原，任凭两只纯白的幼狼，叼咬着自己的裙摆，玩耍嬉戏。

天地之大，雪原苍茫，为什么总觉得似乎没有一个属于自己的容身之地？

自己，仿佛总是出现在别人的夹缝之中。从来没有想过加害于人，却总是不经意间带给身边人重重的伤害。

乌介可汗如此。

陆吟如此。

米娜瓦尔如此。

艾山和玉山亦如此。

或许，还有耶律嫣然；如今，再加上太和公主……

难道，自己的存在，本身就是一个错误？

所有的人，都因自己而不快乐；自己，就更是满心痛楚……

不如离开。不如，归去……

远离这些烦扰，远离这些纷争。

如果能够让身边所有的人幸福，那么上天啊，就请让我离开……

去哪里都好，只要，离开……

"沈——秘色？"山岗之下，有玄色的骏马昂扬奔来。马上所坐之人，紫貂轻裘，墨绿色的锦袍之上,朵朵粉嫩桃花。

秘色本能地点头。那马上之人突地调转马头,本来要向城中奔去,此刻却提缰踏上山岗而来。

雪原反射的阳光,逼得秘色睁不开眼睛,看不清那人的面容。待得近了,方才认出,这不正是契丹的那位少年惕隐——耶律亿!

桃花般的少年,望见秘色,不由得笑了。那笑娇艳而灿烂,宛如林海雪原中一枝怒放的桃花:"怎么会自己坐在这里?你是大唐的人呢,草原上的风会冻坏你。"

秘色的脸悄然一红。多亏事先已经在这寒凉的空气里,冻红了脸颊,否则真的会泄露了自己的羞涩,会被耶律亿窥破了心事去。

这脸红,是来自那夜的记忆,那次的契丹饮宴,正是桃花一般的少年耶律亿救了自己,又为了掩人耳目,而与自己有了浅尝辄止的肌肤之亲……

虽然,秘色努力地将那次的记忆,当成是一次恩遇、一个意外,毕竟那都是突发之举,无关感情,不含欲念。但是,耶律亿那桃花一般纷纷扬扬飘落在自己肌肤之上的吻,却似乎早已烙印入记忆,被时间烘焙出灼热的温度。以为已经忘记,却在此刻,鲜活跳跃着重新苏醒……

"原来是耶律惕隐,宫奴秘色给惕隐施礼……"秘色盈盈下拜,被耶律亿抢先一步托住了手肘。

秘色烫着了一般,连忙将手肘从耶律亿掌中躲开:"没事的,秘色正是想来吹吹风。这山野之间的风虽然寒凉,可是却也有着荡涤心胸的功效呢!"秘色站起身来,青丝编成的发辫,蓬松的发梢,一左一右,飘扬在雪域的风里。

耶律亿眯着眼睛望住秘色,她的话、她的神情,都明白地诉说着她的悲伤。那悲伤并不浓丽,没有张扬的情绪,不会伤到周遭的人,仿佛只是被深藏在她自己的心底,游荡成雪域的流风,寒凉、透明。

耶律亿别开眼神,望向秘色脚边,两个雪团一般洁白又淘气的幼狼,正瞪着幽幽的眼睛,警惕地望着他。耶律亿淡淡轻笑:"这两个雪狼,是你的跟班?"

耶律亿用了"跟班"这个词汇,果然引得秘色微微展颜:"它们哪里是我的跟班啊,我是它们的跟班才对。只要天色一亮,这两个小家伙便不安于室,两个一起扯住我的裙摆,不由分说就往外走,就像两个顽皮的孩子……"

秘色眸中淡淡流溢的温柔,投射在耶律亿眼底,开成清雅的莲,荡漾着水波清清。

耶律亿心底,愀然一疼,沉下眸子凝望秘色:"是不是,因为,嫣然?……"

耶律嫣然……对啊,耶律嫣然是他的妹妹呢,耶律嫣然对自己所做的事情,耶律亿自然了然于胸。秘色宁静抬眸,坦然地回望耶律亿:"是。但,不全是。"

耶律亿瞳孔幽深:"难道,在我离开的这段日子,除了嫣然,还有别的人曾经令你伤心?"

原来耶律亿这段时间回了契丹。契丹国内各部贵族为了争夺部落联盟首领之位,彼此之间的矛盾已经达到了白热化。祖父匀德实生前没有实现自己的政治抱负,抱憾去世。耶律亿归国辅助伯父释鲁,夺得部落联盟于越之位(相当于宰相,史称"总知军国事",掌握联盟的军事和行政事务)。

秘色低低垂首,纤细柔白的颈子在雪原的寒风中,尤显楚楚动人。良久,秘色扬眸,串串泪光不自禁地闪现在眸子里:"不是的……不是有人让我伤心……而是,而是我又令更多的人,伤心……"

秘色的泪,不知怎地,点点灼伤了耶律亿。这样的女子,怎么可能会去主动伤害到别人,引得他人伤心呢?即便是耶律嫣然,耶律亿也知道,那不过是因为秘色的出现,恰好破坏了耶律嫣然布好的局,激发了耶律嫣然的好胜心……可以说,秘色带给耶律嫣然的所谓"伤害",纯粹都是耶律嫣然的个性使然,与秘色本无关的……

耶律亿深深凝望秘色,她本就纤弱的身子,裹在翠色的衫子里,立在白雪皑皑的山岗之上,迎着雪原上鼓荡的寒风,仿佛随时可能随风而去,抓都抓不住……

耶律亿心头蓦地一热,一句话不经大脑便脱口而出:"那么你,难道没想过离开?"

秘色回眸,苍白的脸颊仿若透明:"想过啊。就连现在,都一直在想。可是,我能去哪里呢?回大唐么?山遥水远,我该如何走得出这片草原?……世界虽大,除了大唐,除了回鹘,我还能,去哪里?"

耶律亿的心,被深深地揪痛。秘色就像碧色的纸鸢,随时可能乘风而去,而这纸鸢身前,只有一个自己……如果自己再不及时伸手,恐怕那纸鸢就要永远地飘走,再不得见……

耶律亿垂下眸子,定定地凝望秘色:"想没想过,跟我去契丹?契丹,虽然没有大唐风雅富庶,或许也比不上回鹘曾经的强盛,但是契丹同样有辽阔的草原,有自由的空气,有勤劳爽朗的子民……在那里,开心了便可以自由歌唱,天上的飞鹰,水中的游鱼都会为你唱和……"

"更重要的是",耶律亿停下来,用双手握住秘色的肩头,柔柔地,让秘色迎着自己的眸光,"更重要的是,那里没有人认识你,你可以抛开曾经所有的忧伤,重新开启一段新的人生。秘色,你该获得幸福,你该拥有快乐的一切……"

耶律亿深深地凝望秘色,其实他心底还有一句话,没有说出口,只想用自己的眼神静静倾诉,他希望秘色能够读懂:"还有最重要的……最重要的是,在契丹,会有我陪在你的身边。我会给你挡开所有的悲伤,我想为你摘来天地之间所有的快乐和幸福……"

清风吹逸,心思空灵。这一刻,耶律亿浑觉自己似乎神游彼岸,隔着雪域间浩渺的风,凝视着对岸的自己。

这般地脱口而出,这般地迫不及待……

难道说,这种情感、这份情愫,其实早已经埋下,只是自己一直未能察觉,或者一直是自己在努力压抑着自己?

不过是一段毫无预兆的萍水相逢。轻轻的吻,柔柔的拥抱,浅尝辄止的热情,戛然而断的交往,怎地会偏生藏了一颗籽,在自己深深的心田?从未觉察,然一旦觉察,便已经是藤蔓蜿蜒,枝叫繁茂!

情之一字,多么奇妙。有的人守了一生却终不可得,有的人萍水相逢却是牵绊一世……

从来只料定自己的此生要为契丹的龙兴而拼搏,却没想到竟然也能被儿女私情费思量……

耶律亿的心脏狂跳,手指冰冷,全身的血液仿佛都集中到了眸子的凝视——仿佛等待一个宣判一般,等着秘色的回答。

或者升天,或者遁地。一切的一切,竟然便全都交由这纤弱的女子,唇瓣所系!

秘色迎着耶律亿探寻的目光,可是自己的心思却被飘忽涌动的风,扯得杳远。

契丹……又是一个神秘而遥远的地方,那里的一切一切直如谜团,仿佛远隔自己万水千山。难道,真的可以去那个地方么?

难道,那个地方就真的可以逃开心伤?

秘色调回心神,艰难地开口:"耶律惕隐……谢谢你的提议。不过,让我考虑一下,好么?

耶律亿没有放松自己的凝视,郑重地告诉秘色:"我此次归来,是为了给艾山的婚礼道贺。元日是他们大婚的正日子,第二天一早我便要返回契丹……契丹国中目前有太多的事,需要我去处理,所以我不能再留在回鹘牙帐城哈拉和林了。所以,秘色,你一定要在我离开之前做好决定,否则我这一去,不知何时再有机会到回鹘来,不知何时才能再见到你……"

一想到,可能真的将很难再见到秘色,耶律亿的心重重地一痛,他握住秘色肩膀的手,不觉加重了力道:"秘色,我希望你慎重地决定!我会在可敦城东门,等你到巳时,我希望能够看到你,秘色!"

19. 入骨相思知不知

秘色脚步空荡地回到了可敦城。

刚回到自己的帐篷,还没等进门,两只幼狼已经欢叫着奔了进去。秘色则一直沉浸在自己的思绪中,脚步宛如踩入棉花,全然找不到根基。

神思飘忽地掀开帐门,眼前四个白色的物体玩儿得滚在了一起,硬生生将秘色的心神给扯了过去。

四个白色的物体……

其中两个,自然是棉花团儿一般的幼狼。

第三个,不遑多让地是雪獒阿萨兰。

第四个……这第四个白色的物体,才是真正令秘色惊讶到不可思议的——白衣如雪的少年,丰姿绝美,闪动着快乐的湛蓝眸子恍若流光溢彩的蓝色宝石,眉间一点殷红,倾尽天下人心……

玉山……这个遗世绝丽的少年,此时竟然跟一獒两狼混做一团,容忍着它们三个在自己的膝上、腿下跑来跳去,无声地笑着,湛蓝的眸子里宛若艳阳晴空!

听见门帘的响声,四个白色的物体一同停了下来。

两只幼狼欢跳着跑到秘色脚边,用头亲热地拱着秘色的脚踝。

雪獒阿萨兰也跟着两只幼狼跑过来,冲着秘色示好地摇着尾巴。

秘色抬眸,望轮椅中的玉山,看他清雅的微笑如绝世的美玉,湛蓝的星眸荡漾着粼粼的微波,眉间那一点殷红鲜丽得蛊惑人心。

秘色的心,忽地有柔情,细致滚过。

如果真的离开,可能从此以后再也见不到他们,秘色的心酸楚得仿若一枚青杏……

雪獒和两只幼狼自然是无法感知秘色的情绪变化,只有玉山敏感地察觉到了。他连忙抓起案几上随时准备好的的纸笔,写上大大的字,遥遥地示意给秘色看:你,在伤心。

玉山用的竟然不是问句,而是笃定的陈述,让秘色纵然想掩饰,都已经无从掩饰起。

只能轻轻地点头。身边的人当中,秘色唯一无法隐瞒的人,就是玉山,因为他的纯净如玉,因为他空灵而敏感的洞察力。

玉山轻轻垂眸,稍顿,又在纸上写字。这次写的只有两个字,玉山将纸张竖起来给秘色看。秘色的心瞬间被酸涩胀满——玉山纸张上写的是:元日……

秘色缓缓走向玉山,借以掩饰自己心下澎湃的波涛。难道自己的心事已经这么明显了吗?难道身边的人都已经知晓?如果真的是这样,自己该如何面对他们,尤其是乌介可汗与太和公主……

玉山又写了一张纸,指给秘色看:不要自己难过,我会陪你。

秘色的泪险险跌落……这细致而温柔的孩子,他自己才是最需要人照顾的啊,而此时他竟然想着要为自己分担心事……

秘色轻轻地微笑,淡淡地摇了摇头,顺手将玉山刚刚玩闹之时拂乱了的发丝重新理顺,轻轻收在他的鬓边。那长发的柔滑触感,再次触动了秘色的心事——这般的照顾玉山,会不会是最后一次了呢?以后会是谁来代替她?会不会,比自己更好……

一只微凉却有力的手,坚定地握住了秘色。秘色从恍惚中乍醒,讶然望着玉山握住自己的手。

玉山一手握住秘色,一手在纸上又是疾书,秘色看得到那三个力透纸背的字迹:还有我……

秘色的心,被玉山的温柔,熨得温热。她不想将自己的伤感带给玉山,于是刻意扯开话题:"是不是阿萨兰又想念它们两个了,所以才扯着你过来的呀?这几个家伙真是缠磨人啊,你一回去,两个小家伙就吵着要去找你和阿萨兰;而当我们刚一回来,阿萨兰总会扯着你跑过来……它们的感情还真是好呢,只是苦了我们两个人,跟着跑来跑去的。尤其是你呢,玉山……"

玉山仰起头,湛蓝的眸子炯炯地望着秘色,摇了摇头,继而又写了几个字给秘色看:"其实,我与它们一样……"

秘色的脸颊腾地燃烧了起来。

她不敢看向玉山绝丽的容颜,不敢去深想这几个字背后的含义……

你与他们一样,玉山,你不要告诉我,你也跟它们彼此之间的想念一样,想见到我吧……

不是的……一定——不是的……

秘色只得再次转开话题,她望着脚下那三个彼此嬉戏,亲如一家的雪獒和白狼,状似不经意地问玉山:"玉山……如果有一天,我不在这里了,那么,你可愿意代替我,照顾好这两个小家伙?"

玉山猛地抓住秘色的手腕,逼迫秘色迎向他湛蓝的凝视。秘色被那湛蓝的眸子盯得无处闪躲,只得侧着身子,努力掩饰自己的落寞:"哦,我是说,比如我要临时去一下哈拉和林啊,或者出去采买东西啊,不方便带着它们的时候……"

玉山面上表情稍现宽慰,淡淡笑着对秘色郑重地点了点头。

看得玉山应承下来,秘色心底忽觉所有的愿望都终于有了归宿,不由得再次心酸,悄悄地侧过了身子。

轻轻眨掉了羽睫上沾着的泪花,秘色再次转回头,却发现玉山定定地望着自己的颈间……

秘色下意识地用手抚上颈间,那挂狼牙项链跳入了秘色的意识。

仿佛被人窥破心事一般,这颗狼牙,玉山当时就在现场,没有人比他更清楚这颗狼牙的来历。同时,作为心事相通的孪生兄弟,想来玉山自然也能够明了艾山之所以将这颗狼牙送给秘色的心情……

玉山的湛蓝眸子仿佛带有催眠的魔法,他让秘色呆呆地无法动弹,不知道该如何走出他的目光,逃开被他尽掌心事的尴尬。

仿佛感知到了秘色的彷徨,玉山主动别开眼神,静静地垂下头去。

秘色再次地睖睁——这孩子,莫非,是在难过?

莫非,是他想起了那头狼王,想起了狼王与他之间那种奇异的情缘?

秘色望着玉山,轻轻地说:"不用难过,玉山……狼王它虽然已经不在了,但是这两个小家伙长大了之后,一定会成为草原上新一代的狼王,它们,依然会成为你的好朋友的……"

玉山的眸子,猛然灰暗。

秘色惊诧,难道自己的话没有能够安抚玉山,反倒让玉山更加地伤心了么?

难道,他那刻的难过,竟然并非是为了狼王?

那么,他到底又是为了什么在难过……

四、双生

20. 卧听南宫清漏长

夜色黝黑，直如太和公主此时的心境。

无星无月，看不到任何的光明。

已经是二十九了，再隔一天，便是元日，大婚之期。

艾山自那日的公然摊牌之后，更是连面都不想再见到自己。即便不得不在婚礼的筹备事宜上迎面撞上，艾山都能把自己当做一缕空气，全然视而不见……

无数的委屈，在心底缠杂成千头万绪。甚至，幽幽地埋怨自己，是否那日的反应过于强烈？既然艾山身为回鹘惕隐，身为回鹘未来的可汗，他的身边便自然会环伺着众多的女子。嫔妃也好，宫奴也罢，这都是必然的命运，自己却又何必那般刚直？

生在皇家，其实早该看惯了宫廷女子的心酸。即便你貌若天仙，即便你舞姿倾城，即便你才学横溢，即便你温柔可人……不过都是君王身边过往的云烟，谁敢期冀自己能够永伴君侧，永享君恩？

就算当年曾宠冠天下的贵妃，又当如何？君恩在时，万般缱绻；一旦将自己与江山相较，君王自然会舍下自己而就江山……六军不发无奈何，宛转蛾眉马前死！谁说"君王掩面救不得"，若肯抛却江山，若肯轻看帝位，那么自然便不会"此恨绵绵无绝期"！……

所以，又何必那么不能忍受秘色的存在？

"公主睡了么？"帐外忽有一声软糯甜美的嗓音清亮地传来。

公主的侍女连忙一边跑去打开帐门，一边知会公主："是耶律妃来了……"

太和公主忙上前迎接，朝着红裙金冠的耶律嫣然福了福身。

耶律嫣然挺着肚子，连忙托住太和公主的手肘："哎哟公主，您可折杀我了！您可是天朝大国的金枝玉叶，我哪里敢受公主您的礼呀……"

太和公主面颊一红："看您说的，我已经与艾山定下了终身，那么我便已经是回鹘的媳妇儿，按照礼节，应该尊称您一声'母妃'的。"

耶律嫣然娇羞地甜笑："哎呀，如果我肚里的孩子，将来也能娶到公主这么一位美丽又亲和的妻子，那我可要谢天谢地啦……"

女人的天性，都是关注新生的吧，耶律嫣然的话成功地将秘色吸引到她微微隆起的小腹上。太和公主眨着好奇的眼睛："母妃，您腹中的小惕隐，何时降生？"

耶律嫣然难得地暖暖而笑:"他还小,待到明年六月,春末夏初的季节,他才会降生……"

太和公主被耶律嫣然身上不自觉地散发出来的母性光辉所感染,自己的眼角也不禁暖暖地湿润:"真好……真希望,与艾山成婚后,我也能早一点当上母亲……给艾山孕育一个宝宝……"

耶律嫣然悄然挑眉,用眼角幽幽地瞥了一眼面颊晕红的太和公主,心底缠绕起无边无尽的雾霭,幽深、凝重。

这个公主,无比高贵的大唐公主,其实也是自己的敌人啊……她也想给艾山孕育儿女,殊不知我腹中已经这样做了……只不过,我不能告诉任何人,除了沈秘色,我不会告诉任何人……

太和公主,且让你这般希冀几日吧,待得你帮我处置了沈秘色,我再腾出手来好好对付你……

不仅仅是为了艾山!

更是为了——执掌回鹘天下啊!

如果让你成为回鹘未来的可敦(王后),那么回鹘的外交政策势必会向大唐倾斜;如果回鹘与大唐重现友好,那么契丹哪里还有机可乘?

契丹,我的契丹要先拿下回鹘,再回头兵指中原的啊,哪里容得下你们联手!

念头甫定,耶律嫣然绽放甜甜的微笑:"公主,说不定你们洞房花烛夜,就可能珠胎暗结哟……"

太和公主闻言,本该羞红满脸,可是事实上却是面色一片惨白。

耶律嫣然斜睨着太和公主,她的一切反应都没有逃出耶律嫣然的眼睛。

耶律嫣然故作不知,惊讶地拥住太和公主的肩膀:"公主,你怎么了?难道是我刚才的话,过于孟浪了吗?看,都是我口无遮拦,公主莫怪啊……"

太和公主泫然欲泣:"母妃,不是的;而是,而是艾山他说,你们草原有一个规矩,就是要成年的宫奴来调教年轻的主子,直到他能够掌握一切……也就是说,洞房花烛夜,艾山并不会跟我一起度过,他是要去找沈秘色的!"

耶律嫣然极度配合气氛地张大了嘴巴,面上盈满同情,眸子里竟然似乎闪烁起点点的泪花:"公主……竟然会这样……唉,这也是没法子的事情,草原上流传千百年了,都是为了保证子嗣啊……不过,艾山他,本不应该去找沈秘色啊……"

耶律嫣然的欲言又止,果然挑起了太和公主探究的好奇心:"母妃!你说艾山不该去找沈秘色……为什么呢?"

耶律嫣然仿佛一下子愣住了，就像自己唐突失言了一般，一双灵动的眸子左顾右盼，似乎努力在想如何既能回答太和公主的问话，又能足够遮掩什么。

太和公主一看就急了："母妃，求求你，告诉我吧！太和心底，一定铭记母妃的情分！"

耶律嫣然仿佛被感动了，无奈地软化下来："哦，公主，不是我不想对你直言，只是，只是这件事实在是说不出口啊！这个沈秘色，想来公主也应该有所耳闻，知道她是怎么来到我回鹘的吧？她是被可汗掳来的啊！她早就成了可汗的宫奴，是可汗床上的玩物呢！啧啧，如今倒好，艾山竟然也看上沈秘色了，这叫什么？公主，这在你们大唐，是不是应该叫做——乱伦？！"

"啊！——"太和公主禁不住失声惊呼。

耶律嫣然不着痕迹地再下猛药："能够同时迷惑父子两人，沈秘色这个女人的手段可真够高明啊……公主，留着她在身边，我都替你担心，到底何年何月才有机会为艾山孕育子嗣呢？"

太和公主的脸色，果然勃然大变！

耶律嫣然满意地一笑，故意抚了一下小腹："哎哟，怎么才说了几句话，就觉着这么累啊……"

旁边的侍女也乖巧地跟进道："娘娘，您身子为重，该早点回去歇着了……"

耶律嫣然一撑身子，歉意地望着太和公主："公主，我先回去了啊。刚才那些话，公主也别放在心上，说不定都是些杞人忧天呢……后儿个就是元日的大婚了，公主你可要做好一切的准备哟……"耶律嫣然刻意在"一切准备"四个字上加重了语气，满意地看到太和公主眸子里闪过的一丝乌云……

耶律嫣然脚步姗然地离去，轻飘飘地把一个巨大的包袱扔给了太和公主。

太和公主空洞地望着耶律嫣然离去的背影，望着她小心翼翼扶住小腹的样子，太和公主的心像是刀剜一般地疼！

不能让她在身边。不能让她在身边。不能让她在身边……

一个巨大的嗓音，反复在太和公主脑海中鼓噪，一句句，一声声，不停不停回响，彼此之间交缠，成为叠加的声浪，一浪高过一浪……直轰得太和公主几欲发狂，双手捂住耳朵，无助地低喊："我不会服输的！我不会……"

是不是，在这样的夜色里，注定要发生太多的事？

没有月亮的晚上，一切的一切都被幽深掩盖，就算是做了什么，也无需耿耿于满天星光,而被人发现或自己良心发现吧……

所以,就连太和公主自己都惊讶,面对着应招而来的秘色,她竟然笑得那般甜蜜,那般——坦然,就仿似两个人之间从来没有发生过任何的龃龉:"姐姐,你来啦。大晚上的让你过来,辛苦姐姐了呢……"

秘色诧异地看太和公主此刻的亲密,心下不住惴惴:"公主,秘色是回鹘的宫奴,公主不必跟秘色这般客气的……"

太和公主连忙笑着将秘色按坐在榻边,扯住秘色的袖子:"哎呀姐姐!我都跟你说过多少次了,在咱们之间,没有什么公主与宫奴之说!我们是姐妹,姐妹!记住哟……"

秘色睃睁扬眸,只见到太和公主摇曳在灯光中的粲然笑靥——难道,公主她,真的已经想通了?

秘色怔忡着开口,语音艰涩:"公主,那个……秘色之前曾经惹得公主不快,秘色以为公主不会谅解秘色了……"

太和公主甜甜一笑:"姐姐……不要记恨太和啦……那天是太和急躁了,没听出艾山是在跟我开玩笑,那么直冲冲就把怒火撒到姐姐你的身上去,真是该打,该打!"太和公主作势拉起秘色的手,轻轻拍打在自己身上,吓得秘色赶紧收回手来,垂首请罪。

秘色的心里,串串问号升起。公主说艾山那日是在跟她开玩笑?这,究竟是怎么回事?

仿佛感知到了秘色的惊诧,太和公主甜笑着说:"姐姐,刚才艾山他来过了……他,他……"太和公主颊飞红云,羞涩得几乎说不下去,"他,他对我做了,最亲密的事……还说,还说他自己已经完全掌握了……不用再额外,跟姐姐你,讨教了……"

太和公主说着,眼神儿仿佛不经意地飘到身后的被褥之上,继而"啊!"地低低惊呼,连忙用手遮住了褥子的一角……

手势虽快,但是也足够让秘色看清,那纯白的褥子之上,一抹耀眼的殷红,宛如盛开的大朵芙蓉,富贵潋滟着,无声地宣告了一切……

太和公主似乎意犹未尽,似乎急于将自己的心事分享给"姐姐"听,极尽羞涩地说:"他还说,他还说,我是他第一个拥有的处子,让他有了从未有过的酣畅,所以,所以他说,以后再也不需要别的女人,只要我,就够了……"

轰!秘色的心宛如炸裂。

是啊,艾山与自己亲密之时,自己早已经不是处子之身了啊……

而拥有一个女人的初夜,对于一个男人,真的是,真的是太重要了吧……

四、双生

所以，他才会改变了初衷，所以他才会说再也不需要自己了吧……

是啊，拥有这么完美又高贵的大唐公主，自己这个败柳残花的卑贱宫奴自然应该被弃如敝履……

敝履啊……

21. 同向春风各自愁

十二月三十。朔日。

这一年中最后的一天了啊……

回望这一年，秘色无论如何都不可能想到，自己的生命会在这一年，转一个这么大的弯。

从此走入了全然陌生的人生，从此走入了缠搅混沌的迷惘。

苍茫西域，莽莽草原，既是一幅优美展开的画卷，却也又是一道兜兜转转永远走不出的——迷宫。

如何才能找到出口？哪里才能窥得见接下来的命运？

自己就像一只失去牵线的纸鸢，跳脱了唯一的依仗，只能随风无依地四处飘荡……

哪里，才是自己的港湾？

哪里，才是自己的归处！

明天，便是元日了啊。

新的一年已经隐隐露出了它的面容。

自己的人生，也将翻开截然不同的一页吧……

只是那一页，是否会依然写满辛酸？还是可以将之覆盖掉曾有的一切，无论是笑过还是哭过，都让它们在新的一年里一笔勾销？

可汗、艾山、玉山……

米娜瓦尔、耶律嫣然、太和公主……

所有的所有，是否就这样，尘封入记忆，任它积满岁月的风沙，再不想起，再不相遇？

昨夜，太和公主的话依然在耳边悠悠轻荡："姐姐，既然艾山以后不用烦劳姐姐调

教了,那么我想,不如趁着我与艾山大婚,我也为姐姐保一桩姻缘如何?姐姐放心,我知道姐姐曾经差点成为我大唐天威将军陆吟的夫人,即便现在身在回鹘,我也绝不会委屈姐姐的……护送我来的大唐军队中,恰好有一位参将尚未婚配,虽然他的职衔没有陆将军高,但是也能够给姐姐一个正室夫人的名号……"

太和公主接下来还说了什么?

秘色只记得她殷红的樱唇喁喁而言,却早已经听不清她说的任何话语。

何必如此,何必如此……

纵然千般错,又何必这般,赶尽杀绝?

也好,也好……

为了你们夫妻和睦,双宿双飞,我便独自归去,又有何难?

脚步踉跄,宛如梦游。

不知不觉间竟然走入了玉山的帐篷。

那白衣的少年,正坐在一束阳光里,微微垂眸望着手中的一卷书。金色的阳光,直直照在他的身上,点点金光在他发间旋舞,丝丝幽韵围绕着他纯白的衣袂流光潋滟。似是看到得意处,他缓缓绽开一朵微笑,在那一片金色的光晕中,刹那间仿佛春归大地,百花盛放,天地间所有的颜色都会聚在那微微的笑容里,整个世界都感知了丝丝陶然的心醉……

不知怎的,秘色站在那里,泪便当场直直地坠落!

所有的委屈,所有的无奈,所有的伤痛,所有的不甘,都在那一刹那,化作涌泉,倾泻而下……

闻声,玉山猛然抬眸,凝视着秘色的眸子里,绞起丝丝缕缕的心疼。

秘色暗暗地骂自己,好无能好无能啊,怎么可以站在这个孩子面前,哭得这般肆意?跟这个孩子比起来,自己还有什么资格哭?还有什么资格抱怨上苍的不公?

这么美,这么闪亮的孩子,腿不能行,口不能言,却依然保留着一双澄澈如晴空的湛蓝双眸,保留着一颗纯净如水晶的高贵的心啊……

金光中,玉山柔柔向秘色伸出手臂,示意让秘色走近他。

秘色凝眸,看他白色的衣袂浸润在在金色的光晕中,无风而舞,清雅如莲,柔若落英。

秘色的泪再次汹涌,她无法抗拒地走向前,伸出自己的手,染进那束金光,缓缓靠近玉山,一点一点感受到他皮肤的温度,从微凉到温润,直到,炽烈如火。

四、双生

这孩子的掌心,好温暖啊……

玉山笃定地握住秘色,拉着她整个人走入金光,在自己身侧的绣墩上坐下,湛蓝的眸子荡漾起温柔的波,点点笑意,轻若飞花,柔柔飘落在秘色心田。

玉山从腰中抽出紫竹笛,微笑着比给秘色看看,蓝眸幽波荡漾,似是在征询秘色的意见。

秘色读懂了,玉山是想给自己吹笛……

秘色颊边的泪花还在闪耀,可是唇边却已经悄然绽放了雏菊一般淡淡的微笑——这个孩子,是在哄自己呢啊……

只能,轻轻点头。秘色仰眸,深深望进这绝世少年完美的侧面轮廓里。

寂静空气,忽然滑开一泓清泉,清越的笛声从紫竹笛中凌空飞起,宛如春风吹过樱林,瓣瓣粉嫩的樱花,追逐着那酥软的春风,旋舞缤纷……

清音流转,汩汩向前,又是一番峰回路转,一片崭新的景色次第展开。只见烟柳如雾,桃红似锦,高天之上片片流云,山溪之下闪闪飞鳞……

接下来,仿佛眨眼间,广袤的草原之上,大朵大朵的鲜花,片片盛开。蛙儿鸣叫,虫儿呢喃,曾经的烟柳扩扬成大片墨绿的树荫,触目处处,姹紫、嫣红……

笛音袅袅,绕梁飞旋,秘色正听到妙处,身心深深沉醉之间,笛音却戛然而止!

秘色惊诧回望。听得出,玉山给自己吹奏的正是草原的春与夏,那戛然而止的音符应该还有秋与冬啊……为何他不继续吹下去了?

玉山蓝眸潋滟,唇角含春,望着秘色轻轻摇头,在纸上写下:我希望,只给你快乐……

一股热浪一下子从心底翻涌上来,秘色的泪再次止不住地霍然滴落。

玉山……他在小心地顾念着自己的心境呢。秋自然难免萧索,冬自然寒凉凛冽,所以他只带给自己柔嫩的春、灿烂的夏……

秘色凝望玉山,如果这个孩子能够说话,该有多好……

他一定能如暖润的春风,轻易化解开自己心底彻骨的寒冰。

秘色努力眨掉泪花,心底的不舍死死将她的心纠缠:"玉山……记得,以后每个晚上临睡前,都要让下人给你热一碗奶子。不要太烫,温温地才好入口。一边喝着奶子,要让下人一边用温水给你泡脚,顺着血脉的方向,帮你按摩……"

秘色顿了一下,努力压抑住已经涌上喉咙的哽咽,躲开玉山追逐而来的凝视:"我一直还没有给两个小家伙想好名字。它们渐渐地长大了,需要一个名字了。如果你得空了,就帮我给它们起一个名字,好吗?不用像阿萨兰的那般威武,只要能让它们记住的,就行了……"

本不该将这些托付给这孩子的啊,他不能行,又不能言,将这些交托给他,岂不是要让他花费寻常人十倍的心力!可是,此时,除了玉山,自己还能把这些托付给谁,说给谁听?

玉山定定地凝视着秘色,待到确定秘色死死地垂定了自己的头,不想再迎视自己的眸子,玉山只好默然一叹,转身提笔疾书:"买色兹瑟又麦"……

"买色兹瑟又麦?",秘色轻轻地读出这一串发音奇异的字,疑惑地抬眸凝望玉山。

听见秘色的读音,玉山湛蓝的眸子里忽然闪过深沉的痛楚,久久、久久,凝望着秘色的脸颊,舍不得别开眼神。

秘色首先羞红了脸颊。这孩子的凝注,让她心底落满惴惴。她强压心中莫名翻搅的情绪,望着那几个字轻声地问玉山:"玉山,这几个字,难道是你给两个小家伙取的名字吗?买色兹瑟又麦,玉山,一共六个字,是不是它们每个有三个字,一个叫买色兹,一个叫瑟又麦?"

玉山……这孩子,怎么了?秘色诧异地看到玉山的脸色倏然涨红,湛蓝的眸子闪烁如火,殷红润泽的唇几番翕张,两只手紧紧握住纯白的衣袂,指节几乎攥至青白……这素日里温润如玉的孩子,这一刹那间,仿佛身体里蕴藏了暴烈的火山,一触即发!

秘色心下一惊,连忙跑向帐门,召唤帐外的侍卫:"来人,快来人啊!快去请太医,惕隐身体有恙!"

秘色身后,轮椅之上,那温润如玉的少年,忽地如发狂的野兽,湛蓝的眸子里闪烁着绝望,拼命抓起案上的纸张,呲擦撕得粉碎!

秘色讶然回身——漫天纸屑如玉蝶坠落,金光暗影里,那白衣的绝世少年颓然跌坐,蓝眸青灰,仿若耀世风华的花朵,乍然凋谢……

身畔,已经杂沓地跑来了侍女、侍卫、太医……纷杂的人影将秘色与玉山层层隔开。金光与幽暗,此岸与彼岸,宛如一道大门轰然关闭,秘色只能隔着泪意,望着那白衣的少年转过身去,再不回眸……

为何?

为何?……

罢了。罢了。

总归又是自己,在不经意之间,伤了他的心吧……

整个世间,没有人比他,更让人怜惜;就连这般堪怜的孩子,都从自己这里,受到了伤害……

沈秘色,沈秘色,你如何还能继续留在这里?你如何还能狠下心来,制造更多的心伤?

所有人都围绕在玉山身边,人们连看都没有看秘色一眼。秘色颓然转身,踉跄着脚步,脑海空茫地走向帐外,那纤弱忧伤的背影,在玉山努力穿开人群追过来的视线中,越来越小,越来越小,终于变成苍茫天地之间一个渺小的黑点,消失不见……

22. 元日。相见争如不见

元日。回鹘惕隐艾山与大唐太和公主大婚之日。

泼天的红,扶扶摇摇欺满了天地,偌大个可敦城,几乎全被红绸裹身。

天空阴霾,浓重肥厚的大朵乌云,低低地缀满了天空,预示着一场大雪的将来。

可敦城中的人们均是兴高采烈,他们都说,恰逢元日到来的大雪,会是一年中的吉兆,预示着一年的丰收与吉祥。惕隐与大唐公主的大婚,又会重新修复回鹘与大唐之间的邦交,真的是双喜临门啊!

城中的所有人,都停下了手中的活计,彼此相约着集中到可敦城金帐来,宁愿远远地伫立在寒风中,也心甘情愿地想要亲眼目睹回鹘已经几十年没有出现过的盛大婚礼。

金帐中,所有人都是一派忙碌。秘色更是被太和公主亲自点名,去帮助公主梳妆打扮。

菱花镜中,太和公主面上薄施铅粉,颊上以胭脂浓点"酒晕妆",更显得粉面含娇。满头青丝高高地向上,绾成尖耸的椎髻。椎髻上又加黄金打造的桃形金冠,金冠之上缀满珠玉,一只金羽颤颤的凤鸟,尊贵无限。金冠两侧,横插金钗,钗头亦是雕凤,凤口衔珠贝玉串,妆扮得太和公主摇摆生姿,仿若步摇。这便是名闻天下的"回鹘髻",大唐的贵家夫人也均喜爱梳起此髻;此时太和公主梳来,更显得娉婷高贵,仪态万方。

太和公主的妆容,已经上了一半。敷铅粉、涂胭脂、描黛眉都已经完毕,身边几个侍女正忙着给公主选择眉间花钿的样式。太和公主见秘色垂首走进帐来,便隔着菱花镜亲热地叫着:"姐姐,你来了,真是太好了!我正要贴花钿,可是她们几个选的样子,我都不喜欢……姐姐,你帮我选一个!姐姐是最知我心的了,定能帮我牵绊住艾山的目光……"

秘色心下黯然，依言走上前来，望着摊放于梳妆台的各种花钿之物：金箔片、珍珠、鱼腮骨、鱼鳞、茶油花饼、黑光纸、螺钿壳及云母等，都是时下女子常见的花钿之物，难怪公主总觉难以称意。秘色略微皱眉，随即眸光一闪，转身奔出帐门，引得公主和诸位侍女均是满脸的惊诧。

少顷，秘色捧着一本书回来，满面珍惜。当着公主和诸位侍女，秘色轻轻展开书页，其中平平地藏压着几片透明的蜻蜓翅膀，还有几根翠色的小鸟羽毛。秘色用描金笔将蜻蜓翅膀描画出金色的脉络，又将翠羽粘于其上，涂上呵胶（鱼鳔制成，用以贴制花钿），细致地贴在公主眉间……

帐中的人们都将眸光投向那奇特的花钿，只见公主眉间金光粲然，翠羽盈碧，一时间只觉得公主的双眸更加璀璨如珠，顾盼之间灵光熠熠！

太和公主也不禁展颜而笑，隔着菱花镜望向秘色："闻得温庭筠曾咏《南歌子》，说'脸上金霞细，眉间翠钿深'。姐姐，你为我做的这花钿的样式，可是便想到了温庭筠所说的'翠钿'？"

秘色点头，唇角丝丝微笑。

如果没有之前的那次龃龉，太和公主于自己真的是可能成为心意相通的朋友呢啊……

贴过花钿之后，那几个侍女赶紧接下来给公主贴画靥、描斜红、点唇脂……秘色闪在一旁，定定发愣。

苦恨年年压金线，为他人作嫁衣裳……

公主，念在你我相识一场，秘色能为你做的，也就只剩下这一桩了……

"喂，你去后帐，把公主的披帛取来！"秘色正睐眸间，一个侍女扬声呼喝。

秘色一诺，急忙闪身离去。这命令来得倒也及时，总归能让自己暂时逃开太和公主盈满菱花镜的笑意，逃开那耀眼的新娘喜装，逃开……那深深刺入心肺的疼。

艾山与太和公主大婚的用品，集中地存放于后帐之中。为了方便各方使用，后帐除了有一个帐门连接公主的帐篷之外，另有几个门开向外面。秘色在色彩斑斓的各色布料间翻捡着，却讶然听到帐外传来一个清越的嗓音："阿布列克，我的蹀躞带钩散了，你再给我找一条！"

米色的心轰然雷鸣！这声音——这声音，不是艾山又是谁！

不能见他……今天是他的大婚之日啊，任何的事情都已经无法改变这一切，见了不过是徒增伤悲！

也不愿见他啊……当日他将狼牙项链那般郑重地挂在自己颈间之时,说得那般郑重;谁想到,不过几日,他便已经拥有了公主的处子之身,更是言之凿凿地说不再需要自己的"调教",尽毁前言,更是一掌击碎了自己与他之间那些曾有的情分!

腾腾腾,艾山的脚步声愈来愈近,秘色惶急地隐身于成堆布帛之下,只盼望着艾山能够早早离去,好免去二人直面的尴尬。

可是,上天却似乎根本不想放过秘色,艾山一进帐篷,便被一抹翠色的闪动夺去了眼神!

翠色,这几乎是牵扯着艾山心神的颜色啊!纵然姹紫嫣红之中,只要有翠色的碎羽片影,也都会在艾山眼中,成为唯一的颜色!

艾山哪里还顾得上什么蹀躞带,他三步并作两步奔过来,一手便握住了秘色的胳膊!

"秘色!你在躲我?"

秘色扭过身,久久不肯回身来迎视艾山。

这又何必。不如不见啊……

"艾山……我是来给公主拿披帛的。她正在梳妆,正等着披帛急用,放开我,让我走吧,不然耽误了你们大婚的时辰,可就是秘色的罪过了……"

秘色有意的闪躲惹恼了艾山:"去他的时辰!去他的大婚!秘色,如果你依然这般躲我,我便让这场大婚落空,让所有的时辰都变成虚掷!"

秘色忍不住转身回来,凝视艾山:"艾山,这又何必?"秘色没有说出口的是——你既然已经拥有了公主的处子之身,既然你已经明言不再需要我的陪伴,又何必在我面前这般侃侃而谈!

秘色眼神中明白的顶撞和隐隐闪现的怀疑,刺得艾山的心,鲜血淋漓!他不知道秘色这是怎么了,难道当着大家的面,公然将狼牙项链和自己的心奉上都还不够?自己的赤诚一片,难道依然只换来秘色的闪躲与质疑?

挫败与不甘,绞缠着对秘色的心疼和担忧,让艾山的头脑中燎原火起,焚烧着艾山的理智,焚烧尽艾山最后的一丝忍耐!

艾山惊恸地低吼一声:"秘色!你为何这般对我!"说着,猛然将秘色拽至身前,唇狂乱地压下……

该相信什么?该如何判断?

话语可能并非心声,表情也许不是真意,只有求证身子的反应,只有听着她真实的心跳才能确认,秘色还在自己怀中,秘色她不会从眼前飘走……

当艾山的唇带着探索与惩罚,重重的压下,秘色便知道自己已经无法逃脱,燎原的天火已然点燃,除了倾天燃烧,绝不可能静静熄灭……

唇舌将彼此紧紧纠缠,仿佛还不够,仿佛需要更深更多,于是手臂互相缠绕,于是身体抵死缠绵!

五彩的绫罗,遮天倾地,随着两个身子的翻滚,而飘飞、蔓延。它们不时与裸裎的肌肤相遇,同样的柔滑,同样的细致,同样的丝丝入骨,同样的缱绻流连……

金风玉露乍然相逢,艾山再也顾不得今夕何夕,此地何地,苍茫天地只剩下眼前的人儿,肩负的责任都不能阻拦他一再的深陷……他只想抓住这个身子,他只想牢牢守住这个灵魂!

她是他的,永远都是他的!

不容闪躲,永无结束!

"秘色?沈秘色?公主等着你的披帛呢,你到底找到没有?"一个公主身边的侍女的嗓音,清澈地传入后帐,随之一阵窸窣的脚步声,碎碎传来。

秘色一惊。那条披帛依然抓在自己手中,刚才艾山骤然来袭,秘色甚至都没有来得及将手中的披帛扔掉!

秘色努力地推着艾山,想逃开他的怀抱。可是艾山却丝毫没有放松的打算,他依然紧紧钳制住秘色,再次用自己的唇堵住秘色的,将秘色一切可能发出的反对之声,牢牢淹没在唇舌的交缠之中……

那侍女等了片刻,并未听得秘色作答,她便一步步走了过来,嘴里还喃喃自语:"这个沈秘色,跑哪去了?好吧,还是我亲自来找,否则真的要误了时辰了……"

秘色的心惊得狂跳!她的手扣住艾山的肩头,紧张之下,都已经将艾山的肩头掐出殷红的血色!

身上突来的痛意,不但没有吓退艾山,反倒激发了他心底一抹奇异的快意,他忍不住闷哼着,悍然发动对秘色的另一波攻势!

眼见着,那侍女翻翻拣拣着,再拐一个小弯,便要走到艾山和秘色身边!到时,就算再多布帛掩映,那侍女也都将清清楚楚地看到,眼前的两个人在做些什么!

秘色惊得几乎不敢呼吸,身子骨轻颤着越收越紧。艾山无奈摇头,紧紧拥住秘色,扯住身畔一匹大红的绫罗,层层缠住两个人的身子,随之猛然一个腾身跃起,两个人一同跌落到了帐篷另一边的被褥妆奁堆中!

四、双生

那侍女只觉得面前恍惚有影子一闪而过,待她抬头,早已不见了任何的踪影,惹得她一边找着披帛,一边喃喃自语:"难道,我眼花了吗?回鹘草原也有猫?"

翻找了少顷,那侍女并无所获,因为披帛一直还攥在秘色的手中,她如何能找得到呢。那侍女无奈地转身离去,帐篷中霍然寂静了下来,红色绫罗纠缠成的逼仄天地之中,艾山和秘色只听得见彼此怦然的心跳之声。

艾山率先轻笑,拥紧秘色,用鼻子轻轻蹭着秘色的发顶:"谁说,我们回鹘没有猫呢?现在我怀中不就正抱着一个!这么慵懒,这么娇俏……"

秘色被艾山突来的情话,惹出满脸的红云。心中对于艾山的疑虑尚且未除,便被稀里糊涂地扯入身体的漩涡,惊恐交加地勉强躲过那侍女,却又在此时迎来这般直白的情话……

秘色尽量撑开身子:"你这般会逗人心,大婚之后,自然再不需要我留在你身边,做那所谓的'调教'了!"

秘色哪里能直接质问艾山,为何尽毁前言,早早地要了太和公主的身子不说,还跟公主信誓旦旦地说此后再不需要自己的"调教"?毕竟那是他与公主情浓时刻的所言啊,再说,自己不过是个身份卑微的宫奴,惕隐与公主之间的任何谈话,又哪里有她置喙的余地!

再深的情,或许都有转薄的一天;更何况,艾山目下从年龄上来说,还是个孩子,如何能够保得,他会只把心,拴在一个小小宫奴的身上?……

艾山,这以"帝王"为名的少年,他是回鹘的惕隐,是未来的回鹘可汗啊!天生贵胄,身份煊赫,这样的少年,未来的人生中,又怎么可能不穿行于花丛!

"秘色,可惜,我会逗哄的人,只有你啊……"艾山微笑开口,湛蓝的眸子被大红的绫罗染成一片潋滟的紫,"你不'调教'于我,那我只能让公主一辈子守空房了……"

秘色心底有清冷的风,倏然滑过。

她其实是给了艾山一个说出来的机会。只要艾山能够坦诚地将自己与太和公主好事已成的消息告诉自己,那么自己心底真的不会抱怨艾山,真的会接受眼前的一切。

可是,艾山竟然没有……甚至他还在以嬉笑的口吻,避重就轻,彻底毁掉了秘色心中最后的一个念想!

为什么……为什么……

艾山,你是在帮我,打开那道,离开的门吗?

炽热的情,瞬间凝至冰点。秘色娇软的身子,寒成旷野间的石,冷硬地推拒开艾山的拥抱。

秘色伸出手臂,劈开缠裹住两人身体的红色绫罗,站起身来,失神地将衣衫整理好,攥住手中的披帛,眼神空茫地说:"公主在等着这条披帛。没找到的话,她还会再派人来的。我不能再跟你一起待在这儿了,我要去了……"

说完,都不等艾山回过神来,秘色翠色的身影已经奔出了帐篷,再也不见。

艾山被惊愣在了那里。

不知道究竟发生了什么,不知道自己是哪句话说错了,只是隐隐觉得秘色的一切来得这般诡异,仿佛一只纸鸢,突地想要扯断他手里攥着的线,远远地飞上高天!

23. 元日。有情何似无情

秘色软着脚步,托着披帛回到太和公主的帐中。太和公主此时已经妆成,正在穿大红的礼服。

今天的太和公主,继青丝已然绾成回鹘髻之后,身上也选择了传统的回鹘裙。大红的织锦连衣长裙,松腰紧袖,翻折小领口上金丝刺绣着凤鸟衔花的富贵图,更加映衬得太和公主,喜气盈然,人比花娇。

太和公主身边的侍女见到秘色捧着披帛进来,先是诧异:"你刚才就在后帐么?我怎么没看见你?"继而又是催促,"快点拿过来,公主殿下等着呢,怎么这么慢!"

秘色垂首,不想解释,只趋向前,将明黄色的披帛呈给公主。心里上的伤还殷殷地淌着血,身外的一切,还有什么重要……

倒是太和公主用眼色示意侍女不要继续说下去了,披上秘色呈上来的披帛,笑意盈盈:"姐姐,今儿早些时候,艾山送过来点子香料,嘱咐我今晚上一定要熏在身上,或者擦在皮肤上……这东西,我都不知道是什么,想来该是西域商人送来的香药,不知姐姐你可知道啊?"

侍女递过来一个带盖子的瓷瓶,细致的白瓷,仿若冰玉。秘色狐疑地接过来,揭开盖子凑在鼻下轻嗅——

香气幽幽,却让自己落得个心碎片片……

太和公主没有放过秘色任何一个细小的表情变化,她凤眼含春,笑意盈盈,仿佛一切尽在掌握,她不过是在收获着耕耘的硕果:"姐姐,快说嘛,我知道你嗅出来了……"

秘色目色如灰，努力压抑自己烦乱的心跳，缓缓地说："是的，公主，秘色认得这香药。这是大食国商人经由西域带来的'百里香'，回鹘宫中的许多妃子都在身边备有这种香……"

百里香，本产自南海岛国，经由大食国商人萃取提炼而成精油，经由丝绸之路带入西域，流传到回鹘草原。

秘色没有说完的是，这种香药既可作为香料来香薰，更是一种有效的催情药！它能够让男子热血上涌，迅速勃发……

秘色心底低低呐喊：艾山！艾山！你将这百里香给了公主，又特别嘱她涂抹于身子……你这分明是为了今夜的洞房花烛，你分明是深深贪恋公主的温柔了啊！

也罢……也罢……

你又何必故意欺骗于我？我又何必对你心生埋怨？

与其这样牵强同处，不如让我独自离去！

放你自由，你会快乐；逃开眼前，我会解脱……

太和公主明亮的眸子闪过一串流光，秘色虽然没有将这百里香的妙处全数说出，但是太和公主从秘色那突呈灰色的眸子里，早已经看到了想要的一切。

她甜甜笑着，嘱咐身边的侍女："快，将这百里香给我涂在身上。另外再留下一些，我晚上沐浴的时候用……"言语间眸光流转，脸颊红羞，让人一猜即明，公主此时定是联想到了今夜将与艾山共同沐浴的吧……

公主的侍女径直从秘色手中将盛装着百里香的瓷瓶取走，各自忙着帮助公主涂抹香料去了，没有人再看一眼睃睁在当场的秘色。整个帐篷里，洋溢满忙碌的喜悦之色，所有的光线都会聚在身着红裙、头戴金冠的公主和她身边的侍女身上，仿佛只把秘色一人抛掷在了幽深的暗影里，萧索，黯淡。

后来呢？后来公主和她的侍女们又做了些什么？她们又是什么时候相继离去？

自己呢？自己是如何离开公主的帐篷的？自己手里的酒壶又是从哪里拿来的？

不知道啊……不知道……

只知道，当整个世界又安静地回到自己的意识中时，自己已经喝光了几乎一整壶的酒，脚步踉跄着回到了自己的帐篷……

耳畔，寒凉的空气中，已经听得见金帐方向传来的热烈的乐曲，那是冬不拉、琵琶、箜篌、独它尔等乐器齐鸣的欢快，预示着一场婚礼的序曲拉开。

不想听，不想听！秘色紧紧捂住了耳朵，想要将那渐渐喧嚣起来的乐声挡在耳畔。

"买色兹——"

"瑟又麦——"

秘色口舌短钝地呼喊着两只幼狼,却没有见到如往常一样跑到她脚边亲昵的两个小家伙。

秘色踉跄着身形,双目泪光闪动:"呵,呵呵,好呀,就连你们两个小家伙也用不着我了,是吧?金帐传来的肉香,是不是比我的呼唤,更加吸引你们啊!"

秘色身形摇晃着走向床榻。她好累啊,累得只想好好沉入梦中,逃开现实中的一切。不去看,不去想,是不是,就可以,远离悲伤?

元日的夜,同样不见星月。秘色摇摇晃晃着努力找寻榻前的烛台,可是却遍寻不到。

秘色不甘心地,在榻边四处摸索。终于,烛台不期然撞入掌心,却原来它竟然什么时候自己换了个方向!

秘色心下小小地惊诧,不对啊不对啊,我的烛台明明是在床头的啊,怎么它此时却会自己跑到了床尾?哦……哦——,要不然,就是我自己记错了?呵呵,呵呵,糊涂了,糊涂了……

秘色努力稳定住身子,却依然是东摇西摆地勉强点燃了红烛,借着摇曳的烛光看向床榻——床帐低垂,朦胧幽邃,隐隐间似乎床帐中竟然有个身影,背对着秘色,静静而眠……

啊……这是谁啊,怎么可以偷了我的床榻……讨厌的小偷,快走开,这是我的床榻啦,我要睡觉……

秘色努力压抑着翻涌而起的酒气,跌跌撞撞爬上床榻,重重地拍着那人的肩:"你起来啦!要睡,去找你自己的床;这是我的床,还给我啦……"

床上的人,寂静无声地醒来,当他听清是秘色的嗓音时,他那本来静如止水的心竟然刹那间狂跳如雷。

就在床上那人幽幽转过身来之时,忽有一阵夜风从帐门的边沿倏忽流进,摇曳的烛光在这缕风中微弱地颤抖了两下,便无可奈何地余下一股轻烟,告别了光明……

秘色不满地咕哝:"好奇怪的蜡烛哦……自己换了位置不说,人家好不容易点亮的哎,竟然自作主张地就给熄灭了,难道要我再去点一次吗?……"

秘色一边咕哝,一边扭着身子就要下地去,忽地一只微凉而有力的手,牢牢握住秘色的手腕,惊得秘色方才醉意朦胧中想起床上还有个人!

四、双生

秘色决定这个人还是要比蜡烛更重要一些,于是她放弃了蜡烛,转回身来,借着帐篷内极为幽暗的火塘中发出的光,看向床上的人——啊!秘色几乎惊叫起来:"艾山!你怎么在这!快走快走,你该去大婚……"

床上的人静静地不动,兀自握住秘色的手腕,指节如玉般润而微凉。

秘色的眼前又是一阵天摇地动,翻卷着的酒意再度将她拉入迷离的漩涡,她强自睁大眼睛,口舌混沌地说:"呃……艾山,你今天好奇怪啊。头发怎么这么乱,我都要看不清你的眼睛了……快起来啦,去梳梳头,快去大婚啦……我要睡觉了,你快走啦……"

那握住秘色手腕的指节微微一颤,像是在做什么挣扎,犹疑不定。不过也就是一刹那,那指节重新恢复了之前的坚定和微凉,随着一个轻轻的用力,秘色毫无防备地倒向那人的怀抱!

跌入那温暖的怀抱,秘色的泪便再也压抑不住。酒意的翻滚,让她心中想说的话再也无法掩藏,和着滚滚而下的泪,秘色大哭出声:"你到底还要怎么样?你到底还想让我怎么样!既然你已经决定要放手,为什么还在今夜来招惹我!这是你的大婚典礼啊,整个可敦城,整个回鹘,整个西域,整个草原,都在看着你啊!你怎么还能跑来这里,你怎么可以再来撩拨我的心啊!"

那紧紧拥住秘色的臂膀微微颤抖,却依然没有回答秘色。秘色心中的委屈滔天而来:"你不回答我,你不敢回答我,是吗?你这不过是在可怜我……你马上就要回去完你的大婚了,你马上就要回到公主身边了,是吗?"

醺然的酒意,加上心底翻腾的委屈,还有无穷无尽的眷恋、决然离去前的不舍……万般情绪缠杂而起,柔情百转,荡气回肠。秘色猛然将那人推倒在榻上,自己不顾一切地扑上他的身子:"回答我,艾山;回答我,回答我,回答我……"秘色迷乱地要求着他的回答,却一直没有得到,秘色想要知道他为什么把声音藏在口中不释放出来,又一时找不到适当的"工具",只好凑上自己的唇舌,努力撬开他的唇齿,探入舌尖,去搜索那隐藏起来的声音。

可谁知,秘色的舌一探入那唇齿,便霎时忘记了本来的目的。秘色混沌之中只觉得自己仿佛化身为一只蜜蜂,钻入了藏满花蜜的甬道,所到之处花香四溢,只能深深地陶醉在那柔蜜的温润中,拼命吸吮,再也舍不得离开……

刹那间,燎原的火铺天盖地而来。醉意中的秘色,只觉得口舌更加地干渴,身子深处也涌起异样的渴望,想要拥有,想要掠夺,想要竭泽而渔,想要焚林而猎!

为什么,为什么自己就该是那个主动退让的人?

为什么,为什么自己永远要处于被动的地位?

不要……不要……我想要主宰一次我的命运,哪怕就一次,就一次……

秘色的身子滚烫战栗,他拽过榻上的被子,将那人从额头到眼睛都紧紧蒙住,只露出他的鼻,他的口……

唇舌的纠缠,愈益深入,秘色战栗着点点扯下阻隔在两个人身子之间的衣物,轻轻呢喃:"我好难过,好难过……难过得心都要被撕裂……你知道吗,你知道吗……你还是不说话么?这是不是在我的梦里?……如果不是在我的梦里,你又怎么可能会在这个时候出现……你怎么可能扔得下你的大婚,你怎么可能扔得下那么美丽又高贵的公主……是梦吧,是梦吧,那就让这个梦不要醒来……不要醒来……"

混沌……混沌……秘色此时在酒意与欲念的缠磨之下,已经分不清楚哪里是梦境,哪里是真实,耳畔似乎依然听得到那一浪高过一浪的热烈曲声,身子却极为真实地感受着肌肤的厮磨。在又一波热烈的曲声高亢传来的时候,秘色也再也按捺不住地,弓起身子,主动接纳了他!

自古以来,不都是船儿在水波之上行?

可是今日,秘色却忽然觉得自己变成了那一波一波的涌动,可是自己竟然偏偏是置身舟上的!水波与小舟颠倒了上下,自己从曾经的被动变成如此时的主宰!

从未有过的快意,莫名的满足,催动着秘色不停地涌动着自己的身子,恍若滔滔的浪,一波又一波将自己逼向崩溃的边缘,让快意随着阵阵的颤抖一遍遍汹涌冲刷尽自己的身心!

秘色悸动地嘶喊出声,全然没有留意到,身下那蒙着眼睛的人,也面色潮红着,想要发出吼声……

终究是梦啊……否则艾山怎么会这般乖顺?

这个梦,好长,好美……

艾山他似乎整夜都伴在自己身边,一直柔柔地拥着自己,像是拥着柔弱的月光,像是拥着天下最珍贵的至宝……

他,终究是没有离开的啊……

晨光微熹,秘色被宿醉的头痛折磨得醒来。

睁开眼,身畔一切如旧。奇怪的是,就连昨夜里明明记得自己跑到床尾去的烛台,此时竟然也老老实实地重新站回了床头!难道,它自己又跑回来了?

呵,自己又说梦话了……昨夜的一切都是个梦啊,梦中的一切自然都不能当真的

四、双生

……

只是,只是,只是身子上的感受怎地会如此逼真!

逼真到,现在心房周围,还能找到萦绕其上的幸福感觉……

可是幸福……幸福总是跟自己远远地相隔,即便曾经在幸福身边擦肩而过,也总会再次远远地错开,再无交集……

就像,就像自己此时已经再没有时间去回味这萦绕在心头、似真似梦的幸福,她必须趁着晨光乍开之际早早起身,在人们还没有起床之间赶到可敦城的东门。

耶律亿说过,会在那里等待……

回鹘……已经是到了该离开的时候了……

如果,相处只能带来伤痛,那便不如远离,尽管远离会让随之而来的思念,蚀骨销魂……

相见争如不见,有情何似无情!

只带着几件从大唐随身的衣物,秘色悄然走出了帐篷。

晨光熹微中,天地混沌,秘色的脑海中随着脚步的悠荡,似乎也涌起缥缈妖娆的雾霭。

似乎,似乎,昨夜的某个刹那,曾经在梦中那人的眉间,见过隐隐一闪的殷红一点……

怎么可能?

怎么可能!

一定是梦。

一定,是梦……

向东。隐隐可见云层之间,朝阳风华悄绽。

背后。阴霾与雾霭已经渐渐不见。

别了。所有的伤心,与所有的怀念。

这一别,将是永生永世的不再相见;还是,终有一日,我还会回到你的身边?

日升。

云散。

换了,人间……

五　契　丹

1. 白马青牛

在辽阔的东北草原上,有两条河流最为著名。它们一条叫做西拉木伦河,在契丹语中是"黄水"之意;另一条河叫做老哈河,又称为"土河"。这两条河流,带着东北大草原特有的年轻活力,从山中奔涌而出,随着地势的平坦,而渐渐地走向成熟,最终在一块被称为"平地松林"的平原上,平和下来,轻舒胸怀,波光潋滟。莽莽草原上,因了这两条河,而更加生机勃勃。

传说,天宫中有一位仙女,被人间这片草原的美景迷住,便偷偷降临人间,骑着一头青牛,沿着黄水顺流而下,一路欣赏这人间的美景和生机。

这一片人间美景,同时也吸引了一位英俊的青年神人,他也来到人间,骑在一匹神骏的白马之上,沿着土河一路向东,走马观花。

命定的相遇,在两条河交接之处的木叶山,揭开了它绯红的面纱。此时,千紫万姹的野花竞相开放,千婉万转的鸟音踏水而鸣。青牛白马在花海中,显得格外矫健;天女和神人在鸟音中传递心曲。

天女和神人,痴痴地呆立在彼此的凝眸中,早已经顾不得,青牛隐去,白马归林,两个人的眼中和心中,只剩下了天地之间的彼此。这真是万年一回,天作地合……

只羡鸳鸯不羡仙,天女和神人结合后,并没有返回天界,而是留在了这片青山绿水之间。他们相继生下了八个儿子,个个英勇神武,他们便成为后来契丹八部的始祖。

契丹民族,从一开始便生存在大唐与突厥之间的夹缝里。大唐和突厥都将其作为自己想当然的势力范围。

突厥人称,"契丹"之名,便是突厥语中的"镔铁"之意,也就是说,突厥人将契丹人当成了自己的"锻奴"。

而大唐则是另外的一个说法。他们说,早在贞观二年,契丹八部中的一部首领,便带着牛羊马匹到长安朝觐,请求归附。当时大唐按照当时赏赐外臣的礼节,送给他一套礼乐仪仗。这套仪仗便称作"契丹",从此契丹有了自己的名字,更是被纳入了大唐的控制范围……

后来,随着回纥帮助大唐剿灭了东突厥,契丹便更直接地成为了大唐的统辖之地。随着契丹势力的不断兴起,屡犯大唐边境,唐特设平卢、范阳、河东三藩镇,用以防御契丹。却没想到,这三藩镇却造就了安禄山的崛起,最终引发了导致大唐由盛转衰的安史之乱……

契丹与回鹘之间的关系,也是一直处于微妙之中。

突厥强盛之时,回鹘与契丹曾都是突厥的一支。后来,随着回鹘帮助大唐剿灭了突厥,使得回鹘在大唐的扶持下,取代了当年突厥的地位,于是在相当长的一段时间里,契丹是受到当时强盛的回鹘的辖制的。

但是后来,随着回鹘被黠戛斯攻破牙帐城哈拉和林,回鹘帝国曾经的辉煌渐渐远去,契丹于是在大唐与回鹘同时转入衰微之时,得到了机会发展自己。

只是需要一个人、一个契机,契丹便可雄视天下……

此时,这个契机,即将到来……

远远地,几匹马如一串黑色的流星,从银白一片的雪原上,迅速奔过。马蹄踏踏,激起片片琼花玉屑,远远望去,竟似踏浪而来,水花四溅。

为首的是一匹玄色骏马,马上之人,身材颀长,紫貂皮连帽大氅紧覆于身,一双熠熠的眸子,穿过马前飞溅如浪的雪屑,紧紧盯住前方,看一只身形矫健的鹰飞扑向雪原上拼力奔跑的一只黄羊。

实则,那羊奔鹰飞本是极大的反差,黄羊身子雄壮,飞鹰反倒身形较小,即便那鹰疾如闪电,但是想要制服一只身高体重都是自己十数倍的黄羊,几不可能!

但是,马上之人,没有一个人面上哪怕有一点点的怀疑之色,他们的眸子中都是满满漾起的兴奋,不想放过那鹰飞扑黄羊的任何一个瞬间!

仿似一道黑色的闪电,又像是一支离弦之箭,半空中的飞鹰猛然一个俯冲,白色的爪子直扑黄羊的头颅!

只听得一声惨叫!两股殷红的血线凌空射起,黄羊的两只眼睛,硬生生被锋利的鹰爪击中！受伤的黄羊，已经看不到了前路，但是它的四蹄依然完好，一股求生的斗志支撑着它以更快的速度向前奔逃！跌跌撞撞，左突右冲，黄羊的拼命逃生，反倒更加大了飞鹰制服它的难度。飞鹰振着黑色的双翅，几个突然转向的俯冲之后，已然显现出了急于求胜的不耐。

见此情形，只见马上为首之人，将拇指与食指噏至唇边，一声清亮的啸声凌空飘起，像一道明亮的箭，直插天空！

飞鹰闻声，随即拉高身形，不再紧跟在黄羊的身后做无谓的扑击，而是稍高地盘旋在半空，静静地望着黄羊盲目地奔逃。

身后有强敌追击的恐惧、双眼突然失明的疼痛、剧烈逃跑后的身心俱疲，让黄羊奔跑的速度明显地缓了下来，奔跑的方向也不再左突右冲，而是渐渐变成了波幅平缓的曲线。

反观那飞鹰，盘旋在半空之中，御风而行，根本不用振动翅膀，更几乎没有体力的消耗，只是静静地等待，静静地守候，静静地寻觅再次发动致命攻击的机会！

当黄羊的脚步开始渐渐踉跄，空中的飞鹰欢快的轻啸一声，收紧双翅，头部垂直向下，如一道黑色的流星急急坠来！

马匹上的几个人，全都勒住了马缰，紧张又兴奋地凝视着前方。

只见那玄羽玉爪的飞鹰，眨眼间已经将落到了黄羊的头颈之间，毫不迟疑地用它那尖利的喙迅雷不及掩耳地直直啄向黄羊的头骨！都说头骨是身体所有的骨头中最为致密的一块，但是，飞鹰的尖喙竟能一击即穿，宛如最为冷血的杀手，一剑封喉！

黄羊的身子扑通摔倒在雪野之中。前一秒钟它还在坚持着奔跑，不过一个眨眼，生命便已经迅疾地从它身体中飞速流泻，只剩下笨重的身体在雪野之上摔出重重的响声……

"好！——"一阵喝彩之声从那几个人当中倏然爆发出来。为首的男子但笑不语，再次噏唇轻啸，带着一身胜利荣光的飞鹰，啪啦啦拍动着翅膀乖顺地飞来，缓缓停落在为首男子手臂上整块秋山玉打造的尊贵臂鞲之上！

飞鹰落于秋山玉臂鞲之上，鹰头昂扬四望，玄色的羽毛抖擞张开，双翅依然兴奋地轻轻振动。一个胜利者的姿态，一个骁勇而机敏的战士形象，跃然眼前！

为首的男子，赞许而笑，从随身的皮囊中掏出新鲜的红肉，喂给臂上的飞鹰。

身后有侍卫打扮之人趋上前说："于越大人，这女真贡来的海东青，果然神勇啊！看它的身量几乎不及天鹅一半，但是力量竟然能丝毫不逊于巨大的猛禽，速度既快，眼力又准，实在是适于捕猎的杀手！"

五、契丹

"女真……"那为首的男子一边喂鹰,一边沉吟着说,"女真人这般喜欢这海东青……如果他们把这海东青的性子都融入到了自己的骨子里,那这群目下散居东北的女真人便不容小觑了啊!未来,谁敢说他们不会成为我契丹的心头大患呢……"

那侍卫怔然一愣!不过是一只鹰,于越大人竟然见微知著,拥有如此远见之明!侍卫心悦诚服插手施礼:"大人高见!"

那男子兀自喂着鹰,轻轻地道:"吩咐下去,务必打通经室韦通向女真的鹰路,加强对女真各部的控制。如果室韦(蒙古人的先祖)坚持不允借路,那么不妨一战!"

侍卫的神情明显一凛:"于越大人……女真远在辽东,距离我契丹山高水远。似乎,我们目前更应该集中精神对付的是大唐、回鹘、于厥、奚吧?这般大费周章地为了他们而与室韦开战,是不是操之过急?"

那为首的男子,淡淡一笑,用随身的巾子给海东青擦去了玉爪尖与喙上的血迹:"大唐已经衰败其中,回鹘也早已捏在我契丹的股掌之下,于厥与奚尚不成气候……反倒是这女真,还是趁他们羽翼未丰之时,绞杀于摇篮之内为好!"

说完这严肃的话题,为首的男子恍然一个轻笑,望着身后的几个侍卫说:"好了,先不说这个了。你们先帮我把这黄羊带回去,收拾停当,用夏天留下的荷叶包好了,我晚上要用……"

看到于越大人脸上这难得一见的恍惚笑容,还有他竟然指派他们几个去做这收拾猎物的事情,便八九不离十地猜到,于越大人要将这黄羊送去给谁了……

另一侍卫压着笑,轻声地问那首领:"于越大人。日前猎的那只白狐,已经按照您的吩咐做成了狐裘披肩,今儿也要一并带去么?"

那首领盯着那几个侍卫的脸上已经快要压抑不住的笑意,炯炯又带了约略羞涩的目光,一个一个从他们几个脸上滑过:"什么都瞒不了你们几个,是不是?既然都猜到了,想笑就笑,不然看着你们五官扭曲,真难看!"

"哈哈哈哈——"几个人终于不再压抑,尽情地笑出了声儿来。

为首的男子猛然背过身去,将自己面颊上涌起的热度迎向雪原上寒凉的风。

心中有喃喃的自语:"秘色。我对你的心,原来早已经这般地藏不住了吗?"

2. 春水秋山

　　契丹民族游猎为生。又因为契丹八部尚未统一,各自守一方领地居住,所以契丹境内尚未形成有规模的城市。既然没有城市,便几乎见不到砖木结构的房屋,契丹人全都居住在适合迁移的毡帐之中。

　　但是,在契丹迭剌部霞濑益石烈(契丹语,乡),三年前,却让人惊讶地矗立起了一座砖石建造的高大房屋。这是迭剌部首领特别命在本部生活的汉人负责设计修建的。

　　大房子中,经常可见火焰通天,数十个汉人男子每日里进进出出,肩上都扛着长长的木板。上午进去的时候,木板上是一个个泥胎;傍晚时分再出来的时候,木板上的泥胎就早已脱胎换骨成为了各种釉色精美的瓷器。

　　原来,这里是一个瓷窑。这在以游猎为生的契丹草原,可是一个稀罕事,自然引来了契丹人的好奇观望。

　　更让契丹人惊讶的是,主持这瓷窑的,竟然是一个柔弱的姑娘。瓷器制作过程的每一个环节,从制胎、上釉到烧制,这个姑娘都是亲力亲为,细致到几近完美。

　　这个姑娘从哪儿来?没人知道。大家便猜测着,或许这又是部落首领耶律亿任用汉人的一个举措,只是没想到这次竟然请来的是个姑娘。

　　一转眼,这姑娘来到回鹘已经足足三年;瓷窑的创建也已经整整三年。无数的瓷器从瓷窑中走入了迭剌部百姓的生活。这些质地细致、釉色华美的瓷器,渐渐代替了契丹人世代使用的皮囊、角杯,成为了人们生活中必不可缺的物品。人们对这瓷窑,对这姑娘,从开始的犹疑与疏离,渐渐建立起了真挚的情谊。

　　只是,人们并不知道这个姑娘的汉名为何,只知道她拥有一个美丽的契丹名字,叫做"月理朵"……

　　不消说,月理朵便是秘色。依旧是一身翠衣,只是满头青丝已然按照契丹女子的发式,在左右鬓边编成两条辫子,辫梢向上环起,低低垂在肩头。

　　又经历了忙碌的一天,秘色回到自己的帐篷中,才想起,今儿又是元日了……

　　悄然离开回鹘,来到契丹,到今日已经整整三个年头了……

　　三年……耶律亿的玉佩也整整送了六块。

　　契丹的可汗都是依据民情,采用巡狩制,一年当中至少要经由"春捺钵"与"秋捺钵"(捺钵,契丹语,"行宫"),作为契丹遥辇氏部落联盟的于越,耶律亿也自然要随可汗同行。

只是,他每到一地,都不忘记将自己所见所历告诉给秘色。"春捺钵"时会送来春水玉,将海东青猎捕天鹅的盛况通过玉佩的雕刻描述给秘色;"秋捺钵"之时,耶律亿又会送来带着黄皮的"秋山玉",告诉秘色,这一次他狩猎了老虎、熊,还是鹿……春水秋山玉,这契丹独有的玉器,成为了维系秘色与耶律亿之间沟通的纽带。

虽然耶律亿从来没有对自己明言过什么,但是秘色也能从这些细心雕琢又价值连城的春水秋山玉之中,窥得见耶律亿的心。

玉,自古以来便是重器,无论是在中原汉族,还是边缘少数民族之中,玉都是尊贵的象征,玉又是与神灵相通的法器,玉更是一种矢志不渝的承诺……一个男子,一次又一次,将尊贵无比的玉器送给一个女子,这样的心,这般的行,还用语言来诉说么?

元日,又是元日了啊……每一年的元日,耶律亿无论在哪里,无论公事有多繁忙,他都会想方设法来看望秘色。

秘色知道,是耶律亿担心自己会在元日想起曾经在回鹘发生的种种,会沉溺于回忆的悲伤,无可自拔……

今天,他又该来了吧……

正思忖间,帐帘一挑,身披紫貂大氅的耶律亿走了进来。

秘色忙站起身来,迎上前去,帮耶律亿脱掉大氅,又连忙去温奶子,帮耶律亿驱寒。

耶律亿微微笑着,既不说话,又不客气,就坐在那里静静地看着秘色来来回回地忙碌。

刚刚走进帐篷刹那的情形,一直温热在耶律亿的脑海中——秘色手捧着自己送给她的那六块春水秋山玉,眸光盈盈,淡笑如菊……

她也在想着他么?

她也在盼着他的到来么?

接过秘色递过来的奶子,耶律亿鼓咚咚喝了个底朝天。秘色柔柔地问:"肚子饿么?要不要我准备些饭食来?"

耶律亿微笑:"不饿。给你带了些新鲜的黄羊肉来,非常肥美,已经交代给下人了,够你吃到春天。"

秘色轻轻地笑,她知道什么都不用说。他们之间已经远远超越了那个凡事都要言谢的关系,如果矫情地说了谢谢,那反倒会让两个人都感到不自在。

秘色见耶律亿早已经喝光了奶子,却并不急着取走他手里的碗,甚至眸子里闪耀起小小的俏皮,用眼神引导耶律亿垂首仔细看自己握在手中的碗。

耶律亿一看之下,惊喜地大叫:"秘色!你成功了!"

秘色的笑又漾开了些许:"是啊,虽然附近的瓷土没有我越州老家附近的适合,但是经过了这半年多来的反复试验,我终于找到了做成这种颜色的釉彩和合适的烧制温度。只可惜囿于瓷土的品质,烧出来的瓷质地没有要求的那般细致,所以这个暂时只能称作'绿釉瓷',还不能称之为'秘色瓷'呢!"

耶律亿心疼地望着秘色,他知道虽然秘色说得轻描淡写,但是这半年中,秘色为了找到合适的釉彩和烧制温度,一定用进了太多太多的心血:"秘色,不要太辛苦……否则,我要自毁前言,不允你再做瓷了……"

三年前,刚刚来到契丹的秘色,整个心魂仿佛都已经被掏空,无悲无喜,无欲无求,就像一具行尸走肉。耶律亿因为当时刚刚被时任于越的伯父任命为遥辇氏痕德堇可汗的挞马狨沙里(扈卫官),负责组建侍卫亲军,所以必须要跟随可汗迁徙,无法定下身来照顾秘色。无奈之下,耶律亿只得答应秘色,让她做瓷,并亲令修建瓷窑,专门拨派人手……

其实耶律亿哪里是需要秘色做什么瓷啊,他只是想用一件事占满秘色的心,不让她再如半空中飘摇无依的纸鸢。他要用瓷来做手中的线,他要用这根线紧紧地拴住秘色,让她一点点、一点点忘记在回鹘时曾经发生过的悲伤往事,然后一点点、一点点意识到他的存在,一点点、一点点靠近他的身边……

这将是一场漫长的等待,这将是一个耗时的游戏,这将是一份最重的赌注。

不过,在他的心中,这一切,都是值得的。

因为他坚信,他一定会走到尽头,他一定会赢得最终的胜利。

就像他曾经打过的每一场仗,就像他此时在契丹微妙的政治格局中的坚毅忍耐……

只要用心,并且懂得忍耐,便没有什么事情会逃出你的掌握。

秘色听着耶律亿佯怒的"威胁",不怒反笑:"你现在自毁前言,可晚了!到时候,要找你算账的可不是我,而是你迭剌部所有的族众了!"

耶律亿挑高眉毛,这几年来在残酷的政治斗争中已经磨砺得宛如刀锋一般锐利的眸子,倏然重现曾经的桃花一般的笑容:"是么?你用了什么手段将我亲族的人心全数收买过去的呀?"

秘色淡笑:"也没什么啦。只是窑里烧制出来的瓷器太多,我便拿去送给部落里的人们啊,还告诉他们使用瓷器的好处。幸运的是他们已经接受了瓷器,不再皮囊装

五、契丹

酒,不再用木碗饮茶,不再用铜盘盛菜……如今,他们的生活中已经再离不开了瓷器,如果你不让我继续做瓷了,他们怎么可能答应……"

听着秘色的叙述,望着秘色眸子里流泻的清波,耶律亿的眼前几乎已经可以看到这样的一幅风景:当一个弥漫着水汽的早晨悄然来临,土河居民的日子也静静绽放在毡帐内外的瓷光之中;健美的契丹女子背起长颈瓶到河边取水,闪烁不息的水波漫过瓶沿,溅湿了草原上的一片阳光;打猎男子背起箭囊跨马而去,背上斜背的那只装满了水的鸡冠壶格外耀眼;一大户人家的毡帐里,一男侍已立身恭候在陈设有盛满食物的桌旁,等候主人到来,桌上的盛食器品类上乘,釉色簇新……

耶律亿心下不禁呆呆睒睁,眼前这个脸颊上绽放着珠贝彩光的女子,难道还是当年自己在回鹘所见的那个周身萦绕满淡淡清愁的女子么?

眼前的她,刹那间这般地——陌生;却又该死地——这般——迷人啊!

"秘色!……"耶律亿一时间心潮澎湃难以自已,冲口喊出秘色的名字,却又不知该从何说起,不知该如何将心底铺天盖地的情潮归纳成为合适的语言。

秘色她,秘色她应该明了自己的心啊。可是这三年来,她一直站在当初的那个位置上,从未向自己走近过一步。初时可以归结为这是秘色为情所伤,不敢再轻易尝试感情;可是三年啊,一千多个日夜已经走过,秘色依然还遥遥地站在彼岸,那么便已经不只是疗伤的原因了……或许,秘色她,对自己真的无意啊……

如果不将心事说出来,那么两个人依然可以这般闲在地相处;一旦直抒胸臆,如果真的如自己所测,秘色她的确心无此意,那么是不是以后两个人之间反倒会树立起一道高高的围墙,让两个人之间的距离,再无走近的可能……

如果不说出来,无非是自己一个人压在心底的痛苦。

如果说出来,反倒可能会造成两个人心底的难过……

与其将秘色一同拉入痛苦之中,那还不如自己一个人背负下所有的心伤吧!

秘色,究竟我还该等多久?

3. 蕉窗夜雨

秘色听得耶律亿叫了一声自己的名字,抬眸微笑地望着耶律亿,等待他接下来的话。可是,耶律亿却停住了,目光里万般情绪缠杂流过,似悲似喜,亦梦亦真。秘色心下不由得惊跳,仿似自己不小心窥破了他什么秘密,却又无法厘清这谜底到底是什么两个人之间正尴尬着,忽然帐外有人禀报:"于越,那人已经从室韦回来了……"

耶律亿一听,奋然起身,眸子里的神情一扫之前的混沌,重新绽放出清亮熠熠的光彩:"好,备马,我们即刻赶回'冬捺钵'!"

秘色心底有小小的惊奇滑过,帐外通禀的竟然含混地说"那人",不提人名,耶律亿竟然也能心领神会地知道那个人是谁……为什么这么神秘呢?

"这么快就要走了么?"秘色给耶律亿捧来紫貂大氅,柔柔地问。

耶律亿转身,眸子专注地望住秘色,目光深邃而又绵长,像是饥饿的人牢牢地锁住温暖的餐饭:"秘色……对不起,这次实在是有十万火急的事情,否则我一定会抛开一切,在你这里多待上几天……秘色,你要好好照顾自己。榻上的包裹里,是我给你带来的白狐披肩,平时要多披在身上。"

秘色回望榻上的狐裘,心下是微微的暖。几乎每次耶律亿来,都会将自己猎捕到的最珍贵的皮毛带来。秘色郑重点头,眸子闪亮如星。

"秘色……"耶律亿语气稍稍粘滞,面颊上似乎隐现微微的红,"可不可以,拜托你烧一件瓷器?"

秘色轻笑:"好啊,说说你想要什么?"

耶律亿别过脸,眼神像受惊的鹿跃动着躲闪:"帮我烧一个人俑吧,要穿你这样翠色的衫,要有你的面容……我想带在身边,时刻都能看到……"

秘色的脸腾地烧红。

还不等秘色作答,耶律亿已经抓过紫貂大氅,抢先几步跨到了帐门,将面容闪躲在帐门处投进来的光线中。

在侍卫的服侍下,耶律亿站在门口穿好了大氅,即将跨步离去之时,忽地又有一个犹疑,站在原地没有回过身来,嗓音幽幽地说:"还有一件事……三年了,我答应他三年……所以很可能你很快就要见到他……"说完头也不回地大踏步离去。

他,在说什么?

秘色刚刚还沉浸在耶律亿所说的,想要一个人俑随身带着的言外之意里,却不想他临走,又抛下一个更加缭绕不清的话题。

他,是谁?

我为何要见到他?

他们之间有过什么样的三年之约,这三年之约跟自己又有何挂联?

难道平静只得三年,从今天起,甚至是从此刻起,一切的一切,便都会变数横生了

五、契丹

吗?

帘外有细碎的脚步声传来。其实如果不是听者的心细如发,几乎听不到那脚步声。那脚步声,就像风轻轻掠过一片干枯的叶,宁静的沙沙。

秘色唇边轻泻笑意,暂时搁下心上的烦扰,朝向帐门处扬声:"瑟又麦,还不进来?"

帐外似是一声呜咽,帐帘下缘被悄悄拱起一个边角,一颗巨大的白色狼头伸了进来!

那幽幽的眸子东张西望了下,见秘色面上带笑,方才放心地将身子全数拱了进来,像做了错事的孩子,讪讪地挤到秘色腿边,用自己毛茸茸的长脸颊,在秘色裙子上蹭了又蹭。

秘色只需平伸手臂,便可以摸到白狼的脊背。当年那个棉花团一般的幼狼,经过了三年,已经长成了高大威猛的雪狼!

留在回鹘的买色兹,此时应该这般英武而强健了吧!

三年前,当秘色带着满心的破碎,趁着熹微的晨光,走向回鹘可敦城的东门,去与耶律亿汇合的时候,本以为天地之间自己如今已是孑然一身,却没想到,没走多远,便隐隐听得背后传来沙沙的脚步声。也曾经以为是草原上寒凉的风刮过路边的残叶,可是无论秘色继续走了多远,那沙沙声就是如影随形地以相同的频率和距离跟随在秘色身后。秘色只好回头,望见一团柔柔的白,瞪着清亮的眼睛,执著地望着自己。只要自己身形稍动,那小家伙立即调动身子,紧随其后!

秘色眼眶滚满热意。对它们不告而别,本以为可以就这样静静地离去,可不知怎么竟然惊动了其中的一只幼狼,被它紧紧地跟随着。

秘色忍不住冲回来一把搂住了幼狼。良久,却不得不重新放下。前路,陌生的契丹,秘色都不知道自己能否走得安然,更不知道自己的生命会不会在这寒凉的草原早早凋零,如何照顾得好小小的幼狼……自己走之前,已经将两只幼狼托付给了玉山。尽管那孩子不能说话,不能走路,但是他拥有一颗比天山雪更加纯净的心灵,并且拥有与狼王心意相通的神奇力量,再加上他身为回鹘惕隐的高贵身份,所以秘色相信,那孩子一定能够更好地照顾两只幼狼,带着它们健康地长大,然后听从它们自己的意愿,回到草原还是继续留在人类的身边……

可是这小狼,却似乎比秘色还要更加倔强。无论秘色如何诱哄、劝导,甚至佯怒地驱赶,那小狼就是定定地蹲在秘色身后,两只小眼睛牢牢地盯住秘色,一动不动!

晨光已经渐渐明亮起来,如果再不走,可敦城内的人们起身了之后,自己的行踪恐怕就已经无法再做掩饰。秘色只得蹲下身抱起小小的幼狼,共同走向前方那未知的命运……

从此,两只双生的幼狼,各分一边。

买色兹留在了回鹘,留在了玉山那里;瑟又麦则来到了契丹,跟随在秘色身边,整整三年。

"瑟又麦,又跑去哪里了?一整天都不见影子,夜深了才回来……"秘色轻轻抚着雪狼的头顶,像是轻轻呵责着自己淘气的孩子。

雪狼低低鸣咽着,全然不见了狼天生的野性和威仪,倒像是一个撒娇的孩子,跟母亲低低地认错。

瑟又麦柔软光滑的皮毛,在秘色之间悠悠滑过,缓缓熨帖了秘色的心,让她的心渐渐宁静了下来。是啊……就算宁静的岁月总不长久,就算眼前将会变数横生,但是担心远远解决不了任何问题,反倒会扰乱了心神,错过了眼前本来能够抓住的瞬间幸福。

不去想了……不想了。该来的总归要来,又何必早早做下不一定准确的判断和准备?

就这样静静等着吧,看看到来的事情是什么,再想办法因应,也就是了。

三年。说长不长,说短不短的三年,已经将秘色的心锻造得稳定而又成熟。如今已经二十二岁的女子,对待任何的风吹草动,已然学会了波澜不惊。

帐外,随着寒凉的夜风,吹来一阵幽幽的笛声。如泣如诉,百转千回,在这无月的夜晚,显得格外悲伤。

是谁?是谁在吹笛?

秘色的心突地悸动,恍若猛然推开一扇窗,窗外有瓣瓣飞花随风而入,纷纷扬扬,罩满周身。

最恋笛声,却也——最怕笛声啊。

大唐的月光之下,曾经有一个男子,清雅如莲,一管玉笛直令飞花轻舞,星月无言。

回鹘的草原之上,也有一个绝美的少年,紫竹笛音诉心声,清越笛音化作最美的语言。

笛……该是一个缘。还是一个劫?

可是……如今耳畔的笛音,却绝不可能来自于这两个男子……

他们一个身在大唐,远如关山明月。

五、契丹

一个身在回鹘,回首便是痛彻的殇……

想来,这笛声不该是竹笛吧……契丹目下由于尚未统一八部,对于汉族文化接受得还相对较少,所以汉人的乐器还没有出现在契丹草原之上。

这笛声……或许该是羌笛,或者是契丹人惯用的胡琴(二胡便是契丹人的乐器,后传入中原),在这样无月的夜晚,被草原上寒凉的风远远吹来,扭曲了本来的音色,让自己错认为是竹笛了吧……

不敢听竹笛,一听心欲迷。

眼前总是会飞扬起那清雅如莲的粉蓝色衣袂,翩翩袅袅在皓月朗空中轻若飞花,可是却会在一转身之下,蓦然惊现一朵花钿一般绽放在眉间的胭脂记!

迷乱……迷乱……

清雅如莲的身影本该是陆吟,可是为什么却在一转身间化作了倾尽天下人心的玉山!

三年前的元日迷梦,就又会随之袭来。

明明是一个梦啊,明明梦中的人是艾山。那般荒唐而不堪的梦境里,那般绝望而癫狂的激情中,明明、明明是艾山的蓝眸,艾山的面容,可是为何总在心思飘忽之间,隐隐觉得在黑暗中撞见了一抹胭脂红!

不会的。不会的。不会的……

明明是一个梦啊。

明明蒙住了他的眼睛……

怎么可能真的做了那样的事情,怎么可能瞥见眉间的殷红!

这蓦地被似是而非的笛声扰攘而起的心绪,怎一个乱字了得!

4. 天青绝色

五月,一条喜讯传到迭剌部,迭剌部首领、兼任部落联盟于越之职的耶律亿,率军大败室韦,将室韦赶至漠北,从而打通了契丹东西两条通路。东可直达辽东,控制出海口,加强了对女真的辖制;西可连接丝绸之路,加强与西域的贸易往来。

此时,大唐衰微,回鹘势弱,室韦新败,沙陀、黠戛斯、女真等各族尚未成气候,此为契丹龙兴的天时。

疆界横跨东西,沟通东西贸易,坐拥东西贸易交流的必经之路。契丹民族的马匹、皮毛等成为上佳的商品,为契丹带来源源不断的财富。此为契丹龙兴的地利。

天时、地利,只差人和。契丹八部结束分裂,统一成为强有力的集权制王权,已经势在必行!

这个终将成为契丹之龙的人,会是谁?

契丹草原迟来的春天,也在五月,姗姗地来了。

春雪初溶,江河解冻,迭剌部的契丹汉子们三五成群地,来到河面上钓鱼。契丹人喜欢凿冰钓鱼,趁着这早春时节,冰面已经隐有松动的机会,轻易便能凿穿数尺厚的冰面。而那些藏在冰面下的鱼儿,早就感知了春天的到来,它们会欣欣然地等在凿穿的冰窟窿之下,以为冰开了便是融化了,所以急急忙忙想跳出水面来,却不成想轻易地便做了契丹汉子们网底的猎物。

秘色的瓷窑,也更加忙碌了起来。其他部族的契丹人,也对迭剌部民众在使用上精美的瓷器羡慕不已,于是趁着春天来到,路途通畅了,便早早地来到秘色的瓷窑,选购各种瓷器。

瓷器,曾经是中原汉人独享的珍品,作为重要的商品,经过丝绸之路,远销西方各国。契丹人自然早就慕名,但是因为瓷器转销到草原后身价倍增,除了各部酋长贵族,一般的民众断然无力承受。

再加上,瓷器本身易碎的特征,并不适于契丹人游牧而居的生活特点,如果价格再极为高昂,契丹民众即便买得起也是用不起的了。

而如今,瓷窑就开在草原上,价格甚至比自己制作皮囊、木碗还要实惠,所以契丹各部的民众无不趋之若鹜,秘色的瓷窑一时间忙得不可开交。

按说,生意这么好,秘色应该乐呵呵地在瓷窑里忙着才对。可是事实却是,秘色正坐在自己的帐篷里,望着眼前桌案上一堆釉色矿石发呆。

不知为何,她试验了这么久,总是做不出家里瓷厂出产的秘色瓷。釉色矿石是相同的,烧制温度是相同的,可是烧制出来的产品,仅仅是普通的绿釉瓷,釉色在亮度和厚度上总是要差一点,出不来秘色瓷的那种光亮透影、如雨过天晴的天青釉色。

问题到底出在哪里?秘色百思不得其解,却越是无解越是不想放弃,已经连续几个昼夜没有睡过好觉,真担心自己哪一天忽然一夜白头。

正出神间,忽有一个瓷厂中的汉子跑来禀报:"月理朵姑娘,瓷窑里来了个汉人,他说我们瓷厂里的产品都是废材,还点名要管事的出去见他!"

秘色淡淡扬眸:"算了,不用理睬。他想买瓷,我们便按件收钱;如果不是,就随他

五、契丹

217

去好了。"秘色的心思全都沉溺在釉色的研究之中,哪里有心情去应付这无聊之人。

那汉子似乎稍有迟疑,话似说不说地喃喃:"他还说,最垃圾的就是我们的绿釉瓷,本来能成为冠绝天下的秘色,可在我们手上却被摆弄出一片惨绿……"

这句话宛如一根针,一下子扎入了秘色的心房。秘色腾地站起身来:"带我去见他!"

挑高宽旷的瓷窑里,炉火冲天。虽然刚刚是契丹草原的早春时节,但是炉火的高温已经让所有的窑工无法穿得住衣衫,一个个赤膊着上身,强健的肌肉上隐隐透出油亮的汗。

这般燠热的窑房里,却因了一个人,而横生出一方清幽。只见远离炉火的另外一边,放置着各种瓷器成品的桌案前,背身坐着一个男子,一袭粉蓝色的宽袖长袍,清雅得宛如这清丽粉嫩的早春秀色。长发微绾,一根白玉长簪横插髻中,鬓边余发随风轻舞,一派淡雅闲情。

一见那服色与背影,秘色的心重重一震!

这服色、这背影,实在是像极了一个人啊!

是他吗?不是他吗?

可是怎么可能,怎么可能!

秘色的心狂跳如雷,她尽力压住脚步,缓缓向这个背影走来:"就是这位公子要见我么?"

那男子闻言,悠然转过身来——

面前似有清风拂过,飘来瓣瓣飞花,秘色眼前不觉一花,恍惚之间似乎望见陆吟在对她微微轻笑!

秘色压抑不住心底的悸动,脱口惊呼:"陆吟!"

"呵呵,姑娘,小生姓陆,但并非名吟。小生陆天青见过姑娘……"一声清越的嗓音穿过飞花而来,宛如一股沁凉的水,迎面而来。

飞花流过,清风偃息,眼前所有的幻觉刹那间都在秘色眼前化作虚无。陆天青真实的面容呈现在秘色眼前——可惜了那清雅的气质,眼前的这张脸平淡无奇,五官处处全无任何吸引人眼神之处。

秘色的心咯噔了一声,心底刚刚轰然烧起来的火,被冷冷地浇熄:"原来是陆公子,月理朵失态了,还望公子勿怪。"神色之间已然恢复之前的冷肃。

"月理朵……"那陆天青并没在意秘色有意的疏远,径自玩味着秘色报出来的契丹名字,像是自有感触,"我不通契丹语,但是我也能从中领会到这名字的美丽,月理朵,岂不就是月光下美丽的花朵……真美啊……"

秘色嫌弃地看这张平淡的面孔故作风雅地猜度着她的契丹名字,不过倒也罢了,反正这名字只是耶律亿为了掩藏秘色的身份而送给秘色的,到底是什么意思,又有什么重要呢。

秘色有意地岔开话题:"陆公子,不知您今天到来,是来买瓷呢,还是来订做瓷器?"秘色的意思很清楚,要么你是来买我现成做好的瓷器的,要么你是来根据你自己的需要定制瓷器的,否则我没有必要与你做那些无谓的争辩。

这么明白的意思,陆天青怎么也该听出来了。他哈哈一笑,毫无神采的眼睛望住秘色:"好吧,陆某今天是来订做一件瓷器。"

秘色抬眸:"敢问是何瓷器?"

陆天青又是哈哈一笑:"陆某订做的是一管瓷笛,要天青秘色。如果姑娘能做得出,陆某愿一掷千金;如果姑娘做不出,那么陆某只希望姑娘不要再做这些蠢钝的绿釉瓷了!好好的釉料、好好的瓷土,经过那么多人费尽心血的烧制,可是烧出来的不过是惨淡的绿釉,真是糟蹋了这些本能烧出秘色瓷的原料!"

秘色眯起眼睛望眼前这个面容平淡无奇的男子。果然,他此来正是为了这秘色瓷而来,而且一提及就是咄咄逼人!

他会是什么身份?他怎么识得制作秘色瓷的原料?

莫非,他也是瓷商出身?走遍天下,只为仿造秘色瓷,以便货卖各国,赚取巨额的利润!

这样的人,秘色小的时候便听得父亲说起过太多了。

正是因为秘色瓷的皇室独享的身份,使得大唐国内,包括西域诸国,甚至西洋诸国都对秘色瓷羡慕不已,不惜千金求得一件。但是,沈家的越州瓷窑又是官窑的身份,皇家严令不许秘色瓷外传。每一炉瓷烧出来,皇家的瓷官会选择精品中的精品送入京城,其余的,不论优劣,一律砸碎!

所以,有的以贩卖瓷器为生的商人,在千方百计诱惑沈仲纶偷渡秘色瓷不成的情况下,便走遍天下各处瓷窑,只求能够寻得仿造的秘色瓷……

想来,自己的瓷窑能够吸引了陆天青来,便也是因了这瓷窑藏身契丹草原,不易为大唐官家查知之故……

这单定制秘色瓷笛的生意,接下还是不接?

显而易见,陆天青要订做这秘色瓷笛,醉翁之意不在酒。他要的根本不是一管瓷笛,而是以此作为试探,看自己这个瓷窑,能不能做出秘色瓷来!

如果接下……一来自己目下的确是还没有找到釉色不准的症结所在,再者就算届时能够成功,也不过是将自己的心血明珠暗投给这个唯利是图的商人。

如果不接呢……恐怕就要忍受这个陆天青毫不遮掩的蔑视与嘲讽了!

秘色心中一动,缓缓开口:"好,月理朵就接下您这单子。但是,天青秘色瓷乃是天下至宝,不能保证每一炉都能烧制得出来,所以恐怕要耽误些时日。如果,陆公子不介意时间,能够留下等待,那么月理朵相信,定能不负公子所托!"

对于一个唯利是图的商人来说,最宝贵的是什么?不是一单交易的利润厚薄,而是——时间。拖延时间,无异于湮灭了无数个赚钱的机会。一个精明的商人,绝不会只为了一单生意,而虚掷掉大段的时间!

秘色的意图很清晰,她就是想要陆天青自己知难而退,于是把这个球重新踢回了陆天青的脚下。

秘色等着陆天青自己取消之前的订单。

除非,他不是真正的商人。

5. 以身相抵

"好!"没想到陆天青竟然一击桌案,爽快地应下:"陆某就留在此地等待,何时成品出炉,何时陆某离去!"

秘色绝对无法想象,球这么快又被踢了回来。由于自己以为胜券在握而毫无防范,而那球又飞来得太急、太快,于是重重地砸在了秘色的心上,扯出震击而来的空空的疼。

秘色心底的好胜心如疯长的春草:"好,既然如此,月理朵就邀请陆公子住下!衣食费用,全都算在月理朵账上!"

陆天青顺势大笑:"好,却之不恭,陆某就此留下!只是,陆某大男人家,如果衣食费用都要姑娘张罗,不免太没用了。陆某情愿自卖自身在姑娘的瓷窑,以做工之力作为给姑娘的衣食费用吧!"

事已至此……秘色还能说什么?

除了点头答应下来,绝无第二条路可走。

人家这诚心,都甘愿自卖自身在你的瓷窑里给你卖苦力了;人家跟你订做一个瓷笛,将来也是要另外给钱的,断不至于用做工的付出来抵赖。于情于理,秘色都绝无拒绝之理……

可是,却不知怎地,秘色总觉得自己已经一不小心踏入了一个设好的圈套。只是,这圈套还没开始收紧,所以秘色现在还感觉不到现实的威胁……

这个圈套,到底是什么呢?自己有什么值得他陆天青这般煞费心机布局设计的呢?

秘色只是隐隐地,似乎抓到了一个关键——瓷笛……瓷器各种品类的都可能,也都可以理解,可是为什么偏偏是一根瓷笛?

那么说,这陆天青,也是会吹笛之人咯?

难道,他真的是商人么?

又是几个夜晚,无法入眠。秘色瓷的问题一直一直萦回在秘色脑海中,久久不能散去。尤其,自从陆天青到来后,秘色的梦境变得更加扑朔迷离。

瓷笛……

清雅如莲的背影……

陆为姓氏……

久久,久久地缠绕,看不到一个重点,得不来一丝解脱……直到让陆吟不期然跳入秘色脑海。

陆吟……我已经有多久没有想起你?是不是就因为这样,所以上天才要用这样的梦境惩罚于我?惩罚我竟然沉溺于回鹘的迷情中无法自拔,惩罚我竟然因之而忘记了你真重的情……

陆吟!陆吟……

如今,你到底在哪里呀?是不是,身边早已经拥有了心爱的姑娘?说不定,更有了一个小小的娃儿,已经学会跟在你身后,蹒跚学步了吧?

陆吟……在你的记忆中,是否还有一个人,叫做沈秘色?

陆吟……十几年前的越州初见,早已经从你的心头,淡淡远去了吧?

尘归尘,路归路,陆吟,是不是,你我今生,从此错过?

笛声!又是笛声……

秘色的心,颤抖起无限的苍茫,忍不住披衣起床,掀开帐帘,走入草原初春的夜,遥望银色月光下广阔的天地。

是谁在吹笛?在这无梦的夜晚,在这惹动烦乱的初春……

五、契丹

那吹笛的人，也是无法入眠么？也是，满怀难平的心绪么？

这一次，秘色听得仔细，不是契丹的胡琴，不是西域的羌笛，而就是横笛，源于中原的清越竹笛！

秘色的心，忽然涨满春风，仿佛夜色中浮起淡淡的亮色，氤氲如云，银白似月，催动着秘色，朝向那个方向奔去——

那笛声，竟然是从瓷窑的方向飘飞而来的。秘色站在瓷窑门前，睒睁无比。心下有小小的跳跃，但是更多的则是无边无垠的失望。

瓷窑中的每一个人，秘色都熟悉得宛如十根指头，怎么可能会有那个清雅如莲的人，怎么可能会有那般清越如月的笛音！

秘色颓然推开瓷窑巨大的木门——房内，依然熊熊燃着的炉火，将整个内中世界映照成一片彤红。木板搭起来的案子上，各色泥胎整齐摆放。另一边，烧制出来的成品，釉色簇新，在炉火的映照下闪着幽幽的光。

往日一片忙碌的瓷窑，如今在宁谧的夜色里，竟然显出难得的幽静却又粗犷的美。就像一个裸着上身的汉子，劳动之后身上流着火滴着汗，虽然没有衣饰的装扮，但是那裸露的阳刚便已经是这个世间最完美的景致了。

秘色踏入瓷窑，左右顾盼，想看到到底是谁，这么晚了还留在瓷窑里，吹着这般清越而又美妙的笛声。

炉火。木案。无言的瓷器。

秘色翠色的裙袂成为偌大个瓷窑中唯一灵动的存在。转身，再转身；不见，依然不见……

明明就是在这里啊。明明是那般清越的笛音。

怎地会遍寻不见？怎地会平地消失？

心蓦然堕入死寂。所有的亮色，所有的期待，都已经化为泡影。

脚步一个趔趄，秘色的身形跌坐在木案之前，案子上的瓷器彼此磕碰着发出脆裂的响声，就像此时秘色片片碎裂的心。

秘色的泪，悄然滑落。再也压抑不住的哽咽，伴随零落的嗓音飘溢：

"陆吟，陆吟……真的不是你吗？果然不是你啊……"

"我怎么会以为会是你？我有多愚蠢，我有多愚蠢啊……"

"怎么可能会是你，怎么可能会是你啊……莫说你远在大唐，如今音讯杳然；就算你依然还镇守在天德关，你也不会知晓，我已经离开回鹘，来到了这片更为陌生的契丹草原……陆吟，陆吟，即便你知道我现在契丹草原，你也断不会来见我的啊……我是这么不堪的女子,我已经完全失去了再见你的颜面……你该把我忘记,你该把我忘记啊……"

炉火熊熊,给俯身哭泣的秘色披上一层柔暖的红纱;瓷器寂寂,幽幽釉光处处印满秘色纤弱的翠衣……天地无声,万物讷言,都静静地陪伴在秘色身畔,陪伴着她动情发泄的哭声。

秘色不知道,其实就在这一方小小的天地里,果真是还有一个人的。但是,那个人却不能见她。当秘色颓然推开瓷窑大门的刹那,那人便飞身登上屋顶高高挑空的房梁。

秘色的寻觅,秘色的哭泣,秘色的孤寂……全都像一根根布满尖芒的刺,重重、重重地刺在他的心上。他却不敢闪躲,更不敢拒绝,只能眼见着那尖刺刺出殷红的血,流遍他的四肢百骸……

那悲凉而怆痛的眸光,紧紧锁住秘色的身形,只能一如天地,静静地、静静地陪伴在她身畔。他多想,多想让自己来代替她,所有的伤、所有的痛,他都心甘情愿独自来背,可是——却不能,还不能啊……

只能等待,只能任由心上的创口血流如注。为了他日的相见,必须要学会暂时的忍耐!

瓷窑门外,忽然传来尖利的狼嚎。惊止了秘色的哭泣。秘色知道,一定是瑟又麦从外面回来,找不见了自己,故此四处呼唤着呢。

秘色心底涌起暖暖的温意。都说狼是最孤僻的动物,它们不相信人类,它们不轻易跟任何人产生感情。但是,自己却又是幸运的,不但拥有了这只雪狼全部的信赖,更在这陌生的契丹草原上,彼此成了相依为命的亲人……

人情冷暖,有时竟然不如一匹狼来得真心实意……

秘色起身,想迎出去,她知道瑟又麦如果不找到她,是不会甘心的。可是,秘色刚刚起身,便已经听到那轻如晚风吹过落叶的沙沙声,已经来到了瓷窑的大门外。

"瑟又麦,我在这里。"秘色轻轻地向门外扬声。

正待走向门口,忽地那一阵寒凉的狼嚎声平空而起,远比之前寻找秘色时,更为凄厉。秘色的心不由得惊跳!

瑟又麦一定已经听到了自己的声音,按说它不该如此敏感,怎地会突然狂叫至此?

秘色来不及多想,急忙打开瓷窑大门奔了出去——

五、契丹

月光下，银色苍茫。威武的雪狼，仿似披了一身的月光，站在深蓝的天幕前，威武骄傲。

瑟又麦看到秘色的身影，非但没有停下叫声，反倒仰高了头颅，幽幽的眸子里闪烁起刀锋一般凛冽的寒光，直直向瓷窑警告地长嘶。

难道，有人？

秘色的心再次惊跳！原来，真的有人……

秘色带着瑟又麦再次回到瓷窑。依然是空空荡荡——炉火彤彤，釉色幽幽。

瑟又麦仿佛感知得到秘色的困惑，它抬高头颅，引导着秘色抬头向上，将眸子望向高高挑空的房梁——

狼叫愈发尖利，含着明白的警告与威胁。秘色隐约见得房梁之间有飘忽的衣袂一闪，仿似一片流云，倏忽闪去。

秘色大惊，厉声喝道："梁上君子，所为何来？"

明明有人，可是却无人应答……

瓷窑门外忽地又传来杂沓的脚步声，隐隐地夹杂着哼哼唧唧的走调小曲儿，浊重的嗓音说着那人的酒醉。

"砰！——"瓷窑的大门被重重地撞开。秘色猛然回头，只见陆天青举着个酒囊，一边歪歪斜斜地走，一边口齿不清地唱。

瑟又麦忽地又是一阵警觉。秘色甚至感知到了手掌下，它颈部皮毛的竖起！

"哟……我当是谁呢，原来是月理朵姑娘啊……怎么，长夜漫漫，孤枕难眠么？深更半夜的，月理朵姑娘不去睡觉，搂着个大狗，站在瓷窑里干嘛？"陆天青舌头粗短地嘟囔着。

瑟又麦警告地闷声哼着，幽幽的眸子闪出危险的光芒。秘色慌忙拉紧瑟又麦颈子上的皮毛，尽量安抚它的愤怒。

"陆公子，这么晚了，你怎么还不睡？不留在帐篷里，跑到瓷窑来做什么？"秘色一边留意着梁上的动静，一边不动声色地应付着陆天青。

陆天青仰起头来，举起酒囊又灌了一口酒："哎……月理朵姑娘，陆某睡不着啊！姑娘你是不了解男人啊……啧啧，一转眼，陆某来你这瓷窑也有半月了吧……你这瓷窑哪儿都不错，就是一点啊，只有你这么一个姑娘……咳，半个月都没个女人在身边，陆某这夜里睡不着了呀……所以只好出来逛逛，偏这草原，春天了嘛晚上还是寒凉，恰好见到瓷窑里还有火光，就来暖暖咯！"陆天青那本来毫无光彩的眸子，此时更是斜楞着瞥向秘色，让秘色不由得脊梁沟发凉，厌恶地皱了皱眉。

不管怎样,就算这陆天青再不招人待见,但是毕竟他委身在自己的瓷窑,秘色毕竟对他的人身安全,要负有责任的。此时房梁上的人,善恶不知,秘色自然也要担心陆天青的安危。

秘色尽量低声地对陆天青提醒:"梁上有人……"

陆天青撩开几乎要碰在了一起的眼皮,聚焦朦胧地了望秘色:"啊?这个梁上?我去看看……不想活了么,敢当着陆爷爷的面,玩儿这梁上的把戏!"言毕,这方才还醉意朦胧的男子,猛然一提气,脚尖点地,一只手兀自拎着那装着酒的皮囊,另一只手已然攀上了挑空的房梁!

秘色高高仰首,呆望着陆天青一只手勾住房梁,仿似一只灵巧的猴儿一般从梁间绕过,嘴里还嘟囔着:"人呢?人呢?藏哪儿去了?"

听他这样一说,秘色也愣住了。方才明明看到衣袂一闪。就算自己眼花,瑟又麦这野性的警惕可绝不会出现误差!

那么那人到底哪去了?

秘色不禁挑高眸子,望瓷窑房顶,那距离房梁仍有数尺的排气窗……难道,他竟然是从那里离开的?

那人,到底是谁?

那人,到底所为何来?

6. 与谁同醉

秘色眯着眼睛,疑虑地望陆天青:"真人不露相……没想到,陆公子竟然是个高手啊……"

"高手?切……"已然落下身来的陆天青,扑通跌坐在木板拼成的长凳上,举起酒囊,仰头咕咚就是一口酒。酒水顺着他上下滚动的喉结一直流下。良久,他抬起醉意朦胧的眸子,"月理朵姑娘,这世间,究竟,什么是高手?难道你所谓的高手,就是这样,能够蹿高跃低,便足够了吗?"

秘色被陆天青问得一愣。本来满心对他的怀疑,想要询问一二的,却反倒被陆天青扯入了一种莫名的情绪里,心有戚戚。

"像陆公子这般,身手矫健,关键时刻可以做许多的大事,这便自然就是高手了啊……"秘色轻轻说着,就连自己都有点无法说服自己。

陆天青仰头又是一口酒,身子随之摇晃了几下:"呵,呵呵,姑娘……其实这远不是什么高手,充其量不过是肢体的小技……如果这小技不但没有能保护得自己重要的人,反倒正是因为这小技而惹来了祸端,姑娘你,还会称我为高手吗?"陆天青的笑苦而苍凉。虽然在他那张平平无奇的脸上没有显出什么表情,但是那语调中、那笑声中所浸润的伤感,已经浓重得就像泼墨的山水,在秘色的心头,氤氲成了幽深的一片。

原来,都是有故事的人啊……

原来,每个人都有自己的苦,自己的伤……

秘色望着依然在向口中倒酒的陆天青,心下有微微的叹息。这个人,从一出现便是咄咄逼人,于是自己想当然将他当做唯利是图的商人,当做急功近利的男子,此时方知,他不过是是用一副玩世不恭的面具,来遮掩心底柔软的伤啊。

他说他夜晚睡不着,是因为身边没有女人,此时看来,又何曾不是他心底同样有痛,痛得肝肠寸断,痛到不敢入梦……

秘色轻轻摇头,拍了拍依然警觉着的瑟又麦,走上前去,抓住了陆天青的酒囊:"陆公子,夜深了,宿醉伤身,不要再喝了。再暖的酒,喝下腹中,都会变成寒凉,无法帮你解决心事,反倒会让你的身体跟着受罪……"

秘色明显地感觉到两个人同握住的酒囊,重重地颤抖了一下。秘色不知是不是自己看错,那平淡得毫无表情的脸上,似乎有一丝细微的情绪倏忽流过……

"啊……哈哈,哈哈,月理朵姑娘说得对!酒再好,也代替不了女人……不喝了不喝了,睡觉,回去睡觉……"陆天青垂下头,将酒囊塞入腰带,闷着头摇晃着起身,向门外走去。

望着他蹒跚的背影,秘色忽地想哭。

不知道为什么,不知道哭是为谁……

或许是看到那酷似陆吟的清雅背影,如今被浓重的悲伤压得佝偻了下去。

或许,是因为听到陆天青依然嘴硬地将这些伤心归结为身边没有姑娘……

这夜所有的怅惘与无奈,终于纠结在一起,痛痛地翻搅着秘色的心房,让她无声地泪落如雨……

三天后,陆天青所定制的瓷笛,第二批样品出炉。

这是一个清晨。瓷笛昨夜在炉火中彻夜烧制。契丹草原与中原越州气候多有不同,为了达到中原的炉火温度,必须要延长燃烧的时间(氧气的密度不同),秘色、陆天青与一班窑工都彻夜未眠,守在瓷窑中等待。

秘色瓷,是每一个与瓷相关的人的梦想啊,无论是制瓷的工人,贩卖瓷器的商人,还是收藏瓷器的文人雅客们,谁不希望自己能够有幸目睹这神奇的瑰宝的诞生!

秘色总结了之前的几次试验,想到或许就是因为契丹草原的空气相对稀薄,所以相同的燃烧时间里,未必能够达到足够的炉火温度,而使釉料不能够充分熔融,所以才会出不来那种透光晶莹的天青之色。

这一次,炉火的温度应该没有问题了,那么是不是就意味着,这一炉出来的瓷笛,将会重现廖若晨空的天青绝色?

秘色双手撑在桌案上,双眸紧紧盯着吞吐燃烧的炉火,面颊滚烫,身子却冰冷地微微发颤。

昨夜瓷器入炉前,秘色已然忙碌了一整天,晚上又是接下来熬过整个通宵,她那双春水一般明亮的眸子里,已然缠绕上丝络一般的血丝。只是,她自己却浑然不觉。秘色只觉得,自己浑身的血液已经都倾注到了眼前,所有的生命意义也仿佛在刹那间凝缩为了眼前即将出炉的瓷品……

随着司炉工人一声高亮的吆喝:"出——炉——"铸铁的炉门被哐当打开,火舌如乍得自由的灵蛇,蓦然钻出!

几个窑工合力,各自用巨大的铁叉托住瓷器托盘的一角,将一整盘各式各样的瓷器,托了出来!

秘色只觉得眼前蓦然一黑,她连忙闭了一下眼睛,以免被视线的问题,扰乱了对颜色的判断!

隐隐感知,身畔不知何时已经立了一个人,那人状似不经意地用手臂隐隐环住秘色周身,一旦秘色可能会晕倒,便会因了这层保护,而不会倒入冷硬的地面。

秘色抬眸,陆天青也正双目炯炯地盯着刚出炉的瓷器,脸上表情凝重,全无半点狎戏之意。

秘色心下涌起清澈的感激。深深地望了他一眼,却也无须说什么,便调转视线,重新望向那一炉倾注着她全部心血和期待的瓷器——

被炉火烧得通红的瓷器,在清晨寒凉的空气中,渐渐冷却下来。红色的泥胎渐渐现出璀璨闪烁的釉彩。秘色死死盯着那根瓷笛……盯到目不转睛,盯到目眦尽裂……

此时,一线金色的朝阳,恰好从瓷窑棚顶的天窗,投射进来。不很亮,带着嫩嫩的金色,让空气中藏着的微末灰尘,全变成光线中跳动的亮点。

那线天光,一点一点穿透瓷窑中的幽暗,一点一点加重自己的力道,终于——终于在微光增强成为灿烂的金色时,将自己全部的气力,尽数投射在了那支竹笛之上!

是晨光熹微的天空,刹那间湛蓝倾天?

是早春初溶的春水,顷刻里流泻心田?

是春树新绿的山峦,一瞬时嫩翠满山?

五、契丹

是一见钟情的少年，转眸的潋滟初情？

秘色的心重重颤抖，她的手重重扣在了陆天青的手上，指甲深深刺入他的手掌——天青绝色、绝代秘瓷——终于，终于，在这片陌生的契丹草原上，得以重见！

泪如泉，倾如瀑，所有所有的心血，所有所有的等待，终于，终于，在这个初春的清晨，在一线照样羞涩照来的时刻——获得了完完整整的回报！

"哇！——秘色瓷，秘色瓷啊！终于烧成了秘色瓷！真的是秘色瓷啊！……"瓷窑中所有的人都欢叫了起来！

性格直爽的窑工汉子们，欢跳着彼此拥抱，肩膊上赤裸的红彤肌肤和油亮的汗珠，在快乐的力道挥舞之下，闪烁着格外的美丽！

秘色也忍不住握住陆天青的臂膀……却没想到被陆天青一把揉进了怀里，双臂紧紧地拥住！

秘色心底有片刻的仓皇……偷偷抬眸望陆天青，那张平淡无奇的脸上，依然少有表情，可是秘色从他那紧室的拥抱里，从他身子微微的颤抖中，感知到了陆天青无比的快乐！

快乐……

快乐……

快乐真的是一个太美丽、太美丽的词汇……所以人们倾尽终生，费尽心机，想求得的不过是一瞬的快乐。

贫穷时，以为富有会很快乐，不被物质的欲望拘囿，所以每个人都希望自己成为有钱的人。

孤独时，以为相爱会很快乐，两情缱绻相依相伴，所以爱情成为人世间最伟大最不朽的主题。

年少时，以为长大会很快乐，有足够的能力和阅历，所以每个孩子都说自己希望快快长大。

拥有时，以为也许放手会更快乐，少一分滋扰少一份牵挂……

其实，快乐，永远都是隐藏在那"以为"的瞬间里的啊，隐藏在那从此岸去往彼岸的路途中，如果你没有发现美丽的眼睛，那么被一颗焦急的心给尽数抹杀……

秘色庆幸，这一瞬，这叫做"快乐"的一瞬，被自己紧紧地抓住了！尽管如此辛苦，尽管百转千回，不过上天终究眷顾了自己，没有让所有的一切，付诸东流水……

陆天青也是激动得难以自已。他紧紧拥住了秘色，拥住了她那微微颤抖的纤弱身体。

她的辛劳，她的付出，他一点一滴尽数看在眼里。这哪里只是一管小小的瓷笛，这哪里只是一件秘色瓷器啊，这是秘色今生今世的梦想，这是秘色一直悄悄地藏在心底的人生啊……

激动之下，陆天青脱口而出："太好了，秘色……"忍不住将鼻息深深埋入秘色的秀发，点点嗅进她发丝间的芬芳，一颗心颤抖得宛如春水上融化的浮冰……

却不想，陆天青一声动情的呼唤，竟然惹来了秘色身子猛然的僵硬！

秘色从陆天青怀中挣出，抬起眸子，之前的春水潋滟全都凝冻成了早春依然寒凉的冰："陆公子，你在说什么？"

陆天青怔然一愣！

秘色面容凝肃，冷冷看着陆天青——他刚才，竟然在惊喜之下脱口而称自己为"秘色"！这个名字，秘色是根本就从未对他提到过的啊，甚至自从来到契丹草原之后，除了耶律亿之外，再无第二人知晓……这个平空而来的陆天青，这个全然陌生的男子，竟然脱口而出自己的名字！

他究竟是从何知晓？

难道他并非是误打误撞来到自己的瓷窑，而是早有心机？！

难道，他早就知晓自己是沈仲纶的女儿，所以按图索骥而来？

陆天青也愣了。愣得几乎变成木雕泥塑。愣得险些让那张毫无表情的面孔褶皱起来。

他轻抖着嘴唇，嗫嚅着说："姑娘，姑娘的芳名，刚好也叫秘色吗？陆某，陆某刚才所说的，是说这秘色瓷，秘色瓷……"一滴汗，完全不被人察觉地，从他额头滴落，沿着脸颊，直直流向领口。

秘色不禁凝眉，他的话分明只是一种抵赖，但是却让你无从反驳……

两个人之间气韵氤氲之时，忽然听得那边的窑工欢快的声音："真的，真的是清晨天空的颜色啊！天青色，真好看，真的是光润透明，如雨过天晴！"

秘色和陆天青的注意力不由得都被扯了过去，正见得几个工人，小心翼翼捧着陆天青定制的那管瓷笛，正朝向清晨的天空，指指点点比对着颜色。

秘色心下蓦地一动，再回过头来时，眼神已经是一派寒凉："陆公子，蒙上天眷顾，月理朵不负所托，终于将公子定制的这管秘色瓷笛烧制成功。月理朵资质驽钝，已经叨扰了公子太长的时日了……公子即刻便可启程了……"

五、契丹

秘色此言一出,在场所有的人都愣住了。

这不是素日里他们所熟悉的那个月理朵姑娘了。平日的月理朵姑娘,怎么会如此冷言冷语地对人直白地下逐客令?

是的,陆天青刚来到瓷窑时,的确锋芒太盛,言语太厉,但是窑工们与他相处了大半个月下来,已经渐渐看到了陆天青掩藏在外表尖刻之下的心肠,大家已经在不经意间培养起了不错的感情。

这一切却被月理朵姑娘,突来的一句话拦腰斩断,大家刚才那因秘色瓷而来的快乐,全都被噎在了喉咙中……

"哈哈,哈哈,是啊,月理朵姑娘不说,陆某都忘了呢!"陆天青忽地爆发出爽朗的大笑,"太好了,陆某终于可以带着秘色瓷笛,离开这片草原了!花坊里软玉温香的姑娘们啊,我要来了……"

陆天青的话,让同是男人的窑工们暴发出了一阵会心的大笑。刚才那一瞬的尴尬,在一阵笑声中,烟消云散。

可是秘色却没有放过,陆天青大笑时刻的眸子里,似乎有一丝晶莹倏忽闪过……

7. 寂寥荷叶杯

夜,如幕布低垂。

帐外传来阵阵胡琴的曲调和汉子们饮酒的喧哗。

陆天青给付了重金,明日一早便要带上那支秘色瓷笛踏上归途。爽朗好客的草原汉子们,今夜为他摆了一桌酒宴,作为临别的欢送。

秘色却没去。心里像是跟谁堵着气一般地,独自来到瓷窑,脱掉鞋袜,不顾早春的寒凉,赤着脚在木盆里踩踏用水调和好的瓷土。听着瓷土中的气泡,一个一个在脚下清脆地胀破,秘色只觉得自己的心也似乎不再完整。

为什么会这样……为什么?难道真的是春天的缘故么?万物复苏,惹得心儿烦躁?

脚下的凉意依然无法去除秘色心底燠热的烦乱,秘色索性踏出盆来,用双手抓起一大块瓷土,顾不得形象地,赤着脚将瓷土泥块扔到轱辘车的转盘上,一边踩踏转盘,一边胡乱地屈伸着手臂,拉伸着坯体的形状……

这一刻的心乱,毫无掩饰地演绎在了坯体的身上,扭曲混乱的造型,百转千回。

细腻的瓷土,旋转在掌心,一点一点,变得宛如绸缎般,细腻柔滑。看着它一点点在自己手中,由一堆毫无灵性的泥土,化为袅娜的形体,秘色的心里,也似乎有着什么东西,在渐渐堆积、旋转,只待一双巧手,将它们脱胎成形……

瓷窑门外,又传来歪歪斜斜的脚步声,夹杂着哼哼唧唧的哼唱声……秘色的心忽地一个闪跳,随之被自己强压下去,兀自埋头在眼前的坯体上,尽量认真地拉伸着那坯体的形状。

大门幽幽地开了,陆天青又拎着酒囊,脚步踉跄地走了进来。

"哎哟……原来月理朵姑娘还在忙啊……啧啧,陆某跟月理朵姑娘就是有缘,本以为明早灰溜溜地离开,从此再无相见的机会呢……却没想到,月理朵姑娘竟然跟陆某想的一样,跑来这瓷窑里了……哈哈,哈哈,陆某权当做月理朵姑娘是在等陆某啦……"陆天青一边歪歪斜斜地绕着秘色走了两圈,一边比比划划含混不清地自说自话。

听陆天青说得越来越不像话了,秘色寒着嗓音,沉声喝止:"陆公子,你喝醉了!"

陆天青被秘色寒凉的嗓音说得一愣,他直起腰来,刻意缓缓地瞪大了眼睛,仔细地望了望秘色:"哎哟……是是,陆某喝醉了,失言失言……月理朵姑娘,大人不计小人过啊……"陆天青说着一屁股坐在秘色身前的木凳上,一双醉眼直勾勾地望着秘色那屈伸之间如柔柔抚摸在瓷器坯体上的手。

一股咸腥的厌恶感从秘色心底油然而起。秘色刚想开口,忽听得陆天青低低地说起:"好像,我在你身边,就从来都没有说对过一句话……清醒时刻说的,你充耳不闻;喝酒时说的,你只当做醉酒的话……"

秘色重重一愣,双眸顾不得眼前的坯体,直直望向陆天青。

陆天青却是怆然一笑:"我这时说的话,你好不容易没有充耳不闻,也没有当做醉话,可是——却又听不懂了,对吗?看来,就连上天都已经注定如此,上天都在催促着我早点离去吧。月理朵,无论你本来的名字是秘色还是月理朵,其实都没有关系。你听得懂听不懂我的话,其实也没有关系。我只想让你知道,我来过了,这——便足够了。不用记得。不必想起。就像浮萍与水的乍然相逢,分开后便再也没有一丝涟漪……"

陆天青的眸子,定定、定定地凝望着秘色,第一次毫无闪躲,第一次毫无保留,第一次让秘色真真切切看到了那压抑在双眸之中的流连与痛楚。

为什么……为什么?秘色心中一遍遍问着自己。

就算是男女之间突生的情愫,可是毕竟也仅有短短的半月,如何可能生出这样摧裂肝肠的心碎?

五、契丹

秘色的心霍地颤抖成一团,大脑已经完全无法支配双手,刚刚本已成形的瓷瓶,被双手混乱地拉成东倒西歪的形状……颤抖,颤抖,那从心底向外张裂而出的颤抖已经直直传达到了指尖,秘色仓皇着眼睛,毫无聚焦地空空瞪着眼前的一片狼藉……

面对着秘色掩藏不住的颤抖,陆天青的眸子里滑过串串的心疼。他苦笑着站起身来,前一刻醉酒的趔趄已然全都不见,恢复了清雅的挺拔。

他轻轻地将酒囊放在木案上,轻轻地向秘色踏出脚步。仅仅一步之遥,却被他拉长成了天涯之远。一步一步,重重走在彼此的心上,重重走在烟花一般绽放的记忆里。

陆天青走到秘色身前,伸出自己的双手,抚上歪倒的瓷瓶,坚定又敏捷地帮瓷瓶恢复了之前的细腰袅娜。

不期然,两双手在柔滑的泥浆中触到了彼此。

各自的指尖都划过一道电流。

这般陌生,却又是那样地——熟悉!

秘色指尖的颤抖也经由这个宛如惊鸿一瞥的碰触,传导到了陆天青的手上。

隔着那泥浆的柔滑与寒凉,两双手颤抖着交叠在了一起……

明明交叠的啊,中间却隔着浓稠的泥浆,无法感知对方的肌理,无法感受对方的温度……

明明隔着浓稠的泥浆的啊,但是却清晰地颤抖着对方的颤抖,一种尖刻的疼瞬间贯穿两颗心,情难自抑……

秘色再也无法压抑心底如潮的热切,她抬起眸子迎向陆天青,樱唇开启。却被陆天青抢在前头,大声地喝止:"秘色!不要问……什么都不要问……"

泪,如无声的瀑布。秘色想要用手抓住陆天青的双手,却被陆天青霍然躲开!

陆天青突地爽然一笑:"哈哈……陆某的确是醉了,醉了……月理朵姑娘千万不要怪罪陆某一时孟浪……夜深了,姑娘请早点回去歇着吧,陆某也要回去了,明天一早还要赶路……"

说完,陆天青猛然拎起桌案上的酒囊,头也不回地直向门外走去。

夜风徐来,吹动他鬓边的长发,火光幽幽里,仿似飘来瓣瓣清莲……

直到,他的身影全然消失不见,秘色方才找回自己的心,找回自己身体的感觉。

她遥遥望向陆天青身影消失的方向,哽咽得无法成语:"陆吟……陆吟……是你吗?是你吗?"

夜风呜咽。

炉火幽幽。

瓷器排排静默而立。

釉彩串串流光飞舞。

无人作答。天地苍穹仿佛瞬间化为空寂!

没有你,这一片世界,原来竟这般空荡……

睁开眼睛,帐外金色的阳光已然筛入了帐帘。秘色一愣,惊讶坐起。

自己昨夜是何时回到自己帐中的?昨夜又是如何回到自己帐中的?

手上与脚上应该是沾满了瓷土粘滑的泥浆啊,自己又是怎样清洗干净的?

昨夜……昨夜的情景恍若重锤,一下子敲入了秘色的记忆。

一阵寒凉的凄惶瞬间占据秘色心魂,她几乎顾不得整理衣裙,更没有留意被子的羁绊,身子突地向前,一下子便从榻上直直跌落在地!

陆吟……陆吟……

秘色急惶地奔出帐门——远处,几个窑工说说笑笑着走回来。秘色惶然开口:"陆天青呢?他是不是还在帐篷中没有醒来?"

几个窑工明显摸不着头脑地望着秘色,嗫嚅着说:"我们,刚刚送走了陆兄弟……"

走了?走了……

秘色勉强扶住帐门,身形不由得一阵摇晃。

那几个窑工汉子担忧地望着秘色:"姑娘,你还好吧?本来,我们送陆兄弟走的时候,是想提前告诉你一声儿的;是陆兄弟说,你昨晚睡得迟,让我们不要惊动了你……"

"啊……对了",其中一个汉子一拍脑袋,"陆兄弟说在姑娘你帐篷里的桌案上,他给你留下了什么东西……"

还不等那汉子说完,秘色急惶惶转身奔回帐内。桌案之上,果见一天青色丝绒所包裹的物件儿。

秘色轻轻将丝绒打开——瞬间一抹琉璃光彩,如流光飞舞。是一支荷叶杯!天青秘色,釉彩灵动!

秘色压住心下的惊艳与赞叹,轻轻擎起这支秘色荷叶杯——杯子被雕琢成整支莲叶的模样,杯子的主体是一张莲叶弯卷而成,莲叶绕成的边沿上还压着一朵小小而羞涩的莲花苞。杯子向下伶仃而袅娜的高脚,仿似荷叶妖娆的长梗,完美地收紧了荷叶向下的延伸,自然地过渡到纤长的高脚……

最绝的是,这荷叶杯,并不是直接从荷叶卷成的杯子主体中来饮酒,而是在长长的茎底端,留有一小孔,饮酒时将口啜饮在茎部的这个小孔上,让酒从杯中顺流直下……这是文人雅客们曲水流觞之时的风雅做法。

五、契丹

吸引秘色的,当然不是这荷叶杯所代表的文人风雅,而是——天青秘色完美的将荷叶的神韵点滴展现。清水荷韵,菡萏幽幽,最为难得的是,荷叶杯上的釉色丰厚而透明,近看近乎无色,远看方可见到廖若晨空的天青之色……

秘色的心被深深震动!虽然她也做出了颜色一致的秘色瓷,但是自己的秘色瓷与这支荷叶杯比起来,就像是青涩的幼女与妖娆的贵妃之间的差异!这支荷叶杯的釉色之美,牵动神魂,动人心魄!

荷叶杯上面是一首《莲叶》诗:"根是泥中玉,心承露下珠。在君塘上种,埋没任春风。"

秘色的心愀然一痛,捧着荷叶杯奔出门去,问那些窑工们,陆天青关于这物件儿是否还说了什么。

窑工摇头:"陆兄弟什么也没说。"秘色凄然转身,却被那窑工喊住了,"姑娘……不知我当讲不当讲……这荷叶杯……是陆兄弟亲手做的,他在这里的时候,几乎每个晚上都要跑去瓷窑,为的就是做这个东西……之前,他一直跟我们潜心地学习制作秘色瓷的配料,我们也当他是兄弟,就告诉了他……可是又怕这事儿让姑娘你不高兴,所以也就没敢告诉姑娘……"

他每个晚上几乎都要跑去瓷窑……

他亲手做了这个荷叶杯……

"在君塘上种,埋没任春风"……

秘色紧紧抓住荷叶杯,心如刀绞——陆吟,清雅如莲的你,真的甘愿做我生命中的一片莲叶,任凭我无知地伤害吗?

我怎么可以,我怎么有资格……

秘色头昏沉着走回自己的帐篷。草原春天忽而旋来的一阵凉风,直吹得秘色的毛孔如遭针刺,身子随之一阵阵微微轻颤。

陆天青——天青秘色,陆姓冠之。

陆天青,这个名字的含义,分明就是将陆的姓氏冠在了自己的身上啊!一个男人将他的姓氏冠在了自己的名字之前,这份心……这份情……自己怎么会这么笨,怎么会一点都没有想到这个细节?

那清雅如莲的背影,即便他再刻意掩饰,再装作猥琐歪斜,如果自己当初多留意了一点,依然可以发现的啊!

那般清雅无俦的男子,若比莲花花亦羞,他甘愿躲在那张毫无表情的面皮背后,弯折下自己骄傲的心,为的,不过是能在自己身边盘桓数日,做那萍水的聚会啊!——

蠢笨如己,竟然一无所知!

竟然,竟然——竟然又是自己亲口下逐客令,将近在身边的他,再次赶开!

为什么,为什么……

为什么明明你来了,却不能好好与我相认,偏要隔着那没有表情的假面,强装与我陌生?

你是如何找到我的?你是如何知道我正置身于陌生的契丹草原?

如今你又去了哪里啊?我又要何时才能再次见到你……

身后,忽地又传来那个窑工迟疑的嗓音:"姑娘!陆兄弟也给我们留下了话——说姑娘要是想烧制出釉色更加完美的秘色瓷,就比如这支荷叶杯,一定要在釉料中加入玛瑙的粉末!他说他来,正是为此……"

秘色的心又是巨震!

原来如此……原来如此……

原来你知道我苦苦追寻秘色瓷整整三年,却一直不得要领,一直找不到症结所在……所以你才出现,所以你才带着这个答案而来……所以你才会一见面便是直接的言语挑衅,激发出我的好胜心,然后因势利导……

陆吟……你又是怎样知道这一切的?

秘色瓷釉彩的秘密,你又是如何知晓?

为什么,你明明来到我身边,却要装作陌生人的模样,眼睁睁看着与我再次擦肩?

难道,我们之间,就真的这般福缘浅薄,相遇却注定分离,想念却无缘再见!

陆吟……

何日,才能再相见?

8. 愁染一江翠

初春时节的天气,本就是孩子的性情。刚刚以为春风柔暖了,隔天它就给你来个雨雪交加。

一场草原上突然而至的倒春寒,就成功地将秘色留在了床榻之上。

谁能想到,草原的六月,还会突至这般的寒凉?

窑工们自然想过了各种办法,请医生、吃药,甚至惊动了萨满巫师,都没能将秘色成功地从这场突来的病症中拉回来。

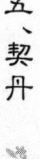

尽管知道耶律亿此时正在前线与奚人作战，但是任何人都不敢将秘色的病情瞒而不报。三天后，耶律亿接获了秘色大病的消息，心急如焚，随手将兵符令箭转身交给身边的一个男子："我答应你的三年之约，我已经尽数兑现。想来这些日子你也闲适得够久了，赶紧找点事情做活动活动筋骨吧！"

那人一愣，不敢轻易接下兵符令箭。耶律亿哈哈一笑："我既然交给你，便是信你。所谓疑人不用，用人不疑。我毫不怀疑，攻下小小的奚人，对你来说不过是牛刀小试。我给你生杀大权，剩下的你自己放手去做就好！"

那人接过兵符令箭，叉手施礼："于越大人，那您……？"

耶律亿的眸子，潋滟过一串桃花开放的粉红："我已经有半年不见她……她病了，我要即刻动身去见她！"

她……那人的眸子忽地一阵幽暗，仿佛不用问那名字，他与耶律亿彼此的心中也都是心照不宣地知道她是谁。

那人别开眼神，低低垂下头去："于越大人，请你，好好照顾她……您放心去吧，为了她，我也会将您交代的事情做好！"

耶律亿潋滟一笑："我信你，正如三年之前你信我！我将契丹命运托付你，你将她的健康托付给我，我们彼此信任！"

耶律亿说罢，一甩袍袖，朗声大笑着昂然离去。

只留下那人，毫无表情的面孔上，一抹似乎闪烁而过的黯然……

他在，为何伤心？

昏昏沉沉的秘色，觉得自己似是堕入了一片沸腾的池水。池水四周冰雪覆盖，池水上空雾气如纱。不知怎的，秘色只能呆呆地站在一池热水的中央，进不得进，退不得退，一任阵阵燠热搅扰心房，身子和心魂都在这摧人的燠热之中，蹒跚跟跄。

岸上，那冰雪覆盖的岸上，隐隐站着一个人。只是知道他身材昂藏，却被团团白色水雾遮住了身子，全然看不清只叶片羽。

秘色想要朝他喊叫，想让他拉自己一把，也好逃开这一池的燠热，走上清凉的雪岸。

却——发不出声音。明明张大了嘴巴，用尽全身力气去呐喊，却发不出一丝声音！

那人站在岸边良久，似乎并不能看到自己，过了片刻，他竟然毫无留恋地转身离去……

"不要走，不要走……"

"等等我，等等我，不要留下我一个人……"

秘色拼命的大喊，喊破了喉咙，喊出了眼泪，却仿似都根本传达不到那人的耳畔。那人兀自坚定地走。决绝地走。

丝毫没有一丝留恋。丝毫——没有片刻的凝眸。

秘色惶急得无以复加，最后拼尽全身的气力，泪水滂沱之中，心神俱碎地呐喊出声："陆吟——陆吟……"

一只手温暖坚定地握住了自己，秘色心下恍惚，难道是他回来了？难道是他终于听到了自己的呐喊，回身来带自己走了？

可是却又不对……站在雪岸之上的他，掌心应该是沁凉的，能够瞬间倾泻掉自己身体里越积越多的燠热才对啊……

为什么是这般温暖的？

为什么又是这般坚定？

秘色下意识将被那手掌握住的柔荑向后拉，却没能成功，反倒被那手掌更加坚定地紧紧握住！

"秘色。是我。秘色，醒醒……"温暖而轻柔的嗓音，如春色桃花，点点在秘色耳畔绽放。

眼前所有的幻象都如被石子击破的水波，破碎悠荡开去。那本来已经杳远而朦胧的身影，彻底化为激滟的波纹，消失不见。

满心满心的失落……秘色悠悠地睁开眼睛，望进耶律亿满是忧虑与心疼的眸子。那眸子在望见秘色睁开眼睛的刹那，瞬间光彩顿生，宛如山间的桃花，树树开遍……

秘色虚弱地扯开唇瓣："你……怎么回来了……不是还在与奚人作战么……怎么脱得开？"

耶律亿摇摇头，再摇摇头，将秘色的手擎至自己唇边："没有什么，会比你，更重要……"

泪，倏然漾满秘色的眸子。不是这样的……她要的不是这样……

契丹也好，耶律亿也罢，对于她而言，更应该是一个逃生的方向、一个可以依赖的朋友，不该再有这样感情的牵绊……自己已经伤过那么多的人，不应该再多加一个耶律亿啊……

在契丹的三年来，秘色看得足够清楚，耶律亿合该是这个民族振兴的灵魂，合该是一个影响历史的重要人物……

不应该，将他拖入儿女私情；他的心，应该装着天下！

秘色努力地想展现给耶律亿一抹微笑，想让他安心，想打破此刻氤氲在两个人之

五、契丹

间微妙的情愫:"我没事的……不过是受了一点风寒……躺躺就会好了……"

秘色的唇,苍白干裂,她想笑,却反而扯痛了唇角。耶律亿心疼地看着秘色,知道她想安慰自己,想让自己放心……

心头蓦地升起无名的怒火,耶律亿恨恨扬声:"我答应了他来见你!可是他怎么敢让你生病,让你难过!早知这样,我便不该让他来见你!"

他?

秘色的眸子忽然闪过一丝光芒,她望住耶律亿的眼睛急急地问:"他是谁?你答应了谁来见我?是陆天青么?还是……?"秘色不敢继续说出那个名字……她怕,她怕如果这个名字被自己说破了,便连最后一点做梦的机会都没有了……如果不是呢,如果不是呢!……

如果不是他……自己该如何,收拾这破碎了的,心伤……

耶律亿一愣:"陆天青?"随即他那桃花一般潋滟的眸子里闪过一丝了悟,紧紧闭住了嘴唇,再不多说。

秘色哀哀:"告诉我,告诉我他是谁?"

耶律亿微微皱眉,似是喃喃而语:"他果然遵守了与我的约定……真是个汉子,真是个汉子……"

秘色急得一把握住耶律亿的衣袖,羸弱的身子努力前倾:"告诉我,他到底是谁!是不是他?是不是他……?"

耶律亿眼底写满沧桑的痛楚:"秘色,不要问了。我相信,他也一定跟你说过同样的话。他想说的话,早已经告诉了你;如果他不说,那就是他并不想让你知道……我想,我们该尊重他的意思,不是么?"

耶律亿心底在无声地呐喊:"秘色!秘色……不要再问了,不要再整个脑子里都只想着他!此刻,在你眼前的人,是我啊……你的眼里,你的口中,你的心里,你真正应该关注的人,是我啊……"

耶律亿的话,的的确确问住了秘色。

秘色讷讷,几不能言。

是啊……是他根本就不想让自己知道啊,他的心里一定对自己有着深深的怨意吧……自己虽然是被强掳入那陌生的命运,就算身子的清白自己无法保住,但是自己的心呢?自己的心,自己总归该对自己的心拥有控制力的啊……

却依然没有给他留下,依然丢失在了那梦掩的回鹘……

陆吟……我的确是没有资格再对你抱有任何的梦想了呀！

你要来，我便静静等着你来。

你要走，我只该微笑目送你的背影。

我此生，只配成为你路边的野花，站在那里，千年万年，望着你的身影，却无法跟从你的步伐，更不配挽留你的脚步啊……

耶律亿严厉地问着身畔的窑工："你们，都给姑娘用了什么方法？"

那几个汉子胆颤地嗫嚅："医生请过了……药也吃过了……但是都不见效。医生说，姑娘的病，在心里，求医问药都治标而不治本……无奈，我们只好又去请过萨满巫师……可是也没见效果……"

耶律亿神色一凛："萨满？你们请的是哪位萨满？"

窑工的头垂得更低，嗓音嗫嚅得更严重："就是，就是平日里当兽医的那位……他自己说，他自己说，说自己是通神的萨满……"

耶律亿勃然大怒，一掌击在柱子上："大胆！你们竟然敢将姑娘的身家性命这般儿戏！那个兽医哪里是什么通神的萨满，他根本就是装神弄鬼，草菅人命！你们竟然就敢信他，你们竟然就敢将姑娘的性命交托在他那肮脏的手上！我告诉你们，如果姑娘有个三长两短，我把你们都生殉陪葬！"

随后耶律亿回身朝向帐外的侍卫："拔戈，去抽那兽医五十鞭子！如果他能活着挺下来，就算他命大！"

侍卫拔戈领命而去，在场的众人，无不人人自危。

耶律亿，契丹草原最凶猛、最勇敢的狼，虽然有着桃花一般年轻、艳丽的容貌，但是绝没有人敢忽略他内心的雄浑！

耶律亿，耶律阿保机，契丹草原上所有的人都心知肚明，这必将是一个统领契丹八部，狼视天下四方的人中之龙！

耶律亿又是一声顿喝："去，请瑜间笃姑来！"

瑜间笃姑……在场的众人都愣住了，瞪大了眼睛仿似不相信一般地凝视着耶律亿。

耶律亿见无人行动，皱眉大怒："我说的话，你们没听见么？我要你们去请瑜间笃姑来！"

"啊——是——"身畔的窑工们大梦方醒一般，急急退身去了。

耶律亿反身重新来到秘色榻前，再次握住秘色的手，放在自己的唇边："秘色……

五、契丹

我要治好你……无论多么大的代价,我都一定要治好你……如果你的病扎在心里,人力不可为,那我就找个能通天的人来,借助天力治好你!"

秘色虚弱地望着耶律亿,心下翻搅起无边无尽的感激和无奈。

人之一世,最难最难的便是逃开情劫吧……

这般一个人中之龙的男子,这般桃花潋滟的丰姿,却为了自己顷刻间仿似衰老,更为了自己扔开前线的军国大事……

那位瑜间笃姑又是谁?看着窑工们惊讶的反应,那人一定是一位身份极为尊贵之人吧,或者是极为难请之人……都是为了自己,都是为了自己啊……

你这般对我,我却又何能以同样之心回报?

9. 萨满圣女

萨满教是一个古老的原始宗教。在北方的草原民族中,几乎都曾经信奉过萨满教。萨满教相信万物有灵,山有山神,水有水神,树有树神。

萨满教最为主要的活动是跳神,有的在民间被俗称为"跳大神"。萨满巫师被称为神与人之间的中介者,主要为女性担当。

萨满巫师一般可以分为"家萨满"与"野萨满"两种。家萨满是侍神者,主要负责祭神;野萨满则主要服务于民间,负责占卜、治病、驱灾祈福等。

瑜间笃姑是耶律亿唯一的亲生妹妹(耶律嫣然是同出耶律氏的堂妹),是目前契丹遥辇氏部落联盟首领痕德堇可汗的皇家御用大萨满。

据说,瑜间笃姑出生那天,契丹草原的上空出现了五彩的云霞,一只身披虹霓彩羽的凤鸟从太阳背面缓缓飞来,身后百鸟追随,在契丹草原澄澈碧蓝的天空中,绕着瑜间笃姑家的毡帐环绕了数周方去。

凤鸟带着百鸟飞去后,瑜间笃姑顺利地降生到了人间。她不哭不笑,张着一双比珍珠更加璀璨、比春水更加灵动的眸子,定定望着身前的众人。

让所有人更为惊讶的是,刚刚出生的女娃竟然开口讲话,语气、语速全都不似一个孩童,而是拥有成人一般的淡定与从容:"上天明察,契丹当兴,特降圣女,指引明君……"

所有人都愣住了。大家且惊且惧,纷纷俯伏在地,叩拜在上天的显灵之前。

这消息自然第一时间被报告给了痕德堇可汗。可汗亲自熏香更衣前来叩拜,并当场宣布,这孩子——瑜闾笃姑,从此身为"可汗家萨满",也就是皇家御用的大萨满!

正因为瑜闾笃姑一句"特降圣女,指引明君",痕德堇可汗更是出言凿凿,除了可汗自己与未来可能即位的惕隐之外,其他任何人,都不许向瑜闾笃姑求占问卜!言外之意,这个率领着契丹龙兴的明君,只能是,也必须是他痕德堇可汗或者他的继承人,别人谁都别想!

所以,契丹草原上,所有的契丹人都清楚,尽管瑜闾笃姑是耶律亿一奶同胞的亲生妹妹,但是她从一出生便已经注定无法拥有世俗的生活,她所拥有的神力,都只能为痕德堇可汗与惕隐服务。其他人,即便是自己亲生的哥哥,都是绝无资格的!

而此时,为了秘色无医能救的病,耶律亿竟然让人来请瑜闾笃姑!

这已经绝对不仅仅是请自己的妹妹来走一趟的问题,更已经不仅仅请来一位萨满的问题,而是——而是竟然胆敢碰触皇家专用的东西,胆敢与代表着上天之意的"奥姑"(圣女)私相沟通!

这,分明是在挑战皇家的权威啊!

这,很可能是想取而代之的信号啊!

可是,如今,耶律亿竟然为了秘色的病,轻易地就将这件事提了出来,全不顾背后可能引发的政治危机,全不顾这一切可能给自己惹来的泼天大祸!

所有人心下都在暗自嘀咕——这位平空而降的月理朵姑娘,到底是谁?为什么让契丹草原上最英俊、最优秀的于越大人耶律亿,甘愿为她铤而走险!

难道,难道她是耶律亿大人最为心爱的姑娘?

出乎所有人意料的是,这位高贵神秘的萨满奥姑瑜闾笃姑,既不难请,又全无半点犹豫。就好像,这不过是最为平常的一次受邀出行,没有牵扯到皇家的禁规,没有威胁到亲生哥哥的命运,没有事关自己上天指派的角色……只是一次心情愉悦的出行,甚至——似乎这些早已掌控在了瑜闾笃姑的预料之中。

这位平日里待在自己的金色帐篷里深居简出的神秘奥姑,就算同是迭剌部的契丹人,都很少有人亲眼见面。在人们庄严的想象中,这位通神的奥姑,一定是高贵矜持,不苟言笑。可是当这些前来邀请的人们被让进奥姑的金色帐篷时,所有的人都惊呆了——

金碧辉煌的帐篷中,纯白的虎皮之上,端坐着一位红衣的姑娘。灵动的双眸,纯美的笑靥,左顾右盼之时轻轻随着甩动的长长发辫,纯白的狐裘帽下垂挂的串串殷红宝石……

那般鲜艳,那般活泼,那般年轻,那般——耀人双眸……所有初见到瑜间笃姑的人,都愣住了……

"怎么,听说是哥哥让你们来请我?"一串银铃一般清脆甘甜的嗓音,在肃穆的金色大帐中,叮叮咚咚地响起:"你们快给我说说,到底是为了一个什么人?听说是一个姑娘?"

瑜间笃姑那灵彩闪动的眸子里漾满了好奇,甚至还有——小小的促狭……这哪里是什么上天指派而来的高贵圣姑,这分明就是调皮活泼的一个小姑娘啊!

所有人的戒备之心都在瑜间笃姑的一两句话之间,尽数除去,有的人还开始神秘兮兮地说起了秘色的种种,几乎是掏心窝子地知无不言,言无不尽……

听到耶律亿竟然为了秘色的病,星夜兼程从与奚人作战的前线赶回来,瑜间笃姑双眸晶晶发亮,从白色的虎皮上一跃而起:"快带我去吧,我好奇得恨不得马上见到她!"

都顾不得身畔的侍女收拾,瑜间笃姑叮当地自己抓起手鼓、摇铃、神刀、银号角等法器,拽着窑工的袖子就往外走,一边走还一边催促:"快点快点,我好奇死了……快走快走……"

这哪里是人们来郑重其事地邀请的契丹草原上最神圣的萨满奥姑,这分明是好奇的小姑娘强拉着众人去看热闹嘛!

所有人心下都是哑然失笑。却也,蓦地轻松下来。这才是他们所喜欢的样子,就算是神圣的萨满奥姑,也该是眼前这个可爱的模样……

人们去请瑜间笃姑的这段时间里,秘色喝了一碗耶律亿亲手热来的奶子,又昏昏沉沉地进入了迷迷蒙蒙的梦乡。

隐隐感觉着耶律亿一直陪在身畔,用他那温暖有力的手坚定地握住自己,秘色的心下不觉安定了许多。

心一安,梦便自然不会太颠簸。这一次不再有燠热,不再有雪岸,不再有看不清的身影,不再有赶不上的脚步……这一次草长莺飞,飞花漫天。分明是草原的春暮吧,明亮的阳光被繁盛的草木散射成璀璨、氤氲的光雾,柔柔地笼在这世间每一种存在之上,让触目所及的处处,都是一片清丽的朦胧。

光影之中,忽地有清越的笛声飞起,宛如乍然惊飞的雏鸟,扇着翠色的羽翼,轻快地从草尖上掠过,直直飞上那澄澈碧蓝的天空……

秘色的心,愀然一动。顺着那笛声,望向来处,只见一树琼花之下,一个白衣的身影,背着身子卓然而立,一管紫竹笛横卧唇边,每一个音符仿佛都催开飞花一瓣……

那是谁？是谁？难道是——陆吟？

秘色忍不住喊出陆吟的名字，那人伴着清风飞花转身回眸的瞬间，秘色竟然真真切切地望见一抹殷红，于他眉间激滟！

玉山……玉山！

怎么会是玉山？怎么会是玉山！

如果真的要入梦来，也应当是艾山，或者是乌介可汗啊！

为什么是玉山？为什么偏偏是玉山！

三年前元日的那夜，混乱的夜色，迷茫的激情，再次如电波闪入秘色脑海……秘色忍不住大叫："不是玉山，不是玉山，不是啊……"

一股温热和坚定从掌心传来，一个清越的嗓音打破了秘色混乱的梦魇："秘色，醒醒！瑜间笃姑来了，她一定会治好你！"

瑜间笃姑……是谁啊……

秘色朦胧之中看不见眼前的人，只隐约望见一双灵动的眸子，如昏暗之中的明珠，华彩熠熠。

耶律亿微微点头示意，瑜间笃姑温柔一笑，将一串银铃系于腰间，左手持皮鼓，又手执皮鞭，先是默默静肃片刻，眼观鼻，鼻观口，口观心，口中隐隐念念有词。

秘色努力想看清眼前的一切——桌案之上，一对红烛摇曳。红烛火焰上缥缈的烟雾，让整个帐篷中的一切，全都变成轻纱罩隔一般的迷蒙。

耳畔忽地传来清脆的银铃之声，秘色只见一个红衣的姑娘，轻盈的身姿仿似小鹿，一边扭动着腰肢上的银铃，一边用右手的皮鞭敲击着左手的皮鼓，环绕着那暂时辟为神案的红烛，灵动地跳跃着。

她口中似乎喃喃有声，清澈的嗓音全然不亚于银铃晃动之声，清脆得有如一串沁凉的水珠，滴滴濡进秘色心田……心中的焦渴，竟然真的，消失无踪。

燠热的烦闷解除，秘色终于全然睁开了眼睛，视野里一派清明。

那红衣的姑娘见状，索性不再跃动身形，兀自扭动着腰间的银铃，站在秘色的榻前，望住秘色甜甜地笑。

眼前的红衣姑娘，本是完全陌生的面孔，可是秘色却并未觉得拘谨，反倒有一种似曾相识、早该相识的感觉……

见她对着自己甜甜地笑，秘色不由得也迎向那笑容，尽量绽开自己最友好的微笑。

"我是瑜间笃姑。我是契丹的萨满奥姑。我是上天派来指引契丹明君的圣女。

五、契丹

243

我看得穿你们每个人的前生来世……"瑜阊笃姑甜甜地笑着,却说出了这样一番严肃的语言,惹得耶律亿都惊诧莫名地望着她。

瑜阊笃姑依旧甜甜地笑着,望住秘色,却——并没有从秘色面上找到任何异常的情绪。没有惊讶。没有崇敬。没有惊惧。没有热切。只是一如之前,明眸盈盈,淡若秋水。

瑜阊笃姑又是一笑,对秘色问:"你不尊敬我吗?你不怕我吗?你不期望从我这里得到什么吗?"

不知怎的,面对瑜阊笃姑一连串带着锋芒而来的提问,秘色不但不觉得紧张,甚至反倒因此而觉得身体又重新开始了正常的运转,之前的混沌与沉重之感渐渐远去。

秘色淡笑:"我自然尊敬你啊,就如同尊敬这个帐篷中的每一个人,因为每一个人都是上天派到这个人间的啊。"

秘色语气稍顿后继续说:"我不怕你,我为什么要怕你呢,你是这么一位活泼可爱、聪慧伶俐的姑娘,每个人都会喜欢你,怎么会怕你?"

秘色这句话说完,已经看得到瑜阊笃姑粉嫩的面颊上绽开的一大朵微笑。

秘色继续说:"我自然想从你这里得到一点什么,但是却不是要让你给我,而是我会努力去争取……"

瑜阊笃姑笑意更浓,歪着脖子双眸盈盈:"那,你想从我这里得到的,是什么呢?"

秘色微笑:"来到契丹草原之后,因为语言不通,所以我这三年来几乎都只待在瓷窑中,寸步不出。而瓷窑里呢,又只有我一个女子,所以我非常希望有一个手帕相交的姐妹啊!瑜阊笃姑你这般美丽而可爱,我想从你这里得到一份友情啊;我想用我的友情,去交换你的那一份呢……"

听完秘色的话,耶律亿笑了。他的眸子里闪过奇异的光彩,温柔似桃花扶风。此刻的秘色虽然仍在病中,身子虚软,面色苍白,但是她却似乎周身上下萦绕着奇异的光彩,让人不得不凝眸而视。

瑜阊笃姑也笑了。但是她却没有望向秘色,而是斜睨着眼睛望耶律亿,甜甜的笑容里满是欣喜与揶揄:"哥哥,你从哪里捡到这块宝啊!我喜欢,咯咯!"

耶律亿的心扉如被春风吹开。

瑜阊笃姑是何人啊!那是被上天派到契丹草原,辅佐契丹未来明主的圣女啊!秘色得到了她的肯定,就意味着,如果耶律亿的未来真的跟秘色有关,那么上天只有祝福,而不会降下灾难……

瑜阊笃姑侧过身子,郑重地凝视着耶律亿:"哥哥,你说她的契丹名字叫做月理朵,对么？"

耶律亿点头。

瑜间笃姑呵呵地笑着："那就是她了！哥哥,你记住,未来的大帐要跟着月理朵的名字啊,变一个音吧,叫'斡鲁朵'吧！"

秘色听得云里雾里,可是耶律亿却是眼前一亮："妹妹,你的意思是……？"

瑜间笃姑甜笑扬眸："不知道啊,我可什么都没说。我只是说,有月理朵在,就有斡鲁朵；没有了月理朵,自然没有斡鲁朵咯……"

耶律亿还想追问些什么,瑜间笃姑却是轻快地跳开,扬手解下腰上的银铃,发出叮铃铃一串脆响。

瑜间笃姑蹦蹦跳跳着向帐门外走去,手上的法器彼此撞击,发出各样的声音。快走到帐门前时,瑜间笃姑忽然跳着回身,晶亮的眸子眨呀眨的："月理朵,你的身子今晚上就会好了。无聊的话,就来金帐找我玩儿啊！"

秘色遥望着那个蹦蹦跳跳径直出了帐门而去的红衣姑娘,眼底漾满温柔的笑。

真好……一个从小被当做圣女,当做比可汗还要尊贵的人,并没有在那般幽闭的环境中不得不接受孤僻的性格,不清高、不傲慢,反倒是保留了一心的天真烂漫。这样的朋友,真的是值得好好相交啊……

见瑜间笃姑的身影远远不见,耶律亿激动地一把握住秘色的手："秘色,太好了……我始终觉得,你与我不可能是简简单单的萍水相逢,果然果然,果然你的到来,便是将斡鲁朵带到我身边！"

秘色惊诧地望着耶律亿："斡鲁朵,究竟是什么？"

耶律亿凝望着秘色,眸子像夜空中闪烁的繁星："斡鲁朵,在我们契丹的语言中,就是'宫殿'的意思……同时斡鲁朵又是一种行政区划的制度。如今可汗领九斡鲁朵,就是说这九个宫帐,所管辖的土地、子民、士兵、财物,都是可汗的私产……简单地说,斡鲁朵就是王权,就是天下,拥有了斡鲁朵,就是拥有了统治契丹的汗位！"

秘色心底疑窦顿生："那么,你给我取名叫做月理朵,是不是就是因了那斡鲁朵而来？"

耶律亿被秘色问得一愣,继而粲然大笑："秘色,该说,这就是天意吧！你的契丹名字是我给你的,但是我当时却根本没有想到斡鲁朵,我把这个名字送给你,只因为你是你。"

耶律亿的眸子光芒更盛,紧紧盯住秘色："我却真的没有想到,原来你就是那个将斡鲁朵带到我身边的人……怪不得,在你来到契丹之前,我们耶律氏会走过那么多弯

五、契丹

路，瑜间笃姑只是说我们缺少一个天意……却原来，那个天意因应在你的身上……那个天意不是等来的，而是要我主动去寻找得来的……"

秘色被耶律亿的眼神盯得心慌，本来就羸弱的身子，此刻额头不由得渗出了丝丝的汗意，本来已经轻爽了的身子，忽地又是一沉。

事关他的江山梦想，他如何还能放手？

如果他不放手，自己真的就今生终老在这陌生的契丹草原，陪在他的身畔？

这，真的是自己想要的未来么？

10. 如梦再见

这个世界上，很多的事情，发生得就是巧合，甚至不得不让人怀疑这一切早有设计。

只是，找不到破绽。

或者应该说，那个设计的人，便是上天吧……所以才会这般地，天衣无缝。

六月，当契丹草原的春天刚刚进入最美丽的时节，正在"春捺钵"的契丹遥辇氏部落联盟首领痕德堇可汗突发暴病而亡。按照契丹部落联盟推选可汗的旧制，契丹八部"大人"（首领）聚会在一起，重新推选新的部落联盟首领，也就是契丹的可汗。

几乎毫无悬念地，部落联盟地位仅次于可汗的、执掌全联盟军事与政事的于越耶律亿成为不二人选。

在这偌大的契丹草原之上，还有谁会比耶律亿更加年轻有为？还有谁比耶律亿更加高瞻远瞩？还有谁比耶律亿更为了解军国之事……更重要的是，还有谁会比耶律亿更为受到上天的眷顾，得到瑜间笃姑的首肯？

没有人会愚蠢到公开去质疑上天的意旨。就算心下狐疑，但是也不敢在众人面前稍有表露。

就算，有几部首领，非常不满耶律亿与瑜间笃姑之间的血缘关系，担心瑜间笃姑因此而偏袒耶律亿。但是谁有证据？谁敢当着耶律亿的面说出来？

就算代表着上天意旨的瑜间笃姑不会怪罪，谁又敢轻视牢牢被耶律亿攥在手心的数万铁骑！

耶律氏一族，历经了八代的经营，终于由契丹八部之一迭剌部，一步一步走向部落联盟的权力中心；耶律亿在历经了祖父、伯父均惨死在政治斗争中的血的记忆，终于在自己这一代，走上了契丹可汗的宝座！

耶律亿被契丹八部大人会议推举为契丹的可汗,这样,契丹便进入了耶律氏部落联盟时代。按照契丹的传统,可汗为三年一选;通常会在一个家族中进行。这样,耶律亿在任满三年之后,下一任可汗仍然是耶律氏的男子,也就是说迭剌部的耶律氏正式成为了契丹草原的"王族"。

消息传来,迭剌部民众一派欢腾,耶律氏的族人更是高兴得无以复加。

耶律亿登上可汗之位后,第一件事就是命侍卫拔戈来迎接秘色与瑜间笃姑。

自从那日听到瑜间笃姑对耶律亿所说的:"得月理朵则得斡鲁朵,失月理朵则失斡鲁朵",秘色心底已经有了体悟,知道,自己在契丹的日子,再不可能如曾经一般地风平浪静。自己的命运,将不可避免地与耶律亿的政治雄图,紧紧相连!

秘色几乎没有带任何的东西,除了雪狼瑟又麦,剩下的只有自己随身的衣物与那支陆天青留下的荷叶杯。瓷窑留给那些窑工,秘色知道自己这一走,未来很难再有机会回到那里,回到那段苦乐交织的制瓷的岁月之中了……

耶律亿登位之后的第二件事,便是大力推行斡鲁朵制度。将契丹化为十二斡鲁朵,各斡鲁朵自设宫卫、分州县、设官府、籍户口、备兵马……可以说,每个斡鲁朵都是一个独立的行政单位,仿佛是一个功能齐备的小小王国。十二个斡鲁朵,互为掎角,互为辅助,入则居守,出则扈从。斡鲁朵制度是一种典型的适用于草原游猎民族的"出则为兵,入则为民"的制度。

所有人都为耶律亿这一开天辟地的政治举措而击节叫好,八大部落的人们都在私下里暗暗议论,说这一定是上天的指引,是瑜间笃姑教给耶律亿的……没有人知道,耶律亿这么做,不过是因为一个名字……

斡鲁朵……月理朵……秘色……

这一切的一切,都是因为有了秘色啊。

有了秘色,耶律氏努力经营了八代的梦想,终于实现;有了秘色,才想到可以将这斡鲁朵的制度推而广之,作为契丹国未来的立国之本。

秘色,你定是上天派到我身边的姑娘……

我一定要让你心甘情愿地留在我身边,我一定会——好好地珍惜你……

六月底,草原的初夏,已经隐隐经由清风,带来了微醺的暖意。

夜晚虽然依然有微微的凉意,但是已经可以隔着毡帐,听得见草原上虫儿的呢喃了。秘色的脑海中不禁浮现起曾经读过的美丽诗句:"今夜偏知春气暖,虫声新透绿

五、契丹

窗纱"。

虽然没有绿窗纱，没有中原江南的温润空气，但是人们对于温暖和生机的向往，却是相同的。这样美好的夜晚，这样蓬勃的心境，秘色着实舍不得睡去，披上衣衫，缓缓走出毡帐，仰首望入浩渺幽深的苍穹，看那一串串钻石一般晶晶闪亮的星星。

渐渐地，走出了耶律亿的斡鲁朵（宫帐）。秘色的脚步被杳远传来的一缕乐声，惊在了当下。

虽然杳远，虽然细若发丝，但是秘色却不会听错——这是笛声！这是笛声啊⋯⋯

契丹草原上，有几人会吹笛？

况且这笛声，这旋律，那般地熟识啊⋯⋯

心中那根弦，被猛地拨动，颤颤地涟漪成一片，心酸，又心疼，在这四野苍茫的草原之夜，缓缓荡漾⋯⋯

秘色的身子恍若被那笛声牵系，再也顾不得什么仪态，再也顾不得脚下初生的草芽生生刺痛脚底⋯⋯月色星光之下，苍茫草原之上，秘色那翠色的裙裾在晚风中，飘飞——若蝶。

心若脱兔，身如黄羊，秘色一口气奔到草原的深处。前方是一片地势向下的浅谷，大片大片早开的野花，小小的，怯怯的，在月光下繁若星辰。

浅谷中心，有一棵参天的树。巨大的树冠像支向天空的一把巨伞。

清越的笛声，正是从那树的位置上，驾着悠悠的清风，袅袅而来。

秘色的心几乎停止跳动。近乡情更怯，不敢问来人⋯⋯

那跨坐在枝叶之间的颀长身形啊，你到底——是谁？

如果是他，你为什么会出现在这里⋯⋯

如果不是他⋯⋯你又到底，是谁？

"月理朵姐姐，是你么？"身侧忽然传来银铃一般清脆甜美的嗓音。

秘色将全部的心力都放在了前方的身影之上，放在了那清越的笛声之上，全然没有留意到身侧。突来的声音像一枚石子，蓦地打破了秘色的迷蒙。

幽深的天幕下，星月如银，一身红衣的姑娘，蜷着膝坐在绿草间，嘴里衔着长长的草苗，望着秘色，双眸闪闪，甜甜地笑。

"瑜间笃姑，怎么是你？"秘色惊诧万端。身为萨满奥姑，瑜间笃姑怎么可以独自一人跑这么远？

"嘘——"瑜间笃姑赶紧将玉葱儿一样的食指树立在唇边，示意秘色低声，"月理朵姐姐,不要让他发现我们啦……"瑜间笃姑说着指了指巨树上兀自吹笛的身影。

秘色努力压下心底颤抖的热切,蹲下身形,轻声地问瑜间笃姑:"瑜间笃姑,你认识他？他是谁？"

瑜间笃姑拉住秘色的袖子,将秘色的身形又向下压了一压:"月理朵姐姐,不要叫我瑜间笃姑啦,叫我的小名吧,我叫米馨儿……这个名字都是小时家里人叫的,到现在已经很多年没有人叫过了……月理朵姐姐,我希望你能这般叫我……"瑜间笃姑那娇俏的眼角,不易察觉地闪过一丝幽幽的失落。

秘色稍有迟疑。虽然心里暖暖的,能够被瑜间笃姑这般地信任,但是一想到瑜间笃姑这神圣的身份,秘色却担心自己亵渎了她:"这……既然都是妹妹的家人这般称呼,我这样做,合适么？"

瑜间笃姑笑得用双手捂住了嘴巴,弯弯的眼睛泄露了她浓烈的笑意,只不过为了不惊动那吹笛的人,而不得不拼命地压抑住了。

瑜间笃姑边无声地笑,边轻轻地喘息:"姐姐……你当然叫得啊……不用再瞒我啦……你早晚都是我的嫂嫂……"

秘色惊了。望住瑜间笃姑的眸子,拼命地摇头。

瑜间笃姑的笑意更浓,甚至有小小的丝缕,沿着她翘起的唇角,悄悄地流泻了出来:"咯咯——不要害羞啦,哥哥都跟我承认啦……"

秘色刚想反驳,忽地被瑜间笃姑拉住,两个人一起趴倒在了草丛中。瑜间笃姑拼命地压低嗓音:"嘘——他要发现啦……"

笛声骤停。如月皎洁的清朗嗓音从树冠上悠悠传来:"小丫头,又是你吧。出来吧……"

一听这嗓音,秘色便愣住了。大脑停摆,四肢僵硬,身体里每一滴流动着的血都奔涌上了头顶,眼前的世界忽地一片静寂。

秘色指尖突然涌来的寒凉,让瑜间笃姑错以为是秘色紧张了。她笑嘻嘻地压住秘色的身形,低声说:"别担心,我自己出去就好。你待在这里别动,我去去就回……"

瑜间笃姑说着一挺身,殷红的身影便无遮无挡地俏生生伫立在月色星光之下。她双眸闪闪,歪着头:"是啊,又是我！不过,是你的笛声打扰了我的好梦啊,我才跑出来跟你理论的。这次,可不是我偷偷跟踪你了哦！"

秘色努力地从草丛中仰高头,想要看清吹笛之人的相貌。怎奈树木茂盛的枝叶和眼前的草丛合力将他的相貌遮掩成一片朦胧,无法看清。

只听得那人清朗一笑:"好吧好吧,每次都被你找到借口。以后如果想听我吹笛,

五、契丹

便大大方方地来,不用藏着躲着了,何必那般辛苦……"

瑜闾笃姑又是甜甜一笑:"咯咯……你说让我不必藏着躲着了,不必那般地辛苦……那么你呢?你又何必要躲在那张面具之后,你又何必要背负那辛苦?"

秘色大惊!躲在面具之后……

草原上突地静寂无声。只有满天星斗熠熠闪烁,只有风中流云缓缓游走。

所有的声音,仿佛都被沉重的思索,低低压住。那人不说话,瑜闾笃姑也没有说话,两个人在静默中各自守着自己的疆土。

良久,忽地一声朗笑飘渺传来:"小丫头,你说对了,我又何必要藏着躲着,我又何必要背负这辛苦!更何况……终究躲不开啊!躲得了那名字,躲得了那影踪,我又如何躲得了自己的心!"

瑜闾笃姑甜美的笑声,宛若星空中最璀璨的星斗:"是啊,又何必要躲!难道,你在躲人么?是你的仇家?"

却没有听到那吹笛人的回答。

秘色努力再从草丛中仰起眸子,望向那棵参天的巨树——星如繁花,月似银盆,幽蓝的天幕好像深蓝的丝绒。那素衣的男子,头靠在背后粗大的树枝上,眼望星月。素色的衣袂,在晚风之中,轻轻摇曳,远远看去,就像瓣瓣白莲,轻花飞旋……

瑜闾笃姑又是甜甜地笑:"怎么了?不说话,是不是就是被我猜中了啊!你从大唐来到我们契丹草原,就是为了躲避你的仇家吧!"

朗月清风,幽幽清吟:"南窗一枕睡初觉,蝴蝶满园如雪飞……小丫头,谢谢你,一语点醒梦中人!"嗓音清越依旧,却似乎变换了点点声调,由最初微沉变为透明的清朗。

这声音!这声音!

秘色再也压不住自己心底沸腾的情绪,顾不得他会不会看到自己,高高地仰起了自己的头,定定望向巨树的方向!

跨坐在树枝之上的素衣身形,在秘色的眸光投射过去的刹那,刚好转过身来。随着转身,他扬手从自己面上一点一点,扯下一张薄薄的人皮面具!……

清朗的月光,从他侧向,如银倾泻。

点点繁星,恍若漫天的飞花,洋洋洒洒。

他纤长的手指,从面上缓缓滑过,一张绝世清颜,映着月色星光,点点显现……

天啊……

天啊……

秘色的心中,仿若被深深刺入一颗青梅,就在心尖,痛彻心肺,酸涩凄楚……

原来,原来……

原来世间最大的快乐,来的时候,并不是让人倾心欢笑,而是要反其道而行之,而是要索取你最多最多的眼泪……

明明是狂喜,却要忍不住哽咽。

无尽的欢乐,分明要化作泪水流泻!

秘色觉得自己的身子深处,仿若一下子开满了各种各样的花朵。红的快乐,绿的酸涩,蓝的忧伤,紫的思念,黑的凄楚,黄的明艳……全都极尽地盛开,全都极尽地招展。它们全都把自己最鲜艳,最强烈的一面,共同塞满秘色的心房!

如果,这个世间,只有一个男子,可以用清雅的莲来比喻;如果,这个世间,真的有一个男子,若比莲花花亦羞……那么,那么,还有谁会比得上眼前的容颜?

陆吟……

陆吟……

原来果真是你。

原来,一直,是你……

11. 天水碧

"小丫头,怎么了,你让我不要再逃避,可是等我除去了面具,你却不敢认我了吗?"陆吟自然不会想到,此时此地竟然还有另一人的存在,所以他忽略了草丛的微微晃动,只用眸子笑笑地望着瑜间笃姑。

瑜间笃姑果然是愣住了。不但是身体,更是——心……

当初,认识这个男子,只是因为总在夜晚听到他清越的笛声,开始倾慕他的笛中的华彩,倾慕他月光下清雅的气质。于是,便不自觉地,每晚远远跑出自己的斡鲁朵,遥遥地来到这草原的腹地,等着他来,等着听他比月色更加清朗的笛声。

他并不知道她是谁。远离了萨满奥姑尊贵的金帐,卸下腰间的银铃、手上的鞭鼓,她只是一个十六岁的姑娘。

她喜欢这样,喜欢他毫无顾忌地称呼她为"小丫头",喜欢他从容处之的闲雅气度。

聪慧如她,看得出那张毫无表情的脸,定非人之真面,而是一张薄薄的人皮面具……他的心上,他的经历里,一定藏着许多独特的故事……

长到十六岁，这是瑜间笃姑第一次想要走近一个男子，想要倾听一个男子的故事，想要静静地陪伴在他孤寂的身侧，想要用自己的快乐点燃他眸子里点点的星光……

于是她激他，她想看到他面具背后真实的一切……

而此刻，当陆吟轻轻揭下面具——所有的所有，顷刻之间，全然跳脱了瑜间笃姑初时的想法……

她现在，只知道盯着他，定定地看。

仿佛这才是天地之间唯一的脸孔，这才是天地之间最重要的事情……

世间，怎么会有清雅若此的男子？

初时，他华彩的气质已经让瑜间笃姑深深为之倾慕，却没想到——却没想到那不过是十之一二……当他将脸孔从面具之后点点现出的刹那，漫天星月暗淡无光，天地山川倏然远离，只见得莲瓣缤纷，流光飞舞……心，刹那沦陷……

瑜间笃姑那一瞬间，忽然重新省得了自己的身份与地位。

曾经，她将自己悬在半空，以上天使者的悲悯之心，俯望大地苍生。

如今，她彻底遁入人群，如俗世间每一个再普通不过的少女，一双眼睛高高仰望着那个俊美如苍天朗月的男子；一颗心惴惴着跳动，只为他蓦然瞥来的眼光……

草原最美的时节终于来了啊……草长莺飞，花开陌上，瑜间笃姑那一颗被神圣的身份禁锢着的少女之心，也在这个时节里，抽枝发芽，初绿茵茵……

"我叫米馨儿！"瑜间笃姑殷红着面颊，努力地说出一句话，将自己的名字高高地呈给了清风朗月下，清雅如莲的男子。

陆吟低低地笑："米馨儿……很可爱的名字，跟你整个人，倒是真的相配……只是，米馨儿，姑娘家的闺名是不可以随便告诉陌生男子的哦！在大唐，如果一个女孩子家肯主动将闺名告与陌生男子，那便是有情于他的意思啊……哈哈……"

瑜间笃姑的好胜心被"腾"地点燃，虽然她是传说中能与天神相通的神圣萨满奥姑，但是她又毕竟是刚刚十六岁的少女，如今情窦乍开（萨满巫师是可以正常婚恋的），再加上草原民族本身的直率，让她几乎是不假思索地扬声便说："是啊！我有情于你，所以说便说了咯！"

一句话，让两个人愣在当场。

一个，自然是陆吟。他刚才不过是在说一句打趣的笑话，却没想到这女孩却当了真……虽然，他知道，草原上的女子，都是大胆言爱的。许多部落更是年年举办"姑娘追",女孩子跟男子一样跃马扬鞭,见到心仪的男子,便举起鞭子抽上他的肩膊,明示自己的爱意……只是,当这一切,真的降临到自己头上时,陆吟却真真全无防备。

这个红衣的女孩子,娇美如草原上迎风绽放的花朵,双眸闪烁如苍穹上最璀璨的星子。她的娇美,她的智慧,她的热情,她的勇敢……都是女子中少见的优秀,如果换做他人,一定会毫不犹豫地接受她的感情吧……

另一个愣住的,便是隐身草丛之中的秘色。

尽管,出于女子的直觉,秘色能够感觉到,瑜间笃姑能够在这么深的夜色里,独自一人跑这么远来,只为了听一个陌生男子的笛声,这其中一定有着其他的缘由;至少说明,瑜间笃姑对他充满了好奇之心,对他极为地关注……

却真的没有想到,没有想到瑜间笃姑不但是隐隐然已经对陆吟情愫暗生,更能够这般直白地,宣告而出!

本来有心想站起身来与陆吟相认的……这样一来,便不能了……不能啊……

难道在这可爱的女孩子刚刚宣告自己的感情的时刻,便被自己的出现而无情地打碎?岂能那般无情,岂能那般无情啊……

秘色再次低低压下了自己的身子,紧紧与大地相依。四肢和头颅都是重重的沉,仿佛也只有依靠大地,才能让自己不至于颤抖、彷徨……

"米馨儿,知道吗,我从大唐来到契丹草原的原因,与你的猜测恰恰相反",陆吟悠然扬声,双眸回望苍天朗月,"我来这里,不是为了躲避什么仇家,我是来找一个人的……"

米馨儿高高地扬眸:"你是来找谁?"

陆吟轻笑:"呵呵,或者该说,我不仅仅是来找人……我是来找回我的心……我的心,几年前走丢了。没有了心,世间的一切不过都是浮云,都不再值得我片刻流连……如今,我要来找回她……"

米馨儿眸中的光彩瞬间黯淡:"你是说,你心里一直有一个人么?那个人不见了,所以你的心,也跟着走丢了……如今你发现了她的影踪,所以你要找回她了,是么?"

"呵……我只是要找回我的心……却没说,一定要找回她……"陆吟微微垂首,微凉的悲伤从他被清风吹动的发丝,点点飞散:"我不知道,她的心里是否还有我……我只想,待在看得见她的地方……看见她微笑,看见她幸福,我的心就会安安稳稳地重新回到我的胸膛……"

米馨儿的泪凉凉地落下:"她是谁?你告诉我,我要看看她到底是谁!"

陆吟仰头望浩渺夜空,右手抚心,任凭清风拂面,却再也不肯回答米馨儿的话……

草丛中的秘色,早已经哭得无法自已,贝齿死死咬住樱唇,尝到咸腥的血,一丝丝直直流入自己的心房。

陆吟……陆吟……

这一切,究竟是上天对你我的眷顾,还是对你我的惩罚?

十三年前,能够与你相遇,是我一直以来最大的幸福。三年前的结定亲事,本以为真的就能,这样与你,共同终老……如果一切的一切都在那一刻戛然而止,是不是我们会是天底下最幸福的一对夫妻?

谁料想,我们竟然会走到这样的一步田地……在回鹘,我不但丢了自己身子的清白,更迷乱着找不到了自己的心……如今,与你,终于能在这契丹草原重逢,却——第一次对面不相识,这一番相识却不能见面……

难道,你我之间的这段情,注定是被上天所不容,注定要被上天硬硬拆散?

我没想过此生荣华富贵,我没奢望过今世拥有多么多的幸福,我不过是想,能够在茫茫人海中邂逅一个自己爱着的人,然后与他厮守,一直白头……陆吟,你就曾经是那个人,除了你,至今我还从不敢将这愿望寄托在他人身上……只有你能够给我那种安谧,只有你能让我敞开心扉去想象未来……

可是,上天就连我这样一点微末的愿望都不答应,一次又一次,将你从我身边,硬硬拽离……

陆吟……我好想见你,好想见你啊……

想让你的眸子定定地看着我。

想听你给我吹响竹笛。

想看着你清雅如莲的顾长背影。

想抓住,那一刻的地久天长……

却,不能……

米馨儿呆呆地凝立了许久,一跺脚:"好吧!既然你都能做到,守在看得见她的地方;我也可以,我陪你一起来守!等到你什么时候,发现她已经足够幸福,再不需要你的守候时;等你可以将眼光从远方收回,望向身边,你终会发现我的存在!"

陆吟一愣,莲眸轻闪:"米馨儿,这又何必……你是个好姑娘,你值得拥有珍爱你的人……你不该去尝这份苦……"

米馨儿俏脸绯红。一个情窦初开的少女,一个被人高高仰视的奥姑,此时此地,竟然如此地尴尬而又凄楚。她努力压着心底阵阵的酸痛，仰着眸子定定地宣告："这是我自己选择的，我自己愿意！与你无干！"

陆吟缓缓收回眼神，垂首叹息。晃动身形乘风而去，任清风扯动他翩翩的衣袂，勾起无限的苍凉和忧伤……

"告诉我你的名字！"米馨儿短促有力的嗓音追着陆吟的背影，清脆地回荡在夜风中。

"陆天青……"陆吟的嗓音，听起来悠长而又杳远……

秘色……陆吟早已经随着你的失踪，心碎死去。
如今的我，再不是陆吟，而只是陆天青。
天青秘色。陆姓冠之……
秘色，我的心，你是否会明白？

12. 醉春烟

"月理朵姐姐，你……这是怎么了？"目送陆吟的身影御风飘远，米馨儿压住心底的怅惘，回身来找依然藏身于草丛间的秘色，却讶然望见秘色泪流满面，纤弱的肩膀低低地压在草丛间，微微颤抖。

"啊……没……"，秘色连忙收拾回被陆吟带向杳远的心神，快速地擦去颊边的泪，努力装作平静地面对米馨儿："我是刚才听到你们的谈话，觉着心酸，所以才……"秘色无法对米馨儿坦言，只得说了一半的真实。

"姐姐……米馨儿也好难过啊……"米馨儿星子一般的眸子黯淡了下来，她也坐了下来，依在秘色身畔，头轻轻靠在秘色的肩头，"我为他难过，看着他那般地痛苦……我也为自己难过，第一次懂得了情的滋味，却遇上了一个失心的人……"

秘色不知道该如何安慰米馨儿那明晃晃的忧伤，同时又要紧紧压住自己心底的凄楚，只得用手轻轻搂住米馨儿的肩，静静地听。

米馨儿靠在秘色肩头，双眸悠悠地仰望着幽深的苍穹，看迢迢银河，闪闪星辰："月理朵姐姐，你说人世间为什么要有情呢？如果没有情，人们的生活是不是会更加地快乐？不用去时时追随他的身影，不用去每晚等待他的到来，不用去牵挂他的心情，不用去担心他的悲伤……自己的心只为自己跳动，应该会更加轻松吧，如今却要硬塞进另一个人，真的好累啊……"

秘色用手轻轻捋顺米馨儿被风扯动的发丝,幽幽地说:"米馨儿,其实你说,究竟怎么样才能更快乐呢?如果自己的心只为自己跳动,没有遇见他,没有关注他,或许你的心情的确是会轻松了好多,可是你却也会错过了那些牵挂所带来的甜蜜啊……米馨儿,你今年有十六岁了,在遇见他之前的这十六年里,你其实就已经是心灵只为自己跳动的啊,但是你真的觉得,你那十六年的时光,真的就比眼下的心境,来得快乐吗?"

米馨儿将头更深地靠近秘色的怀中:"是啊,月理朵姐姐,你说得真好……这十六年来,从来没有人跟我说过这样的话,大家都只把我当做高高在上的萨满奥姑,人们遇到事情都会来向我求卜,却没有人真正地关心过我的心事。或许他们认定,萨满奥姑就不应该有自己的心事的啊……"

秘色的心酸酸地荡漾,这个十六岁的少女,背负着萨满奥姑这个神圣却沉重的身份,独自挨过了多少的孤单和无助啊……心下对米馨儿的怜惜,又递进了一层。

米馨儿幽幽地说:"月理朵姐姐,其实真的还是现在更加幸福啊。虽然他心里有着另外一个人,虽然他的心早已经给了她;虽然他连一个正式的注目都未曾给过我,更遑论会渴望见到我的身影……但是,我却真的也能够尝到那酸涩背后的甜蜜啊。感觉这颗心蓦地鲜活起来,不再是沉沉的古井,不用再压抑自己真实的情感……他好像一扇门,打开了门,我便看见了眼前一片全新的天地。或许也会有阴云密布,也会有暴风肆虐,但是这片天地给了我全新的生命经历,让我觉得未来的人生,充满了意义……"

"月理朵姐姐,看到他的悲伤我也会悲伤,看到他的孤寂我会更加孤寂……每个晚上,遥遥地望着他独自一人坐在月光下,水一样的月光总会洒满他的周身,他就像是把自己深深地沉入水底,独自忍受着那种窒息的悲伤……那一刻,我的心就会刀割一般地疼。我想走近他,我想看到他快乐。就算他心里还装着别的人,就算他还没有正视过我的存在……喜欢,开始总是一个人的事情,不是吗?我不要他现在就一定要回应,只要我自己静静地守着他,喜欢着他,就够了……"米馨儿的嗓音,清脆中洒满微凉,可是那微凉中又有着闪闪发亮的、铿锵的坚定。

秘色心下流满暖暖的感动……

这个十六岁的姑娘,比自己足足小了六岁啊,却有这般的见识,这般的心意。她对陆吟的感情,虽然时日尚短,但是她已经是抱着一颗主动去爱的心,并不是渴望从陆吟那里得到什么,而是想带给陆吟幸福和快乐……

秘色心下升起淡淡的羞愧。米馨儿对陆吟的情,从一开始已经高高地超过了自己。

自己当时更想的是,可以通过与陆吟的婚事,挽救一家人的命运;自己想从陆吟那里得到安全与庇护,却根本没有深思,自己的到来,究竟会给陆吟,带来什么……

秘色更紧地拥了拥米馨儿,心下凄惶地低语:"陆吟……在米馨儿的面前,我都已经没有资格再去奢望你的原谅,再去执著于你的感情……如果是我,我都会选择米馨儿,而舍弃沈秘色啊……陆吟,从相识到如今,我沈秘色除了一而再,再而三地伤害你,都没有带给过你什么……我真的好想为你做点事情啊……就让我把米馨儿带到你的身边吧……那样你会更幸福,更快乐……"

心下的疼,浓浓重重……不过是刚刚想到要挥剑斩断自己与陆吟之间的情愫,便已觉似乎是要斩断自己的四肢……牵心连肺的疼啊。

可是……就算要疼,就算要血流淋漓,也依然要勇敢地挥起那寒光闪闪的利剑啊!

陆吟……我宁愿自己疼断肝肠,也不愿你永远走不出我的身影,无法再去迎接属于自己的情深!

泪,如滚烫的珠,重重跌落……

秘色的泪溅落在了米馨儿的脸颊。米馨儿惊慌地问:"月理朵姐姐,你怎么又哭了?"

秘色慌忙避开米馨儿那晶莹的眸子,擦掉颊边的泪水:"没……米馨儿,我只是,只是在心疼你……"

米馨儿眼波盈盈,漾满感动:"月理朵姐姐……你真是太好了……我母亲去世得早,身边又没有一个至亲的姐妹,陪着我的只有整天仰望着我的侍女们,除了尽心尽力地服侍我,却从来不会跟我多说一句话……真好,姐姐,我真的要好好感谢上苍,将你派到了我的身边……"

米馨儿微微闭了下眸子,长长的睫毛仿佛黑色的羽扇:"虽然,上天给我的指示是,月理朵将辅助哥哥统一契丹天下,可是我此时却觉得,你的到来其实对我更好呢……月理朵姐姐,真的好希望你赶快成为我的嫂嫂啊……"

秘色一呆,不知该如何更正米馨儿的话。

该更正么?耶律亿对自己的情,这几年来,自己又何曾不知。只不过是一直闪躲,一直顾左右而言他……那是一个人中之龙啊,他的感情应该成为这个世间最尊贵的赐予。他应该找到更好的姑娘。自己,无法给他一颗心……

五、契丹

可是，不更正么？如果这样继续将错就错地走下去，自己的命运将越来越紧密地与耶律亿相连，与契丹国相连！这真的是自己想要的么？自己真的能够担得起那么重的责任么？

秘色啜嚅：“米馨儿……不是的，一切不像是你想象的样子……”

米馨儿扬起脸颊，暖暖地望秘色：“月理朵姐姐，你不要害羞啦。哥哥他早就跟我承认了。他说他今生，除了月理朵姐姐，谁都不会要！月理朵姐姐，你放心，哥哥是一个非常温柔的人啊，虽然他的心里惦记着契丹的天下，但是他对你的感情却是一点都不打折扣的……他不但会是一个千古帝王，更会是一个好丈夫、好父亲……"

米馨儿说着，闭上双眸：“月理朵姐姐，别忘了我是萨满奥姑啊。我感受得到神灵给我的启示，我可以看得到你的未来……我看得见，你翠色的身影闪烁在碧绿的草原上；我看得见，你在笑……你身后有一个身材颀长的男子，虽然看不清相貌，但是我感受得到他心底对你的浓浓呵护……那一定是哥哥和你，月理朵姐姐，相信我，你们未来一定会幸福……"

我的未来，一定会幸福吗？……秘色望着身前表情凝肃的米馨儿，心底不由得升起淡淡的疑问。

上天的意旨……上天，似乎从来就没有给过自己开心和顺遂。一步一步走来，除了迷乱的彷徨，就是重重的心伤。

总是置身夹缝，总是难以选择，难道这就是上天要赐予自己的幸福吗？

还有那身形颀长的男子……会是谁？能是谁？曾经有过情愫的男子们，他们每一个身边，如今都有了更为重要的女子——乌介可汗身边有耶律嫣然，艾山身边有太和公主，如今就连陆吟的身边也已经有了米馨儿……

谁会为自己一直等待？谁会永远凝立在自己的身后？

或许，我沈秘色就是被上天注定了要孤独终身，给了我一段一段的情，却又一段一段地戛然而止……

这就是我的命吧……

13. 燔柴告天

耶律亿所大力推行的斡鲁朵制度，初见规模之后，耶律亿才决定举行自己即位契丹可汗的"柴册仪"。

作为神圣的萨满奥姑，瑜间笃姑自然一定要亲临盛会。

虽然契丹祖制中曾有言，不许汉人参与契丹燔柴告天的重大仪式，但是耶律亿依然坚定地要求秘色参加。

对此，契丹八部的首领们不无微词。但是耶律亿毫不为之所动。他只是坚定地告诉各部首领："上天有训，得月理朵则得斡鲁朵，所以我的柴册之仪，必须要有月理朵的参加！"

秘色也曾几番拒绝，但是都被耶律亿坚定地阻止了。耶律亿知道，这样的燔柴告天的仪式，对于自己而言，会是自己生命中最为重要的几个时刻之一。在这样的时刻里，他希望能够看到秘色在身边，他希望能将自己最为风采鼎盛的一面尽情地展现给她看……

燔柴告天……耶律亿更愿意将这一刻当做是向秘色的一次郑重的告白……

能够登上可汗之位，虽有天意，但更是人力之为，所以柴册之仪对于耶律亿来说更多的只是一个仪式。而对于秘色，耶律亿清楚地知道，有她在，自己的心才是完满而丰盈的，才会鼓荡起鞭指天下的豪情；如果没有她在身边，纵然心怀天下，但是那豪情总会终究化为孤寂的寒风，回旋在自己空荡荡的胸臆之间……

男人，征服天下，只为征服一个女人。

女人，征服了一个男人，便已经征服了整个天下……

午时。

草原上的夏日的阳光，无遮无拦地泼洒而下，耀得整个世界一片金黄，广袤大地热气蒸腾。

耶律亿独领的中央斡鲁朵，穹顶高挑的金色大帐之外，早已由契丹八部的代表，带着各自部落的泥土，筑起了一方高台。台高丈余，上置巨大的铜盆，面向正南，直朝向正午阳光的方向。

此时，高台上，红衣翩飞。萨满奥姑瑜间笃姑头戴黄金头箍，边饰五彩羽翎，腰缠银铃，手执鞭、鼓，迎着金色的阳光，蹁跹而舞。

整个草原一片肃穆。

只听得瑜间笃姑腰间的银铃叮当清脆，鞭鼓铿锵而鸣。倾天的阳光，如一挂金色的帐幕，披洒在瑜间笃姑红衣的身周，漾起一片神圣的光晕，让人不由得心生崇敬，脑海中一片澄明。

大约有一盏茶的工夫，瑜间笃姑衣袂飘定，银铃安宁。她高高地伫立在高台之上，俯望台下众人，双眸晶亮，面颊上闪烁着一片纯洁的清光。只见她悠悠执起一柄

五、契丹

白银的号角,举至唇边,轻轻吹响……浑厚的号角之音,在草原上空"呜呜——"回荡,苍天、大地、山川、草木,所有的存在,所有的神灵,都沐浴着金色的阳光,听清了这圣洁的白银号角之声……

这是萨满奥姑代表人类,对上天的敬告,对万物之灵的通禀,宣告着契丹又将诞生一位伟大的可汗,请求天地诸神予以赐福……

银色号角,悠悠声止,瑜闾笃姑微笑着望高台之下,位于众人之首的哥哥。

耶律亿身披金色丝绸罩面的皮裘,袍身上金线绣着五条三爪金龙(五爪金龙是皇帝专用,此时的耶律亿尚未称帝,只能享用王公级别的三爪金龙)。胸膛正中处,一个活灵活现的龙头正对着前方。龙睛是镶嵌上的两颗翠绿的碧玺石,在阳光下散射出七色光芒,仿佛能够直直望进观者的心里,让你不由得生出敬畏之心。

金袍的领边袖口处,翻出纯白的狐裘,更加映衬得面若桃花的耶律亿,风姿倜傥……同样白色的狐裘圆边帽下,耶律亿的神情淡然自若,只有眸子间闪耀的星芒泄露了他心底的豪情。

耶律亿仰首望着瑜闾笃姑鼓励的笑容,一摆金袍,昂然踏上高台。接过瑜闾笃姑递过来的一捧以黄绫捆扎的柴薪,耶律亿高高擎过头顶,环望台下契丹八部的子民,面带淡定微笑……

台下欢呼声雀跃而起……嘹亮的号角、啪啪抽响的牛皮鞭子、人群欢呼之声、马匹嘶鸣之声,交织在一起,悠悠回荡在契丹草原之上,掠过高高的山峰,直达云霄!

耶律亿在欢呼声中缓缓将柴薪放入高台顶端的巨大铜盆。

人群鸦雀无声。

时辰已到。正午三刻的阳光,如约穿过最后一片林木,火辣的光线直直向高台顶部的黄铜巨盆射来!

火辣的正午阳光、锃亮光闪的黄铜大盆,两者协力之下,置于铜盆中心的柴薪缓缓飘起轻烟,袅袅上升,直达天际……天与地之间,一烟直上,仿佛一条清白的线,沟通了天界与人世。

柴薪越着越旺,白色的烟愈益浓重,天与地之间的贯连越发清晰。人们静静地,静静地,只听得见自己咚咚的心跳,不敢发出一点额外的声音。

说也神奇,广袤草原之上,本是风舞回旋之地,一缕淡淡的轻烟本轻易便可被清风扰乱;可是此时,这贯连天地的柴薪之烟,却丝毫没有风来打扰。四野静寂,就连淘气的风,似乎也静默了下来。

柴薪渐渐燃尽，头戴黄金头箍的瑜闾笃姑清朗的嗓音传遍四方："柴册之仪，礼成——上天加迭剌部耶律氏耶律亿为契丹可汗位，望汝谦恭良明，以德治世，统驭四方……"

耶律亿低低俯下身去，向瑜闾笃姑，以及她所代表的上天众神，致以最为崇高的敬礼。

人群中再次爆发出经久不息的欢呼声……一位年轻有为的可汗，必将为契丹民族，带来更为辉煌的未来！

结束分散，统一国家，雄视四方，挥鞭天下……这该是每一个民族的愿望吧？

"禀可汗！前方传来捷报，陆将军率军大捷，于厥十六部俱皆心悦诚服，愿意归顺我契丹！现在陆将军为了庆贺可汗燔柴告天大典，星夜兼程而归，现已到三十里外，命小的提前来报！"一名士兵，飞马而来，欣欣上奏。

哗——人群之中又掀起一波欢呼！

可汗初登新位，便传来战事大捷！这岂不是天随人愿，上苍降福于耶律亿，降福于契丹！

耶律亿也是豪情满怀，宽袖一扬："太好了！众军民，随本汗在此迎接陆将军！"

陆将军！

这三个字宛如三个重重的雷，一一炸响在秘色的心湖。

是谁？

难道，契丹真的这么巧合，还有另一位姓陆的将军在？

还是，真的是……？

正心意彷徨之间，只听得蹄声踏踏，如云而来。

秘色抬眸远望，只见草原的尽头，一队旗色招展、甲胄闪亮的骑兵队伍，像一支从天而降的神兵，昂扬奔来。

为首的一人——远远地看不清容貌，却看得清乃是一身银甲，胯下白马。亮银展翅的头盔之下，乌黑的发丝随风轻扬。纵然甲胄贯身，仍不掩满身清雅之气；浑身散发的银色光芒，恍若阳光下潋滟盛开的一朵清莲！

心，重重一震！

待得想要收拾起时，那人那马早已奔到了眼前！

望着那银盔银甲的人，昂扬而来，风中似乎有清莲朵朵飘舞……

五、契丹

那一刻,心折又震撼的,又何止秘色一人!

高台上的瑜间笃姑率先发出了惊呼,腰间的银铃随着她身子的摆动而叮当脆鸣,引得银盔银甲的将军抬头仰望——视线如飞过的电火嘶鸣着闪烁,两个人的视线碰撞在一起,两个人都愣了……

瑜间笃姑愣了,因为那人正是自报家门为陆天青的陆吟,他那身着戎装的英气,重重震撼了瑜间笃姑的心。再一次,几乎忘了跳动……

陆吟也愣了。他一直以为瑜间笃姑不过是一个喜欢在夜晚偷听自己吹笛的小姑娘,却没想到她此时站在高台之上,穿着萨满奥姑的衣衫……契丹有一位被传得神乎其神的萨满圣女,就算陆吟从未见过,也曾听说过太多……却没想到,此刻立于高台之上的萨满圣女,就是那个名叫米馨儿的红衣姑娘……那么她不但是神圣的萨满奥姑,更是当今契丹可汗耶律亿唯一的亲生妹妹、契丹长公主……

陆吟与瑜间笃姑之间的眼神胶着,却让一个人心碎,而另一个人则微微而笑。

心碎的人,自然是秘色……

尽管自己已经在心里决定,要帮助米馨儿和陆吟结成姻缘。但是……但是,看到他们两个人惊讶之中胶着在一起的视线,秘色还是觉得心如刀割。

或许,真的该割舍了啊……

微微而笑的,是耶律亿……

尽管,三年前用那个秘密,得到了陆吟这个人才。但是,如何留住陆吟这个文韬武略兼备的人才,又要不为了他而失去秘色……这种两难的选择曾经让耶律亿痛苦了良久,但是他又知道,不能总是设法不让两个人碰面,同居契丹草原之上,又都围绕在自己身边,两个人怎么可能不常常碰面……却没想到,上天似乎垂怜,陆吟与米馨儿之间,竟然似乎有暗潮汹涌!如此说来,岂不是一个两全其美之策!

14. 三年之约

瑜间笃姑望住眼前的陆吟,走下高台,飘飞的红衣翩然来到陆吟身边,一双眸子如阳光下璀璨的明珠:"陆天青!原来你竟然是哥哥麾下的将领!原来你就是那三年来帮助哥哥横扫了室韦、女直、奚人和于厥,立下不世战功的人!"

陆吟淡淡而笑:"没想到米馨儿原来不但是神圣的萨满奥姑,更是契丹如今的当朝长公主呢!是陆天青有眼不识凤驾,万望公主海涵……"

米馨儿眉头轻轻皱起:"陆天青,你不要管我的什么劳什子身份!你就记得我是米馨儿就好了!我还是那个每个晚上都偷偷去听你吹笛的小丫头米馨儿!"

陆吟但笑不语,只是微微拱了拱手,然后越过了米馨儿,走向了站立在金帐正前方的耶律亿……

站在耶律亿身畔的秘色,突地想要躲开。却被横下里伸过来的一只手,牢牢地牵住!

侧脸望身畔的耶律亿,他坚定的面容上毫无波动,一直一直如桃花般娇艳而温柔地微笑,定定迎向前方而来的陆吟,手指牢牢地扣住秘色的手腕。

秘色睒眸间,陆吟已经走到了眼前,躬身施礼之时,一双清朗的眸子却在望见耶律亿与秘色交握的两手间,黯淡了光华。

耶律亿仿似早已料到陆吟此时会失态,于是他抢先一步出言:"陆将军!辛苦了!于厥大捷,为本汗的燔柴告天大典送上了厚礼啊!"

"哦……哦……"陆吟仿似如梦方醒,眼神缓缓地从秘色身上收回,迎向耶律亿桃花潋滟的笑容,"可汗,恭祝您柴册大典礼成!"

耶律亿仰天大笑:"得陆将军辅佐,乃是天助我契丹,天助我耶律亿啊!"说着托住陆吟施礼的双臂。

耶律亿眼角瞥着秘色面颊上的苍白,心下微微不忍,但是一想到从今天开始,自己的命运将会不仅仅是儿女情长,更应该肩负起整个契丹的未来,于是他坚定了一下心绪,扬声对陆吟说:"陆将军!三年来,你辅佐本汗,横扫室韦、女直、奚人和于厥,立下不世战功,本汗当时因尚无权限,所以没有给你什么封赏……今日,本汗初登汗位,首先要做的事,就是封赏于你!本汗要——赐给你一个人!"

耶律亿此言一出,陆吟立马惊觉地将视线瞥向秘色!

耶律亿朗声宣布:"本汗将契丹草原最为尊贵的女子,本汗亲生妹妹长公主萨满奥姑瑜闾笃姑,下嫁陆天青为妻!"

契丹八部子民,一片惊讶地抽气!

虽然,他们都已经明了,耶律亿着力延揽汉人、重用汉臣的政策,为的是尽快掌握中原文明,以使契丹迅速强大起来。契丹朝堂之中,许多重要的职位都已经被汉人占据,契丹第一种文字——契丹大字,也都是汉人创建起来的……

但是,契丹人们却也绝对无法想到,耶律亿竟然要将契丹最神圣的萨满奥姑瑜闾笃姑下嫁给汉人为妻!她是契丹子民心中的圣女啊,她是连接上天与人世的萨满啊

五、契丹

263

……她怎么可以嫁给汉人，怎么可以将这份荣耀白白送给汉人！

陆吟、秘色、瑜间笃姑三人，就更是被耶律亿这突然出口的上意惊得目瞪口呆！

陆吟眼光复杂地苍凉望住秘色，上前叉手施礼："可汗！可汗还记得您与为臣之间的三年之约吧……您自然知道为臣之所以甘愿来到契丹草原，投奔大汗帐下，所为何来！可汗今日怎可如此？"

身为臣子，就算有不世战功，却也绝对不可以当众顶撞可汗。何况现在是什么时候？现在是可汗刚刚举行过柴册大典，初登汗位之时啊！何况这里是什么地方！这里可是当着契丹八部的子民的面啊！

换作他人，一定会拍案而起吧！可是耶律亿却只是淡淡一笑，笑得桃花潋滟，笑得云淡风轻："陆将军……本汗将最尊贵的长公主嫁与你，并不妨碍你看到她啊……"

他们，在说什么？

什么是三年之约？

陆吟究竟是为何来到契丹草原，堂堂大唐天威将军甘愿屈居于契丹可汗帐下，任其驱策……这其中，究竟曾经发生过什么事情？

秘色睒睁的眸光，在耶律亿与陆吟之间反复逡巡，想要从他们隐晦的面容间找到答案，想要从他们含混的话语里寻到出路……

可是，却无从查知，无从猜测……

难道，难道这一切都是与自己有关！

难道，难道耶律亿当初邀请自己来到契丹，并非单纯的善良之举？

难道，难道……难道陆吟又一次为了自己，而断送了他大好的前程？！

不要……不要啊……

反倒是瑜间笃姑第一个发现了秘色的异样……她横瞥了依然处于莫名的剑拔弩张之中的耶律亿和陆吟，飞身越过他们两个的身影，抢到了秘色身前，扶住了秘色摇摇下坠的身子！

一股空茫的寒气从四肢百骸直窜入身体，秘色只觉得眼前山影摇晃，日光混沌，像是有无数条小小的虫啃啮着自己每一个毛孔，灵魂与意志都在紧紧地蜷缩、蜷缩……最后的一个印象是，见到翻飞而来的红衣身影，米馨儿那亮如明珠的眸子漾满了忧虑……

黑夜漫漫，秘色只觉自己像是一只疲惫的蝶，想要奋力振翅高飞，却总是无法飞出黑夜的掌控,直到——精疲力竭,全然跌入黑暗,一直向下,一直向下……

脑海中只有一个清明的信念,那是一个名字,一个提起便是心痛与愧疚的名字。秘色忍不住轻呼出声:"陆吟……陆吟……"

手上有微凉而颤抖的轻握,一个声音穿过黑暗凌空而来,凝满种种深情:"我在这,我就在你身边……"

那清越的嗓音瞬间击碎了缠绕住秘色的黑夜,秘色努力睁开眼睛,望进一双漾满痛楚与深情的眸子——

秘色的泪,再也无法压抑,滴滴串串落满枕巾,一颗一颗全都重重砸在了陆吟的心上。陆吟手上轻轻加力:"秘色……我在这里……秘色……"

"月理朵姐姐,你醒了吗?"耳畔传来清脆的银铃和鞭鼓之声,秘色努力抬眸,这才发现,瑜间笃姑正在围绕着床榻飞旋而舞,见到自己醒来,也顾不得手上的用具噼里啪啦落了一地,急急奔到自己的身前。

秘色努力点头:"米馨儿,我没事了。辛苦你了……"

秘色不着痕迹地悄悄将手从陆吟的掌中抽出,她不忍心让米馨儿看到这样的一幕。

米馨儿颤抖着嗓音:"月理朵姐姐,你要好起来啊……知道吗,你都已经昏睡三天三夜了……哥哥激怒之下,已经斩了三个大夫了……"

一个身影乒乒着从帐门外奔入帐中。

秘色抬眼——竟然是那素来沉稳的契丹可汗耶律亿……

耶律亿顾不得形象,三步并作两步奔到秘色榻前,一把攥住秘色的手:"秘色,你醒了么?太好了,你终于醒来了……"

心中那所有曾经涌起的怀疑和怨怒,在这一刻,悄然遁去……这少年得志的契丹可汗,何时这般狼狈过,何时这般毫无掩饰地将心情写满面容?就算——就算他与陆吟的三年之约里,对自己有过隐瞒和欺骗,但是他对于自己的关心和呵护,却是千真万确啊……

秘色努力绽开一朵弱弱的微笑,朝向身边的每一个人:"让你们……挂心了……没事了……放心……"

耶律亿望向帐内的人,包括陆吟和米馨儿:"你们,都退下吧。我想跟月理朵姑娘独处一会儿,不经传唤,你们都不用进来……"

陆吟欲言又止。米馨儿眸子微闪。但是都被耶律亿面上坚定的神色阻住,默默地退出帐去……

五、契丹

耶律亿定定望住秘色,目光沉沉:"秘色,我知道这样的一天终会来到……我必须要向你讲清楚陆吟之所以来到契丹,成为我麾下将领的原因。我知道,可能我们之间闪烁的对话,会让你产生种种猜测——我不怕你误会了我对你的心,我是怕你因此而伤了你自己……"

秘色悠然垂眸,原来自己的一切心事都逃不过耶律亿的眼睛。

耶律亿伸出纤长的手指,轻轻将秘色下颌转过来,面对自己:"秘色,听我说,一切并不是你所想象的样子……这三年来,你都在潜心做瓷,可能并没有太关注天下的大势。目下,唐皇势微,宦官与朝臣争权夺利,龃龉不断,堂堂大唐帝国如今已然风雨飘摇。就在月前,大唐发生了一件泼天的大事,梁王朱全忠进宫尽诛宦官;且大肆驱逐朝臣,并全部杀死于白马驿站,投尸于河……大唐大势去矣!"

耶律亿说到这里,忧心地看着秘色瞬间失去血色的脸颊,犹豫着自己是否应该继续说下去。秘色看出了耶律亿的犹豫,追着问:"那么陆吟呢?"

耶律亿喟叹:"虽然陆吟早已经辞官归乡,但是朱全忠一直想要延揽于他。陆吟的性子你也知道,他不可能为这乱臣贼子卖命。可是一旦陆吟不从,你想朱全忠怎么可能让陆吟成为自己的心头之患……我多年前早就听说过陆吟的威名,心中一直非常爱惜于他……就连那次在回鹘的契丹酒宴上救下你,其实也是因为听到了你是陆吟的妻子……这几年来,我一直千方百计寻找他的下落……又因为三年前意外地将你带来契丹,于是我便用你的消息引他来契丹。我们之间有三年之约,就是我要求他在三年之内不许见你……"

秘色的身子轻轻一颤:"为什么,三年之内不许见我?"

耶律亿面上微微窘迫:"秘色,我承认是我有私心……好不容易能够将你带来契丹,守在我的身旁,我希望你能够在三年之中看到我的存在,看到我的感情……如果陆吟提前出现,那么我就连一点机会都没有了……而且,这也是为了陆吟。他刚来到契丹,非常地不适应,心理上总会有隐隐的抵触。我想让他沉下心来,好好地了解我们的契丹,了解天下的大势。如果他提前见了你,很可能会乱了他的心……秘色,请你原谅我的自私……"

秘色眼神微微荡漾,问耶律亿:"那么,后来呢?"

"后来……"耶律亿嗓音更加深沉,"后来陆吟在这三年里,大致得知了你在回鹘所遇到的情况。他主动提出不在你面前亮出真正的身份……他说,他不想让你再陷入两难的境地,不想让你为了记挂曾经的情分而违反自己心内真实的愿望……他说,或许,你在心里依然忘不掉回鹘的人啊……"

秘色的泪,静静滑下。

原来,就连陆吟都看得这般清楚么?原来自己迷乱混沌的心,其实早已经昭然若揭了么?

回鹘……忘不了……

忘不了那些心痛,那些过往,那些缱绻的深情,那些痛苦的选择……

在契丹的三年,自己其实一直都是躲在瓷窑里啊。热爱做瓷不过是一个借口,自己只是想用它来占据所有的心绪,以免心海中又浮现出那些事、那些人……

回鹘……

恸与梦,情与伤,交织成永远忘不掉的梦……

15. 述律平

秘色的身子刚刚大好起来,陆吟便又带兵出征。

陆吟带兵出征走了之后,米馨儿已经悄悄地准备起了嫁妆。一个女孩子的心意都已经被那些印满欢庆颜色的物件点点透射而出,曾经高高在上的萨满奥姑,如今也是一个怯生生的待嫁新娘。

一桩桩、一件件,都是秘色陪着瑜间笃姑一点点拣选出来,又经了秘色的巧手,该绣的绣,该熏香的熏香,让瑜间笃姑无限惊讶于汉人置物的精致。

这日,两个人正在秘色的帐篷里忙着,忽然门外传来一个嗓音,有如山泉清洌,本是甜美,却偏偏夹杂了冷冷的冰凌:"月理朵,在么?"

秘色本能地答了一声儿:"在呢!"

只见帐帘一挑,一个紫色的身影披着一身的阳光,跳入了视野。

秘色一愣,打量着眼前这个姿容秀丽,眉眼之间却带着冷冷冰霜的姑娘。这姑娘个子不高,年纪与米馨儿相仿,身穿亮紫色织锦长袍,头戴白色鹿皮帽,脚下蹬一双白色小牛皮尖头靴,整个形象亮眼、娇俏,却隐然有拒人千里的气质,让人不得不仰望之。

更让秘色惊讶的是,这少女腰间斜挂着尺余的银色腰刀,背上还背着一柄长长的白色弓箭,整个人平添了一丝英武之气,越发显得她夺人双目。

秘色打量这个英姿勃勃的紫衣女孩的同时,那女孩也在仔细地打量着秘色。良久,那紫衣女孩率先开口,高高地扬起下颌,目光清冷:"你就是月理朵?"

秘色微微颔首,诧异于那紫衣女孩提到"月理朵"三个字时,语气中刹那的停顿。

紫衣女孩又是左右走了数步,上上下下仔仔细细地看了看秘色,目光高傲,不容接近:"我叫述律平!我今天是特地来看看你到底是怎么样一个人!"

述律平?看看我是怎么样一个人?秘色不由得哑然失笑,不知道这个目光高傲的女孩,浑身上下所散发出来的敌意,所为何来。

不过身旁的瑜间笃姑倒是一声惊讶的欢叫:"你就是述律平?萧氏的述律平?"

那紫衣女孩又是高高扬起下颌,眼光毫不遮拦地直直望向瑜间笃姑:"是的!我就是萧氏家族的述律平!"

米馨儿红衣的身影翩然飘向她:"述律平姐姐,快来坐!我是瑜间笃姑!"

先时那紫衣的述律平还仰高着眸子望着瑜间笃姑,此时听得瑜间笃姑报出姓名,方惊诧地愣住,眼神中现出一丝敬畏:"瑜间笃姑……原来你就是萨满奥姑……"

米馨儿笑:"述律平姐姐,如果从我母亲那边算起,我该叫述律平姐姐一声表姐呢!"

秘色听得云里雾里,睐睁地望着瑜间笃姑。

瑜间笃姑感受到了秘色的目光,回头望着秘色笑:"月理朵姐姐有所不知。我们耶律氏与述律平姐姐家族的萧氏,历来两个部族之间对偶制通婚,也就是说我们耶律氏的男子娶的妻子都是来自萧氏,而我们耶律氏家的女子也都要嫁入萧氏……所以,我的母亲就是来自萧氏的女子,从这个辈分上算起来,述律平姐姐是我的表姐呢!"

一席话为秘色解开了一个谜团,却又种下了一个更深更重的谜题。

如果,耶律氏的男子娶妻都是来自萧氏家族,那么耶律亿此番岂不是要破坏祖制?

如果,耶律氏的女子都要嫁给萧氏家族的男子,那么瑜间笃姑这次与陆吟的婚事,岂不是也是一种违叛?

果然,述律平冷冷的一句话便印证了秘色的担心:"哼,我看恐怕萧氏与耶律氏之间数百年来的对偶制通婚,到了你们这辈上就要结束了!你们耶律氏最有盛望的两个人,你哥哥和你,听说都看不上我们萧氏家族的人了?"

米馨儿淡淡一笑:"述律平姐姐,不是这样的。姐姐你自然知晓,如今哥哥已经不再仅仅是耶律氏家族的人,他现在是契丹八部的可汗,他要做的事情不止要为耶律氏着想,更要为所有契丹人着想!上天有谕,得月理朵则得斡鲁朵,失月理朵则失斡鲁朵……难道萧氏家族,真的会为了自己家族缺少了一次与耶律氏联婚的机会,而置契丹大势于不顾么?我相信不会,萧氏家族不会如此,述律平姐姐你也不会如此……"

一席话不软不硬,却该说明的都已经说得很明白,如果述律平再继续揪住不放,可就是述律平自己理亏了。

述律平自然不是耳活心软之人,马上她又抛出另个话题:"好,可汗这件事,我可以理解。那么你呢,瑜间笃姑,你明明当年已经被耶律氏族长嫁给了我舅舅萧独活,为什么现在又要嫁给那个什么汉人陆天青?!"

瑜间笃姑面上笑意更甜,仿佛述律平这个话完全在她的掌握之中:"述律平姐姐,其实我想现下你说出了这个问题的同时,姐姐你自己的心里也早有了答案。瑜间笃姑,从生下来那天起,便已经不是耶律氏的人了啊,不然为什么我不叫'耶律笃姑',而是刻意变换了发音,叫做'瑜间笃姑'呢……十六年来,我没有一天是属于耶律氏的,我的命运更是早早便跟整个契丹民族联系在了一起,这,该是每一个契丹人都非常清楚的吧……当年文定给你舅舅萧独活,萧氏家族也都说得很明白,这只是为了救当时病危的萧独活一命,才借了我的名义去祈福于上天!这一点,述律平姐姐不会不知吧?"

述律平眉头微皱:"好,你是萨满奥姑,我自然说不过你。不过我要返回来说说你哥哥的事情!你说,得月理朵则得斡鲁朵,好,那么我告诉你,我的小字也叫做月理朵!虽然没有几个人知道,但是这确确实实是我叫了十九年的小字!"

瑜间笃姑睖睁间,述律平冷冷的目光横着向秘色瞥来:"我萧氏女子注定嫁入耶律氏。而耶律氏这一辈的男子中,能够配得上我述律平的,只有耶律亿!所以,那个人,我要定了!"言罢,亮紫的身影转身离去,留下帐中的两个人兀自睖睁。

瑜间笃姑握住秘色的手,眸子闪烁清亮的光芒:"月理朵姐姐……不用太介意述律平的话。所有人的想法都不重要的,最重要的是你和哥哥的心意。哥哥对你的感情,我最清楚,这个你丝毫都不用担心。只要你们两情相悦,就是上天都不会拆散你们的……"

秘色心下白晃晃一片苍茫,她无奈地望着瑜间笃姑,心里是默默的惆怅。本来,来到契丹只是为了逃开回鹘的那些迷乱,想要过一点清净的日子;却没想到,清净不过三载,从今年元日之时起,纷繁的事情,一桩桩一件件扰攘而来,将自己的命运缠杂得更为乱绪,让自己真实的心意再也难以表达……

秘色多想直白地说出——米馨儿,我是沈秘色,我不是什么月理朵,我与耶律亿的斡鲁朵无关,我与契丹未来的命运无关啊!

甚至,我都根本无法给耶律亿同样的深情,我不爱他,从来都没有……如果非要厘清的话,我会有对他的感激、牵挂与崇拜……他虽然是契丹的一代雄主,但是在我面前，他永远是那个桃花一般温柔的少年。如果，如果没有之前那么多纷繁的经历，如果这颗心还完整地留在我的胸膛，我愿意，试着去走近他……

只是，这一切都只能是假设，都已经不可能了啊……

我的心早就丢在了回鹘，在我意识到以前，已经全然地丢了……

16. 惊炸雷

十日后，一条战报从前线传回。这消息被严密地封锁着，只有耶律亿和几个重要的幕僚知晓。

消息传来之前的那个夜晚，秘色正在给米馨儿绣一对鸳鸯绕双莲的枕头，两个人淡淡地说笑着，烛影摇红之中，帐篷中的气氛格外静好……

蓦地，不知为何，秘色和米馨儿几乎同时心头一颤！

正做着女红的秘色，右手的针尖一下子就穿过了手里的布料，直直刺入左手的食指之中！鲜血如一枚闪光的红豆，从指尖的皮肉里跳出，鲜痛连心。秘色顾不上指尖的血珠，只一径惊喘于心底突来的颤抖，不知道这究竟预兆着什么。

相对于秘色的暗自惊讶，米馨儿毕竟是萨满奥姑，她立即冥神凝息，双眸紧闭……良久，她的双眸还没睁开，一双泪痕已经印上了脸颊……

瑜闾笃姑凌乱着声音，用冰凉的手指摸上秘色的手："月理朵姐姐……对不起，我要先，先去一下……我要去找哥哥……我要去问他……我要去问问……"一向淡定自持的瑜闾笃姑此刻竟然慌乱得言语零落，秘色刚想握住她的手给她安慰，瑜闾笃姑却已经先一步撤开手，流着泪向门外走去。

秘色讶然望住瑜闾笃姑那缀满悲伤与沉重的背影，心下的颤抖漾起了一片慌乱的涟漪，却又不知为何……

"哥哥，你告诉我，他，他是不是出了什么事情！"耶律亿正在金帐中办公，米馨儿身子踉踉跄跄地奔进帐来，一下子扑到耶律亿案前！

耶律亿剑眉紧蹙："米馨儿……终于还是瞒不了你……想来，你应该都已经'看'到了吧……"

米馨儿娇美的脸上，泪水恣意流淌："哥哥……我看见他流了好多的血啊……那些血一直一直地流，染红了他的战袍，又涌出了他的铠甲……我看见他还在奋力地拼杀！他的身边，没有契丹的士兵了……那些陌生的敌人，好像一团团黑色的虫，不断向他身边涌来,涌来……哥哥!你快点派兵去救他……快点派兵去救他啊……"

米馨儿,十六年来一直是端庄自持的萨满奥姑,面上总是挂着甜甜的微笑,凡事从来淡定自若。即便身为她亲生的哥哥,耶律亿这也是第一次看米馨儿如此惊慌失措,如此泪流满面……

疼痛,深深地刺入耶律亿的心脏,他拥住米馨儿,嗓音沉痛:"米馨儿,就算我现在发兵,待走到回鹘的哈拉和林,最快也要七日啊!而你'看'到的一切,恐怕早已经成了再无法改变的现实……"

米馨儿蓦地停止了哭泣,一颗颗豆大的泪珠从睁大的眸子里,直直地跌落:"不……哥哥,不……不会是这样的,不会的!我的嫁妆已经都准备好了呀,我在等着他得胜归来呀……"

耶律亿眼睛通红,一把抓住米馨儿的胳膊:"米馨儿!你醒一醒……不要再执迷于心魔,你要看清眼前的现实啊!"

米馨儿愣愣地望着耶律亿死死攥住自己的手,缓缓地摇头:"不会的,哥哥,不会的……上天不会这样待我的!我是上天选定的萨满奥姑啊,我是能与神灵相通的大萨满啊,上天怎么会狠心地将我抛入痛苦之中,怎么忍心看着我流泪心碎!"

耶律亿望着米馨儿满面的心碎,他也听到了自己的心点点破裂的声音:"好,米馨儿,我答应你!我立即派兵去回鹘!生要见人,死要见尸!"

耶律亿亲自送米馨儿走出斡鲁朵,眼望着侍女搀扶着米馨儿,走入苍茫的夜色,心下涌起无尽的苍凉。

转身。正要进帐,却被站在帐门另一边的身影惊住!

幽幽夜色中,秘色苍白着面颊,翠色的身形混入黝黑的夜色,整个人像似随时可能随风消散,再也不见……

耶律亿惊得连忙一把拽住了秘色的手臂!

当那纤弱的手臂被自己牢牢地握入了掌心,耶律亿才知道原来自己的手指已经在微微地颤抖,那手劲更是大到惊人!

耶律亿压下心底的惊惧,缓缓放松手上的力量,柔柔地问秘色:"你,怎么来了?"

秘色却没有回答他的问题,只是定定地问着:"陆吟,怎么了?回鹘——怎么了?!"

耶律亿的心咯噔一沉——千躲万避,这一切都是最不想让秘色知道的啊!可是,人算不如天意,秘色她还是知道了……

耶律亿拉秘色走入帐篷,将她安置在软座之上,又给她温了一碗奶子,方才缓缓

五、契丹

开口:"秘色,这一切我本不想让你知道……我怕你会担心,我怕你会——离我而去……"

秘色的手指握住装着奶子的铜碗,一直不停地抖着,碗里的奶子一点一点从碗口滴出来,恍如一滴一滴乳白的泪,重重灼疼了耶律亿的心。

耶律亿上前一步,蹲在秘色身前,用自己温暖的手握住秘色的:"秘色,你不要担心,不要担心……三年前我将你从回鹘带走,我便是想让你从那些纷乱里走开,我想保护你免受那些伤害……所以,你相信我,无论这个世上发生了什么,纵然有天大的事,还有我,有我保护着你……回鹘的事,不要再问了,好么?就让它们远离你的生活,沉入你记忆的底层,再也不要让它们重新翻卷起来,给你增添悲伤了,好么?"

秘色定定地望住耶律亿,双眸空洞着,明明悲伤到无以复加,却偏偏无法涌出一滴泪水。

秘色自然看得见……看得见耶律亿漾满双眸的疼痛与怜惜。可是只觉得自己的心,已经成为了无波无澜的朽木,即便桃花潋滟在前,却已经再也翻涌不起哪怕一星一点的情潮。

她努力舔了舔嘴唇。草原的风,轻易地将唇上的皮肤干化成苍白的裂片:"告诉我……陆吟怎么了?回鹘,怎么了?……"

宛如木雕的人偶,秘色的麻木让耶律亿的瞳仁灼热地刺痛!他不知道除了告诉她答案,自己该如何唤醒她压抑至深渊的神智,如何换回她颊上重新的生动……

耶律亿重重一甩头,嗓音空旷而苍茫:"好吧……好吧……秘色,回鹘又遭了战乱,西北的黠戛斯再次趁着大唐被朱温取而代之的机会,攻破了回鹘牙帐城哈拉和林!嫣然发信回来求救,于是我派陆将军带兵驰援。因为怕你知道回鹘的变乱,所以陆将军走的那天,我们谁都没有告诉你,他究竟要去哪里……之后,我严令斡鲁朵中一切人等,决不许将消息透露给你……"

耶律亿再次重重叹息:"陆将军去得太急了。到达哈拉和林之后,人马未作任何停顿,便投入了战斗……人困马乏,被黠戛斯军队以逸待劳!前方传来最新战报说,哈拉和林已经被黠戛斯一把火烧了个精光,陆将军拼死相护却如今生死未明……"

秘色笑了。她定定地望着耶律亿,笑容如一朵点点绽开的花,一丝一丝在唇角开放——直到,直到笑得花枝乱颤,直到笑到涕泪滂沱:"你……你是在骗我的吧?你是想让我安心地留在契丹,安心地当你的月理朵,安心地为你守住这座斡鲁朵吧!哈哈,哈哈……不会的,不会的……回鹘牙帐城哈拉和林……多么繁华的都市,怎么可能被一把火烧个精光,怎么可能啊……"

秘色颤抖着手,死死抓住耶律亿的袍袖:"他们人呢?哈拉和林的子民呢?可汗……艾山……玉山……耶律嫣然……太和公主!他们——他们人呢?"

耶律亿深深望着秘色,眼神刻满痛楚:"他们都分头从哈拉和林退去……据说,他们全都被黠戛斯兵给冲散了!或许他们都在一个队伍中,或许他们全都不在一个队伍中,甚至——甚至或许他们有一个或者全部都已经落入了黠戛斯人之手!"

"啊!——"秘色一声惊呼,喉咙突感甜涩,一张口,"哇——"地一口鲜血直喷而出!

这一口血吐出,仿佛秘色身体里所有的鲜艳、所有的颜色,甚至她的生命力都一瞬间从她身体中抽离,再也消失不见!

秘色面颊上的苍白、身体的微微摇摆,她眸子中一种颓败的晦暗,如一个个惊雷,滚滚炸响在耶律亿眼前、耳边!

耶律亿突感从未有过的惊慌,他抓住秘色的手臂,重重地喊:"秘色!秘色!秘色!……"

秘色机械地转动眼眸,呆呆望着耶律亿:"发兵……求你,发兵!"

耶律亿只觉一股恸意从心底直冲头顶:"好!秘色,你放心,我一定尽力去救回鹘,去救那些你在意的人!我方才已经答应了米馨儿,兵马粮草准备三天后启程,如今为了你,我要他们连夜准备,枕戈待旦,明日一早即行出发!"

秘色怔然,双眸中终于滚落了串串泪滴:"谢谢你……谢谢你……欠你的,我来生当牛做马,一定来报!"

耶律亿身子巨震,望住秘色,眸光黯然:"秘色……我本不求你什么回报。可是,可是为什么是来生?为什么不是今生今世?!难道,难道你已经决定今生今世要离开我,纵然知道回鹘目下已是危险万分,也定要回去不成?!"

秘色怆然,凝泪而笑:"你总是这般,懂我……"

那一笑,如夜半乍开的昙花,虽然颜色素淡,虽然春色一瞬,但是那一刹那间的芳华,却是震撼人心,却是绕梁不去……

耶律亿凝视着秘色那绝美的微笑,心,痛裂片片……

17. 诸弟之乱

这一年,仿佛注定是一个多事的年头。

曾经煊赫一时的大唐帝国,在接连发生了安史之乱、朋党之争、会昌灭佛、白马驿之祸后，终于在这一年，被朱温推翻！整个天下为之震荡……那强大而繁盛的大唐啊，竟也终究不保，西北望长安，可怜无数山啊！

西北，在乌介可汗的努力之下，努力想要中兴的回鹘帝国，一切的希望萌芽，都在某个清晨，被黠戛斯的铁蹄再一次碾碎！曾被称为"漠北第一城"的牙帐城哈拉和林，集合了西域的繁华与漠北的坚固于一身的西部名城，一夜间被黠戛斯一把火烧成了焦黑的废墟！

东北，刚刚统一了的契丹；没想到，耶律氏一族为之拼搏了八代才夺入手中的可汗之位，却给耶律氏，给整个契丹，带来了一场泼天的祸事！

就在耶律亿允诺秘色，将要再次出兵回鹘的这个夜晚，在耶律氏其他成年男子所掌握的几个斡鲁朵中，一场政变的图谋已经形成了决议！参与这次政变的不是别人，都是耶律亿同宗同族的兄弟：剌葛、迭剌、寅底石、安端，甚至包括新任命的惕隐滑哥、地位仅次于可汗的于越（耶律亿曾经的职位）辖底！

可以说，这些决意要反叛耶律亿的人，既是耶律亿至亲的手足兄弟，又是耶律亿统治契丹的政治班底，更是耶律亿费心着意栽培提拔的人！这一次，可以说是众叛亲离，孤家寡人！

他们为什么要反叛？因为契丹汗位向来实行的是家族世选制，也就是说耶律亿将可汗这个位子引入了耶律氏一族，他本人三年任满之后，这个位子就应该由耶律氏的其他成年男子担任。但是耶律亿的英明决断，耶律亿的重用汉人，耶律亿对权力的牢牢掌控，都让耶律氏其他的成年男子看不到未来的希望。他们有理由相信，即便三年任满之后，耶律亿也绝对不会让出可汗之位，他甚至会仿效中原汉族的皇帝，将这个汗位变成他们子子孙孙的世袭制，从而破碎了其他耶律氏男人的梦想！

这，对于一个拥有政治抱负的男人来说，其威胁力和损伤，都是极其致命的！足以让他们混乱了神智，全然抛开血缘亲情，罔顾手足情意，倒戈一击，刀剑相向！

祸起肘腋，这从来都是防不胜防，稍有差池就是断送家国的致命伤！

所以，耶律亿刚刚连夜集结起来的侍卫亲军，不得不临时改变了作战的方向，掉头回来镇压这场撼动契丹草原的"诸弟之乱"，再也无力顾及远在西北的回鹘命运……

家国大祸突起，耶律亿只得忍痛亲率侍卫亲军前去迎击"诸弟之乱"中实力最为强劲的一支——于越辖底与安端所率的队伍。他们所率领的队伍中，除了他们各自所掌握的斡鲁朵的军队以及耶律氏本部的军队之外，更是加入了契丹八部之一的乙室部落的军队！可以说，这支队伍已经不仅仅是耶律氏本部族的"诸弟之乱"的范畴，

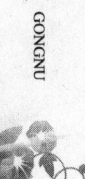

甚至很可能动摇了耶律亿好不容易统一起来的契丹八部,一旦失败,契丹又将回复到过去一盘散沙的状态,耶律亿所有的心血都将付之东流!所以,尽管耶律亿不放心秘色与米馨儿,但是他必须要以可汗之位的职责为重,只得忍痛而去,亲去迎击!

可是不成想,耶律亿将侍卫亲军中的精锐部队带走后,剌葛与寅底石率领另一支部队,趁着夜色,直向耶律亿的中央斡鲁朵偷袭而来!

契丹可汗,有两样王权的信物,一是祖先留下的神帐,一是当年唐太宗所赐封的旗鼓。可以说,这两样东西就仿似中原的传国玉玺,得此两者则可争夺汗位!剌葛与寅底石,正是直奔收藏于中央斡鲁朵金帐之中的神帐与旗鼓而来!

顿时,中央斡鲁朵一片大乱!斡鲁朵中的军队大多已经随耶律亿前去平叛,斡鲁朵中只剩下老弱病孺,面对偷袭而来的骑兵,几乎全无抵抗之力!

目下,整个斡鲁朵中,能够支撑起主心骨的,只剩下了秘色和米馨儿。但是米馨儿为了陆吟之事,心绪已乱,秘色只能咬紧牙关,暂时忘掉回鹘,忘掉陆吟。她现在一心想做的,就是应该帮耶律亿守住金帐,守住神帐与旗鼓!

她觉得,自己亏欠耶律亿的,已经太多太多了……

不能给他未来,更不能给他现在……

她的心里从来就没有过与他同样的情感,他所有所有的付出,都没有得到自己哪怕丁点的回报,都是泥牛入海,全无消息。

自己此生能够为耶律亿做的,恐怕也只剩下目下这一桩了吧……

可是,又该怎么做?!

手上没有可用的兵将,自己更无统兵的头脑,如何抵抗这如狂风一般席卷而来的契丹马队,如何能在一个过招之间便将他们击退!

秘色紧张地死死攥住了自己的裙摆,她的情绪也深深影响了雪狼瑟又麦。瑟又麦低低地吼着,露出满口参差的狼牙,幽碧的眸子闪着嗜血的光芒,紧紧地护卫在秘色身畔。

秘色心下暖暖感动。她看得出,瑟又麦已经做好了用生命护卫自己的准备。这只三年前还是一团柔弱的小雪球的小家伙,此刻已经长成了雄壮的公狼,更成为了契丹草原上狼群的王者!

只是,瑟又麦总是舍不得秘色,每次在外面跟狼群盘桓了几日后,便会回到秘色身边。

此刻,看着瑟又麦,一线亮光忽地在秘色脑海中蓬勃燃起!

秘色蹲下身,搂住瑟又麦的脖颈,声音短促而又清晰:"瑟又麦,去,去召集你的狼族朋友们!带它们来中央斡鲁朵,让它们来帮助我守住耶律亿的旗鼓和神帐!"

那通神的雪狼瑟又麦,只坚定地望了一眼秘色,毫不迟疑地,整个身子如一道白色的闪电激射而出!

未几,空旷的草原之上,便回荡起悠荡而又苍凉的狼嗥之声。

可是,对于秘色来说,比那狼嗥之声更为恐怖的,是斡鲁朵之外踢踏而来的马蹄之声!那马蹄声宛如一阵急骤的旋风,所到之处,便是一片哭喊声、金属撞击声,还有火焰在夜风中猎猎燃烧之声!

那声音已经迫近了中央斡鲁朵,迫近了几乎已经无人守卫的金帐!

秘色紧紧环抱住自己的双臂。寒冷从骨缝中渗渗而出,仿佛再多的衣料都已经无法阻住寒冷的蔓延,四肢百骸全都凝冻成白色的霜花,秘色几乎快要被自己身体里涌出的寒意冻成寒冰……

她害怕,真的害怕……一个弱质女流,从来没有经历过这样的危难,从来没有肩负过这样重大的责任!

可是秘色又在心底努力地告诫自己,不要害怕,不要!人害怕的时候,本能地是想要逃避,或者寻找他人的帮助。但是此时,自己肩负着替耶律亿守住旗鼓与神帐的重任,绝不可以逃避,更全无他人可以倚仗!只能依靠自己,只有自己能够帮自己……秘色努力要自己镇定下来,以排开思绪的紊乱,努力想好下一步的因应之策!

米馨儿……米馨儿,如果你此刻能够在我身边就好了。你是萨满奥姑啊,你是能与天神相通的人,如果你在我身边,他们一定会听从你的劝告,将兵退去吧!

忽然之间,只听得金帐大门外,刀刃劈入骨肉的声响破空传来,几声惨叫如暗夜中怒放的毒花,招摇起它阴森的笑靥。

杂沓的马蹄声,如一盆豆子猛然间倾倒于木案上,哗啦啦,乱而拥塞。

该来的……终于来了……

帐外仅有的几个卫兵,刚才传入耳鼓的惨叫之声必然就是他们所发出的。

瑟又麦……瑟又麦的嗥叫还在旷野上空缭绕,听那距离还很杳远……

没有人能够帮自己。

就连逃,都已经没有了退路。

只有自己。

只有自己……

刺葛与寅底石端坐在马背之上,凝视着标志着可汗统治的中央斡鲁朵金色大帐。只要再抢夺过祖先的神帐与旗鼓,趁着耶律亿领兵在外之机,提前举行燔柴告天的大典,那么契丹可汗的宝座便是自己的了!

梦想啊……这是每一个契丹男子,毕生追求的梦想啊!

如今这梦想已经近在咫尺。事先也早已经探查清楚,这金帐之中只剩下耶律亿当成宝贝的汉女一人,此外再无一兵一卒!似乎只需要一伸手,尽可以缓慢而优美地伸出手,在月色星光的笼罩之下,那等了多年的梦想,就将实现!

幸福感来得这般迅捷且简单,就像山谷间清晨笼起的白色雾霭,氤氲着、轻巧着,柔柔环绕着自己的身周,湿润地、清凉地,来去只需自己衣袖挥挥,全不费太多的力气。

等到耶律亿回来了,就算他手下的兵将还保有实力,但是在已经陷入自己掌控的祖先神帐和旗鼓面前,在自己已经抢先举行过了燔柴告天的既成事实面前,他耶律亿纵然有三头六臂、百万雄师,又能怎样?!哪一个王位不是秉奉着上天之意、祖先之灵的,难道你还敢公然冲撞祖宗的神主牌位,冲撞上天已经接受了的柴册之仪!

哈哈,哈哈……头脑里想象着意气风发的耶律亿届时脸上将现出的尴尬和无奈,刺葛和寅底石都笑得很开怀。

因此,他们并不想一步走到目的地,他们想尽量延长这个甜美又梦幻的过程,多品尝一下一步一步走向梦想、拥抱成功的滋味。

于是,他们勒马在了金帐之前,并没有急着冲将进去。

他们静静地等待,等待这一切缓缓画上完美的句号……

18. 祖先神

一阵清凉的夜风吹来,刺葛与寅底石胸臆里鼓荡着的成功的甜美,更加满溢流泻。

如果不是在马上,他们真的想就地伸一个大大的懒腰,打着满足的呵欠,慵懒迟缓地走向一尺之遥的目的地。

呵呵,看看,真是天随人愿,连那金帐的门帘都自己挑开了,都不用再劳烦他们二位。成功的花蕊已经备就,只需他们指尖轻探……

嗯?那卓然独立于金帐门口的,不就是那个身份成谜的汉女嘛!她手上抱着的是什么?她脚边的又是什么?

金帐中金色的灯光,从她背后冲入夜色,在她周身勾勒出金色的光晕,随着微风的轻荡,那光晕袅袅流动,宛如缥缈的雾气,又似披了满身的星斗。

夜空苍穹,月光如瀑,统统倾射到她翠色的身上,让她的脸颊笼罩在一片银色的光辉之中,呈现出一种奇异的苍白!

在她的怀中,一座长约尺余,宽若两掌的黑木神位,静静散发着凝重的光芒。脚边,猩红的旗鼓,宛如摊着殷红的血,红得惊心动魄!

刺葛不由得结巴起来,对着身侧的寅底石:"她,她手里抱的,不正是祖先的神帐(神帐,祖先的神位或者神佛像前的帐幕)!她脚下的,她脚下的,就是旗鼓啊,就是可汗发号施令的旗鼓啊!"

寅底石也不由得喉结上下翻滚,努力用舌头舔了舔干涸的嘴唇,猛地咽了一口唾沫:"是的……是的……看来这个汉女也算识时务,她这是主动将祖先神帐与旗鼓捧出来奉献给我们啦!"

刺葛与寅底石,不约而同全都伸出了自己的双臂,仿佛下一个秒钟,秘色便会乖乖地将神帐与旗鼓奉上,伏地躬身尊称他们为可汗!

突地!只听得鼓声激越而起,只见秘色翠色的身子宛如痉挛,一手敲击着脚边的旗鼓,一手抱着乌木的神帐,身子跃动激舞,口中喃喃有词!

秘色突来之举,让刺葛与寅底石面面相觑,全然猜不透这个汉女究竟想干什么!

只听得鼓声一声紧似一声,宛如崩开的豆子,颗颗浑圆饱满;再看那翠色的身影旋转如风,像一片疾风中颠荡的叶子,在金色的光晕与星月银色的光芒之间,往返穿插!

骤然!

天地一片凝肃!

鼓声如被高坝截住的湍流之水。

身影如被箭矢射中的靶心……

一切,都在高潮之中戛然而止。刚刚有多热烈,目下就有多死寂!

纵然是见惯沙场搏命的刺葛与寅底石都是不由得随之一惊!

但见秘色怀抱乌木神帐,发丝已经在飞速的跃跳之中散落了下来,狂乱地掩盖住了她的脸颊,只留下一线目光,如针一般,从发丝之间直射而出!

就连刺葛胯下久经战阵的战马都不由得兮溜溜一声嘶鸣,向后猛退了两步!刺葛努力带住缰绳,这才稳住自己和马匹的身形……

这个汉女,究竟是怎么了?难道——中了邪?!

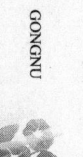

只见帐中金色的灯光,与星月银色的光芒交汇之处,那金与银的奇妙切点上,秘色猛地剧烈甩动头颅,身子一阵阵浪涌一般剧烈的抽搐,眼神浑浊,牙关咬得格格作响,下巴抖动……秘色忽地大叫一声,尖利的嗓音直穿云霄,惊得在场每一个人心下都是冷冷的一个凛冽!

"小儿们!你们都听了!我是契丹祖先神,现借托神帐下得凡尘,附在了这个汉女的身!为什么你们惊扰我元神,为什么你们放火又杀人!"嗓音尖利而高亢,全然不似平常人讲话之时的口吻与腔调。

"啊!——"在场所有的契丹人,全都敬畏地大呼,"大神上身了,大神上身了!这个汉女竟然会领神(萨满教中,神灵附体后萨满代神立言)!"

呼啦啦,所有的契丹人都跪倒在了金帐之前。剌葛和寅底石虽然半信半疑,但是他们又不得不跪倒在眼前的神迹之下——如果说,这是个契丹人,还有可能装神弄鬼,但是这是个汉女啊,她完全不了解契丹的萨满请神之俗,发生在她身上的这一幕只能是祖先神真的显灵,否则又如何解释得通!

剌葛歪着膀子,斜斜瞄着浑身兀自颤抖个不停、牙关格格直响的秘色:"祖先神,请原谅儿郎们惊扰了祖先神!只是因为耶律亿那厮,不尊上天,不敬祖先,毁坏了祖先们立下的可汗推举的制度,妄想独霸可汗之位,鱼肉契丹臣民!我们是应了契丹子民的嚎哭,方才举兵来伐,削夺耶律亿可汗之位,将公道还给天下苍生!"

秘色口中尖挑的嗓音又起,秘色的身子猛然又是一阵抽搐:"既然——是这样——那么——你们两个——到底谁是下一任可汗?速速走上前来——本祖先神将神帐与旗鼓交付于你便了!"

话音未落,剌葛与寅底石猛然互望了一眼。那互望的眼神里,一刹那间闪过无数种情绪!

开始是惊诧、出乎意料;继而是彼此的观察,满带着疑虑的打量;到最后,几乎是两头狼之间闪着寒光的彼此狩视了!

剌葛狠狠地转过头,率先一步跨上前来,头磕入地:"祖先神!儿郎剌葛,愿接神帐与旗鼓,甘愿肝脑涂地,誓让我契丹吞并天下,给祖先神献上无上的荣光!"

剌葛话音未落,寅底石又已经抢上前来,头磕得哐哐响:"祖先神明察,祖先神明察!儿郎们在举事之前已经说好,本该由我寅底石接受神帐与旗鼓,再行燔柴告天的仪式!这剌葛纯属见利忘义,谎言哄骗祖先神!祖先神切莫信他的鬼话,请将神帐与旗鼓传给小子吧!小子定将不负祖先神所托,定要将整个天下捧给祖先神,以为献祭!"

听得寅底石此言，剌葛急了，跳起来就给了寅底石一个耳光："妈的！你撒谎！咱们什么时候说好要将神帐与旗鼓给你！你反倒诬陷我欺哄祖先神！"

寅底石怎甘示弱，就势一脚重重踹在剌葛小腹之上，将剌葛踹出去五尺开外："奶奶的，你个狐狸般狡诈的剌葛！我们本来说好的，谁拿到神帐与旗鼓，只要能够顺利地举行燔柴告天的大典，便自然可以获得可汗之位！我怎么撒谎了？有祖先神的庇佑，我必能顺利获得柴册！"

"是我的……"

"该是我……"

剌葛与寅底石，就像两条癞皮狗，疯狂地撕咬在一起，妈妈奶奶地彼此骂个没完，不顾形象地满地打滚，简直丑态出尽。

他们身后的契丹士兵全都惊呆了。这是他们平日里奉若神明的领主啊，如今当着祖先神的面，为了一己之利，全然不在乎了身份与声明，全然打破了士兵们对于他们的尊敬和寄托的梦想！

秘色那诡异奇高的嗓音又是高高飘起："好了！——你们两个不肖的子孙！——看看你们在干些什么！——听听你们嘴里叫骂的，都是什么人！——我就是你们的母亲，我就是你们的祖母！——你们两个竟然敢当着我的面，这般大声地叫骂！——我要惩罚你们！——我要让你们遭受最为凄惨的狼刑！"

狼刑！

这是契丹在原始部族时期，最为残忍的一种刑罚——将犯罪的人，于月圆之夜绑缚于草原之上，任凭狼群将那个人活活开膛破肚，啃掉骨肉！

剌葛与寅底石听到"狼刑"这个词汇后，身体本能地战栗起来！

幽深的月夜，无人的荒野，幽幽燃烧的狼眸，宛如利凿的狼牙！关于狼刑，关于那种刑罚的恐怖，他们从小到大已经听说过太多太多，如今竟然被祖先神说到要将这恐怖的刑罚施加到他们自己的身上！他们，怎么可能，不！

心神，俱颤……

仿佛就是为了配合祖先神的说法，四野里忽然传来高高低低的狼嚎之声！一声比一声高亢，一声比一声凄厉，一声比一声急迫！

宛若汹涌奔流的海浪，那狼嚎之声铺天盖地向中央斡鲁朵的方向冲了过来！不过瞬间，那一波一波的声音似乎已经近在身后！

剌葛和寅底石只觉得脊背发麻，他们蜷缩着身子，将视线从胳肢窝下的空当向身后望去——月光之下，夜色幽深，一双双绿幽幽的眸子，如一盏盏鬼火，层层将中央斡鲁朵包围起来，仿佛随时都会向他们两个扑来！

"啊！——啊！——"两个人顿时扑倒在地上，爬向金帐，口中凄厉地哀号着："祖先神——不要啊，不要啊！儿郎知错了，求祖先神宽宥！"

秘色的嗓音突地一改之前的尖利，变得深沉而浑厚："我们耶律一族，经历了八代的流血和奋斗，才终于将可汗之位迎来，这是多么不容易的事啊！可是你们知道嘛，夺得可汗之位难，好好地守住可汗之位就更难！契丹八部，名义上归顺于我们耶律氏的统率，实际上异心从未拔除，他们时刻等待着机会，要将可汗之位从你们手上夺走啊！"

"你们，耶律氏的子孙，你们不想着矢志同心好好守住这个位子，成天净想着争名夺利、彼此拆台！你们差点毁了我们八代的心血啊！"

剌葛与寅底石被责骂得毫无还口之言，满面愧色，匍匐在地上，拼命磕头："是，是！祖先神骂得对！都是儿郎们鬼迷了心窍，忘记了祖先血的教诲！我们甘愿撤兵，从此尽力辅佐耶律亿，助他威震契丹雄风，弘扬祖先的光荣！"

秘色的嗓音，重新变回慵懒的尖利，高高地飘起来："嗯——这才是——我的好儿郎！今儿且到这里吧，这个汉人丫头的身子弱，要承载不了我了……我先回了——你们，也尽早散去吧！"

剌葛心有余悸地回望着身后那些闪烁如鬼火的狼眸："祖先神！祖先神容禀啊！儿郎们散去容易，但是那些狼，那些狼还在呢啊！"

秘色体内的那个嗓音渐渐缓慢，仿似睡意颇浓："嗯……我知道了——你们尽管散去——我保证它们不会伤害到你们——如果你们的心不诚，只想把我哄骗走便了事——那这些狼，我可就不管了……"

剌葛与寅底石都是一个劲儿地叩头，口中不停地说："祖先神开恩，儿郎不敢，儿郎绝不敢哄骗祖先神！……"

只见得秘色忽然身体又是一番剧烈的抽搐，牙关咬得格格巨响，下巴猛然战栗不停。到最剧烈的阶段，秘色的双手几乎抱不住那乌木的神帐，双手如潮水一般向上涌动，直直伸向头顶的天空，宛若筛糠一般，几乎将她纤弱的身子摇晃得无法定形！

秘色身体中的那个声音，忽地又起，这一次嗓音极为尖利，极为空旷，比之之前都有过之而无不及："我！走——了！"话音甫出，秘色宛如一具被抽去灵魂的人偶，身子软软地，颓然倒地。

刺葛与寅底石彼此互望一眼,心有余悸地擦擦鬓边涔涔的冷汗,嘴里叨叨着:"送神了……送神了……"

待秘色那边终于全然安静了下来,两个人望了望宛如晕厥过去的秘色,彼此含义颇多地凝视了一眼,摇摇头,各自喃喃:"退兵吧,散了吧……"

宛如潮涌潮落,方才黑压压欺满了中央斡鲁朵的契丹军队,眨眼间又全部散去。所不同的是,他们到来的时候,人声猎猎,马声嘶鸣;走的时候,数千的人马竟然是悄无声息地退却,静静地融入幽深的夜色,再无影踪。

如一片颓败的叶子般,倒在地上的秘色,悄然挑开眼帘,望帐外夜凉如水,月华倾地。一丝不易察觉的叹息,从她唇边幽然流泻。她保持原样未动,只是噏起唇,望向夜色中一双双萤火般的眸子,低低地吹响口哨——

一声狼嚎,悠然响彻,那双双鬼火一般的眸子,相继消失在夜色里……

夜,一下子恢复了曾有的宁静。

如果不去看那满地的尸体与凝固了的血液。

如果不去看中央斡鲁朵之外尚自冒着浓烟的毡帐。

如果不去听夜色中隐隐传来的孩子的哭泣。

如果不去听,自己的心咚咚跳响的哀鸣!

这个夏日的夜晚,该是多么地宁静,与美好……

19. 桃花之爱

"哼!真没想到啊,你装神弄鬼,还真有一套啊!"一声清冷凛冽的嗓音蓦然传来,将秘色惊得睃睁!

举目望去,一身亮紫衣衫的述律平正执弓,站在金帐门前。

她的发丝有微微的凌乱,眼神里印满了焦急,上次初见时背在后背上的长弓如今紧握手中,亮紫的锦袍上下溅满了深红的血迹。

不过,她的嗓音依旧清寒;她望向秘色的眸子,总是高高地仰起,仿若居高临下的睥睨。

秘色不由得惊问:"述律平!你们这是从哪里来?"

"哼!还不是听说了耶律亿有难!我们连夜从家里赶来,恰好在半路上碰见刺葛和寅底石这两个兔崽子,我要了他们的狗命!"

秘色一叹："你，终究还是杀了他们……其实他们已经主动退去，何必不留得他们的命在？"

述律平仰高下颌，睥睨地冷哼："你们汉人就是妇人之仁！你别以为你这点装神弄鬼的小伎俩骗得过那两个兔崽子，就能真的替耶律亿消弭掉这场祸事！我告诉你，你幸运在身为女人！在我们契丹，萨满通常都是女子来担任，男人们只是旁观者，对于萨满跳神的礼仪只是知道个皮毛，所以他们被你暂时唬过去了！你怎么知道他们退去途中，不会突然回味过来，重新杀回来？！"

述律平的话，问得秘色哑口无言！

是啊，自己刚才不过是急中生智，联想到米馨儿，联想起自己大病之时曾经隐约见到的米馨儿的请神之舞……于是大胆地冒充耶律氏祖先神上身，借助神灵的力量驱散了叛军。可是，自己毕竟是汉人啊，完全不了解萨满教的细节，完全只能是凭着猜的来设计那些对话，保不准就不会被剌葛与寅底石事后发现破绽！

述律平缓缓将长弓重新背回身后："再说，这两个兔崽子既然反过一次，他们的贼心就不会死！他们以后但凡有机会，就还会反第二次、第三次！如果不趁着这次的机会杀了他们两个，难道以后还要为这两个兔崽子费心！"

秘色扬眸，深深地望眼前这个果敢、坚毅的少女，她那双明亮的眸子里所闪烁的光彩，全然迥异于一般女子，竟是——丝毫不亚于男子的雄图之心！

述律平忽地幽幽轻叹："耶律亿就是受汉臣蛊惑太多，学会了你们汉人那些迂腐的调调儿，变得优柔寡断，满怀妇人之仁！我知道，此番就算他可以平复叛乱，但是他也绝不忍心杀了这几个同宗的兄弟……所以，不如我提前替他杀干净，也免他将来为难！"

述律平望望秘色，似是对她解释，似是喃喃自语："这里是契丹草原，这里是野狼生活的土地！汉人的理论与妇人之仁，或许在未来会有用，但是眼下却不能够保证自己的生存！要想活下来，必须要狠下心来，除掉一切现实和潜在的敌人！你不杀他，他早晚要跳起来杀你！这是草原的生存法则，这是大自然的物竞天择！"

言毕，述律平亮紫的身影毫无留恋地转身离去，就在即将隐入夜色的一刹那，她忽地转过身来，双眸闪亮如星："不过，月理朵，我不得不承认，你这一次，干得的确漂亮！换了我，孤身一人，也未必能有你这般的智慧！所以，我决定，从现在起，把你当做朋友！不过——耶律亿我是要定了的，这个我不会让你！"

秘色愣愣地望着述律平亮紫的身影缓缓隐没于夜色的暗影之中，心中涌起明亮

五、契丹

283

的钦佩。

　　这个女子,年纪尚小,但是她的胆量、她的果决、她处事之时的临危不乱,她分析形势的目光长远……全都深深地印在了秘色的脑海中。

　　这个女子,是堪与耶律亿匹敌的啊,她胸中那份放眼契丹未来的豪情,绝不亚于任何一位男性的帝王!

　　在任何的危难到来之时,她都会是最好的智囊、最能干的伙伴、最冷静的军师、最忠诚的追随者……

　　如果一切真的如米馨儿曾经所言:"得月理朵则得斡鲁朵",那么或许这都是上天开的一个玩笑,或者是一个无伤大雅的疏失——那个对于耶律亿而言,涉及江山、至关重要的月理朵,说不定根本不是自己,而应该是那个同样以月理朵为小字的述律平!萧氏述律平!

　　不几日,耶律亿所亲率的侍卫亲军,便顺利击垮了"诸弟之乱"中实力最为雄厚的几支叛军。回到中央斡鲁朵之后,听说是秘色智勇兼备,保住了祖先的神帐与旗鼓,耶律亿只觉得心下情感激荡,甩蹬离鞍跳下战马,奔入秘色的毡帐,一把就将秘色紧紧拥入怀中!

　　突来的拥抱,让秘色惊得不知该做如何的反应。她本想伸出双手去推开耶律亿,却被耶律亿在耳畔喃喃而出的话语,阻住了。

　　"秘色,哦,秘色……谢谢你,谢谢你……如果没有你,恐怕祖先的神帐和旗鼓早已经落入了剌葛和寅底石的手里,我的可汗之位也早已经丢掉!秘色……秘色……我好害怕,我从来没有这般害怕过……我怕祖宗八代的心血就此付诸东流,我怕千年难遇的契丹龙兴的机会毁于一旦!秘色……谢谢你替我守住了这一切。上天派你来到我身边,果然是来帮助我的,得月理朵则得斡鲁朵,秘色,上天果然待我耶律亿不薄!"

　　秘色的心,被暖暖感动。早就知道耶律亿的雄图之心,不过之前只把它当做一个男人心底的政治梦想,却没想到原来耶律亿更为在意的并不是个人的名利得失,而是——怀揣契丹的命运,放眼未来的天下。这样的人是注定要成为一个民族的灵魂的啊……能够帮他守住神帐与旗鼓,秘色的心漾满了欢乐。

　　不期然,一个亮紫的身影浮现在眼前。秘色心头猛然一跳!

　　如果有她……

　　如果是她……

　　那么耶律亿的未来,耶律亿的梦想,岂不是会更加光明,更为牢靠?

一抹微笑滑开于唇角,秘色就着耶律亿的耳畔缓缓地说:"的确,是月理朵替你守住了中央斡鲁朵。不过,那个月理朵,并不是我,而是,同样以月理朵为名的,述律平——萧氏的,述律平……"

耶律亿一下子推开了秘色!

他桃花一般潋滟的眸子,漾满了不可置信的痛楚,定定望住秘色:"秘色……我知道,你担心回鹘,担心陆吟……你想走,你一直不想留在我身边……三年前是这样,近日来更是这样!不过,你也不必用这样的办法吧,你也不用急着把我推给别人吧!"

秘色愣了。她没想到自己的这番话竟然让耶律亿误会,更没想到这竟然勾起了耶律亿心底的痛苦。

秘色摇头,迎向耶律亿的眼睛:"不是的……不是你所以为的那样。是的,我是担心回鹘,担心陆吟;我的确是想走……但是我刚刚所说的并不是借口,不是要把你推给别人!"

秘色轻轻拉住耶律亿的袖子,明眸认真地凝望着他:"听我说,我说的一切都是真的。如果没有述律平,我那夜尽管可以暂时骗退刺葛和寅底石,但是的确无法保证他们不会发现破绽,重新来袭!你祖先的神帐与旗鼓,归根结底都是述律平帮你保住的!她的果决,她的勇敢,她对未来的判断,都是足以与你并肩而立的!"

秘色轻轻垂眸,悠悠地头一次喊出耶律亿的名字:"亿……相信我,她比我,更适合你……"

秘色一声"亿……"叫得耶律亿心底情潮澎湃!

将秘色带来契丹,自己默默地守护在旁,也已经三年有余……他一直没有直接剖白自己的心意,他一直心甘情愿地等待,静静地守着心里的姑娘,等着她走出曾有的记忆,等着她终能走向自己……

亿……她终于直呼了他的名字啊!那么婉转,那样动听,那般地百转千回,让他的心都痛了啊……

可是,可是,可是这终于盼来的呼唤,竟然是离别的信号,竟然是含蓄的拒绝!

这让他,情何以堪!

"秘色!你不要说了!我知道你是为我好,但是,但是请你允许我保持自己的心!不管世间有几个月理朵,不管到底哪个月理朵能够帮我守住斡鲁朵,守住契丹的江山,但是我心里的人,只有一个!长长的三年以来,只有一个!"

五、契丹

秘色的心,轰然怦动!她怎么可能不知道,她又怎么可能表露出自己知道!

这世间,最美好的事情是情,可是最伤人的事情偏偏同样是情!

不管你高贵如帝王将相,还是平凡如市井小民,在情的面前,总是公平的——即便高贵的帝王将相也会为情所困,就算市井小民也有茶饭情深。

究竟是谁在掌控着情?是上天,抑或人心?谁能知晓,谁来洞察?

秘色泪盈于睫,垂眸望向耶律亿那墨绿色缂丝绣着的粉红桃花的织锦袍子。

四年来,除了燔柴告天与重大的国事场合,耶律亿始终喜欢穿着这般的服色,一如四年前的回鹘饮宴上的初见,一如那一刻桃花一般潋滟的情愫……

秘色知道,这是耶律亿的默默示爱——不离不忘,恒久永固……

秘色黯然:"亿……我不知道该如何说给你听。是的,正如你三年前的所见,我在回鹘的确已经伤透了心,甚至都已经失去了活下去的动力……但是,人就是这般地奇怪,一旦远离那里,一旦看不见那曾经让自己伤心的人,悲伤似乎止歇,但是思念却如疯长的野草,蔓延而起……我想念那块土地,我想念那里的人,我没有办法将那段记忆从脑海中抹去,或许它早已成为一块刻骨铭心的烙印,除非生命远去……"

秘色的泪滴滴滚落:"如今,回鹘有难,他们,他们全都不知是否安好。我好怕,我怕再也没有机会见他们一眼!我怕,我怕这遗憾会一辈子跟随着我,让我每个夜晚无法入睡,每次想起就痛断肝肠!"

秘色的话,深深刺痛了耶律亿的心。他伸出手,用温润的指腹点点拭去秘色的泪:"秘色,你是想告诉我说,如果我不放你回去,那么即使你留在我身边,也会一辈子不快乐,对么?"

秘色的泪再次急急跌落:"不只是不快乐……我会是一个死人,一具行尸走肉。我的生命,我的灵魂,早已经高高地飘到天上,飘回那片土地……"

耶律亿仰天,良久,重重地长叹一声:"唉!——好吧,好吧,秘色,我放你走!我派兵护送你去回鹘,去看看哈拉和林,去看看是否还能找得回那些人!"

耶律亿的话忽地停顿,他紧紧闭上眼睛,薄薄的眼睑微微抖动:"如果……如果他们真的都已经不在人间,秘色,答应我,回到契丹来,让我看着你,护着你,守着你,好么?"

恸,旋转着刺入秘色的心。她难过,难过自己又残忍地伤害了一个优秀的男子,可是却又无力阻止这伤害……

秘色垂眸,不敢看向耶律亿:"此行,我还要去找回陆吟。我知道,他一定还没死,

我还感受得到他的存在！这一生,我已经欠他太多,所以我必须去找到他！我要把他带回来,带回契丹,带回米馨儿的身边……我相信,米馨儿会给他幸福,我希望他们能够幸福……"

耶律亿点点头,怆然一笑："秘色,那么我的幸福呢？你有没有考虑过？为什么,在你的心中,我永远是排在最后,永远是最不值得你用心的那一个？难道——难道只因为我是契丹的可汗么？你被可汗的光环蒙蔽,你以为我永远是坚强的,我永远会以社稷为重,所以即便没有了你,我也会幸福快乐地活下去,是么？"

秘色讶然。耶律亿竟然一下子便击中了她的内心,找到了她压在心底、甚至连她自己都没有意识到的那个答案！

耶律亿桃花般潋滟的眸子里,泪光闪动："如果我告诉你,没有了你,我也会死掉,我也会成为行尸走肉,就算坐拥江山,就算问鼎天下,可是我的心,我的灵魂早已经跟着你,一起走掉……你会不会留下来,陪在我的身边？……"

秘色愣住了。一滴泪还挂在睫毛之上,却已经忘记了流下来。

秘色绝对无法想到,耶律亿竟然心底藏着这么深重的情感,竟然将自己看得如此重要！

她该说什么？

她能说什么？！

就在秘色努力地想要开口的时候,耶律亿忽然仰天大笑,眼角甚至笑出了泪花："哈哈,哈哈哈哈……秘色,我把你吓倒了吧！不要怕,这怎么可能是真的！我会如你希望,做契丹的千古一帝,不沉溺于儿女私情,不拘囿于民族之见！所以——你走吧,秘色！我要你远远地听见我的功绩,我要你远远地也能知晓我的伟业！"言毕,耶律亿转身大步离去,没有一丝留恋,更没有一星回眸！

20. 契丹骊歌

流云悠悠,芳草默默,湛蓝的天空悠远而辽阔,拂面的清风携来野花的清芳。

这一切都是如此静好,如果背后没有传来袅袅的骊歌……

逸诗(先秦以来未被收录入《诗经》的散佚的诗歌)曾有《骊驹之歌》,"骊驹在门,仆夫具存。骊驹在路,仆夫整驾。"人们远离之时皆歌《骊驹之歌》,久而久之,由此简化而来的"骊歌"一词便成为人们告别、送行的歌曲。

此时,骊歌更被悠扬的胡琴奏响,婉转的弦声如泣如诉,高高飘荡在契丹草原的上空,酸涩寒凉,摧人心肠……

秘色坐在马车上,悠然回望。鬓边的发丝被清风向后扯动,就连它们也是满怀留恋啊……

如何能不留恋,如何能不心伤?

纵然早已经说过千百遍,自己对他无情;可是,人非草木啊,三年的执著守候,三年的默默等待,三年的温柔呵护,三年的音容笑貌……如何做得到说走,便能够尽数抹去?

不是不断肠,泪已成千行……

转过前方的山壁,耶律亿的斡鲁朵已然消失于视野。袅袅的骊歌,被清风扯碎,片段悠荡于山野,更添惆怅万缕。

隐隐然,斜前方忽然横插来踢踏马蹄之声。未几已经到达秘色所居的马车旁边,被耶律亿派往回鹘护送秘色的军官一声惊呼:"瑜闾笃姑,怎么是您?!"

秘色闻声,连忙掀开马车的帘子,红衣的米馨儿已经一拧身子爬进了车厢!

秘色大惊:"米馨儿!你这是……?"

米馨儿的双眸,闪亮如昼夜交替刹那的晨星:"月理朵姐姐,我要跟你同去!我舍不得你,我也想去亲自找回陆将军!"

秘色重重地踌躇。米馨儿是契丹草原的萨满奥姑啊,她怎么可以擅自离开契丹草原,去奔赴那时刻掩藏着危险的地方?

秘色郑重地望米馨儿:"你哥哥,他知道么?"

米馨儿轻笑:"姐姐,你放心吧!我知道你担心我的身份,担心未来重重的危险……是的,我是契丹的萨满奥姑,我是能与天神相通的人,但是现在我已经不能满足于无助地待在契丹草原,凭借着上天带给我的异能去眼睁睁看着他涉入险境而帮不上任何的忙……我要去,我要如同世间每一个普通的女子一般,去寻回自己心爱的人,就算死,也要守在他的身边……"

米馨儿说着从腰上的鹿皮兜囊里掏出一封信,献宝一样地交给秘色:"姐姐,我的心思,哥哥早已经猜到,不过他并不想说破。所以他昨晚上偷偷将这封信塞入我的兜囊,信封上说要交给你……"

秘色颤着手指,缓缓将那信笺展开,一缕墨香悄然萦回于鼻息,淡淡、却挥之不去,就像耶律亿那静静的守候,幽幽搅惹起秘色心底酸酸的凉——

"秘色,我知道,你这一走,便不会回来。你我从此只能人各天涯,所有的想念,只

能寄托给梦,期待每一个午夜梦回,能够再见到你的模样……其实,我根本不想放你走,我想过用我契丹可汗的力量,我甚至想过强占了你的身子让你怀上我的孩儿……不过,我都放弃了。纵然留得你在身旁,却看不到你的快乐,看不到你眸中的光芒,那么我宁愿松开手,放你远去,让你去寻找你追随的梦……或许那样,我也会更快乐……"

"可是,秘色,知道吗,我一点头,下一个刹那,心里已经开始后悔!我想推翻前言,我想不理你的心伤!我知道,只有你在我身边,我才会快乐;所以我想只顾着自己的快乐,而不去看向你满眼的伤!人活着不就首先该为了自己么?为什么我要压抑住心底狰狞的痛,而眼睁睁看着你离开?我为什么要跟自己过不去,我为什么要为难自己的心!我是契丹的可汗,我是天生的骄子,我想要的,谁都休想夺走!我下令派兵,但是我随时可以推翻我之前的口谕,我不让他们去回鹘,这样就算你想走也走不成!我想将你紧紧地绑在我的身旁,我有信心会早晚融化你心底的寒冰!"

"那一刻,我心狂如魔。我甚至已经召唤来了即将与你启程的军官,我要收回之前的命令,我想要他们将你牢牢地禁锢!"

"可是我,最终,没有……秘色,秘色,在你面前的我,这般地软弱,这般地优柔……我舍不得,舍不得……如果注定此生的相遇,总要有一个人受伤,那么我情愿那个人是我……我是契丹的可汗啊,我是强壮的男人,我能够承受得起更多的痛楚……而你,秘色,你已经受过太多的苦,我不愿意,我不舍得给你,多添丝毫……"

"走吧,秘色,走吧……带着我的心,走向那一片湛蓝的天际。富有天下,贵为可汗,我却忽地发现,我没有什么贵重到足以送你……金银?珠玉?它们,它们不过都是顽石啊,它们怎么听得懂我的心,它们怎么看得到我的情……所以,我把心送给你——就算你不要,我也要将它送给你……带着我的心走吧,从此后,契丹再无耶律亿,只剩下无心的耶律阿保机!"

"去年今日此门中,人面桃花相映红。人面不知何处去,桃花依旧笑春风!……"

秘色看罢,只觉——心魂,仿佛刹那间被高高地抛上了苍茫的天空,杳远悠荡……疼痛如辗转的针,点点刺入心房。不见血,却留下刻骨铭心的伤。

人面不知何处去,桃花依旧笑春风……记忆中一直如桃花一般的男子啊,终究要被自己的无情,夺去他桃花一般的风貌,从此变做无心之人了吗?!

亿……

亿……

刚刚张得开口直呼你的名字,却不想你却从此不再叫做耶律亿,而是变做"无心"

五、契丹

了的耶律阿保机……

都是我的错,都是我不该出现在你的面前。

不该跟着你来到契丹,不该给了你期待和梦想。

更不该,更不该霍然撕碎你三年的守候,让你所有的深情顷刻之间化为泡影……

米馨儿担心地望着秘色,望着她读罢信后,面颊如纸苍白,两眼一片空茫。

米馨儿轻轻碰了碰秘色的手臂:"姐姐,月理朵姐姐……你,还好吧?哥哥他……哥哥他嘱我要好好照顾你……你这样,哥哥知道,会心疼的……"

秘色恍然轻笑,一颗透明的泪凝于羽睫之上:"嗯……米馨儿,你放心,我会好好的……我不会辜负你哥哥的希望,我会让自己坚强和快乐起来,我要远远地听见他的功绩,我要遥遥看得见他的伟业!他为我做了那么多,我绝不会辜负他的期望,不会……"

米馨儿神色黯然下去:"姐姐……为什么不能尝试着接受哥哥呢?他是个非常好的人啊……他对你用情,真的好深……"

秘色垂首:"嗯,我知道……你的哥哥,会是天下最好的男人,能够嫁给他的女子,一定是天底下最幸福的妻子……只是,米馨儿,只是,我配不上他。我没有那种能够辅佐帝王的果敢与胆色,我的心更是早已经入驻了他人。所以,我不可以亵渎你哥哥的感情,我必须离开,好让他将心腾空出来,去迎纳更好、更适合他的女子……"

米馨儿难过地别过头去,望向车外的湛蓝天空。

良久,米馨儿幽幽地问秘色:"姐姐……你心里的人,是陆将军,对么?"

秘色心下惊跳!她努力掩饰自己与陆吟之间的关系,努力想不伤害到米馨儿,可是此刻,她怎么竟然猜到了一切!

秘色垂下眼帘:"米馨儿……我该怎么对你说呢?是的,他是在我心里,从当日的越州初见,这十几年来他都深深地印在我的心里。我曾经以为这辈子会嫁给他,跟他做一对平凡的人世夫妻,安安稳稳地度过此生。如果真的一切可以这般展开,我会感谢上苍,我会对今生足矣……"

一抹闪亮的光芒悄然浮上米馨儿的眸子:"是的……他是那么出色的一个人,任谁拥有了他,都会感谢上天,都会此生足矣……"

秘色拉住米馨儿的手:"米馨儿……对不起……我不是刻意想要瞒你,而是……"

米馨儿扬起娇俏的小脸,努力绽开一朵微笑:"姐姐,不用解释的,我都知道……我自己想通了,为什么他之前会戴着人皮面具,为什么他会叫做陆天青,为什么他说他是来契丹草原找人……原来这一切，都是为了你的啊……而我当时并没有想到，所以只让你看到了我对他钟情；而善良的你，自然不舍得我知道真相而受到伤害……"

米馨儿握住秘色的手，又紧了紧："我也知道，甚至当哥哥说将我许配给他时，你甚至真心地想撮合我们的……所以，姐姐，我从来都没有怪过你，我甚至从心底感谢你，崇拜你……"

秘色的眼窝一热："米馨儿，不要叫我月理朵姐姐了，叫我秘色姐姐吧。秘色是我本来的名字呢……"

米馨儿如乖巧的白兔，柔柔依偎入秘色的怀抱："秘色姐姐……你说，我们能找得到他吧？"

秘色拥住米馨儿，双眸望向前方，坚定地说："会的！我们一定会找到他！"

（契丹卷终）

六　黠戛斯

1. 落花之痛

　　黠戛斯,中国西北古老的少数民族,曾经被回鹘统治,后趁回鹘天灾与内乱,攻入牙帐城哈拉和林,结束了回鹘在西域草原的霸主地位。黠戛斯人,现为新疆的柯尔克孜族与中亚的吉尔吉斯人。

　　黠戛斯。
　　此时,游牧生活的黠戛斯尚并未出现城池,都是在水草丰美的地方组成一个个由毡帐围合起来的聚居地。
　　牙帐所在的聚居地,各色帐篷支起的街市间,人流穿行。皮毛、马匹、镔铁、香药摆满了商人们面前的摊子。
　　一张木板拼起来的桌案前,一个红衣的姑娘正襟危坐,双眸轻阖,正为桌案对面坐着的一位西域装束的老妪指点着未来的迷津。
　　红衣女子身畔站立一个翠衣的女子,似乎是红衣女子侍女的模样。既然身为侍女,本来应该是将全部注意力集中在主子身上才对,可是她的一双眸子却是飘啊飘地,飞向街市之间穿行的人流,像是在寻找着什么人。
　　黠戛斯,人们的外貌已经迥异于中原,街中往来之人多为红发、白肤、绿眸。间或也有黑发的的黠戛斯本国人,但是多为奴隶与从事低贱行当的平民。
　　街中男子,均腰挎长及脚踝的漏斗型皮制箭囊,身后斜背长弓。
　　更为迥异的是,成年男女常见黥面(刺青)者,男子多黥于手上,女子则多黥于颈间。这种在中原内地只作为对囚犯刑罚的手段,在这里则衍化为一种别致的美丽。

繁复的花纹,墨青的色彩,像一朵朵神秘的花,招摇地绽放于黠戛斯人白皙的皮肤之上,黑白分明着,引人注目。

少顷,那老妪满意地起身,朝向红衣的姑娘,崇敬地鞠躬,口中千恩万谢:"活菩萨啊……谢谢你,谢谢你……"

红衣的姑娘微微而笑:"老人家,这是您命中该有的福分,我只是将天意转述给您,要谢啊,您该谢谢上天……"

老妪开怀地笑,面上每一条皱纹里都漾满了笑意:"是,是……我这就回去焚香感谢上天……我终于要有孙儿了,太好了……"

老人佝偻着腰,颤巍巍地离去。望向她开怀的背影,红衣的女子与身畔的绿衣姑娘,都是展颜而笑。

看天色已过了午时,街市上人流渐少,人们都各自吃午饭去了,绿衣的姑娘也赶紧张罗着给红衣的女子倒水、准备饭食。红衣的女子连忙拉住绿衣姑娘的袖子:"秘色姐姐,我自己来就好,你别忙了!"

绿衣的姑娘正是秘色。那红衣的女子自然就是那位萨满奥姞——米馨儿。

秘色满脸歉意地望着米馨儿:"米馨儿,让你堂堂的契丹长公主、萨满奥姞当街去给人家看相算命,我的心里实在是太过意不去了,你就让我帮你做点什么吧……"

米馨儿笑了:"姐姐,看你说的……这是我自己愿意做的,也是我唯一能做的事情。什么长公主,什么萨满奥姞,那些身份不过是浮云。能够做一点自己喜欢的事情,换来一点银钱,支撑着我们去找到陆吟,这才是我最开心的啊!"

闻言,秘色的眸子幽幽黯淡了下来,她仰首望天上的流云,心下泛起淡淡的哀愁:"陆吟……你究竟在哪里啊?我到底要多久才能找到你啊……"

一个月前,当秘色与米馨儿来到回鹘牙帐城哈拉和林之时,一切早已经归于沉寂。

牙帐城哈拉和林、可敦城、富贵城,回鹘三大城池都已经被黠戛斯人的铁蹄,踏成碎片……

曾经高大宏伟的漠北名城,如今早已变做一片焦土。黑黢黢的荒凉,与周围蓬勃的草原生机,形成巨大的反差,叫人望之心惊。

不见一个人。

甚至没有一只鸟飞过。

巨大的废墟,在空旷的天地间,成为一个触目惊心的黑色句读,仿佛所有曾经流畅的历史与繁荣,都在这里,毫无预兆地——戛然而止!

回鹘的百年强盛,回鹘的千年繁衍,仿佛都立时化作一场梦,顷刻破碎。只能远远地追忆,追忆那些几不真实的似水流年……

　　秘色与米馨儿遥望苍茫的大地,胸臆灌满怅惘的风。

　　陆吟,你在哪里啊……

　　秘色的愁绪更是千万缕,除了陆吟,还有那么多曾经爱过或者恨过的人啊。那些曾经鲜活过的面孔,那些曾经萦绕于耳畔的娓娓话语,那些红过的花,那些绿过的树,那些刻满回忆的砖石,那些流淌过心事的时光……都去哪里了?都去哪里了啊!

　　乌介。

　　艾山。

　　玉山。

　　雪葵阿萨兰。

　　白狼买色兹。

　　耶律嫣然。

　　太和公主。

　　……

　　那么多,那么多的人,你们,都去了哪里啊……

　　几经辗转,终于在通往西域的道路上,追上了几个回鹘人。原来所有的回鹘人都分作三支队伍,向三个不同的方向,迁移而去。

　　问到契丹来援的军队,那几个人说,他们要么战死在了哈拉和林,要不然就是已经被黠戛斯掳掠而走,成了黠戛斯人的奴隶……

　　秘色和米馨儿自然不相信陆吟已死,所以潜入黠戛斯去搜寻有关陆吟的消息便成为了唯一的办法。秘色和米馨儿,只能依靠自己的力量,走入那陌生而叵测的黠戛斯。

　　为了方便在街市间搜集讯息,米馨儿利用自己的特殊身份,开设了一个看相算命的摊子,而秘色便负责在街市间搜寻。

　　总会找到的……哪怕是一个契丹人或回鹘人,他们总该知道陆吟的下落……

　　只要他还活在这个世上,就一定能找到他……

　　"喂,听说了嘛,达干大人午时开始拍卖黑发黑瞳的奴隶啦!据说,一两成色好的银子,就能买上两个健壮的奴隶!"街市上两个红发的黠戛斯人正在边走边谈,他们的话不期然飘入了秘色的耳鼓,吸引了秘色的注意力!

六、黠戛斯

达干,这个官职的名称同出于当年的突厥,在回鹘和契丹也被沿用下来,所以秘色知道,这个官职的意思是"统知兵马事",也就是说他拍卖的奴隶很可能是战俘!

而且,黑发黑瞳历来在黠戛斯被视为低贱,而西北草原上,真正的黑发黑瞳的人,恐怕大多数是汉人!

一想及此,秘色心中的火腾地燃烧了起来,她一把拉住米馨儿,顾不上收拾摊子,急急忙忙尾随住那两个黠戛斯人而去!

陆吟……陆吟……你是否会在那些待拍卖的俘虏中间?

尾随着那两个黠戛斯人,左拐右绕,不大会儿便来到了一座白色的巨大毡帐之前。毡帐周围用碗口粗的树干环绕成巨大的院落,院内高高搭起木台,木台约一人高,两丈见方。

此时,院落里已经站满了人,各种肤色、各个民族的人都有。大家都会聚到高台之前,热烈地谈论着,等待着奴隶拍卖的正式开始。

秘色拉着米馨儿努力挤入人群,这才看见,高台后方,已经站满了等待拍卖的奴隶。奴隶们一个个衣衫褴褛,面如菜色,蓬乱的头发长长地披满了肩头,全然看不清他们的脸。

秘色焦急地跷起脚尖,眼光仔细地一个一个从那些奴隶面上滑过。

多么希望,多么希望,下一个就是陆吟,就是那张深深刻印入心魂的面容!

却——看不真切。

每一个奴隶都是麻木着,僵硬着,全无表情,更无生气。所有的人,几乎是相同的一张面孔,写满了对前路的迷茫,写满了对生命的无奈……

秘色的心愀然疼痛。

无法想象,那清雅如莲的男子,如果真的变做眼前的模样,秘色不知道,自己会不会泪洒当场……

米馨儿显然也是十分地紧张,她被秘色掌心握住的手指,凉凉地轻颤。

秘色感知米馨儿的手指的微颤,加重了自己的手劲儿,紧紧握了一下米馨儿,期望以此来鼓励她。

虽然,米馨儿是契丹的萨满奥姑,但是她毕竟只是一个十六岁的孩子啊……从小生活在与世隔绝的金帐之中,恍若置身琉璃瓶,虽然能够全然看到外面的一切,却实则根本触摸不到瓶外的一切,甚至呼吸不到瓶外的空气……当这凡尘俗世的灾难与丑恶骤然降临到她的面前,她会比生活在人世间的普通姑娘更加地不知所措。可是,她竟然这般地勇敢,除了手指微微的颤抖暴露了她心底的恐惧外,全然看不到她一丝的惊慌失措。

秘色心下轻喃:"米馨儿……你真的是一个好姑娘,我一定要找到陆吟,一定让你跟他终成眷属……"

上天,我沈秘色这么久以来,尽管经历过痛楚,尝到过心碎,可是我从来没有一次,埋怨过您……因为我相信,上天一定会给我一个公平的答复,不会这般地任由命运一次次地打击。

上天……如果,您允许我跟您祈求一次,那么就请帮助我,帮助我找到陆吟,帮助我将他带离这陌生的国度;让我补偿他些许,让我还给他一段平静的人生吧……

好——么?

2. 奴隶拍卖

午时已过,眼见着日头已经渐渐向西走去,奴隶拍卖却迟迟地未开始,聚拢在高台下等待购买奴隶的人们已经开始不耐烦。几个身材高大、红发绿眸的黠戛斯本国人已经高声地喧哗了起来。

终于——"哐……",随着一声铜锣响过,一个管事模样的黠戛斯人登上高台,高声宣布:"选奴大会现在开始!——"

那管事一招手,高台之后的士兵押解了十名奴隶走上高台,强迫他们站直身体,高高地仰起脸颊。

那管事得意洋洋地宣布:"这十个黑发黑眸的奴隶,乃是出产于我黠戛斯境内。他们冒充我黠戛斯境内神圣的李陵后人,所以被判入奴籍,即刻拍卖!"

冒充李陵后人?秘色不由得一愣!

李陵……李陵是那位汉武帝年代,率兵攻打匈奴,兵败后佯降匈奴,却被汉武帝误会他帮助匈奴单于练兵,而诛杀了他的全家的那位李陵么?就是因为他,那位撰写了《史记》的太史公司马迁也是为了给这位李陵说好话,被汉武帝施以残忍的宫刑!

为什么,这些黠戛斯人会自称李陵的后代?为什么,黑发黑瞳之人冒充李陵的后人,竟然还是极重的惩罚?

秘色回望身边,恰好看到一位并非黠戛斯人的西域商人,秘色悄声请教:"先生,为何黠戛斯人会如此重罚冒充李陵后人之人?"

六、黠戛斯

297

那西域商人,见询问者是一个姑娘,语气上客气了很多:"是啊,姑娘有所不知,那李陵本来是不想真正地降于匈奴的,他甚至不顾自己生命的危险,诛杀了大阏氏(单于正妻,相当于王后,王昭君就曾做过三代的匈奴阏氏)面前的红人、汉朝的另一叛将、也就是真正为匈奴单于练兵的李绪!但是由于汉武帝的多疑,不相信李陵伴降,最终诛杀了李陵九族,逼得李陵最终有国不能回,只得留在了匈奴……他后来被封王,属地就是黠戛斯所在之地,所以黠戛斯才会在传统的红发、白肤、绿眸的本国人中,多出了黑瞳之人,那些黑瞳的本国人都被称为'陵苗裔',便是说为李陵后人!如今黠戛斯国内,黑发人为低贱,但是同为黑瞳的'陵苗裔'却地位尊贵,就连可汗莫伦思都是'陵苗裔'!"

"所以",那西域商人望了望高台上一个个像牲口一样,被买主掰开嘴,看他们"牙口"的那些黑发黑瞳的奴隶:"所以在黠戛斯国内,对于冒充'陵苗裔'的黑发黑瞳之人,所施予的刑罚会是最严重的!"

此时,听得高台之上的那个管事,已经开始了下一轮的叫卖:"接下来这五十个黑发黑瞳的奴隶,都是可汗在回鹘俘虏的士兵,虽然这阵子有的受了刑,有的没有吃饱饭,看上去卖相有点凄惨,但是拉回去好好喂上一顿,他们的身子很快就会复原的!当兵的出身,身子都比一般的奴隶来得强壮,他们可都是干活的好劳力啊!"

闻听此言,高台之下的买主一下子都来了兴致,大家纷纷向前挤去,想要率先挑到几个身子棒、伤势轻的好货色。

秘色的心几乎提到了嗓子眼儿!黠戛斯可汗莫伦思在回鹘俘虏的士兵……那么说,陆吟,陆吟他很可能就在这五十个奴隶之中啊!

秘色顾不得身边人的拥挤与推搡,拽住米馨儿使劲向前挤去!

一定要第一个看到陆吟……

一定不能让陆吟被别人率先一步买走……

陆吟,你要等我,你要等我啊……

上天,求求你,求求你,一定不要让陆吟被别人发现啊……

秘色再也顾不得自己姑娘家的身份,提起裙袂,狼狈至极地爬上高台,一个个从那些奴隶面前走过,撩起他们散乱在身前的头发,仔细辨识他们的五官。有的,被血污遮盖了面容的,秘色都全然忘记了嫌忌一般地,用自己的衣袖擦去那血污,唯恐一个粗心大意,错过了陆吟……

没有,没有……

不是,不是……

五十个人,秘色仿佛走了百年之久。脚步从充满希望,一直走到腿酸脚软;心从激动得怦然跳动,直到——空茫地堕入无边无垠的沉沉黑暗……

待确定了最后一个人依然不是陆吟之后,秘色脚下一软,跌坐在高台边缘,险险一头栽下来!米馨儿在高台下惊慌地高呼:"姐姐!姐姐!"

刚刚交谈过的那位西域商人也担心地大叫:"姑娘!姑娘!"

秘色用手指死死抓住搭成高台的木桩,稳定住身形,努力扬起面孔朝向米馨儿淡淡一笑:"我没事……没有他,还是没有他……"

言语之间,高台上的五十个奴隶已经被卖得七七八八了,剩下的几个都是四肢有了残缺,或者年纪稍长者。

秘色这边引起的骚动自然也引起了那负责主持拍卖的管事的注意,他一见是个姑娘,脸上顿时搅起几丝暧昧的笑意,趁着此时拍卖工作已经渐渐进入尾声,没有那么忙碌了,于是扬声朝向秘色说:"嘿,姑娘,莫非你也想来买个相貌好的,回去相好相好?"

那管事的一说,立马引发了台下一些黠戛斯人的暧昧大笑。

秘色被他们笑得不明所以,多亏刚才那位西域商人友善地帮忙解释:"姑娘,估计你是初来黠戛斯不久。黠戛斯人拍卖奴隶有个惯例,往往都会将奴隶中样貌最好、年纪最轻的奴隶留下来,放到夜里,再举行一个特别的拍卖会……"

秘色依然睐睁:"为什么要选在夜里?"

高台下的买主又是一番哄笑。秘色忍住心底的厌烦,眸子望住那西域商人:"大哥,麻烦你告诉我,我是来寻找一个重要的亲人,他很可能就在这些被拍卖的奴隶中间!"

那西域商人微微叹息:"姑娘,本来这话我不该在这大庭广众之下对你一个姑娘家明讲的,但是既然你如此诚意,又叫了我一声大哥,那么我也就不好再隐瞒了!是这样的,姑娘,那些样貌最好、年纪最轻的奴隶,要卖给富有的寡妇或者有龙阳之好的男子!买主可以买他们的终生,也可以就买一夜……"

众人又是爆发出一阵如雷般的哄笑。

秘色却惊愕在当场,如兜头一盆冰水泼下,四肢百骸、心底深处,都是一阵阵彻骨的寒凉……

那管事的又笑嘻嘻地远远抛来一句话:"喂,姑娘,想要的话,晚上就早点过来吧!这次从回鹘可是俘虏来不少俊俏的少年呢!"

人群又是一阵哄笑。

秘色抬起眸子,凝滞的目光冷冷从他们每个人脸上滑过,双眸印满他们每个人脸上毫不掩饰的猥琐与暧昧……

多日来的劳累与心焦,加上之前在高台上苦苦寻觅陆吟的惴惴心情,终于被这些人面上直白的丑态,翻搅成为混乱的漩涡,将秘色紧紧地缠绕,缠绕,朝向那无边无涯的迷乱,重重跌去!

陆吟……陆吟……

那莲花一般清雅的你,千万不要沦落到那样的命运!

3. 妖异月夜

夜。深沉。

本来月圆如盘,繁星点缀,这其实是个璀璨的夜,奈何秘色心底已然涌满无边无际的雾霭,纵然星月齐明,也无法照亮她眼中的混沌。

米馨儿也要来,却被秘色郑重地推拒。这样的拍卖,这一个夜晚,必然会发生太多丑恶的事情,米馨儿是神圣的萨满奥姑啊,她更是一个未经过人事的姑娘,如何能让她那双干净的眼睛,去目睹这人世间最丑恶的一幕!

其实,秘色自己心下又如何不鼓擂阵阵?

她多希望能有个人陪在自己身边,多希望一旦自己无法忍受下去,会有个人能够代替自己,以不错过陆吟,以尽一切的可能救陆吟脱离险境啊!

可是,她不能,不能带米馨儿同去。一旦陆吟真的在今晚的拍卖会中,就算自己赶到得再及时,也难免会遭遇一些难堪之事……

秘色不愿让陆吟这样的一幕被米馨儿目睹。她要保护米馨儿,更要保护陆吟啊!她希望,陆吟在米馨儿的心目中,永远是完美的,完美得宛如清莲,完美得一如初见……

最难最难的事,还是让自己来扛吧。

最不堪最难忍的事,还是让自己来目睹吧。

自己已然是这般的不堪,自己已然失去了再拥有陆吟的资格,所以,就算心里再苦再难,都要撑下去,都要将陆吟完好地带回米馨儿身边!

秘色将身上翠色的披帛取下来,权当面纱,隐隐遮住五官。

这样的夜,这样暧昧的拍卖,想来买主都是不愿全然暴露自己的身份吧。看着身旁掠过的几个人,有男有女,均是行色匆匆,衣饰遮掩,想来大家心中也是有着心照不宣的吧。

白日间的那座毡帐,碗口粗的树桩围绕起来的院落里早已一片空寂,那拍卖奴隶之用的高台空空地站在夜色里仿若魅影。

毡帐内,随着门帘的挑起滑落间,流泻出昏暗暧昧的光线,更有来自西域的丝竹之声,曼妙袅娜如柔滑的蛇,直直钻入耳鼓。这一切,在幽深的夜色中,显得格外地神秘与妖异。

秘色也随着一干买家走向毡帐的门口,不想却被拦住了!

秘色不明所以地呆呆望着那站在阴影中的看门人。看不到他的面容,更听不到他的言语。他似乎在等待着什么,仿佛等不到那个结果,便绝不会放秘色走进毡帐。

秘色急惶万分。

恰好身后又来了一位买者,穿着黑色的巨大的斗篷,整个面容和身形都被斗篷安全地罩住,全然看不清那人一丝一毫的长相。

秘色定定地望那位买者,看他轻车熟路地将手中的一锭黄金交与那看门人,看门人遂伸出手,使出请进的手势……

接下来又是一个买者,看走路的姿态分明是个女子,却也穿着男子的黑色斗篷。那女子同样将一支成色上好的玉镯交付给看门人,继而顺利地走进了帐篷。

秘色顿悟,原来今天来参与拍卖的买家必须要向看门人交付相当数量的财物,以示购买的诚意,或者说亮明自己的身价,证明自己有购买的能力……

秘色重重踌躇。身上本来就没有多少银两,当初从契丹离开时,耶律亿所赠与的财物全都被秘色留在了契丹,没有带走。身上仅有的一些散碎银两,也都与米馨儿在黠戛斯长达一个多月的等待中,消耗殆尽。更何况,看其他买家的出手,都是相当阔绰的,纵然自己手里还有的这些散碎银两,全加起来也绝不可能够得上入门的资格。

秘色羞赧着退出门来,脑筋急速转动着。忽然她提起裙裾飞奔起来,直直冲回住所,取了一样物件儿,再次飞奔回来!

她将手中的物件儿递与那看门人,明显地感觉到看门人呆呆一愣,甚至在犹豫是否该接过秘色手中的物件儿。

那看门人依旧没有说话,只是给秘色打了个手势,以示等待,他自己回身向内,走向了光线昏暗的帐篷之中。

借着这个空当,秘色努力睁大双眸向帐篷之内窥探。但是一切都是徒劳,仿佛就

六、黠戛斯

是为了增强今夜的神秘感,主办者竟然在帐篷门内树立起一幅巨大的帘幕,紫色的纱笼完好地将帐篷内的一切掩藏其中,只透过几丝迷离的灯光,更加显得帐篷内的一切,充满了神奇的诱惑。

少顷,帐篷内忽然传出一声低呼:"这是大唐皇家专用的秘色瓷啊!这可是无价之宝!……"

秘色黯然。她递出去的那个物件儿,正是当初在契丹所烧制的秘色瓷,正是陆吟为她所烧制的那支荷叶杯……

天青绝色,廖若晨空,纯净而透明的釉色就像是陆吟对秘色的那颗心啊……

就算秘色瓷已经是无价的至宝,又怎么比得上,陆吟的那一片深情!

秘色心中默默吟咏着陆吟离开时留给自己的那首《莲叶》诗:"根是泥中玉,心承露下珠。在君塘上种,埋没任春风。"秘色心下所有的慌乱渐渐平静下来,一种柔韧的坚定牢牢仰首:陆吟,你的心、你的情,我决不会不知珍惜,我会用我的全部、我的命,去换回你的安全与幸福……

不论发生什么,不论有多难,我都会找到你,我都会——带回你……

荷叶杯……那是我唯一随身带着的物件儿,小心翼翼,舍不得一点闪失,但是,我今天不得不放弃它……

陆吟,你懂我的,对么?

你不会怪我的,对么?

看门人走了回来,态度举止上似乎恭敬了许多。不但伸出手做出请进的手势,甚至微微地弯下了腰。

秘色一颗惴惴的心,终于安稳地落下。顾不得给那位看门人回礼,便脚步匆匆地向里走去,想要赶紧绕过那道紫色的帘幕,看清帐篷内的一切!

陆吟,你到底在不在帐幕之后?

我与你之间,那曾经的千山万水,是不是只剩下了眼前的一帘之隔?

心如脱兔,身似奔鹿,秘色几乎等不及绕开那道巨大的紫色纱帘,一挥手将纱帘推开,帘笼上悬挂的一串黄铜铃铛发出清脆的叮当之声!

铜铃的振动,惊扰了帐篷内所有的人,人们都抬眼望向秘色的方向,一张张隐藏在各自衣饰之下的脸孔,在迷离的灯光下放射着奇异的光。

秘色也愣了,下意识拽了拽脸上权作面纱的披帛,尽量多地遮掩住自己的面容。

更让她惊讶的是,帐篷中的一切,并不如她想象一般,已经开始了拍卖,而是只静静地坐着买家,却根本没有见到一个待拍卖的美貌奴隶。

秘色只得学着那些买家的样子,在地毯上找了个位子坐下。

除了静静地等待,现在还能做些什么?

已经等待了这么久,已经期盼了这么久,虽然这最后的一段等待将是最为难熬的,但是又怎能为了平复心焦,而打碎了之前所有的努力?

等待……等待……

陆吟,曾经,你也曾为了我,有过更久、更痛的等待吧?无论是越州初见之后的十年等待,还是契丹的三年之约,每一个都是那般地漫长,每一次都是痛彻了心肺……可是,你都默默地忍耐了下来,我知道那是因为你心底那真挚而浓重的情啊……

这一次终于换作我了,终于要让我为你等待一次,我一定会坚持到胜利的终点,一定会等待到——与你相见!

时间一分一秒地走过,那个白日里负责拍卖事宜的管事,恭谨地站在一个黑衣人身畔,安静得仿佛木雕泥塑。

不知又过了多久,秘色数着自己的心跳,几乎再也无法压抑心中的焦躁。忽地那个看门人从外面走进来,趴在管事的耳畔说了几句什么。

那管事的终于活动了,他低低地弯下腰,像是询问那个黑衣人的意见,待得到了肯定的答复后,那管事抬起身来,笑着面对黑压压坐满了地毯的买家。

"呵呵,大家辛苦了……各位也都算是我们的老客户了,自然也都知道咱们的老规矩。这晚间的拍卖,比不得日间,不光是买家想买便做得成这笔交易,还要看看买家和那奴隶是否投缘,所以入门前要大家交上信物,让那些奴隶挑选。他们挑选上了在座哪一位的信物,各位便有机会单独与那奴隶见面……接下来的事情,就是你们两者之间的商量了,万事随缘,希望大家都能开心……"

说着,那管事的一拍手,一排身着仆役服色的红发黠夏斯人鱼贯而入,每个人手上托着一个盖着丝绒的托盘,面对着买家站成一排。

管事的走到那一排托盘之前,首先掀开了盖在第一个托盘之上的黑色丝绒,托盘上躺着一块和田羊脂玉雕琢而成的玉佩,神态古拙,气韵流动,一看便是价值不菲。

那管事的,脸孔朝向买家丛中的某个方向,神态谦恭,微微一笑:"一号奴隶已经选中了这块羊脂玉佩。请玉佩的主人,径自去一号帐篷吧……"

如此这般,那管事的一一掀开托盘上的丝绒,揭晓奴隶选中的买家,然后带着快意的笑容看着买家从帐中离去,消失在门外的夜色中。

六、黠夏斯

只是，秘色的荷叶杯迟迟还未出现。就连先于秘色进入帐中的那两位所交付的金锭和玉镯也没有出现……

秘色不由睽睁。眼见着所有的托盘都已经揭晓，难道是自己的荷叶杯没有被选中？

正在睽睁间，秘色忽然听得那管事的赧然一笑，朝着先于秘色而来的两位买家："二位，实在是对不住了。二位想来也知道，您二位都想要的那个主儿，不是个善相与的，您二位也来了不止一次两次了，我们也劝了不止三天五天了，可是那位就是不点头啊……"

一个女子的声音蓦地从巨大的黑色斗篷中尖利地传来："你的意思是说，他今儿又是谁都没选呗？我们下次还要换过不同的物件儿来给他看，以期讨他欢心呗？"

另一个买家，那锭黄金的主人则阴恻恻地说："你直接问他。但凡这个世界上能找得到的，能用银子买得到的，只要他开口，千山万水我都给他找来！"

那女子不由得语带讽刺："哎哟，真是痴情啊！只是不知，把这份儿情用在一个奴隶身上，是不是小题大做了？"

那男子依然阴恻恻地冷哼："你这般不懂情的，便不配得到他！"

眼见着两个人之间的火药味儿越来越浓，那管事的急忙站出来打圆场："哎哟，二位，二位……那位主儿今儿选啦，没跟往常一样地不通情面啦，这铁石心肠的也终于有开窍的一天啊……二位放心，这个主儿，我们家大人是不卖终生的，只卖单晚，所以啊，二位以后一定有机会，开了窍的就断断不会只卖这一回！"

4. 情之秘色

那两个买家闻言，惊得几乎平地跳起，异口同声地问那管事的："他，他，他选了！他选了谁？"

那管事的微微一笑，朝向秘色的方向，笑容暧昧："他选了一支杯子，一支瓷杯子……"

秘色心底一下子涌起一股热流，眼眶几乎涌满泪水。

真的可能是陆吟吗？真的是他吗？

如果是陆吟，就一定认得这杯子，就一定知道是她来了……

可是,如果,那个奴隶恰好是识得这秘色瓷价值的呢,单纯要了这宝物,却并非陆吟呢?……

"什么?杯子!"那个阴恻恻的嗓音,忽地燃烧起来:"什么样的杯子我没有!上次我还带来了西域的琉璃杯子!大上次我带来了波斯的水晶杯子!再往前,我还拿来过南海的翡翠杯子!为什么他偏偏选中一支瓷杯子!就算那秘色瓷再珍贵,可我带来的杯子也都一样是价值连城啊!"

管事的抱憾一笑:"对不住了……这些,就是那位主儿自己的喜好问题了,我们实在也是揣测不明啊……"

不等那人再说什么,那管事的回身对秘色一努嘴:"这位买家,请你拿着你的瓷杯子从帐门往右拐,会有人指引你去该去的帐篷的……"

秘色心下惴惴着,怀抱着荷叶杯出得门来。一匹白马迎了上来,马上端坐一人,也是一袭宽大的斗篷,将整个面容和身形都掩藏在了那宽大的斗篷之下。只是,那斗篷竟然是月白色,在这幽深的夜色里,在月色星光的辉映之下,显得格外醒目。

见秘色出来四处张望,那马上的人向秘色伸出手来。秘色迟疑着,不知是否该将手递给这陌生的骑士。

仿佛看出了秘色的犹豫,那白袍的骑士索性一伏身形,还没等秘色反应过来,便已经秘色整个人抱上马背!

秘色不由得低声惊叫!身子一晃,险险从马背上滑下去!

那白袍的骑士低低一笑,顺势伸出双臂拉住马缰,并由此极为自然地将秘色圈在了他的身体、双臂与马缰之间的一方小小天地之中。

秘色稍窘,似有拒意。不过还不等秘色拒绝的话说出口,那白袍的骑士已经一提马缰,催动着胯下的白马,四蹄腾空飞奔了起来!

秘色哪里还敢拒绝?身子只能紧紧地依靠住背后的胸膛,双手死死抓住身侧的两条强健的臂膀!

神骏的白马,如一道白色的流星,飞速冲入茫茫的夜色,直向星月的方向,电闪而去……

不知过了多久,也不知跑了多远,最初的怯意缓缓消退,秘色的心渐渐宁静了下来。

心已宁静,身子各处的感官,重又鲜活起来。

六、黠戛斯

鼻息间，除了清冽的晚风、野花的淡香之外，更是隐隐萦绕着一丝熟悉的气息，似曾相识，让人心安……

这气息，这气息！

虽然几乎已经飘散于记忆之中，以为自己几乎已经忘记……但是，当这气息重又缭绕于鼻息，身体的每一寸都尖叫起来，提醒着自己的头脑，提醒着自己的心！

它们没有忘记，从来没有忘记……

怎么可能忘记，怎么可能忘记啊！

秘色激动地猛然回首！——

月色星光，幽夜无声，身后的人已经放慢了马匹的脚步，淡淡的笑容隐隐从白色的斗篷中闪现……

秘色心下一热："你……你……"

那人又是轻笑，留一只手提着马缰，另一只手缓缓——撩开了斗篷的风帽……

是漫天的月色星光，都投射到自己的眼底了么？

还是，遥遥的夜空中，有璀璨的烟花腾空绽放？

或者，是自己的心湖，开满了大朵大朵的清莲。

抑或，有朵朵的白云，柔柔倒映入明净的湖畔……

那清雅无俦的面容，点点从白色的斗篷中释放而出，明净如苍天朗月，俊美如绝世娇莲！

秘色再也顾不得什么，一把抓住他那白色的衣襟，将脸颊整个扑入其中，放自己一刻任性地——嚎啕大哭！

多少多少的委屈啊，多少多少的等待！

多少多少的担忧啊，多少多少的惆怅！

都是为了一个人，都是为了此刻的相见！

夜色静寂，星月无声，天地之间悠悠回荡着秘色痛快淋漓的哭声，直哭得浮云遮月，星光淡然……

"陆吟，真的是你吗？我终于找到你了啊……"当泪水已经流干，秘色的哭泣仍未散去，而是转化为喉头的哽咽。

她缓缓伸出手去抚摸陆吟的面颊——她害怕眼前的这一切不过是一场虚浮的梦，她真的害怕再一睁开眼睛就又不见了陆吟的身影……

陆吟的眼中，亦是泪光闪烁。既是重逢的快乐，更多的，则是对秘色的心疼。

秘色那痛断肝肠的哭泣重重扯痛了陆吟的心,仿佛自己的心魂都已经在那哭泣中被撕碎成片片,片片融入秘色滴滴的泪,在这寂静的月夜,黯然神伤……

陆吟将秘色紧紧拥入自己的怀中,这一刻的心情已经无法再用语言来表达。都说人类的语言是最为丰富与细致的传达符号,但是此时此刻,这世上的语言竟然没有一个能够足以表达自己的心!

陆吟只能将秘色紧紧拥在怀里,紧紧贴上自己胸膛,让自己的心跳,去做最真实、最直白的表达吧……陆吟相信,秘色一定能够听到,一定——能够听懂!

拥着秘色在怀,感受着她身体柔柔的轻颤,鼻息间缭绕着她发间幽幽的香,陆吟浑觉自己的生命又完整而丰盈了起来。

天地苍茫,万籁俱寂,陆吟多想让这一刻成为永恒……只要能这般拥住自己心爱的人儿,这一生再没有更多的索求,财富、名利不过都是过眼的云烟,只有这一刻的相拥才是自己真心想要的……

如果能够保住此刻的幸福,陆吟愿意用一切去交换,哪怕是自己的生命……

良久……良久……仿佛有万年恒久,却又似转瞬飞逝,秘色羞红着脸颊从陆吟怀中挣扎起身,迷蒙的眼神婆娑着绯红的脸颊,仿佛绽放于暗夜的迷离之花。

陆吟心头重重一震!已经多久,没有这么近距离地凝望过秘色;已经有多久,不曾拥有过她独为自己的点点羞红?

此刻,一切如梦似幻,明明朦胧得不敢置信,却偏偏真实地恰在怀抱……陆吟心下情潮翻涌,他再也不想压抑自己心底的情愫,再也不想失去伊人的芳踪……

唇,带着灼烈的气息,莹润着情潮的浓烈,重重压下……辗转着描画过那玲珑秀美的唇形,颤抖着舔舐过那润泽娇嫩的唇瓣,直到——直到全然攻占芳香流溢的檀口……

这一刻,天地幽幽,心魂俱醉。偌大的世界凝缩为唇齿的依恋,漫天的星辉化为欢庆的焰火……

秘色轻颤着承受着陆吟蓬勃而来的激情。自己何尝不心醉,自己何尝不渴望?可是她却始终牢牢地抓住自己的理智,不让它投降于陆吟一波强似一波的攻击……

其实……多么想放弃这该死的坚守啊!多么想,多么想更深地投入陆吟的臂弯,尽请回应他的激情,尽请倾诉自己这多年来的重重牵挂啊……

可是,却不能啊……秘色一滴滴记得米馨儿为陆吟流过的每一滴泪水,一幕幕记

六、黠冥斯

得米馨儿为陆吟向上天做的每一次祈告……

陆吟……这般清雅无俦的男子,合该遇上一个更加完美的女子来共度终生啊,不应该是自己,不应该是早已经丢失了心的、这般不堪的自己……

情感、理智,臣服、固守……秘色在陆吟营造起来的迷情网络中载沉载浮,每当火焰刚刚燃起,心底便更快地砸下重重的冰块;每当想要主动回应陆吟,脑海深处又会清亮地响起警告的铜铃……

这般的冰火相加,这般的两难之选,几乎要将秘色推入疯狂的深渊!

尽管担心伤到陆吟,但是秘色还是在一切即将彻底燃烧起来之前,用尽最后一点清醒的力量,猛然推开了陆吟!

清凉的夜风,骤然鼓荡而来,侵入陆吟与秘色之间狭小的世界里,吹散了刚刚氤氲而迷离的情雾。

陆吟兀自气喘,他在拼命压抑自己身体里翻涌如潮的情愫,眼睛却已经关切地上下打量着秘色,双手也温柔地替秘色拉好衣衫,理顺了秘色被揉乱的一头青丝。

秘色低低垂着头,不敢望向陆吟,双手死死抓住马鞍,唯恐一个趔趄跌下马去。

陆吟努力平复下紊乱的呼吸,率先打破尴尬:"秘色……对不起……是我唐突了……我实在是,太想你了,所以一时控制不住自己……如果你生气了,就打我几下吧……"陆吟作势拉起秘色的手臂,砸向自己的胸膛,却没想这一砸反倒砸出了秘色的眼泪!

秘色的泪,在月色星辉之下,滴坠如莹润的珠串:"陆吟……对不起……该说对不起的那个人,是我……米馨儿她,她也跟我来了黠戛斯,所以我不能……我不能……"

陆吟的手重重地握住秘色的手腕:"秘色……你的意思是,这一次,你又要将我推开了,是吗?你总是在考虑别人的心情,你总是担心别人受到伤害,可是你为什么不考虑考虑我的心情,你为什么就不怕自己受伤!"

陆吟将秘色的手贴上自己的心房:"秘色……我做不到,我做不到……无论是在这里,当着你;还是在契丹,当着那贵为可汗的耶律阿保机……我都做不到,我都不会答应!我的心里,自从十三年前越州的大云光明寺前,已然只能盛得下一个人的身影,它已经牢牢地烙印入了我的生命、我的血脉,除非死去,否则我无法再去接受旁人!"

秘色黯然,泪眼婆娑着凝望陆吟:"陆吟……这一生我已经欠你太多……可是米馨儿她,对你是真的情深意重。为了来寻找你,她不惜抛开自己身为契丹长公主和萨满奥姑的崇高身份,不辞辛苦,不怕劳顿地跟我来到黠戛斯……陆吟,米馨儿是一个值得你珍惜的姑娘,她比我更适合你啊……"

陆吟目光沉痛,深深凝望着秘色:"秘色……你说了这么多,该不会仅仅是为了米馨儿吧……或者应该说,我与你之间早已错过,你的心早失落在了回鹘,所以你无法回应我的感情,无法践约你我的婚事了吧?所以,你才要尽力给我找到一个美好的姑娘,尽力给我安排下一桩看似完美的情缘——这不过都是因为你的心里已经无法容纳我,就像我的心里再也无法承载别人一样!"

秘色如遭雷击,泪水直直滑下……是啊,是啊,自己完全无法否认陆吟所说的一切,自己的心真的是早已经丢在了回鹘,早已经装不下其他的人了呀……

尤其是在契丹的那三年,痛定思痛之后,夜深人静之时,越发听得清自己的心,越发看得到自己想要的那幅画面……

尤其,尤其是从契丹离开,重归回鹘,虽然满目残垣断壁,却更加坚定了自己的归宿之心……自己的情,自己的爱,都已经悄然中深埋在那片土地,尽管心会流血,尽管情会受伤,但是却离不开,舍不下……

刻骨的相思,蔓延的离愁,都是离开那里才知道……

长天朗月,星光熠熠,秘色坦然凝望陆吟,缓缓点头……

忍下心,直面陆吟眸子中闪耀而起的星碎光芒;按下情,从此学会忘记——忘记十三年刻骨铭心的记忆,忘记月光下如莲的清雅,忘记竹笛清音萦绕心怀,忘记天青秘色荷叶杯,忘记百转千回这段情……

如果不这样,便是更深的伤害;如果不这样,陆吟将被拽进更深的漩涡。自己已经亏欠他太多太多,早早放他一条生路,就让所有的痛与苦,自己来背!

如果,如果,如果此生能够重新来过,千难万苦也绝不会让那一次命运的错过重新演绎……从未想到,那一次出乎意料的错过,竟然造成一生的无缘!

5. 自甘为奴

"陆吟,跟我走吧,我们去找米馨儿,离开这个鬼地方!"秘色忍下心中的痛,抓住陆吟的衣袖,低低恳求。

却不想,陆吟微微——摇了摇头……

秘色不由得急了:"陆吟!你这是怎么了啊!难道你甘愿在这里当夜晚被拍卖的

奴隶吗？你曾经贵为大唐的天威将军啊，你又是耶律亿所欣赏的统帅啊，为什么要留在这里，为什么要接受这样的命运？！"

陆吟闪着淡淡星光的眸子中，悲伤流溢，却不肯再多说什么，一掉马头，指引着马儿走回来时的方向。

秘色愣了，心下惊恸翻涌，她顾不得自己可能从马背上跌落下去的危险，整个身子全然倒悬过来，望住陆吟："陆吟！陆吟！为什么？你这样，到底是为什么啊？凭你的身手，我相信他们关不住你；以你的身份，你怎么可能接受他们的摆布！到底是为什么？你到底有什么苦衷？求求你告诉我，求求你，陆吟……"

陆吟幽幽叹息，双臂用力，将秘色旋回正常的坐姿。秘色僵着脊背，感受着陆吟呼出的温热的气息，柔柔吹拂在自己的发间："秘色……你不知道，见到那支荷叶杯，我有多么的欣喜若狂。我以为，这些荒唐的事情终于可以在今夜结束。不论再难再险，我都会带着你离开这里，远远地找一个只属于我们两个的地方，安静地生活下去……可是，原来这一切不过都只是我的一厢情愿，所以我决定不走了……秘色，没有你的地方，哪里都是一片黑暗；没有你的生命，哪里都不会再有幸福……所以我又何必离开？"

秘色急了，禁不住大叫起来："陆吟！陆吟！那怎么能一样？怎么能一样！"可是话只说了一半，便被陆吟一手捂住了嘴巴，将剩下的一半话，生生憋入咽喉。

秘色一凛，可也终究看到，幽深夜色的笼罩中，身畔骑来几骑人马，都是黑如夜色的斗篷，都是淹没入夜色的黑色马匹，如一个个夜的幽灵，直向他们奔来。或者说——他们其实一直都在自己与陆吟的身畔，如影随形？

黑影骑士顷刻间已经到了秘色和陆吟的马前，一个粗哑的嗓音，说起汉语来腔调古怪："公子……既然选了那秘色瓷杯，又与买家在月夜中浪漫了一回，想来公子是已经同意了咱们的条件儿，可以乖乖跟着我回去见过主人了吧？"

秘色感觉得到，陆吟护在自己身子两侧的手臂，微微轻颤。

那声音紧接着又说："公子……主人这般对待一个奴隶，你可是破天荒头一回啊！公子自然该是个识大体的人，就不用我们费力请公子回去了吧？再说，公子，进宫可是件大好事儿啊，多少的郎君们求都求不来呢，公子你又怎会将这等福运拒之门外啊！"

进宫！

秘色以为自己听错了，她转身凝望陆吟，想要从陆吟的眸子中读出否定。可是却没有看到陆吟的一丝目光，陆吟的五官全都深深地藏入了夜色，全然不见。

许是秘色幅度过大的动作引起了那黑衣骑士的注意,或者是那黑衣骑士本来下一句话就要说到秘色,秘色只觉得脊梁沟一阵发凉,眼见着那黑衣骑士黑洞洞的眼睛已经瞥向了自己的方向。

那怪异而粗哑的嗓音,居然揣着几抹客气的笑意:"哎哟,客官,小的忘了跟客官说声谢了。我们这位公子,可终于在您的手上开了窍儿了,您可真是做了一件大好事儿啊!"

秘色睐睁,完全听不懂他在说些什么。不过那黑衣骑士反倒将秘色的默不作声当做了一种默许,于是他那脸上的笑意更浓:"客官,今儿也不早了,想来客官也已经尽了兴。虽然我们几个出于礼节没有直视到您与公子在马背上的一切,但是哥儿几个听也都听出来了,呵呵……啊,客官别介意,我们绝不是有意窥探,实在是公子带您走得太远,我们有义务保护您与公子的安全,这才在周围秘加保护……"

秘色被他说得面上一红,却又在下一秒钟,整颗心冷了下来。

那黑衣人接着说:"客官,今夜的交易到此结束,请你立刻离开公子,我们自然会送客官你回到帐篷之前……"

秘色下意识问道:"那么他呢,他要去哪里?"

那黑衣骑士顿时笑得暧昧:"公子他……自然有更好的去处……"

那黑衣骑士暧昧的笑,再加上他之前所说的那些诡异的话,在秘色心底埋下了重重的迷障,秘色越发不放心离开陆吟。

可是却不由分说,那黑衣骑士径自策马过来,将秘色从陆吟的白马上扯下,安置在自己的黑色马背之上,居于他的背后。待秘色刚刚坐稳,黑衣骑士便扯动马缰催促着马匹前行!

隐隐听得身边有两个黑衣骑士的嗓音朦胧传来,片段的对话似被夜风割裂,听不到全貌,却已经足够撼动秘色的心:"原以为这主儿是个清倌儿,所以才会那么激烈地拒绝主子。主子一怒之下让他参与拍卖,就是要用财宝的诱惑,外加男女之事的魅力,考验和引诱于他……原以为他能绷得住,没想到一支瓷杯子就破了功了……他与主子的赌局既然输了,他自然没有资格再说个不字了……"

秘色心下惊跳!

难道——难道又是因为自己不合时机的出现,让陆吟为了见自己一面,而放弃了之前的坚持,宁肯付出无法想象的代价?!

陆吟……你怎会那么傻,何必为了我,何必为了见我啊……

六、點戛斯

311

秘色绝望地回首,幽深的夜色,黯淡的星月,裹挟着陆吟那白色的身影,越拉越远……晚风吹过,白色衣袂翻飞,如一朵朵寂寥的莲,哀哀飞过……

这一去,何时才能再见?

这一别,如何再得相逢?

这一刻,秘色恨极了自己这弱质女子的身份,全然无力反抗,更无力保护陆吟不跌入那暧昧不清的命运!只能眼睁睁看着他一点点消失在自己的视野,除了流泪,再没有别的能力!

陆吟……不会的,我不会屈从于这样的命运!我一定会救你,一定会……

你等我,你一定要等我……

独自归来的秘色,惨白的脸颊,让米馨儿一下子便明白了,这一行并不顺利。可是秘色只是定定地坐在那里,目光呆滞,米馨儿便拼命压抑住自己的迫切之心,没有追问。

长夜漫漫,心事无涯。

米馨儿藏在被子里佯装睡去,可是一双眼睛全然未离秘色左右。

月光之下,夜色之中,秘色如一尊木雕泥塑,定定呆坐,无声无息。

米馨儿集中精神,想要借助自己萨满奥姑的身份,尝试着看向未来。可是——一如来到黠戛斯的一个月以来的每一次一样,眼前一片混沌不清,全然看不到一线出路、一丝光明……米馨儿知道,这一切都是因为自己的心乱了啊……沾染了尘世的气息,自己便失去了与天神沟通的资格,此刻的自己只是一个为情所苦的普通姑娘,再也无法借助于那神圣的身份……只能靠自己,只能靠秘色……这一次黠戛斯之旅注定是布满波折的吧,苍天啊请你一定要帮助我们,一定要保佑他……

天色微明,秘色便悄悄走了出去。

米馨儿知道,秘色一定有重要的事情要做,而且这事情必然带有相当的危险,所以她才刻意不告诉自己,而是独自前去。

秘色姐姐啊,你一直在说,你没有述律平的胆色和见识,不配站在哥哥身畔……可是你知道吗,你其实才是那个最勇敢的人啊……

秘色经过多方打听,终于找到了前日拍卖奴隶大会中所遇到的那位西域商人。

原来他虽然是西域商人,但是来到黠戛斯已经近二十年,早已在黠戛斯娶妻生子,更是与黠戛斯官员多有往来,所以对于黠戛斯上上下下之事,多有了解。

那西域商人的名字,叫做库赛穆。

当朝阳升上天际,秘色便早早来到了库赛穆的帐前求见。库赛穆一见是秘色,也是愣了一愣。

进入库赛穆的帐篷,秘色开门见山:"大哥,我是来跟你做一笔生意。"秘色说着从身边的兜囊之中拿出一块玉,放入库赛穆手中。

库赛穆接过那块玉,不由得大惊!

只见那玉,乃是一块纯净无暇、温润如脂的上等白玉,玉上雕琢一只天鹅,另有一只身量不足天鹅一半的鸟儿。两只鸟儿交颈相缠,乍看会让人错觉这是在刻画两只鸟儿的爱情,只有真正的行家才能看出,其实这根本是一场生命的博弈,是一次血腥的屠杀!

库赛穆颤抖着手,指着白玉问秘色:"姑娘,这玉我识得。这是一只天鹅,另外的那一只是海东青!玉上描画的是海东青在猎捕天鹅!如果我没有说错的话,此玉乃是出自契丹王室的'春水玉'!"

秘色激赏地望了望库赛穆,心下暗喜,这一次果然没有找错人。

库赛穆又说:"本来,这'春水玉'的用料便是产自和田的羊脂白玉,这么大一块羊脂玉,成色又是如此之好,单就这块玉料已经是价值连城!如今更因为刻画了契丹王室的'春捺钵'海东青猎捕天鹅之事,再加上这样的玉只能是契丹王室或者高级官员才能持有,就更增添了它的身价——可以说这样的一块'春水玉'乃是无价之宝!"

秘色嫣然一笑:"大哥,好眼力!这玉虽然是无价之宝,但却是小妹送给大哥的见面礼!"

库赛穆闻言愣了:"如此重宝,岂敢如此怠慢啊!"

秘色轻笑:"小妹既然登门而来,必有所托。大哥……小妹有个不情之请,小妹相信大哥定有法子……小妹想入宫……为奴为婢都可,还望大哥相助!"

6. 可汗之癖

听得秘色来意,库赛穆重重一叹:"妹子!看来你的确是诚意相信我库赛穆,那么库赛穆便也不能瞒你!虽然我是商人,商人似乎都该是重利轻义,但是妹子你既然能如此信得过库赛穆,库赛穆便不能让你随便去趟这个浑水!"

秘色一愣:"此话怎讲?"

库赛穆又是一叹:"妹子……看你的样貌应该是大唐的汉人吧,估计你是有所误会啊……在你们中原,女子入宫无非是想要博取帝王的宠爱,从此改变自己或者家人的命运,甚或借以谋求其他的目的……但是这一切在黠戛斯却是行不通的啊!至少,在目前,还是莫伦思身据汗位之时,是行不通的啊……"

秘色一凛:"为什么这么说,大哥?"

库赛穆又是重重一叹,转身打开帐门向外观望了片刻,继而压低了嗓音对秘色说:"妹子,那可汗莫伦思他,他有断袖之癖、龙阳之好!权臣们想巴结可汗的,都不是送美女入宫,而是四处淘弄长相俊秀的男孩子送进去……更诡异的是,那可汗莫伦思喜欢的男孩子还必须是稍有身手、身体强健之人……"

秘色愣住了!彻彻底底地愣住!

脑海中忽然似有飞花掠影的片段记忆闪过,却无法捉住,只觉得心底像是错过了什么重要的东西一般,冷冷地生疼。

到底是什么?到底在哪里听到过与此相关的只言片语?

到底是谁?到底是谁也曾经历过这样的痛?

追不上过去的记忆,眼前的一切却把更为血肉淋漓的痛刻入秘色的心!

怪不得,怪不得那黑衣的骑士说要送陆吟进宫……他们竟然想将陆吟作为政治筹码,送给那个可汗莫伦思作玩物!

这一切,陆吟都是知道的吧!他为什么会接受?他为什么不逃走?凭他的能力,凭他的身份,他绝不该甘心为奴,绝不可能乖乖接受这非人的命运啊!

为什么,为什么啊?……

秘色的惊愕让库赛穆幽幽叹息:"妹子,一定惊到你了吧……老哥我劝你,还是放弃入宫这条路吧,否则一入宫门,那就是永生永世不得解脱啊……又得不到可汗的宠爱,你的一生可就这么白白地荒废了!不如好好地找个人家,就算普通人家,至少有个夫妻恩爱啊……"

秘色黯然,她知道这位库赛穆真的是推心置腹地在跟自己谈这个问题,不是为了那块珍贵的春水玉,而是出于人与人交往的真挚的心。

秘色咬住嘴唇,坚定地说:"库赛穆大哥……我要入宫,不是求荣华富贵,更不是为了身后的某方利益……我不是去博可汗宠爱的,我只是想去找一个人……所以只要能做个奴婢,入得宫中伺候就好……"

那库赛穆默然点头:"好吧,妹子,如果你只是这个心思,那一切倒也并不难办……宫中的管事,恰好与我相熟,偶尔需要个什么人手,我倒也曾经送进去过几个……这样,我今儿就去问他,但凡有个可能,我就帮你把这件事办了!"

秘色心下大喜,激动之下翩然一礼。那库赛穆急忙拦住秘色:"妹子妹子,先别急着谢我,万事要等今日傍晚方知结果!"

傍晚时分,秘色早早便又来到库赛穆的帐篷。

等了一会儿,才见库赛穆行色匆匆地赶回,一见到秘色,便开怀地笑了。秘色心下一宽,知道这件事八成已经有了着落。

果不其然,库赛穆对秘色直言:"妹子,这件事儿本来几乎是不成的。自从可汗莫伦思再次攻入回鹘牙帐城哈拉和林,彻底将回鹘赶出漠北,让黠戛斯成为漠北最有声威的国家之后,这暗杀与奸细之事便是不断啊。不但有西逃的回鹘派来的刺客,更多的是来自西域、草原与漠北的诸国,甚至推翻大唐取而代之的梁(史称后梁)都纷纷派来奸细,千方百计混入宫廷,以掌握可汗的动向!所以,这宫内现在是风声鹤唳草木皆兵啊,别说送个人进去,就连日常采买的吃食,全都要查个底儿朝天啊!"

秘色心下跟着一急:"大哥,那……"

库赛穆宽怀一笑:"我开始也是急得跟什么似的,唯恐辜负了妹子你的一场信任,于是跟在管事的前前后后绕了大半天……咳,说到底,还是你那块'春水玉'派了大用场啊,我将那玉送给了管事的。管事的倒也识货,终于看在我多年跟他合作的薄面上,给了我一个人情!"

秘色一颗惴惴的心终于落到了实处,心下对这位库赛穆生出万般的感激。不过是萍水相逢,不过是唐突的一个请托,没想到库赛穆真的为她卖力奔走,甚至不惜将那块作为谢礼的春水玉也送了出去……

秘色连忙又从贴身的兜囊里取出另一块春水玉。

手指抚摸着掌中玉的温润,秘色心下是酸涩的愧疚,身上的六块春水秋山玉是耶律亿在那三年中断断续续送给自己的,每一块都刻满了深重的情意,每一块都是自己心底一笔重重的债。却没想到,今日,这珍贵无比的玉,竟然成为打通关节的砝码,被轻易地送了给人……如果耶律亿知道了,该有多么心痛……

秘色踯躅着将那块春水玉递与库赛穆:"大哥……谢谢你为了我的事,这般费心。既然那块玉已经送了给管事的,那么绝无让大哥您空付心力之理!大哥,我身上还有一块春水玉,请你笑纳!"

库赛穆慌忙推拒:"不!妹子,一块春水玉已然是无价之宝,你身上竟然还有第二块!由此可见,妹子你定是大有来头之人!库赛穆我单单想结识你这个人便好,断断再不敢收这价值连城的宝物了!"

六、黠戛斯

秘色见对方说得情真意切，倒也不好意思强行将玉送给库赛穆，只得顺势将玉收好，郑重一礼："大哥！妹子只不过机缘巧合得到这几块玉，并非什么大有来头之人！这玉倒也确实是无价之宝，妹子说的不是它本身的价值，而是凝结在这块玉里的、那送玉之人的一片心意……既然大哥大量，那妹子便也不强求借花送佛了！不过，妹子愿意结交大哥，他日若有缘分，妹子定然好好相报！"

"唉，妹子！别提什么相报了，老哥我给你找的这个差事，你不怨我，我就已经很知足了……"他面上有浓重的无奈与愧色。

秘色讶然抬眸："大哥，妹子怎么敢怨大哥？"

"唉！"库赛穆一咬牙，"妹子，实不相瞒，我给你找的这个差事简直不是人能干的！是让你去，去伺候那些'男妃'的衣食起居！"

秘色呆呆望着库赛穆，眸子和心同时陷入一片苍茫。

无悲也无喜。无畏故无怖。

宫奴……原来自己的命运，从最初的一刻，便已经烙印上这个身份的名号。曾经回鹘的宫奴，如今又要在这更为诡异与陌生的黠戛斯，再次成为宫奴了啊……而且面临的命运，恐怕要更为卑微，更为低贱……

这便是命。这便是——一语成谶！

秘色茫然的神情，让库赛穆心下酸楚，他沉声呼喊："妹子！妹子！是不是老哥这件事做得太不地道，惊到了你，伤到了你？妹子，千万别为难自己，咱们不去了吧，好吧，我去跟那管事的说说，把那块春水玉讨回来，啊！"

秘色呆呆地将视线集中在库赛穆那写满忧色的脸上，声音轻忽，像是袅袅飘浮于半空："大哥……不，这已经很好了……我不为难……我想去的，谢谢你，库赛穆大哥……"

库赛穆心下又是一痛："妹子！你一定要想好了啊！哥哥我不知道你究竟要去找什么人，你一定要想清楚，找到这个人和你未来将要付出的代价之间，究竟孰轻孰重！"

秘色回眸，恍然轻笑，那笑容如一朵虚浮的白色雏菊，弱弱绽放于微微的风里："他是——比我性命还要重要的人啊……就算为他受再多的苦，也不抵他曾经为我受过的万一……大哥，明日清早，请你送我入宫吧……"

空等在帐篷里的米馨儿，心急如焚。

隐隐然只觉得秘色在进行一件重要的计划,可是却全然不知内情,全然帮不上忙。秘色每次归来,脸上的苍白都更重了几分,让米馨儿心痛又心焦。

她真的不想让秘色独自去承担这么多的压力啊,她多想能够与秘色分担!

米馨儿平生第一次,痛恨起上天赐给自己的此番命运,崇高又神圣,却全然不懂世故,全然不擅人情!面对黠戛斯陌生而又诡异的一切,面对寻找陆吟的难题,只有一筹莫展,却无任何的办法。

也曾经祈求过上天,希望天神能够给自己哪怕丁点的启示……可是,上天就像是已经忘记了她,天神或许是嫌弃了她的凡心已乱,于是只能望着脑海中一片混沌的雾霭,看不透,走不穿。

此番,秘色归来,面色已经苍白到全无血色。仿佛生命的颜色乍然从她身体中抽离,可是她的眼睛里却又闪烁着奇异的光!

秘色怎么了?她又去安排了什么事?

秘色却依然守口如瓶,只是将米馨儿郑重地拜托给了库赛穆,轻飘飘地扔下一句:"明日我要远行,会走一些时日,库赛穆大哥会代我照顾你。米馨儿,你要好好照顾自己,我一定会把陆吟带回到你身边……"

到底怎么了?到底发生了什么?!

不会只是远行那么简单,将陆吟带回身边绝不可能如说说那般容易!

米馨儿只能趁着夜色,努力催动全部的心力,尝试着与上天沟通,想求得天神的谕旨……这一次终于不再是茫然的雾霭,脑海中翻卷起迷离的光雾,似有人影晃动,似是人声嘈杂……米馨儿的心,忽然锐利地疼痛起来!

——红色的光雾里,隐隐然是陆吟的背影,那般萧瑟,那般寂寥,袅袅笛音飞入凉凉的天际,片片飞花沾满带血的绯红……

——继而是黑色的光雾,一大片一大片,宛如飘摇的乌云,骤然覆盖住了红色光雾,将陆吟的身影死死掩住,再不得见!唯一从黑雾中穿行而出的,仍然是那些飞舞的花瓣,只是花瓣上已然是殷红一片!一滴滴红色的血,从花瓣的尖顶,重重跌落……

啊!——啊!——米馨儿顿感泼天的疼痛从头顶、从心底一齐攻向四肢百骸!无法再集中精神,无法再看向脑海中的陆吟!

为什么有血?

为什么会有那般浓重的悲伤?

难道,陆吟将会遭遇什么不幸?!

那么秘色姐姐呢,她又会如何?!

7. 魅色宫闱

人人都说黠戛斯是游牧而居，尚未开始建造城池。所有的人，包括可汗的牙帐，都是逐水草而迁徙，除了毡帐，没有固定的住所。

可是秘色跟随着宫廷管事的，走到宫廷之地时，却已被眼前的一切，惊了当场！

平缓延展的碧色草原，忽地平地拔起一座十数丈高的山峰！山岩俱为妖艳诡丽的酒红色，金色的朝阳直直照上山壁处处，皙白的晨雾缭绕于山腰之间，整座山峰恍若一位浓丽丰腴的女子，面纱轻掩，芳华无限。

山峰之下的翠色草原上，数十顶巨大的白色帐篷如簇拥而来的云朵。每一顶都有尖耸的金顶，金顶下的穹窿上绣着蜿蜒妖娆的红色花朵，在蓝天碧草之间，迎着金色的朝阳，潋滟而妖冶。

更让秘色惊讶不已的是，这数十顶白色帐篷之外，将这数十顶白色帐篷围成一个整体的"围墙"，竟然是幅宽丈余的艳紫丝绸！艳紫的丝绸上同样用金线绣满蜿蜒妖娆的花朵，缠枝并蒂，花开双向……

这是何等的奢靡，这是何等的炫耀啊！

这，便是黠戛斯的宫廷了啊……即便回鹘牙帐城哈拉和林，即便契丹可汗的斡鲁朵，都没有这般的豪奢，没有这般的招摇！

秘色心下不由得咯噔一跳！

主宰这片奢靡的主人，张扬这片炫耀的君主，又该是一个什么样的人啊！……

那管事的名曰阿迪拜。受了库赛穆的好处，对秘色的神色倒也有了几分和善："看见了吧，这就是草原上最伟大的可汗莫伦思的宫廷。那数十顶帐篷便是可汗处理国务的牙帐，山壁之间的三百六十个洞室则是可汗的后宫了……你往后就是要在山上伺候。"

三百六十个洞室！这个数字轰鸣在秘色耳畔——这是不是意味着，黠戛斯的可汗莫伦思，将蓄有三百六十个后宫嫔妃？！

就算在大唐，后宫中拥有独居宫室的、正五品以上的嫔妃也不过号称"三宫六院七十二妃"，哪里有这般泱泱三百六十个洞室！

这位黠戛斯的可汗莫伦思，如此的奢靡，又是这般的荒淫！

陆吟！陆吟怎么可以落在他的掌中！

秘色面上瞬间的苍白映入阿迪拜的眼里,阿迪拜倒是未以为意。毕竟,这样的表情他已经见得太多了,无论是初入宫廷的各色人等,还是来自异国的使节,甚至是西域诸国的君主,当面对这一片豪奢至极的宫帐时,都不禁瞪圆了眼睛,面色苍白……

谁让目下的黠戛斯是漠北最强大的国家呢?就像汉时的匈奴、唐初的突厥、后来的回鹘一样,有足够的资格炫耀自己的财富,有足够的能力傲视漠北与西域诸国!

如今,中原又已经大乱,曾经那般繁盛荣华的大唐帝国都成了水中的泡影,谁说,在强悍的可汗莫伦思的领导之下,黠戛斯人没有可能入主中原,一统华夏呢!

再说了……可汗莫伦思始终记着自己是"陵苗裔"呢,他们可是汉代名将李陵的后人啊,入主中原绝对不算是僭越,反而是——回家呢……

阿迪拜看在库赛穆和那块价值连城的春水玉的面子上,又耐心地等了秘色一会儿,等她慢慢消化掉对于眼前所见的惊讶,少顷才说:"走吧,这刚只是个皮毛,里面让你更加惊讶的东西还多着呢……不过,在宫里,你必须要学会喜怒惊嗔皆不形于色,不然一来显得自己小家子气,二来说不定会招惹到哪位宫人呢!……"

秘色回神,低声应诺。

黠戛斯后宫的总管是一个身子肥大的女人,名字叫"迪丽拜尔",看面相约有四十岁上下,穿绯红的纱笼长裙,头上同色的披纱长长地拖到膝弯。她伸着胖而短的指头,指着秘色,手上三只硕大的宝石戒指闪烁着炫耀的光:"你,你就是那个新来的宫奴吧?我先告诉你啊,你可别弄混了,咱们黠戛斯可汗的后宫里,可不只是女妃,还有男妃……"

说到"男妃"的时候,迪丽拜尔语气刻意停顿了一下,像是想留下足够的时间给秘色提问——因为,每当听到"男妃"这个词汇,几乎每个初来黠戛斯宫廷的人都会面露惊诧,久而久之,迪丽拜尔便也已经习惯在说到这个词汇之后稍作停顿。

可是,秘色竟然没有表现出惊讶。因为秘色早已经从库赛穆那里知道了这一切。这下子反倒轮到了迪丽拜尔惊讶了。

不过,迪丽拜尔依然非常尽职地将宫中的注意事项郑重地提醒秘色:"后宫之中,男妃的一切都是绝对的秘密。包括他们的名字,他们来自哪里,他们饮食起居的情况,他们是否受宠……如果你胆敢泄漏一星半点出去!哼——轻则,割了你那多嘴的舌头,或者打折你的双腿让你再没有走出后宫的机会,严重的,哼哼,就不用我多说了,到时候你就会慢慢看到了——那会比死,还要恐怖!"

六、黠戛斯

"好了",看到秘色脸上不自觉地流露出的苍白,迪丽拜尔那泛着油光的面颊上,刚刚狰狞的表情满意地缓和了下来:"你也不用太害怕,库赛穆已经跟我拜托过了,让我好好照应着你,所以呢,只要你在宫中乖乖地,只管干自己的活儿就是了,不该看的别看,不该听的走开,不该问的永远烂在肚子里……那么我管保你平平安安,记住了吗?"

秘色心底一热……原来库赛穆大哥又向这位后宫总管托了人情啊……

迪丽拜尔向身后一努嘴:"呐,你今天就先去休息吧,明天一早跟着宫奴们一道儿起来开始伺候主子。不懂的,看看别的宫奴怎么做的;实在看不明白的,就来问我……"

秘色俯身一礼,而后跟随着一位身着彩色纱笼裙的宫奴,走向了掩藏于红色山壁之上的黠戛斯后宫……

真正走入这座山中,秘色才发现,这里简直就是一座规模浩大的城堡!山中有许多自然风化而成的洞室,一层一层向上延伸,竟至有十数层之多!每一层之间用海碗口粗细的原木搭成连接的木梯,由下至上宛如一座通天的无涯之塔!

穿行于后宫之中的宫奴,多穿着纱笼长裙,赤脚,腰间微裸一段皮肤,微微地掩映在头顶垂下的披纱之下。

宫中洞室的居住分配极有讲究。下面三层主要是居住着宫奴与女妃,神秘的男妃们则居住在三层以上。如果说越往下越是人多嘴杂,那么越往上则越是盘查严格。一旦将原木楼梯撤去,那么上面几层就将是一个独立的世界,任何人都休想踏入半步!

或许,这正是因为黠戛斯可汗莫伦思想要掩饰自己拥有男妃的事实吧!

秘色作为服侍男妃的宫奴,便被分配到了位于第三层的宫奴洞室,与其余三十余名宫奴一同起居。

来到黠戛斯宫廷的第一夜,秘色几乎无法入睡。

陌生的国度,诡异的宫闱,都揪扯着秘色的心,让秘色心中的不安更甚。

陆吟……你是否已经来到了这个混乱的地方?

你是否……已经受到了伤害?

你在哪里啊,我怎么才能找到你?我怎么——才能救你离开这里,怎么才能保护你不受伤害?!

迷迷蒙蒙之中,隐约听得上方传来凛冽的鞭笞之声!啪!——啪!——一声又一声,冷冷地穿过寂静的夜色,空空地回荡在山壁之间。

是谁？秘色一骨碌爬起身来，却被身旁睡着的宫奴古丽按住了手臂。

秘色惊讶地侧身，望着身畔的古丽，惊恐地瞪大了眼睛："你听，是鞭子声啊！是谁？为什么？"

古丽死死拉住秘色的手臂，两只眼睛静如古潭，幽幽摇头示意秘色安静下来："如果想活命，就赶紧躺下，睡觉。记住，什么都没有发生，你什么都没有听见！"

迪丽拜尔的警告也再一次回响在秘色耳畔，秘色只能狠下心来，重新躺入被窝。

可是，那凛冽的鞭笞声，依然破空而来，清脆着，萦回着，死死缠绕住秘色，一直一直钻入秘色的耳鼓、心房……宛如一条毒蛇，吐着邪异的信子，一路啃啮过秘色的五脏六腑，将一滴一滴的毒液重重埋进流着血的创口！

秘色难以压抑心底翻涌滔天的痛楚。不知道为什么，仿佛受到鞭笞的，是自己的心。

那个人是谁？为什么在这样寂静的深夜里，在可汗的后宫里受到这般严厉的鞭笞？

难道，是犯了过错的宫奴？因为她们看了不该看的东西，说了不该说的话？

可是，又不像！——分明，寂静的夜里，有低沉而痛苦的闷哼声传来——不似女子，反倒分明是一个男子的嗓音！

秘色心底涌起一个可怕的担心——莫非，是陆吟？莫非，是陆吟不甘受辱，于是受到严苛的惩罚？！

否则，否则自己的心为什么会这般地痛？痛到感同身受，痛到——几不欲生！

8. 鞭笞禁脔

忽地，鞭笞声骤停，一个男子悲怆的嗓音如狼一般回旋在山洞中。

紧接着又是一阵杂沓的脚步声，迪丽拜尔肥大的身子出现在秘色等一干宫奴休息的洞室门口，挑起悬挂于洞室门上的黄色纱帘，嗓音急促地吼着："快起来，准备毛巾、冷水、热水、金创药、蛇脂膏！"

秘色也连忙跟着起身，穿上跟所有宫奴相同式样的纱笼长裙，用头纱堪堪遮住光裸的腰部，接过古丽顺手递过来的蛇脂膏，昏头胀脑地跟着一干宫奴，匆匆忙忙地沿着楼层之间的原木楼梯，拾级而上。

一直，攀到了最高的一层。这里与之下，迥然有别。不再是一层楼之间布满若干的洞室,而是——偌大的空间里,只有一个空荡的洞室,四面围满了黑色的轻纱,无风而舞,飘摇若氤氲的浓雾。

走进那洞室,秘色再次无法压抑地愣住了。洞室中闪着幽幽的光芒,却并非来自灯烛,而是——镶嵌于墙壁之上的一颗硕大的夜明珠!

前面先进入洞室的宫奴,轻车熟路地将墙壁上一幅幅黑色的丝绒揭开,洞石中登时亮如白昼!秘色这才看到,原来那硕大的夜明珠,洞壁之上竟然绝非一个,而是前前后后共有八个之多!夜晚中可能只用一个,另外七个便用遮光的黑色丝绒盖住!

秘色不禁咂舌。这般足有拳头大小的夜明珠,一颗已经是身价连城,而这个洞室中竟然煌煌然镶有八颗,而且只作为寻常灯烛之用!这个男妃——一定是太受可汗莫伦思的宠爱了啊!

前方人头攒动,脚步杂沓,秘色捧着蛇脂膏,一时不知该做些什么,只能呆呆地站在人群后,等候召唤。

冷水、热水,盛在黄铜的盆子中,被众多宫奴一盆盆地端进去,又一盆盆地端出来。秘色轻瞥,心下重重一颤!——每一盆被端出来的水,都明晃晃地漾满血色!殷红的血,被黄铜的盆子一衬,更加显得触目惊心!

一面明明是这般的宠爱,另一面却是如此的血色淋淋!这究竟是铭心的爱,还是刻骨的恨?!

那可汗莫伦思,究竟是神,还是魔?!

一番忙乱中,迪丽拜尔的嗓音从人群之中传了出来:"蛇脂膏,快拿蛇脂膏来!"

秘色如梦初醒,慌忙捧着手中那装着蛇脂膏的瓷瓶,跌跌撞撞地掠过人群,一步一步向人群簇拥之中的的床榻走去。

忙碌的众人,纷纷向两边退开,留下一条仅余一人的小路,指引着秘色向前,向前——

前方,是床榻么?秘色不敢相信地揉了揉自己的眼睛——那分明是一块巨大的羊脂白玉,润泽如膏,莹白似雪……

白玉之上,覆盖着厚厚的黑色皮毛。那颜色,秘色不会认错,那是紫貂皮!无数张毛色完美的紫貂皮,用毛色最丰美的部分,缝缀成了一张巨大的毛褥,覆盖在白玉床榻之上。纯净的白与闪亮的黑,冲撞交织出无比的富贵之气,极致的色彩彰显着简约的华美。

白玉床榻之上,洞室的穹窿之上,一朵纯金打造的妖娆花朵,倒悬盛开。硕大的花朵宛如直从石壁中生出,千瓣花叶冶艳袅娜。不过,这金花却根本不是主角,它不过是被当做一个帘钩,一幅巨大的黑色轻纱,从金花的花瓣勾坠之下,遮天漫地而下,柔柔罩住白玉床榻。

那黑色的轻纱……那璀光灵闪的光泽,那柔韧透明的质感——秘色心下微微一颤!那不是普通的轻纱啊,那是价值千金的鲛绡!秘色曾在父亲的书房搜读过《述异记》,中有一卷这般讲述鲛绡:"南海出鲛绡纱,泉室(指鲛人)潜织,一名龙纱。其价百余金。以为服,入水不濡。"秘色捧着蛇脂膏的手指不禁轻轻地颤抖了起来……这个人,所获得的宠爱,该有多深啊!纵然是当年的贵妃在世,也不会更多了吧!

再向前,已经可以踏上白玉床榻之前的紫檀缓台。缓台宽约十尺,环绕白玉榻,下有三级台阶。

床榻之内,一片晕黄的光,温暖而朦胧。秘色定神一望,原来床头吊着一盏五彩琉璃灯。

白玉榻上,黑色鲛绡纱帐之内,一个男子俯卧在黑色的锦被之中。一头乌黑的长发,披覆床榻之上。锦被只及腰部,整个后背隐隐裸露于外。

秘色望了一眼那后背,心头忽地如遭雷击!

起先隔着那黑色的鲛绡与披散的长发,尚看不清,此时近距离地凝眸观望之下,才看到——那背上纵横交错着狰狞的殷红伤口!

之前听到的那鞭笞之声,看到的黄铜盆里一盆盆殷红的血水,其实秘色本该已经有了相当的心理准备,知道自己要看到血,看到伤口……可是却没有想到,这伤来得如此惨烈,如此血肉淋漓!

明明是这般的宠冠后宫,明明是这般地千金买一笑,怎地却会如此舍得下心,这般狠毒地抽下鞭子!

难道……难道这个世界上最为极致的爱,其实一念之间便可以化作最极致的恨吗?

爱与恨,攒至浓处,只有一线之隔,只有——一念之差!

那么,被这样地爱上,究竟是幸运还是厄运?

挣扎于这样惨烈的爱恨之下,这个人终究是愿意接受,还是抵死不从?!

"还愣着干什么?还不快去给郎君敷上蛇脂膏!"同站在白玉榻边的迪丽拜尔寒着嗓子沉声催促秘色。

秘色的手不禁又是一颤,指腹冰凉着掀开了黑色的鲛绡纱帘——

指腹蘸上白色凝脂状的蛇脂膏,秘色极轻极轻地涂在那人的背部,却依然引来了那人痛苦的一声抽气!

秘色抬眸望榻上的男子。俯卧着的他,面孔朝向床榻之内,黑色长发如月夜之中潋滟于深海的海藻,身体四周氤氲着一缕似有似无的黑色轻雾。

秘色心下不忍,柔柔出声:"如果疼,就哼一声,我会再轻点……"

秘色将指尖的蛇脂膏再次轻轻地涂上那鞭笞的伤口,却惊讶地感觉到,指腹之下的身子重重地一震!

难道——是又疼了吗?

可是似乎又不全然,这次的震动已经不仅仅是他背部皮肤本能的颤抖,而是——而是发自身心深处的巨大震动!

是自己说错了什么吗?是自己不小心触动了他心底伤心的往事?

秘色心下跟着一疼,嗓音更为轻柔:"疼的话,别忍着,抓住你手边的衣被,可以多少有所缓解……"

秘色说着,将左手上擎着的瓷瓶放下,将身子更深地探向里面,右手敷药,左手支在床榻之上,支撑着身子的平衡。

秘色正将所有的注意力都集中在自己敷药的右手之上,身体的重心也都倾斜于其上,正在此时,突然!——一只手从黑色的锦被中蓦地伸出,一下子抓住了秘色的左手!

秘色险险惊叫出声,敷药的右手一不小心一下子用长长的指甲刺着了还在血水殷殷中的伤口!

秘色微微地闭眸,等着听到那人撕心裂肺的惨叫,等着随之而来的迪丽拜尔的喝骂!

不过说也奇怪,秘色倒并不担心迪丽拜尔的叫骂,反而——更担心床上之人因为自己手下的不留神,而痛苦难当……

可是——臆想中的一切却都没有发生。

身周依然静静的,大家伙都在黑色的鲛绡纱帘之外,全神贯注地留意床上人的反应,以备一旦那人有什么需要,便可立即上前。

甚至——就连床上那人,竟然连叫都没有叫一声。

一切仿佛都没有任何的变化。

除了——除了秘色能够感受到自己的手被那只手牢牢地握住,十指相扣,紧密交缠!

帘外,所有的人都不知道这短短的一秒钟之内究竟发生了什么。
可是帘内,却有黑色的暗潮汹涌澎湃!

秘色呆住了!
不敢动,更不知是否该说什么。
他是——他是可汗莫伦思的男妃啊!他这般暧昧地攥住自己的手,换作是正常的宫廷,岂不是等于嫔妃与其他的男子暧昧!这是——杀头的罪过啊!
秘色被握住的左手,轻颤,轻颤,纤纤手指在紧张中变得冰凉。那人的手微微地动了动,与秘色交缠着的手指,缓缓摩擦,似是在安慰秘色,又似是希望给秘色的冰凉带来些许的温暖。
良久,一个年轻的声音柔柔传来:"继续——敷药吧,很舒服,我觉得——好多了。"
秘色颤抖着清了清喉咙,谨慎地接话,介意逃脱弥漫于两个人之间浓稠的暧昧:"是,是啊,这蛇脂膏有凉血、合肤、去疽疮的功效,涂上它,会帮您早日康复的。"
那手指又密密地与秘色的手指交缠在了一起。
秘色的手指在他那光裸的背上柔柔滑动。
两种皮肤的厮磨同时纠缠在一起,都是光滑若丝缎,都是纠缠上心头……
秘色的心急剧跳动,面颊滚烫,脑海之中一片混乱。
忽地,那人又轻轻地说话,话音却是极低极低,低到——只有同在帘内的秘色才能听见——"你,就是最好的药了……"
更轻更轻的一声,宛如梦中缭绕的呢喃,又似灵魂深处柔柔的轻颤,仿佛穿越时空而来,又似飘摇九天云外:"秘色——"
秘色猛然惊跳,瞪大了眼睛望向床铺!
他,究竟——是谁?!

9. 玄黑梦魇

润如凝脂的白玉床。
玄色光灿的鲛绡帐。
毛羽丰美的紫貂褥。
五彩莹然的琉璃灯……
黑发,蔓延如月华之下、深色海底的湿润海藻。

缠绵，厮磨如无人之境、极致亲密的手指纠结。

这华美且暧昧的一切，这迷离而狂乱的世界……却仿佛刹那之间飞升远去。

世界一片空茫。

天地全然静寂。

所有的人都消失不见。

只剩下——那熟悉得宛如自己的身体发肤，却又陌生得宛如来自九天之外的一声柔柔轻唤——

"秘色……"

你——是谁？

你——为何识得我的名字？

你的声音——为何这般熟悉，却又这般陌生？

秘色紧紧望住那俯伏的身形，默默地惊问，却不敢出声，不敢僭越上前亲手揭晓那个答案……

可是，那床上之人却似乎根本不想将答案明白地告诉秘色，丝毫没有将头转过来的意思，只是一径将手紧紧缠住秘色的手指，牢牢不放。

似乎这样，便已经握住了——地久天长……

良久，迪丽拜尔的嗓音横插了进来："怎么样了？给郎君的蛇脂膏涂好了么？"

秘色慌得一抖手，想将手从他的掌握中抽出来，却依然被死死地拽住，不得动弹。

秘色只得努力保持着声音的平稳，恭敬地答道："就好了。"

迪丽拜尔的嗓音傲慢又慵懒地传来："嗯……我想也不用我多说什么了，大家都知道咱们这位郎君可是可汗最为宠爱之人，如果伺候得稍有怠慢了，累得郎君身体恢复得不周全，仔细你们各自的皮！"

帘外之人纷纷诺诺："是……小奴定当尽心尽力，伺候郎君早得金安！"

迪丽拜尔又说："好了，你们忙完了就各自下去吧，别扰了郎君的休息！"迪丽拜尔稍顿，望向帘内的秘色，"还有你，也赶快着吧！要不是看你第一天入宫，这么磨磨蹭蹭的，我早揭了你的皮！"

秘色的手猛地一抖，颤着声音回应道："是……小奴知错了……"

仿佛是感知到秘色的颤抖，那只手忽地放开，让秘色的手指，宛如鱼儿从水波中顺利滑开，没有激起一丝水花，没有发出一点声响。

可是，之前那般的紧致纠缠乍然松脱，秘色却顿觉心下一阵空茫的失落，完全没有重归自由的快乐，反倒——多希望重新回到他的纠缠之中啊……

那只手的主人，似乎也跟秘色有着同样的失落。那手颓然地跌落在黑色的锦被之上，五根手指依然空落落地维持着抓握的姿势，不肯平复……

这种感觉——这种感觉就仿似放开自己的生命……

秘色重重甩头，努力甩开心底涌起的这股奇异的念头，连忙收拾起早已跌落在床褥之间的、装着蛇脂膏的瓷瓶，慌乱着退出鲛绡帐帘之外。

迪丽拜尔玩味地望了望秘色，惊得秘色低低垂下了头，暗自祈祷，千万不要在脸色上泄露出一丝一毫的异样啊……

迪丽拜尔恭顺地遥向帐中的男子俯身一揖，声音满是谄媚："郎君，您背后的鞭伤，小奴们已经处置好了……此番，可汗特地下赐来自大食国的金创药，与南海极毒蝮蛇所熬制的蛇脂膏，这些都是极收敛皮肉的良药，想来定不会给郎君留下难看的疤痕……可汗还特地吩咐，明儿一早下了早朝便来看您，让您先别用早膳，他亲自陪您来用……"

秘色闻言头皮不禁一紧！

这位可汗——怎么会是这般喜怒无常？荣宠之后是加倍的羞辱，羞辱之后却又是格外的呵怜……可汗与这个人之间，到底是什么样的情感？他们之间究竟发生过什么样的事情？

"嗯——好……这蛇脂膏的确凉润生肌，这会子背上就舒服多了。迪丽拜尔，麻烦你这几日多让刚才给我敷药的宫奴上来几次，她敷药的手法很轻柔，难得地让我一点都不疼……"一声清越的嗓音，如春风吹散冬日阴霾，闪着叮咚的光，漾着潺潺的波，霍然敲入在场的每个人的耳鼓。

迪丽拜尔心下一喜！这位郎君啊，人品相貌那是一顶一的好，但是脾气却可是一顶一地难惹，别说这一干子宫奴了，就连可汗莫伦思都拿他无可奈何啊！往常他跟可汗恨了闹了，硬拼着一身的伤，就是不肯敷药，硬生生让那完美的身子落下疤痕。可汗见着心疼，便会跟他们这些宫奴撒气！这下子可神奇了，这位小爷这次不但没有闹着拒绝敷药，甚至还主动要求多敷几次……老天保佑，这位小爷终于转了性了，让他们这班宫奴可有几天好日子过吧！

迪丽拜尔陪着笑，忙不迭地答应："哎哎，郎君，您说什么是什么，以后敷药的事儿，就都让她替您办了！"

六、黠戛斯

一干宫奴随着迪丽拜尔,鱼贯而出。秘色落在最后,趁着众人离去,禁不住缓下脚步,频频回望。

她想知道,他到底是谁。

她想知道,他为何轻易勾动起她心底熟悉又陌生的情愫。

唯一可以肯定的是——他不是陆吟。

陆吟的清雅,陆吟的坦荡,宛若清波中的一朵白莲;而他,却是玄色的,就宛如那遮天漫地垂下的玄黑鲛绡——看似透明,实则浓雾氤氲;本是玄黑之色,却又闪烁异彩华光……

他为什么牢牢握住她的手?

他为什么那般柔致的纠缠,却又不肯转过他的脸?

是什么在让他矛盾?是什么让他们曾经相识?

秘色缓缓迈步,频频回首,她多么希望就在某个回眸的瞬间,能够望见他的脸,能够看清他的容颜!

可是上天,却似乎根本没有帮助秘色解惑的意思。或者说,是那床上的人,不想让她知晓。所以,尽管秘色想尽了办法拖延脚步,却仍然没有看到她想要的答案。

最后一个转弯,就将离开这座洞室,秘色有心想再一次回眸,心下却不由得自嘲:"沈秘色,你这又是何必?他并不是陆吟,他只不过是黠戛斯的一名男妃,他不会是你认识的人,你又何必频频回首?现在有太多的事情等着你去做,陆吟的命运还要靠你去扭转,你怎么可以这般心思旁骛,流连起这种不堪的男子!"

秘色垂首,一狠心,收回本想倾回身去的念头,抬步直向前去,努力赶上了前方的宫奴。

秘色不知的是,就在她临去秋波那一转,白玉床上,黑色锦被之中,那颗被海藻般的长发掩盖住的头颅,轻轻、一转……

一双眸子,透过海藻般润泽蜿蜒的发丝,穿过玄色朦胧的鲛绡纱帐,紧紧望住那翠色翩然的身影!

无尽无尽的伤痛。

无尽无尽的思念。

无尽无尽的渴望。

无尽无尽的爱恋……

如一阵骤来的风雨浪涛,在那双眸子里席卷呼啸!

那一刻,如果秘色回眸,定然看得见冰蓝的光芒从黑色的发丝之间,凌厉进出!

就像寒冷的火焰,就像冰做的刀剑!

曾经以为自己就这样,被深深、深深埋葬入无边无际的黑暗。

永无解脱,不得救赎。

自己也曾对命运妥协,甘愿朝向那无涯的黑暗,跌落。

放弃所有的光明,放弃所有的梦想,再不去追索生命中曾有的颜色。

让黑色欺满自己的生命,让黑色紧紧将自己缠绕。

就这样,就这样……永生永世,不入轮回。

却没想到……却没想到,上天竟然这般,厚待于己。

生命中曾经错失的色彩,竟然不期然重新归来,翩然如翠色的新叶,蓬勃着生命的朝气。

柔柔的一声轻唤,便叫开了自己生命中的满园花开!

秘色……秘色……

你是我生命中最隐秘的颜色,你是我心底永远褪不掉的信念……

有你,便不再有黑暗。

有你,便没有理由放弃。

秘色,等我;

等我,秘色!……

"哎……你听见了吗?那位主儿叫牛奶子呢!天啊,这可是破天荒头一回啊!"秘色与古丽等一干宫奴刚刚再次歇下,却听得当值的宫奴们低声议论着,极力压低的声音里是掩不住的快慰。

秘色偷偷问身边的古丽:"她们,是怎么了?"

古丽的眸子里也荡漾着潋滟的兴奋,低声说:"往常,这位爷闹起脾气来,水米不粘牙……没想到,今天竟然开了窍了,受了伤之后主动要吃食,这是头一次呐……终于想好好的了,终于想要快点复原了,这才好,这才好啊……"

秘色带着重重的疑问,平身躺下。难道,难道这个人曾经有过求死之心?受了伤,却不敷药,不吃饭……是因为忍受不了可汗喜怒无常的宠爱,还是……?

而今天,他怎地忽有重新燃起求生的心气儿?难道是想通了,不如接受可汗的恩宠?还是——有了别的打算?

六、黠戛斯

黠戛斯宫廷的夜啊,缘何这般地诡异,而又,漫长?

10. 邪佞王者

隔日清早,秘色随着一干宫奴刚刚起身不久,正忙着听迪丽拜尔吩咐今天的工作,忽听得山壁之间悠然回荡起响亮的呼喝之声:"可汗驾到!——传早膳!——"

别说众人,就连迪丽拜尔都是重重一愣!这个时辰,可汗分明是应该置身牙帐,处理早朝的事务啊,可是他竟然这么早便来到了后宫……

只为了陪那人用早膳么?

还是——就是为了看那人一眼?确定他安好,不让他独自一人沉浸于伤痛?

秘色心里愀然一疼,接着又涌起莫名的烦乱。

不知为何,不知为谁。

秘色捧着手里装有蛇脂膏的瓷瓶,略显睃睁地望着迪丽拜尔。

因为,在可汗驾到的宣令到来之前,迪丽拜尔刚刚分配给秘色的工作是,去给那位郎君敷药。而此时,可汗突然闯来,秘色便不知道自己是否还应该继续之前所分配的工作了。

秘色的睃睁自然被迪丽拜尔望见,她显然也有点失措,只能说:"秘色,你带着蛇脂膏,跟着伺候早膳的宫奴一道儿去吧,在旁伺候着,如果郎君需要敷药,你就遵命;如果郎君改变了主意,你再回来。"

秘色垂首:"是,大阿姆!"

随着传膳的一众宫奴,秘色遵照宫中礼仪,轻轻垂首,眼神望住捧在手里的瓷瓶,谦谨而行。

鱼贯着登上原木的楼梯,忽听得身后有侍卫的呼喝声传来:"可汗驾到!闲人避让!"

身在楼梯之上的一众宫奴,不上不下,避无可避,只得侧身闪躲于一旁,尽量将楼梯上的空间全部让给随后拾级而上的可汗莫伦思。

所有的宫人全都敬畏地深深垂下头去,虽然没有中原那般严格的跪拜礼节,但是那种生发于内心的敬畏之情,却是相同的。

"腾腾腾——"只听得木质的楼梯板上传来坚定而短促的脚步之声,转瞬那声音便已经来到了秘色身前。

从那脚步声中,听得出这人性格中坚毅的一面,还能感受到他急于赶路、急于见到那人的迫切心情……

这位一半邪佞一半温柔的黠戛斯可汗莫伦思,到底是一个什么样的人呢?秘色心底涌起串串好奇的浪花,就在那脚步声走到自己身前的刹那,顾不得由此可能带来的后果——猛然地——抬起了头!

是否有一块极致碧绿的翡翠,在午时的金色阳光下,急闪而过?
是否是盛夏的风吹过层峦叠翠的山林,掀起碧浪层层,翻卷涌动?
是否,是山间碧水清流,映满春树的秀色,印上苔青的凝幽?
或者,是否,是一抹穿越千年的深幽凝望,拢满雾霭却不改殷殷的情意?
秘色深深地睽睁着——纵然千般想象,万种猜测,却都不敌真实的一次凝眸!
那碧绿如翠的双眸,直如波上寒烟,天边碧落(碧落为道家的第一层天,碧霞满空)!

黠戛斯可汗莫伦思,终于从想象之中走进了现实,殷红如血的锦缎长袍,碧绿如翠的深情双眸,墨黑如缎的闪亮长发,白皙似玉的细致肌肤……

最销魂,竟然是他绽开在眼角眉梢的一缕笑意,如潋滟招摇的曼陀罗,吐满艳丽的蕊,凝住千般风情、万种风华!

更让秘色几乎惊呼出声的是,他的眼角,贴着太阳穴处,黥着一朵大而艳丽的花朵!花茎袅娜而妖娆,殷红着爬满他浓丽的眼角眉梢,更加显得他脸上的笑,艳若芙蓉!

这个男子——秘色心下止不住地轻颤——他哪里是凡间的人类,他的俊美合该是天上的神祇,或者是山林间的精灵!否则,怎会这般冶艳,这般妖娆!

纵是女子、绝色的女子,站在他的身畔,也会失却三分颜色,没有他的艳丽,没有他的邪魅,没有他眸子里的勾魂摄魄,没有他笑靥间的动魄惊心!

似乎是感受到了身畔一道奇异目光的注视,从秘色身前走过的莫伦思忽地放慢了脚步,甚至——停下身子,转过头来,一双碧绿的眸子映着殷红的微笑,缓缓投向秘色的方向而来……

"大胆奴才,还不垂下头去!可汗威仪,岂是你可随性观瞻?!"跟随在莫伦思背后的红发侍卫虎声吼喝,吓得一众宫奴纷纷俯伏于地。

迪丽拜尔见状,连忙走上前来,深深躬下腰身:"可汗恕罪,可汗恕罪……这是昨儿刚刚进宫来的宫奴,老奴还未来得及调教,许是因为仰慕可汗的威仪,于是忘了自己的身份。可汗还请宽恕于她，老奴一定带回去，重重责罚，严加管教！"

莫伦思反倒反应不那么敏感，潋滟的微笑暖若春花，只是轻轻地问迪丽拜尔："呵呵，难得见到一个敢盯着本汗看的宫奴……不用为难她了，不过就是看了本汗几眼嘛，不打紧的。对了，这个宫奴叫什么名字？"

迪丽拜尔赶紧躬身回话："哦……她，她是个汉人，昨儿才进宫，还没来得及给她换个宫中的名字。"

莫伦思轻轻点头："是这样啊……"说着身形已经向前走去，却又突然停下脚步，再回头望一眼秘色，"她手里捧着蛇脂膏……原来她就是那个让他乖乖敷了药，又接下来要喝牛奶子的那个宫奴吧？……"

迪丽拜尔连忙满脸陪笑："是的是的，就是她……"

秘色闻言却是心下重重一震！原来这消息已经这么快地传到了莫伦思的耳朵中啊！

究竟，该说是可汗对那人关切入微；还是应该说，这位美艳如女子的君王，其实对这个国家的处处有着可怖的控制力！

尤其，这几件事在莫伦思的口中连缀起来，怎么听起来会是那般地诡异，似乎莫伦思已经根本认定，那人能够乖乖地敷药，包括其后主动要吃食，这一切都是因为自己！

莫伦思含笑又望了望秘色，碧绿的眸子荡漾起金色的微波："呵呵，好啊，本汗真该好好奖赏于你。这样吧，恰好你还没有宫里的名字，就让郎君他亲自给你取一个吧！"说着，莫伦思已经带着满面的笑意，大踏步向前走去！

迪丽拜尔抚着胸口，脸上带着又惊又喜的表情，等着莫伦思走远了，方才扯了一下秘色的衣袖："哎哟！吓死我了！你怎么那么冒失啊，不要命了啊！不过，合该你福大命大造化大，可汗非但没怪你，还让郎君亲自给你取名字！你可要知道，这可是破天荒的头一次啊！在宫里，你的名字是谁取的，就等于确定了你的保护人！那位主儿可是最得宠的郎君啊，有了他当保护人，你以后的日子还用愁嘛！"

宫中的名字……原来还有这样的缘由？

可是，却又不知为何，秘色心底总是闪过黑色的忧虑，不是很浓，却一小团一小团地缠绕住心魂，无法释怀——可汗莫伦思他这样做，真的只是因为我顺利地让那人敷药了吗？或者是真的想要奖赏于我？不对啊，似乎不对啊……到底是哪里不对？到底是所为何来？！

惴惴着一颗心,随着传膳的宫奴终于顺利地抵达了最高一层的洞室。洞室四周的玄色轻纱已经卷起,山壁上方自然形成的天井里有金色的阳光条条筛下。洞室中氤氲缭绕着浓郁的芬芳,耳畔有袅娜的丝竹清音曼妙。

秘色极尽克制地悄然扬眸——白玉榻上,那人已经披衣坐起,黑色的长发柔柔地垂下,仿佛世间最为珍异的丝缎,光华隐现。可汗莫伦思同坐于榻上,正将一袭纯黑的丝袍披上那人的身子,碧绿的眸子里潋滟着浓浓的情愫,深得——仿佛春水幽潭,碧波含翠……

迪丽拜尔深深躬身:"可汗,郎君,早膳已经备好,请二位用膳……"

可汗莫伦思微微颔首:"摆上吧!"

秘色身前的宫奴们,一个个将手中的盘碟送上前去,摆上白玉榻上的香檀矮几。每一个盘盏,莫伦思都要亲自用白瓷的羹匙尝过,方才决定那盘盏中的菜肴是撤下还是留在桌案上待用。

秘色的心思全都牢牢牵挂在那人的身上。身边一干人等这般地忙碌,可是那人却依旧无动于衷,连头都没有抬起,看都没看过一眼。

莫伦思亲自用玉筷夹起一箸菜肴放在那人面前的白瓷浅碟中,柔声劝诱:"这羔羊肉乃是在母胎中未足月便活取了出来的,肉质极嫩,入口即化,最是滋补身子,你尝尝看。"

那人却依然无动于衷。场面不由得微微冷场,旁边的一干宫奴全都暗自捏了一把汗,却谁都不敢发出哪怕一丁点声音来打破眼前的尴尬。

眼见着前面负责传膳的宫奴们,已经一个个将手中的盘盏送上了前去,然后从两边退了开去。不经意间,秘色已经置身于可汗莫伦思与那人的视线之中……

一望见秘色,莫伦思忽地微微轻笑,连忙转换了话题,微微侧头对那人说:"这汉人的宫奴,就是昨儿给你敷药的。侍卫们来报,说你很是喜欢她的手法……恰好这宫奴昨儿刚进宫,还没有个恰当的名字,不如,你帮她取一个吧……"

那人依旧恍若未闻,气氛在一个小的高潮之后又刷地冷了下去。

就在所有人都以为,今儿又将以冷场结束之前,那人忽地幽幽扬声:"就叫——帕里黛吧!青黛即为翠色,倒是衬她……"

肃立于两边的所有宫奴,都是不由得重重一震!

帕里黛!这个名字在他们的语言中,那是有着极为崇高的寓意啊!那素日里冷若寒冰的郎君,不但真的给她取了名字,而且竟然又是如此完美、如此圣洁的名字!

这个新来的汉人宫奴……她究竟有什么样的神奇魅力,能够让那郎君如此另眼相看？！

帕里黛——仙女……

"帕里黛……好，好名字！"莫伦思的一双碧色的眸子，幽光闪烁，玩味地在两个人之间，反复逡巡。

"帕里黛……还不过来，向郎君叩谢？"莫伦思扬声对秘色说。

秘色睃睁。她并不懂得这个名字的含义，她也惊诧于周围的宫奴投来的异样的目光，更是无法理解莫伦思颇有深意的凝视。

听得莫伦思呼唤，秘色来不及思索地走上前去，双膝跪倒在白玉榻前的紫檀缓台之上："小奴叩谢郎君赐名！"说着就要伏下头去，叩头谢恩……

"不！不许你在我面前叩头！"忽听得一声清越却焦急的嗓音凌空传来！秘色一愣，下意识地抬起头来，望向声音的来处……

两泓湛蓝的清泉，漾着粼粼的微波，透过墨黑的发丝，噙满千年的深情、万载的期盼，越过时空，穿过岁月——柔柔，却又坚定地——望来！

纵然岁月变迁。

纵然容颜更改。

纵然四季辗转轮回。

纵然脚步颠沛流离……

却——永生永世不会忘记啊……

不会忘记这湛蓝的凝视，不会忘记这心碎的注目。

不会忘记那幽深难言的情，不会忘记那痛彻心肺的伤……

即便忘了自己，也不会忘了他。

即便失去了声音，也要喊出他的姓名！

身体里所有的力量都乍然失去，秘色身子一软，跌坐于地，蓄满眼眶的泪水仿若喷涌的泉，一颗心早已经不再听从自己而跳动得激烈狂乱——

秘色紧紧咬住自己的唇。

她用整个生命在心底里，默默地呐喊——

艾山！

艾——山……

11. 梨花满地

艾山……为什么会是你？为什么会是你啊？！

你是回鹘的惕隐，未来的回鹘可汗啊！你又是大唐太和公主堂堂的驸马！

就算回鹘势微，就算大唐早已是昨日黄花，但是你依然可以跟随着回鹘国民一同向西退去……那里还有大片的江山，那里也足够自成王国，为什么会沦落到黠戛斯，成了不堪的男妃！

这三年里，究竟发生了什么？你究竟，遭遇了什么啊！

三年前，我的离去，是为了让你幸福，是为了让你幸福啊……可是你却为什么会沦落到如今的境况，为什么让我三年的忍耐与逃离在这一刻尽数化为无用！

上天啊，你何其无情！何其残酷！

当我终于确认了自己的心意，你却安排下我们这样的一场重逢！

好……好……如果我沈秘色合该是被上天诅咒的命运，那么请你至少放过艾山，为什么要将他拉入这个深重的漩涡，为什么要让他背负上这般悲惨的命运！

上天！你已经把陆吟拉入了这浑浊的泥潭，还不够么？还不够么？

难道，难道你真的，想要把所有与我的生命有过交集的男子，尽数拽入这般的泥泞？

如果，真的是我沈秘色前世的罪，那么让我一个人来背，纵然永生永世去赎罪，纵然再不得超脱——我都愿意，我都心甘情愿啊！

为什么不放过他们？

为什么要让他们跟我一起在命运的炉火中煎熬！

秘色浑觉自己的身子只剩下一片皮囊，如破败的叶，萎顿于地，再也没有生机，再也没有力量。

她无法再去考虑目前置身的环境，她看不到高高在上的可汗莫伦思，看不到身周满是惊讶的一众宫奴；她只看得见，那湛蓝的眸子穿过幽深的玄黑直直望来，她只看得见那眸子里光华激滟的凄凉……

此情此景，任谁都能猜到这新来的宫奴帕里黛与那郎君之间，曾经发生过什么。

那绿眸频闪的可汗莫伦思，笑容更加甜美而激滟。他眼角那朵黥面的红花，在笑容之间显得更加袅娜妖娆……仿佛，这一幕极为有趣；仿佛，他极是享受眼前的场景。

就像一个袖手旁观的看客,悠然站立于壁上,只盼望着台上的戏更浓烈,角儿们的演绎更入骨……

莫伦思不禁微微侧过头,凝眸望向艾山面上的神情——他就是爱死了他这般的神情。

那么挣扎,那么无奈,那么憔悴,那么我见犹怜……

只有这一刻,只有这种状态之下的艾山,才是安静而又驯服的。不再对他不屑一顾,不再对他拼死反抗,不再死命拒绝他的存在,不再——重重地撕裂他的心、撕碎他身为一国可汗的尊严!

他爱死了艾山这时候的模样,他简直深深迷恋上这种感觉。所以他不愿放弃任何一个机会,去制造这样的一个场景,看到艾山受挫,看到艾山伤痛,看到艾山无助地虚弱着,看到艾山收起他尖利的爪子……

是的,他爱艾山,就像这世间每一个男人对一个女人的珍爱;但是他又没有一刻敢于忘怀,自己所爱的这个人,不是世上任何的一个女子;他是一个强力的男子,他可能是这个草原上未来最优秀的王者!

所以,尽管爱逾生命,但是他依然要加倍地小心——他是自己最爱的人,更是最危险、最致命的敌人!他要防备他随时可能的反戈一击,他要逃脱藏在枕席之间的致命刀剑!这注定是一段游走于刀尖的激情,充满危险,充满刺激,却也充满——致命的诱惑!

所以,即便明知道艾山是最危险、最致命的敌人,即便是生命的本能提醒他最好远离,但是他仍然如中毒至深的瘾君子,深深沉溺,无法自拔。

这种将刻骨铭心的爱,与势均力敌的敌人集于一身的感觉,天下之大,除了艾山,除了这个他深深地爱了九年的男孩儿,再也没有人能够带给他……

偌大后宫,号称三百六十个洞室,内藏美貌又强健的男妃无数……但是,他们当中,哪一个不是艾山的替身?

为什么要求的男妃必须是既貌美,又要身体强健、稍通武功,还不都是为了去寻觅,艾山所带给他的这种爱与反抗同样激烈的感觉!

回鹘。回鹘!你的王室拥有艾山这样的孩子,既是你回鹘之幸,却更是你回鹘的不幸!

或许你们未来会因为他的存在,而重新崛起于草原,重新拥有一位草原上最强大的可汗;但是,你们现在,却不得不接受这般的命运,被我黠戛斯铁蹄踏破,国破家亡,四处流窜!

不……我黠戛斯从来不是为了觊觎你们的国土与曾经的强盛。那些,如果我想要,我自然能够自己得到——我再次进攻你们的国家,铁蹄踏平牙帐城哈拉和林,为的不过是一个人——我要夺走他,我要他终生成为我的禁脔!

我要独力与你们整个国家相争!你们想要他成为你们的可汗,而我——却想将他变成我独占的禁脔!

洞室之内的气氛,跌入更加诡谲的尴尬。虽然中间夹杂着数十个伺候着的宫奴,可是这偌大的空间仿佛只是三个人之间的小小世界。

只是,这三个人似乎都没有打算打破这段尴尬。

可汗莫伦思默不作声,碧色的眸子笑意盈盈,望望跌坐于地的秘色,再凝神望一望艾山。

艾山的神色之间则更是复杂。湛蓝的眸子里瞬间闪烁过无数中情绪,欢喜、悲伤、痛楚、无奈、欣慰、耻辱、憧憬、绝望……这些情绪中,明明有着彼此之间的冲撞和矛盾,但是却并未因之而相互抵消,反倒是让每一种情绪都更加尖锐,更加鲜明!

秘色是最茫然、最被动的一个。她跌坐在地上,一动不动,身子与心魂仿佛都一瞬间被定格,眼睛只能定定地凝视着白玉榻上的艾山,双眼空洞,表情杳远,在似真似幻之间,面色只剩下一片苍白。

迪丽拜尔望了望这各有所思的三个人,最终决定还是应该由自己打破这片僵局。

迪丽拜尔突然扬声喝止秘色:"帕里黛!你在做什么!你竟然胆敢在可汗与郎君的面前,公然坐于地上!我都是怎么教给你的,难道你全都忘了不成?看我回去不揭了你的皮!"

以迪丽拜尔的身份而言,若想插入这尴尬的局面之中,自然不敢去打扰可汗与艾山郎君。出言呵斥卑微为宫奴的秘色,自然是最安全的办法。

却没想到,此言一出,竟然引来了那平日里宛若寒冰、对万事都不闻不问的艾山的反应!艾山的嗓音柔柔的,恍若还带着一丝隐隐的微笑——是的,如果你抬头看他,他那湛蓝的眸子里似乎真的正荡漾着一丝微笑:"迪丽拜尔……你说什么?你说要揭了她的皮?好啊,等你揭了之后,一定要给我送来,我说不定也找个人,如法炮制一番,学学这剥人皮的法子……"

轻轻柔柔的一句话,却让整个洞室骤然布满寒霜!

这么美的一个人,这么轻柔的嗓音,却说出这般恐怖至极的话!

迪丽拜尔不由得激灵灵打了一个寒战!她发誓,自己刚刚说的话,不过是一个托辞;可是她却知道,那位郎君所说的话,绝不是同样的一个笑话——而是一句言出必行的誓言!

六、黠戛斯

这还是平日里那位沉溺于黑色的孤寂中独自寒凉的郎君么？如今他宛如玄色的宝剑，已经铿锵出鞘，闪出慑人的寒芒！

　　一干宫奴，都被艾山那突然出口的话，惊在了当场！
　　他们不由得忘记了宫廷里的规矩，自顾自张大了嘴巴，呆呆地望着白玉榻上的艾山。
　　大家只觉得自己眼前玄色的光芒一闪，旋即只见艾山披着黑色丝绸长袍的身子已经由白玉榻上立起，直直走下玉榻，走向紫檀缓台下惊若木雕泥塑的人儿。
　　这……还是那个昨夜刚刚遭受过严重鞭笞的病人吗？他还是那个素日里咬紧了牙关任凭可汗凌虐的男妃么？怎地——忽然一夜之间，好像一切都起了微妙的变化，如今看来早已经地覆天翻一般地不同了？！
　　艾山捉住秘色的手，强健的双臂将秘色直接横抱起来，转身望向呆若木鸡的迪丽拜尔，望向依然潋滟着妖娆微笑的莫伦思，仿若宣誓："从现在起，这个宫奴归我保护！有谁敢动她一根汗毛，我会还他十倍、百倍！"

　　艾山黑色的长发，在金色阳光的照射下，无风自舞，仿若黑色的丝缎华丽闪光。
　　艾山湛蓝的眸子，如微波潋滟的水面，深邃悠远，情愫脉脉。
　　艾山昂藏站立的身躯，如参天挺拔的巨树，坚毅豪迈，阳刚闪耀！
　　莫伦思眯起碧色的眸子，心下如春水荡漾。
　　这才是他爱着的那个男孩，这才是自己魂牵梦萦了多年的模样！
　　莫伦思的手掌微微弯曲——他忽然好思念握着鞭子的感觉！让这般强悍的表情，在鞭子的呼啸声中，化作狰狞的伤口，流淌出殷殷的鲜血——仿佛只有这样，才能让他光闪的眸子蒙上雾霭，才能让他倔强的顽抗变相臣服！
　　艾山！你永远是我的禁脔！
　　哪儿都别想去。谁都别想将你夺走！
　　你是我的……你是我不惜毁了一个国家才得到的爱人。为了拥有你，我绝不吝惜再毁掉一些什么，无论那是一个人，还是一颗心，只要她胆敢挡在你我之间，那么——我只能将她捏碎，我必须将她赶走！
　　你是我的。
　　你永远，只是属于我的！

12. 笛吟莲郎

不知道是可汗莫伦思刻意的指派，还是真的一切都只是巧合，每当艾山单独召唤秘色前去伺候，迪丽拜尔总会找到理由，出现在两个人身边。

就算艾山全然不拿迪丽拜尔当回事，但是秘色却毕竟做不到。于是，两个人之间一直没有机会单独交谈。这三年中，回鹘究竟曾经发生过什么？

乌介可汗、玉山、耶律嫣然、太和公主，他们都在哪里，他们是否都还安好……一切的一切，都依然是秘色心底巨大的问号，不得解答。

对于秘色的身份，莫伦思压根儿都没有问起过。

反倒是艾山自己心下突觉莽撞，担心自己的举动将秘色推至明晃晃的危险之下，于是对莫伦思解释说，秘色曾经是自己在回鹘时候的宫奴，后来失散，幸得此番重逢，所以态度有别。莫伦思听了，只是闪着碧色的眸子，潋滟一笑，不答一声……

一切，竟然这般诡异地宁静着。

可是，愈是宁静，便愈透露出叵测的诡异。

这一切，终于在数日后被打破。

一切来得毫无预兆。一切，却又来得情理之中。

陆吟被黠戛斯的达干大人（官职名，意为"统知军务事"）送入宫来……

那一天，所有的宫奴都壮着胆子违反了宫中的条律，撇开各自的岗位，汇集到后宫环绕着山壁外延的回廊之上，向外眺望着那一幕如梦似幻的奇景。

秘色也被古丽拉着，隐身于宫奴群中，抬着眸子向外观望。

那一刻，她还并不知晓是陆吟来到，只是听说又有新的男妃被选送入宫，只是听说这位新来的男妃清雅如莲……

那一刻，天空湛蓝而透明，草原上一片生机盎然。金色的阳光洒满朱红色的山壁，亮紫的牙帐丝绸围墙潋滟着梦幻一般的光晕。天地一片恬静，时光如静静的溪流潺潺流淌。

忽地，有竹笛清音破空而来，浩渺天地，处处轻舞飞花……

飞花清音之中，一匹白色的骏马踏风而来，马上男子身穿月蓝色丝绸长袍，外罩粉蓝色轻纱长衫，飘然的发丝只用一根白玉簪轻柔挽起，在头顶处攒起一朵发髻，状似九瓣清莲……

　　再走得近了,宫奴们惊讶地发现,那粉蓝色的轻纱长衫之上,用水墨丹青之法,绘出朵朵娇莲。墨染莲叶,莲朵粉嫩,墨迹颜料完美地渗入纱线,晕染出满塘清韵,仿佛只要一阵清风拂来,便会有瓣瓣莲花、幽幽莲香扑面而来……

　　所有人都愣住了。

　　笛音、飞花、纱衣、莲郎……究竟哪一个是真的眼前,哪一个是幻在梦中?

　　究竟是笛音清越,恰似飞花曼舞;还是飞花舞来,清雅宛若笛音?

　　究竟,是纱衣上的娇莲让那男子有了莲花的清韵;还是那男子天成的清雅,点睛了纱衣上的荷塘?

　　当,那清雅如莲的男子,抬眸向上绽放一朵笑容,宫奴们才如梦方醒,所有的幻象隐匿不见,眼中心中便只剩下这莲花一般的笑容!

　　若比莲花花亦羞,刚刚从一个迷梦中醒来的宫奴们,便又一头栽入了另一个梦境,梦境中清莲与微笑,比翼旋舞……

　　所有的人,都醉了,醉在这梦境与现实之间的美妙腾挪中。无论是梦幻,还是眼前的现实,竟然都完美得不可思议——这些美妙的感觉都是缘于眼前这个如莲清雅的男子啊!

　　终于,终于,宫中又再次出现了一个极致的男子,可以跟那让可汗爱逾珍宝的艾山媲美。哦不,他们两个又是不能相比的,他们一个来自浓黑的夜色,一个来自光明的白昼;一个似致命诱惑的毒药,一个如涤荡灵魂的清莲……同样的俊美,同样的倜傥风流,同样的摄人心魂——却也同样地令人扼腕叹息……

　　这般耀眼的男子啊,却也不得不屈从于沦为男妃的厄运……

　　应该说,所有的宫奴心里,快乐都是占据着上风的。虽然心知肚明,这清雅若莲的男子,只能是可汗的男妃,但是毕竟可以日日见着这绝色的男子,些些少少也可满足每个女子心底的一缕幽梦。

　　却,除了,秘色。

　　秘色心底重重炸开惊雷!虽然早已知道陆吟会被送入宫中,虽然自己入宫也正是为了营救陆吟而来……可是此时,一切的一切都已经打乱了初时的计划,艾山的突然出现让秘色本来已经不堪重负的肩上,再添重担!

　　艾山。陆吟。两个同样绝世风华的男子,却竟然都跌入了这般的泥潭,究竟该如何相应?

　　孰先孰后,孰重孰轻啊?!

不能让他们沦落入这般的命运,无论如何一定要救他们出去!秘色心底燃起熊熊的火,烧灼着五脏六腑,牵扯出炽烈的疼痛!

尤其是——尤其是抬眸望入陆吟那扬起头来,若有似无朝向自己抛来的一抹笑意,秘色的心便更如直直跌进了烧红的油锅!

陆吟……你怎么了?难道你的心魂已经麻木?你怎么还笑得出来,你难道不知道自己正站在悬崖边上么?一失足就是千古的悔恨,一向前就是永生永世的不得超脱啊!

"可汗来啦,可汗亲自来迎接这位莲郎啦!"身畔已经如痴如醉的一众宫奴们,忽地又是发出了惊呼!

秘色随着她们艳羡的目光回望——帐幕清白若高天流云,丝绸围墙在金色的阳光下潋滟起华贵的紫色光晕。牙帐之前,凝立一人,大红的织锦长袍翻搅起草原上最为亮眼的光芒,碧色的眸子漾满桃花春水,他长长的发丝被一顶绞丝双龙如意金冠轻轻压住,发尾如丝飘扬在草原的风中。最销魂,是他眼角一朵黥面的妖娆红花,花脉袅娜,蜿蜒曼妙,和着他浓丽的笑,艳若招摇的曼陀罗……

身畔,不知是哪位宫奴低低地喃喃:"天啊……他们两个,都好美啊……一个是冶艳的红花,一个是清雅的白莲,如果并肩站在一起,那真是绝美的景致啊!唉……只是,可惜,他们都只能爱着男人,或者被男人所爱,他们的心中永远没有我们这些女人的存在……"

另外一个宫奴接口,同样低声地喃喃:"是啊……如果能拥有这样的男人,我情愿三世当牛做马,只求今生快乐……"

紧接着便又有一个严厉的声音插进来:"你们不想活了!在这种场合说这样不着边际的话,这话一旦传到迪丽拜尔大阿姆或者可汗耳朵里,你们还能保得命在么?!"

身后,又是一阵衣料摩擦的悉悉索索之声,然后——一切重新归于平静。

秘色心下黯然。她们都认定,拥有这般优秀的男子,定然是三生三世的造化吧……可是为什么,自己真的有机会拥有他们,却非但没有半分的快乐,反倒是生生世世不尽的迷惘与惆怅?

快乐与甜蜜,仿佛永远只是蜻蜓点水、萍水偶遇;而随之而来的那些悲伤,才是常驻生命,徘徊心间……

望见可汗莫伦思亲自来迎,陆吟急忙甩蹬离鞍跳下马来,疾步向前,待到三尺相距之时,一撩粉蓝轻纱长衣,双膝跪向尘埃!

随着陆吟膝头向下一弯，秘色的心跟着咯噔一声脆响……

陆吟……你这般，又是，为何？

都说男儿膝下有黄金，更何况是清雅若莲的你！奈何跪落尘埃，奈何跪拜邪君？！

他不是要赏赐给你功名利禄，他是要将你推进无底的深渊啊！你本该明知若此，却又为何甘心折膝？

不过——一切仿佛都要刻意跳脱秘色的愿望，尽管无法置信、不能接受，但是秘色依然只能眼睁睁看着——陆吟双膝扑通跪入尘埃，激起细细碎碎的尘土。粉尘微微扬起，在金色的光晕中，漾成淡淡的光雾……

一颗泪，瞬间跌落。

一颗心，倏然迸裂……

难道一切都不过是水中的月、镜中的花，纵然你清雅若莲，也不得不屈从命运，轻易抛下心底的尊严？！

"哈哈，哈哈……好！好一个如花莲郎！达干大人果然所言不虚！"莫伦思妖娆的笑，沿着他眼角黥面的花，细细绽开。他双臂一托陆吟的双肘，借势将陆吟带至臂弯，两人四目相望，天地云淡风清……

一干人等，都在拼命向前挤着身子，想亲眼目睹这一双天地造化的毓秀璧人，想仔细瞧瞧可汗对这位新入男妃的待遇表情。

只有秘色，无法再看下去，低垂下头颈，黯然转身，从人丛中向后退去。

陆吟……或许此番，我真的来错。

你或许已经接受了这般的命运，或许无法信任我微末的能力，所以你尽管明知我会想尽办法救你，可是你仍然双膝跪倒，亲手接下了这段命运……

我是多么不自量力……纵然我来，纵然我找到了你，在这重重深宫之中，我如何就能救你离去……

陆吟……如果这一切真的是你想要的，是你自己的选择，那么，我也只能接受，只能尊重你的心意……

只是，从此你我便是擦肩的路人……

13. 暗香幽梦

这一夜,终于到来。

后宫里面,人人都知道,可汗莫伦思真的对这位新来的莲郎一见倾心,将豪华程度仅次于艾山所居的洞室,赐予陆吟,并且亲赐洞名"清莲居"。

此等因人赐名洞室的待遇,就连艾山都未曾享到过。

水月洞天,清莲濯波,想来这定然是天上人间了……

是夜,可汗便宿在清莲居。清莲居前后伺候的宫奴都被撤下。

金风玉露一相逢,便胜却人间无数……谁都知道,这样的夜晚,可汗定然不希望有任何人、任何外来声响的打扰。

当迪丽拜尔谄媚地询问陆吟,今夜是否还有额外的什么需要准备的东西时,这位堪比清莲的男子,竟然粉面染红,羞涩地冲着迪丽拜尔一笑:"请大阿姆替我准备一炉香吧……头一夜,我好紧张,焚一炉香或许能帮我定神……"

年过四十的迪丽拜尔,忽觉春风拂面,千花竞放,心下悠悠一荡,嘴里本来流利已极的话语,顿时磕绊了起来:"好,好的!宫里刚好儿有大食国使者贡来的玫瑰水,将玫瑰水放入香薰炉中,以火焚燃,气味更加芬芳,比直接熏香更见效用!"

陆吟又是羞涩一笑:"那,就有劳大阿姆了……"

长长的羽睫柔柔盖住面颊上羞涩的红,像一朵不胜娇羞的莲,半是浓妆半淡妆。迪丽拜尔心跳得好像小鹿,又一想到可汗对待艾山时的凶狂,心下不由得心疼起眼前这位清雅的莲郎,忍不住多了一句嘴:"郎君……待会儿,你一定要顺着可汗啊,无论他怎么对着你,你都不要反抗啊……"

陆吟面上又是一红:"大阿姆……谢谢你。可是,我心里真的很担心,不知道今夜究竟会如何……大阿姆,请帮我保留一点薄面,除非可汗亲自召唤,否则请不要遣人过来,否则被他们听到了……我,我……还有何颜面……"说着双眸中似有激滟闪过,勾惹起迪丽拜尔心中更深的怜惜。

迪丽拜尔望了望陆吟:"好的……别的忙,老奴可能帮不上;但是在这后宫的一亩三分地里,这个小忙,老奴倒还做得了主的……"

这一夜,暗香浮动。

却奇异地宁静。无论是当值的宫奴,还是已经躺下休息了的宫奴,都不自觉竖起

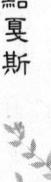

耳朵,向外侧耳倾听。

却——真的没有听见任何激烈的声响,全然不似莫伦思对待艾山的模样。没有懊恼的呼喝,没有低沉的诅咒,没有鞭子策入肌肤的凛冽,甚至都没有浓重的喘息,与压抑的轻哼……

太诡异了,实在是太诡异了……

不过,唯一可以让大家放下心来的是,陆吟没有重蹈艾山的覆辙,没有遭受到艾山所遭遇的命运,一切风平浪静,一切日暖风和……或许,真的是两情相悦,早入佳境了吧。

或许可汗对待艾山那样宛如幽深黑夜的男孩,便会不自觉勾惹出他灵魂深处的狂暴;而面对这样一位清雅若莲的男子,心性便也自然随之平和下来,温柔以待,两情缱绻了吧……

人们多多少少会有丝丝隐隐的遗憾,毕竟耳朵是他们唯一用以窥探到可汗与莲郎之间情事的管道,可是如今这管道却完全失灵,一星半点的信息都没有透露出来,只能让自己的想象力在无穷巨大的世界里,空空荡荡地自行膨胀。

这一夜,大家都在忙着,忙着尽力去倾听外面传来的声音,忙着想象,忙着遗憾和沮丧。所以,没有人留意到秘色去了哪里。她本就是个再普通不过的微末宫奴,再说她又很可能临时被迪丽拜尔派去什么差事,所以她不在,本身或许真的没什么大不了。

秘色的脚步,盘桓在"清莲居"之外,良久。

最终,重重地甩了下头,抛开鼻息间飘满的暗香,抛开心底里宛如撕裂一般的疼痛,抛开——想要不顾一切地跑过去,摇醒陆吟的冲动——转身,向上,脚步轻轻踏上木梯,走上后宫的最高层……

眼前,玄纱漫卷,珠明幽幽,当那极致的黑与白相携着冲撞入秘色的眼帘,一股深沉而巨大的疼痛,便紧紧攫住秘色的心魂,再无放松。

秘色不禁轻下脚步,缓缓、缓缓走向那玄黑鲛绡纱帐轻掩的羊脂白玉床。心疼,百转千回。隐隐望着那纱帘之内熟睡着的人,秘色不舍扰醒他的美梦。

艾山……在黠戛斯的每个夜晚,你都是带着绝望与恐惧的吧?是不是,即便只是这样一个熟睡的夜晚,对你而言,都已经是一种奢侈的愿望?

黑色的鲛绡虽然珍贵,但是它却将无边无际的黑,染入了你的夜吧。面对着那邪佞的可汗,面对着那残暴的皮鞭,没有人曾经帮你,没有人能来救你,只有你自己,孤独地沉沦在无边无际的绝望之中,双眼点入墨色,心魂印满绝望吧……

秘色的指腹忍不住贴着那微凉的鲛绡,缓缓滑动,意念中仿佛在描摹着艾山的眉眼、艾山高挺的鼻梁、艾山柔润的唇……无尽无尽的怜爱,无尽无尽的感伤,她多想,多想自己是三头六臂的神人,能够立时将艾山带走,逃离这人间的地狱,还给他一片光明的人生!

他不该是黑色的孩子啊,他不该背负着黑色的绝望。

这般的绝世俊美,合该激滟在阳光碧空之下!

只能,这般趁着夜色,趁着莫伦思留宿在陆吟那里,才有机会偷偷地前来,望一眼艾山啊……

他长大了……三年多的时光,已经将一个十三四岁的孩子,雕刻成为一个十七八岁的男子……绝世风华更加耀眼,英挺的身姿更为挺拔!

那一天,当自己被艾山横抱起的刹那,她痴痴地听着艾山胸膛中那颗心激越的跳动,那般强劲,那般有力!真的——长大了啊,真的已经是顶天立地的男人了啊!

秘色多想叫醒艾山,好好地看看他,好好地补回这三年的时光,好好地听他对自己温柔地说话,好好地——确认他还爱着她,他也如她一般深深地思念着她……

可是,秘色却不舍扰醒艾山的梦。

拼却自己心伤,也要让他一夜好眠吧……

他背负了太多的苦难,遭受了太多的耻辱,如果能换来他一夜好眠,自己这一点点压抑的遗憾,又算得了什么呢?

即便是这般不堪的境地,即便是这般无法靠近的重逢,不过自己也该感谢上苍,也该学着高兴了吧?毕竟可以亲眼见着他,不是在梦里,不是脑海中疯狂的想象;毕竟可以守着他,伺候他的饮食,照料他的身子,然后保有一个带着他离开的梦想……

这一切,已经是朝向光明的开始了,不是么?

沙漏飒飒,秘色眼见着时间一点一滴地流泻,心下虽然万般不舍,却依然不得不转身,准备离去。

指尖一点点从鲛绡帐上抽离,仿佛心在一丝丝死去。

"秘色,不要走,不要离开我……"艾山突地扬声,一举拦住了秘色的脚步!

秘色惊讶回望,才发现,这不过是艾山的一句梦呓……

秘色心下酸涩地微凉:"你就连梦中都会这般……难道,当年真的是我错了?真的是,我不该离开回鹘,不该离开你的身边?我只以为那是对你好,那是要让你幸福,却到头来一切都成空,反倒在你心底烙下这般的伤痛?……"

秘色拼命忍住泪,再也舍不得迈动脚步,她的面颊隔着玄黑的鲛绡纱帘,细细地、细细地望着那几番番在梦魂中萦绕的眉眼……

终于，忍不住，轻轻、轻轻应和着艾山的梦呓，柔柔地说："我不走，艾山，这一次，再也不会走了……除非，除非有一天，是你再也不需要我，否则，我会一直留在你身边，一直……"

泪，随着话语扑簌而落。

原来，心里一直是这般想的啊；原来，一直想要说出这样的话。

所以离开耶律亿，所以走出陆吟的情，都只为这一刻，都只为说给他听……

幽梦沉沉，暗香浮动，艾山奇妙地沉醉于梦中，不舍醒来。

仿佛，又是回鹘的草原，夏日的阳光在嫩绿的草尖跳跃，笼起嫩黄闪耀的光雾。

雪獒阿萨兰，跳着肥大的身子，追逐着小小的雏鸟。

一个翠色的身影，跃动在光雾草色之间，裙袂飘逸，发辫飞扬。一展颜便是最娇艳的花朵，一回眸已是最深醉的依恋……

艾山多想追上那翠色的身影，多想将她紧紧拥入怀中，将自己的心全然地捧给她，将自己心底涌动的情感全部地说给她听！

好香啊……是草原上的花儿都开了吧，是秘色闪如丝缎的发吧，是自己心底终于盛放了的感情吧，是——这段因为有她而变得完美无缺的人生吧……

多美……

真好……

暗香一梦，但愿千年。再不醒来，永生沉溺。

因为有她……只要有她……

她便是梦，梦皆为她……

14. 男妃宫斗

隔日，莫伦思方下早朝，便赶着来到"清莲居"。这是自从艾山被再次掳回黠戛斯之后的头一次，可汗莫伦思没有赶到他的洞室，而是换到了另外的男妃的住所。

所有的宫奴，心下都不约而同达成了这样的一个共识：宫廷中，新人换旧人之事，终于降临到了艾山郎君的头上……曾以为这样的事情永远不会发生，所有人都知道可汗莫伦思对艾山的宠爱几乎已经到了无以复加的程度。纵然是大唐的玄宗宠爱那艳名播满天下的贵妃，能够做到的程度，不过也就是如此吧……

而艾山郎君的失宠，便也从另一个方面印证了这位新来的莲郎的得宠！是啊，如果这个世间，还有人能够与艾山郎君相媲美的话，那么这个人便是莲郎，而且——只有莲郎……

女人充斥的后宫里，为了争夺皇帝的爱，女人们彼此之间进行着勾心斗角的暗战，面上彼此姐姐妹妹一团和气，案下恨不能将对方碎尸万段……那么，男人的后宫呢？男人们会对女人们的小伎俩不屑一顾，还是——男人们的斗争更加残酷，对于权力的争夺更为贪婪？

用过早膳，莫伦思便命令迪丽拜尔带领着全部的宫奴集合在了"清莲居"，要让陆吟钦点一个随身的宫奴，以便更好地照顾他的衣食起居。

黠戛斯的后宫，所有的男妃，从来没有过这个先例。服侍男妃的宫奴们，从来都是统一作息，遵照着大阿姆迪丽拜尔的指派去做自己的差事。

陆吟，刚刚到达后宫不过一个昼夜，便已经开启了这么多的第一次……看来，可汗莫伦思真的对这位莲郎，情有独钟。

秘色也站在一干宫奴的队列当中，深深低着头，不愿望向此时的陆吟。

陆吟……他已经不是那个藏在自己心底十几年的男子；如今他是黠戛斯后宫的男妃，是正得宠的男妃！

没有一丝反抗，甚至是欣欣然地接受这样的命运……秘色不由得会怀疑，这个男子真的是陆吟么？还是，只是一个拥有着与陆吟完全相同外貌的，另一个人？

迪丽拜尔略带谄媚的嗓音传入耳鼓："郎君，这个叫阿米娜，细致耐心；这个叫穆尼热，弹得一手好琴；这个是艾依兹，最是善解人意；这个是古丽，干活手脚极是麻利；这个是帕里黛……哦，她入宫的时日虽浅，但是已经看得出她心灵手巧……"

秘色乍然听到"帕里黛"，还没有反应过来，他们说的人正是自己；毕竟这对于自己而言也是一个完全陌生的名字，听着这个名字就仿佛是在叫别人……当秘色反应过来，这所说的帕里黛正是自己时，微微抬眸之间，只见陆吟已经轻柔微笑着，站在了自己的面前。

"帕里黛……"陆吟悠悠呼唤着这个名字，眼角泛起层层的微光，问迪丽拜尔，"帕里黛这个名字，是什么意思？"

迪丽拜尔麻利地一躬身："回郎君，这个名字，翻译成你们的语言，就是仙女的意思……"

陆吟的笑容更是潋滟："仙女……好名字啊。帕里黛，青黛之色，便是点翠，字面

六、黠戛斯

与字义合在一起,便可理解为身着翠衣的仙女,真是好意境,好心意……"

仿似无意,又似乎有意,陆吟又追问了一句:"这宫奴的名字,是你给取的么,大阿姆?"

迪丽拜尔羞赧一笑:"呵呵,郎君说笑了。迪丽拜尔是个粗人,没读过几年书,怎么会取来这般风雅的名字……这名字,是艾山郎君给帕里黛取的呢……"

"艾山郎君?"陆吟的笑容更盛,面颊上甚至已经飞起一抹红云,仿似夏日荷塘中最为艳妆的那朵莲,让人不由得想起那句诗,"映日荷花别样红","艾山郎君很喜欢给宫奴取名的么?"

迪丽拜尔并未听出陆吟语气中越来越高亢的情绪,陪着笑说:"哪儿能啊!艾山郎君素日里是不过问这些事的,只是对帕里黛另眼相看,这可是他头一次给一个宫奴取名字呢!"

陆吟的笑在最娇艳之时突然僵住:"第一次取名,便是这样的完美,艾山郎君,果然是费尽了心思啊……"

秘色心底暗暗惊跳。

这还是陆吟吗?

他究竟想干什么!

难道,真的是后宫妃子之间的争宠倾轧,还是为了别的原因?

陆吟……秘色刹那间只觉得眼前的这个男人更加陌生。虽然两人明明近在咫尺之间,可是却感觉彼此的心更远了一程。

陆吟……是我从来没有真的认识你,还是大乱之后的你平添了另一重人格?

陆吟却仿佛已经失去了继续逐个将宫奴们考察下去的欲望,一提衣摆,转身走回莫伦思身边,神色似有微愠:"可汗,我不选了,反正我觉着好的,都已经有了艾山郎君的这座靠山,想来我也是支使不动的了。可汗,您看着给我指派一个也就是了;如果不巧,所有的宫奴已经各有靠山,那索性就不用了吧,我自己还是可以照顾得了自己的!"

莫伦思却似乎丝毫没有受到陆吟愠意的影响,哈哈而笑,仿似眼前这一切是那么地有趣,让他饶有兴趣地看得正开心:"好好,莲郎,那就由本汗给你指派一个……既然帕里黛是莲郎看着中意的宫奴,又恰巧你们同为汉人,那本汗就将她指派给你好了!怎么样,这般安排,莲郎总算满意了吧?"

陆吟不喜反怒:"不,可汗!帕里黛明明已经是艾山郎君赐了名的了,您将她指派给我,那我岂不是得罪了艾山郎君?日后在这后宫中,岂不是再没有了平静的日子可过!"

莫伦思又是哈哈大笑,轻轻揽住陆吟的肩头:"莲郎,看你……后宫的天下,也在本汗的掌中。本汗看重的人,岂会没有平静的日子可过!今儿这个宫奴,并不是莲郎你主动来要的,而是本汗指派给你的,难道还有人敢对本汗的意思心怀不满么?"

莫伦思此言一出,满庭皆惊!

这话,还有人听不懂其中的含义么?此时,还有人会质疑这位新来的莲郎在可汗心中的位置么?

莲郎此举,又哪里是在挑选一个宫奴?他分明是以这宫奴之事,来试探自己在可汗心目中的地位,以这宫奴之事来迫使可汗昭告对他的专宠!

堂堂后宫之中,无论是谁,即便是那曾经被可汗爱逾珍宝的艾山郎君,此时都已经无法与莲郎匹敌!入宫不过一个昼夜,便已经牢牢独占了可汗的心,这位莲郎,果然并非凡品!

秘色抬眸,冷冷望着眼前的陆吟。

干得真是漂亮,果然是曾经万军的将领!深谙排兵布阵之道,更知道该于何时一招致命!

熟读的兵法与战策,在这小小的后宫之间,在一对一的微末战场之间,轻易便会发挥出无穷的效用!拥有这般能力的陆吟,谁能跟他斗?谁能斗得赢!

果真是人才啊……果真永远给自己带来"惊喜"!

秘色心下涌起浓重的悲凉:没有机会在两军战场上亲眼目睹陆吟指挥若定的英姿,却着实没有想到,竟然能在今日,竟然能在这样的场合,一板一眼地看到陆吟的粉墨表演,真个是唱作俱佳,运筹帷幄!

将这等智慧、这般心机,运用在这样的后宫之中,挣扎于这样的权利争斗,真是牛刀杀鸡,大材小用!

可叹啊……

可笑!

如果,换作当初,得知自己能够被指派到陆吟身边,因此而多一些机会相处,多一分可能救他,自己会多么地开心,多么地心潮澎湃!

可是此时,秘色却心如死灰,无法想象与这个全然陌生的陆吟共处,无法接受再要求自己尽心尽力去照顾他的起居。

可是汗命已下，已经无法更改。

秘色冷冷望着陆吟面上得意的笑容，故意扭头，刻意避过了陆吟含笑抛来的凝眸！

秘色心下笼起寒凉的决绝：陆吟……从此刻起，我在黜戛斯后宫的每一个分秒，每一个行动，便再也与你无干。如今我只是为了艾山，我心里将——只有——艾山！

15. 身心专属

这日的晚膳，莫伦思竟然破天荒地让艾山与陆吟两个人一同作陪。

也是啊，这世界上的任何一个人，即便是高高在上的君王，也是不能免俗的吧：拥有这样一双璧人，谁能不希望同时看到他们两个，看到他们同样的绝世风华，同样的俊逸无双，却又是各具特色，各自将属于自己的颜色发挥到了极致……

更何况，看着这般风姿倜傥的绝色人儿，为了得到自己的宠爱而暗暗较劲，甚至——争风吃醋，而他们却都被牢牢地捏在自己的掌心，自己随意的一个情绪的倾斜便会引发他们无边的战火！……哈哈，有意思啊，有意思，人生一世，得此快乐，夫复——何求啊！

莫伦思举起手中的琉璃盏，深深地饮下西域贡来的琥珀色的葡萄酒，醇厚的酒香在齿颊之间悠然流转，一股醺然的醉意兜上心头，真是——酒不醉人人自醉啊。

透过琉璃盏，莫伦思微微眯住那碧色的眸子，眼神迷离着望眼前的两个绝世男子——

一个黑色丝绸长袍贴身勾勒出完美的身体轮廓，湛蓝的眸子如雪山顶上的一角蓝天；另一个则散散地披着粉蓝色的轻纱长衣，纱衣上的墨彩莲花朵朵娇艳，益发显得他整个人，清雅若莲。

两个人的表情，也形成了鲜明的对照。黑衣的艾山，蓝眸凝冰，面含玄色的怒意；粉蓝的莲郎，衣袂飘然，淡淡的笑意仿若白莲悄然盛放。

莫伦思心底滑过畅然的快意，宛若盛夏酷暑里饮上一杯泛着冰碴的山泉，顶着冒火的太阳，让身子的每一个毛孔都激灵灵打过一个甜美的寒战……

一个人的微笑，让他心生喜悦。

一个人的愤怒，则更让他欣喜若狂。

如果这世界上的喜怒都能给自己带来快乐，那么自己何尝不是另一种意义上的世界主宰？

一干宫奴鱼贯而入,捧上肥美的羔羊肉与驼羔肉、醇香扑鼻的奶酪与奶疙瘩、清凉甜美的葡萄酒、香郁扑鼻的奶茶、各色时新的水果、闪着琉璃光泽的精美盘盏……纵然不用品尝,眼前的一切已经是一道绚丽的视觉盛宴。

秘色尴尬地站在陆吟的身后,手指紧紧绞着衣摆,眼神慌乱地躲避着艾山的凝视。

秘色知道,艾山生气了。他毫不掩饰的愤怒,已经喷薄如玄黑色的雾霭,一团团,浓浓地席卷而来!

艾山一定是误会了……他以为是自己甘愿选择了成为陆吟的专属宫奴。艾山可以忍受所有宫奴的小人势利,但是他绝对不能够容忍自己也离开他的身边!

秘色心里低低哀呼:"艾山,求求你,求求你……千万不要这般明显地发作出来;千万不要为了我,而公然惹怒了可汗莫伦思……不要,我不要你因为我,而再受到他的伤害……"

可是艾山的心里却是截然相反的反馈。

秘色闪躲的眼神,手足无措的模样,几乎是她心虚的直接证据!他心里默默地疯狂叫着——

"怎么,秘色,就连你也开始躲着我了么?我的不堪,终于全数被你看到;你心里对于我,是不是再也没有留恋,再也没有爱意,剩下的只是怜悯,甚至是——不屑!"

"是啊……是啊……我现在算作什么啊?我不再是回鹘的惕隐,我不再是那拥有帝王之名的艾山!我甚至,我甚至——都已经几乎不能算作一个男人……一个不男不女的男妃,凭什么,凭什么再去奢望你全心全意的爱?!"

心底的火焰,那玄黑色的火焰,点点燃起,渐成燎原!

酒,恍如无味的水,一杯杯直直灌下,却根本无助于缓解咽喉的干渴,与心底的火……反倒,催得那火,蔓延、蔓延!

秘色的异样,陆吟又岂会不知?

他也自然看得到对面那个黑衣的男子,湛蓝的眸子里渐渐笼起的玄黑雾霭。他叫艾山……他是谁?他为何对秘色这般倾神关注?

陆吟心下也是一阵阵的恍惚。眼前这个黑衣的男子,或者说只是一个刚刚长大了的孩子,他的身量,他湛蓝的眸子,怎么会感觉那般地熟悉?似乎——曾经在数年前见过一个更为成熟的他,见过一双与他一模一样的、只是更为深沉的一双湛蓝眼眸!

他，究竟是谁？！难道不仅仅是黠戛斯后宫里的一个男妃，而是一个与秘色有过交集的男子？

秘色……我与你分离时的那长长的数年时光里，你究竟曾经经历过什么样的事，邂逅过什么样的人？

这个艾山……不，不会的，不应该的；数年前他还应该只是个十三四岁的孩子，他怎么可能会走入你的心防，怎么可能会偷走你的心？！

陆吟借着一杯酒，掩住了自己脸上几乎要压抑不住的惊惶之色。

借着秘色再倾身来倒酒的机会，陆吟索性一把抓住了秘色的手腕，强迫她在自己的身畔坐下："你是我的专属宫奴，你陪着我就够了。斟酒布菜这样的杂事，就交给其他人来做吧……"

秘色本能地挣扎，她不愿意让艾山看到自己被陆吟握住的手腕，不愿意让艾山听到陆吟一再强调的"专属宫奴"的称呼……

可汗莫伦思也是笑着插入话来："帕里黛，按照莲郎的吩咐去做吧……本汗既然已经将你赐给莲郎作专属宫奴，那么莲郎便已经是你唯一的主人。在堂堂黠戛斯汗国，除了本汗之外，没有第二个人有权利支配于你……"莫伦思的话是冲着秘色与陆吟说的，可是话到最后，他碧色的眸子，带着那朵黥面的妖娆花朵，却极轻、极轻地滑过艾山的面颊……

秘色惶惑。不过此时什么所谓的汗命，什么所谓的主仆，在她的心里都比不过艾山面上重重的受伤，艾山湛蓝的眸子里闪过的星碎光芒深深割痛了秘色的心，让她只想着去否定一些，去给艾山承诺一些："可汗！请恕小奴惶恐……莲郎他乃是可汗的爱妃，自然不同于天下其他的主子。小奴乃是大唐汉人，汉人的后宫里，所有的嫔妃都是绝不允与异性私下沟通的，就连后宫中的常侍也都是经过了宫刑净身之人……小奴不敢接受汗命，万望可汗三思！"

这话说得已经足够直白了吧？

一个男妃，偏要指派一个女性宫奴日夜相伴……这怎么可能是可汗想要看到的局面呢？

再就是，秘色想让艾山明白，自己不愿意接受这样的指派，自己根本不想留在陆吟身边！

"哈哈，哈哈……"莫伦思仰天大笑起来，眼角那朵黥面的红花，随着那笑容，丝丝轻颤，妖娆潋滟："帕里黛……记住，这里不是你们大唐，不是你们汉人的天下。汉人的文明是好,但是却也过于束缚人,所以黠戛斯并不尊崇那些劳什子的清规戒律……在我的后宫里,男妃都是我的爱妃,但是我也不会忘记他们本身也是男人……就像本汗偶尔也去召幸几个女妃,所以本汗并不禁绝男妃亲近女色……"

莫伦思碧色的眸子忽然一转,冷若寒冰,狡如灵猫:"不过,男妃被允许亲近的女子只有一个,那就是——他专属的宫奴!一旦被发现男妃另与其他男子或女子有染,本汗就算再舍不得,也只能眼睁睁看着他被乱马踏死,不得相救啊……"

一席话说得在场的几个人尽皆变色。莫伦思仿佛早料到会有这样的场面,于是干脆看都不看向他们三个,而是将眸子凝注在手中的琉璃盏之上,仿佛琉璃盏此时闪耀着的迷离光晕,便是这世间最美的景致……

宛如一团浓黑的雾霭,艾山着黑色丝绸长袍的身子霍然站起,乌黑的长发宛如临风丝丝飘扬。他湛蓝的眸子里已经涌满了玄黑的雾霭,他的嘴角甚至隐隐噙住一抹妖娆的黑色微笑。

绝世的丰姿,玄黑的张力,所有人都被他震慑住,只能呆呆望着他,却已经没人来得及拦在他的身前,阻止他接下来的动作。

艾山隐隐地笑着,坚定地走到陆吟案前,不由分说一把夺过秘色的手腕,转头望向莫伦思,湛蓝的眸子里玄黑的雾霭飘渺成妖娆的冶艳:"可汗,原来黠戛斯后宫的男妃,还拥有这般的待遇啊!为何,可汗您却从来没有对我提起过呢?不过,好在一切都还来得及;好在是莲郎的到来,让我也有机会同享这般的福利……"

说着,艾山便直直将唇吻上了秘色的手背,笼着黑色雾霭的眸子转回凝望住陆吟:"莲郎,你知道帕里黛的名字是我给取的吧,也就是说,我已经早一步宣示了对她的拥有。真可惜,你晚来了一步……"

看着艾山毫不避忌地将唇吻上秘色的手背,陆吟的心底怎么可能不惊怒顿生!

他也站起身来,平视艾山的眸子,清雅的面上寒意隐现:"晚了么?我倒不这么觉得……既然是可汗刚刚将这项待遇对你我明言,那么你我便是站在同样的起点。再说,可汗已经口谕将帕里黛指派给我,我想,艾山郎君定不至于公然违抗可汗之命吧?"

艾山淡淡地望了一眼陆吟,湛蓝的眸子里涌满暗流:"可汗的口谕……那么我只好跟可汗请罪……"说着,艾山转向莫伦思,"早在三年以前,帕里黛已经是我在回鹘的专属宫奴。她的身子,夜夜都在我的怀中;他是我生命中第一个女人,我对人事的了解便是由她教导而来……可汗,这个宫奴我是断然不会放弃的!就算要为此违抗

353

六、黠戛斯

您的汗命,我也绝不放开她的手!如果可汗你要怪,那么就杀了我吧,现在!"

16. 心苦为谁

回鹘?

专属的宫奴?

第一个女人……

夜夜在怀!

艾山的一句一句,宛如一个个重磅的惊雷,咔嚓咔嚓爆响在陆吟的心湖。

一直只是觉得艾山眼熟,却又肯定不曾见过他,如今听他如此说来,心下忽然省悟——他是回鹘的惕隐,那么定然便是乌介可汗的儿子!

为什么,为什么会这样?

当初秘色被乌介可汗掳去,归唐之后又被再次从自己身边劫走,陆吟便只将乌介可汗当做心中的那个敌人。却没想到……绝没想到,如今,就连乌介可汗的儿子都已经要跟自己争夺秘色!

秘色,那几年中,你究竟曾经历过什么啊?!为什么,为什么会成为艾山的第一个女人,为什么会把身子和心都失落在了他的身上!

他还只是个刚刚长大的孩子啊,他如何能保护得你,如何能负担得起你的情与爱!

曾经,我只要你幸福,甚至可以接受你随乌介可汗而去的事实,我宁愿带着伤心转身离开。甚至,甚至后来到了契丹,亲眼看到那一代雄主的耶律亿对你的一往情深,于是我甘愿与他结下三年之约,只是远远地望着你,却不走近你……秘色,我心底里对你的爱意,已经快要压折了我的生命啊,但是我一直忍耐,一直等待,如果是那般优秀的男子,如果他们能让你幸福,那么我真的情愿退开,情愿拱手将你相让,只要能够遥遥看到你的笑容,遥遥获知你的快乐……

可是,为什么,为什么你却会选中眼前的这个孩子?

他身上浓重的玄黑,与生命如影随形,他心底埋藏着太多的压抑与绝望啊;他如何能让你快乐,如何能将你带入阳光之下?

秘色……如果真的是他,那么我便要收回前言,我不想再拱手将你让出,我要把你——夺回身边!

陆吟心思飞转之时，黠戛斯可汗莫伦思却是死死捏住手中的琉璃盏，惊怒若狂！

不过是为了一个女人，不过是为了一个小小的宫奴，艾山他竟然敢用他的性命与自己博弈！

早就看出，这个新入宫的宫奴与众不同……那会子的乍见之下，所有的宫奴都是倾身避让，只有她跪在那里，如一株恬静却又柔韧的芳草，定定扬眸，直直望向自己！虽然眸子纯净，眼神清白，但是身为一国可汗的自己，竟然忽地心底为之惊跳！自己，什么样的战阵没有见过，什么样的惨烈没有经历过，那一瞬却为一个跪倒在地的小女子、微末的一个注视而心下惊跳……这，或许就是一种注定的孽缘？

果然，所有的预兆都不是空穴来风，接着便传来艾山为了一个新来的宫奴，而乖乖地同意敷药，甚至主动要求食物了……莫伦思心下的暗影更重，却依然不甘相信，于是更要一步一步试探于艾山……

试探艾山……却到头来，真正惊怒心痛的人竟是自己！贵为堂堂黠戛斯可汗的自己！

一个小小的宫奴，就算她曾是艾山的宫奴，就算她拥有独特不群的气质，但是依然不过是捏在自己手心的一只蚂蚁啊。只要自己想，只需轻轻合拢自己的掌心，便可以轻而易举地将她捏碎！

所以，说实在的，就算感到了威胁，却也从来都没有将这个宫奴帕里黛放在心上。大不了将她赶出宫去，甚至杀了她也是易如反掌，却没想到——却没想到艾山他竟然能为了她，以自己的生命相搏！

不过是一个宫奴啊！就算是艾山你的第一个女人，但是生在王室之中，哪个王子身边没有过几个这样的女人？！

她凭什么就得到你这般的情根深种？

你怎么敢就为了她，而与自己以性命做赌！

莫伦思紧紧捏住自己手里的琉璃盏，他真的想索性站起身来，将手中的琉璃盏摔在艾山的身上，顶住他的威胁，称了他的心愿，吩咐四下，拉上他们两个，拖出去斩！

让他看看，自己是谁；让他知道，他不过是自己的一个宠物，根本没有资格跟自己叫板！

可是——莫伦思他自己所能做的，也不过是死死捏住手里的琉璃盏，让心中所有的怒火都发泄在琉璃盏上，将琉璃盏当做艾山那根可恶的脖颈！

是的……是的……莫伦思不得不颓然地跟自己承认——我舍不得他！我舍不得他！

我可以为了他毁了一个国家，可以看着无辜的生命在刀光马蹄之下血流成河，可以听着满耳的妇孺嚎哭而无动于衷,却偏偏——舍不得他!舍不得杀了他!!!

莫伦思死死攥住琉璃盏,深深地闭眸,尽力不想泄露出自己太多的情绪。

"呵呵,呵呵……"莫伦思忽地仰天大笑起来,之前的心魂挣扎仿佛一扫而光,"艾山,你在说什么呢?本汗怎么会为了一个卑贱的宫奴,而要了你的性命?!"

莫伦思说着扯起艾山的手,又走向陆吟,用另一只手也拉住陆吟:"艾山,莲郎!你们都是本汗最心爱的人啊,又何必为了一个宫奴而这般伤了和气!如果你们两个再这样,本汗索性将这宫奴赶出宫去,或者你们两个谁也不给!我好好的一对璧人,为了这么一个宫奴,又怎么值得!"

莫伦思的语气缓缓轻柔,他碧色的眸子又是春风荡漾,但是陆吟与艾山却都感受到了脊梁沟的一股寒凉!

莫伦思的威胁,艾山和陆吟自然都听得懂了——如果他们两个再这般争执下去,那么莫伦思索性除掉秘色这个导火索!

艾山最先反应,眸子紧紧锁住莫伦思:"可汗!这不关她的事!都是我与莲郎之间的问题,要罚也要罚我们两个才是!"

莫伦思玩味地望着艾山,深深深深望入他湛蓝的眸子:"想让我不罚她么?其实,好办……只需要艾山你,肯跟我低头……我甚至可以为了你的低头,去好好跟莲郎商量商量,让他同意将帕里黛让给你……艾山,这应该是你非常想要的吧,难道你真舍得让你的第一个女人成为他人专属的宫奴吗?"莫伦思脸上的笑意如花绽放:"艾山,想要她的话,就向我低头吧……"

莫伦思说完,看都不看一眼艾山,自顾笑意潋滟地仰起头,一口饮尽玻璃盏中的葡萄酒,神色陶然。

秘色惊讶地望着可汗莫伦思。

他要艾山向他低头……

什么意思?

他到底,想要什么?

他是黠戛斯堂堂在上的可汗啊,黠戛斯的一切无不在他的掌下,他想要什么只管信手拈来,为何他却要如此大费周章地要艾山向他低头?!

不期然,初入后宫那晚,生生敲入耳鼓的那凛冽的鞭笞声再度跃入脑海;艾山背上那纵横狰狞的鞭痕,漾着殷红的血色,淋漓着扎入秘色的心魂!

难道——难道艾山一直没有从了莫伦思?

所以莫伦思才会凶狠地鞭笞艾山,以发泄心中的愤恨?

那么——现在,他所要艾山付出的低头,是不是便是意味着——让艾山放弃抵抗,终究委身于他!

金红色的一个炸雷,炸响在了秘色眼前,轰鸣的雷声与耀眼的光芒,震得秘色心魂一片苍茫,脚步趔趄着向后倒退了几步!

她本能地拉住艾山的衣袖,艾山便也立即用自己的掌心回握住秘色的手。秘色指尖的冰冷,让艾山回眸凝望。

秘色凄惶地望住艾山,摇头,再摇头,心里默默地呐喊着:"艾山,不要,不要答应他!就算他将我赶出后宫,就算他将我指派给别人,都没关系,你都不要为了我而答应他!"

艾山望住秘色,湛蓝的眸子清光流溢,之前那浓黑的雾霭都已不见,只剩下眼底激潋如波的深情。

他在笑……秘色看得到,他在笑……那是世间绝美的一朵微笑,一经绽放便已经是风华无限!

秘色只觉艾山握住自己的手紧了一紧,似是一种安慰,又似是一份昭告。

秘色望着艾山,想从他的表情中找到答案。却忽地,自己的手被抛开,艾山几步走到了莫伦思身前,一撩衣摆,"扑通"一声跪了下去!

秘色惊痛!

再也顾不得周遭,听凭一颗颗滚烫的泪,重重跌落!

莫伦思惊喜地望着长身跪在自己面前的艾山,碧绿的眸子里波光激潋!

他惊,他喜!艾山,他竟然真的跪倒在自己面前,那岂不是等于接受了自己的感情,自己终于可以完全拥有他了!

可是——莫伦思却又恨,又痛。因为,艾山的这个决定并不是出于真心的情感,而是为了这个女人,为了一个再卑微不过再普通不过的宫奴!

反倒是艾山,面色平静,眸光清朗,面颊上带着难得的淡淡的微笑,坦率地凝视着莫伦思:"可汗……艾山向您低头。只求,可汗能够容许帕里黛留下,留在我的身边,可汗所有的要求,艾山都将竭力相迎!"

秘色终于忍不住了,她扑上前来抓住艾山的衣袖,摇着头,痛哭失声:"不!艾山,不!"

艾山回眸,笑望秘色:"别哭……这不是我此时的心愿,而是我三年来一直的心

六、黠戛斯

357

愿。那个元日，我对天地发誓，如果再次找到你，我一定再不让你离开我的身边，除非我死，无论付出何样的代价！"

问莲根，有丝多少，莲心知为谁苦？
拼今生，对花对酒，为伊泪落……

17. 花香暗袭

这一夜，可汗莫伦思大失常态。

迪丽拜尔带着一干宫奴，伺候着莫伦思更衣，结果袍子选了一件又一件，却都无法让莫伦思称意，惹得莫伦思狂性大发，亲手撕烂了数件价值连城的袍子！

莫伦思的怪异，让所有的宫奴全都噤若寒蝉，深恐自己一个不小心便惹祸上身，触怒了可汗丢了性命！

不过，老资格的宫奴们，对莫伦思的狂性大发倒也并不奇怪。

今夜，将是莫伦思与艾山的第一个夜晚啊……那个孩子，终于低下了他高贵的头颅。尽管明明知道这一低头将意味着何样的命运，但是那孩子竟然带着满面的微笑，眸子里荡漾着温暖的快意，欣欣然地接受了这一切……

只不过是为了一个女子，那曾经连皮鞭都不能使之屈服的孩子，竟然这一次心甘情愿地双膝跪倒，心甘情愿地捧起那不堪的命运！

盼了多年的梦想，就在眼前，就算是贵为可汗的莫伦思，也难免会这般地狂躁与紧张吧！

九年的等待，终于即将成就一宵春梦，所以才会这般地挑剔，这般地在每一个细节都要力求完美啊！

此时的莫伦思，还哪里是一个高高在上的可汗，他分明是个情窦初开的毛头小子，搜尽箱箧，只为寻得一件好看的衣衫，好穿着去见心上的人儿，博得那人儿的赞赏一笑……

这样的心情，可汗与平民相同。

这般的心境，不论男儿或是姑娘……

这人世间的情与爱，从盘古开天地，便注定是一段波折的路吧。拼尽心痛，流尽眼泪，荡气回肠，百转千折……

也正因为这样的波折，才造就了它的美丽，才让它千万年来一直让人们所痴痴吟咏。

而秘色,就更是几要思虑成狂!

她坐在艾山洞室之外的原木楼梯上,眼见着夜一步步到来,眼见着艾山将一点点走向悬崖的边沿,自己却完全没有了主张,更全然没有任何的力量!

怎么能眼睁睁看着艾山屈从于莫伦思!

怎么能让他为了自己去断送未来的人生!

他该是风华绝世的完美少年啊,他应该自由如高天上的流云,他应该华美如苍穹间的朗月!他不该成为一个不堪的男妃啊,他不该沦为另一个男子的禁脔!

该如何救他?

该如何逃过今夜?

秘色浑身禁不住因为高度的紧张而微微颤抖,手脚宛如浸入冰水般彻骨寒凉。

怎么办?怎么办?

身体的不住颤抖影响了秘色的思维,她忍不住将手指挤入牙关之中,用牙齿紧紧地咬住颤抖着的指节,想让它们安静下来,想让自己的思维更快地运转!

"噔噔噔",原木楼梯上传来急促的脚步声响。秘色的心猛然惊跳,难道,难道莫伦思他这么早就上来了!

秘色紧张地站起身来,垂死挣扎一般想要做最后的阻拦,却意外地发现从下面攀上台阶而来的人并不是莫伦思,而是——陆吟。

秘色的面孔更加苍白,冷硬地将头别转过去,既然已经躲不开,便宁愿当做没看见。

陆吟……他在秘色心目中的形象已经全然颠覆。他现在已不再是秘色心中那个笛音清越,气质如莲的男子;而是一个趋炎附势的男妃,一个甘心情愿出卖身体和灵魂的小人!

秘色的反应,重重刺痛了陆吟的心。他的眼眶里燃烧起一串火热,心底缭绕起无边无际的疼。

就在即将擦身而过的瞬间,秘色忽然感觉自己紧握的掌心被塞进来一个冰凉滑腻的东西,秘色刚想出声询问,却听得陆吟急促地低声阻止:"别抬头!听我说,跟迪丽拜尔要一炉熏香,最好要些玫瑰水,然后将这个洒上去,放在艾山的榻边……"

正说话间,恰好有一队宫奴鱼贯而过,各自手中捧着崭新的衣袍与洗漱之物,送上艾山的洞室而去。

陆吟与秘色之间急忙分开。陆吟嘴里还不慌不忙地说着令秘色莫名其妙的话："艾山郎君这般得宠，换了我也会选择跟着他的，对不对？不过，帕里黛，我要你记住，总有一天你会后悔今天的选择。我一定会比艾山更得宠，你等着看！"

秘色压抑地瞪大眼睛，望着陆吟；却发现陆吟虽然面对着自己，可是眸子却向侧后方留意着身后走过的一众宫奴。直到确定宫奴们都已经走远，方才将视线调转回来，重新望向秘色，眸子里闪烁着一片宁静的清波。

陆吟再用眼睛示意了一下秘色手中的东西，继而一个清雅的微笑，然后转身离去。

待身边再也没有了人，秘色才展开手心。一个小小的白色瓷瓶躺在那里，瓷瓶上早已被自己的紧张的手，握出了微凉的汗水。

秘色极快地将瓷瓶塞子拔下来，嗅了嗅——一股甘洌的花香，直冲胸臆，神思不由得一阵恍惚，仿佛入梦。

秘色心下一荡。握住瓷瓶，望向陆吟的背影消失的方向，眼波粼粼。

这一夜，格外地宁静啊……

阵阵花香，袅袅随风，艾山的洞室中，一片醉人的宁谧……

那狂傲不羁的艾山，终于还是臣服了啊……从他的洞室里，第一次难得地没有传来任何鞭笞的凛冽之声，唯一随风而来的，只有那沁人心脾的花香，让所有的人，闻之心醉……

花香幽夜，芬芳怡人啊，于是后宫中所有的人，也不觉都跟着放松了下来，陶陶然陷入自己的梦里，去寻找情窦初开时，邂逅的那个人……

所以，就算还有几个当值的宫奴，当恍惚中似乎觉得视野中有黑色的身影一闪而过时，也只以为是自己睡眼朦胧看错了呢，又或者只以为那不过是一只偶尔飞过的大鸟吧——这么高的山壁，这么守卫森严的宫禁，除了天上飞着的鸟儿，还会有谁有这个本领纵身来去呢？

可是，如果这一夜没有这诱人的花香，如果当值的宫奴能努力用视线追随这个黑色的身影片刻，便会发现许多的不同：那身影从高峭的山壁纵身而下后，并未如普通的鸟儿一般驭风滑翔，而是直直地坠落在地，变作一种飞奔的姿势……鸟儿何时也学会了如人类一般的飞奔么？

这一夜，所有的人都在花香的抚慰之下，甜美而怡然。

可汗莫伦思也深深地沉入了自己的梦境，神思朦胧之间，竟然仿佛时光倒转，自己回到了十一年之前，回到了那个还只是草原上一个小小部族的黠戛斯时代。

那一年，称霸草原的回鹘帝国正是春秋鼎盛，适逢初登汗位的乌介可汗寿诞之日，草原上所有受回鹘辖制的部族纷纷派员前去恭贺。弱小的黠戛斯，更是由可汗亲自成行。那一年十六岁的莫伦思也在父汗前去道贺的队伍当中，一起走进了那富强与繁盛的回鹘帝国。

就在回鹘的牙帐城哈拉和林，就在乌介可汗无比尊贵的牙帐之外，百无聊赖的莫伦思竟然发现一双完美得仿佛天神下凡的孩子。一个黑衣、一个白衣，却长着一模一样的面容，闪着一模一样的湛蓝的眸子！

莫伦思那一瞬间，顿时惊讶成木雕泥塑。天地幽幽，时光静止，他的眼中心中只剩下了那一双完美至极的孩子！

问了人才知道，原来这一对完美的孩子，竟然是乌介可汗的惕隐！他们是回鹘未来的王位继承者，他们将是未来的草原之王！

那一瞬间，曾经对这个世界全无欲望的莫伦思，胸膛中忽然翻涌起一股陌生的情绪！他好想再强壮一些，他好想手握强力的皮鞭！他好想统令整个世界，他好想——将这两个完美的孩子，纳入自己的控制之下！

这是一种奇异的感觉。

这是一种从来没有过的渴望。

这是一份蓦然间滔天而起的巨大野心。

这是一份猛然之间才意识到的燎原情愫！

怪不得，十六年来对父汗所极力促成的几桩亲事毫无兴趣，对于主动投怀送抱的部族女子全无热情……原来，原来他的心里燃烧着迥然不同的火焰！

他不要世间那些女子，即便再美也无法进驻他的心房！他原来一直在等待这样绝世的孩子出现，等着他们来占据他的心房，等着他们来完满他孤寂的人生！

于是，莫伦思回到黠戛斯之后的第一件事，便半是劝谏半是胁迫地让父汗禅让了汗位给自己，接下来便是颁布了一系列穷兵黩武的国策！于是乎，黠戛斯几乎在一夜之间长成了军事力量极其发达的畸形国家，整个国家机器的矛头始终指向位于它东南方向的回鹘！

于是，那时候的两年之后；也就是现如今的九年之前，身为黠戛斯新任可汗的莫伦思，迫不及待地带领着倾国的兵力不计代价地第一次冲入了回鹘帝国的牙帐城哈拉和林！

回鹘的国土、财富、女人、牛羊……这些全都不在莫伦思的眼里。他想要的，只是那一对完美的孩子。从来如此，一直如此！

于是——那一对孩子成了回鹘的质子。

六、黠戛斯

于是——自己不计群臣劝阻地轻易从回鹘撤了兵。

什么趁机夺取回鹘之地，什么趁机称霸漠北草原，那些都有什么用，那些都能给自己带来什么快乐！他只想好好地守着这两个完美的孩子长大，等着他们变成他心目中完美的人儿，等着他们接受他藏了许久的感情……

可是——两个一模一样的孩子，心性上却有那么大的反差！

尤其是那个黑衣的孩子，永远瞪着一双警惕与警告的眼光看他。不许他靠近那白衣的孩子一步，甚至时常露出自己的爪尖，做出以性命相搏的姿态！

有趣啊……有趣……莫伦思从那黑衣的孩子身上看到了他与自己之间那么多隐隐的相似。

渐渐，渐渐，目光开始集中在黑衣孩子一个的身上，心也在不知不觉中，偷偷沦陷……

后来……回鹘经过上一次的被袭，竟然在契丹的帮助下，奇迹一般地复苏。黠戛斯毕竟还不够强大啊，莫伦思忌惮于回鹘与契丹的联手，而不得不放那两个孩子暂时归去！

他们正要长大，他却不得不眼睁睁看着他们离开。那种痛是最是伤人，那种痛甚于死亡！

于是，于是黠戛斯再次奇异地壮大，终于在一个元日刚过的冬日，再次踏破回鹘，以全部回鹘人的性命为胁，重新掳回了让自己心心念念的黑衣少年！

艾山……

原来爱你，早已成为我生命的归宿！

18. 怆然梦碎

黠戛斯后宫的一众宫奴们，已经多久没有见过可汗莫伦思有过这般开心的时光了？

他碧绿的眸子不再漾满质疑的冰冷，他的微笑不再如浮在水面的无根浮萍，他眼角的黥面花朵不再随着他的笑而神经质地跳动……

每一个人都看得出，可汗现在正沉浸在美梦得偿的幸福之中。他对于艾山的宠溺，更为张扬，更为随心所欲……甚至，近来莫伦思索性连山下的牙帐都再懒得去，把公事统统搬回后宫，就在艾山的洞室里接见那些有事禀报的臣子。

夜晚，莫伦思更是夜夜宿在艾山洞室之中，于是便会夜夜有袤娜的花香缭绕于整个后宫,带给后宫中的每一个人,酣然的好梦。

这宁静而甜美的幸福,柔柔的包围在后宫每一个人的身边,让大家有一种渐渐滋生的错觉,真的希望这样的日子永无结束,真的希望再也不走出这个美丽幸福的小小天地。

管它外面的世界会有多少风雨。

管它牙帐之中还有多少的政务。

温柔乡、鲛绡帐,从来都是英雄冢,纵然万千豪情,都会寸寸成灰。

更何况,莫伦思对于这个世界所有的野心,不过都是因了艾山而起;如今艾山已在身侧,何必还要去争夺那块本来就不关心的天下?

所以,即便是听说,远在东方的契丹已经正式建立大辽国,耶律亿正式登基为大辽国皇帝,莫伦思也只是对这条信息点了点头,丝毫未以为意。

甚至,就算是听说黠戛斯国内,因为今年的大旱,造成牧草、牲畜的大量死亡,莫伦思也根本没打算降低子民的赋税。因为他要养活自己手下庞大的军队,他要保证黠戛斯足以傲人的军事力量,这样才能够确定,即便百足之虫的回鹘异日再来反攻,也依然能够将艾山牢牢地留在身边!

只有一条讯息让莫伦思皱了皱眉。说的是,回鹘之民,分成三路向西撤去,如今分别又在高昌、葱岭、河西建立起了三个政权,正在励精图治,聚拢流民……

不过,好在那一切似乎还都很遥远,对于这强大而奢靡的黠戛斯后宫尚构不成任何的威胁。

如果有那个心思去杞人忧天,倒不如好好地珍惜目下的日子。

——逞毕生愿,怜取眼前人……

可是,这个人世间,许多的事情就是这般地故意与愿望相违。

一个雄才伟略的男子,一旦夺取了天下,最大的梦想不过是养蓄起丰盈的后宫;可是,一旦他沉溺于后宫,疏略了朝堂之上的政务,那么他的天下便也已经敲响了警钟……

你弃了天下,天下又岂会不弃你而去?

都说天下是一人之天下。普天之下莫非王土,率土之滨莫非王臣,但是真正能主宰天下的却往往不是君王。正如唐王所说,水能载舟亦能覆舟,所以没有谁人的天下能够千秋万载,一旦你不再是顺应天心民意的,那么平日看来最为卑微渺小的臣民,便会成为出鞘的长剑,锋芒寒凉!

一切毫无预兆地,就在又一个花香缭绕的夜晚,就在人们又畅意地进入了甜美的梦乡时,这个本来清朗的夜晚,忽地平地卷起了大团大团的乌云,层云叠嶂,重重翻卷,终至——攀升包围了整个牙帐与后宫,将后宫的山壁紧紧环绕!

待到守卫牙帐与后宫的侍卫发现,这团团的乌云其实是一群群身着黑色衣裳的士兵,就连那在月光之下会泛出寒芒来的刀剑,也事先涂抹了黑色的漆料,以不暴露他们的身形!

一切,看来早已经有了周密的计划,务求一击致命!

所以,当守卫的侍卫们发现之时,整个后宫早已经被黑衣人占领,就连侍卫们自己都已经被重重地绑缚住,落入了他们的掌中!

一切,在迷离的夜色中,在氤氲缭绕的花香之中,悄然而又迅疾地改变了模样!

当黑衣人团团涌入可汗莫伦思视野的时候,莫伦思正躺在艾山的白玉榻上,倾天漫地的玄黑鲛绡纱帘,将身畔的春光旖旎与帘外的萧瑟肃杀朦胧却又截然地隔开,让莫伦思睡眼朦胧之中一时回不过神来,以为这依然是在梦中,或者将大团的人群当成了前来伺候更衣的宫奴。

莫伦思决定不去管那些不相干的人,他兀自凝眸望身边的艾山。他似乎还在梦中,上身遒劲却又光滑的皮肤半隐半现地裸露于空气中,黑色的长发如湿润的海藻,蜿蜒披覆其上。

醉人的花香依然从榻边的"鎏金国富天香万宝牡丹熏香炉"中袅袅升腾,香烟如婀娜的腰肢,细而妖娆。这甜腻的香仿佛给了艾山一个更为幽深的美梦,让他的红润如菱的唇角微微向上翘起,长长的黑色羽睫柔柔盖在颧骨之上,颤颤地投射出一片黛色的荫影,难得地给平日里永远冷硬的艾山,涂抹上了一笔柔嫩的光晕。

莫伦思的心,阵阵悸动。如果能用江山,换来此刻的永恒;如果有人真的能给他这样的保证,那么他定会,毫不犹豫地去做这个交换。

眼前,江山的威胁已然到来,莫伦思的心底却奇异地全无一点惧意。他只是想着,不要让刀光血影惊碎了艾山的梦吧,梦中的他,真是美得让人心折……

莫伦思坐起身来,轻轻撩开玄黑的鲛绡纱帐,朝向外面黑压压的人群,将食指竖在自己唇前,做了一个嘘声的手势。甚至——他还在朝向众人微微轻笑着,碧绿的眸子轻轻眨着,像是在做一个游戏,希望游戏的伙伴帮着保守一个约定……

所有的人都愣住了。这不是想象中刀光剑影的弑君场面,自己这群人,好像是莽撞地闯入别人梦乡的唐突小子,这会子只能呆呆地依照莫伦思的指令行事,僵硬地摆着准备进攻的架势,却不敢稍动,不敢出声。

莫伦思回身,眼神迷恋地望住艾山,深深凝注。

一缕不听话的海藻长发,从艾山头顶滑落,搔过艾山的脸颊,引得艾山在梦中低低地嘟哝。

莫伦思笑了,笑得柔肠百转,笑得宠溺满溢,他悄然伸出指尖,极尽轻柔地将那缕调皮的发丝移开,指尖无限留恋地从艾山颊边掠过……

继而,转身,决绝地扯过殷红如血的长袍,披覆于身,另一手径自抓住枕边的长剑!

一见莫伦思从容地穿戴齐整,手握长剑从鲛绡帐中走出,洞室内黑压压的人群不禁一阵无声的骚动,各自握紧了手中的兵器,心中如临大敌!

甚至,随着莫伦思向前每走一步,黑压压的人群便随之向相反的方向腾挪几分。

人们几乎忘记了……整个洞室中,莫伦思是只有孤身的一个人,而黑衣者则是百倍!甚至,整个后宫,整个牙帐,都已经成为了黑衣人们的领地,洞室之外的人更多,多到就算一人一招,也活活会将莫伦思累死……

莫伦思却依然在笑着,他碧绿的眸子转过为首的几个人——即便他们都用青纱蒙了脸面,但是他们的眼睛却泄露了他们的身份——达干大人,那曾为他莫伦思掌控全国兵权,统管兵事的达干大人,同时也是将莲郎送入宫中以谋晋身之人。也只有他能够如此迅速地集结起这么多的士兵,并且如此战备有素地无声无息之中攻下守卫森严的牙帐和后宫!

莫伦思的碧眸又是一转,面前一个黑衣人的头巾戴得松了,隐隐露出他独树一帜的髡发造型——莫伦思心下轻笑,原来,契丹人也来了,契丹的野心绝不仅仅是东北一隅,从他们将触角伸入回鹘之日起,便可预料到今日的到来——只不过,没想到,最终成就契丹横领东西方之野心的并不是曾经的回鹘,而是他自己的黠戛斯!

内应,外合,看来这是早已布好的局。一切既然已经如此隆重地拉开了帷幕,那么便绝没有随意中止的可能。

只能到达那个终点。只能有一方付出性命。

莫伦思妖娆一笑,碧绿的眸子在殷红如血的锦袍之下,闪着幽邃如萤火的光芒。

莫伦思再次向洞室内所有的人做了一个噤声的手势,继而平摊手掌指向外间,引导着所有的人跟随着他淡定的脚步向外挪去。

虽然生命攸关之际。

虽然数百人同处室中。

虽然剑拔弩张一触即发！

可是一切，却都发生在寂静无声之中，温柔得好似都不忍惊醒白玉榻上那个绝世少年的美梦。

渐渐转出洞室，外面的空间愈发宽敞，于是黑衣人便出现得更多，草草看去，也足有五六百人。

莫伦思又是淡笑，眼角滑过众人身后站立着的秘色与陆吟。

秘色满面忧色，急惶地望着艾山的方向；而她身边的陆吟，则微微垂眸，全部的心力都凝注在秘色的身上，仿佛这个世界没有站满手执刀剑的黑衣人！

莫伦思的笑靥愈益娇艳，他忽地看懂了这个局的劫点。

达干大人费尽心机地送这个莲郎入宫，那个宫奴恰好在莲郎入宫日期的前十天入宫……那宫奴成为了艾山的专属宫奴，每天负责艾山的衣食起居，就连榻边的熏香也是她每晚亲手点燃……

花香缭绕，一梦千年啊……原来那个情报来得并不是毫无用处，那个宫奴帕里黛不仅仅曾经是回鹘的宫奴，更重要的是，她来黠戛斯之前，是从契丹而来的啊……

莫伦思的笑又潋滟了三分。真的没想到啊，真的没想到，堂堂黠戛斯的可汗，竟然没有看穿一个卑微的宫奴，竟然将自己的一切葬送在了一个毫不起眼的女子之手！

莫伦思碧绿的眸子里猛然闪过一丝寒光，他手握长剑霍地拧身而起，全然不顾身边黑衣人可能随时发动的进攻，凝注起全身的力量，长剑——直奔——那一袭翠衣的女子！

电光火石，所有人都没有想到莫伦思竟然使出这般孤注一掷的招数！所以，所有人都已经来不及防护！

就算他们可以轻易将莫伦思斩落于地，却已经无法挽回秘色将先一步葬身莫伦思剑下的命运！

19. 血雨红尘

当剑刃的寒光如清泉一般破空而来，那股凉意已经先于剑刃本身，随着空气的振动直直逼向陆吟的面颊。

陆吟本能地一避。他知道莫伦思仗剑刺来，可是他却判断错了目标。

陆吟以为，莫伦思剑指的方向应该是自己，却绝没想到莫伦思真正攻来的目标竟然是自己身边的秘色!

就在那错误判断导致的本能退避之间,最珍贵的那转瞬的挽救时间已经错失。陆吟眦眦俱裂地看着那薄薄如清泓一般的剑刃,劈开水波一般的空气,直直刺向秘色时,一切都已经来不及!

失之毫厘,谬以千里。纵然陆吟此时拼尽全力纵身扑去,却也无法追得上剑锋的穿刺速度,而只能眼睁睁看着那剑锋钻入秘色的身子,而自己只来得及在半空中接住秘色下坠的身体!

纵然能够接得住,可是那身子却可能早已经抽离了生命!接住又有何用?

陆吟心魂皆碎,随时做好准备,一旦秘色被刺中,便将拼却自己的性命,与莫伦思同归于尽!

电光火石之间,所有人都在最后一个瞬间里查知了莫伦思的动机,却也都已经来不及抢先施救!

更何况,莫伦思的剑上竟然凝集着那么多的怨念,他甚至采用了一种鱼死网破的决绝招数,只求一剑刺中秘色,甚至全然不做自己身周的保护!

这种打法,绝望之极,阴狠之极!所以,这一招必然奏效,剑尖不见鲜血绝不会改变路线!

就当所有人都以为秘色必死无疑,而在心中重重叹息这么多的人竟然都无法保护住一个女子的生命之时,忽地,所有人都觉得眼前一花!

山中的洞室内,竟然会涌起一大团浓黑的乌云么?难道所说的"青云出岫",青云真的是生成于山中的么?如果不是云,怎么会只觉眼前氤氲的黑色雾霭闪电般闪过?

清亮如泓的剑锋闪着白色的光劈开空气,另有一大朵氤氲而起的巨大乌云穿破半空,这一白一黑、一个轻灵一个厚重的两者,快如电闪,矫若惊鸿,在人们无法置信的目光追随下——在秘色翠衣的身前——相遇!

只听得剑虹穿破布帛与肌肤之声清脆地响起,一片玄黑的身形如枯败的叶,倏然倒地。同时几声惊呼同时扬起,同样地痛不欲生,同样地撕心裂肺!

"艾山!"秘色心魂俱碎地看着艾山用后背为自己挡下那剑光,在自己面前遽然跌落……

"艾山——怎么是你!"莫伦思不敢置信的看着自己的剑锋刺入艾山的身子,想要抽剑却已经来不及!只能眼睁睁看着,自己心爱的人,宛如黑色的羽毛,从自己的剑尖上坠落!

"艾山!"陆吟无法相信自己的眼睛!艾山远在人群彼岸的白玉榻上啊,而就站在秘色身边的自己都已经根本无法来得及施救,而那个几乎远隔关山的艾山,竟然能不顾一切地飞身而来,而且——真的奇迹一般地挡在了秘色身前,接下了致命的一剑!

眼见着莫伦思剑招使完,那边已经有一个身影倒下,黑衣人群中一位契丹的指挥官,突地痛叫:"大胆莫伦思,竟然妄想伤害月理朵姑娘!儿郎们,给我一起动手,拿下莫伦思!"契丹的军官心下重重地忐忑,从契丹而来之时,大辽皇帝耶律亿曾经下过死命:"什么都可以不要,什么代价都可以付出,但是必须给我保护住月理朵姑娘,否则提头来见!"

如果月理朵姑娘真的有个三长两短,那么自己项上的人头必然不保,所以一见莫伦思一剑刺去并未得逞,契丹军官自然要让莫伦思再没有使出第二剑的机会!

与此同时,艾山的被刺,也引发了黠戛斯达干大人的一声惊呼,他也指挥着手下的黠戛斯士兵:"暴君无道,鱼肉百姓,天降大旱,民不聊生!可汗不顾百姓死活,一意孤行,穷兵黩武,乱加苛捐!此时不诛杀暴君,换来我黠戛斯的平定安生,又要更待何时!"

黑衣的两国士兵们,听到各自的将帅均如此命令,顿时如倾天涌起的巨浪,层层向莫伦思的方向涌来!

数百人,涌向一个人……那种场面,宛如巨涛拍击一叶扁舟,扁舟几乎全无反抗的可能!

眼见大势已去,莫伦思忽地妖异大笑,笑得碧色的眸子荧光飞舞,眼角黥面的红花艳丽妖娆!

他忽地一俯身,左手将艾山的身子横拖在身边!

一见莫伦思如此,秘色与达干大人竟然同时又是惊呼!

莫伦思冶艳的笑靥,招摇如风中的曼陀罗,他望了望身后的秘色,又望了望前方的达干大人,忽地仰天狂笑:"达干大人!我懂了,我懂了!先前,我以为你在宫中的内应,不过是这个新来的宫奴,还有你送进宫来的莲郎!却没想到,其实——是艾山,对不对?你布的这个局,不应该只是这么短短的时间里准备得出来的,一定是艾山早已经私下里与你达成了交易,是不是?!"

达干大人唯恐莫伦思伤了艾山的性命,嗫嚅着不敢回答。反倒是身受重伤,生命依然处于莫伦思剑尖之下的艾山,忽地笑出声来:"哈,哈哈……没想到,你刚刚才想清楚啊!你以为,我会甘心成为你的玩物,你以为我会轻易饶恕你毁了我回鹘的罪孽

吗？这个局，本来我还要再维持半年，待到万无一失之时方才启动的，你千不该万不该，不该伤害到秘色！既然你敢让她难过，那么我便一定要取你性命！"

莫伦思碧色的眸子望住艾山，一滴清泪重重滑下，可是他的笑却更加娇艳："艾山……你这，又是何必？我早知道你恨我，我早知道你会离我而去，我甚至早知道你会跟我报仇，早知道你会取了我的性命……我一直等着啊，艾山……我的命，九年前已经给了你，你知不知道？只要你对我说，我会笑着将这条命交到你的手上，又何必要你这么辛苦地布下这个局……"

莫伦思的话，让所有的人都惊呆了！

又一滴泪从莫伦思颊边滑下，莫伦思碧色的眸子更是绵长："从第一眼见到你，到现在，长长的十一年啊！十一年来，你是我唯一想要的东西，你是我唯一的梦想！點夐斯、汗位、天下，与我何干？与我何干啊！我只想用这一切得到你，留住你！可是我错了，我早知道我错了，尽管你在我的身边，可是你的心里却一天都没有我，我日日看着你，却似乎永远站在海角天边！与其这般，我宁愿将性命交给你，艾山，只要，只要你会因此而将我装入心里，每年今日记着我的离去，那么对于我来说，死亡会比活着快乐……"

就连艾山也愣住了。他身上的剑伤依然在汩汩流着鲜血，他的心里跟着也是一片的苍茫。

秘色急了，朝着莫伦思大叫："莫伦思，艾山还在流血啊！你放开他，否则他会有生命危险！"

莫伦思睐睁地望着艾山，忽地又是一阵妖娆的笑："好啊，好啊，艾山，不如我们死在一起好不好？这样，你就再也不会属于别人，这样你就会一直陪伴着我了，好不好？"

骤变之下，情绪的颠簸起伏让莫伦思的神智蓦然间迷糊起来，他笑着举起长剑，朝向艾山，柔柔地说："艾山，不疼的，我会轻轻的，一下，一下就好了，然后我立即来追你……"说着，那剑尖忽然化作清冷的泓泉，直向艾山刺去！

秘色撕心裂肺的哀号回荡在幽深的洞室之间，山谷回声，人心颤抖！

忽地，仿若之前一幕的重演，只见一道清雅的身影，眨眼之间覆在了艾山身上，硬生生接下了剑芒的刺下！

黑衣的人群再也无法原谅莫伦思，如喷涌的黑色海浪，一拥而上，无数寒光闪闪的刀刃，团团架上了莫伦思的颈项！

六、點夐斯

秘色又是一声恸呼，飞身扑倒陆吟与艾山的身边，手指颤抖着冰冷。

就连艾山也愣了。拼尽身上的气力，望着眼前那清雅如莲的男子："莲郎！为什么，为什么你要舍身救我？！"

陆吟忍住口中的一口鲜血，拼力微笑："你是秘色在意的人啊……尽管你们回鹘人曾经是我不共戴天的仇人，但是如果你死了，秘色也会伤心而死啊……所以，如果一定要有一个人去死的话，那么，让我替你，你留下来陪着秘色，让她幸福……"言罢，那朵清雅的微笑还绽放在陆吟的嘴角，可是陆吟的身子却重重一沉，再也——不动！

天光，已经渐渐亮了起来，从洞室天然形成的天井向上望去，恰好可见一片晨空。透明澄澈，宛若神秘的秘色瓷，那是至美至清的天青绝色啊！

就仿佛，一个人最为澄澈真挚的心。

就仿佛，一个人的化名——天青绝色，陆姓冠之。

就仿佛，一支绝美的荷叶杯："在君塘上种，埋没任春风"……

洞室之外，忽有清冽的晨风吹来，瓣瓣飞花，曼舞轻旋。宛若串串笛声，追着莲瓣，幽幽而来……

漫天花雨，笛音清流，清雅的花瓣纷纷垂落在人们的头顶、衣襟，却转瞬又随着清风飞去，只留下身后，人们怅惘留恋的视线追随……

20. 生死之间

"姐姐！秘色姐姐！"洞室之外，忽然传来清亮的呼唤声。随着那声音，一个红衣的身影蓦然冲入了秘色空茫的视野。

是米馨儿！

米馨儿终于望见了秘色，却又被下一秒望见的一切，而惊愕在当场！

两个浑身是血的人，生死不明地躺卧在秘色的眼前。

尤其——尤其……米馨儿不由得用手死死捂住了自己的嘴巴，控制着自己没有当场痛哭失声！

米馨儿冲向前去，从随身的兜囊中掏出药粉，一半递给秘色，一半自己颤抖着手亲自给陆吟包扎起来。

秘色也顾不得心碎，赶忙接过米馨儿递过来的药粉，给艾山包扎着。

时间一点一滴从沙漏中落下，周围的人们一片寂静无声，所有的焦点都凝注在艾山和陆吟的身上。

艾山还好,包扎之后,他尽管已经陷入了昏迷,却依然本能地握住秘色的手,仿佛想安慰她;仿佛想告诉她,自己没事。

可是陆吟……陆吟却无半点的反应,甚至——甚至身子都已经渐渐地冷了下去,就连心跳都已经迷离不清了……

米馨儿终于再也压抑不住自己,痛哭失声:"陆吟,陆吟,你醒醒,你要醒来啊!秘色姐姐,我是不是来晚了啊?我如果早来一些,是不是就来得及替陆吟挡过这一剑,是不是陆吟就不会受这样的伤啊!"

秘色早已经泪如雨下。陆吟是为了自己啊……虽然他救的是艾山,可是他心里为的是自己啊……他已经看出,自己藏在心里的人是艾山了啊,所以他宁愿抛却他的性命,去救艾山这个敌人、对手,只为了不让自己伤心……

可是,可是陆吟飞身扑上来的一瞬间,他的心里,该充满着何样的悲伤与绝望啊!

他爱着的人,心里却想着别人;而他却还要以自己的性命,去挽救那个人……

秘色重重地摇头,她无法对米馨儿明言,无颜说出这一切的事实……

米馨儿她,都一心想着如果能够早来一步,便有可能以自己的性命去换陆吟的安全……在米馨儿的面前,自己该有多么的不堪,多么的罪孽深重啊!

米馨儿忽地扬起头来,望向被层层刀剑架住的莫伦思,她星星一般闪亮的眸子里闪过一丝凛冽的光:"剑刺陆吟的人,就是他,对不对?!"

答案已经就在那里,所以米馨儿的问题其实根本不需要回答。

米馨儿再一次重重抽泣,身体与脑海中已经痛成了一片。都怪自己,都怪自己,明明在秘色姐姐入宫前的夜晚,自己已经接到了天神的指示,梦到了陆吟,梦到了一片血红的迷雾将陆吟最终吞没……那么,那晚陆吟偷偷来找自己,让自己求哥哥发兵之时,自己便该留住陆吟!至少,也应该将那个梦合盘托出,提醒陆吟小心的啊……

自己好笨,好笨啊!对后宫里发生的一切,都一无所知,更完全没有力量帮得上忙,所以只能听凭秘色姐姐与陆吟孤身涉险……后宫中所有发生的一切,还是那个夜晚,偷偷从后宫中遁出的陆吟一一告知。

原来,秘色姐姐是设法入宫为奴,以救陆吟。

却又原来,陆吟的自愿入宫,又是为了早已沦入后宫的回鹘的惕隐艾山。

只是,只是,谁都没有想到,其实那回鹘的惕隐艾山竟然早已经私下里与黠戛斯的达干大人达成了默契……

他们三个人,秘色姐姐入宫是为了陆吟;陆吟入宫是为了艾山;艾山拼命布局想

六、黠戛斯

要逃出黠戛斯却又是为了早点见到秘色姐姐……他们三个都在为了自己所爱的人,拼却性命,只求能让对方快乐,全然不去计较自己的得失……这种爱坦荡无私,这种爱感人至深!

而自己,而自己却一点忙都帮不上,就连赶来都晚了一步,就算想用自己的性命去换回陆吟,都失去了机会!

米馨儿心下忽地升起冰冷的愤恨,她将陆吟缓缓放在地上,眼睛定定地凝视着刀剑丛中的莫伦思,一步、一步向他走去。

米馨儿红色的身形,站在刀剑的寒光围成的人丛之外。

刀剑丛中,同样一身红衣的莫伦思,眼角带笑,神色从容。

莫伦思的神情让米馨儿微微惊讶。如果不去看那刀剑所指的方向,单纯去看自己与莫伦思面上的表情,会让人以为,那个正在死亡边缘的囚徒是自己,而面带微笑的莫伦思才似乎该是那个胜利者。

米馨儿不觉微微闭上双眸,继而睁开眼睛,凝眸望向莫伦思:"你来错了这个世界。其实你本不该来的。如果来,也该用另外的一个身子来,可是你却找错了人家。"

米馨儿莫名其妙的话,让周遭的黑衣人都不觉瞥向她。可是米馨儿却丝毫不为所动,就仿佛这个天地之间只有她与莫伦思两个人的对话,其他的人根本就不存在。

米馨儿的话,却让莫伦思面上的笑容渐渐隐退,碧色的眸子里,泛起深沉的光。

米馨儿又说:"这段生命本来就不是你自己的,奈何你还不走?如今既伤了他人,又伤了你自己的心,这又是何苦?"

奇异地,莫伦思的面上竟然显出痛楚之色,似是重重挣扎,又似是躬身自省。

米馨儿幽幽叹了口气:"你走吧。回到最初的地方。重新去寻找你本该去的方向。重新开始,重新活过。"

莫伦思脸上忽地宁静,一抹淡淡的光辉从眸子里点点升起。

可是,他又扬眸望向艾山的方向,碧色的眸子里笼起灰色的雾霭:"可是,他……我舍不下他!"

米馨儿摇头:"你错了。他从来不属于你,未来也永远都不会。他的心是充满了翠色的,却根本不是你眸子的颜色。你只是会错了意。你走吧,如果现在走得及时,说不定还来得及跟他在未来再有一次相遇。如果你现在还不走,那么恐怕你们将永远错过,再无交集。"

莫伦思的面上忽然恍若梦境,一抹淡淡的微笑,带着绯红的颜色柔柔升起:"你说的,是真的?"

米馨儿轻轻点头。

莫伦思一笑轻轻,眼角那朵黥面的妖娆花朵竟然奇异地褪去了殷红的颜色,而似乎看起来就像一朵晨雾中微微绽开的素色雏菊:"好,我走了。"

用刀剑架住莫伦思的黑衣人们,心下都是一阵子迷惘。莫伦思说要走,他要去哪里?这么多人,这么多刀剑的层层看押,难道他还能生出翅膀飞出着包围圈不成?!

于是,黑衣人们都下意识将刀剑向前又递进了几分,唯恐这莫伦思又将使出什么花招来。

莫伦思淡淡一笑,碧色的眸子再次望向艾山的方向,眼波荡漾如春水微澜,青翠潋滟。

趁着,黑衣人们都本能地随着他的眼神,同样瞥向艾山的方向之时,莫伦思猛然向前紧走两步,将自己柔软的咽喉朝向那寒光凛凛的剑尖——直直撞去!

呲——一股血流,如山间突然迸射而起的泉水,漾着殷红的颜色,飞向半空!那碧色的眸子,潋滟着雏菊一般纯净透明的笑,凝望住那黑衣的身影,无限柔情。

"艾山……我……等你……"

"希望,下一次,我们不要走错……"

"希望到那时,你还是你,我却不再是我……"

"我们能站在阳光下,坦然地,相对而笑……"

"那该是,多么的幸福……"

米馨儿呆呆愣愣地望着眼前的莫伦思,方才还从容而笑的邪佞男子,忽地眨眼之间便已经变成了冰冷的尸首。

刚刚,究竟发生过什么?自己,究竟对他说过些什么?

为什么,记忆中只是空茫的一片,重新清醒的刹那,一切都已经成了无可挽回的定局!

忽地,秘色忽然惊喜地喊了一声:"米馨儿,快来!我觉得,我觉得刚刚,陆吟好像是动了一下!"

米馨儿再也没有心思去考量刚刚的事情,她回身飞奔向陆吟,捧起陆吟的手腕去寻找他的脉搏,又将耳朵轻轻贴在陆吟的胸膛去寻找他的心跳!

果然!——虽然微弱,虽然几乎无法感知,但是如果你足够耐心,甚至能够屏得住自己的呼吸,压抑得住自己的心跳,排除一切杂声去仔细地寻找——你会隐隐听到他胸膛中微弱的咚咚之声,指腹下会传来轻缓的点滴轻跳!

米馨儿的泪如雨下,她拉住秘色的手,压低了嗓音,轻轻、轻轻地说:"秘色姐姐,太好了，太好了，我终于找回他了，我终于能为他做一点事了……"

21. 诡笑嫣然

"艾山！艾山在哪里？"洞室外面又传来一个高亢的女声。

一闻此声，秘色和米馨儿几乎同时变色！

米馨儿甚至来不及擦干自己的泪，连忙一把抓住秘色的手腕，声音中带着愧色与哀求："秘色姐姐……对不起！不是我要带她来的！是她自己跟来的！我本以为刚刚把她甩开了，没想到她还是找过来了！"

秘色揽住艾山身子的手臂，颤抖，再抖——那个声音，别说隔了这三年，就算隔了十三年、三十年，她都会记得，都会在心魂深处重重地颤抖！

米馨儿看在眼里，痛在心上，她紧紧握住秘色的手腕，轻轻摇晃："秘色姐姐……你们在回鹘之间的事情，我也多少曾听哥哥说起过……是她对不住你，是她丢尽了我们契丹人的脸！但是此番，她却是来契丹求救的！她也是拼尽了所有的力量，在草原四处寻找着艾山的踪迹，一听说艾山被关在黠戛斯后宫，她亲自在哥哥的皇廷外足足跪了三天求兵啊！"

秘色黯然望住米馨儿，神态不解："米馨儿……她若求兵，又何必要那么辛苦？"

米馨儿一叹："秘色姐姐……你有所不知，哥哥他刚刚建立大辽国，国基未稳，对外征讨不断，国内耶律氏的男子又总是挑起不少的事端，所以哥哥本来不想轻易进攻黠戛斯，以免东西两线作战。后来都是因为她苦跪三天，让哥哥于心不忍；更是因为听说你也被关入后宫，这才放下所有的顾虑，发兵来救的啊！秘色姐姐，就看在她苦跪三天的情面上吧……"

还不等秘色答话，洞室之外的原木楼梯上噔噔噔传来一串急促的脚步声，紧接着一个身着紫红色连身织锦回鹘长袍，头梳高耸的椎髻，髻上戴桃形金冠的女子急匆匆地跑了进来！

她焦急地四处扫视，当视线扫向秘色所在的方向时，秘色与那女子同时重重地一震！

"沈秘色！"

"耶律妃……"

来者正是耶律嫣然。

秘色与耶律嫣然，其实之前都已经知道了对方的出现。秘色是听出了耶律嫣然的嗓音，又经米馨儿的解释。而耶律嫣然则是回契丹求兵时听说了秘色的一切。

可是，知道归知道，当两个人隔着三年多的时光，再一次面对面时，各自心底都不觉咯噔一动！

有些女人之间，合该天生就是仇家。

不是因为彼此个性，不是因为互相看不惯，只是情路上的冤家路窄，更何况，夹在两个人之间的男人，根本不只是一个，而是父子两个啊！

如此这般乍然相见，那些鲜明而又深刻地保存在记忆中的悲伤、愤怒与无奈，便刹那间，纠结在一起，铿锵闪现！

两个人之间的事件，或许旁观之人会有客观的对错评价，但是身处旋涡中的两个人，从自己的本心出发，却又都可以说是没有做错的。

都是想要拥有自己的爱情，都是想要拥有自己所爱的男人……至少从这一点上来说，两个人之间的一切便没有谁对谁错。

只不过，耶律嫣然太直接、太尖刻，心机太重而不免有失道德。

最初的睽睁过后，耶律嫣然便再没有浪费时间，她急促地奔向艾山身边，强硬地从秘色手中接过艾山的身体，将艾山的头放平在自己的膝头之上。

秘色黯然，却也理解耶律嫣然此刻的心情。于是作罢，将身子凑到米馨儿身边，共同照顾面色已经渐渐有了起色的陆吟。

洞室中的一切，已经归于平静。士兵们刀剑归鞘，陆续向外退去。莫伦思的尸体也被抬走，几个士兵将地上的血迹清理干净。

那边厢，达干大人已经代行起可汗的职责，带着一种王者的气度，指挥若定，丝毫不乱。

整个事件中，除了死掉了的莫伦思，仅有的两个伤者便是陆吟与艾山。

为了伤者考虑，达干大人建议秘色，暂时留在后宫之中不要移动他们两个，既方便休息，又方便牙帐中派太医前来诊治。

秘色、米馨儿、耶律嫣然，三个人谁都不想离开自己心上的人，于是共同留了下来。

米馨儿照顾陆吟。

耶律嫣然独占着艾山。

而秘色，则要在陆吟与艾山之间穿梭，心痛与忧虑比之另外两女，都是双倍。

在米馨儿身为大萨满的法力引领下，在黠戛斯多位太医与民间名医的共同调理之下,陆吟与艾山的身子都已经颇多起色。

只是,两个人的恢复状况一直天差地隔,艾山几乎已经可以坐起身来,而陆吟则依然沉在昏迷之中,仅仅是心跳与脉搏的生命体征渐趋稳定。

两个人的伤势大致相当,可是复原的状况却是如此不同。有太医推测说,这是因为两者内心中求生的欲望不同所致。

艾山心中有着强烈的求生欲望,他的脉搏强劲有力,像是心中燃烧着一团火,那团火一直指引着他、催促着他,朝向光明的方向努力前进。

而陆吟则刚好相反。他心中的火焰正在渐渐熄灭,虽然他还活着,但是信念的支撑已经越来越微弱,只能等着他的身体自行恢复,而完全无法仰仗精神力量的推动。

这一切,让每一个前来诊治的医生,扼腕叹息。心病还须心药医,身外药石全无半点疗效。

秘色黯然。

这一切都是因为自己啊……

艾山因为终于得与自己重逢,终于能有机会冲出黠戛斯的后宫,所以他心中燃烧起熊熊的求生欲望,拼尽全力在与死神搏斗。

而陆吟……陆吟也是因为终于确认,她的心在艾山身上,所以他心灰意冷,甘愿用自己的性命救下艾山,求得艾山与秘色之间的幸福。而他自己,生已无喜,死亦无悲,所以他根本不与死神抗衡,而是安之若素,一切听凭天命。

秘色在心底暗暗地哭泣,她祈求上苍,宁愿上天拿走自己十年的阳寿,去换取陆吟的早日醒来……

就在一个天光微亮的清晨,夜色与黎明正处于一种微妙的交合与替换之时,艾山忽然毫无预兆地睁开了眼睛,望向鲛绡帐外朦朦胧胧的女子,干哑着嗓子,深情地叫了一声:"秘色——"

鲛绡帐外沉沉欲睡的女子猛然一震,眸子惊喜地望向白玉榻上,待确定了真的是艾山醒转过来之后,本来那颗漾满了快乐的心,又是猛然的一沉!

她,不是秘色,不是艾山刚刚醒来便心心念念着的名字!

她是耶律嫣然。平生头一次为了照顾一个人,而几个昼夜不眠不休的耶律嫣然!

耶律嫣然决定打碎艾山的美梦,于是她刷地一声拉开了玄黑的鲛绡纱帐,双眸寒冽,掩藏起自己心里无限的情愫,漠然地望向艾山。

艾山一凛!拼着虚弱的身子,冷冷地低喝:"怎么是你!你为什么会来这里?!秘色呢?她在哪里?你又把她怎么样了?"

艾山语气中浓重的怀疑和鄙夷,深深刺痛了耶律嫣然的自尊,她心底里柔柔荡漾着的情愫全都化成自卫的刀剑,霜意森然:"我为什么会在这里?别忘了,你与我是什么关系!你失踪了,我自然要满世界地去找寻你;听说你被关在黠戛斯的后宫里,就又千里迢迢跑去求大辽国发兵来救你!沈秘色……难为你还心里记挂着她,我告诉你,这三年多的时间,她可是都待在契丹,我那贵为大辽国皇帝的亿哥哥对你这个秘色是一往情深!"

耶律嫣然的话,成功地让艾山的颊上涌上躁急的红晕。

耶律嫣然压着心底的疼,又说一句:"艾山,你不会不知道,那个为了救你而受伤的男子,就是陆吟吧?他可是沈秘色正牌的丈夫!这会子,沈秘色自然在照顾她的丈夫啊!"

艾山一口鲜血直喷了出来!

莲郎,莲郎原来竟然是陆吟吗?!那个名字他一直只是听说,却从未见过本人,他与秘色之间早已文定的亲事一直疼痛地烙印在他的心底!没想到,刚刚以为终于重新得回了秘色,却没想到那救了自己性命的莲郎,竟然就是陆吟!

他们是文定的夫妻啊……陆吟又舍命救了自己!如何再与他相争,如何能再得回秘色?!

耶律嫣然望着艾山,心痛如绞。他在为沈秘色心痛啊,他又可曾知道,自己也正在为他心碎!

一股报复的快感最终冲垮了耶律嫣然的理智,她殷殷笑着对艾山说:"艾山,既然你已经康复了,那么明天我们便回到回鹘去吧!让沈秘色与她的丈夫陆吟回他们的中原吧!"

艾山仓皇地望着耶律嫣然,刚刚喷出的鲜血残迹还殷红在唇齿间:"不……我不要回去。我要带着秘色离开那些不愉快的记忆,我要跟她在一起,找一个只有我们两个的地方,共同生活在一起!"

艾山的话,像一根尖刺,直直插入耶律嫣然的心,让耶律嫣然心魂俱痛!

"你休想!你明天必须跟我回回鹘去!你以后,也只能跟我一起,一同生活在回鹘,生活在无止无休的痛苦里!"耶律嫣然那美丽的面庞因为痛苦而狰狞了起来!

艾山惨然一笑:"耶律嫣然……你以为我还是当年那个孩子吗?莫伦思死了,你当年用来威胁我的事情已经再不存在了。你觉得,我还会听你的摆布吗?"

耶律嫣然双眸倏然迸发出一串寒光:"好啊,艾山,你不听我的摆布,可以……但是,我倒要看看,你如何摆脱得了命运的摆布!我告诉你,你父汗他已经时日不多,如果你明天再不跟我启程,恐怕,你就再也见不到你的父汗了!"

22. 左右为难

"父汗!父汗他,怎么了?"艾山被耶律嫣然一句话惊在了当场,湛蓝的眸子里闪过迷茫的水雾,定定望向耶律嫣然。

耶律嫣然也红了眼眶。从来都是高扬着头颅、骄傲如花的她,这一瞬间竟然也难得地垂下头颈,努力用眼睫藏住眼中的泪意:"黠戛斯攻入哈拉和林的那天,你父汗为了救你,曾经替你中过一箭,你还记得吧?"

艾山湛蓝的的眸子里涌满泪水,重重点头:"是的,这我怎么可能忘记!可是那伤,不是只在肩胛,并不致命吗?"

耶律嫣然再也忍不住,泪水涔涔而下:"是的,那箭伤并不致命,真正危及他生命的,是他心里的伤啊!这些年来,可能你并不知道,而我跟在他的身边,却将一切都看得清清楚楚……他虽然从来不说,但是我知道,他心里的苦、他心里的伤啊!"

"回鹘,曾经多么地强大与繁荣,可是一夕之间便大厦倾斜!冰冻三尺非一日之寒,虽然过去早已经埋下了今日的隐患,但是这一切毕竟是活生生地发生在你父汗的手里……那般严格律己的他,如何能够忍受这一切,如何能够在心里为自己开脱啊!他始终觉得自己对不起列祖列宗,对不起回鹘百姓,甚至——对不起你。如果不是回鹘的衰落,当年你与玉山便不会小小年纪便成了黠戛斯的质子;你更不会,身为回鹘未来的可汗,却已经沦失了祖宗留下来的故土,而要辗转迁徙!"

耶律嫣然猛地抬起头来,狠狠地凝视着艾山:"就因为他觉得对不起你,所以他才会明明知道你与沈秘色之间的龌龊,而不声张,更不追究!你知不知道,你们之间的事让你的父汗多么痛苦啊!"

艾山仓皇地抬起头来,望向泪如雨下的耶律嫣然:"你既然知道,那么你又何必那般对我?秘色毕竟还只是一个宫奴,可是你——你是父汗名正言顺的嫔妃啊!"

耶律嫣然的泪落得更凶,她甚至用手紧紧地按住自己的胸膛,低低地吼出声来:"你知道什么!我怎么能跟她一样!我不过是你父汗政治联姻的一枚棋子,就算是他的嫔妃,待到你继位之后,我一样可以名正言顺地被你继承!可是——她沈秘色怎么能一样!他是你父汗,爱了整整十年的人啊!在将她带回回鹘之前,便已经魂牵梦萦了整整十年啊!所以,你父汗才不惜背上骂名半路劫掠了他,所以你父汗才不惜惹怒大唐而让黠戛斯有机可乘!"

耶律嫣然努力地吸入一口气:"你父亲的箭伤本不严重,但是因了心里的这些郁结,使得箭伤久久不愈,如今更是已经腐烂坏死,几不可救了!"

艾山呆住了。

他只知道父汗对待秘色的确是不同的,所以父汗才不惜杀了自己的母亲米娜瓦尔,来惩罚母亲曾对秘色造成的伤害!却没想到,没想到父汗原来对秘色那般地情根深种……更没想到,更没想到父汗明明那么地爱着秘色,明明知道自己与秘色之间发生的一切,却一直隐忍不发,一直独自承受!

"父汗——父汗!艾山对不起你,对不起你啊!"艾山顾不得自己身子刚刚好起来,便扑通一声从白玉榻上跪入尘埃,双手捶胸,仰天长哭!

艾山洞室中传出的异样声音,惊动了在"清莲居"中与米馨儿一同照顾陆吟的秘色。

在米馨儿的悉心照料下,陆吟的景况越来越好,除了还没有苏醒过来,生命的一切体征都已经恢复。甚至,他还会在某个幽深的梦中,带出淡淡的微笑。

陆吟的好转,让秘色开怀了好多。虽然心思还牵挂着艾山,却又相信,耶律嫣然尽管性子泼辣,但是对待艾山的细致,一定不会亚于自己。为了让艾山静养,也只能按捺下心底焦急的火焰,忍住亲自去守着艾山的冲动。

可是,这会子那边传来的声音明显不对!

秘色敏感地直觉,艾山必然是醒来了,因为她分明已经听到了艾山的声音!

再也忍不住了,再也无法压抑心底的牵挂,秘色低低嘱咐了一下米馨儿,便冲出"清莲居",提起裙摆奔上楼梯,奔向艾山所居的洞室!

所有的兴奋,所有的期待,却都在临转入洞室的门口时,铿然跌碎!

——"我告诉你,你父汗他已经时日不多,如果你明天再不跟我启程,恐怕,你就再也见不到你的父汗了!"

如巨雷炸耳,惊痛难当……

秘色用力攀住身边的山壁,方不至于让身子一个趔趄栽倒在地!她努力地支撑着自己的身子,眼前有无数金色的星芒闪过,侧耳倾听洞室中耶律嫣然与艾山之间的对话。

一句句一声声,全都化作锐利的刀锋,直直插入秘色的心房!

耶律嫣然与艾山的泪,流到秘色的心上,却早已经化作了淋漓的血,汩汩殷红!

纵然,耶律嫣然心痛;纵然,艾山惊悔……可是他们流泪的恸,又如何比得上秘色紧压在心底的殇!

乌介……

如果说,整个世界上的人都知道,自己亏欠陆吟太多……那么,自己就更无法否认,自己对于乌介的亏欠,便是同样的多——而这亏欠,整个世界都无人知晓,只被他自己深深地藏在心底,藏在他狂狷的表象之下,藏在他的骨缝心窝!

同样的越州初见,同样的十年钟情,同样的宁愿独自背负痛苦,同样的将她爱逾生命……可是他却从来都不曾说出来,他只把这深挚的感情深深地藏在自己心底,不想用它来绑住她,不想让她背上沉重的负担!

这些……都是秘色离开了回鹘,在契丹那长长的三年中,在无数个独自做瓷的夜晚,渐渐回想起、品读出的。此时方知,那将自己导引入这般命运的乌介,早已经成为一根刺,深深地扎入了自己的生命,牵着血肉,凝着痛楚,却再也无法拔除!

可是却没想到!没想到——他竟然生命危在旦夕!

那般狂狷的他,那般强迫过自己的他,那般雄风飞扬统领回鹘的他……竟然会有一天,也踯躅于生与死的交界,无所归依……

好想见他,好想见他……

也许早已不是爱,更早已没有恨,只是想见到他,看到他湛蓝的眸子,看到他熟悉却已经陌生了的容颜。

不知不觉间,他早已成了自己心头的一块肉,成了自己生命的一部分……没有他,心便会痛,生命便会残缺,如今剧变之下,这份找回心灵、完满生命的渴望就更加迫切!

要见他!要见他啊!

就算死亡真的要将他与自己分开,至少也要在自己眼前!

不能这般放他走,不能这般让死神带他走啊!

"姐姐!秘色姐姐,你快来啊,陆吟他,陆吟他醒了!"秘色正在万般心痛之间,突然下面传来米馨儿惊喜的尖叫之声。

秘色猛然一震,满面的泪水都来不及擦去,便又急忙奔下楼去!

生命的考验已经降临到了乌介那里,秘色不要,不要再让身边任何一个人遭受到这样的痛苦!她要去确认,确认陆吟真的醒过来了,她要将陆吟好好地留下,留在这个世间,再也不许死神从自己手中夺走重要的人!

刚走入"清莲居"，秘色的身形就仿佛被魔法定住了。

抬眼望床榻之上，红衣的米馨儿热切地望来，脸上满是若悲若喜、似真似幻的纠结，眼角挂着晶莹的泪滴，唇角却漾起一朵美丽的微笑。

再看向米馨儿身边，粉蓝色锦被之中，一双清亮如晨空朗星的眸子，正虚弱却又极尽凝注地望向秘色……苍白干燥的唇角，正有一朵小小的清莲含苞待放；那孱弱的手臂也努力向秘色伸来，颤抖的指尖写满想念……

秘色只觉头脑晕眩，腿膝发软，几乎是跌跌撞撞地奔到榻边，心魂俱颤地握住了陆吟的手！

泪与抽泣便再也压抑不住，喷涌而出！

刚刚极致的恸，这会子又是极致的喜悦！人生最为强烈的两种情绪，几乎在同一时间击中了秘色，让秘色如何再压抑得住心底的情？！

陆吟另一只手，也努力向秘色伸来，颤颤着擦去秘色的眼泪，声音虚弱而又低哑："秘色……怎么了？不要哭，不要哭……你看，我都在笑啊，刚刚，我梦见了我们终于拜了天地呢，于是我笑出了声音，一睁开眼睛，便醒了……真舍不得醒来啊，可是却只有醒来才能真的见到你……所以，秘色，别哭，不然我会伤心……"

陆吟的话，惹得秘色更加嚎啕，她将面颊深深地埋入陆吟的掌心，心痛如绞！

该如何告诉陆吟，该如何对陆吟说，自己想去回鹘，自己想离开他，去看乌介！

可是，如果不说，如果不告诉他，那么多耽搁一秒，便有可能从此与乌介天人永隔！

一边是生命刚刚归来，一边却是生命即将远离！都是自己生命中最重要的人啊，此时又都是最需要自己的时刻，该如何选择，该——何去何从！

23. 予人莲花

"秘色姐姐，黠戛斯的事情已经了结，黠戛斯已经成为我大辽的臣属国。于是，哥哥派人来接我们回去。哥哥特别嘱托我，说回鹘已经分崩离析，向西迁徙而去，所以哥哥希望姐姐能跟我们回大辽去……"米馨儿并不知道秘色的伤心所为何来，只以为她是担心陆吟的病情，于是出言转移开眼前的忧伤。

米馨儿说着，用纤纤十指紧紧握住秘色的手臂，眼神恳切地望着秘色："姐姐！我还有一句体己的话……哥哥登基成为了大辽国的皇帝，所有的臣子都要求后宫不可一日无主,希望哥哥早立中宫,母仪天下……秘色姐姐,哥哥他,一直在等着你回去……"

秘色愣了。她知道米馨儿的话,对于她将意味着什么……那是金光灿然的大辽国的后位啊!只需轻轻一个点头,那天下所有女人的极致梦想就能轻易实现……

当年,杨贵妃之宠冠后宫,让杨氏满门鸡犬升天,于是人们留下这样的民谣:"生男勿喜女勿悲,生女也可壮门楣"……那般重男轻女的中原汉人,只要女儿有朝一日能够飞入皇家宫廷中,都宁愿"从此重女不重男"。更何况贵妃不过只是妃子,而等待自己的则是主掌后宫的后位啊!

这般的荣耀,这般如锦的未来,就在自己眼前,轻轻招手啊……

这般的诱惑,对于人世间每个俗人来说,都是难以拒绝的吧……

秘色努力止住泪水,黯然摇头:"米馨儿,请你代我禀告他,沈秘色乃民间之女,不堪富贵之名,无能辅佐君王。述律平乃是萧氏之女,一来符合契丹这多年来耶律氏与萧氏之间的对偶制通婚;二来,萧氏历来富庶,能够从经济上助他一臂之力;三来,述律平虽是女子,但是胆魄与智慧不亚于男儿,她有能力与你哥哥并肩而立……所以,秘色希望,他能迎娶述律平,早日中宫有主!"

米馨儿握住秘色的手,眸子里闪烁着浓浓的心疼:"姐姐……你总是说述律平有勇有谋,能够足以站在哥哥的身边……你总是轻易抹杀你自己的勇气与智慧……是的,你从表面看上去,真的只是一个柔弱的女子,但是当危机突来之时,你身上暴发出来的勇气与智慧却是任何的女子都比不上的!如果不是你,哥哥当日早失去了祖先的神帐与旗鼓,别说能今日登基成为大辽国的皇帝,就连当时的可汗之位都已经无法保住……还有此番,如果不是你,我真的不知道在这完全陌生的黠戛斯,如何能够找到陆吟,如何能够帮助哥哥攻下黠戛斯!秘色姐姐……这些,除了你,莫说是世上普通的女子,就算男人,又有几个能够做到!"

秘色摇头,泪又落了下来:"米馨儿,我已无法回到契丹了……耶律嫣然说,她说……她说,乌介可汗他身受箭伤,久未治愈。他现在——已经,时日无多了啊!"

对于乌介可汗与秘色之间的往事,米馨儿知之不多,所以她睖睁地望着秘色,不知究竟是怎么一回事。倒是床榻之上的陆吟,悚然一惊!本来已经虚弱得苍白一片的面色,更加惨白……

秘色的哭泣已经无法自抑,她握住米馨儿的手腕,泣不成声:"我要去见他……就算是失去大辽国的后位,我也一定要去见他……"

一只虚弱却坚定的手,缓缓从自己头顶抚过,秘色惊诧抬眸,只见陆吟正用手将自己纷乱了的发丝,缓缓捋顺。他的眸子里,荡漾着温柔的清波,流满了理解,溢满了怜爱。

陆吟幽幽扬声:"秘色……那就去吧。如果不去见他,恐怕你这一生都不会心安。不论是痛苦还是快乐,你与他终究是一场缘分。我虽然恨他,但是我知道,平心而论,作为一个男人。他对你的心,我亦尊敬。"

陆吟又抬眸,柔柔望着米馨儿:"米馨儿,对不起……恐怕要让你一个人回契丹去了。秘色要去看乌介可汗,可能要走遍高昌、葱岭,我不放心她,我要陪她一起去……"

秘色惊住了,猛力地摇头:"不！陆吟……这不可以,这怎么可以！你的伤刚刚见了好转,再说米馨儿她……"说到一半,秘色猛然顿住。她不知道该如何说下去。

她该说什么？她该说米馨儿在等你一起回契丹完婚么？

从刚刚一直到现在,陆吟所说的话、所做的事,都是明白地袒露着他的内心,都是明白地将心放在了她这边啊……她如何能,将米馨儿的自尊,明晃晃地完全摊开在陆吟的眼前！

陆吟又是温润而笑。他看得懂秘色的迟疑,他也明白米馨儿对自己的心。

陆吟扬眸,歉意地望向米馨儿:"米馨儿……对不起……我会向陛下他说明实情,恳求陛下收回当初赐婚的成命,另为你选定一位佳婿,成就你身为长公主的终身幸福……陆吟早已是失心之人,这一生,恐怕都已经无法改变心意。只能……"陆吟幽幽望了一眼秘色,"只能,如彩云追月,飞花随风,跟着她四处漂泊。"

陆吟此言一出,秘色与米馨儿几乎同时心痛惊呼:"不！"

米馨儿满眼垂泪,死死拉住陆吟的衣袖:"不……不……我不要你跟哥哥去说,我不要哥哥收回成命！我不想要别的什么佳婿,我也不在乎什么身为长公主的终身幸福……陆吟,我只想要你,从来只想要你……如果你真的要随着秘色姐姐走遍天下,那么我也要去！你能追随在所爱的人身边,陪伴她、保护她,看着她获得幸福,远远地守着她;那么我又怎么做不到同样的事情！所以,陆吟,没关系的,请你也带我一起,我不奢求你给我你的心,我只想陪在你身边,能够日日见到你,便够了……"

秘色惊恸难当,陆吟与米馨儿的表白,让她的心抖成了一片春水,一直涌上眼眶,化作涔涔的泪水,不尽流淌。

可是,在这样的场合下,秘色却已经无法对陆吟直陈心意,只能在心底默默地呐喊:"不……不要啊……陆吟！我不值得你这样做;我不能,再伤你更深……否则,这将是我一生都赎不尽的罪,就算上天不惩罚,我自己都已经不能够再容忍自己……"

秘色透过迷蒙的泪眼,望着眼前这一对至真至善的璧人,心下曾经的那个信念更加明亮地坚定了起来:一定要撮合他们两个!一定要让他们获得幸福!

这是一个悲伤与希望交织而成的夜。
月色如银色的瀑布,夜幕寂静幽深。
虽然莫伦思已经死去,从此秘色再不用事先备好熏香,以便让莫伦思快速堕入梦境,无法真正地伤害到艾山。可是,秘色却依然按照以前的习惯,找到迪丽拜尔领了香炉。只是,这一次用的不是过去的玫瑰水,也不是陆吟曾经给过的香药——而是,秘色从外面买回来的"百里香"。

百里香……那曾经是一段痛彻心肠的记忆啊,如果不是为了今夜,秘色断然不想再碰触与它有关的一切。当年,正是太和公主所用的百里香,让自己伤心远走,从此与艾山远隔天涯……

只是,今夜,秘色希望,那曾给自己带来悲伤的香药,能够给米馨儿与陆吟,带来幸福……

这晚,秘色刻意将米馨儿独自留在了陆吟的"清莲居",燃起了熏香,秘色便静静地退出,仰头看幽夜朗月,任凭心事随着鼻息间渐渐缭绕而起的异香,缓缓流泻……

对不起,陆吟……或许你会因此而恨我,恨我的无情,恨我的自作主张。但是如果我不这样,而是继续贪婪地抓着你的心,就连我自己都无法原谅自己。请你相信我,米馨儿是难得的好姑娘,她对你的爱,甚至能超过你对我的情……跟她在一起,才是你的幸福;找到爱你的人,才是你的归宿……

对不起,米馨儿……我知道,这一切是一个女子最珍贵的记忆,可是我却没能让这些留到你的新婚之夜,没有让这一切有机会清晰地印入你的记忆……不过我相信,这一切定然是你心底深处的信念,你会接受这一切,你会珍惜这一切……好好地爱陆吟啊,也要努力获得他的爱……你们是这世间最美的一对璧人,没有人比你们更该,获得幸福……

夜,更加深沉。
花香熏得人欲醉。
洞室中隐约传来陆吟迷蒙的嘟哝:"秘色……秘色……是你吗?真的,是你吗?……"

只听得,隐隐然又传来一个女子意识不清时刻的一句应答;或者说算不得是应答,而只是意识迷蒙时下意识的一个嘟哝:"唔……"

随着一声喜悦的轻喘,洞室中潋滟起一片烂漫的春光……

泪,串串,从颊边跌落。

秘色幽幽用手捂住耳朵,抬眼望苍天明月。

远远地,远远地,草原上似乎有悠远的笛声传来,清越澄澈,低回徘徊,如情人思念的呢喃,如心事沉沉的呼唤……

随着段段的笛音,忽地有瓣瓣清莲倏然飞过,在幽蓝的天幕之下,旋舞如雨,泪落缤纷……

予人玫瑰,手有余香。

与人莲花,心又何伤?

六、黠戛斯

七　情　归

东方，晨光已熹。

黠戛斯的一切，终于归入记忆。

秘色坐在马车中，回首遥望那依然被笼罩在晨间薄雾之中的黠戛斯宫廷——那酒红色的山壁在清晨第一缕浅金色的阳光中，终于现出了它清丽的笑颜。

一切，都已经拨云见日了，对吗？

终于找到了陆吟，终于将陆吟完好地交给了米馨儿。终于亲手为他们结定了姻缘，终于厘清了自己对于陆吟的感情……

而自己的心，也终于找到了方向。

秘色扬眸望向车窗外，艾山玄黑的衣袂飘荡在薄雾氤氲的晨风中，别是一份妖娆，别具一种风情……

虽然依然有伤在身，但是他却坚持骑马走在她的车窗外，守护着她，陪伴着她……他湛蓝的眸子穿过晨雾，穿过车帘，静静望着秘色，无限深情，不尽眷恋……

前方，是回鹘西迁至西域高昌重建的国土；等在那里的，都是记忆中曾经深深眷恋着的人们……

乌介可汗、玉山、太和公主、雪狼买色兹……三年前的记忆以为曾经远去，此时方知它们一直完好地藏在心底，此时层层翻涌复苏，鲜活一如陌上花开。

未来，将是一段陌生的旅程。

陌生的高昌、莫测的人生、乌介的伤势、那一夜朦胧中似曾见到的玉山……

就连艾山都已经从十三四岁的孩子变成了十七八岁的青年……

太多太多的事情需要重新梳理，太多太多的问题还等在前方考验。

可是秘色的心中却已经毫无惧意。

三年的时光已经让自己成熟坚强，三年的时光足以让自己厘清满心乱绪，尽管莫测但前路正是自己真心选择的方向……

更重要的是，这一次终于可以握住一只手，共同走进那段无法预知的人生。

秘色扬眸静静望入艾山深情的蓝眸，她悠然绽开一朵微笑，那微笑在薄雾缭绕的晨风中，微微轻颤、清丽娇羞，宛如一朵静静的雏菊，柔弱却高扬着生命的骄傲。

艾山心下重重激荡，忍不住朝向秘色伸出手来。

秘色含笑接住，轻轻地说："艾山，终于能够握住你的手，真好……"

艾山湛蓝的眸子里光芒潋滟："秘色，我们一定要握紧彼此的手，这一生这一世，再不——放开……"

马蹄踏踏，晨风悠悠，浅金色的朝阳终于穿透了晨雾，将丝丝金色的光线洒向人间大地。

西行的车队在朝阳的光芒中，化作一条闪着金光的流线，缓缓隐入西方的天际，只留下一串驼铃悠悠。

而那一双手，一直坚定地握住彼此，在金色的朝阳光芒中，宛若握住一段时光，宛若——握住生命的永恒……

未来的故事，前方的高昌，纵然还会有波折与考验，但是只要握住这只手，便不再孤单……